A DAMA DA MORTE

Da mesma autora:

A caçadora

A rede de Alice

O código da rosa

A DAMA DA MORTE

KATE QUINN

Tradução de
Cecília Camargo Bartalotti

1ª edição

BERTRAND BRASIL
Rio de Janeiro | 2025

CIP-BRASIL. CATALOGAÇÃO NA PUBLICAÇÃO
SINDICATO NACIONAL DOS EDITORES DE LIVROS, RJ

Q64d Quinn, Kate, 1981-
A dama da morte / Kate Quinn ; tradução Cecília Camargo Bartalotti. - 1. ed. - Rio de Janeiro : Bertrand Brasil, 2025.

Tradução de: The diamond eye
ISBN 978-65-5838-291-1

1. Pavlichenko, Lyudmila Mikhailovna, 1916-1974 - Ficção. 2. Roosevelt, Eleanor, 1884-1962 - Ficção. 3. Guerra Mundial, 1939-1945 - União Soviética - Ficção. 4. Mulheres soldados - União Soviética - Ficção. 5. Ficção histórica americana. I. Bartalotti, Cecília Camargo. II. Título.

CDD: 813
24-95283 CDU: 82-311.6(73)

Meri Gleice Rodrigues de Souza - Bibliotecária - CRB-7/6439

Edição brasileira publicada mediante acordo com William Morrow, um selo da Harper Collins Publishers.
Título original: The Diamond Eye

Texto revisado segundo o Acordo Ortográfico da Língua Portuguesa de 1990.

EDITORA BERTRAND BRASIL LTDA.
Rua Argentina, 171 — 3º andar — São Cristóvão
20921-380 — Rio de Janeiro — RJ
Tel.: (21) 2585-2000,
que se reserva a propriedade literária desta tradução.

A todos os escritores que conseguiram produzir um livro durante o lockdown da covid-19 — aos criadores que conseguiram fazer arte em meio a uma pandemia.
Foi muito difícil, não foi?

No verão de 1942,
quando o mundo estava em guerra contra Hitler,
uma mulher saiu da União Soviética e atravessou o mar até os Estados Unidos.

Ela era mãe solo, estudante universitária e pesquisadora.
Era combatente, heroína de guerra,
uma sniper com 309 mortes na bagagem.

Embaixadora da Rússia, namoradinha dos Estados Unidos
e amiga querida de Eleanor Roosevelt.

Sua história é incrível. Sua história é real.
Com vocês, a Dama da Morte.

Prólogo

27 de agosto de 1942
Washington, D.C.

Ele estava ali, com o bolso cheio de diamantes e o coração repleto de morte, vendo uma atiradora russa apertar a mão da primeira-dama dos Estados Unidos.

— Quem já ouviu falar de uma mulher sniper? — O atirador escutou um fotógrafo resmungar atrás dele, esticando o pescoço para ver a jovem que tinha acabado de desembarcar da limusine da embaixada. Ela pareceu vacilar com o bombardeio de flashes das câmeras, como se fossem fogo de artilharia, desviando os olhos enquanto subia os degraus da Casa Branca no meio de um cordão de guarda-costas soviéticos. O fotógrafo zombou. — Aposto que ela é uma farsa.

Mesmo assim, não resistimos e viemos aqui dar uma olhada nela, pensou o atirador, mexendo, distraído, no seu crachá de imprensa falsificado. Uma delegação da União Soviética chegando para a assembleia internacional de estudantes, o mais recente projeto diplomático de Eleanor Roosevelt, não teria merecido mais do que algumas linhas nos jornais, quanto mais arrancado da cama um batalhão de jornalistas e fotógrafos de ressaca antes do amanhecer e os enviado, de caneta na mão, aos portões da Casa Branca, se não fosse por aquela mulher em seu impecável uniforme verde-oliva.

— Foram setenta e cinco que ela matou no front soviético? — perguntou um jornalista do *Washington Post,* vasculhando suas anotações.

— Achei que fossem mais de cem...

— Bem mais — disse o atirador, com o sotaque arrastado das planícies da Virgínia, onde havia crescido.

Já fazia tempo que ele tinha se livrado das vogais marcadas do sul dos Estados Unidos e adotado uma cadência mais neutra, que poderia pertencer a qualquer lugar ou a lugar nenhum, porém muitas vezes deixava a pronúncia da Virgínia se infiltrar em sua fala, dependendo do interlocutor. As pessoas confiavam no sotaque sulista, e acabavam confiando naturalmente no atirador: um homem descontraído, de estatura mediana, cabelo castanho-claro na altura dos ombros, rosto anguloso e olhos cor de âmbar, quase sempre com um punhado de diamantes brutos tilintando no bolso da calça. Ele não gostava de bancos; todos que o contratavam pagavam em dinheiro, que ele logo convertia em joias. Mais leves que notas e moedas e fáceis de esconder, como balas de revólver. Tinha trinta e oito anos e estava na ativa havia dezenove, com mais de trinta alvos abatidos. Isso se traduzia em muitos diamantes, e muitas balas.

— Como é que uma mulher como essa mata mais de cem nazistas? — especulava um colunista ao lado dele, olhando para a mulher nos degraus da frente da Casa Branca, parada ao lado de um grupo de homens da embaixada em ternos escuros enquanto a primeira-dama cumprimentava o restante da delegação soviética. — Ela não era bibliotecária, ou professora, ou algo assim?

— Pelo visto os russos aceitam mulheres no Exército...

Em seus batalhões médicos, talvez, pensou o atirador. *Mas nem mesmo os vermelhos treinam mulheres para serem snipers.*

No entanto, ele estava ali para conferir aquilo, não estava? Queria dar uma olhada na mulher cuja escassa biografia já havia memorizado: Lyudmila Pavlichenko; vinte e seis anos; estudante de história do quarto ano na Universidade Nacional de Kiev e assistente de pesquisa sênior na biblioteca pública de Odessa — antes da guerra. Depois da guerra, treze meses de combate contínuo contra as forças de Hitler no front soviético.

Apelido: Dama da Morte.

— Droga, *quantos* ela matou mesmo? — O jornalista do *Washington Post* continuava procurando em suas anotações. — Foram mais de duzentos?

Trezentos e nove, pensou o atirador, mas não acreditava em nada daquilo. Essa bibliotecária/professora não era uma assassina treinada. Ela era como um "mágico de um truque só", cheia de propaganda soviética, escolhida a dedo para a delegação de estudantes, e o atirador via o porquê. Uma bela morena, com expressivos olhos castanho-escuros e um rosto fotogênico, acima do uniforme cheio de medalhas, nada parecido com o tipo de aberração masculinizada que os americanos esperariam de uma militar russa. Os soviéticos precisavam da ajuda dos Estados Unidos; eles precisavam de uma boa cobertura da imprensa sobre essa delegação enviada às suas terras, por isso selecionaram os candidatos mais cativantes que conseguiram encontrar. Roubando a cena, essa sniper que parecia tão pequena e encantadora ao lado daquela vadia alta e ossuda da Eleanor Roosevelt.

— Eu os saúdo por sua chegada em segurança ao nosso país. — O pessoal da imprensa se aproximou para escutar melhor a voz culta, de quem nasceu em berço de ouro, da primeira-dama, que se dirigia à delegação soviética, e para ver o brilho de seus dentes de cavalo. — Em nome do meu marido, o presidente, sejam bem-vindos à Casa Branca. Ele fará questão de recebê-los pessoalmente em breve e os convida a passar seus primeiros dias na capital dos Estados Unidos sob o nosso teto. Vocês estão entre os primeiros convidados soviéticos a se hospedarem na Casa Branca, um momento histórico entre nossas nações amigas.

Ela começou a conduzir os russos para dentro, e só. Não eram nem seis e meia da manhã, o céu sobre a capital ainda sem o brilho do sol, quando a multidão de jornalistas, fotógrafos e um solitário assassino disfarçado começaram a se dispersar.

— Nunca pensei que veria o dia em que uma sniper soviética seria recebida na Casa Branca — resmungou um colunista grisalho. — O Roosevelt vai se arrepender disso.

Ele não vai estar vivo para se arrepender, pensou o atirador, os olhos ainda na graciosa cabeça escura e bem penteada de Mila Pavlichenko enquanto ela seguia a primeira-dama em direção às portas da Casa Branca. *Daqui a nove dias, no último dia da assembleia internacional, o presidente Roosevelt estará morto.*

— Já estou até vendo as manchetes — murmurou o repórter do *Washington Post*, rabiscando em seu bloco de notas. — "Sniper russa recebe calorosa acolhida na Casa Branca".

O atirador sorriu, os diamantes outra vez tilintando em seu bolso. Daqui a dez dias, todas as manchetes gritarão: SNIPER RUSSA ASSASSINA FRANKLIN ROOSEVELT!

Notas da primeira-dama

O presidente pretendia receber a delegação soviética junto a mim em sua chegada, mas sofreu uma queda esta manhã. Eu tinha acabado de entrar no quarto após bater à porta, carregando uma pilha de memorandos e relatórios para ele ler, e vi a mão do seu assistente pessoal escorregar quando ajudava meu marido a sair da cama. Franklin caiu com força no carpete. Se isso tivesse acontecido em público, ele teria dado uma gargalhada, como se fosse uma brincadeira, um Charlie Chaplin caindo sentado, e trataria de se levantar contando alguma piada engraçada. Como estava na privacidade de seu quarto, permitiu que o rosto se contorcesse de dor. Sempre acho que devo desviar o olhar nesses momentos; parece uma violação testemunhar a orgulhosa fachada do presidente Franklin D. Roosevelt se quebrar como consequência das fraquezas do corpo.

Tranquilizo Franklin depois que ele está sentado novamente, digo-lhe que tome seu café da manhã com calma e me ofereço para receber a delegação soviética sozinha. O presidente já tem uma agenda lotada; posso assumir esse primeiro compromisso. Vejo sua gratidão, mesmo ele fazendo uma piada com a queda. "Melhor aqui dentro do que lá fora, onde todos os abutres poderiam ver."

"Eles não ousariam rir disso", falo, no mesmo tom leve.

"Mas eles torceriam para que eu nunca mais me levantasse."

Algo em seu tom me incomoda, mas ele já está pegando os jornais, preparando-se para o dia que se inicia. Para o mundo, ele parece invencível: sua voz cheia de confiança pelo rádio, o perfil como a proa de um navio cortando o mundo, a piteira se projetando no lugar do mastro. Apenas alguns poucos conseguem ver a determinação de ferro que mantém essa fachada, mantém seu corpo se movendo sempre em frente, mantém seus inimigos ao longe.

Espero, ao sair ao sol da manhã para cumprimentar a delegação soviética — um bando de homens inescrutáveis em ternos escuros e uma jovem mulher de olhos inesperadamente sérios (dizem que ela é uma sniper?) —, que isso seja suficiente.

CINCO ANOS ATRÁS

Novembro de 1937
KIEV, UNIÃO SOVIÉTICA
Mila

Capítulo 1

Eu não era soldado ainda. Não estávamos em guerra ainda. Nem passaria pela minha cabeça tirar a vida de alguém... ainda. Eu era apenas mãe, tinha vinte e um anos e estava apavorada. Quando se é mãe, o pânico pode nos devorar num segundo. Basta aquele instante em que seus olhos vasculham a sala em busca do seu filho e não o encontram lá.

— Calma, Mila — começou minha mãe. — Não fique nervosa…

— Cadê o Slavka?

Eu ainda nem tinha tirado as luvas forradas e o casaco polvilhado de neve, mas meu coração já batia acelerado. Lá estavam a fábrica de bloquinhos semiconstruída do meu filho no chão do apartamento e a pequena pilha bagunçada de seus livros, mas nada do menino robusto de cabelos escuros de cinco anos.

— O pai dele apareceu. Ele sabia que tinha faltado à audiência…

— Ah, mas que simpático do Alexei reconhecer isso — rosnei.

A segunda audiência que eu tinha agendado para finalizar nosso divórcio; a segunda audiência a que meu marido faltava. Nas duas ocasiões, precisei de meses para economizar a taxa necessária de cinquenta rublos; semanas para conseguir um horário na repartição lotada; depois, horas esperando em um corredor frio e abafado, esticando o pescoço atrás de um vislumbre da cabeça loira do meu marido… tudo para dar em nada.

A raiva fervia em mim. Qualquer cidadão soviético já passava um tempo excessivo esperando em filas, e agora isso!

Minha mãe enxugou as mãos no avental, seus grandes olhos escuros suplicantes.

— Ele pediu muitas desculpas, *malyshka*. Ele quis levar o Slavka para se divertir um pouco. Mal viu o menino nesses últimos anos, o próprio filho...

E por culpa de quem?, me deu vontade de perguntar. Eu não estava tirando nosso filho da vida do Alexei. Foi meu marido que decidiu, um ou dois meses depois de dar ao menino o nome de Rostislav Pavlichenko, que casamento e paternidade não combinavam muito com ele. Mas o rosto bonito e bondoso da minha mãe parecia cheio de esperança, então engoli minhas palavras furiosas.

A voz dela soou suave.

— Talvez tenha um motivo para ele sempre faltar a essas audiências.

— Tem, sim — declarei. — Continuar me manipulando.

— Talvez o que ele queira de fato seja uma reconciliação.

— Mãe, de novo não...

— Um *médico*, Mila. O melhor cirurgião na Ucrânia, você disse...

— Ele é, mas...

— Um homem subindo na vida. Um lugar próprio para morar em vez de um apartamento comunal, um bom salário, um membro do Partido. Não são coisas para jogar fora. — Minha mãe voltou ao velho argumento. Ela não havia aprovado o modo como Alexei e eu tínhamos ficado juntos; disse que tudo aconteceu rápido demais e que ele era velho para mim, e estava certa; mas, ao mesmo tempo, ela queria me ver em segurança, aquecida e alimentada. — Você sempre disse que ele não é um bêbado e que nunca bateu em você — continuou ela. — Talvez ele não seja o homem dos seus sonhos, mas a esposa de um cirurgião não teria que ficar na fila para comprar pão, e nem os filhos dele. Você não se lembra dos anos da fome, era muito pequena... Mas não há nada que uma mulher não tolere para que seus filhos tenham o que comer.

Olhei para minhas luvas gastas. Nada do que ela disse estava errado, eu sabia disso.

Também sabia que uma parte de mim tinha medo de deixar meu menino sozinho com o pai.

— Mãe, para onde eles foram?

O ESTANDE DE TIRO NÃO era grande coisa, apenas um armazém convertido: barras nas janelas, um pequeno estoque de armas, uma fila de escudos de madeira com alvos, homens de pé numa linha de tiro com as pistolas apontando para o alvo ou deitados de bruços no chão para disparar fuzis... e, no meio daquilo tudo, um homem alto e loiro com um menininho: Alexei Pavlichenko e o pequeno Rostislav Alexeivich. Meu estômago contraído relaxou de alívio.

— Todo homem precisa saber atirar — ouvi Alexei dizendo ao nosso filho quando cheguei perto. Ele mostrava a Slavka como segurar um fuzil grande demais para o menino, e sua voz tinha aquele tom expansivo de que eu me lembrava tão bem. Não havia nada que desse mais satisfação ao meu marido do que explicar coisas para pessoas que soubessem menos que ele. — Claro que são necessárias algumas habilidades naturais para ser um verdadeiro especialista.

— Que habilidades, papai? — Slavka tinha os olhos arregalados para aquele estranho de cabelo dourado que ele mal conhecia. Um homem que saiu de sua vida sem olhar para trás quando ele tinha apenas seis semanas.

— Paciência. Um bom olho. Mão firme e uma sensação precisa da arma que está segurando. É por isso que seu papai é tão bom no tiro: ele tem um toque de cirurgião. — Alexei sorriu para o filho, e os olhos de Slavka se arregalaram ainda mais. — Agora, você tenta...

— Slavka — chamei, indo em direção a eles na linha de tiro, com o cuidado de me manter atrás dos atiradores. — Devolva esse fuzil. Você é pequeno demais para pegar em armas desse tamanho.

Slavka se sobressaltou, com ar culpado, mas Alexei não pareceu surpreso ao me ver, nem à minha expressão furiosa.

— Oie! — cumprimentou-me ele, muito à vontade, afastando um cacho de cabelo claro da testa alta. Ele era uma cabeça mais alto do que eu: trinta e seis anos, esguio e loiro, os dentes brancos em seu sorriso fácil. — Você está linda, *kroshka*.

Nem me dei o trabalho de pedir que ele não me chamasse assim; ele já sabia que isso me dava nos nervos. Por cerca de uma semana durante nosso casamento, eu tinha achado adorável quando ele me chamava de sua *migalhinha de pão* ("Porque você é tão pequenininha, Mila!"), mas não demorei muito para me dar conta de que migalha é algo que se joga fora no lixo com um peteleco.

— Você não devia ter saído com o Slavka sem mim — falei, o mais calmamente possível.

Sentia o medo pulsando em minhas entranhas, mesmo vendo meu menino são e salvo. Eu não achava de fato que Alexei tentaria roubar nosso filho, mas essas coisas não eram impossíveis. Na fábrica onde eu trabalhava quando Slavka era bebê, uma das operadoras de torno ficou desesperada quando o ex-marido pegou a filha deles na escola e a levou para Leningrado sem avisar. Ela nunca conseguiu a menina de volta; o marido tinha muitos amigos no Partido. Essas coisas *aconteciam*.

— Relaxe, Mila. — O sorriso de Alexei se alargou e foi então que o aperto em meu estômago começou a se transformar em raiva. Ele sabia que eu ficaria com medo; ele sabia e achou divertido. — Quem vai ensinar um menino a atirar se seu pai não fizer isso?

— Eu sei atirar, eu posso…

— Mas isso não importa. — Outro sorriso achando graça. — Você está aqui agora. Está aqui para estragar a festa!

Eu o vi piscar sobre minha cabeça para algum amigo atrás de mim. *Mulheres!*, a piscada dizia. *Sempre estragando a festa dos homens, não é mesmo?* Eu me ocupei em tirar as luvas e me livrar do casaco de inverno, consciente de que era a única mulher na linha de tiro. As mulheres ficavam atrás, aplaudindo quando seus irmãos ou namorados ou maridos acertavam o alvo. De Lênin para baixo, os homens soviéticos sempre tinham um belo discurso sobre mulheres se posicionando de igual para igual com eles em todos os campos que a sociedade tinha a oferecer, mas, quando se tratava de cuidar dos filhos, lavar a louça ou aplaudir, ficava claro que ainda eram mãos femininas que se encarregavam da maior parte do trabalho. Não que eu questionasse muito isso: o mundo simplesmente era assim, e sempre tinha sido.

— Mamochka? — Slavka olhou para mim, ansioso.

— Devolva essa arma, por favor — falei com voz calma, afagando seu cabelo para deixar claro que não estava chateada com ele. — Você é pequeno demais para um fuzil desse tamanho.

— Não, ele não é — retrucou Alexei com desdém, pegando a arma. — Continue tratando ele assim como bebê e ele nunca será um homem. Olha só como eu carrego o fuzil, Slavka…

As mãos de Alexei moveram-se rapidamente, carregando o TOZ-8. Foram suas mãos que eu notei primeiro, quando o vi naquele baile: as mãos de um cirurgião, dedos longos e precisos, trabalhando com absoluta habilidade e foco. *Será possível que não sabe dizer não quando um homem alto e loiro sorri para você?*, ironizou minha mãe ao saber que eu estava grávida. Mas não era a altura ou o charme de Alexei Pavlichenko, ou mesmo suas mãos, que haviam me atraído para seus braços. Era a habilidade, o foco, a ambição, tão diferente dos garotos da minha idade, todos cheios de piadinhas e conversa fiada. Alexei não era um garoto, ele era um homem de mais de trinta anos que sabia o que queria. E, se desejava algo, ele treinava; mirava; *acertava.* Eu tinha visto isso nele naquela primeira noite, jovem e risonha que eu era em meu vestido violeta esvoaçante. Mal tendo completado quinze anos de idade.

Fui mãe nove meses depois.

Mandei Slavka pendurar meu casaco nos fundos da sala e me voltei para Alexei.

— Você faltou à audiência. — Fiz um esforço para manter a voz calma. Eu não queria parecer irritada; isso só iria diverti-lo. — Esperei quase três horas.

Ele deu de ombros.

— Esqueci completamente. Eu sou um homem ocupado, *kroshka*.

— Você sabe que nós dois temos que estar presentes para finalizar o divórcio. Você não quer continuar casado comigo, Alexei, então por que não aparece?

— Vou compensar você por isso — disse ele, despreocupado, e um de seus amigos mais adiante na linha riu, vendo minha cara.

— Ela não quer compensar com você! — Risadas explodiram atrás de mim, e alguém murmurou: *Eu deixo ela compensar comigo!* Alexei deu um sorrisinho.

— Vou marcar outra data para finalizar o divórcio — falei, tão friamente quanto pude. — É só você aparecer e tudo estará terminado em minutos.

Eu não gostava da bagunça que tinha virado minha vida: mãe aos quinze anos, abandonada pelo marido meses depois e potencialmente divorciada aos vinte e um, mas o divórcio era melhor do que continuar presa nesse limbo dos últimos seis anos, nem casada nem solteira.

— Ah, não fique com essa cara amarrada, Mila. Você sabe que eu gosto de provocar. — Alexei me deu uma cutucada brincalhona nas costelas. Só que foi uma cutucada que doeu através da blusa de lã. — Você está bonita, sabia? Radiante, quase… Será que há uma razão para você querer esse divórcio? Um homem?

Ele continuava provocando, ainda em tom de brincadeira, mas as palavras pareciam afiadas. Ele não me queria mais, mas também não gostava da ideia de outra pessoa me querer. E muito menos ter a mim.

— Não tem ninguém — respondi.

Mesmo que houvesse outra pessoa, eu não contaria a ele; mas não havia. Entre as aulas na universidade e os estudos, as reuniões do Komsomol e os cuidados com Slavka, eu não conseguia dormir mais que umas cinco horas por dia. Como eu teria *tempo* para um novo homem na minha vida?

Alexei girou o fuzil entre as mãos, ainda olhando para mim.

— Você agora está no terceiro ano da universidade?

— No segundo. — O departamento de história da Universidade de Kiev e minha carteirinha de estudante haviam sido conquistados com muito esforço depois de um ano estudando à noite enquanto eu trabalhava em turnos como operadora de torno na fábrica de armamentos. Naquela ocasião, eu funcionava na base de quatro horas de sono por dia, mas valeu a pena. Tudo por Slavka, pelo seu futuro e pelo meu. — Alexei, se eu conseguir marcar outro horário…

— Alexei! — chamou alguém mais adiante na linha de tiro, me olhando de cima a baixo. — Essa é a sua esposinha?

Meu marido pôs o braço sobre meus ombros com um aperto rápido.

— Diga a ela como sou bom de tiro, Seryozha. Ela não está mais impressionada comigo. Típico de uma esposa, não é? — Alexei viu a expressão em meu rosto e se inclinou para roçar o nariz em minha orelha. — Estou só brincando, *kroshka,* não precisa fazer essa cara.

— O seu homem é bom, vê só ele com o TOZ-8!

— É apenas um simples fuzil de tiro único — explicou Alexei, enquanto eu escapava do abraço dele. — Nós o chamamos de Melkashka.

— Eu sei o nome dele. — Eu não era nenhuma especialista, mas já tinha estado lá com o clube de tiro da fábrica; sabia alguma coisa sobre armas de fogo. — TOZ-8, bom para 120 a 180 metros…

— TOZ-8, velocidade de saída 320 metros por segundo, bom para 120 a 180 metros — Alexei se pôs a explicar, sem me ouvir. — O ferrolho aqui…

— Eu sei. Eu já usei…

Ele levantou o fuzil, fez a mira com cuidado e o estalo do tiro soou.

— Viu? Quase no centro.

Mordi a língua com tanta força que doeu. Minha vontade era dar as costas, pegar meu filho e sair dali, mas Slavka estava se demorando perto dos cabides de casacos, escutando dois homens que discutiam alto sobre política, e eu não queria ir embora sem algum tipo de garantia. Uma garantia de que, na próxima audiência que eu marcasse para finalizar o nosso divórcio, Alexei *estaria lá.*

— Você não costumava passar muito tempo no estande de tiro. O que o fez querer ficar tão bom nisso? — Forcei a contragosto um tom de admiração por sua perícia. — Você é cirurgião; sabe o que acontece com os músculos e os órgãos quando são atingidos por uma bala. Você me contava como era tratar esse tipo de ferimento.

— Não vai demorar para ter uma guerra, sabia? — disse Alexei, enquanto recarregava o Melkashka. — Quando esse dia chegar, eles vão precisar de uma arma em todas as mãos.

— Não nas suas. — Desde que me entendo por gente meu pai diz *Um dia vai ter uma guerra,* mas esse dia ainda não chegou. — Se a guerra vier, *você* não vai ser um soldado.

Meu marido franziu a testa.

— Você acha que não sou capaz?

— Eu quis dizer que um cirurgião como você é valioso demais para ser desperdiçado na linha de frente — expliquei depressa, reconhecendo meu erro. Eu não vivia com Alexei havia tanto tempo que tinha esquecido como afagar seu orgulho. — Você vai estar no comando de um hospital no campo de batalha, não apertando um gatilho e obedecendo ordens como qualquer um.

A testa enrugada suavizou e ele levantou o fuzil.

— Um homem vê oportunidades na guerra, Mila. Oportunidades que ele não tem na vida cotidiana. Eu pretendo estar pronto.

Ele disparou outro tiro, chegando perto, mas não exatamente no centro do alvo.

— Bom tiro, papai — falou Slavka, ofegante, correndo de volta.

Alexei afagou o cabelo dele. Duas jovens ao fundo observavam, enrolando os cachos dos cabelos nos dedos, e talvez meu marido tenha percebido a admiração delas, porque ele agachou ao lado do filho e disse:

— Deixe eu te mostrar.

Essa tinha sido a primeira coisa que ele disse *para mim*. Para a pequena Mila Belova, mal saída do seu aniversário de quinze anos, deslizando feliz em um frio salão de baile, enfeitiçada pela música e pelas risadas e pelo vestido violeta que rodopiava sobre minhas pernas. Eu estava dançando com uma amiga, as duas de olho nos rapazes que se exibiam pelo salão, e então a música mudou para algo mais lento, mais formal… e um homem muito alto de cabelo loiro me puxou da minha amiga e me acomodou em seus braços, dizendo: "Deixe eu te mostrar..." Mais tarde, ele estendeu seu casaco na grama do lado de fora do salão de baile para que eu me sentasse e me disse que pretendia ser um grande homem um dia. *Vou fazer o nome Pavlichenko ressoar de Moscou a Vladivostok.* Ele sorriu para mostrar que estava brincando, mas eu sabia que não estava. No fundo não estava.

Já estou até vendo, respondi, rindo. *Alexei Pavlichenko, herói da União Soviética!* Ele ardeu de ambição, tão quente que me deslumbrou. Olhando para ele agora, na penumbra invernal do estande de tiro, lembrando como ele pegou e guiou minha mão logo em seguida enquanto sussurrava *Deixe eu te mostrar outra coisa agora…* Eu ainda admirava o fogo da sua ambição, por mais que não gostasse dele, mas não sentia nem uma fagulha do antigo deslumbramento.

— Não, não — dizia Alexei a Slavka, cada vez mais impaciente. — Não deixe a coronha baixar, apoie de novo no ombro…

— Ele é pequeno demais — falei baixinho. — Não consegue alcançar.

— Ele tem sete anos e pode segurar um fuzil como homem…

— Ele tem cinco.

— Segure firme, Slavka, não seja um bebê. Não *faça careta*! — repreendeu-o.

— Desculpe, papai. — Meu filho lutava para segurar a pesada coronha de madeira, tentando com empenho agradar àquele pai de aparência importante que ele mal conhecia. — Assim?

Alexei riu.

— Olha só para você, todo assustado como um coelhinho. — Ele pôs o dedo sobre o dedo rechonchudo de Slavka no gatilho e apertou. Meu filho se encolheu com o barulho e Alexei riu de novo. — Você não ficou com medo de um barulhinho desses, ficou?

— Chega. — Tirei o fuzil dele e puxei Slavka para o meu lado. — Alexei, Slavka e eu vamos embora agora. E, se eu marcar outra audiência para finalizar o divórcio, faça o favor de comparecer.

Eu falei com frieza demais. Deveria ter sido mais gentil, dito *Por favor, compareça dessa vez* ou *Você vai, não vai?* A cautelosa escolha de palavras de uma mulher pisando em ovos com um homem que tem poder e seria capaz de usá-lo para revidar; nenhum poeta burilava com mais critério a construção de uma frase.

Os olhos de Alexei assumiram uma expressão dura.

— Você devia me agradecer, *kroshka*. Quem mais pode transformar esse seu filhotinho num homem? — Ele olhou para Slavka. — Eu me lembro de quando ele era bebê e eu voltava de uma cirurgia de doze horas e o encontrava ainda acordado e chorando. *Ele não consegue dormir,* você choramingava, *ele não consegue dormir.* Nada parecido comigo. Eu durmo em qualquer lugar. — Slavka olhou para mim, e Alexei baixou a voz em um sussurro. — O que isso quer dizer, Mila?

— Não tenho ideia do que você está falando.

Eu sentia Slavka tremendo, pressionado ao meu lado, sem entender o que acontecia, mas tenso. Ele queria seu trenzinho de brinquedo, eu tinha certeza. Queria o apartamento apertado e aconchegante da avó, o brilho do samovar, a geleia que ela lhe dava na colher de pau. Eu só queria meu filho fora daqui, então comecei a entregar o Melkashka para Alexei a fim de podermos ir embora, mas as palavras dele me detiveram.

— Esse menino não dorme como eu, só isso. Também não tem a cor do meu cabelo, ou os meus olhos... — Alexei deu de ombros, a fala ainda mansa. — Um homem pode ficar imaginando coisas sobre uma criança como essa.

— Ele puxou ao meu pai — respondi, seca.

— Ele puxou a alguém. — Alexei enfiou as mãos nos bolsos, indiferente e despreocupado. — Talvez seja por isso que você quer se livrar de mim, Mila. Não um novo homem na sua vida; talvez um homem que já estava na sua vida desde antes de nos conhecermos...

— Vá pegar meu casaco, *morzhik* — interrompi abruptamente, mandando Slavka para o fundo da sala com um empurrãozinho.

— ... porque eu olho para esse menino com o meu nome e fico pensando. — Alexei observou o nosso filho, *nosso filho,* se afastar com passos inseguros em direção à fileira de ganchos outra vez. — Eu realmente fico pensando.

Eu ainda estava com o Melkashka nas mãos, a coronha de bétula ainda úmida dos dedos nervosos de Slavka. Senti as unhas cravando na madeira e minha vontade era enfiá-las no rosto anguloso de Alexei. Queria gritar que não tive ninguém antes dele e que ele sabia disso, porque fui direto da escola para a cama dele e depois para a maternidade parir o bebê dele! Mas eu sabia que, assim que erguesse a mão para meu marido, ele agarraria meus punhos e apertaria um pouco forte demais, rindo, *Mulheres! Sempre tendo suas crises de raiva...*

— A sua cara! — Alexei balançou a cabeça, sorrindo. — *Kroshka*, foi uma piada! Você não sabe rir?

— Talvez não — respondi —, mas sei atirar.

Levantei o fuzil, virei, alinhei meu olho de mira, a massa de mira e a alça de mira com o alvo de madeira mais longe no estande e apertei o gatilho. Meus ouvidos zuniram e, quando baixei o Melkashka, imaginei exatamente onde teria acertado o tiro: na mosca, dentro de todos os tiros do meu marido. Mas...

— Boa tentativa — disse Alexei, em um tom divertido. — Talvez da próxima vez você consiga pelo menos acertar o alvo.

Ouvi uma explosão de vaias dos amigos dele que assistiam. Minhas bochechas queimavam. *Eu sei atirar,* tive vontade de gritar. Tinha ido ao estande de tiro algumas vezes com o clube de tiro da fábrica e me saído bem. Não tinha maravilhado ninguém, mas também não tinha errado o alvo, nunca.

Mas, hoje, eu errei. Porque estava irritada, com raiva. Porque estava tentando arrancar aquele sorriso do rosto de Alexei.

— Olhe só para você, a pequenina séria com sua arma enorme. — Alexei puxou o Melkashka da minha mão, dando uma batidinha sob o meu queixo como se eu fosse uma criança travessa, só que essa batidinha jogou minha cabeça para trás com força suficiente para doer. — Quer tentar de novo, *kroshka*? Então tente pegar! — Ele segurou o fuzil bem alto sobre a minha cabeça, sorrindo, um brilho nos olhos. — Pule!

Outros homens na linha de tiro começaram a rir também. Ouvi alguém gritar *Pule,* coucoushka*! Pule!*

Claro que eu não ia pular para pegar o fuzil. Virei para Slavka, que voltava com meu casaco, e o vesti.

— Eu aviso quando marcar outra audiência, Alexei.

— Como quiser.

Dando de ombros, ele começou a recarregar o Melkashka, lançando um sorriso para as duas garotas que assistiam. Eu as vi sorrir de volta. Esse é o problema com meninas muito novas: elas se impressionam com facilidade. Ainda mais por homens altos e esguios, de cabelo loiro, com grandes ambições e sonhos devoradores. Eu também já fui assim. Mas agora tenho vinte e um anos, sou uma mãe zangada com cheiro de pólvora nas mãos e o rosto ardendo de humilhação, que não se impressionava mais com o brilho superficial de um homem mau.

A MÃO ENLUVADA DE SLAVKA apertou a minha com força enquanto caminhávamos pelas ruas de Kiev, que começavam a escurecer. O céu alaranjado lançava neve em espirais, que ficava presa nos meus cílios.

— Ponha a língua para fora e pegue um floco de neve — falei para o meu filho, mas ele continuou em silêncio. — Que tal pelmeni quentinhos com creme azedo quando chegarmos em casa? — tentei em seguida, mas ele só arrastava os pés pela neve barrenta, os ombros balançando de tempos em tempos. — *Morzhik* — chamei, ternamente. Significava *pequena morsa*, o apelido que eu tinha lhe dado quando ele ainda mamava no meu peito. Ele sem dúvida comia como uma.

— O papai não gosta de mim — murmurou Slavka.

— Não é de você, *morzhik*. Seu papai não gosta de ninguém, nem de mim. — Senti meus dedos tremerem de raiva dentro das luvas forradas. —

Nós não vamos mais ver o papai, Slavka. Você não precisa de um papai. Você tem sua babushka, seu dedushka. — Meus pais, que não tinham aprovado a minha separação, mas que mesmo assim me acolheram, amavam Slavka de todo o coração, cuidaram dele para que eu pudesse trabalhar na fábrica e estudar. — E você tem a mim, Slavka. Sua mamãe, que está sempre orgulhosa de você.

— Mas quem vai me ensinar a atirar? Eu preciso de um papai para… — Slavka hesitou. Tinha apenas cinco anos; não entendia aquelas frases que Alexei ficou despejando hoje: *ser um homem, fazer esse filhotinho se tornar um homem, tratando ele como bebê.* Ele só entendeu que, por algum motivo, o pai tinha se desapontado com ele.

Baixei os olhos e vi sua cabeça escura.

— Eu ensino você.

— Mas você errou — protestou meu filho.

Eu tinha errado meu tiro. Porque cometi um erro, me permiti ser provocada. Mas não haveria mais erros. Eu não podia mais me dar esse luxo. Já havia cometido um erro colossal quando caí nos braços do homem errado e toda a minha vida quase saiu dos trilhos. Agora, eu tinha um filho e, se cometesse outro erro, a vida dele acabaria desmoronando com a minha. Respirei fundo e soltei o ar.

— Eu não vou mais errar. Nunca mais.

— Mas…

— Rostislav Alexeivich. — Eu me dirigi a ele formalmente, fazendo-o parar sob uma lâmpada; me ajoelhei na neve e segurei seus pequenos ombros. Meu coração bateu forte de novo. Eu tinha errado o alvo de madeira no estande de tiro, mas não podia cometer nenhum equívoco aqui. — A partir deste dia, eu serei seu papai. Vou ser seu papai e sua mamãe ao mesmo tempo. E vou lhe ensinar tudo o que você precisa saber para se tornar um homem decente.

— Mas você não pode.

— Por que não? — Ele pareceu vacilante, e eu insisti. — Você sabe o que significa ser um homem decente, Slavka?

— Não...

— Então como sabe que eu não posso ensinar você? Mulheres conhecem homens decentes quando os veem. — Principalmente depois de ter dado de cara com homens como Alexei. — Ninguém melhor para ensinar você a ser um bom homem do que uma boa mulher, eu garanto.

Slavka olhou de volta na direção do estande de tiro, a neve cobrindo aqueles longos cílios escuros.

— Você pode me ensinar a atirar? — sussurrou ele.

— Eu posso ter errado hoje, mas isso não importa. A mamãe já foi algumas vezes ao clube de tiro. Com um pouco mais de treino, posso me qualificar para o curso avançado de tiro de precisão.

Essa ideia nunca havia passado pela minha cabeça; com toda a carga do curso universitário que eu já tinha, quem acrescentaria uma aula três vezes por semana sobre as minúcias da balística e dos armamentos? Atirar era apenas um passatempo casual, algo que eu fazia para provar que era uma participante com espírito cívico das atividades recreativas aprovadas pelo Estado. Tinha ido porque minhas amigas iam; fazíamos algumas rodadas de tiro depois do trabalho ou das reuniões da União da Juventude Comunista, e então íamos ver um filme ou, mais provavelmente, eu voltava para casa a fim de cuidar de Slavka. Nunca levei aquilo muito a sério.

Isso estava prestes a mudar, decidi. Um distintivo do curso avançado de tiro de precisão — *isso* arrancaria o sorriso irônico da cara pretensiosa do Alexei. Mais importante, faria Slavka acreditar que eu era mais do que apenas sua mamochka doce, carinhosa e amorosa. Porque, para fazer dele um homem decente, eu tinha muito mais a lhe ensinar do que apenas atirar. Trabalhar com empenho, ser honesto, tratar as mulheres da sua vida melhor do que o pai jamais conseguiu... Mas o distintivo de tiro de precisão... Esse seria um bom começo.

Além disso, eu me lembrava daquele brilho sarcástico e possessivo nos olhos de Alexei quando me encarou. Não necessariamente me querendo, mas também não querendo que ninguém mais me tivesse.

Talvez não fosse má ideia eu saber como me defender melhor. Saber como defender meu filho.

— Ele disse que eu era um *bebê* — revoltou-se Slavka. — Eu não sou um bebê!

Meu coração doeu e eu o abracei com força.

— Não, você não é.

Você não é um bebê; seu pai é um imbecil. Mas nós não precisamos dele, nem você nem eu. Meu filho tinha a mim, e eu daria tudo a ele. Um apartamento nosso um dia; uma parede coberta de livros; um futuro. Eu não precisava que meu nome ressoasse para sempre, como Alexei sonhava para si próprio; eu não precisava de fama ou grandeza. Só queria dar ao meu filho a vida que ele merecia.

Então, sem mais erros, aquela voz dura interior falou. E eu prometi a mim mesma: *Nem hoje. Nem amanhã. Nem nunca mais.*

Capítulo 2

— Silêncio, por favor. — Um homem esguio como um sabre, com uma cicatriz na testa e duas Cruzes de São Jorge cintilando no peito, caminhou a passos largos pelo pátio diante da turma da escola de tiro de precisão Osoaviakhim, examinando a fila dupla de estudantes vestidos com a nova farda azul. Manteve a fila imóvel até alguns flocos de neve caírem do céu de aço, até estarmos desconfortáveis em nossas botas, depois falou de novo com uma voz que era como um tiro de fuzil. — Soube que todos vocês atiram muito bem. Mas um bom atirador ainda não é um sniper.

Pelo amor de Lênin, pensei, tomando emprestada a exortação frequente de meu pai sempre que minha irmã e eu o fazíamos perder a paciência. Eu não estava aqui para ser uma sniper, e sim para concluir o curso avançado de tiro de precisão e obter meu distintivo. Provar-me digna de ser pai e mãe do meu filho. Dei uma olhada no currículo obrigatório que tinha sido entregue quando cheguei esta manhã para meu primeiro dia: vinte horas de aulas de política, catorze horas de exercícios de parada militar, duzentas e vinte horas de treinamento com armas de fogo, sessenta horas de tática... tudo parecia encorajadoramente acadêmico, o que me tranquilizou um pouco. Eu era estudante de história, preferia quando a ação e a violência ficavam estritamente confinadas às páginas de um livro.

Mas agora, o instrutor com a cicatriz, andando de um lado para outro à nossa frente, estava falando de snipers.

— Com licença… — A mulher ao meu lado, uma das três que havia naquela turma, levantou a mão. — Eu não vim para ser sniper. Estou aqui para poder participar de competições de alto nível, me qualificar para Mestre do Esporte da URSS.

— Em tempos de paz, vocês vão atirar nos alvos em competições — respondeu o instrutor calmamente. — Mas um dia haverá guerra, e vocês vão trocar alvos de madeira por corações inimigos.

Outro como meu pai, sempre dizendo: *Quando houver guerra*. Estranhamente, isso me relaxou: eu já estava muito acostumada com homens que ensinavam todas as habilidades pelas lentes de como aquilo poderia ser útil em tempos de guerra, mas a moça que fez a pergunta pareceu se sentir repreendida. Ela baixou a mão e o instrutor continuou falando, os olhos passando pela fila dupla de estudantes.

— Um atirador de elite, um sniper, é mais do que um atirador de precisão. É um caçador paciente. Ele dá um único tiro e, se errar, pode pagar com a própria vida.

Foi quando eu me vi endireitando o corpo. Todos esses cursos e horas de estudo se resumiam de fato a algo tão simples quanto *Não erre*?

Bem. Isso eu entendi.

— Eu não desperdiço instruções com idiotas ou valentões — continuou o instrutor, a neve rangendo sob suas botas. — Se em um mês vocês não tiverem me convencido de que podem adquirir as habilidades e a astúcia necessárias de um sniper, serão dispensados do curso.

Eu me endireitei ainda mais. Porque soube naquele instante que, se ele mandasse alguém para casa, não seria eu.

NÃO ERRE.

Dois anos de estudos de armas de fogo e exercícios de simulação se espremeram entre minhas aulas na universidade: eu ficava duas horas na aula de Arqueologia e Etnografia Básicas na Universidade de Kiev, depois me enfiava no uniforme azul para mais duas horas de prática de montagem e desmontagem do fuzil militar Mosin-Nagant ("Que é chamado como, Lyudmila Mikhailovna?", "O Três Linhas, camarada instrutor.") nas noites de quarta-feira. Saía direto de uma reunião do Komsomol em que discutimos indignados o bombardeio alemão de Guernica, na Espanha, e passava três horas na mira telescópica Emelyanov ("Descreva-a para mim, Lyudmila Mikhailovna", "É uma mira de 274 milímetros com peso de 598 gramas, dois tambores de ajuste..."). Dois anos, e todos os cursos e exercícios — a memorização de tabelas de balística, as horas de treino aprendendo o modelo Simonov e o modelo Tokarev em comparação com o Melkashka e o Três Linhas — se resumiam a uma só coisa.

Não erre.

— Aquele prédio — dizia nosso instrutor, apontando para um edifício de três andares em construção na rua Vladimir. — Em que posições você poderia ficar para neutralizar o capataz do canteiro de obras que sobe e desce pelas plataformas entre os andares? — Fiz uma lista enumerando todas as portas, todas as linhas de visão, todas as janelas, e senti lágrimas ardendo nos meus olhos quando ele apontou para a abertura de janela, o poço de escada e a borda saliente no terceiro andar que eu não tinha percebido. — Se esforce mais — repreendeu-me o instrutor com frieza. — Volte aqui em dois dias e examine as mudanças no local: as novas paredes levantadas, as janelas emolduradas, cada nova parede interna que tiver aparecido. A vida tem um ritmo rápido, mas não pelas miras telescópicas. Algo está sempre se afastando para o plano de fundo ou vindo para o primeiro plano, por isso você precisa ter conhecimento do quadro inteiro em seus mínimos detalhes.

Eu assenti. O instrutor tinha se demorado duas vezes mais nos meus erros do que nos de qualquer outra pessoa — as outras duas aprendizes só receberam um movimento de cabeça! —, e eu senti o rubor subindo da minha gola azul-escura. Ele pareceu perceber e me deu as costas com ar de desdém. Apertei os olhos e, dois dias depois, passei três horas memorizando cada pequena mudança naquele prédio em construção, sem deixar passar nenhuma quando as repeti para a turma.

Não erre. Eu tinha essas palavras gravadas em meus ossos, e havia tantas oportunidades para errar nesta vida, para *falhar.* Como mãe, eu me esforçava para ser perfeita: nem indulgente demais nem rigorosa demais. Como estudante, me esforçava para acertar o equilíbrio que me manteria entre as primeiras da classe: precisa nas anotações, preparada para os testes, dedicada nas pesquisas. Como mulher na União Soviética, me esforçava para cumprir os ideais da minha idade: trabalhadora produtiva, participante feliz, futuro membro do Partido. Tantas áreas cinzentas entre esses pequenos alvos em movimento, tantas maneiras de falhar... Mas, quando eu surgia no estande de tiro depois da minha última aula na universidade, inconformada por ter conseguido um "Bom" na prova de história em vez de um "Excelente", era capaz de pôr isso de lado sabendo que aqui, pelo menos, acertar o alvo era simples: uma questão de preto no branco, e não de áreas cinzentas. Você acertava na mosca ou não.

— Um jogo! — anunciou o instrutor com cicatriz.

Ele havia começado a levar nossa turma para o campo aos sábados a fim de termos aulas sobre camuflagem, como se esconder atrás de arbustos de espinheiros ou grupos de árvores, ou, no inverno, em montes de neve. Já era inverno de novo; tínhamos tido um intervalo de meia hora para o almoço sob um aglomerado de bétulas com os galhos cobertos de gelo, batendo as botas no chão para nos aquecer, os rapazes passando frascos de alguma coisa entre si para esquentar o corpo. Nosso instrutor apareceu com um saco cheio de garrafas vazias de refrigerante e começou a prendê-las de lado em forquilhas, com os gargalos voltados para nós, enquanto nos levantávamos apressados e nos alinhávamos com nossos fuzis.

— Este jogo se chama *fundo da garrafa* — anunciou ele, erguendo-se de sua posição agachada e vindo se juntar a nós na linha. Ele preparou o próprio tiro metodicamente e, quando disparou, uma série de sons de espanto e assobios se elevou no ar: ele havia estourado o fundo da garrafa sem tocar no gargalo ou nas laterais. — Será que algum de vocês consegue fazer isso? — desafiou ele, os olhos brilhando sob a cicatriz.

Eu poderia jurar que os olhos dele pararam em mim, deliberados e provocadores, mas continuei quieta, apoiada no meu fuzil, e deixei os garotos mais novos se adiantarem. Analisei suas falhas; eles estavam atirando rápido demais, ansiosos por impressionar.

— Não quer tentar, Lyudmila Mikhailovna? — A voz do instrutor soou no meu ombro, sua respiração uma nuvem branca no ar gelado. — Ou vai ficar aqui atrás parada, posando como uma modelo?

Eu estava vestida com um casaco de inverno azul-escuro novo, com uma gola de pele de animal preta que minha mãe tinha retirado cuidadosamente de um cachecol velho comido de traças e costurado no casaco para envolver meu pescoço como uma zibelina carinhosa, e meus colegas vinham brincando comigo a manhã inteira, dizendo que eu parecia elegante demais para segurar uma arma.

Ignorei a ironia do instrutor e fiz um gesto com a cabeça indicando os rapazes que atiravam.

— Não vou participar porque eles estão se exibindo. Não é para isso que serve um fuzil.

— Isso pode demonstrar um instinto valioso — disse ele. — Se exibir pode ser perigoso para um sniper. Você só é invulnerável enquanto estiver invisível.

— Eu vou ser uma atiradora de precisão, não uma sniper.

— Então você não está se recusando por causa de um instinto valioso. Não está preocupada em não se exibir; está só... com medo de perder. Com medo de *errar.*

Eu o encarei e fui me ajoelhar na linha de tiro, descendo com o pé direito na frente, apoiando o fuzil na cavidade do ombro. Dedo indicador no gatilho, a coronha encostada no rosto, o fuzil sustentado com a alça sob meu cotovelo dobrado enquanto eu me apoiava sobre o joelho direito e deslizava a mão para mais perto da boca da arma para dar ainda mais firmeza. Vi a garrafa em sua forquilha pela mira telescópica. Mesmo com a ampliação de quatro vezes, não parecia maior do que o ponto final de uma frase, um ponto final em negrito. Mas não me intimidei. Atirei e, no clarão do tiro, me lembrei de como havia errado o alvo quando Alexei me observava.

Mas, dessa vez, ao baixar o fuzil, vi que a base da garrafa tinha sido estourada em uma chuva de diamantes de vidro quebrado espalhados pela neve… e o gargalo continuava intacto.

— Muito bem — elogiou meu instrutor calmamente. — Consegue fazer de novo?

Senti um sorriso se abrindo em meu rosto, mal escutando os aplausos dos colegas.

— Sim.

Esse foi o primeiro dia em que ouvi: a música que um fuzil poderia cantar em minhas mãos, a coronha firme em meu ombro, o dedo curvado sobre o gatilho. De alguma forma, eu tinha conseguido me desligar da algazarra que meus colegas faziam e me encontrei num lugar de silêncio — uma ilha naquela atmosfera barulhenta de jogos e competição. Bloqueei tudo do lado de fora, o mundo inteiro, só o que ouvi foi a música que o Três Linhas cantava em meus ouvidos.

Naquela tarde, estourei a base de três garrafas em sequência, ajustando cada tiro com atenção minuciosa, sem quebrar um único gargalo. Esperei que meu instrutor dissesse algo — *Zombe agora, quero ver* —, mas ele se aproximou de mim com um abraço afetuoso e surpreendente.

— Muito bem, minha bela da trança longa — disse ele, dando um puxãozinho na minha trança comprida, que ia até a cintura. — Eu sabia que você conseguiria.

Olhei para ele, atordoada.

— Sabia?

— A quem muito é dado, muito será exigido — citou ele.

E, no dia em que me graduei no curso, mais de um ano depois, ele me deu uma cópia autografada de seu manual "Instruções para atiradores de precisão" com uma simples dedicatória: *Não erre, Lyudmila Pavlichenko.*

— Uma conquista e tanto, *malyshka* — falou meu pai naquela noite, quando cheguei em casa e mostrei, orgulhosa, o meu certificado. — Minha filha se tornou uma mulher perigosa.

— De jeito nenhum, papai.

Eu o beijei nas bochechas: meu pai, íntegro e confiável em sua jaqueta de serviço de gabardine que ele ainda gostava de usar, embora seus dias de militar estivessem no passado; a Ordem do Estandarte Vermelho exibida com orgulho no peito, as mãos em volta de uma caneca de chá fumegante sobre a mesa da cozinha. Ele tinha ajudado Slavka com o dever de casa, sem dúvida. Ele também fazia isso comigo naquela mesma mesa, desde que me entendo por gente. Mesmo chegando em casa do trabalho por volta da meia-noite, ele sempre arrumava tempo para se sentar com as filhas, olhar suas tarefas, escutar seus problemas... até quando o tirávamos do sério e ele resmungava *Pelo amor de Lênin, vocês vão deixar este velho louco!*

Slavka passava os dedos pelos contornos do selo redondo no meu certificado de tiro de precisão.

— Posso ensinar você quando quiser — falei, puxando-o para meu colo e beijando seu cabelo cor de chocolate, como o meu e o do meu pai. — Quer ir ao estande de tiro?

— Talvez quando eu for um Jovem Pioneiro — respondeu ele, muito sério. — Quando eu ganhar o lenço vermelho.

— Quando você for mais velho — concordei. Não me incomodava que ele ainda não quisesse aprender. Eu iria ensiná-lo quando ele estivesse pronto; era isso o que importava. — Vamos ver esse dever de casa, *morzhik*. Biologia das plantas, eu sempre gostei disso na sua idade. Você sabe me dizer todas as partes de uma folha?

Fiquei ouvindo sua voz séria até minha mãe, esguia e sorridente, chegar em casa, exclamando ao ver meu certificado. Ela estava orgulhosa, mas um pouco confusa.

— Para que serve uma coisa dessas, *malyshka*?

— Isso me ensinou a não errar — respondi, com sinceridade.

— Os alvos?

— Tudo.

E ESSE É O MEU SEGREDO, se você estiver curioso. Você está, não está? Todos ficam, quando me conhecem. Até Eleanor Roosevelt ficou curiosa quando me viu nos degraus da Casa Branca, em agosto de 1942. Eu percebi em seus olhos: como é que uma mulher como *eu* — mãe, estudante, aspirante a historiadora — se torna uma sniper e mata centenas de homens? Qual é o segredo dela?

Quase ninguém me pergunta diretamente. Em parte, porque as pessoas temem minha reação e acham que vou incluí-las na minha lista de alvos; porém é mais do que isso. Todos amam heróis de guerra, mas esses heróis precisam ser limpos, honrados, imaculados. Eles devem combater abertamente, à luz do sol, cara a cara com o inimigo. Enfrentar a morte no front. Quando alguém como eu (ainda mais uma mulher) é condecorado, as pessoas tremem. Alguém que caminha pela noite, se confunde com as sombras, vê pela mira telescópica um rosto desprevenido — um homem que não sabe que eu existo, embora eu saiba que ele se cortou ao fazer a barba naquela manhã e que usa uma aliança de casamento —, puxa o gatilho e mata o homem antes mesmo de ele sequer ouvir o disparo...

Bem. Uma pessoa que faz isso repetidas vezes e ainda consegue dormir à noite sem dúvida deve ter um lado sombrio.

Você não está errado em pensar assim.

Mas está errado sobre *quem* tem esse lado sombrio, à espera de ser explorado. Você acha que alguém como eu deve ser uma aberração da natureza, que roeu um fuzil no berço, saiu caçando aos cinco anos e matando lobos aos oito, que surgiu das florestas da Sibéria (é sempre a Sibéria) completamente treinada. Americanos, principalmente, adoravam me imaginar assim: uma daquelas mulheres soviéticas de gelo, rastejando com dentes e mãos ensanguentadas de alguma paisagem infernal coberta de neve: uma assassina nata.

E aí você me conhece: a pequena Mila Pavlichenko, com seu sorriso largo e sua mala cheia de livros, uma estudante de Kiev, feliz em lhe contar como quer ser historiadora um dia e lhe mostrar fotos do seu adorado filho de bochechas rechonchudas — e fica desapontado. Essa é a Dama da Morte? Essa é a sniper do norte gelado? Que decepção.

Ou… e essa é a sua segunda reação, aquela que você nunca dirá em voz alta… que perturbador... Porque, se uma bibliotecária de vinte e seis anos tem esse lado sombrio, quem mais também pode ter?

Eu não sei.

Só sei que o meu despertou quando percebi que não havia espaço na minha vida para erros. Quando percebi que não podia errar, nunca. Quando ouvi um fuzil cantar em minhas mãos enquanto enterrava uma bala no gargalo de uma garrafa e via sua base explodir em estilhaços de diamante… e percebi quem e como eu poderia ser.

Capítulo 3

Junho de 1941
Odessa

Biografias patrióticas estavam na moda; como diria o Partido, elas são populares, edificantes e boas para o moral do público (e podiam dar sono...). Mas, se um dia eu fosse escrever a minha, teria de mudar boa parte da história, ou simplesmente deixar várias partes de fora, porque há muitas, muitas coisas na vida de Lyudmila Pavlichenko que jamais caberiam num livro. Ou, pelo menos, não na versão oficial dele.

Por exemplo, meu relato do dia em que a guerra começou para nós. A história oficial diria: "No dia em que Hitler invadiu a União Soviética, eu estava numa reunião do Komsomol, refletindo sobre meus deveres como futuro membro do Partido."

A verdade? A versão não oficial? Eu era uma estudante em Odessa e estava na praia.

"Vocês têm *praias*?" Posso até imaginar os americanos torcendo o nariz. Eles acham que a União Soviética não passa de uma vasta planície de neve cintilante sob noites brancas, sem litoral, sem dias de verão, apenas gelo e lobos. Sério, será que alguém olha no mapa? Odessa fica mais ao sul do que Paris, Munique ou Viena. E aquele dia de junho estava lindo e quente, o céu claro, o amplo e cintilante mar Negro se estendendo calmo e reluzente até o horizonte.

Não era minha intenção ir à praia, mas minha amiga Sofya praticamente me obrigou, enquanto aguentávamos juntas o fim do turno de trabalho na recepção da biblioteca pública de Odessa que parecia interminável.

— A Vika e o Grigory voltaram de Moscou e decidimos que vamos à praia.

— Estou trabalhando na minha dissertação.

Eu relia minhas anotações no balcão, pois não havia cliente para atender. Logo depois de receber meu certificado do curso avançado de tiro, eu tinha passado nas provas do quarto ano da universidade, com todos os conceitos entre "Excelente" e "Bom". Eu ficava admirando meus resultados acadêmicos sempre que precisava me fortalecer por dentro. Mila Pavlichenko podia ter se tornado mãe aos quinze anos, mas sua vida tinha voltado aos trilhos, avançando como um trenzinho lento pelas estações. Primeira parada: a graduação na Universidade de Kiev. Segunda parada: este cargo na biblioteca pública de Odessa como assistente de pesquisa sênior, que me possibilitava mandar dinheiro para casa toda semana para os cuidados de Slavka. Próxima parada: terminar minha dissertação...

— O mar, Mila — insistiu Sofya. — Ele está chamando seu nome, sua ratinha de biblioteca horrorosa.

— Bogdan Khmelnitsky está chamando meu nome.

— Não me venha falar da sua dissertação. Não quero ouvir nem mais uma palavra sobre Bogdan Khmelnitsky, a anexação da Ucrânia pela Rússia em 1721...

— Na verdade, 1654.

— ... as atividades do Conselho de Pereslávia.

— É uma *história fascinante* — contrapus, um pouco irritada. Todos os funcionários da biblioteca já estavam familiarizados com o tema da minha dissertação àquela altura, mas, por algum motivo, nenhum tinha se entusiasmado com ele. Sofya ameaçava jogar minhas páginas no incinerador; eu ameaçava esmagar o batom no nariz dela; era esse tipo de amizade que tínhamos. — Sem a aliança do Hetmanato Cossaco com o Estado Russo centralizado, nós nunca teríamos uma nação realmente unificada de...

— Mila, ninguém liga. Vamos à praia amanhã.

Então, aqui estávamos nós, na praia, toalhas listradas estendidas sob o sol, uma cesta cheia de garrafas de refrigerante pousada na areia. Crianças passavam correndo e gritando, areia voando de seus pés, mas eu simplesmente fiquei deitada, com meu maiô azul-marinho largo nas coxas. Rosto voltado para o céu, cochilei ao som das ondas, sonhando com o dia em que minha dissertação estaria concluída, meu diploma seria concedido e eu me tornaria uma historiadora em Moscou. Teria um apartamento não muito distante do Parque Gorky, aonde levaria Slavka para patinar no gelo, comer ponchiki salpicados de açúcar em um cone de papel…

— Vamos à ópera hoje à noite — dizia Sofya, limpando a areia das pernas. — *La Traviata*. A Vika tem ingressos extras.

— Eu fui emprestada do *Lago dos cisnes* para completar os bailarinos na dança cigana do Ato II — explicou Vika, revirando os olhos. Ela era demi-solista no balé de Odessa, recém-chegada da escola Bolshoi, em Moscou; ainda não tinha nem vinte anos, mas já recebia um desses apelidos vistosos de bailarinas, "o Rouxinol" ou "a Libélula", eu não lembrava qual. Achava que ela parecia mais uma libélula, com seus olhos grandes e pernas finas intermináveis. — Detesto esses pequenos balés em óperas — reclamou Vika. — Coreografia inferior…

— Esnobe — provocou seu irmão Grigory, jogando areia nela. Todos nós achávamos Vika um pouco difícil às vezes, mas adorávamos seu irmão gêmeo, também bailarino, mas não tão *perfeccionista* como ela. — Vamos jantar depois da ópera. Eu fico com tanta fome depois que tiro a malha e a maquiagem que poderia comer as sapatilhas da Vika.

— Você está sempre com fome — brincou Sofya, o que me deu uma pontada de saudade, porque era algo que eu sempre dizia a Rostislav.

Meu menino, agora com nove anos, forte e alegre, sempre correndo para me mostrar uma pedra de quartzo; uma espiral de casca de árvore que parecia o perfil do camarada Stalin; um filhotinho de rã aninhado em suas mãos gentis. Eu não o via fazia meses, desde que saí de Kiev para assumir a vaga de bibliotecária em Odessa. Eu nem precisava fechar os olhos para imaginá-lo na plataforma do trem agarrado à minha mão, junto do restante da família que se despedia.

— Você podia me levar junto — pediu ele. — Posso ajudar no seu trabalho.

— Não vai ser por muito tempo, *morzhik* — prometi, abraçando-o forte e tentando não chorar. Eu só tinha me separado dele antes por no máximo quinze dias, e desta vez seria por pelo menos quatro meses. Mas isso ia me colocar no caminho para o futuro que eu planejara com tanto cuidado: o apartamento em Moscou, o cargo de historiadora; a independência e a segurança. — É por você — falei para meu filho. — É tudo por você… — E entrei no trem com minha mala de livros antes que começasse a chorar.

E agora, eu estava na praia num belo dia, mas ele não era tão belo quanto poderia ter sido porque meu filho não estava aqui.

Vika continuava a reclamar.

— As variações de balé em óperas são apenas um monte de giros em saiotes vermelhos. Um desperdício da minha formação…

— Dá um tempo, Vika. Não estão pedindo para você suar em cima de um torno!

— Trabalho suado e feio do mesmo jeito!

— Eu trabalhei como operadora de torno numa fábrica — protestei. — Não era feio. Era quase bonito, na verdade.

Os dias em que Slavka era bebê, recém-desmamado. Enquanto eu trabalhava no torno, tirando pó de tungstênio do meu cabelo trançado e imaginando se um dia conseguiria voltar a estudar, percebi como achava belas aquelas aparas de metal azul-violáceo saindo em espirais debaixo da lâmina.

— Bonito? — Vika olhou com desdém.

— Por mais duro que seja o metal, ele se dobra à força humana — respondi. — Tudo se dobra. Só precisa da arma certa.

A bailarina fez um som de desprezo, mas seu irmão ergueu as sobrancelhas.

— Falando em armas…

— Eu não vou atirar no meio de uma carta de baralho para ganhar uma aposta — falei, cortando logo.

Eu fazia treinos de tiro regularmente depois que recebi o certificado, a fim de manter minha destreza, mas ainda não gostava de me exibir. A prática de tiro merecia mais respeito do que isso.

— Ah, Mila, por favor! — Grigory sorriu, suas covinhas aparecendo.

Ele vinha flertando comigo o dia todo, e sem dúvida era bonito, com aquelas pernas musculosas que os bailarinos têm… mas ainda era um menino, só tinha dezoito anos. Havia tanta diferença entre dezoito e vinte e quatro! Ser mãe tão cedo significou que, quando consegui voltar a estudar, meus colegas eram todos cinco ou seis anos mais novos do que eu; às vezes eu me sentia uma velha. Eu saía muito para dançar e ir a festas agora, mas nenhum homem que conheci se mostrou um pretendente sério. Os rapazes da universidade que me convidavam para ir ao cinema depois das reuniões do Komsomol não tinham nada na cabeça a não ser diversão, ao passo que eu tinha um filho e um futuro para planejar. Quanto a homens mais velhos que eu às vezes conhecia, eles estavam muito entrincheirados no próprio futuro e deixavam claro que esperavam que eu abdicasse do meu se nosso relacionamento ficasse sério.

Romance depois, eu dizia a mim mesma sempre que a solidão batia forte. *Diploma universitário agora.* Depois que mais algumas paradas perfeitas na minha viagem de trem tiverem sido feitas, depois que a questão do meu divórcio ainda pendente tiver sido finalizada… Alexei também não comparecera à terceira audiência de divórcio, mas, assim que eu tivesse um respiro depois da universidade para resolver isso, então poderia tentar encontrar um homem decente com quem compartilhar minha vida e a de Slavka. Quando meus pés estivessem apoiados mais firmemente, haveria tempo para namoros, família, filhos — tudo o que restava.

Quando se é jovem e não se conhece outra coisa além da paz, pressupomos que sempre haverá tempo para tudo.

— Vamos almoçar. — Sofya bateu em mim com sua toalha. — Ou vou comer a Vika, com essas pernas ossudas de mosquito.

Aquele dia! Um grupo de jovens risonhos e sujos de areia abotoando vestidos de verão e jaquetas velhas sobre roupas de banho úmidas, juntando suas toalhas e andando até a lanchonete de chebureki na rua Pushkin. Aguardando a travessa de pastéis de carne fritos e crocantes com água na boca; Vika anunciando que não ia comer nada porque, se ganhasse um grama que fosse, perderia o papel de protagonista em *A donzela da cavalaria* no ano seguinte; seu irmão lhe dizendo que, se ela continuasse reclamando de gramas e quilos, ele a deixaria cair de cabeça no próximo *pas de deux*; Sofya bebendo suco de bétula gelado com um canudo; eu me lembrando de uma nota de rodapé que precisava acrescentar à minha dissertação. Todos rodeados pela agitação ruidosa dos frequentadores da lanchonete e dos banhistas, crianças suadas e suas mães queimadas de sol. O último dia, o último *momento*, antes que tudo aquilo fosse para o inferno; antes que a roda girasse e nos lançasse no ar, nossos cuidadosos planos estilhaçados, os cacos chovendo à nossa volta. Vika não ia mais dançar *A donzela da cavalaria* no ano seguinte; Grigory não ia fazer par com ela em um *grand jeté*; Sofya não teria mais tardes ensolaradas para beber suco de bétula gelado, e eu não ia defender minha dissertação sobre Bogdan Khmelnitsky, a anexação da Ucrânia à Rússia em 1654 e as atividades do Conselho de Pereslávia. Em um ano, metade das pessoas na nossa mesa estaria morta.

Tudo por causa do anúncio berrado por um alto-falante na rua, que cortou nossa conversa como uma faca, informando a todos que, às quatro horas daquela manhã, a Alemanha tinha invadido o país.

Todos ficamos imóveis como se tivéssemos levado um tiro. Lá fora, a reação era a mesma, as cabeças viradas para o alto-falante, escutando o camarada Molotov. *Cada um de nós deve exigir de si mesmo e dos outros disciplina, organização e autossacrifício dignos de um verdadeiro patriota soviético para atender a todas as necessidades do Exército, da Marinha e da Força Aérea Vermelhos, a fim de garantir a vitória sobre o inimigo.* Soava nervoso, mas firme. *A vitória será nossa!*

Ele não falou muito. Apenas o suficiente para reordenar o mundo.

O zumbido das conversas logo começou, mas nós quatro olhamos uns para os outros sobre a mesa, atordoados. *Slavka*, pensei. *Slavka*... Ninguém se mexeu até que nossa travessa de chebureki chegou com uma garrafa de vinho branco e, de repente, todos tornamos a falar.

— Até onde será que eles avançaram? — Sofya parecia nauseada. — Os hitleristas?

— Eu vou me alistar — anunciou Grigory.

— Não vai, não — revidou Vika, os olhos mais esbugalhados do que nunca pelo choque. — Eles não vão recrutar artistas... não é? Então não vá se jogar na frente das armas à toa.

— Talvez eu possa me alistar na equipe médica — disse Sofya, tentando parecer corajosa, mas soando apavorada.

Olhei para o meu prato. *Slavka*... a guerra trazia tantos horrores para a vida das crianças. Escassez de alimentos, bombardeios, filas se estendendo por quarteirões. Meus pais ainda falavam da última guerra, das terríveis dificuldades que se seguiram...

Vika se levantou de repente, com um olhar furioso para o irmão.

— Eu ainda tenho que dançar em *La Traviata* hoje à noite, com ou sem invasão. Vejo todos vocês mais tarde.

— Vika... — O irmão correu atrás dela, deixando Sofya e eu olhando uma para a outra.

— Nós podemos ir à ópera hoje — falou minha amiga por fim. — O que quer que aconteça, não está acontecendo ainda. Não aqui.

Mas, além do horizonte... sim. E não tão longe depois do horizonte. Eu saberia mais tarde que ataques aéreos alemães tinham atingido Kronstadt, perto de Leningrado; e Sebastopol, na Crimeia. Fora da lanchonete, a rua Pushkin começava a encher, as pessoas se agrupando sob o alto-falante para discutir o assunto.

No entanto, ainda havia mães indo para a praia com crianças animadas, casais caminhando de mãos dadas pelo boulevard à beira-mar. Continuava sendo uma bela tarde de verão; ninguém queria cancelar seus planos de ir ao cinema, ao teatro, ao concerto, só por causa do início da guerra. Eu não saberia dizer se era teimosia cega ou apenas o jeito soviético de ser, baixar a cabeça e seguir avançando, e ainda não sabia dizer naquela noite, quando Sofya e eu ocupamos nossos assentos no Camarote 16 do mezanino do teatro Odessa, olhando para o palco quando os acordes delicados da abertura de *La*

Traviata de Verdi soaram pelo salão. Um teatro tão lindo, arremates dourados e enormes candelabros de cristal, um teatro para *nós*, estudantes e cidadãos comuns, quando no passado pessoas como eu teriam sido deixadas do lado de fora, arranhando a porta enquanto os aristocratas entravam.

Mas eu não consegui aproveitar a ópera, a soprano com seus floreados e virtuosismos vocais, o tenor suspirante. Fiquei olhando para o palco sem de fato ver, as mãos se retorcendo no meu colo, os pensamentos uma confusão de imagens aleatórias enlaçadas com a faixa da monótona voz de rádio do camarada Molotov. Meu filho comendo blini quente com creme azedo e geleia de maçã... *Tropas alemãs entraram no nosso país, sem fazer nenhuma exigência à União Soviética e sem uma declaração de guerra...* As fileiras ordenadas de arquivos que eu tinha tanto prazer em organizar na biblioteca... *Eles atacaram nossas fronteiras em muitos pontos...* Os gestos de aprovação de meus professores de história quando eu respondia a uma pergunta corretamente: "Exato, Lyudmila Mikhailovna"... *Ataques aéreos hostis e fogo de artilharia também foram registrados...* Aparas de metal azul-violáceo implacavelmente duro espiralando sob uma lâmina; um tiro disparado por mim em direção ao centro de um alvo...

A cortina desceu com aplausos estrondosos. O primeiro ato tinha terminado, a soprano havia renunciado ao amor em favor da vida (será?), e eu mal ouvi uma nota sequer. Tudo que eu sabia era que algo crescia em meu peito, com implacável constância e, de repente, ficou difícil respirar, pensar, eu não conseguia continuar ali sentada durante o segundo ato e a entrada empertigada de Vika em seu saiote vermelho.

— Preciso ir — falei bruscamente para Sofya e me levantei, desci pela grande escadaria até estar do lado de fora, inspirando grandes tragadas do ar quente da noite. Fiquei nos degraus do teatro por um momento, meu vestido azul de crepe de seda se agitando em volta dos joelhos, e então comecei a andar.

Eu me vi diante da baía, meus dedos abrindo e fechando em volta da grade, olhando para o mar. No palco de verão do boulevard próximo, uma banda de metais tocava uma marcha militar, as notas terrivelmente alegres.

A água cintilava e eu vi a distância os contornos vagos dos navios de guerra da Frota do Mar Negro. Canhoneiras, contratorpedeiros, um velho cruzador que tinha sido reformado como lança-minas... Eu me perguntei se algum deles ainda estaria lá na semana seguinte. Se as pessoas que passeavam, riam e aplaudiam os sons marciais da banda ainda estariam aqui na semana seguinte, ou se haveria só uniformes e rostos sombrios.

Este belo mundo. Esta maravilha noturna que era minha cidade, meu país. O mundo de Slavka, o que eu queria mostrar a ele, construir para ele, despejar em suas mãos. Invadido por valentões alemães e seu ditadorzinho delirante com bigode de escova de dente e sonhos presunçosos de superioridade mundial.

— Vocês, soviéticos, eram melhores, por acaso? — perguntou-me um jornalista americano parcialmente embriagado tempos depois. — Que cara de pau a de vocês, se sentindo donos da verdade, querendo fazer o mundo todo virar comunista...

Há coisas pelas quais minha terra natal poderia se desculpar. Temos um longo caminho a percorrer, e fomos treinados a ver não o mundo à nossa volta, mas o mundo como ele se tornará, sabendo que esse mundo ainda está muito distante. Mas, quaisquer que sejam nossas faltas, eu nunca pedirei desculpas por lutar na guerra que bateu à nossa porta em 1941. A Alemanha *nos* invadiu. A Alemanha queria o *nosso* petróleo, as *nossas* cidades, a *nossa* bandeira anexados à sua coroa imperial. Eles queriam ver suas malditas águias penduradas no alto, dos palácios azuis e dourados de Leningrado aos icebergs do Lago Baikal, e o que nós queríamos não tinha importância alguma, portanto eles invadiram. Os primeiros tiros disparados foram deles, as primeiras botas cruzando as fronteiras foram deles, e, se nós nos resignássemos e os deixássemos à vontade, meu Slavka seria enfiado à força na Juventude Hitlerista e doutrinado a saudar um monstro.

A Alemanha está realmente tão surpresa com o fato de cada mãe, cada pai, cada *alma* nascida nesta vasta terra gelada ter se recusado a aceitar esse destino?

Você está?

A raiva que ardeu em meu estômago ao ouvir o anúncio da guerra queimava mais forte, tornando-se uma fúria quando eu pensava em suásticas voando sobre Odessa. A fúria me arranhava e se retorcia, líquida e fundida dentro de mim, uma coisa incandescente tangível sendo produzida nos fornos de alguma fábrica monstruosa. Raiva suficiente para transformar o mar em ódio fervente.

De que adianta ficar com raiva?, sussurrou a voz interior da dúvida enquanto eu olhava para aquelas águas calmas. *Estudantes como você não servem para nada durante uma guerra.* A voz soava como a do Alexei. Eu o imaginava dizendo: *Um homem vê oportunidades na guerra, Mila... Mas não pequenas ratas de biblioteca como você. Vá fazer curativos.*

E eu poderia. Terminar minha dissertação, cavar armadilhas para tanques, me alistar para trabalhar no hospital mais próximo. Manter-me no plano mais seguro, manter-me nos papéis que eu conhecia: a funcionária da biblioteca, a pesquisadora, a mãe do Slavka. Essas eram as funções que eu poderia desempenhar sem jamais cometer um erro.

Mas aqui, diferentemente da Inglaterra, da França e dos Estados Unidos, a luta de uma mulher não se limitava aos hospitais. E eu tinha mais em mim do que arquivamento, anotações e uma grande dose de história ucraniana do século XVII. *Por mais duro que seja o metal*, eu tinha dito a Vika naquela tarde, *ele se dobra à força humana. Só precisa da arma certa.*

E eu *era* uma arma. Afinal, eu tinha aprendido a atirar. E tinha prometido ser o pai e a mãe do Slavka.

Em tempos de guerra, os pais lutam por seus filhos.

Então, soltei um suspiro trêmulo, voltei ao meu dormitório para pegar meu passaporte, a carteirinha de estudante e os certificados de atiradora de precisão e fui, ainda em meu vestido de crepe de seda e sandálias de saltos altos, me alistar.

Capítulo 4

A versão oficial da história: Quando cheguei ao front na Bessarábia, fiquei impressionada com a eficiência e a organização dos oficiais do Exército Vermelho e assumi meus novos deveres com estoicismo e determinação.

Minha versão não oficial: Quando cheguei ao front, aquilo era um desastre total, e eu também, porque tinha ido para a guerra sem dizer adeus ao meu filho.

— NÃO DÁ TEMPO DE VIR para casa? — chorou minha mãe ao telefone quando eu lhe contei. — Não é uma viagem tão longa…

— São quase quinhentos quilômetros, mãe. — Pisquei várias vezes, tentando manter a voz firme. — Eu parto amanhã. Não sabia que ia ser tão rápido.

— Não era para você ter se alistado ainda. — Ela estava chorando, e ouvi meu pai ao fundo: *Deixe ela em paz, nossa filha sabe o que faz.*

A linha ficou muda por um instante, e então ouvi a voz controlada dele.

— Você teve dificuldade para se alistar, *malyshka*?

— Um pouco. O primeiro alistador que me recebeu não quis nem olhar meus certificados.

Ele tinha murmurado algo sobre mulheres que queriam ser soldados mas não tinham a menor ideia das dificuldades e, sem cerimônias, me pôs para fora da sala.

— Eles não conhecem as mulheres Belov — disse meu pai, continuando de maneira um tanto sinistra. — Preciso trocar uma palavrinha com alguém a seu favor?

Ele podia, eu sei. Meu pai era um homem bom e gentil, devotado ao Partido e à família, mas também não era um homem com quem se devesse mexer, jamais. Como se diz por aí, ele conhecia pessoas. O tipo de pessoa que organizava viagens só de ida para rios, gulags ou tanques de concreto. Foi por isso que Alexei se casou comigo quando eu tinha quinze anos: meu pai disse a ele que eu estava grávida, informando em seguida que ele ia fazer o que era certo, e Alexei provavelmente refletiu que era melhor concordar do que perder os polegares. Cirurgiões precisam dos polegares.

Mas eu não queria meu pai mexendo seus pauzinhos para me colocar no front.

— Encontrei outro oficial de alistamento, papai.

Alguém bem mais amistoso do que o primeiro, embora ainda tenha perguntado *O seu marido tem alguma objeção à senhora se voluntariar no Exército Vermelho*? Pelo menos ele não exigiu que eu fosse buscar uma autorização do Alexei. Se tivesse feito isso, era capaz de eu ter destruído aquele escritório.

— Não leve coisas demais — alertou meu pai. — Tudo que você precisa na guerra são meias secas, um bom par de botas e algo para ler. E não se esqueça de…

— Pelo amor de Lênin, papai! — Usei as próprias palavras dele para repreendê-lo de brincadeira. — Pare de se preocupar. Eu tenho muitas meias, e estou levando minha dissertação. — Por algum motivo, não suportei a ideia de deixá-la para trás. Apertando mais o fone entre os dedos, me forcei a acrescentar: — Eu… desculpe por não ter ido aí me despedir, antes de me alistar. Eu podia ter feito isso, mas…

— Seria mais difícil partir depois de ver os olhões do Slavka fixos em você — completou meu pai.

Mordi o lábio bem forte.

— É.

Como eu conseguiria ir com meu filho agarrado à minha cintura, soluçando e implorando: *Mamochka, não vá, não vá, por favor...* E que tipo de mãe eu seria então, uma mãe que não lutaria por seu filho, pelo mundo em que ela queria que seu filho crescesse?

— Eu sinto orgulho de você, *malyshka*. — A voz grossa do meu pai me trouxe lágrimas aos olhos. Eu as enxuguei. — Quando chegar ao front, só lembre-se de que...

— *Os Belov não recuam* — entoamos juntos, e isso me deu força suficiente para me despedir de Slavka pelo telefone.

Que vida pequena eu tinha em Odessa; empacotá-la levou quase tempo nenhum. Despedidas dos meus colegas de biblioteca e dos meus professores; abraços em Sofya. Poucos dias depois do meu alistamento, eu me vi enfiada em um trem militar lotado de novos recrutas se acotovelando — alguns de uniforme, a maioria em trajes civis. Passei os olhos pelo vagão na esperança de encontrar outra mulher e não vi nenhuma. Senti o coração pesado sob a gola enfeitada de renda que minha mãe insistiu em costurar no meu vestido de viagem mais resistente para deixá-lo bonito. Os soldados à minha volta pareciam amistosos, mas...

— Oi! — Uma mão fina acenou de um assento junto a uma janela e eu vi uma loira muito magra em um sobretudo grande demais. — Olena Ivanovna Paliy — apresentou-se, vigorosa, quando consegui abrir caminho até ela. — Eu vigio enquanto você dorme se você fizer o mesmo por mim. Eu preferiria chegar ao front sem ser apalpada.

Estendo a mão.

— Lyudmila Mikhailovna Pavlichenko. Mila.

— Lena. — Ela abriu espaço para mim no banco ao lado da janela, fazendo cara feia para o grande soldado ruivo que tentou se espremer entre nós. — Procure outro lugar, *blyat* — disse ela, com um gesto vagamente obsceno, e eu a apoiei com um olhar duro. Podíamos não nos conhecer ainda, mas éramos duas mulheres viajando sozinhas em um compartimento cheio de rapazes truculentos. Alianças como essa são rápidas, práticas, quase primais. — Batalhão médico para mim — prosseguiu Lena Paliy. — Na semana passada, eu era uma estudante de segundo ano no instituto médico de Odessa, fatiando corpos azulados e ressecados na mesa de dissecção. E você?

— Na semana passada, colocando periódicos em ordem alfabética. Amanhã... — Pensei nos meus distintivos de atiradora de precisão. — Posso ser útil onde eles me puserem, se colocarem um fuzil nas minhas mãos.

— Achei que haveria mais mulheres aqui além de nós. — Lena tirou uma beterraba da mochila e começou a comê-la crua. — Hitleristas avançando pela nossa fronteira que nem baratas e nós duas as únicas de saia neste trem? Fico até com vergonha de ser mulher. Se as moças querem ficar em casa e se acovardar atrás de suas panelas de sopa enquanto os homens lutam, elas que se mudem para a Inglaterra. Que fiquem passeando por Piccadilly com a princesa Margaret Rose e fazendo rolinhos para cachear o cabelo.

Eu ri, decidindo que ia gostar de Lena Paliy.

O trem foi se afastando lentamente da estação, serpenteando para oeste na direção da estepe. A superfície cintilante do estuário do Dniester logo reluziu à direita, depois, a sequência de estações. Shabo, Kolyesnoye, Sarata, Artsyz, Hlavani... Engoli uma onda de saudade. *O que estou fazendo tão longe de tudo o que amo?* Mas pisei nesse pensamento antes que ele pudesse florescer e se transformar em autopiedade. *Slavka. Isso é por ele.*

Uma longa noite. Lena cochilou primeiro enquanto eu tomava conta; depois eu apoiei a testa no vidro e aproveitei meu turno. Um dia ainda mais longo se seguiria; mais estações estranhas; mais cidades desconhecidas. Lena e eu compartilhamos histórias; eu admirei o cachecol que a mãe dela havia tricotado; ela admirou a fotografia de Slavka.

— Fofo — disse ela, tocando seu rosto redondo de bebê. — E o pai dele?

— Não tão bonito. Um cafajeste, na verdade.

— Sinto que há uma história aí.

Lena fez um gesto de *comece a falar*, e eu geralmente não sou tão aberta com pessoas recém-conhecidas, mas me vi contando a história: a Mila Belova de quinze anos em seu primeiro baile, o homem alto de cabelo loiro que a puxou das amigas para uma dança e disse: *Deixe eu te mostrar.*

— Bastou isso? — Lena ergueu as sobrancelhas. — Deve ter sido uma dança e tanto.

Fiz uma careta.

— Em qualquer noite comum, eu teria dançado uma vez com ele e voltado para minhas amigas. Só que bem ali, diante dos meus olhos, ele salvou uma vida.

Alexei e eu tínhamos dado apenas duas voltas na pista quando um estranho perto da parede de repente se curvou, o rosto vermelho de vodca, os olhos arregalados de pânico, engasgando ou algo parecido. Seus amigos não sabiam que era grave e até riram quando ele caiu de joelhos, envolvendo a garganta com as mãos; mas Alexei sabia. Ele abriu caminho pela pista de dança cheia até o homem e o virou de costas no chão, tentando fazê-lo expelir o que quer que o estivesse sufocando. Quando consegui me desvencilhar da aglomeração e chegar perto dele, Alexei já havia arregaçado as mangas imaculadas e estava tirando uma caneta tinteiro e um canivete do bolso. Ao me ver, ele pôs a caneta nas minhas mãos e gritou "Desmonte isso e me dê o corpo dela!", enquanto já pegava uma garrafa de vodca na mesa mais próxima e usava o líquido para esterilizar o canivete. Eu me ajoelhei ao lado de Alexei, o coração apressado, e vi que ele estava muito calmo. Ele pegou a caneta tinteiro desmontada e me jogou seu lenço. "Quando eu falar, enxugue o sangue."

E ele cortou a garganta do homem logo abaixo do pomo de adão, chegando até a traqueia em um único golpe firme, e eu enxugava o sangue, aterrorizada, mas me movendo segundo as instruções daquela voz tranquila, e ele improvisou um tubo de respiração com o corpo oco da caneta, e o homem sobreviveu. Tudo por causa das mãos firmes e hábeis de Alexei Bogdanovich, o Dr. Pavlichenko, cujo nome eu nem sabia até uma hora depois, quando estávamos sentados sob um carvalho no jardim fresco do lado de fora do salão de baile, o paciente já transportado para o hospital.

— Você é boa em uma crise, pequena... Como é seu nome mesmo? Mila? — perguntou enquanto pegava minha mão, entrelaçando-a em seus dedos longos de um jeito que me deixou totalmente sem ar.

— Eu não sou tão pequena — falei, esperando que ele não adivinhasse minha idade e me sentindo aliviada quando ele sorriu.

— Não, estou vendo que não é.

("Aquilo era uma mentira", contei a Lena. "Ele fez uma avaliação muito precisa da minha idade, que eu era nova demais, exatamente a idade de que ele gostava.")

— Como você fez aquilo? — perguntei. — E salvou o homem?

— Eu sou cirurgião. Isso é o que cirurgiões fazem. — Ele sorriu. — Mas ainda vou ser mais que um cirurgião.

— O que você quer ser?

— Grande — disse ele apenas. — Vou fazer o nome Pavlichenko ressoar de Moscou a Vladivostok um dia. — Ele sorriu para mostrar que estava brincando, mas eu sabia que não estava. Ele brilhava de ambição.

— Já estou até vendo — respondi, rindo. — Alexei Pavlichenko, herói da União Soviética…

— Isso soa bem. — Ele também riu, olhando para mim. — E o que *você* quer, Lyudmila?

Minha nova amiga Lena soltou um assobio.

— E você caiu nos braços dele como uma florzinha frágil?

— Mais ou menos.

Quase quinze anos, algo como estar entre roubar frutas nos pomares com os meninos da vizinhança e estudar para as provas finais. Nem a menina aplicada que sonhava com a universidade nem a garota travessa bronzeada de sol que era a mais hábil da turma com um estilingue... nenhuma delas teria a menor chance contra um viking loiro que me puxou para sua órbita a fim de ajudá-lo a salvar uma vida, depois me perguntou *o que eu queria*. Fiz o que qualquer adolescente teria feito: me inclinei e o beijei antes de perder a coragem, e talvez tenha sido pega desprevenida pela velocidade com que tudo aconteceu depois disso, a rapidez com que botões estavam se abrindo e roupas caindo ao chão, mas eu estava muito excitada, deslumbrada demais para querer parar.

— Nove meses depois — contei a Lena —, lá estava Slavka.

Ela assobiou de novo.

— E o calhorda loiro?

— Subindo na vida. Ele é o melhor cirurgião da região, admito isso.

Eu tive de entrar em contato com ele cerca de um ano atrás para pedir uma declaração necessária para minha matrícula na faculdade: *Seu marido tem alguma objeção à sua matrícula na Universidade de Kiev?* Ele foi cordial enquanto escrevia uma breve confirmação de que nós não vivíamos juntos fazia anos. Não quis saber do Slavka, só puxou meu punho em sua direção e perguntou se eu lhe daria um beijo *pelos velhos tempos*. Tive vontade de dizer algo sarcástico, mas não me arrisquei, porque precisava da declaração que ele tinha acabado de escrever. Então apenas sorri de forma tensa, desviando do beijo, e ele abriu um sorriso cínico, segurando o papel sobre minha cabeça. *Pule*, kroshka! E eu pulei, porque precisava, e ele só me fez pular três vezes antes de me deixar pegar o papel. Só de pensar nisso meus dedos dos pés ainda se contraem de vergonha.

— Não vamos mais falar dele — falei para Lena, engolindo a raiva que sempre sentia ao pensar em Alexei. Raiva não servia de nada para uma mãe, uma estudante, uma futura historiadora e membro produtivo da sociedade, e sem dúvida não me ajudaria a ser uma soldado calma e eficaz. Alexei era o passado, a guerra era o futuro, então cutuquei Lena com o sapato e disse: — Sua vez.

— Eu tive um ou dois calhordas loiros no meu passado… — Ela começou a contar uma história rica em detalhes que tirou Alexei da minha cabeça, esperava que para sempre.

Quase quarenta e oito horas de um desconforto frio e malcheiroso, os músculos doloridos, até sermos despejados do trem: três horas da manhã, nos empurrando e acotovelando a fim de formar uma fila num desvio ferroviário estranho, tremendo pela umidade gelada. Colocados em relativa ordem pelos gritos de instruções, começamos a longa caminhada por uma estrada de terra. Às sete horas, meus pés já estavam cheios de bolhas, e eu sentia o cheiro dos pinheiros, da seiva das árvores e… de pólvora. O cheiro da guerra, ou pelo menos da minha guerra. Meu pai disse que o tempo dele no front cheirava a barro e arame, mas talvez cada guerra tenha um odor diferente.

A minha tinha cheiro de árvores, fumaça e sangue.

Desde aquele dia, esse cheiro nunca mais saiu do meu nariz.

HÁ ALGO EM COMUM NAS histórias de guerra, não acha? A história flui como um filme, com uma boa trilha sonora. O recruta orgulhoso, as despedidas da família; a hora de vestir o uniforme — a música cresce, terna e comovente. O juramento do soldado; um momento dramático, algo que pede um som patriótico dos metais. Depois, o período de treinamento, em que o novo recruta de olhos arregalados aprende a lidar com sua arma — isso combina com uma marcha militar, muitos tambores. A essa altura, o recruta (e a audiência, enquanto ele conta essa história) está pronto para a batalha.

Mas eu cheguei à Bessarábia entre as unidades de retaguarda da 25ª Divisão de Fuzileiros Chapayev no meio de um completo caos. Não houve tempo para treinamento adequado ou para a apreciação dos diferentes momentos emocionantes de minha iniciação; mal houve tempo para engolir um prato de mingau de trigo sarraceno ao som do fogo de metralhadoras a distância. Barro amassado sob botas, e as árvores olhando como sentinelas silenciosas para as barracas sujas, os caminhões chacoalhantes, os soldados correndo por todo lado como formigas. Vesti o uniforme que me jogaram, recitei meu juramento depressa e entreguei minha vida ao Exército Vermelho, assimilando a informação de que havia me tornado um soldado do 54º Regimento de Fuzileiros Stepan Razin, 1º Batalhão, 2ª Companhia.

— Adeus, vida civil — disse Lena, enfiando na cabeça seu novo quepe de trabalho. — Não há muitas de nós, não é? Não sei se é porque ainda estamos no início da guerra ou porque estão pondo as mulheres atrás de mesas ou em batalhões de hospitais.

Eu sabia que não havia *muitas* mulheres no Exército Vermelho, mas não esperava ser a única na 2ª Companhia. Sempre me dera bem com homens; a maioria dos meus amigos de infância eram meninos, e eles me aceitavam sem questionar. Mas uma coisa é correr com um grupo de meninos por um mundo que ainda era composto de metade de mulheres, outra coisa era ser a única mulher numa companhia inteira de rapazes barulhentos e exaltados.

— Corte meu cabelo — pedi a Lena de repente, tirando meu quepe. — Corte curto, no pescoço.

— Você tem um cabelo lindo — protestou ela, enquanto eu soltava minha trança.

— Nós não vamos ter tempo para manter cabelos longos lavados e escovados. — Ignorei qualquer sentimento de tristeza. Eu era uma mulher mediana, nem alta nem baixa, nem gorda nem magra, mas o pesado cabelo cor de chocolate que ia até a cintura era lindo. *Cabelo cresce de novo,* disse a mim mesma. — Corte bem curto, Lena. Não é só a questão de lavar. Meu pai disse uma vez que as mulheres que se dão melhor no Exército são as que não chamam atenção para o fato de serem mulheres. Cabelo curto. Profissional. Nada de flertes.

— Um dos rapazes... — Lena começou a decepar minha trança grossa.

— Certo. Corte o meu em seguida.

Tosamos o cabelo uma da outra, jogamos nossas tranças cortadas cerimoniosamente na fogueira do acampamento mais próximo e trocamos sorrisos tristes enquanto elas queimavam.

— Cuide-se — falei para minha nova amiga quando ela foi chamada para se juntar ao batalhão médico. — Olho vivo até ter feito algumas amigas que possam te proteger. — Nós não tivemos de dizer o porquê. Toda mulher sabe o motivo.

— Você também, Mila.

Lena acenou para mim enquanto se afastava e, com sua partida, os oficiais do meu batalhão pareciam ainda menos certos do que fazer com a única mulher que restava no lote de novos recrutas. Eu me vi diante de um tenente que mal tinha idade para fazer a barba, tentando explicar que já sabia atirar, uma notícia que ele recebeu como um agente funerário diante de um corpo que havia chegado à sua mesa já embalsamado.

— Você sabe atirar? — repetiu ele pela terceira vez. — Talvez você ache que saiba. Guerra não é serviço de mulher. Vou solicitar que o comandante do batalhão transfira você para um batalhão médico.

— Seria um desperdício me transferir como auxiliar médica, senhor.

Mas fui encaminhada para o posto de comando do 1º Batalhão, onde tive a mesma conversa outra vez, e depois de novo quando me vi, impaciente e irritada em meu novo uniforme cáqui, diante da mesa de um capitão de rosto comprido e expressão lúgubre.

— Você sabe atirar? — Ele olhou meus certificados. — É mesmo boa nisso?

— Pode me testar, camarada capitão — respondi. — Um fuzil com mira telescópica...

Ele empurrou o quepe para trás sobre o cabelo ralo.

— Nós não temos fuzis de precisão.

— Um Três Linhas padrão, então? — falei, pensando no instrutor com a cicatriz e em suas aulas de como manejar o fuzil Mosin-Nagant.

— Também não temos desses, Lyudmila Mikhailovna. Não o suficiente para recém-chegados.

Eu poderia ter me incomodado com o uso do meu nome pelo capitão, mas ele não fez isso com o tom sarcástico que eu já tinha ouvido dos outros oficiais. O capitão Sergienko era grisalho, magro e alto, com talvez trinta anos, mas parecendo cinquenta, e falou meu nome como um homem que estava há duas semanas em guerra e já se sentia como se não dormisse havia um ano.

— Como vou lutar então, camarada capitão?

Com meu quepe preso desajeitadamente sob um braço, olhei para as botas de couro artificial, dois tamanhos maiores que meus pés, e tive um pensamento claro: *Toda paramentada e sem ter como lutar.*

— Para vocês, novos recrutas, a principal arma no momento será a pá.

Uma pá.

Não foi exatamente um momento dramático, foi? Não há um empolgante tema de Prokofiev para uma nova recruta cavando trincheiras heroicamente. Mas essa foi a minha entrada na 25ª Divisão de Fuzileiros Chapayev: uma pá e não um fuzil, e um atropelo desorganizado para o meio de um recuo em massa em vez de uma corrida impetuosa para a glória.

Uma das muitas maneiras em que a vida real não é como um filme.

EU NÃO VIRIA A DAR um único tiro por quase um mês, e a maior parte desse mês são apenas fragmentos em minha memória. A clareza me veio com um gatilho; antes disso, era caos e torrões de terra, confusão e sangue coagulado. Talvez fosse diferente para os generais, os homens comandando grandes unidades militares que olham para mapas e veem o quadro mais amplo, a máquina inteira. Para nós, engrenagens, só a terra diretamente sob nossas botas é clara. Eu havia sido lançada de cabeça em um tumulto de ataques e contra-ataques, avanços e retiradas — eu marchava, obedecia a todas as ordens que me eram gritadas, aprendi a parar de me encolher ao som da artilharia aérea. Mas não aprendi a lutar, mesmo enquanto batalhas se desenrolavam em toda a extensão da nossa fronteira. Não havia tempo para recuperar o fôlego ou mesmo para aprender o nome do homem que marchava ao meu lado.

Fragmentos.

Eu me lembro dos regimentos viajando de dia e de noite quando começamos a retirada tumultuosa pelas estepes do mar Negro — caminhões, carroças puxadas a cavalos, a pé. Lembro de cair no sono à noite, exausta demais para tomar precauções de segurança, embora isso não importasse muito, porque, naquele caos, os homens da minha companhia não tinham energia nem para registrar que a camarada soldado Pavlichenko era mulher. Eu me lembro da estepe como ela era nas noites quentes de verão, estendendo-se de ambos os lados da estrada como um livro aberto, e de como ela era de dia, retumbando com tiros de canhão, perfurada por fogo, o cheiro de pólvora queimada pairando pungente no nariz. Lembro de civis recuando conosco, caravanas inteiras de trabalhadores de fábricas e equipamentos; fazendeiros conduzindo rebanhos de animais das fazendas coletivas; mulheres e crianças se arrastando com cestas e mochilas carregadas, estremecendo sempre que um Focke-Wulf zumbia no céu.

Eu me lembro de cavar trincheiras com pequenas pás de sapador à luz da lua, enquanto a artilharia inimiga de longo alcance estrepitava. Lembro de perceber que eu estava no front fazia um mês e ainda não tinha escrito para meu pai. *Os Belov não recuam.* No entanto, estávamos recuando, enterrando nossos mortos em crateras de bombas. Estávamos recuando em faixas por toda a extensão cada vez menor da nossa fronteira, retrocedendo diante da suástica.

Eu me lembro de um campo de trigo subindo em ondas de fogo sob uma revoada de bombardeiros alemães; me lembro das cascas retorcidas de cidades queimadas e dos maquinários bombardeados. Junkers se alinhando sobre uma estrada esburacada por ataques anteriores, abarrotada de famílias que se retiravam, despejando bombas diretamente no centro — enquanto minha companhia recebia ordens de sair imediatamente dali e procurar cobertura entre as árvores. Em um crepúsculo sangrento, uma mulher esquelética, cuja carroça tinha acabado de ser despedaçada por uma bomba, cuspiu em mim quando voltei para a estrada com o restante da companhia. "Vão para o inferno", sibilou ela. "Por que não estão lutando contra esses canalhas?" Eu me lembro de baixar os olhos, pôr a mochila no ombro e entrar na formação, incapaz de dizer uma palavra.

Eu me lembro do medo. *Afaste-o, enterre-o*, dizia a mim mesma, mas não havia como fazer isso, ele estava em toda parte: nós vivíamos o medo, respirávamos o medo, comíamos e bebíamos e suávamos o medo. Cada zumbido de aviões alemães no céu podia significar o meu fim, e eu não tinha nada com o que me defender a não ser uma *pá*.

Isso mudou numa manhã de julho, o cenário arrasado e infernal que marcava a linha de Novopavlovsk a Novy Artsyz. O fogo de artilharia vinha soando em ondas; meu regimento estava entocado. *Entocado*, um termo bonito para *escondido*, abrigado em trincheiras improvisadas e grupos de árvores estilhaçadas, agachando sempre que outra onda de fogo ensurdecedor retumbava como os passos de um gigante. O homem abrigado ao meu lado na fenda cavada na terra que servia como nossa trincheira era pouco mais que um menino, sardento e sério, mexendo tanto em seu fuzil que eu tinha vontade de lhe dar um tapa na orelha. Outra onda de artilharia aérea desabou sobre nós; eu enlacei as mãos na nuca e baixei a cabeça, alertando o garoto para manter a cabeça baixa. "Aguenta firme", gritei, no meio do barulho, quase sufocando com meu terror, "os ataques vêm em ondas, é como o parto...", mas ele me olhou com uma expressão confusa. Claro que era uma analogia inútil para um homem, e eu tentei pensar em outra, mas, de repente, o rosto dele era um lençol de sangue. Ele tocou a testa, parecendo mais confuso ainda, e vi que a lateral da sua cabeça tinha sido quebrada como um ovo. Ele caiu devagar em cima de mim; tentei segurá-lo, mas ele era pesado demais e deslizou para a lama.

Deixando seu fuzil pegajoso de sangue em minhas mãos trêmulas.

A DELEGAÇÃO SOVIÉTICA: DIA 1

27 de agosto de 1942

WASHINGTON, D.C.

Capítulo 5

Se um dia ela já empunhou um fuzil na vida, pensou o atirador, observando a suposta sniper desaparecer dentro da Casa Branca, *eu como este meu maldito chapéu.*

As portas se fecharam atrás da delegação soviética.

— Quando a gente vai poder chegar nesses russos? — perguntou o jornalista do *Washington Post*, mexendo em suas anotações. — Eles não vão fazer a gente esperar até o começo da assembleia de estudantes, não é?

— Vai ter uma coletiva de imprensa hoje à noite na embaixada soviética. — O atirador ativou seu sotaque da Virgínia, dando as costas para a Casa Branca com seu rosado brilho do alvorecer. — Guarde suas perguntas até lá. A não ser que você tenha conseguido um convite para o café da manhã de boas-vindas daqui a pouco.

— Você conseguiu? Seu filho da mãe sortudo…

O atirador sorriu. Sorte não tinha nada a ver com aquilo; os homens que o haviam contratado para esse serviço moviam-se pelos altos círculos e garantiram que o nome dele (ou melhor, o nome no crachá da imprensa perfeitamente falsificado) estivesse na lista.

— Por que precisa ver a mulher de perto? — resmungaram aqueles mesmos homens. — Você tem que incriminá-la, não sair com ela.

— Eu preciso saber como tirá-la de cena quando chegar a hora — respondeu o atirador. — Se ela vai ser fácil ou difícil de distrair. Se vou ter que subornar alguém da delegação para me dar acesso a ela e, nesse caso, quem. E só terei uma semana, do dia da chegada da delegação soviética até o último dia da assembleia, para descobrir tudo isso.

— Parece uma trabalheira... — tinha sido a resposta.

O atirador deu de ombros. Na verdade, ele sempre gostou de todo esse esforço envolvido num novo serviço: escolher uma identidade falsa bem planejada, dar suporte a essa identidade com uma pesquisa sólida, *viver* o trabalho, se necessário. Ele se lembrava da vez em que havia trabalhado quatro meses inteiros numa agência de seguros para obter acesso a um alvo... e vendido um monte de seguros honestos nesse meio-tempo. Essas horas *eram* trabalho, sem dúvida, trabalho meticuloso e, muitas vezes, entediante. Mas ele sempre considerou que havia dois tipos de homem naquele ramo: bons atiradores que achavam que sua tarefa era apertar o gatilho e só faziam esforço suficiente para pesquisar um disfarce razoável, suando o tempo todo... e os profissionais, para quem o disfarce perfeito *era* o trabalho, que dedicavam horas e pesquisa suficientes para não ter que suar quando chegasse o momento de apertar o gatilho.

Ele sabia de qual tipo era.

— Ainda assim, muita mão de obra por um bode expiatório — tinha reclamado o capanga dos seus superiores.

Diz o homem que não vai sair algemado se tudo isso der errado, pensou o atirador.

— Só garanta que meu nome no crachá de imprensa passe pela segurança e esteja em todas as listas de convidados e permissões necessárias — ele havia dito e, pelo menos até o momento, não tinha tido problema *com isso*.

Ele costumava conseguir encontrar as próprias maneiras de ganhar o acesso de que um serviço precisava; depois de dezenove anos, tinha um grupo de contatos e informantes a quem poderia pagar para obter praticamente qualquer tipo de informação ou documento. Mas os homens para quem estava trabalhando agora podiam conseguir muito mais com alguns acenos nos bastidores.

Ele tinha uma reunião com seus empregadores dali a meia hora; ou melhor, com o capanga dos seus empregadores. Não era necessário, mas eles queriam garantias, e ele ainda tinha cerca de uma hora para ficar enrolando até voltar para o café da manhã de boas-vindas, quando a primeira-dama de dentes de cavalo receberia os soviéticos e alguns poucos representantes da imprensa na pequena sala de refeições do primeiro andar da Casa Branca. O atirador se perguntou o que Mila Pavlichenko estaria fazendo naquele momento. Deslumbrando-se por estar sob um teto famoso ou torcendo o nariz para a decadência capitalista ocidental? Estaria lendo a matéria de capa sobre seu suposto abate de 309 nazistas ou se sentindo perdida, insegura, longe de casa? Ele esperava que fosse esta última. Mulheres solitárias eram presas fáceis. Ele tinha alvejado umas tantas ao longo dos anos.

Não tinha certeza se teria de matá-la ou não. A opção que se mostrasse mais simples: todos os profissionais sabiam que quanto mais simples o plano, melhor. Porque, assim que as balas começavam a cantar, até os planos mais bem formulados desandavam. Certa quantidade de improviso era inevitável. Quer ele acabasse deixando o corpo dela com um bilhete de suicídio no qual ela confessava tudo, quer apenas a incriminasse e deixasse que sua reputação inflada pelos soviéticos pusesse a corda em seu pescoço, uma coisa era certa: quando se planeja assassinar um presidente, o momento ideal é quando uma sniper russa está na cidade para levar a culpa no seu lugar.

Os diamantes no bolso do atirador tilintaram enquanto ele fazia sinal para um táxi.

— Lincoln Memorial, por favor — disse ele ao motorista, e abriu a janela para desfrutar a brisa morna da manhã.

A previsão para a semana era de céu azul, dias quentes e o tempo perfeito de fim de verão. *Srta. Pavlichenko, aproveite sua primeira visita aos Estados Unidos enquanto pode.*

Notas da primeira-dama

Enquanto acompanho a delegação soviética pelas escadas da Casa Branca até seus quartos de hóspedes, minha mente fica repetindo as palavras de Franklin depois de sua queda pela manhã: "Eles torceriam para que eu nunca mais me levantasse." Uma acidez extra no eles, *que ia além da sua habitual ironia. Amargura? Preocupação? Reflito sobre isso enquanto conduzo Lyudmila Pavlichenko até o quarto cor-de-rosa que será dela durante a visita.*

Meu marido tem detratores e rivais, claro. Todo presidente é odiado. O homem que foi eleito sem precedentes para um terceiro mandato é mais odiado do que a maioria. Ele geralmente ri desse ódio... mas não estava rindo esta manhã.

Será que há algum conluio de inimigos que o está preocupando?

Eu pisco, despertada de meus pensamentos quando a jovem russa — que até agora não disse uma palavra — atravessa o quarto até a janela, onde a luz da manhã brilha através do vidro. Por um instante, acho que vai fazer alguma exclamação sobre a vista dos jardins floridos abaixo, mas, em vez disso, ela fecha as cortinas com um movimento rápido. "Algo errado, minha querida?", pergunto.

Ela diz alguma coisa em russo, parecendo serena enquanto cruza os braços, mas eu sinto uma inquietude. "Ela disse que prefere não ter janelas abertas às suas costas, Sra. Roosevelt", traduz o intérprete.

Ah. Dizem que ela é uma sniper. Eu não sabia o que pensar disso. Na verdade, ainda não sei. Mas ela me agradece a hospitalidade por intermédio do intérprete e eu examino aqueles opacos olhos escuros, com vontade de lhe perguntar: Como você sabe quando há um inimigo à espreita? Como você sabe se é apenas desconfiança ou perigo real?

Como você sabe se há um alvo em suas costas?

CATORZE MESES ATRÁS

Junho de 1941

O FRONT DE ODESSA, URSS

Mila

Capítulo 6

A versão oficial da história: Toda mulher se lembra da sua primeira vez. Minha versão não oficial: Essas palavras significam para mim coisas muito diferentes do que para a maioria das mulheres.

— VEJO QUE VOCÊ CONSEGUIU ARRUMAR miras PE para esse fuzil. — O capitão Sergienko de expressão lúgubre indicou com a cabeça a arma que agora estava registrada em meu nome. — Já atirou com ele?

— Sim, camarada capitão. — Mantive os olhos à frente, me perguntando por que teria sido chamada ao posto de comando na luz oblíqua de pouco antes do anoitecer.

Ele me olhou de cima a baixo. Mudei o peso de um pé para o outro em minhas botas, consciente de que meus lábios estavam secos a ponto de rachar, de que meu cabelo curto estava sujo. A divisão Chapayev tinha chegado ao distrito fortificado de Tiraspol e se entrincheirado. Não era um lugar ruim para dar meia-volta e lutar: muralhas, concreto reforçado e pontos de tiro nas pedras; valas; trincheiras fundas; metralhadoras e nossa própria artilharia. A linha de defesa russa se estendia como um colar pela garganta de Alexandrovka, Buyalyk, Brinovka, Karpova, Belyayevka... Fazia menos de seis semanas que eu estava na guerra? Pisquei para afastar o pensamento.

A voz de Sergienko me trouxe de volta.

— Você acertou alguém que alinhou nessas miras?

— Não sei, camarada capitão. Não foi esse tipo de tiro que eu dei.

Eu tinha atirado como um bom soldado: quando me mandavam, cegamente, sobre a borda de trincheiras e de trás de árvores, enquanto a divisão Chapayev continuava em retirada. Não dava para ver em que se estava atirando nesses momentos; nós atirávamos porque estavam atirando em nós, não por termos alguma coisa em nossa mira. Eu não sabia se tinha atingido alguém; só sabia que sentia menos medo quando tinha o peso reconfortante de um fuzil nas minhas mãos. Não era algo que fizesse sentido, na verdade, porque ter uma arma não me tornava invulnerável, mas eu me sentia menos desamparada. Não podia afastar meu medo, mas podia canalizá-lo para o meu fuzil.

— Venha comigo — disse Sergienko, e eu o segui para fora do posto de comando, pelo meio da confusão de engradados e barracas, mesas improvisadas e terra amontoada para formar amuradas, por certa distância até uma cabana de camponeses bombardeada de onde ele pôde apontar para o outro extremo de Belyayevka. Entre as árvores ao longe, havia uma casa grande com uma varanda de telhado em cumeeira, reluzindo ao sol poente. — Está vendo ali?

Fiz que sim. Dois oficiais de uniforme cinza saíram para a varanda; eu via o brilho de suas insígnias, seus capacetes redondos. Não hitleristas; romenos, aliados da Alemanha. Tão perto. Eu ainda não tinha visto o inimigo com tanta clareza; até agora, eles todos eram formas indistintas do outro lado das trincheiras, contornos de capacetes nas cabines de aviões passando no alto. Esses dois homens não estavam a nem meio quilômetro de distância. Parados ali numa varanda ao sol, se *coçando*, rindo. Nossos invasores.

O medo, que ficava sempre guardado no meu estômago, começou a se agitar de novo. Eu costumava sentir o medo frio e azul-violáceo, como uma apara de tungstênio se enrolando sob um torno, mas, dessa vez, seu metal estava sendo forjado de azul para vermelho. De medo para raiva.

— Esse provavelmente é o quartel-general do estado-maior deles — dizia o capitão Sergienko com a expressão cansada. — Você me mostrou seus certificados; pelos nossos registros, por enquanto você é a única que apareceu por aqui com um curso avançado de tiro de precisão no currículo. Agora que temos um momento para respirar — *entre retiradas* ficou nas entrelinhas —, deixe-me ver do que você é capaz.

Eu já estava tirando o fuzil do ombro.

Sergienko ficou para trás, observando. Senti a pulsação batendo sob meu queixo quando comecei a preparar o tiro nos dois homens. *Alvos,* disse a mim mesma, mas não podia ignorar a realidade de que aqueles não eram círculos pintados em um estande de tiro ou garrafas de vidro sobre forquilhas.

Eles são inimigos, dizia a raiva dentro de mim, inflamando-se conforme eu seguia com meus preparativos. *Invasores.* Eu não pedi que eles viessem aqui. Não pedi que se aliassem à Alemanha, que fizessem planos grandiosos de renomear Odessa como *Antonescu* quando a capturassem; que purgassem qualquer território capturado de judeus e ciganos, ucranianos e russos, porque éramos considerados uma raça indesejável. Eu não pedi nada disso. Queria estar em casa, abraçar meu filho, terminar minha maldita dissertação. Eu não queria necessariamente o outro lado morto; apenas que eles *fossem embora.* Mas eles não iam embora, então, paciência, eu me contentaria com mortos.

Não parei nem um instante de me mover, não hesitei. Que hesitação pode haver, de fato, depois de três semanas de retirada desesperada sob fogo inimigo? Apenas expirei minha raiva e deixei o treinamento assumir o comando.

Um bom atirador move-se sem pressa, cada movimento tão deliberado quanto o ponteiro das horas de um relógio em seu percurso. *Um...* Dar a primeira olhada calma pelas miras, o momento em que a alma silencia e o olho assume o controle. *Dois...* Fazer uma estimativa da linha de visada horizontal; eu a via cobrir os ombros do oficial no alto dos degraus da varanda. *Três...* Usar essa referência para calcular a distância, a equação que aprendi em meu curso de tiro sendo aplicada em um piscar de olhos: quatrocentos metros. *Quatro...* Deslizar as balas Ball L para seu lugar. *Cinco...*

Encontrar uma posição de tiro no rancho bombardeado onde estávamos: tentar um ângulo deitada sobre a barriga — não funciona; tentar uma posição ajoelhada atrás de uma parede semidestruída com as pedras apoiando o cano do fuzil — melhor. *Seis...* Corrigir a postura: peso sobre o calcanhar da bota direita, cotovelo esquerdo sobre o joelho esquerdo dobrado, manter até estar imóvel, até ser uma pedra, até a geada poder se acumular em meus cílios. *Sete...* Ajustar a alça do fuzil sob o cotovelo, deixá-la suportar o peso da arma. *Oito...* Encontrar o alvo outra vez pela mira, ajustar para o vento. *Nove...* Buscar o gatilho, apontar. *Dez...* Inspirar. *Onze...* Expirar.

No *doze*, o relógio bate meia-noite e o dedo aciona o gatilho.

Olhei para os invasores pelas minhas miras e, na expiração, atirei.

Sete tiros depois, baixei o fuzil, sentindo os ouvidos zumbirem e o ombro doer do coice. O capitão Sergienko baixou o binóculo e olhou para mim.

— Você acertou o oficial de trás com o terceiro tiro e o da frente com o quarto, embora eles já estivessem fora da varanda e fugindo rápido.

— Eu vi.

Minha voz parecia estar vindo de muito longe. Percebi que minhas mãos tremiam e apertei com mais força a coronha do fuzil. Quando olhei para o capitão, seu rosto ainda aparecia sobreposto com as linhas de minhas miras, como se eu as tivesse gravado a fogo nos meus olhos.

O capitão olhou pelo binóculo para o quartel-general romeno outra vez. Parecia haver muita atividade naquela varanda agora.

— Bom tiro.

— Nem tanto. — Meu rosto queimava. — Era para eu ter usado apenas duas balas.

— Mas você abateu os dois homens mesmo assim. — Sergienko estava pensativo enquanto se afastava da casa e acenava para que eu o seguisse. Os romenos poderiam calcular de onde os tiros tinham saído e atirar de volta para essa posição. — Tenho uns rapazes siberianos calejados aqui capazes de enfiar uma bala no olho de um esquilo a meio quilômetro de distância, mas, quando pedi que me mostrassem o que sabiam fazer, todos eles congelaram na hora de atirar em um homem pela primeira vez. Você sabe a ciência envolvida, balística, trajetórias, tudo isso. Mais importante, você soube como deixar que a ciência a conduzisse quando chegou o momento de atirar em um alvo humano. Poderia ter errado, mas não hesitou. Isso é raro em novos recrutas.

— É só treinamento — falei. — Eu já tive algum, os outros, não. É só isso.

— Treinamento? Não instinto?

Sergienko era um homem inteligente, mas até mesmo ele (como muitos, eu logo descobriria) tendia a ser romântico quanto ao *instinto* do sniper, quanto a *sentir no sangue*, quanto a tudo estar *nas entranhas*. Besteira. Eu era uma boa bibliotecária porque tinha aprendido a arquivar, catalogar e organizar; era uma boa atiradora porque tinha aprendido cálculo de alcance e estimativa de distância e sabia quanto uma bala que sai em rotação ia se desviar lateralmente da boca do cano até o alvo. Eu sabia fazer isso não por algum instinto inato, mas porque tinha estudado, e treinado, e praticado, até o treinamento se *tornar* instintivo. Eu era uma boa franco-atiradora porque era boa aluna.

— Treinamento — repeti, com uma saudação atrasada.

— E consegue fazer isso de novo? Estou precisando de atiradores de longa distância.

— Consigo fazer de novo.

Mesmo depois de cinco tiros perdidos, eu sabia que podia. Porque eu tinha treinado para ser *perfeita*, e a perfeição se tornara um hábito forte demais para permitir erros. Era tão raro a vida permitir que uma mulher fosse perfeita, muito menos uma mãe, ainda por cima mãe solo e solteira na União Soviética, que era um lindo lugar, mas não exatamente um lugar indulgente… então, quando eu me punia por ter errado uma questão numa prova ou perdido uma chance numa assembleia de estudantes, podia pelo menos ir ao estande de tiro e saber que lá eu não erraria nada.

E essa compulsão por não errar era tão forte que hoje abati dois alvos vivos sem hesitação.

Eu não tinha parado para examinar o rosto dos inimigos pelas miras, mas seus traços devem ter deixado uma impressão apesar disso, porque eu os via agora com uma clareza nauseante em minha mente. O primeiro oficial tinha o rosto bem barbeado, nariz adunco; o segundo tinha a pele morena e o começo de uma barriga. Inimigos — mas talvez também fossem maridos, pais. Todas as singularidades e talentos, fraquezas e imperfeições que compunham duas vidas humanas únicas, extinguidas em segundos por duas balas.

De repente, eu queria pôr a cabeça entre os joelhos, mas não podia fazer isso na frente do meu comandante. Engoli a bile que subia na garganta e dei uma olhada para trás, para a casa onde eu havia atirado, uma casa agora agitada como um formigueiro, imaginei, com oficiais romenos em pânico. *Invasores,* lembrei a mim mesma outra vez. E, apesar da minha náusea momentânea, eu sabia que, da próxima vez que atirasse nos inimigos, não erraria.

— Será que pode me usar, camarada capitão? — perguntei. — Como sniper?

Meu instrutor com a cicatriz dizia muito essa palavra. Era a primeira vez que eu fazia isso.

— Ah, sim. — Sergienko prendeu a alça do binóculo no ombro, tão sério que meu coração começou a bater com mais força. — Só tem um problema.

— Qual?

— Sete tiros em dois nazistas! Você tem que economizar cartuchos, Lyudmila Mikhailovna. Que desperdício!

Sua cara brava se manteve por um momento, depois se desfez num sorriso lúgubre. Pela primeira vez em semanas, eu me peguei rindo. Uma risada trêmula, mas ainda assim uma risada. Risos no front. Eu nem sabia que isso poderia ser tão bom, tão necessário.

— Vou acertar da próxima vez, camarada capitão. — Fiz uma saudação, sorrindo, mas me repreendendo por dentro. Sete tiros para dois acertos. Meu instrutor teria coçado a cicatriz e perguntado se eu me incomodaria de mirar em Moscou na próxima vez e não em Paris. — Duas vidas, duas balas na próxima vez.

— Tente. Logo eles vão estar em movimento de novo e não há ninguém a não ser nós para segurá-los.

— Os Estados Unidos — falei, porque havia boatos: os americanos iam entrar na guerra, enviar tropas para o leste a fim de aliviar a pressão sobre nossas linhas. Mas o capitão Sergienko balançou a cabeça.

— Os americanos preferem nos deixar apodrecer. Está tudo nas nossas mãos. — Ele fez um sinal me dispensando e tomou o rumo de seu posto de comando, mas então se voltou de novo para mim. — Você abriu sua contagem hoje, sniper. Os registros vão mostrar que a contagem de L. M. Pavlichenko agora é de dois.

— Não — ouvi a mim mesma dizer.

Meu capitão ergueu as sobrancelhas.

— Esses dois foram tiros de teste. — Eles ainda contavam, eu nunca os esqueceria, mas não havia sido oficial, não ainda. E eu queria que ficasse claro que não estava preocupada em ampliar uma contagem a qualquer custo, contando vidas como moedas. Esse era outro tipo de exibição, e eu continuava não gostando. Talvez esse fosse o momento em que o lado sombrio da minha lua começou a aumentar, de crescente para cheia, mas fazer das minhas habilidades uma espécie de jogo ainda me parecia repulsivo. Eu só queria fazer meu trabalho e bloquear essa invasão, não construir uma reputação em cima disso. — A soldado sniper Pavlichenko vai abrir a contagem amanhã.

Capítulo 7

A versão oficial da história: Antes de um ataque, nós nos fortalecemos com pensamentos sobre a mãe pátria e o camarada Stalin.

Minha versão não oficial: Antes de um ataque, nós costumamos sentir náusea.

A CRISE DE MELANCOLIA PRÉ-BATALHA — cada um tem a própria maneira de combatê-la. A maioria dos homens da 2ª Companhia recorria a uma boa dose de vodca, a uma troca revigorante das piadas mais pesadas possíveis e a um ou dois coros animados de "Grande é a minha terra natal" ou "Lá do outro lado do rio". Eu gostava de pegar minha dissertação, agora toda amassada, da mochila e folheá-la. Havia algo maravilhosamente tranquilizador em Bogdan Khmelnitsky quando eu estava prestes a me ver sob fogo de artilharia.

Um estado de sítio tinha sido declarado na minha bela cidade de Odessa; era quase setembro e minha contagem era... bem, tinha sido oficialmente aberta, e eu vinha aumentando-a quase todos os dias, cada vez mais acostumada com aquele trabalho sombrio e sangrento, sem muitas oscilações entre medo e raiva, mal-estar e perfeccionismo. Mas hoje eu tinha saído com o restante da 2ª Companhia, não para uma das incursões de rotina que compõem boa parte da guerra, mas para algo diferente.

Fumaça flutuando sobre a água, gritos ecoando do outro lado da planície no istmo entre os estuários de Khajibeisk e Kuyalnik. O 3º Batalhão estava encurralado ali havia três dias sob fogo cerrado, reduzidos a não mais que quatrocentos combatentes. Os romenos avançavam pela planície, uma massa cinzenta disparando sempre que via movimento, atacando e se atracando com qualquer um que conseguissem arrastar para fora das fortificações semidestruídas. Alguém gritava ordens; o estrondo da artilharia no alto transformava as palavras em uma cacofonia sem sentido. Deslizei rastejando até uma trincheira rasa com um parapeito improvisado, me posicionei com meu fuzil e comecei a atirar — e, quase tão logo eu tinha começado, o trovejar dos canhões cessou.

Fez-se silêncio, que pairava sobre o solo ensanguentado como a fumaça. Os romenos tinham sumido, recuado para se reagrupar. Por que essas estranhas pausas acontecem no meio de lutas furiosas? Batalhas parecem ser coisas vivas, criaturas que precisam respirar tanto quanto os soldados que as estão lutando. Quando esses silêncios tomam conta, o impulso é se encolher onde se está, com a cabeça abaixada, mas só novatos congelam. Os experientes aproveitam para engolir um naco de pão, abrir a calça para um xixi rápido, conferir a munição com mãos que seus amigos fingem não ver que estão tremendo. Eu enxuguei meu fuzil e o recarreguei, flexionando os dedos trêmulos. O homem ao meu lado tinha feito o mesmo, depois pegou um exemplar de *Guerra e paz* em sua mochila e o apoiou com calma nas miras do fuzil.

— *Guerra e paz*? — perguntei, sem nem pensar, estranhamente sociável. — Você não podia trazer nada mais irônico para a guerra?

Ele virou uma página.

— Eu queria ver como a Batalha de Austerlitz acabava.

— Napoleão venceu. Espero que isso não estrague o livro para você. — Eu não me lembrava do nome do leitor, um siberiano muito magro, cabelo preto raspado brutalmente rente ao crânio. — Nunca terminei *Guerra e paz*. Nunca passei do baile da véspera de Ano-Novo.

O siberiano arqueou as sobrancelhas. Meu gosto em literatura estava obviamente sendo julgado.

— Prefiro história a romances. — Dei de ombros. — Estou sempre pronta para um bom relato do conflito entre a Comunidade Polônia-Lituânia e o Império Otomano no século XVII.

O siberiano voltou ao livro, mas vi o canto da sua boca se levantar de um jeito irônico.

— Mente vulgar — disse ele.

Eu abri a boca para responder, achando que uma discussão filosófica vigorosa sobre os méritos da ficção imaginativa *versus* a documentação histórica parecia um bom jeito de passar o tempo numa trincheira lamacenta durante o intervalo entre ataques de artilharia, quando uma estranha confusão de sons fez a minha cabeça e a do siberiano se virarem ao mesmo tempo.

A infantaria romena avançava outra vez, não espalhada pela estepe, mas agrupada em densas colunas, os pés se elevando alto ao som dos tambores, como se eles estivessem desfilando... e eles estavam *cantando.* Os oficiais andavam pelos espaços entre as colunas, com sabres desembainhados sobre os ombros; no flanco esquerdo, vi um padre com uma túnica bordada de dourado, três bandeiras da igreja voejando atrás. Ele estava gritando, incitando os homens a prosseguirem sob o ritmo dos tambores e o rugido maciço do hino.

Setecentos metros de distância.

Demarquei meu campo de tiro, os cálculos fluindo com rapidez por meu cérebro: uma cerca na borda de um milharal, seiscentos metros; alguns arbustos de goji mais perto, quinhentos metros... o rugido monótono do hino foi ficando mais alto e nossa bateria de morteiros abriu fogo. Vi terra subir como uma fonte para o céu entre as colunas cinzentas, mas os vivos se agruparam nas fileiras e marcharam sobre os mortos. Baionetas baixaram e as lâminas reluziram como lascas de raios. Fiz uma contagem rápida: talvez duas mil baionetas, vindo em direção ao meu desmantelado regimento de quatrocentas pessoas. O padre continuava gritando e, com a pulsação acelerada, tentei entender o que ele dizia.

— *Vive l'empereur?* — sugeriu o siberiano moreno ao meu lado, como se lesse minha mente.

— Viva o imperador? Por que…

Ele ergueu o fuzil e, enquanto eu fazia o mesmo, entendi o que ele queria dizer. As tropas de Napoleão tinham bradado *Vive l'empereur!* ao marcharem em colunas compactas exatamente assim, sob águias não tão diferentes das águias de Hitler, cerrando fileiras para contornar os mortos e avançando inexoravelmente em direção aos heróis de Tolstói em Austerlitz… e eles marcharam nas mesmas colunas, entoaram os mesmos gritos contra os russos quando Napoleão decidiu invadir a mãe pátria.

Bem, todos nós sabíamos como *aquilo* terminou.

A raiva fervia em meu estômago outra vez, fazendo seu trabalho de afogar o medo. Duas mil baionetas vinham diretamente para cima de mim, e meu terror desapareceu. Esperei só até eles passarem por aquela cerca junto ao milharal e abri fogo.

Clic, clic, clic. A meia-noite soava no relógio a cada segundo que passava. Eu estava consciente do siberiano ao meu lado, atirando com rapidez e calma, o fuzil apoiado na lombada larga de *Guerra e paz*. Percebi que tinha esgotado os meus cartuchos; quando gritei *Sem munição!*, ele empurrou um pacote das suas para mim, com uma bala pesada Ball D de ponta amarela presa entre os dentes, e eu recarreguei e continuei atirando. *Peguei o padre*, ouvi alguém grunhir do meu outro lado.

Quanto tempo ficamos ali deitados, atirando, nossos quatrocentos contra os dois mil deles? De repente, o sol estava se pondo, incendiando a grama macia da estepe, e meus ouvidos voltaram a doer com o estrondo da artilharia romena cobrindo a retirada. Os romenos estavam recuando, tropeçando sobre os próprios feridos e, pela primeira vez no que pareciam horas, ergui os olhos das miras do fuzil, com aquelas linhas de visada tracejadas na minha retina de novo, como se estivessem gravadas sobre tudo o que eu enxergava com o olho direito.

— O que… — comecei, e foi quando uma granada extraviada atingiu o parapeito da trincheira a menos de dois metros de distância. Meu fuzil explodiu em pedaços, arrancado de minhas mãos; ouvi meu grito de agonia pela arma danificada, não por minha carne. Tive um vislumbre do siberiano pulando em minha direção enquanto eu desabava dentro da trincheira.

A terra deslizou para cima de mim e, então, ouvi uma voz conhecida dizendo:

— Acorde, dorminhoca.

Despreguei as pálpebras grudentas e vi o rosto fino e embaçado de Lena Paliy, minha amiga do trem.

— Não, você não pode se levantar — falou ela, sua voz soando estranhamente distante, meus ouvidos zumbindo como se minha cabeça fosse uma colmeia. — Não, seu fuzil não sobreviveu. Não, você não está *bem*, e não foi *só um arranhão*, você tem uma concussão e lesões nos tímpanos, e suas articulações e a coluna sofreram uma sacudida tão forte que você vai ficar cambaleando por aí como Baba Yaga por pelo menos uma semana.

— E o que você pode me dizer que comece com *sim*? — perguntei, mal-humorada, entendendo que estava num leito de hospital.

— *Sim*, você vai poder voltar logo para a sua divisão. *Sim*, você vai fazer tudo o que Lena Paliy mandar, porque ela é a melhor enfermeira neste batalhão médico. *Sim*, você é uma idiota por se esgueirar sob a lua como a Dama da Meia-Noite. — Lena sorriu ao ver minha frustração e amoleceu. — Você está no hospital de campo, Mila. Seus colegas de regimento desenterraram você e a carregaram até aqui.

— Eles não deviam ter feito isso, não por causa de uma concussão e lesões nos tímpanos — resmunguei. — Se eu fosse homem, teriam me falado para aguentar firme, e não me levado para o hospital.

— Provavelmente — concordou Lena. — Mas, agora que você está aqui, seja sensata e cuide da saúde.

— Destino e sorte nos dão saúde — citei minha mãe. — Para todo o resto, nós esperamos na fila.

— Ah, fecha essa boca e aproveita o silêncio. Estamos tão distantes das linhas de frente que quase nem dá para saber que tem uma guerra acontecendo.

Eu me perguntei como estaria o siberiano leitor de Tolstói, mas Lena disse que mais ninguém tinha sido trazido. Eu não ia ficar sabendo até voltar para o front, então estiquei os dedos dos pés embaixo do lençol limpo, fazendo uma careta com as pontadas de dor no pescoço. Longas fileiras de camas se estendiam pelo chão e senti cheiro de antisséptico sobre o odor metálico de sangue velho. Eu estava numa cama no canto, ao lado de uma janela; lá fora, havia um emaranhado de galhos de árvores balançando, como se o hospital tivesse sido erguido perto de algum pomar abandonado. O vento farfalhava nas folhas e havia um som de asas... pequenos pardais cinzentos, estorninhos de cabeça preta. Do lado de fora, o mundo estava pendendo para o outono e, por alguma razão, isso fez meus olhos se encherem de lágrimas. A última coisa de que me lembrava do front era a expansão quente da estepe, aquelas colunas maciças de inimigos cantando fanaticamente sob a bandeira de seu padre aos gritos.

Eles nunca vão parar, pensei. *Nunca. Só quando estiverem todos mortos — ou tantos deles mortos que os vivos não possam mais passar por cima dos corpos.*

— O ataque... — comecei, mas Lena se antecipou à pergunta.

— Foi bloqueado. Esse, pelo menos. Eles continuam vindo como baratas, claro.

E minha divisão continuava lá, lutando sem mim.

— Então — disse Lena, vendo que meus olhos tinham ficado marejados —, soube que você está começando a fazer uma pilha deles, sniper.

— Quem te contou isso?

— Todo mundo está falando. Uma mulher sniper é uma coisa diferente. Quanto está a sua contagem agora, uns vinte?

— Vinte e um. — Enxuguei os olhos. Até esse pequeno movimento fazia uma onda de dor subir pelas minhas costas. — Oficialmente.

— Como assim, *oficialmente*? — Lena pegou um maço de cigarros Litka. — É vinte e um ou não?

— Não é como colher maçãs e só ir contando quantas tem na cesta. — Eu me entusiasmei. — Os únicos alvos acrescentados à contagem oficial são os que alguma outra pessoa confirmou, ou os que eu confirmei trazendo plaquetas de identificação ou documentos dos...

Ela riscou um fósforo.

— Dos corpos?

— É. — Uma parte da minha nova função que eu detestava, mas precisava ser feita, então eu fazia. — Se não houver verificação, o alvo não é somado à contagem. E às vezes eu não tenho como dizer se acertei um alvo ou não, então esses não são somados, nem aqueles que eu acertei quando estava lutando junto de toda a minha companhia. Não é... exato. São vinte e um oficiais, e eu nem sei quantos não oficiais. — Esperei que ela perguntasse se isso me incomodava. Ela não o fez, só me ofereceu um cigarro em silêncio. Balancei a cabeça. — Eu não fumo.

— Eu também não. — Ela tragou com um suspiro de satisfação, sentando-se na ponta da minha cama.

Movi os pés para tocá-la, sentindo outra contração de dor nas costas.

— Você não tem outros pacientes?

— Estou no intervalo. E tem um capitão no segundo andar que estou evitando até ele terminar as rondas. Ele fica querendo uma esposa na linha de frente, acha que eu não sei que ele tem uma de verdade em Moscou. — Ela fez uma careta. — Os oficiais às vezes são uns merdas.

Concordei, feliz por não estar mais falando de contagens e abates.

— Os soldados não são tão ruins, são?

Quando Lena e eu cortamos o cabelo assim que chegamos ao front, estávamos nos preparando para ser só nós duas no meio de todos aqueles homens das companhias, mas eles acabaram não sendo o problema. Nós encontramos o próprio jeito de lidar com os colegas soldados: o de Lena, eu via, era a evitação habilidosa e palavrões contundentes; o meu era uma firmeza amistosa e objetiva que eu havia aperfeiçoado quando ainda era uma moleca que corria com os meninos. Faça direito e os homens do seu grupamento passarão a olhar você como uma espécie de "homem honorário": alegre, assexuado, útil em momentos de crise. (O uniforme ajudava também. Muito para decepção da imprensa americana que conheci tempos depois, o uniforme de uma mulher soldado no Exército Vermelho não era justo, bem talhado ou sedutor. Ele tinha toda a graciosidade de um saco de batatas, e coçava ainda mais.)

Não, foram os oficiais que se revelaram o problema, não os soldados. Aqueles malditos tenentes e capitães reluzentes que viam as mulheres como uma prerrogativa de sua posição; eles vinham rondando sempre que ficavam sabendo que uma soldado tinha chegado ao front. Não há nada pior que estar sentada numa trincheira com uma lima de agulha, trabalhando no mecanismo de ferrolho do seu fuzil, e ver um galanteador de alta patente com três ou quatro insígnias na lapela farejando à sua volta com um sorriso faiscante, uma barra de chocolate e uma proposta indecente.

— Os oficiais já vieram para cima de você? — perguntou Lena, seus pensamentos claramente espelhando os meus. — Ou será que eles são espertos o suficiente para passar longe de uma mulher com mais de vinte abates?

— Eu tenho um bom capitão. Sergienko afasta os oficiais das mulheres no batalhão dele.

— Alguns não gostam de ouvir um "não", não importa o que um colega oficial diz — alertou Lena. — Eles se esgueiram até você quando o outro não está prestando atenção, portanto, mantenha os olhos tão afiados quanto as suas miras.

— Você também. — Eu me esforço para me sentar, contendo o gemido de dor entre os dentes. — Alguma outra notícia enquanto eu estive fora de ação?

— Odessa está mudada, pelo que os moradores dizem. Sacos de areia pelas ruas, artilharia antiaérea nas praças, janelas com madeiras pregadas. Não há mais pessoas de férias passeando pelos pontos turísticos.

Eu me lembrei daquele lindo dia na praia, a lanchonete lotada, risos por toda parte.

— O que mais?

Lena hesitou.

— Muitas baixas — disse ela, brevemente.

Trocamos mais um olhar; peguei a mão dela e a apertei em silêncio. Derrotismo não era permitido; não se podia sair resmungando que a mãe pátria estava perdendo para os hitleristas... mas Lena só precisava contar os mortos que passavam por lá, e eu só precisava contar as ondas de fogo de artilharia explodindo sobre a estepe. Facilmente três salvas inimigas para cada uma das nossas.

— Parece que é melhor eu voltar logo para o front e arrumar mais algumas — digo, tentando manter a voz estável.

— Providencie umas por mim. — Ela apertou minha mão de volta, depois apagou o cigarro em uma tampinha de garrafa descartada. — Preciso ir. Espero que o capitão com o olho bobo já tenha rastejado de volta para o seu esgoto. Passo aqui de novo daqui a algumas horas. Talvez até com o correio. As cartas nos encontram bem mais fácil aqui, mais perto da cidade.

Quatro cartas me acharam ao longo da semana. A querida mamãe, me advertindo a não beber água não tratada e anexando um precioso bilhete de Slavka que começava com *Querida Mamochka* e me fez chorar... O quieto papai, me contando sobre seus dias no exército: *Os Belov sempre tiveram sorte em batalha.* Minha família estava tão longe de mim agora, removida para Udmurtia; era como se eles estivessem escrevendo de Paris, ou da Lua.

Outra carta de Sofya, em Odessa: *Você soube que o irmão gêmeo da Vika se alistou no regimento de blindados? Vika diz que bailarinos costumam ser desmiolados, mas ela jamais imaginou que seu irmão fosse o maior desmiolado de todos. Preciso correr para a biblioteca agora; estou encaixotando os materiais mais valiosos, para o caso de evacuação. O lugar está fervendo!*

Por um momento, não senti cheiro de antisséptico e sangue, mas o aroma de couro antigo, pergaminhos e livros da biblioteca de Odessa. Meu cheiro favorito no mundo. No front com meu fuzil, Mila, a estudante, parecia muito distante, mas aqui eu podia senti-la, mexendo em fichas catalográficas e em lápis na bolsa, organizando sua pesquisa de acordo com marcadores coordenados por cores. Como essa mulher tinha vindo parar aqui, com os ouvidos zumbindo e a coluna doendo por causa de um morteiro inimigo? Tudo que ela queria era uma vida sossegada, sem erros; seguir o trajeto do trem até o fim, porque ela não podia se dar o luxo de perder mais nenhuma estação.

Bem, eu tinha descido desse trem e vindo parar em uma ferrovia diferente, com um conjunto de metas diferente. Só que, aqui, o custo caso eu errasse seria muito alto.

O ar abafado e estéril da enfermaria de repente me sufocou. Estendi o braço e consegui abrir a janela ao lado da cama e respirar a brisa. Os galhos não podados da árvore do lado de fora estavam quase batendo no parapeito. Arranquei uma folha, passei os dedos por suas nervuras, e peguei a carta do meu filho. Ele ia fazer sua primeira excursão com os Jovens Pioneiros; estava tão orgulhoso daquele novo lenço vermelho que o usava até para dormir, e tinha receio de não conseguir se integrar com os rapazes do campo que sabiam tudo sobre os bosques. *Eu sou um menino da cidade, Mamochka, não sei nada sobre árvores e plantas...*

— Que tipos de árvores são essas aqui? — perguntei à enfermeira mais próxima, apontando para a janela.

Ela respondeu e eu escrevi de volta para Slavka com a mão firme, parando de vez em quando para secar os olhos. *Querido morzhik, vou ajudar você a aprender tudo sobre árvores e plantas. Sua mamochka nunca está ocupada demais para você, mesmo no front! Estou enviando a folha de uma pereira: está vendo o formato oval, o padrão das nervuras? Agora você vai reconhecê-la quando encontrar uma. Ela pertence à classificação científica...* Parei, sem saber qual era a classificação científica daquele tipo de pereira, mas eu ia descobrir. Podia estar a centenas de quilômetros do meu filho, mas o faria sentir que sua mãe ainda cuidava dele.

Selei a carta e a folha dentro com um beijo, depois escrevi outra para minha família. E nessa eu lhes contava que havia me tornado uma sniper e que pretendia abater mil alemães e voltar para casa com orgulho. De alguma forma, eu tinha de ser a mulher que escrevia os dois tipos de carta e não falhava em nenhuma delas. A mãe e a sniper, bem-sucedida em ambos.

— Que bom vê-la de volta conosco.

O capitão Sergienko me recebeu quando finalmente localizei o posto de comando perto de uma aldeia semidestruída. Quase duas semanas depois de eu ter sido levada com os outros feridos, convenci Lena a conseguir que me liberassem e peguei uma carona num caminhão que ia para os estuários de Kuyalnik e Bolshoi Ajalyk. Outra metade de dia para encontrar o posto de comando na bagunça de abrigos antiaéreos, carroças, caminhões e prédios em ruínas que formavam a linha de frente, mas ali estava meu capitão com sua habitual face cinzenta, parecendo já três quartos morto em vez de apenas metade quando o vi pela última vez.

Eu o saudei.

— Camarada soldado L. M. Pavlichenko se apresentando.

— Você está com o uniforme errado, Lyudmila Mikhailovna. — Olhei para mim mesma, assustada, mas ele me entregou uma pequena caixa de papelão cinza. Eu a abri e encontrei dois triângulos de metal. — Você não é mais soldado, agora é cabo. Parabéns.

Senti uma vibração dentro de mim, uma mistura confusa de prazer — como meu pai ia se orgulhar! — e inquietude. *Você está sendo promovida à custa de cadáveres.* Em silêncio, prendi os triângulos nas presilhas cor de framboesa em minha lapela, escutando enquanto meu capitão me dava uma lista dos mortos: o comandante do meu pelotão, trinta outros homens do meu batalhão. Eles não puderam sequer ser substituídos por recrutas soldados, mas por marinheiros voluntários de Sebastopol, sem nem um mínimo de experiência em infantaria... Meu estômago pesava mais a cada notícia ruim.

— Há um novo fuzil esperando por você — concluiu meu capitão —, por causa da destruição do anterior. Recebemos instruções do alto comando do distrito de defesa de Odessa para os snipers, e essas ordens são — sua voz assumiu as cadências oficiais — ocupar as posições mais vantajosas para observação e tiro, não dar um momento de paz ao inimigo, privar suas oportunidades de se mover livremente nas linhas mais próximas do front e perturbar e desintegrar todo moral, ordem e disciplina do inimigo entre as fileiras. — O rosto de Sergienko não parecia de forma alguma lúgubre agora. Parecia feroz, e senti minha coluna ainda dolorida se esticar faminta em resposta. Aquela lista dos mortos fez a raiva voltar a arder com força dentro de mim, onde havia estado adormecida sob a dor da concussão, o cansaço, a saudade do meu filho. — Não temos muitos snipers qualificados —

continuou meu capitão —, portanto, procure novos recrutas que possam ser treinados. Para começar, você vai precisar de um parceiro. — Snipers trabalhavam melhor em duplas, um dando cobertura ao outro.

— Sim, camarada capitão.

Fiz a saudação, com as mãos já coçando de ansiedade para pegar o novo fuzil. Eu conhecia minha arma anterior tão bem que era como se ela fosse uma extensão da minha carne; agora teria de conhecer essa nova. Eu havia modificado o antigo Três Linhas para se adequar ao meu estilo de tiro exato, removendo a madeira ao longo de toda a extensão do trilho do guarda-mão para ele não ficar mais encostado no cano, limando a ponta da coronha. Depois que eu fizesse o mesmo com o novo fuzil e praticasse um pouquinho, nós seríamos amigos...

— Lyudmila Mikhailovna? — acrescentou Sergienko, quando me virei para sair.

— Sim, camarada capitão?

Ele me olhou firme nos olhos.

— Boa caçada.

Duas palavras que me ajudaram a deixar de lado a mãe, a filha, a estudante, e fazer a sniper abrir suas asas.

Capítulo 8

A versão oficial da história: Patente traz privilégios.

Minha versão não oficial: Ser conhecida como alguém que pode acertar uma bala no alvo a quinhentos metros de distância também traz privilégios.

— Fora — disse Lena ao homem seminu na sauna da *banya*. — Ou enfrente a ira da atiradora mais mortífera de Odessa.

Ele se levantou do banco de pinho, a toalha enrolada na cintura, passando a mão pelo cabelo loiro molhado de suor.

— Posso me vestir pelo menos?

— Não vou atirar em ninguém simplesmente para conseguir tomar um banho — protestei para Lena, mas ela já estava jogando as roupas para o homem se vestir. Roupas civis, fiquei aliviada ao ver. Pelo menos não era um oficial ou um colega soldado que ela estava expulsando sem o menor escrúpulo.

— Eu geralmente gosto de saber o nome de uma mulher antes que ela me veja nu — reclamou ele, bem-humorado, ao sair.

Eu ri, e ele sorriu para mim enquanto Lena me arrastava para o vapor, não sem antes lançar um olhar cobiçoso e animado para os ombros reluzentes dele.

— Vou tirar uma casquinha disso aí quando terminar — decidiu ela, trancando a porta por dentro. — Agora, tira a roupa e fique de molho no calor até seu quadril relaxar.

— Nenhum médico me disse que uma sauna na *banya* podia melhorar um deslocamento de quadril, Lena Paliy. — Baixei a calça, gemendo com a dor na articulação. — Você só está me usando para poder experimentar as instalações de banho.

— É isso mesmo, Mila Pavlichenko. Sabe há quanto tempo eu não entro numa *banya* decente? — Lena se livrou do uniforme como se ele fosse uma pele de cobra e se deitou, nua, no longo banco de madeira. — E nem precisa me agradecer.

A voz quente de barítono do homem que expulsamos soou do outro lado da porta.

— Moças, vocês estão vindo do ataque de Gildendorf?

— Hoje de manhã — respondi, estendendo-me no banco na frente de Lena. O ataque tinha terminado por volta do meio-dia, o inimigo foi expulso de Gildendorf e da fazenda estatal Ilyichevka, onde minha companhia alegremente começava a se instalar quando cheguei mancando, usando o fuzil como bengala. Sem as roupas, eu podia ver agora o enorme hematoma que cobria toda a lateral do meu quadril.

— Não acredito que você caiu de uma maldita árvore — repreendeu-me Lena, fechando os olhos.

— Mas consegui o meu tiro.

Coloquei minha faca de combate finlandesa ao alcance da mão. Não que eu achasse que ia precisar dela, mas só uma idiota ficaria nua em um acampamento cheio de homens e não teria uma arma pronta. O suor já escorria livremente pelo meu rosto no espaço fechado e escuro.

A voz de barítono soou pela porta outra vez:

— Você é a mulher sniper que eliminou todo o ninho de metralhadoras?

— Quatro tiros. — Muita preparação tinha sido necessária para aqueles quatro tiros: um dia para reconhecimento do local, uma manhã me alojando numa árvore com uma linha de tiro limpa sobre o cemitério de Gildendorf, mas o resultado foi um ajudante de ordens morto, dois operadores de metralhadora mortos e uma bala perfurante de blindagem pela culatra da MG 34 para inutilizá-la antes que meu regimento avançasse até a estrada. — Eles estavam usando miras telescópicas. Durante todo o dia anterior, nossos rapazes não podiam nem acenar com um dedo sem que ele fosse arrancado por um tiro. — Vi três homens da minha companhia serem abatidos, garotos com quem eu tinha trocado piadas e sorrisos com marmitas de metal nas mãos no jantar.

— Quanto está sua contagem agora? — perguntou Lena, depois de meia hora de silêncio.

Massageei minha mão do gatilho, conferindo por reflexo que os tremores haviam passado. Setembro já estava além da metade; a luta era contínua e minhas noites tinham sido agitadas.

— Oficialmente, quarenta e seis. — Eu ainda não gostava dessa pergunta. Não queria contar os mortos; não fazia isso para me vangloriar. Era apenas um trabalho que eu precisava fazer. E estava fazendo. De repente, o calor me pareceu sufocante e eu me sentei. — Vamos nos lavar.

Na aldeia onde nasci, minha família sempre ia junto para a *banya*: meus pais, minha irmã e eu, todos sentados no vapor, depois todos correndo para mergulhar gritando no riacho gelado, ou, se o riacho estivesse congelado, no banco de neve mais próximo. Não tem neve aqui ainda e eu não ia pular nua num riacho com todo o regimento em volta, então Lena e eu nos lavamos no vestiário trancado com baldes de água gelada. O homem lá fora chamou do outro lado da porta outra vez, na hora em que Lena virava um balde sobre minha cabeça.

— Sem querer ficar perturbando o seu banho, senhoras, mas um dos cabos acabou de passar aqui e deixou uma pilha de presentes para L. M. Pavlichenko.

— Presentes? — Deixei a água gelada escorrer por minha pele fumegante com um arrepio. O tipo bom de arrepio, a mágica da *banya* quando o quente encontra o frio e o suor encontra o gelo, e a pele se lembrava de que estava violentamente, belamente viva. Enfiada na lama e no sangue do front, me virando com banhos de água morna numa bacia, eu não tinha me dado conta do quanto precisava daquilo. Sacudi a cabeça, sentindo a terra e o sangue seco escorrerem para a poça aos meus pés.

— Nem pense que isso vai fazer você entrar aqui, seu conquistadorzinho — gritou Lena pela porta, virando-se para que eu pudesse despejar um balde sobre a cabeça dela também. — Essa porta vai ficar trancada até nós estarmos vestidas...

— Então acho que vocês não estão interessadas nesta bela barra de sabonete. Eu bem que poderia...

— Me dê isso! — Lena abriu a porta apenas o suficiente para uma grande mão passar o sabonete pela fresta.

— Uma bela variedade de coisas aqui — continuou ele, com a porta novamente fechada. — Outra barra de sabonete, um pequeno frasco de perfume, uma pera do pomar da fazenda... o bilhete diz: *Dos homens da 2ª Companhia.*

Não eram presentes de flerte, mas sim pequenos luxos oferecidos em tempos de guerra como agradecimento. Meus olhos arderam com a espuma quando me ensaboei. Meu trabalho agora era tirar vidas; eu às vezes me esquecia de que também as estava salvando. Minha companhia tinha conseguido marchar por aquela estrada hoje sem ser destroçada por fogo de metralhadoras por causa de quatro tiros disparados por mim. Eu tinha me esquecido disso por um momento, mas os homens, não. O agradecimento simples e rudimentar deles me dava uma sensação melhor do que a espuma de sabão na minha pele.

— Você deve ser um dos guias civis — falei através da porta para o homem do lado de fora, ensaboando meu cabelo. — Sabe o que está acontecendo no restante do setor oriental?

Ele informou os resultados da ofensiva enquanto eu terminava de enxaguar meu cabelo.

— Minha companhia está um pouco ao sul de Gildendorf — concluiu ele. — Mas por que deram o nome de Gildendorf a um lugar tão perto de Odessa?

Eu sorri, me secando.

— Na verdade, essa é uma história interessante…

— Você vai se arrepender de ter perguntado — resmungou Lena, roubando o sabonete de mim.

— Eu descobri que a cidade foi estabelecida uns oitenta anos atrás por colonos alemães, daí a influência teutônica. Dá para ver isso nas inscrições nos túmulos do cemitério local — acrescentei, feliz por ter conseguido aprender essa curiosidade histórica.

— Túmulos? — A voz de barítono agora parecia surpresa. — Quando você conseguiu fazer turismo pelos cemitérios, nos intervalos entre destruir ninhos de metralhadoras?

— Quando estava fazendo reconhecimento da melhor posição para atirar. Eu estive lendo *Combate na Finlândia*; você sabia que, nas florestas da Carélia, os snipers finlandeses atiravam escondidos nas árvores? Muito interessante. É por isso que eles receberam o apelido de *cucos*…

— É você que está mal da cuca. — Lena jogou minha camisa e eu a vesti sobre a pele limpa.

— … e aí eu encontrei um cemitério — continuei, ignorando-a, ainda falando através da porta. Fazia muito tempo que a Mila estudante não tinha uma chance de sair da sua caverna, em vez da Mila sniper (quando eu estava combatendo) ou da Mila mãe (quando escrevia cartas). — Os alemães, esses colonos, não conseguiam nem cavar túmulos sem colocar todos eles em linhas fanaticamente retas como réguas. Eu fiquei de tocaia com meu fuzil na árvore, bem em cima do túmulo de Bürgermeister Wilhelm Schmidt, que morreu em 1899…

— Isso explica esta roupa tão sedutora largada aqui na porta? — Havia definitivamente riso na voz de barítono agora. — Eu já vi camuflagens antes, mas essa aqui…

— Trabalhei nisso a noite inteira! — Pedaços de rede, pano de saco marrom e retalhos de velhos uniformes verdes, cortados meticulosamente em tiras e costurados por toda a minha jaqueta. Eu tinha me lembrado das aulas do meu instrutor de tiro, que desaparecia no meio de uma campina com um indescritível macacão amarelo e verde costurado com folhas e desafiava a turma a localizá-lo. Nós desistíamos depois de uma hora, os olhos doendo, e ele invariavelmente surgia de um arbusto a um metro de distância, com um sorriso convencido. Eu não tivera oportunidade de usar minhas habilidades de camuflagem na estepe, uma vez que não havia quase nada com que se confundir, mas as áreas de bosque em torno de Gildendorf tinham me dado árvores e folhagem nas quais me esconder. — E você não devia rir dela, porque eu acabei com o ninho de metralhadoras.

— Depois caiu da árvore — completou Lena atrás da porta.

— Nove metros. — Abotoei a blusa, puxei a calça e prendi o cinto. — Bem em cima do túmulo de Bürgermeister Wilhelm Schmidt, morto em 1899.

— Da próxima vez que ler um livro que diga para você subir em árvores vestida de cuco finlandês — disse Lena —, não fique achando que pode *voar* como um deles.

Fiz uma careta para ela e saí da casa de banhos, com as botas na mão. Encostados na parede da *banya* estavam minha mochila com meu quepe, o pequeno pacote de folhas de goji que fiz questão de colher para Slavka e meu fuzil, entrelaçado em folhas de bordo e trepadeiras para disfarçar seu perfil afilado e reluzente. Eu o pendurei no ombro, depois olhei para o homem com quem estive conversando pela porta. Ele havia calçado botas gastas e vestido uma calça velha e uma camisa mais velha ainda com um botão faltando no pescoço, e parecia ter uns trinta e cinco anos, contrastando com os garotos uniformizados de dezenove e vinte. Definitivamente um dos civis locais recrutados como batedor do exército.

— Uma queda de nove metros? — Ele me examinou, à procura de lesões, e eu me vi examinando-o também. Alto, ombros largos, linhas de expressão em torno dos olhos... — Você tem sorte de não ter quebrado esse quadril.

Dei de ombros.

— Ferimentos acontecem.

Só os novos recrutas olham para os feridos e pensam: *Isso não pode acontecer comigo.* Um soldado que já esteve sob fogo cruzado pensa: *Isso poderia acontecer comigo, então preciso ter mais cuidado.* E um soldado que já viu colegas morrerem por mais cuidadosos que fossem pensa: *Isso um dia vai acontecer comigo... mas não* hoje, *se eu conseguir escapar daqui.*

Lena saiu da *banya* ainda enxugando o cabelo com uma toalha e deu um beijo no rosto do homem loiro.

— Isso foi por termos interrompido o seu banho, *zaichik.*

Ele olhou para mim com uma sobrancelha arqueada.

— Vai ter valido a pena se eu ganhar um da senhorita sniper também.

Eu ri, fiquei na ponta dos pés e passei um braço pelo pescoço dele.

— Por que não? — Eu jamais respondia às tentativas de flerte de colegas soldados, mas com civis era diferente. Fazia muito tempo que eu não me sentia admirada, que não me sentia desejada, que não me sentia *mulher*, então dei um beijo no rosto dele. Ele virou a cabeça, indo descaradamente atrás dos meus lábios, e eu recuei com um sorriso antes que sua boca pudesse encostar na minha. Ele cheirava a pinho.

Lena assobiou um fiu-fiu enquanto pegava a pequena pilha de presentes junto à porta.

— Andando agora, ou vamos perder a fila do rango! — Eu a deixei me puxar e fiz uma careta de novo com a dor em meu quadril.

— O conquistadorzinho não estava errado quando disse que você podia ter se quebrado. Você precisa de um parceiro, Mila. Alguém para lhe dar cobertura, para lhe dar uma mãozinha quando tiver de pular de ninhos de sniper.

— Eu ainda não encontrei nenhum.

Procurei no meu batalhão, seguindo as ordens de Sergienko de encontrar recrutas que pudessem ser treinados como snipers, mas não encontrei ninguém que eu quisesse atrás de mim por mais tempo que uma noite de investida. Um garoto de Kiev atirava bem, mas se movia como um boi; um rapaz magricela de Leningrado tinha os olhos mais aguçados que eu já vira, mas não conseguia parar de se contrair toda vez que apertava o gatilho.

— Quarenta e seis abates… — Lena pegou a pera madura da pilha de presentes e inspirou sua fragrância. — Você está na sobrevida. Arrume um parceiro ou, na próxima vez que cair num túmulo, pode acabar sendo o seu. E aí, posso comer essa delícia?

Catorze homens de todos os tamanhos, de todas as idades: meus novos recrutas estavam reunidos em um grupo ruidoso, dando risada, olhando em volta à procura de seu oficial. Eu os deixei esperar, apoiando o quadril ainda dolorido num engradado de granadas, folheando o manual de orientações autografado por meu antigo instrutor. Os boatos eram de que iriam nos transferir logo, recuando por Odessa, mas não agora. E eu tinha recebido novas ordens quanto a treinar atiradores, desta vez enviadas pelo próprio general Petrov. Ele queria mais snipers, e queria logo. *Não dá para treinar um sniper em apenas três ou quatro dias,* protestei, só para ouvir de um major com expressão azeda de pé atrás de Sergienko: *Você tem uma semana.*

Olhei para os homens à minha frente por cima do manual, cética. Alguns eram fuzileiros, deixados órfãos de pelotões dizimados e incluídos em novas companhias, mas dois terços eram marinheiros voluntários de Sebastopol. Eu tinha minhas dúvidas se algum homem de calças largas que estava mais acostumado com um convés oscilante do que com o peso liso e brutal de um Mosin-Nagant ia ter o olho de um atirador.

O maior dos marinheiros por fim me chamou.

— Está servindo aqui também, *kukulka*?

— Estou — respondi, ainda folheando o manual.

— Uma enfermeira e tanto que nos deram, hein, rapazes? — Eu não vi quando ele piscou para os amigos, mas era como se eu tivesse sentido. — Vamos nos conhecer, linda. Eu sou Fyodor Sedykh, e seu nome é?

Fiz uma marca com meu lápis.

— Lyudmila Mikhailovna.

— Não franza a testa, Lyuda. Seja boazinha! Não vai lhe fazer nenhum mal.

Tive um súbito flash de Alexei dizendo *Me dê um sorriso!* Empurrei a lembrança para fora da minha cabeça, mas minha voz saiu com um tom ainda mais gelado.

— Eu serei *boazinha* quando todos vocês ficarem em posição de sentido e se apresentarem ao comandante como deveriam fazer de acordo com o código militar.

Ele piscou.

— Onde está o comandante?

— Eu sou a comandante.

— Para de caçoar da gente, Lyuda, não é possível que...

Endireitei o corpo, baixando o manual para eles poderem ver minhas insígnias de cabo e elevando a voz para o tom do meu pai.

— *Atenção. Sentido*!

Um homem de cabelo escuro veio de trás e se colocou em posição, elegantemente. Fez-se um longo silêncio; me esforcei para não prender a respiração. Então o marinheiro chamado Fyodor Sedykh se posicionou ao lado do primeiro homem, ainda parecendo confuso, e, um por um, os demais o acompanharam.

— Vocês estão aqui porque snipers serão necessários nas próximas ações — continuei, caminhando diante dos homens alinhados, encarando cada par de olhos. Alguns azuis, outros castanhos, uns insolentes e outros curiosos. — Veremos se estarão aptos a isso. Os cartuchos estão ali, peguem cinco cada um. — Cheguei ao último recruta, o que havia entrado em posição de sentido primeiro. — Vamos começar por você. — Ele era mais velho que os outros, mais perto dos trinta e cinco anos do que dos vinte e cinco, um homem esguio como uma lâmina, constituído de tendões, ossos e músculos flexíveis. Seu quepe apoiava-se em um cabelo preto raspado rente como um campo de trigo no inverno e, quando ele me encarou, eu o reconheci.

— Passou de Austerlitz em *Guerra e paz*? — perguntei ao siberiano que eu tinha visto nas trincheiras antes da primeira vez em que fui ferida.

Ele assentiu, sem sorrir, mas havia um sorriso escondido nos cantos de seus olhos.

Eu quase sorri de volta.

— Nome, soldado?

— K. A. Shevelyov. — A voz dele era calma, firme, educada.

— Vamos ver o que você sabe fazer. — Dei um passo para trás quando ele começou a carregar a arma com movimentos rápidos. Eu já tinha ciência, por nosso primeiro encontro nas trincheiras, de que ele sabia atirar, mas queria que os outros o vissem obedecendo às minhas ordens. — Depois o restante de vocês, começando ali pelo espertinho do Fyodor. — Um sorriso, para ele ver que eu estava disposta a brincar desde que ele se mantivesse na linha. — Se algum de vocês for bom, vou levá-los comigo em uma investida para ver como se saem no campo.

— Se você é Pavlichenko — desafiou Fyodor —, é a que está com uma contagem de quarenta e seis?

— Cinquenta e um. Carreguem suas armas.

Eles começaram a carregar, alguns parecendo impressionados, outros ressentidos. De um modo ou de outro, eu sabia que eles estavam comigo.

Parafrasear Tolstói não deveria ser permitido, mas não consigo evitar: caçadas malsucedidas são todas parecidas entre si; cada caçada bem-sucedida é um sucesso à própria maneira. (Não terminei *Anna Karenina,* assim como não terminei *Guerra e paz,* mas até eu conhecia a primeira frase do livro.) Um dia bem-sucedido para um sniper pode envolver dez abates ou um impasse tenso sem nenhum abate. Um dia malsucedido para um sniper é o dia em que você erra e acaba morto. Portanto, a pergunta que não quer calar — *Como é ser uma sniper?* — não tem resposta. Cada dia era diferente. Se era um dia em que eu sobrevivia, era um dia bom.

Mas como *é?* Eu ouvia meus snipers em treinamento perguntando em silêncio. Eu vi essa pergunta nos olhos de Eleanor um ano depois; nem a primeira-dama dos Estados Unidos era imune à curiosidade mórbida. *Como é, Lyudmila?*

Você também está se perguntando, não está?

Tudo bem. Venha comigo.

Observe agora, enquanto levo você numa ofensiva. Não uma ofensiva particularmente importante — naquela noite, eu não eliminei um ajudante de campo ou um coronel da Gestapo que carregava planos secretos de Hitler. Você vai me acompanhar na noite em que encontrei meu parceiro, a outra metade do meu lado sombrio da lua: para uma sniper, uma descoberta bem mais importante do que a noite em que você encontra o verdadeiro amor. Em maridos, como eu tive a oportunidade de constatar em primeira mão, nem sempre se pode confiar. Uma sniper põe a vida nas mãos do parceiro, noite após noite. É bom que ele seja alguém em quem ela confia mais do que num marido.

Eu tinha definido o esconderijo mais cedo durante o dia, reconhecido tudo, até a última folha de grama. Um bosque de arbustos, de cento e cinquenta metros de comprimento e doze a quinze de largura, na ampla terra de ninguém que se estendia além da nossa linha de frente, a extremidade mais estreita perfurando a linha defensiva romena como uma lança, terminando numa ravina rasa perto do segundo escalão do inimigo.

— Operadores de metralhadora? — O recruta que eu tinha decidido trazer comigo esta noite manteve a voz baixa quando saímos da trincheira depois da meia-noite.

— É só levantar a pá e nossos artilheiros vão abrir fogo para cobrir nossa retirada. — Foi tudo que dissemos, esgueirando-nos na noite quente da trincheira até o esconderijo nos arbustos. Rastejando como sombras sob o céu sem nuvens, carregando nossos fuzis e sacolas de munição. Uma hora para percorrer seiscentos metros.

Observe agora, enquanto meu recruta e eu fazemos o nosso dever de casa. A parte maçante e minuciosa que ninguém imagina quando pensa neste trabalho sombrio. Isto não é como a demonstração que o capitão Sergienko me pediu para dar na casa de fazenda bombardeada; e também não é como a minha tocaia na árvore de bordo, quando eu tinha me camuflado e me misturado com a folhagem. Isto é terreno que precisa ser preparado, o que significa horas no escuro total cavando trincheiras e pequenos parapeitos, reforçando-os com pedras e grama, porque é mais provável que snipers atirem de posições escondidas no chão do que de telhados altos ou árvores, ao contrário da crença popular. Depois, as horas deitados em nossos ninhos, posicionando canos de fuzil para encontrar a estabilidade perfeita, testando a direção do vento, calculando as distâncias. E então a espera, nós dois escondidos na terra cavada enquanto as estrelas giram e o inimigo dorme. A espera é onde snipers novatos mostram sua inexperiência; eles ficam irrequietos e chacoalham seus cartuchos, se descontrolam a ponto de tentar alcançar os cigarros no bolso. O siberiano de cabelo escuro está quieto a um braço de distância de mim, calmo, os olhos apenas um brilho sob a luz das estrelas.

Observe agora, quando a aurora chega. Quando o movimento agita o inimigo como calor ondulando a superfície de uma panela de sopa, soldados andando para lá e para cá, falando uns com os outros, achando que estão seguros. A cozinha de campanha é montada, oficiais gritam ordens, um posto médico se enxameia de aventais brancos. Um gesto para meu novo recruta — eu ia mirar o flanco esquerdo, ele ficaria com o direito. Um aceno de cabeça em resposta.

Observe agora enquanto o dia esquenta. Dedos se flexionam, relaxam, tornando-se maleáveis. O coração se agita. O sol sobe. O fuzil canta docemente para mim, e o fogo de artilharia soa acima de nós. Começo a contagem até doze, até a minha meia-noite.

Observe.

O primeiro abate é meu. Um oficial romeno com quepe de tecido desaba; o siberiano dá seu primeiro tiro antes de o meu primeiro alvo ter acabado de cair, e vejo um segundo oficial cambalear. Nossos tiros são mascarados pelo trovejar da artilharia; por um momento, ninguém vê quem ou o que está derrubando aqueles oficiais, e nós pegamos mais dois antes de todos começarem a entrar em pânico. Eu atiro e atiro e atiro, o siberiano disparando tiro após tiro ao meu lado, e é só quando as salvas de metralhadora começam a castigar os arbustos à nossa volta que paramos e deslizamos de volta para o meio das plantas, levantando as pás para pedir fogo de cobertura.

Atrás das nossas linhas, ofegante pela corrida final, olho para meu companheiro.

— Dezessete tiros, dezesseis abates. Você?

— Dezessete tiros, doze abates. — As primeiras palavras que ele disse nas últimas doze horas, e ele parece com raiva de si mesmo por causa daqueles cinco tiros que errou.

— Gastei sete balas para derrubar os meus dois primeiros. Acontece. — Nós nos sentamos na trincheira na luz cinza metálica da manhã, desmontando e limpando nossos fuzis. — Parabéns. Sua contagem está aberta.

Um aceno de cabeça e ele continuou a lubrificar o cano. Suas mãos tremiam, mas só um pouco; ele tentava esconder isso de mim.

— Estenda sua mão — falei.

Ele hesitou.

Eu estendi a minha, para ele ver que estava tremendo.

— Tensão nervosa — falei. — Ela vem depois que a ofensiva termina, mas passa. — Eu já tinha aprendido àquela altura, mas ele ainda não. — Você não estava tremendo quando precisou atirar, estava? — perguntei, com gentileza.

— Não. Mesmo assim, errei cinco tiros. — Sua expressão não era mais de raiva e sim de decepção. — Eu caço desde criança. Não errava assim desde os meus oito anos.

— Atirar em um ser humano pela primeira vez… não é o mesmo que atirar em um veado. Não há como fingir que é.

— Eu atirei em homens também. Centenas de vezes com meu batalhão, mirei em centenas de inimigos.

— É diferente. O jeito que *nós* matamos, nós vemos os rostos deles. Se eles se lavaram esta manhã, se são cuidadosos ou desleixados com o uniforme; se cortaram o cabelo recentemente. — Foi minha vez de hesitar agora. — É… íntimo. A gente sente isso depois.

— Não durante?

— Não para mim. Enquanto estou esperando em uma tocaia... — Hesitei outra vez. — Eu não sinto nenhuma emoção. Me posiciono e espero. Dizendo ao meu fuzil para ser certeiro e estável.

— Você conversa com ele?

— Claro que converso. Eu o conheço melhor do que conheço a mim mesma. Ele é um pouco mais mal-humorado que meu fuzil anterior, um pouco rebelde. — Beijei o frio metal preto do cano. — Mas é confiável.

Ele olhou para mim. Cheirava a pólvora, e eu também.

— Você vê o rosto deles depois?

— Não mais. — Não com frequência, pelo menos.

— Mas você ainda... — Indicando o tremor em minha mão.

— Aprendi o suficiente para saber que isso logo passa. A mesma coisa com a fadiga dos olhos. — Procurei meu estojo de cigarros. — Isto ajuda. Eu não fumava, mas minha amiga Lena disse que seria só questão de tempo, e estava certa. — Acendi um e traguei a fumaça calmante para dentro dos pulmões.

— Isto ajuda também. — Ele tirou um frasco do bolso interno do casaco e o ofereceu a mim.

— Arrume um frasco coberto com tecido. — Virei um gole. A vodca pura tinha gosto de seiva de pinheiros. — Você não vai querer que o metal reflita a luz e entregue a sua posição.

— Fuzil, frasco, faca, dois saquinhos de munição... — Ele foi registrando uma lista de equipamentos de sniper. — Capacete não? — Olhando para minha cabeça descoberta.

— Para mim, não. Os danos com a granada durante aquela investida romena com o padre. Meus ouvidos não são mais os mesmos. — Quando se vive para *Não errar,* não há espaço para *imperfeições.* — Um sniper tem que ter ouvidos afiados, e um capacete, para mim, dificulta a detecção de sons muito sutis. — Deixei meu fuzil de lado. — Mão?

Ele a estendeu, os dedos firmes como pedras. Seus olhos sorriram.

— Bom.

Ficamos ali sentados, passando o frasco dele de um para o outro, olhando a movimentação. O batalhão ia levantar acampamento e se retirar por Odessa em muito pouco tempo agora. Os boatos eram de que íamos nos juntar a dois outros batalhões do 54º Regimento. Haveria uma grande ofensiva então.

— Quer ser meu parceiro? — perguntei sem rodeios.

Ele respondeu sem hesitar.

— Sim, Pavlichenko.

— Se você vai ficar na minha cobertura, pode me chamar de Mila. — Ofereci-lhe um cigarro. — Como é seu nome, K. A. Shevelyov?

— Konstantin Andreyvich. — Ele acendeu o cigarro, soltou uma espiral de fumaça. — Kostia.

Observe, agora. Esse é um dia na vida de uma sniper. Uma caçada. Vinte e oito abates. E eu encontrei meu parceiro, minha sombra, minha outra metade.

Capítulo 9

A versão oficial da história: Na manhã do segundo dia de outubro, nossa poderosa máquina militar moveu-se com precisão na ação em Tatarka, de forma organizada e eficiente.

Minha versão não oficial: Foi tão organizado e eficiente quanto uma manada de elefantes numa loja de cristais.

Os batalhões de morteiros e as instalações de mísseis atacaram os invasores primeiro — um rugido ensurdecedor como o de um dragão, e as enormes chamas amarelas envolvendo as posições inimigas a oeste e a sudoeste de Tatarka também poderiam ter vindo de um dragão. Eu entrei com o restante do meu batalhão algumas horas depois, atravessando terra preta queimada numa paisagem de pesadelo infernal. Abrigos subterrâneos, passagens de comunicação, pontos de tiro, tudo cercado por grama alta e avelãzeiras e macieiras silvestres — transformados agora em cinzas. Meu esquadrão de atiradores recém-treinados me seguiu em silêncio. Eles haviam se vangloriado antes da batalha sobre quantos inimigos eliminariam, mas agora, diante da vitória, estavam todos pálidos. Não há nada de agradável num triunfo tão horripilante da morte sobre a vida, mesmo a morte de um inimigo odiado. Metade dos meus homens vomitou quando sentiu pela primeira vez o estranho aroma adocicado dos mortos.

— Deem uma olhada em tudo — falei para eles, sobriamente, passando sobre os fragmentos fumegantes de um espaldão de artilharia. — Mas depois esqueçam. Porque vamos ter de fazer tudo de novo.

Todo aquele fogo e sangue tinham nos garantido apenas um quilômetro e meio de terreno, e os romenos ainda possuíam dezoito divisões em comparação com as nossas quatro.

Essa foi uma batalha, e eu lutei nela e, quando lia relatos, podia me lembrar das pinceladas mais amplas. Mas Tatarka estaria sempre ligada a mim não por uma batalha, mas por uma jovem chamada Maria.

— A casa dos Kabachenko. — O dedo do capitão Sergienko a marcou no mapa. — De frente para a estrada de Ovidiopolye em direção a Odessa, não muito longe da ferrovia, usada como posto de comando para o batalhão de metralhadoras inimigo. Eles a abandonaram por ora. Você e seu esquadrão — me indicando com a cabeça —, levem duzentos cartuchos cada um e mantenham a posse dela pelo tempo que puderem.

Ele foi instruir os outros postos avançados e eu comecei a preparar meu esquadrão informalmente agrupado. Eu era sargento agora e, dos catorze homens que me foram dados para treinar, eu havia cortado quatro. Dos dez restantes, eu tinha oito atiradores decentes e dois que poderiam vir a ser snipers de verdade.

Eles estavam cantando enquanto avançavam atrás de mim em direção à casa dos Kabachenko: "Bons ventos", do filme de Vaynshtok, *Os filhos do capitão Grant*.

— Nunca vi esse filme — comentei com Kostia, que caminhava em seu lugar habitual ao meu lado, e ele me deu seu sorriso silencioso. Ele era meu parceiro agora, e raramente estava a mais de um braço de distância de mim, mas eu ainda não sabia nada sobre ele a não ser que tinha vindo de Irkutsk e que agora sua contagem era de trinta e seis. Ele não se vangloriava dos números nem das mortes, assim como eu; isso, mais até do que seus olhos aguçados e os passos silenciosos de lobo, foi o que confirmou que eu havia escolhido o parceiro certo. A guerra realça a verdadeira essência das pessoas e, pelo pouco que eu conhecia Kostia, sabia que a essência dele era firme como uma rocha.

O casarão era térreo, com cobertura de telhas vermelhas, um pomar que se estendia pela subida de uma encosta suave. Se garantíssemos a encosta, poderíamos vigiar a estrada, atirar em qualquer um que avançasse... Meu esquadrão se dividiu, contornando a carcaça queimada de um caminhão e uma motocicleta caída, e um transporte blindado com a esteira quebrada. A mulher que atendeu minha batida à porta parecia ter um cinquenta anos, ereta e de olhos amargos, com um lenço cinza na cabeça.

— Não é comum ver soldados sob o comando de uma mulher — respondeu ela ao meu cumprimento. — Serafima Nikanorovna. Entrem. — Ela devia saber que nós teríamos entrado e utilizado seus recursos quer tivesse nos convidado ou não, mas fez um pequeno gesto duro de boas-vindas mesmo assim. — Vocês também podem compartilhar o que temos.

O que eles tinham, antes da chegada dos fascistas, era uma daquelas belas fazendinhas que se vê por todo o interior: uma casa confortável com marido e esposa, filhos e filha, todos cuidando da horta, do galinheiro e do chiqueiro. Então o inimigo veio e saqueou a horta, recolheu as galinhas e abateu os porcos. Quanto à família, os dois filhos foram agredidos e deixados cheios de hematomas, o pai tinha um dos braços numa tipoia improvisada e a filha estava sentada, enrolada em xales, ao lado da janela, olhando com ar vazio para o campo atrás da casa. Um dos meus homens se aproximou dela com uma inclinação amistosa para cumprimentá-la, o jovem grandalhão chamado Fyodor Sedykh, que tinha sido o primeiro a me desafiar e que era meu segundo melhor atirador depois de Kostia, mas ela se contraiu com um grito sem palavras. Fyodor, um rapaz bom, mas não muito inteligente, se afastou com uma expressão intrigada quando a mãe da menina lhe lançou um olhar cortante.

— Todas as nossas unidades militares se retiraram desta área em setembro. — A voz de Serafima era dura enquanto ela servia um prato de sauerkraut e pickles salgados. — Eles nos deixaram à mercê dos fascistas. Eu fiz a minha Maria se esconder atrás do chiqueiro, mas os invasores a encontraram.

A minha Maria, que sonhava ir para Odessa e se tornar atriz de cinema. Eles… — A mãe da menina parou, me encarando com olhos furiosos. — Quatro deles. Quatro. Onde vocês estavam, camarada sargento?

Eu queria dizer a ela que a guerra não estava perdida; que estava só começando. Queria dizer a ela que estávamos segurando a linha de defesa em Odessa fazia mais de dois meses; que milhares de invasores haviam morrido tentando tomar as estepes do mar Negro. Mas as palavras se desfizeram na minha língua. Fiquei parada e a deixei me recriminar tanto quanto ela quis e, quando ela terminou, fui até a janela onde Maria, uma menina de dezessete anos, estava sentada com os olhos como campos de cinzas. Ela tinha se contraído diante de Fyodor, mas me deixou ajoelhar ao seu lado.

— Talvez você possa me ajudar com uma coisa, Maria — falei com voz calma, desdobrando um lenço que estava no meu bolso. Ele continha várias folhas diferentes, que eu agora pus no colo dela. — Eu estou coletando amostras das árvores daqui para mandar para o meu filho. Ele está aprendendo sobre plantas nos Jovens Pioneiros, mas eu não sou do campo e não sei de que tipos de árvore estas vieram. Esta aqui… é bétula?

A voz dela quase não passou de um sussurro.

— Amieiro.

— E esta?

— Pinheiro-silvestre.

— E esta?

— Carvalho-branco.

Ela identificou o restante para mim, uma por uma, enquanto sua mãe observava, e os meus homens também.

— Obrigada, Maria. — Guardei as folhas para mais tarde, para quando eu pudesse deixar de lado a sniper e escrever para Slavka. — Posso lhe mostrar uma coisa?

Ela assentiu como uma mulher velha, muito velha. A pontada que me percorreu foi muito além da dor, muito além do luto, e me deixou sem ar. Gentilmente, peguei a mão dela e a coloquei no meu colo.

— Está vendo as listras pretas lá na encosta? — Apontei para o campo além da janela. — Aquilo é dos projéteis dos nossos foguetes Katyusha. Eles podem queimar os soldados fascistas até as cinzas. Nós não os enterramos, Maria. Nós deixamos seu pó desaparecer na terra, para que ninguém se lembre de seus rostos e nomes. É assim que invasores devem morrer.

Os olhos dela me perfuraram. Que eu nunca veja essa expressão nos olhos do meu filho. Nenhuma mãe deveria ver tal coisa.

— Você é boa de tiro, sargento? — perguntou a menina.

— Sim. Eu tenho um fuzil com miras especiais.

Todos no esquadrão pareceram prender juntos a respiração, e então Maria disse:

— Mate-os. Não importa quantos você veja, mate todos.

Assassina. Matadora de inocentes. Homicida impiedosa. Um tempo depois, alguns jornalistas americanos me chamaram assim. Para eles, uma mulher que havia sobrepujado a compaixão feminina natural para se tornar uma sniper não devia passar de uma assassina fria na linha de frente, caçando pobres soldados alemães indefesos que estavam, afinal, apenas cumprindo ordens. Eu queria dizer a esses combatentes de máquina de escrever cheios de lição de moral qual era a verdade: *Vocês* não olharam nos olhos de Maria Kabachenko depois que ela foi dominada por quatro homens que invadiram seu país, sua casa, e sua carne. *Vocês* não viram a fúria dolorida e desesperada no olhar dela. *Vocês* não seguraram suas mãos tensas enquanto ela implorava *Mate todos.*

Se tivessem, vocês fariam o que eu fiz. Segurado firmemente as mãos dela, com toda a gentileza da sua alma, e depois, com cada gota de raiva que pudessem reunir, diriam: *Prometo a você que farei isso.*

Atirei em cinco homens quando meu esquadrão emboscou três motocicletas com sidecars. Derrubei mais oito quando paramos dois caminhões inimigos que passavam roncando; Kostia acertou as rodas e eu alvejei os invasores enquanto eles saíam dos veículos. Meus homens cavaram uma trincheira aos pés da colina atrás da casa, depois de uma elevação de terreno coberta de moitas de rosas silvestres, e eu me deitei ali, entre Kostia e Fyodor, quando vimos os tanques romenos passarem; escutamos o rugido de dragão de nossa artilharia abrindo fogo sobre eles; depois acertamos os sobreviventes que fugiam pela colina. Todos os dias eu trazia um punhado de folhas e flores para Maria identificar e, enquanto ela me dizia os nomes, eu lhe contava quantos eu havia abatido naquele dia. Por ela, eu me importaria com a minha contagem. Porque, a cada dia, eu a via sorrir.

— Vou rezar por você — sussurrou ela, quando soube que íamos voltar para nosso batalhão no dia seguinte. — Nosso Senhor Jesus Cristo protegerá você.

Eu não acredito em Deus, quase falei. Como a maioria das famílias da cidade, a minha sempre tinha posto sua fé no Estado e não em símbolos religiosos vazios. Mesmo que eu tivesse sido devota, como famílias rurais como esta frequentemente ainda eram, esta guerra e seus horrores teriam matado minha fé de forma definitiva. Mas eu apertei a mão de Maria e agradeci a ela por suas orações.

— Você acredita, Kostia? — perguntei ao meu parceiro naquela noite.

Todos tinham ido dormir, exceto aqueles que estavam de vigia, e nós. Eu tinha me sentado na grama alta diante da casa escurecida, saboreando o ar frio de outono, e Kostia me seguiu com uma jarra da cerveja caseira turva que a mãe de Maria tinha oferecido a todos esta noite. Apoiados com nossos cotovelos na grama, os fuzis ao lado como cachorros de estimação, as estrelas girando como diamantes silenciosos no alto... Era o tipo de noite para falar sobre Deus, sobre almas, sobre os grandes mistérios da humanidade.

Um longo silêncio enquanto meu parceiro enrolava um pedaço de grama nos dedos.

— Eu acredito em livros — disse ele por fim.

— Só em livros?

— Livros... e amigos.

— Mas você é um solitário como eu.

Fyodor e os outros estavam sempre brincando entre si e contando piadas como uma matilha de cães amistosos, mas Kostia geralmente era visto sozinho, lendo ou cuidando do fuzil em seu próprio canto de silêncio. Eu era igual a ele. Gostava de companhia, gostava de rir, mas, depois de um tempo, precisava de solidão.

— Nós somos solitários — repetiu Kostia. — Mas temos amigos que morreriam por nós. E nós morreríamos por eles.

Eu pensei no que a alegre Sofya estaria fazendo neste momento em Odessa, ou a rabugenta Vika.

— Não acho que meus amigos de antes da guerra me reconheceriam agora. — Mila, a bibliotecária, estava longe demais da Mila sargento.

— Você ia começar a falar sobre Bogdan Khmelnitsky. — Um sorriso brilhou brevemente no rosto sombreado de Kostia. — Aí eles iam te reconhecer.

Eu ri, pegando um pouco da cerveja caseira. No jantar naquela noite nós bebemos em taças de cristal que Serafima tinha tirado com orgulho de uma arca que, de alguma forma, escapou do ataque alemão. Agora, tomei um gole direto da jarra e tossi.

— Juro que isto é combustível para tanques.

— Me dá aqui. — Kostia tomou um longo gole, olhando para a lenta dança das estrelas. — Em que você acredita, Mila?

Refleti sobre isso, sentindo o álcool queimar minha garganta.

— Conhecimento, para iluminar o caminho da humanidade — respondi por fim. — E nisto — batendo em meu fuzil —, para proteger a humanidade quando nós perdermos o caminho.

— Você nos conduz pelo caminho — disse Kostia. — E eu dou cobertura.

O 1º BATALHÃO TINHA EXPULSADO o inimigo de Tatarka, mas meu esquadrão e eu nos vimos no grosso da batalha quando nos reunimos às fileiras, jogados de cabeça contra três batalhões alemães junto à linha de trem. Bombas caíam como chuva de verão ao redor da nossa trincheira; semiensurdecida e semicega, eu lutava com o ferrolho cheio de terra do meu fuzil quando algo passou cantando muito perto do meu ouvido, um retinir metálico de alerta. De repente, eu não conseguia enxergar; sangue escorria pelo meu rosto, fechando meu olho esquerdo, pingando sobre meus lábios. Senti gosto de cobre e sal.

Só preciso de um olho para atirar, pensei, como em câmera lenta, ainda puxando o ferrolho emperrado. O sangue continuava escorrendo, e eu não conseguia ouvir absolutamente nada no ouvido esquerdo. Vagamente, vi minhas mãos largarem o fuzil e procurarem o kit de primeiros socorros no cinto; consegui apertar um punhado de bandagem no rosto, mas enrolá-la em volta da cabeça parecia impossível. Se esse barulho diminuísse, essa poeira... eu não conseguia *enxergar...*

— Mila. — Ouvi a voz de Kostia, muito calma. — Olhe para mim.

Meu parceiro pressionou o que parecia ser um corte no meu cabelo acima da testa; a dor atravessou meu corpo como um raio. Ele enrolou a bandagem em volta da minha cabeça e eu tentei brincar: *Você ia cobrir minhas costas, agora cobriu também minha cabeça!* Mas tudo ao redor estava mergulhando em uma névoa. E, pela segunda vez, acordei num leito de hospital.

— Quer uma lembrancinha, dorminhoca? — Lena largou um pedaço escurecido de metal de bordas irregulares na minha mão. — Foi isso que cortou seu couro cabeludo.

Olhei para o estilhaço de granada, pouco maior que um fósforo. Um pouco mais para baixo e teria atravessado meu olho. Eu seria uma dos cento e cinquenta integrantes do meu regimento que nunca sairiam de Tatarka.

— Quem partiu? — perguntei a Lena, dobrando os dedos em volta do estilhaço. — Quem morreu dessa vez, quando eu estava inconsciente?

Ela acendeu um cigarro, abatida e pálida depois do que eu só podia imaginar que tivessem sido intermináveis horas cuidando de uma enxurrada de feridos.

— O soldado Bazarbayev levou uma bala no coração.

Um dos meus snipers em treinamento. Ele não era muito bom, mas se esforçava. Ah, como ele se esforçava. Senti as bordas afiadas do estilhaço de metal se afundarem na minha palma, apertadas pelos meus dedos.

— Quem mais?

— O comandante da sua companhia. Como era o nome dele?

— Voronin.

Um homem bom, um dos poucos oficiais de quem eu gostava. Lembrei de uma conversa na trincheira uma vez sobre coleções favoritas de museus; o jovem oficial tinha falado com eloquência sobre a coleção de ouro cita no Hermitage, e eu lhe contei sobre a escavação arqueológica que tive a sorte de visitar depois do meu primeiro ano na universidade. Uma breve hora em que eu havia conversado sobre túmulos do século X e o cervo de Kostromskaya, me sentindo como uma estudante e não uma sargento. E agora ele se foi, e eu ia segurar meu fuzil em mais um funeral apressado entre investidas, marcado por algumas poucas palavras balbuciadas e uma estrela vermelha de madeira compensada.

— Kostia? — perguntei, temendo a resposta. — Ele…

— Foi promovido a cabo. Aparece toda hora por aqui para saber de você, quando não está liderando ofensivas.

— Ele devia ter me dado uns pontos na linha de frente em vez de me trazer para cá — resmunguei. Mas, pelo menos, meu esquadrão improvisado estava em boas mãos na minha ausência. — Quando posso voltar? — Tentei me levantar da cama, mas uma onda de tontura quase me derrubou. Lena estendeu um dedo e me empurrou de volta para o travesseiro.

— Quando eu precisar de duas mãos para empurrar você e não só do meu dedinho, você pode voltar. Pelo menos uma semana.

— Uma *semana*…

— Está tão ansiosa assim para aumentar sua contagem? Ouvi dizer que já está em mais de cem.

Estava. Bem mais de cem. Mas a última coisa que eu queria era discutir minha contagem.

— Lena, converse com os médicos. Eles podem autorizar…

Ela deu uma longa tragada no cigarro, pôs a mão no bolso, tirou um estojinho gasto de pó compacto e segurou o espelho diante do meu rosto. Eu não olhava para mim mesma fazia tanto tempo, que me espantei com a visão.

Minhas bochechas estavam murchas, os olhos com grandes olheiras; parte do cabelo tinha sido raspada a fim de tratar o ferimento do estilhaço, que marchava paralelo à linha do cabelo como uma centopeia de sutura preta. A área tinha sido emplastada com antisséptico verde brilhante. Eu parecia…

— A morte — descreveu Lena. — Você não vai a lugar nenhum, Mila.

Afastei o espelho.

— Eu sou a morte. — Pelo menos para mais de cem invasores.

Não é o suficiente, sussurrou o pensamento.

É demais, sussurrou outro pensamento em resposta.

Lena guardou o pó compacto no bolso e se levantou.

— Mas você ainda pode ser morta, Dama da Morte — disse ela, enquanto saía para retomar suas rondas.

— Dama da Morte? — perguntei para Kostia, quando ele veio me visitar no dia seguinte. Eu tinha me preparado para um monte de exclamações do tipo "que alívio que você não está morta", mas meu parceiro apenas puxou um banquinho sem dizer nada e apoiou o fuzil na minha cama. — Por que a Lena me chamou assim?

— Estão chamando você assim. — Ele olhou para as flores secas que eu tinha espalhado pelo lençol: o lote mais recente de amostras para Slavka. — Íris, camomila, rododendro — disse ele, identificando-as.

Comecei a embrulhar cada uma delas em pedaços de papel separados, marcando o nome em letras grandes e desengonçadas. Minhas mãos ainda não estavam muito firmes, então talvez Lena tivesse razão, eu precisava de mais tempo. Diante de qualquer outra pessoa eu teria ficado constrangida por causa das mãos trêmulas, mas não do meu parceiro.

— Dama da Morte. Como a Dama da Meia-Noite, a serva de Baba Yaga? — Polunochnitsa, serva da lendária bruxa na tradição antiga antes que a revolução eliminasse os mitos supersticiosos.

— Ela era a sua favorita entre as velhas histórias?

— Eu preferia a Dama do Meio-Dia. Mas, na verdade, elas são a mesma coisa. Eu escrevi um ensaio uma vez sobre como essas figuras folclóricas pré-

-revolução representavam as faces opostas da feminilidade pré-soviética. — Enfiei outra flor seca num envelope. — Recebi um "Excelente" como nota.

— É claro. — Os dedos calejados do meu parceiro mexeram nas margaridas secas. — Quando eu era criança, achava que o meu pai era o velho Morozko.

— Você achava que seu pai era o Vovô Gelo?

— Ele era caçador no Baikal... Vinha para Irkutsk apenas uma vez por ano com as primeiras neves e tinha facas brotando dele de todo lado como pingentes de gelo. Ele sempre ia embora numa rajada violenta como uma avalanche.

— Ele parece barulhento. O inverno é silencioso. — Era a primeira vez que Kostia tinha falado alguma coisa sobre sua família. — Você é Morozko, não ele.

Kostia sorriu discretamente. Ele pegou minha mão, abriu meus dedos, depois fechou-os outra vez dentro dos seus e a puxou para junto do seu peito. Não disse nada, só segurou minha mão pressionada contra sua túnica, onde eu podia sentir as batidas regulares do seu coração.

Gentilmente, soltei meus dedos e me recostei. Também não disse nada, só olhei para ele com um lamento firme. Isso não era como o flerte impulsivo com aquele batedor loiro. Eu era sargento de Kostia, e talvez uma diferença de posto não impedisse a maioria dos oficiais de confraternizar com seus subordinados, mas, para mim, não parecia certo. Mais importante, ele era meu *parceiro,* aquele em quem eu confiava acima de todos os outros durante a dança mortal naquela terra de ninguém. Eu não ousaria introduzir uma onda caótica de novas paixões nesse equilíbrio delicado e crítico, ou nós dois poderíamos acabar mortos. Então só deixei o silêncio cair e balancei de leve a cabeça.

— Vamos pôr você de pé e andando — anunciou Kostia, como se nada tivesse acontecido, e me ajudou a sair da cama para eu poder cambalear pelo quarto.

No dia seguinte, eu estava de pé sozinha, o quepe enfiado na cabeça ferida e enfaixada, mancando determinadamente para fora do hospital. O batalhão médico tinha sido instalado no que antes era uma escola rural; desviando de leitos e médicos apressados, das macas com homens queimados e homens inconscientes e homens gemendo agarrados a tocos de pernas e braços, consegui encontrar o caminho para o jardim que circundava a escola.

Apenas alguns dias antes, o sol de outono brilhava forte no céu azul, aquecendo toda a vasta superfície da estepe. Agora, o inverno chegava no tumulto de nuvens cor de chumbo e ventos frios do norte, o velho Morozko se aproximando com pés cheirando a neve. Mesmo aqui, longe das linhas de frente, eu ouvia o rugido das armas.

Dei as costas para o som, inspirando o perfume de terra recém-revolvida e rosas silvestres. O zimbro crescia aqui reto como uma parede verde; tulipas e rosas floresciam no perímetro. Apesar de todos os bombardeios e granadas, alguém estava cuidando daquele jardim. Fiz meu agradecimento silencioso para a pessoa que se importava com o humilde canteiro de flores no meio de tamanho inferno. Peguei para Slavka uma folha vermelho-dourada caída, quase perdendo o equilíbrio pela tontura, e tentei desenrolá-la na mão. Ela se partiu, seca e morta. Larguei-a no chão, sentindo outra onda de fraqueza, me perguntando por que eu estava me esforçando tanto para ficar ereta. Por que simplesmente não me deixar cair, deitar, fechar os olhos? Eu estava *cansada*. Quando voltasse ao combate, teria de reacender a raiva e seguir em frente, mas, naquele instante, tudo era como cinzas em meu estômago, morto e frio depois de três meses e meio de investidas e batalhas. Sentei-me no banco do jardim e peguei minha dissertação, esperando que o velho e querido Bogdan Khmelnitsky me reanimasse, mas não consegui que meus olhos focassem as palavras. As letras se arrastavam para fora da página como formigas, e o título que a pequena bibliotecária Mila Pavlichenko havia datilografado com tanto orgulho no começo do ano estava agora coberto por uma mancha de sangue.

E eu juro que não saberia dizer de quem era o sangue.

Um ronco suave soou em meu único ouvido bom. Levantei os olhos e vi um carro cáqui do estado-maior passar pelos portões abertos em direção à escola. Uma movimentação de uniformes; quando eles vieram marchando até as portas da frente, eu já havia guardado as páginas da dissertação de volta na mochila, mancado até a entrada e feito posição de sentido. Não era a primeira vez que eu punha os olhos no major general Ivan Yefimovich Petrov, comandante do exército costeiro, mas era a primeira vez que o via assim tão perto. Talvez quarenta e cinco anos, um tom ruivo no cabelo, bolsas sob os olhos...

Eu esperava que ele fosse passar reto, mas um de seus oficiais me viu, sussurrou algo e o general parou.

— Pavlichenko, correto? Ouvi seu nome. A mulher sniper.

Fiz a saudação.

— Sim, camarada major general.

Ele me examinou.

— Um ferimento na cabeça, estou vendo.

— Em 13 de outubro, com o 1º Batalhão em Tatarka.

— Está sendo bem tratada? — Ele fez um sinal afirmativo diante da minha confirmação. — Bem, prepare-se para se pôr em movimento, Lyudmila Mikhailovna. Vamos partir para Sebastopol, ordens do supremo comando.

O choque me balançou até as solas dos pés. Eu sabia que a retirada de Odessa ia acontecer, mas ouvir a ordem se tornar oficial era totalmente diferente.

— Nós não podemos entregar Odessa ao inimigo, certo? Eles vão arrasar a cidade.

Minha bela Odessa de mar cintilante e céus azuis, os guarda-sóis listrados e cafés ao ar livre. A cidade que eu tinha ajudado a defender, mantendo minhas linhas de tiro, usando meu fuzil. Olhei horrorizada para o comandante do exército costeiro e vi um relance de empatia em seus olhos. Doía na alma dele também. Ele só escondia melhor.

— É o dever de um soldado cumprir fielmente as ordens. — Ele deu uma batidinha no meu ombro, surpreendentemente gentil. — Minhas ordens para você agora? Não se abata, tenha fé na vitória, lute bravamente. Quantos naquela sua contagem?

— Cento e oitenta e sete — respondi, obediente.

O inimigo atacava em fileiras tão densas que eu quase conseguia abater dois com uma bala só. Quem saberia a minha contagem real, quando as batalhas e os confrontos e os tiros não confirmados fossem adicionados às minhas surtidas oficiais, mas, oficialmente, era 187.

Assobios baixos do pessoal atrás do general Petrov, e sua mão em meu ombro apertou mais forte, em aprovação.

— Esta é uma campeã — disse ele. — Sebastopol precisa desse fuzil. Vamos atravessar o mar e defender a Crimeia. — Eu percebia como ele estava visivelmente procurando algo estimulante para dizer, algo que fizesse o sangue arder, mas o general parecia tão exausto quanto eu. — Tudo ficará bem — falou ele, por fim. — Você vai ver.

E lá se foi ele com sua comitiva, para examinar os feridos, avaliar o moral e, provavelmente, supervisionar essa evacuação de suas unidades militares para Sebastopol, deixando-me paralisada diante daquelas flores perfumadas e inúteis.

ÍAMOS PARTIR POR MAR, E isso significava retirar-se através da própria Odessa até o porto.

Implorei para ser liberada e viajar junto com meu esquadrão, mas o pedido foi recusado. Kostia e meus homens partiram antes de mim; eu fui com o batalhão médico, que tinha sido carregado no transporte rodoviário, escondido na escuridão sob o fogo de camuflagem dos batalhões de retaguarda, que permaneceriam em suas trincheiras até o último momento.

— Batendo em retirada — falei para Lena, com desprezo. — Somos uns malditos covardes. — Eu nunca tinha usado essa palavra na minha vida, mas me sentia como se estivesse sufocando com a garganta cheia de espinhos.

— Não fale tão alto — repreendeu-me Lena. — Você quer levar um tiro por derrotismo? Eles já executaram pessoas mais importantes por menos.

Ela foi chamada para trocar as bandagens de um amputado num caminhão e eu sabia que ela estaria ocupada demais com os feridos para me ouvir ficar remoendo desaforos. Eu não tinha nada com que me ocupar a não ser pôr um pé na frente do outro enquanto olhava, talvez pela última vez, a cidade que eu amava.

Como estava mudada desde o dia em que eu havia pegado o trem daqui para o front. O crepúsculo do outono cobria parques e boulevards como uma mortalha, mas a mortalha não podia esconder quantos prédios se abriam, sem telhados, para o céu, quantos buracos pretos no lugar de janelas fitavam como olhos enlutados os defensores em retirada. Nossa coluna parou numa interseção bloqueada por carroças de artilharia e, com um sobressalto, vi o escritório de alistamento de dois andares onde eu tinha me juntado ao Exército Vermelho. Só que o prédio não estava mais lá, só vigas caídas e paredes escurecidas de fuligem, os ossos retorcidos da escada de ferro que eu subira em meu vestido de crepe de seda, determinada a agarrar o destino pelo pescoço.

— Mila?

Uma voz me chamou entre os espectadores silenciosos. Eu me virei e vi uma mulher se abraçando contra o frio da noite, vestida num casaco curto demais. Por um momento, não a reconheci, mas então registrei os olhos protuberantes e as intermináveis pernas de bailarina.

— Vika? — Pisquei de espanto e, com uma palavra para meu tenente, saí da coluna e cheguei perto dela. Não a via desde o dia em que a guerra começou, o dia em que ela fez piruetas num saiote vermelho com o balé da ópera.

— Vocês estão em retirada? — perguntou ela, parecendo chocada.

— Sendo transferidos para um lugar mais estratégico — recitei, repetindo a frase oficial, detestando-a.

— Em retirada. — A voz dela perdeu o ânimo. — Abandonando Odessa.

— Pelo menos estou lutando — disparei. — Vocês, bailarinos, não foram transferidos para um lugar seguro? Deve ser bom ser uma demi-solista treinada no Bolshoi. — Eu sabia que estava sendo injusta, mas o desprezo dela doeu em mim.

— Eu larguei o balé. Meu irmão, eu... — Vika puxou o ar em uma respiração trêmula. — Grigory morreu. Ele não chegou a ficar nem dois meses na unidade de blindados.

Seu irmão gêmeo, seu parceiro de dança, sua outra metade.

— Eu sinto muito — falei, arrependida de ter sido tão dura.

— Sofya também morreu. Uma bomba extraviada.

— Sofya? — sussurrei, sentindo meu estômago se contorcer.

— Ela queria ser professora — disse Vika, sem emoção. — Tinha todos aqueles estudos didáticos sobre brincadeiras em grupo que iam incentivar a cooperação entre crianças de quatro a sete anos. Quem mata alguém assim, Mila? Uma *professora*? Ou um garoto como meu irmão, que dançava a variação Bluebird como um anjo?

— Fascistas — respondi. Fascistas tinham matado metade do nosso pequeno quarteto que estivera reunido na lanchonete da rua Pushkin naquela tarde em que a guerra começou. Eu achei que a raiva no meu estômago tinha se consumido em cinzas, mas ela renasceu numa faísca de renovado calor quando vi os olhos vazios de Vika.

Minha coluna estava começando a se mover; o bloqueio com as carroças de artilharia tinha sido removido.

— Tome cuidado — pedi a ela, desajeitada. — Não permita que os invasores impeçam a Libélula de dançar. Ou era o Rouxinol? A Estrela?

— Isso importa? Ninguém precisa de libélulas ou estrelas agora. Precisamos de matadores. — Ela me deu um sorriso frio. — Pelo menos temos você.

A bailarina se virou e foi embora pela rua destruída, a cabeça ereta, e eu continuei minha retirada em direção ao mar.

O porto parecia a Babilônia antes da queda: caminhões do Exército transitando por toda parte, unidades de tratores puxando obuseiros e tanques, milhares e milhares de soldados. A água estava abarrotada de navios do serviço de vapores e da Frota do Mar Negro; na escuridão, subi pela prancha do *Zhan Zhores*, que se erguia diante de mim como uma longa muralha se elevando acima do cais. A massa arfante dos feridos afunilava-se abaixo, em direção ao refeitório da tripulação. Eu me sentei segurando minha mochila e lutando contra as ondas de tontura enquanto os rebocadores nos conduziam para fora do cais, o navio estremecendo como uma baleia que avançava pesadamente para o mar aberto. Pela escotilha, vi faíscas vermelhas e douradas saltando — os enormes depósitos do porto de Odessa estavam em chamas. Deliberado, para não deixar nada para os fascistas, ou um acidente com os galões de gasolina? De um jeito ou de outro, ninguém estava correndo para apagar o fogo. Não restava mais ninguém; todos que podiam deixar Odessa a estavam abandonando. Minha última visão da cidade onde me alistei como soldado foi assisti-la em chamas enquanto eu escapava pelo mar Negro.

Minha raiva aumentou cada vez mais.

— Camarada — repreendeu-me o terceiro imediato, me vendo pegar um cigarro com as mãos trêmulas. — Não é permitido fumar aqui embaixo.

— Então me diga onde — grunhi.

O refeitório já cheirava a suor e nervosismo, o ar ressoando com gritos e movimentos de botas. Minha pele comichava, louca por solidão.

— Tombadilho, na popa.

— Tombadilho? O que é isso?

Ele começou a dar uma resposta profundamente técnica; eu expirei o que restava da minha paciência.

— Só me diga... onde... eu posso *fumar.*

Ele entendeu a minha expressão.

— Na parte de trás do navio, no alto.

Atravessei a multidão, saí do refeitório e continuei para o convés superior até a área de fumantes. Havia marinheiros e pessoal médico em grupos, a fumaça subindo em espirais. Não estávamos só deixando Odessa, pensei. Estávamos deixando Gildendorf, a casa dos Kabachenko, Tatarka; os campos de combate que haviam me transformado no que eu era agora. O que quer que eu fosse. Sargento Pavlichenko, como ouvia todos os dias?

A mulher sniper, como o general Petrov me chamou? Dama da Morte, como Lena disse? Joguei os nomes ao vento, apertando os olhos sobre o mar escuro na direção em que Odessa desaparecia como uma miragem.

— Posso usar seu binóculo um pouco? — pedi para o homem mais próximo, e a consternação me congelou quando ele se virou.

— Pequena Mila — disse Alexei Pavlichenko, baixando os olhos para mim com aquela inclinação irônica na boca. — Olhe só para você.

A DELEGAÇÃO SOVIÉTICA: DIA 1

27 de agosto de 1942

WASHINGTON, D.C.

Capítulo 10

O atirador sentou-se na margem gramada com vista para o Lincoln Memorial, abanando-se com o chapéu. Seu empregador estava atrasado, mas esses tipos de Washington gostavam de fazer uma espécie de joguinho, para lembrar aos outros como eles são importantes. O atirador inclinou o rosto para o sol, observando disfarçadamente o fluxo de visitantes que entravam e saíam do enorme edifício de mármore. Era cedo, mas um punhado de turistas já estava aparecendo, para escapar do calor do verão: uma família segurando folhetos, alguns pais e mães em férias arrastando adolescentes mal-humorados, um casal caminhando de mãos dadas para ver a gigantesca estátua contemplativa de mármore do lado de dentro.

Uma sombra caiu sobre as mãos do atirador.

— Nós tínhamos que nos encontrar bem aqui? — perguntou a voz impertinente.

O atirador recolocou o chapéu, sorrindo.

— Qual é o problema? Estarmos na frente de um monumento a outro presidente assassinado?

— Fale baixo. — O recém-chegado era um homem de meia-idade, com cabelo rareando, vestido num terno caro com padrão risca de giz e um lenço azul no bolso do busto.

— Não tem ninguém ouvindo. — Era por isso que o atirador preferia fazer esse tipo de coisa ao ar livre. No meio de um amplo gramado, sem ninguém ao alcance da voz, cercados como estavam pela agitação de uma cidade movimentada, ninguém prestaria atenção à conversa descompromissada de dois homens que aproveitavam uma manhã de calor. — Sente-se.

Lenço de Bolso estendeu outro lenço no chão para proteger seu terno da grama e sentou-se com má vontade. O atirador não sabia o nome dele, ou o nome dos homens por trás dele que o haviam selecionado como mensageiro. E o atirador não se importava. Não era da sua conta quem eram seus clientes ou o que os levava a pagar por uma morte. Desde que pagassem pontualmente e ficassem de boca fechada, o resto não tinha importância.

— E então? — perguntou Lenço de Bolso.

— Vou saber mais depois do café da manhã na Casa Branca daqui a uma hora, mas a mulher e a delegação já estão agendadas para uma coletiva de imprensa hoje à noite — disse o atirador. — Meu nome está na lista dos jornalistas credenciados?

— Está, mas meus empregadores não veem motivo para você ir.

— Eu preciso me estabelecer nas proximidades dessa delegação como parte inofensiva e segura do cenário, para ter um meio de me aproximar de alguém que possa me dar acesso à moça quando chegar a hora. — Não era seu jeito habitual de trabalhar; normalmente o atirador se colocava mais distante dos seus alvos, trabalhava por meio de camadas de informantes anônimos. Mas, com um alvo presidencial na mira, queria o mínimo possível de pessoas e complicações envolvidas no plano. Talvez por superstição ele quisesse manter os próprios olhos em tudo. — Vou precisar de uma lista dos integrantes da delegação que vão comparecer. Não dos colegas estudantes dela, esses vão estar sob os holofotes, mas das pessoas menores.

— Você vai ter. — Lenço de Bolso enxugou o rosto. O dia já estava esquentando, mas, mesmo que estivesse frio, o atirador desconfiava de que ele estaria suando. Algumas pessoas não tinham nervos para um assassinato. — Quando você vai… fazer?

— Cinco de setembro. O último dia da assembleia.

— E você pode garantir sucesso? — pressionou Lenço de Bolso.

— Não. — Morte nunca era garantida. — Se o resultado desejado falhar, posso garantir constrangimento, indignação pública contra o presidente e seus convidados soviéticos. Foi me dado a entender que esse seria um resultado secundário aceitável.

— Para alguns dos meus patrões — murmurou Lenço de Bolso.

— Os que levantam a bandeira Estados Unidos em Primeiro Lugar ficarão satisfeitos, e os antissoviéticos, também.

O atirador sorriu para a expressão espantada do outro homem. Não era difícil deduzir quem, nesta capital carnívora, ia querer Franklin Delano Roosevelt morto. Até os presidentes mais populares tinham inimigos e FDR não era exceção: fascistas americanos que odiavam o *Presidente Judeusevelt*; rivais políticos encarniçados no Congresso; magnatas isolacionistas que se opunham a uma guerra com a Alemanha; milionários que odiavam comunistas e eram antimarxistas tão fanáticos que, para eles, nem mesmo derrotar Hitler justificava se aliar a Stalin. Isso sem falar nos idealistas cheios de moralismos que viam qualquer presidente em terceiro mandato como um tirano em formação. Quem saberia que ocasião ou evento teria unido suficientes homens raivosos, que fósforo havia acendido o pavio enquanto eles expunham suas queixas, que acontecimentos tinham atiçado as chamas até alguém com coragem suficiente sussurrar a palavra *assassinato*... mas isso havia acontecido, e o telefone do atirador tocou com uma oferta.

Lenço de Bolso agora parecia decididamente assustado.

— Não é possível você saber quem eles são. Todo cuidado foi...

— Eles são figurões — disse o atirador, com toda a calma. — Homens em ternos caros que querem que o mundo funcione a favor deles. São sempre esses que me contratam, algum conluio obscuro de homens poderosos insatisfeitos. E eles sabem que eu faço o trabalho.

Ele se levantou, fazendo mentalmente uma saudação com o chapéu para a distante figura de mármore do Presidente Lincoln. Uma apresentação teatral salpicada com sangue e miolos presidenciais; aquele sim havia sido um assassinato com estilo.

— Se me dá licença — disse o atirador para o lacaio do seu empregador —, eu tenho um café da manhã para ir.

Notas da primeira-dama

Tenho pouco tempo antes do café da manhã de boas-vindas para nossos convidados soviéticos, mas passo os olhos por um convite para falar ao Comitê dos EUA para o Acolhimento de Crianças Europeias, examino as atas de uma reunião do comitê consultivo da Federação Americana de Estudantes Universitários Negros, reviso o cronograma para o comissionamento de um novo encouraçado no Estaleiro do Brooklyn, leio um relatório da Administração de Aeronáutica Civil referente à presença de mulheres em seu treinamento de pilotos e vejo como está Franklin. Ele está sentado na cama, onde faz seu desjejum, a velha capa azul colocada sobre o pijama, a bandeja do café da manhã posta de lado com migalhas de torradas e restos de café. Jornais enchem a cama — ele sempre pega o Baltimore Sun, *o* Washington Post, *o* Washington Times-Herald, *o* New York Herald Tribune *e o* New York Times *junto a seu café da manhã — e, no chão ao lado da mesinha de cabeceira, está a cestinha de Eleanor, onde deixo relatórios e comunicações separados para receber sua atenção. Ele resmunga às vezes — "Mais dever de casa, Eleanor?" —, mas sabe que não tem como ver tudo e conta comigo para preencher as lacunas. Ele já examinou as anotações que deixei mais cedo e deve estar prestes a se vestir, porque escuto seu assistente mexendo no guarda-roupa. Franklin está com os olhos fechados, o rosto marcado por linhas exaustas, determinadas.*

Eu sei o que ele está fazendo. Está se imaginando como um menino de volta à propriedade da família em Hyde Park, de pé com seu trenó no alto de uma colina nevada com vista para o Hudson lá embaixo. Em sua mente, ele se inclina sobre a beira da colina e desce com velocidade, o vento batendo no rosto, fazendo cada curva numa chuva de cristais de neve cintilantes. Na base, ele freia e para, joga a corda do trenó sobre um braço e sobe de novo com fortes pernas jovens. Ele revive aquela colina, aquela emoção, aquela subida, até que seja real e que seu vigor flua através dele.

Normalmente, ele guarda essa lembrança para as noites inquietas, usando-a para acalmar a mente e chamar o sono. Esta manhã, ele a trouxe para banir a fraqueza antes de encarar o dia. Esta manhã, ele tem necessidade dela. Suas mãos delgadas e fortes apoiam seu peso sobre a cama — é como se ele estivesse preparado para uma bala.

Do que você tem medo?, *quero perguntar.* Do que — ou de quem? *Mas o gongo soa no andar de baixo e eu saio do quarto em silêncio para receber nossos convidados soviéticos.*

ONZE MESES ATRÁS

Setembro de 1941

O FRONT DE SEBASTOPOL, URSS

Mila

Capítulo 11

A versão oficial da história: Eu não via Alexei Pavlichenko fazia pelo menos três anos antes de me alistar no Exército Vermelho. Eu teria escrito dessa maneira não porque quisesse mentir, mas porque, assim, poderia me desencarregar dele numa única linha e não desperdiçar o espaço de página que a vida real lhe havia atribuído.

Porque, na minha versão não oficial... Aquele canalha podre de língua sebosa apareceu no meio da guerra como o que os americanos chamariam de "um ovo podre". O ovo mais podre do mundo.

Fiquei olhando para ele, ao vivo e em cores, três vezes mais desagradável no convés do navio em direção a Sebastopol, meu estômago de repente revirando.

— Olhe só para você — disse ele, e notou as insígnias na minha lapela. — Sargento? Espero que não tenha roubado a patente do seu namorado, *kroshka*. Há penalidades por falsificação!

Eu tinha esquecido como ele era alto. A maioria dos soldados no *Zhan Zhores* estavam desarrumados e cansados pela retirada, mas o uniforme de Alexei era impecável, o quepe pousado no cabelo claro em um ângulo jovial.

— Este é o meu uniforme — respondi, o mais friamente possível. — Eu sou sargento.

— Nada mal, imagino, para uma mulher tão pequena.

Ele não perguntou de Slavka. Eu não queria que ele perguntasse, queria ele bem longe do meu filho, e mesmo assim meu sangue ferveu por ele não ter nem mesmo um pensamento casual para o lindo menino que havia gerado. Por Slavka significar tão pouco aos seus olhos. Ele tinha triângulos de tenente na lapela. Claro que ele era um oficial; claro que ele tinha um posto superior ao meu.

— Batalhão médico? — me forcei a perguntar. Ele devia ter se alistado em Odessa mais ou menos na mesma época que eu. Cirurgiões com a habilidade dele valiam seu peso em prata no front.

— Exatamente. Eu lhe disse uma vez, não disse? Um homem vê oportunidades na guerra. Essa é a minha. — Ele indicou com a cabeça a vastidão escura de mar à nossa frente. — Tenho um bom pressentimento quanto a Sebastopol. Há grandes coisas à espera, você vai ver.

Tão confiante, nenhuma dúvida no mundo. Ele devia ter visto coisas terríveis se passou meses nos hospitais de Odessa, operando feridos do amanhecer ao crepúsculo, mas, claramente, isso tinha lhe impressionado muito pouco. Ele não foi para a guerra a fim de curar compatriotas feridos ou preservar sua terra para que o filho crescesse nela; ele foi por uma chance de subir na vida. Era óbvio que ainda mantinha seus sonhos de grandeza.

— Alexei Pavlichenko, Herói da União Soviética?

Minha voz saiu dura e zombeteira. Ele franziu a testa. Estava acostumado a me ver submissa, implorando, frustrada; a esposa que odiava lhe pedir coisas, mas sempre tinha de pedir assim mesmo. A mulherzinha que pulava quando ele mandava pular. Estava acostumado a ter controle sobre mim... mas não mais. Eu tinha visto sangue demais nos últimos meses para ser impressionada por um homem com tendência à crueldade. Ele ainda conseguia me deixar furiosa, mas não tinha mais o poder de me fazer pisar em ovos nem de me assustar. Alexei apoiou o cotovelo na grade do navio, parecendo enfim me enxergar.

— Divisão Chapayev? — conjeturou ele. — Vamos nos ver mais em Sebastopol.

— Duvido. — Não pude resistir a uma alfinetada. — Ao contrário de médicos, eu não opero em segurança atrás das linhas.

Outra testa franzida.

— Mas você está no batalhão médico, não está?

— Não. — Sorri para ele. — Eu sou sniper.

Ele riu.

— É bom ver que você finalmente desenvolveu algum senso de humor, *kroshka*.

Eu dei de ombros. Se ele era idiota o bastante para não ver o fuzil pendurado no meu ombro, isso não era problema meu.

— Não, sem brincadeira agora. — O sorriso de Alexei desapareceu. — Você não é atiradora de fuzil.

— Por que não?

— Esse não é um cargo para mulheres, mesmo na guerra. Não importa o que o Estado fale.

— Diga isso para todos os inimigos mortos que eu deixei no chão enquanto defendia Odessa.

Joguei isso na cara dele, querendo ver a surpresa em seu rosto. Em vez disso, ele simplesmente riu.

— Mas olha só como você está toda crescida. Ainda quer meu binóculo emprestado para uma última olhada em Odessa? — Ele o segurou alto no ar, bem acima da minha cabeça. — Pegue, pequena Mila!

Eu não parei para pensar. Puxei o fuzil do ombro, enfiei o cano no aro do binóculo e, com um puxão e um balanço, arranquei-o de suas mãos e o mandei por cima da amurada do navio.

— Pegue você — falei, ouvindo o barulho da queda na água lá embaixo, e me virei para ir embora.

Ainda assim, consegui ver a faísca de raiva passar pelos olhos dele, e ouvi suas palavras finais atrás de mim.

— Continua não aceitando uma piada, não é? — A voz dele ria, mas havia uma raiva real por trás. — Ainda fingindo que *você* não é uma piada.

— Cento e oitenta e sete inimigos mortos sabem que eu não sou uma piada — rebati, e saí atravessando o tombadilho.

Alexei Pavlichenko, aqui. Meu coração batia acelerado. Meu marido, de volta à minha vida depois de anos em que eu praticamente nem pensei nele. No mesmo navio, a caminho de Sebastopol.

Não importa, disse a mim mesma, descendo para o nível inferior. Eu não tinha medo dele, não mais. E, no caos do front, seria fácil nós nos evitarmos. Eu podia ficar fora do caminho dele e, se ele fosse esperto, ficaria longe do meu.

Sem dúvida.

SEBASTOPOL. CHEGUEI À CIDADE BRANCA com minhas mãos vermelhas e meu coração maltratado, e me encantei. A cidade não tinha nem um quarto do tamanho da agitada e cosmopolita Odessa, mas seus jardins públicos e alamedas de árvores vermelho-douradas ainda estavam intocados pela guerra. As muralhas de pedra dos antigos fortes gêmeos que guardavam a entrada para a baía principal ainda não haviam sido esburacadas por morteiros alemães; o domo azul da Catedral de São Vladimir reluzia inteiro e intacto. Pessoas passeavam pelas ruas depois do trabalho, iam a banhos públicos, compravam ingressos para ver *Tratoristas* ou *Minin e Pozharsky* nos cinemas locais. Uma bela cidade — e uma de que me enjoei rapidamente, porque não conseguia *sair* dela.

Primeiro, recebi ordens de me recuperar no batalhão médico até que o ferimento no meu couro cabeludo cicatrizasse. Depois, para minha exasperação, não conseguia encontrar um único oficial que pudesse me informar para onde meu regimento tinha *ido.*

— Não é possível perder um regimento inteiro — protestei para um oficial do estado-maior com a expressão aflita. — Vocês perderam todo o Exército costeiro também?

— Isso é fala derrotista — respondeu ele, rígido. — Você não tem amigos em posições elevadas, Pavlichenko? Vá falar com *eles.*

Mas outubro tinha acabado quando o major general Petrov chegou a Sebastopol junto com seu estado-maior no posto de comando da defesa costeira e ainda mais dias se passaram antes que eu conseguisse marcar uma mera reunião de três minutos.

— Saudações, Lyudmila Mikhailovna. — Ele estava fazendo cerca de oito coisas ao mesmo tempo, poeira branca das estradas da Crimeia ainda manchando suas estrelas de general, mas sorriu através do *pince-nez* preso ao nariz. — Como está se sentindo?

Eu sentia falta de Kostia e do meu esquadrão como se fosse um membro decepado, mas não era isso que ele estava perguntando.

— Totalmente recuperada, camarada major general.

Os pontos tinham sido removidos e meu cabelo já estava crescendo de novo na área raspada em volta da cicatriz. Se eu colocasse o quepe com cuidado, ninguém percebia.

— E então, vamos derrotar os nazistas em Sebastopol?

— Com certeza, camarada major general.

— Estou promovendo você a primeiro-sargento, e quero vê-la comandando um pelotão de snipers quando voltar ao seu regimento. Que está… — seguido por alguns murmúrios de um auxiliar — … em algum lugar na estrada entre Yalta e Gurzuf. Procure o quartel-general do estado-maior para pegar seus documentos e o intendente para o equipamento de inverno. — Ele hesitou. — E certifique-se de pegar uma pistola.

— Eu tenho meu fuzil, camarada major general…

— Pegue uma Tula-Tokarev para curta distância. Oito tiros. Sete para o inimigo, se pegarem você de surpresa. O último… — Seu rosto de repente virou pedra. — É com os hitleristas que estamos lutando agora, não com os romenos. Os alemães não tomam snipers como prisioneiros; eles os eliminam de imediato. E, quanto às mulheres…

Melhor não ser pega viva. As palavras não ditas ficaram suspensas no ar como gotas de gelo. Era isso que me aguardava em Sebastopol, morte pelas próprias mãos, para evitar estupro coletivo e execução? Mesmo com a contagem de cento e oitenta e sete inimigos abatidos, um fio de medo serpenteou em meu estômago. Eu tinha dado todos os meus tiros em estepes planas, onde a visibilidade era excelente, e meus alvos eram soldados romenos densamente agrupados e facilmente desestabilizáveis. Aqui era a Crimeia, uma região de vegetação cerrada cheia de segredos, e meus alvos eram hitleristas. Alemães altamente treinados capitaneados por oficiais fanáticos instruídos para odiar qualquer pessoa que não pertencesse à sua raça superior. Que executavam ou matavam de fome em seus campos de prisioneiros de guerra os soldados russos capturados em vez de tratá-los como os soldados britânicos ou franceses. Que podiam estuprar uma mulher até a morte se a pegassem viva, pelo simples pecado de ela ter pisado fora do *Kinder, Kirche, Küche,* filhos, cozinha, igreja, para matar um inimigo que havia invadido seu país.

Engoli em seco, fazendo a saudação.

— Vou ficar atenta para nunca ficar sem uma pistola daqui em diante, camarada major general.

Quase outra semana inteira antes que eu me reunisse ao meu regimento nas colinas de Mekenzi — o terceiro setor de defesa, entre os rios Belbek e Chornaya, a mais de vinte quilômetros de Sebastopol. Fiz o trajeto primeiro de caminhão com um grupo de recém-chegados, depois a pé quando eles me deixaram numa área de abrigos subterrâneos e trilhas densamente arborizadas, pedindo orientação para os soldados que passavam apressados à minha volta. Eu estava ansiosa por ver o conhecido rosto lúgubre de Sergienko e brincar com ele que, se ficasse um pouco mais pálido, ia parecer embalsamado, mas levei um choque no posto de comando.

— O capitão Sergienko foi gravemente ferido e enviado de volta para casa. O camarada tenente Grigory Fyodorovich Dromin comanda o batalhão agora. — Antes de eu ter tempo para assimilar o choque e a tristeza por meu capitão, estava sendo apresentada a seu sucessor. Dromin era novo, esguio, imaculado, trinta e cinco anos; cada um dos fios do seu cabelo liso gritava *carne fresca.*

Ele examinou meus documentos enquanto eu lhe fazia a saudação.

— Quer se tornar comandante de pelotão, camarada primeiro-sargento? Acha que está à altura?

— Isso não cabe a mim decidir, camarada tenente — respondi, sem me alterar —, mas ao comando superior.

— A que comando superior você se refere? Eu sou seu comandante e me oponho a mulheres ocupando posições de campo no Exército.

Pelo menos ele *falou*. Muitos oficiais pensavam o mesmo, mas se recusavam a admitir. Eles apenas sorriam quando viam mulheres chegarem ao comando, e então se recusavam a fazer uso delas.

— Você é sniper, ao que parece. — Dromin jogou meus documentos de volta. — Atire nos nazistas, sem dúvida. Mas as ordens serão dadas por aqueles que estão em posição de dá-las.

— E quem seriam essas pessoas, camarada tenente? — não resisti.

— Homens, claro. Oficiais de verdade.

Ele teria me dispensado de sua presença sem mais conversa, mas uma voz risonha veio dos fundos do posto de comando, onde um grupo de oficiais estava trabalhando.

— Dê um pelotão para ela, Dromin. Ou você quer discutir com o general Petrov? — Um homem se levantou de um banquinho pequeno demais para ele e, por um momento, achei que fosse Alexei e quase recuei de susto. Um subtenente alto e loiro, mas não era meu marido, embora me parecesse familiar. — Ela já teve um esquadrão não oficial — continuou o tenente, apoiando-se na mesa do meu novo comandante de batalhão. — Dê mais homens para ela e transforme-o num pelotão de verdade.

— É para acreditarmos mesmo nessa tolice de cento e oitenta e sete mortos? — Dromin falava como se eu não estivesse ali. — Se ela tivesse mesmo um quarto disso, já estaria com uma Ordem do Estandarte Vermelho a esta altura.

— Seja como for, Petrov deu um pelotão a ela — disse, com uma voz divertida. — Aceite, ou vá discutir com ele.

O tenente sorriu para mim e eu percebi quem ele era: o homem loiro da *banya* perto de Gildendorf, aquele em quem eu dei um beijo no rosto. Ele usava roupas civis na ocasião, então eu tinha pressuposto que fosse um batedor ou guia... essa foi a única razão de eu ter me permitido flertar com ele. Agora, aqui estava ele no maldito *posto de comando.* Eu me senti enrubescer, nem me dando o trabalho de torcer para que ele não se lembrasse. Seus olhos brilhavam. É claro que ele lembrava.

Fiquei feliz em obedecer à dispensa seca de Dromin, e saí com os olhos fixos na meia distância. A discussão continuou atrás de mim e eu ouvi nitidamente: "... protegidinha do Petrov, ela deve estar esquentando o saco de dormir dele..." Meu rosto ardia enquanto eu atravessava com passos duros aquela confusão desconhecida de trincheiras, passagens de comunicação, espaldões de metralhadoras. Uma nova linha de frente para defender, novos inimigos para entender, novo terreno para aprender e, agora, um novo comandante que achava que eu era uma prostituta do front. Uma impressão pela qual eu só poderia culpar a mim mesma. Bem, se tenentes não andassem por aí vestidos como civis...

Os sapadores do Exército haviam construído abrigos subterrâneos bons e profundos nas colinas de vegetação densa. Caminhando pela trilha sinuosa que me levava às linhas da 2ª Companhia, ainda engolindo meu constrangimento como se fosse carvão quente, ouvi um grito e me vi subitamente levantada por braços fortes como os de um urso.

— Mila! Mila, aqui está você! — Vi o rosto largo e sorridente do jovem grandalhão Fyodor Sedykh enquanto ele me punha de volta no chão. — Nós ficamos com medo de que os romenos tivessem acabado com você. Eu disse ao Kostia...

Eu me virei de Fyodor e registrei o rosto sólido e firme do meu parceiro.

— Kostia — falei, e seus braços me envolveram como uma cinta de ferro. Eu o abracei de volta, com força, só me afastando para conseguir olhá-lo. Ele estava mais magro que na última vez em que eu o vira, e sua mão do gatilho estava enfaixada. — Você se machucou?

Ele deu de ombros, e então Fyodor nos puxou para junto do fogão mais próximo.

— Está tudo enrolado aqui — disse Fyodor, com sinceridade, aquecendo um pouco de água numa panela de campanha para fazer chá. Eu me sentei sobre um engradado, meu ombro pressionado contra o de Kostia, enquanto ele refazia a atadura em sua mão. — A 2ª Companhia está reduzida à metade. Nós enfrentamos os hitleristas no fim de outubro perto de Ishun. Fizemos eles recuarem, mas seus morteiros e Messers nos devastaram, e nós estávamos posicionados quase em uma estepe aberta. Expostos demais; foi lá que o Sergienko se feriu. Um ataque direto ao posto de comando do batalhão; destroçou completamente a perna dele.

— Ele vai sobreviver? — Minha garganta se apertava pelo homem que havia me elevado a sniper; impedido seus colegas oficiais de me importunarem; me promovido.

— Ele vai sobreviver, mas não vai mais andar. Sergienko agora só atrás de uma mesa.

Pelo menos ele tinha sobrevivido a esta guerra. Eu já sentia falta, muita falta, do meu capitão calmo e competente, mas pelo menos ele estava *vivo*.

— E o regimento?

Fyodor nos passou o chá, junto com açúcar e alguns preciosos biscoitos que eles tinham escondido.

— Sobraram uns seiscentos, setecentos.

Seiscentos ou setecentos, dos três mil que teriam sido em tempos de paz.

— E o meu esquadrão? — perguntei, pegando a mão ferida de Kostia e prendendo a bandagem, pois ele estava tendo dificuldade com uma mão só. Eu tinha trazido na mochila presentes para cada um dos homens que treinei, comprados enquanto esperava em Sebastopol, basicamente frascos de conhaque ou barras de chocolate, embora, para Fyodor, eu tivesse uma lata de suas sardinhas em óleo favoritas e, para Kostia, um exemplar usado de *Contos de Sebastopol* de Tolstói, comprado numa livraria, por me lembrar do seu muito manuseado *Guerra e paz*... Mas agora meu coração se apertou quando me dei conta de que não havia visto nenhum dos outros homens que eu tinha treinado. O garoto de Kiev com o rosto cheio de cicatrizes de acne, o marinheiro magricela de Minsk... — Quantos restaram?

Kostia falou pela primeira vez.

— Nós.

Eu tinha comandado dez, pensei, nauseada. Agora havia dois. Esses alemães eram uma outra história bem diferente.

— Quando podemos conseguir mais homens? — falei, mais para mim mesma do que para os outros. — Mais homens, mais fuzis...

— Vou ver o que posso fazer por você — soou uma voz alegre atrás de mim e, quando olhei sobre o ombro, fiquei surpresa ao ver o tenente alto e loiro. Qualquer remota esperança que ainda restasse de ele não se lembrar de mim desapareceu quando ele disse: — Você fica diferente de cabelo seco, Pavlichenko.

— Você também — respondi, rígida. — Camarada tenente.

— Eu estava de licença na última vez em que nos encontramos, por isso minhas roupas civis. Só fui transferido para a 2ª Companhia quando cheguei a Sebastopol. Camarada tenente Kitsenko, pelo menos no posto de comando. — Ele estendeu a mão para mim. — Fora de serviço, Alexei.

O nome me deu um arrepio. Não era culpa dele ser um tenente alto e loiro de olhos azuis como meu marido, mas precisava se chamar Alexei também? Então me surpreendi de novo quando Kostia se levantou com um largo sorriso e abraçou o recém-chegado como se eles fossem irmãos.

— Você vai ter seu pelotão — me disse Kitsenko, batendo nas costas de Kostia com um punho amigável e se sentando sobre um velho tambor de petróleo. — O Dromin só está fazendo birra. Ele sabe que não pode discutir com o Petrov.

— Obrigada, camarada tenente. — Ele estava sendo amistoso, mas eu não podia deixar de especular se havia sido dele a voz sugerindo que eu estivesse esquentando a cama do general Petrov. Tudo por causa de um beijo impensado...

— Meus amigos me chamam de Lyonya — disse Kitsenko com um sorriso, fingindo dar um soco em Kostia, que se desviou e mandou outro de volta. — E você é Lyudmila Pavlichenko. Quando encontrei o Kostia aqui, perguntei a ele sobre aquela visão morena que eu tinha visto sair de uma casa de banhos como Vênus de uma concha, e o Kostia me contou tudo sobre você.

O galanteio descontraído me pegou de surpresa, mas não tanto quanto essa inesperada amizade.

— Como vocês dois se conhecem?

— Nós nos conhecemos anos atrás em Donetsk, na escola técnica — respondeu Kitsenko, pegando um biscoito. — Eu vejo aquele garoto magricela de Irkutsk entrar desconfiado na sala de aula como um lobo nervoso...

— Todos na classe zombando do meu sotaque — disse Kostia. — Exceto ele...

— Ah, eu zombei do seu sotaque também. Vogais siberianas que poderiam cortar gelo. Mas aí pensei: *Este é um cara durão que vai ser útil na hora do empurra-empurra no hóquei; vou ser amigo dele.*

— E então um grandalhão de Leningrado disse que a minha mãe era uma puta e o Lyonya quebrou o nariz dele. — Kostia assentiu, ainda sorrindo, e eu fiquei olhando para ele, espantada. Eu nunca tinha ouvido meu parceiro silencioso pronunciar tantas palavras... — Aí eu convidei este garoto da cidade aqui para ir me visitar em Irkutsk naquele outono...

— ... e o pai dele nos levou para caçar, e eu vi que *aquele* era o verdadeiro lobo — terminou Kitsenko, com um tremor. — Algo saído dos pesadelos de Baba Yaga.

Eu me perguntei como um deles podia ser tenente e o outro cabo considerando que deviam ter se alistado mais ou menos na mesma ocasião, mas Kostia disse:

— Lyonya fez a rota acelerada para os oficiais de médio escalão no estado-maior do Exército costeiro.

— E agora dou ordens a ele — disse Kitsenko, com outro soco fingido. — Mas vamos ouvir sobre você, Lyudmila Mikhailovna. Se tirou cento e oitenta e sete escalpos, por que ainda não ganhou uma ou duas Ordens da Glória?

— Eu não faço isso por glória — falei, sem muito sucesso em suavizar a aspereza da minha voz.

— Ela faz isso pelo álcool. — Fyodor riu, me passando um copo da vodca barata do Exército. — E pelas acomodações de luxo que temos aqui.

Kitsenko sorriu, mas persistiu.

— Sério... por que nem uma única condecoração nesse uniforme?

Dei de ombros, mas Fyodor respondeu por mim:

— O Sergienko indicou o nome dela para condecorações, mas isso deve ter morrido na mesa de alguém. Alguém acima dele, que não gostava da nossa Mila aqui…

— Alguém que não estava a fim de prender estrelas no uniforme de uma mulher — completou Kostia.

— Eles vão se acostumar com a ideia — afirmou Kitsenko. — Vocês sabiam que o camarada Stalin ordenou que três regimentos de combate só de mulheres fossem formados na Força Aérea Vermelha, sob o comando de Marina Raskova? Eles vão prender estrelas vermelhas e douradas em centenas de moças até o fim do ano. — Ele sorriu para mim, com admiração sincera. — Você vai receber o que merece, Mila.

Esperei um momento, olhando para ele sobre meu copo de chá.

— Senhor — falei por fim, pensando em como não ofender, mas querendo traçar essa linha aqui e agora antes que sua primeira impressão de mim associada ao flerte se transformasse na pressuposição de que eu estivesse *disponível.* — Kostia e Fyodor me chamam de *Mila*. Eles me deram cobertura e eu dei cobertura a eles. Nós matamos juntos, lutamos juntos, sangramos juntos. Eu não dou liberdade de usarem meu apelido a não ser que seja um irmão de armas.

— Até sangrarmos juntos, então — disse Kitsenko, sem rancor, e levantou o seu chá em uma saudação. — Imagino que Sebastopol vai nos dar a oportunidade.

Ele sem dúvida estava correto quanto a *isso.*

Capítulo 12

A versão oficial da história: Recebi a responsabilidade de recrutar e treinar um verdadeiro pelotão de snipers — a primeira mulher do Exército Vermelho a ter essa honra.

Minha versão não oficial: Não tenho a menor ideia se eu fui a primeira mulher a comandar um pelotão no Exército Vermelho, mas alguém no escritório de propaganda decidiu que soava melhor assim, então ali estava eu com meu pequeno bando desorganizado de amadores desajeitados que não se parecia de forma alguma com um verdadeiro pelotão.

Um pelotão de fuzileiros de verdade seriam cinquenta e um soldados comandados por um tenente e um sargento adjunto, os homens sob eles divididos em quatro seções, cada uma com o próprio sargento. Haveria uma seção de morteiros, um mensageiro, linhas claras de organização. O meu era um punhado de recrutas inexperientes atribuídos a mim a contragosto pelo tenente Dromin, que os tirou dos batalhões de infantaria da marinha quando reforços chegaram em novembro. A história se repetiu exatamente como quando recebi meu primeiro lote de aprendizes: os homens discutiram comigo sobre eu ser ou não a comandante deles; discutiram sobre eu ter ou não matado cento e oitenta e sete inimigos; discutiram sobre mulheres terem ou não lugar na linha de frente. Mas, sinceramente, você já ouviu o suficiente sobre esse tipo de coisa a esta altura, e eu também, então vamos pular para o ponto em que eles me ouviam, mais ou menos, e eu tinha um pelotão, mais ou menos.

Embora eu praticamente não tivesse nenhum cabo para me ajudar a liderá-lo, porque Fyodor e Kostia não ajudaram em nada com os novos recrutas naquele primeiro dia. Na verdade, eles acharam divertido ficar assistindo enquanto eu me irritava e dava broncas em todos, e eu ameacei mandar os dois para o Dromin por rirem da comandante deles.

— Eu não estava rindo — disse Kostia, com cara de estátua, seus olhos dançando, e, quanto a Fyodor, ele mal conseguia parar de gargalhar. Eu os fiz cavar latrinas por três horas.

Então, eu tinha atiradores sob meu comando outra vez, mas não havia muitas investidas para treiná-los. A primeira metade de novembro foi uma série de escaramuças furiosas tentando empurrar para trás os hitleristas, que haviam fortificado Mekenzia na esperança de usá-la como base para avançar em direção à retaguarda dos defensores da cidade. Eles agora estavam se movendo como uma flecha na direção de Sebastopol, o que não era trabalho para snipers, mas fogo às cegas, contra-ataque sob fogo pesado de morteiros... semanas de ataques inimigos e de nossos contra-ataques, não só onde estávamos, em Mekenzia, mas ao longo de todas as linhas defensivas de Sebastopol.

— Vinte e cinco dias — disse Kostia, e ouvi a especulação em sua voz.

Vinte e cinco dias que os alemães atacavam Sebastopol, sem nunca esmorecer, sem vacilar, até terem nos empurrado alguns preciosos quilômetros para trás. Os inimigos ao redor de Odessa jamais teriam tido essa vontade de aço, não sob a chuva de morte que despejávamos sobre eles.

— Eles vão ter de reagrupar agora — falei, examinando a terra de ninguém com meu binóculo: uma faixa neutra margeada de ambos os lados por trincheiras, passagens de comunicação, ninhos de metralhadoras, campos minados, valas antitanques. — As coisas ficarão quietas por um tempo. Então você sabe o que isso significa.

Kostia apontou para o local que eu já havia marcado, ao longo da crista elevada da ravina de Kamyshly. Não seria um ponto de passagem que soldados comuns poderiam usar sem que fogo fulminante recaísse sobre eles, mas snipers, à noite? Concordei.

— Ali.

— Eles vão mandar os deles também — observou Kostia. — Batedores, equipes de reconhecimento. — Mas o primeiro homem com que meu pelotão e eu demos de cara na patrulha noturna foi um dos nossos, não um hitlerista.

A floresta aqui era como um labirinto depois que passávamos pelas faixas escavadas de trincheiras e arame farpado. Ela ganhava vida num emaranhado de zimbros, cárpinos, espinheiros-de-cristo, rosas silvestres — plantas que agora eu sabia identificar assim que as via, depois de coletar tantas folhas e flores para Slavka. Eu conduzia meu pelotão ao longo da crista, onde tínhamos acabado de dispersar uma dúzia de artilheiros alemães armados com Schmeissers. Embora estivessem fora do nosso alcance, eles recuaram rapidamente, e nós não tínhamos ordens para perseguir patrulhas menores. Para fins de treinamento, fiz os homens atirarem nos distantes pontos cinzentos dos uniformes alemães ao longe, até eles desaparecerem entre as árvores. A fumaça de pólvora ainda envolvia as encostas, os últimos tiros ressoando pelas ravinas, quando um homem de cabelo branco surgiu do nada do meio de um arbusto.

Fyodor levantou seu fuzil, mas eu empurrei o cano para baixo. As mãos do velho estavam levantadas, mostrando o que parecia ser um passaporte soviético; ele gritava:

— Amigo, amigo!

— Se você é amigo — gritei, sem me mover um passo —, o que está fazendo nas linhas militares do 54º Regimento e como passou pelos vigias inimigos?

— Não é difícil. — Ele cuspiu nas folhas no chão. — Os alemães têm medo de se aventurar longe demais pela floresta e eu conheço as trilhas escondidas. Fui guarda-florestal aqui por trinta anos.

— Guarda-florestal? — repeti, desconfiada. Com seu casaco civil cinza e mochila, a barba branca crescendo densa e desgrenhada quase até os olhos, aquela figura magra e curvada parecia mais um velho espírito da floresta do que um guarda.

— Eu fui. — O velho me olhou de frente e todo o seu rosto se contorceu numa convulsão de sofrimento. Ele enxugou os olhos antes que as lágrimas pudessem cair e disse, ríspido: — Sou conhecido como Vartanov aqui. Se você me escutar, posso lhe dar o quartel-general do estado-maior alemão em Mekenzia.

— Tem uma casa. Veículos blindados sobre esteiras com antenas do lado, metralhadoras no teto das cabines, canhões montados em tratores, motocicletas com sidecars. É essa.

— Soldados? — perguntei.

— Os uniformes cinzas de sempre. — O guarda-florestal estava agachado sobre os calcanhares em uma de nossas trincheiras de observação, devorando um prato de mingau de cevada quente. — Outros de jaquetas pretas curtas, boinas.

— Tripulação de tanques. — Tomei nota. — Quem está dando as ordens?

— Um oficial grandão, uns quarenta anos, olhos claros. Túnica de desfile, dragonas prateadas trançadas, cruz preta e branca sob o colarinho. Todas as manhãs ele sai para se lavar na bomba de água e fazer sua calistenia. Eles têm tudo à disposição, aqueles Fritzes. — O rosto de Vartanov se contraiu, o ódio passando sob a superfície. — Mas eles têm medo de russos.

— Por quê?

Os olhos de Vartanov se voltaram para a minha arma, nunca a mais de um braço de distância de mim.

— Fiquei sabendo que há fuzis com miras especiais.

— É verdade — respondi, neutra.

— Então usem. — Ele raspou os restos do mingau da marmita de campanha. — Não é longe daqui. Pela floresta, uns cinco quilômetros usando um atalho. Eu mostro a vocês.

Eu e Kostia nos entreolhamos. Ele me chamou para o lado com um movimento rápido dos olhos.

— Armadilha? — perguntou ele sem rodeios, e era uma possibilidade real.

Nem toda a população local aqui era leal à mãe pátria; mesmo com as notícias se espalhando de como os alemães tratavam nossos civis e soldados capturados, alguns idiotas rurais viam os hitleristas como libertadores que poderiam salvá-los da escassez de comida do camarada Stalin. Eu não tinha o menor desejo de entrar numa emboscada e levar um tiro.

— Vamos levar isso para o chefe de reconhecimento — decidi. — Se conseguirmos confirmação sólida da lealdade e identidade desse homem, vou correr o risco de levá-lo para explorar o terreno.

O rosto de Kostia se enrijeceu.

— Não sozinha.

— Precisamos de um guia — falei. — As linhas de frente estão se estabilizando; os Fritzes provavelmente não vão montar outra ofensiva em grande escala por semanas. É hora de enviar o pelotão para a caça.

E não havia como fazer com que eles começassem se eu não conhecesse o terreno, se não soubesse como me deslocar por aquela floresta densa que se elevava como uma muralha verde e farfalhava ao vento turbulento vindo do mar.

Então, dois dias depois, com a aprovação obtida e a identidade e lealdade de Vartanov satisfatoriamente atestadas, o velho guarda-florestal e eu avançamos para as colinas de Mekenzi à primeira luz da manhã.

Ele se deslocava entre as árvores como um fantasma, seguindo uma trilha de caçador quase invisível. Eu serpenteava atrás dele em meio aos sicômoros inclinados, me perguntando como ia atirar com todas essas árvores. Bom para se esconder, melhor que a estepe brutalmente aberta, mas não para tiro de precisão. O que minhas balas deveriam fazer, ziguezaguear entre os troncos?

— Pavlichenko — grunhiu Vartanov, pronunciando o meu nome. — Você é ucraniana?

— Sou russa — respondi, sem alterar a voz. Essas perguntas sobre nacionalidade sempre me irritavam. Éramos todos soviéticos, não éramos?

Outro grunhido. Duvido que Vartanov concordasse, mas pelo menos ele não discutiu.

— Do sicômoro torto até o poço são oitenta e cinco metros — instruiu ele, seguindo uma bifurcação para a direita e, enquanto eu o seguia, um espinheiro-de-cristo enganchou no meu casaco. Puxei para soltá-lo e congelei ao ouvir um bando de papinhos-carvoeiros decolar ruidosamente da árvore próxima. — Cuidado — sibilou o guarda-florestal, e continuou pelo meio da vegetação como uma enguia. Quando o sol se elevou no céu, tínhamos chegado a Mekenzia e eu subi numa árvore com meu binóculo.

Caminhões e uniformes alemães cor de rato se moviam como formigas pela estrada que se estendia entre Mekenzia e a aldeia de Zalinkoi. Em meio a todo o cinza teutônico, vi os tártaros da Crimeia com as braçadeiras brancas dos Politsei, a força colaboracionista pró-Hitler, guardando a barreira no cordão de isolamento. Ao meio-dia, uma cozinha de campanha apareceu e minha boca se encheu de água com o cheiro de batata ensopada e um substituto de café.

— Ali — murmurou Vartanov do chão, e eu vi o oficial.

Eu conhecia condecorações inimigas melhor que o velho guarda-florestal; pelo binóculo, vi as insígnias de um major de artilharia e a Cruz de Cavaleiro. Eu o observei acender um charuto e partir de carro na direção de Cherkez-Kermen. *O quartel-general principal do estado-maior provavelmente é lá*, pensei. O próprio coronel general Erich von Manstein poderia residir ali, não que eu fosse ter alguma chance de atirar *nele*. Mas este major presunçoso com sua calistenia matinal e suas dragonas prateadas, sim. *Você é meu*, disse para ele, enquanto seu carro sacolejava pela estrada.

Fiz um esboço da casa em um mapa de tiro tosco, anotei as distâncias, comecei a calcular o vento. *Velocidade mediana, quatro a cinco quilômetros por hora.*

— O que é tudo isso? — perguntou Vartanov, olhando para meus números enquanto nos retirávamos em segurança de volta para a terra de ninguém. — Isso é sobre o vento?

— O fuzil dispara a bala, mas o vento a carrega — citei o velho provérbio. — Nós escolhemos essa posição, temos uma brisa soprando de lado a um ângulo de noventa graus. A cem metros do alvo, a correção lateral horizontal para um sniper é de vários milirradianos. Em localizações muito acima do nível do mar — eu me entusiasmei, incapaz de resistir à digressão técnica —, a pressão atmosférica muda e a distância da trajetória e do voo da bala aumenta. Mas, em colinas com menos de quinhentos metros de altura, e nós estamos a trezentos e dez, a gente *pode* ignorar o vento longitudinal, desde que levemos o lateral em consideração, uma vez que ele pode causar uma significativa...

Vartanov estava com aquela expressão cautelosa e desconfiada com que as bibliotecárias de Odessa ficavam quando eu começava a falar de Bogdan Khmelnitsky.

Eu suspirei.

— A gente calcula o vento para poder fazer correções na mira e o tiro não ser soprado para fora do alvo.

— Por que você não disse isso antes? — Ele pareceu ofendido. — Eu acerto um veado a duzentos metros; eu sei compensar o vento!

— Sim, claro, tenho certeza disso, mas sempre vale a pena entender a ciência por trás.

Ele desconsiderou com um gesto da mão.

— Nesta época do ano, espere rajadas fortes de norte e nordeste. Você vai atacar amanhã?

Não há por que esperar, pensei. Poderíamos acabar com toda essa base com um pouco de sorte e algumas cabeças frias... Mas não era um trabalho para meu pelotão inteiro. Alguns deles mal tinham dominado suas tabelas de balística, quanto mais cálculos de vento, e este seria um trabalho tenso, preciso.

— Pegue o moreno — disse Vartanov, lendo minha mente. — Seu parceiro. Ele é o único entre vocês que se move em silêncio.

— Ele, e Fyodor Sedykh, e Burov. — O melhor de meus recrutas marinheiros. — Vou pegar uns dois homens bons em corpo a corpo com meu oficial de reconhecimento também, para o caso de ficarmos sob pressão.

— E eu — disse Vartanov.

Parei ao lado de um arbusto emaranhado de espinheiro-de-cristo.

— Você não é um soldado do Exército Vermelho, dedushka — falei, com gentileza. — Não posso levar civis para uma caçada.

— Essa casa que os alemães transformaram em quartel-general é minha. — Os olhos do guarda-florestal sobre o matagal da barba eram como facas cintilando entre a vegetação. — Eu morava aqui com meu filho e minha nora, minha esposa e meus filhos mais novos. Nós tínhamos uma *banya*, um celeiro, estufas, todos trabalhávamos do nascer ao pôr do sol; eu nem sabia onde estava a guerra, ou por que ela estava acontecendo. Saí para ir à repartição das autoridades municipais dez dias atrás, para registrar umas despesas complementares, e esse foi o dia em que os batedores hitleristas apareceram, enfileiraram minha família do lado da casa e atiraram em todos eles. — Havia lágrimas em seus olhos, mas ele não as deixava cair. — Vou estar lá para assistir quando esses monstros morrerem, com a sua permissão ou sem ela.

Lentamente, estendi o braço para o fuzil preso em seu ombro curvado. Ele o deixou cair em minhas mãos. Um velho Berdan II, quase uma antiguidade. Olhei nos olhos do guarda-florestal.

— Você pode pegar um Mosin-Nagant emprestado de um dos homens do meu pelotão. Posso lhe ceder vinte balas para que se familiarize com ele até amanhã.

Ele mostrou os dentes.

— Eu só preciso de dez.

Observe agora, enquanto um grupo de sete atiradores se aproxima da aldeia à primeira luz da manhã seguinte.

Kostia não está do meu lado desta vez, e não está feliz com isso. Ele não discute minhas ordens de ficar com os menos experientes do pelotão, mas há uma linha dura como um chicote entre suas sobrancelhas escuras.

— Vou ficar com o velho — digo, indicando Vartanov com a cabeça. — Se, depois de tudo isso, ele acabar jogando sujo conosco, eu enfio uma bala nele. Se ele for tudo o que diz que é, ainda assim é o mais novato num combate de artilharia e quero estar junto para estabilizá-lo. Você estabiliza os outros. Boa caçada.

Kostia assente e se afasta pelo escuro. É estranho vê-lo sair do meu lado. Ele se tornou como um braço extra desde que nos encontramos depois de Odessa; eu ficaria menos apreensiva se partisse para o trabalho sem minha sombra do que sem Kostia. Ele e o restante do pelotão se posicionam quinze passos à minha esquerda; assumo meu lugar no meio com Vartanov, e os dois soldados extras que peguei emprestados com o oficial de reconhecimento se colocam quinze passos à minha direita: um triângulo de fogo que vamos despejar sobre os nazistas. O vento em ângulo reto com minha posição; corrijo os botões de ajuste na lateral do tubo de minha mira telescópica e passo as instruções em voz baixa para os outros. Vartanov me segue em cada movimento, os olhos brilhando.

Observe agora. Os alemães se reúnem à mesma hora, no mesmo lugar, com o mesmo número... Pelo amor de Lênin, seu rígido cumprimento de cronogramas e regras pode ter conquistado impérios, mas os torna presas para uma matilha de linces como nós. O sol se eleva, a cozinha de campanha aparece às 11h37 em ponto, os homens se agrupam… pelo menos sessenta oficiais e especialistas.

Um comandante de pelotão de snipers sempre atira primeiro, sinalizando para os demais. Meu fuzil canta, mandando o seu primeiro presentinho quente através do olho de um oficial que estava repreendendo um soldado em voz alta, e ele mal tinha começado a cair quando os tiros partem à minha direita e à minha esquerda.

Observe agora enquanto os nazistas caem como cevada ceifada. Eles estão encurralados sob três pontos de tiro: meus atiradores laterais todos trabalham de fora para dentro; eu miro qualquer um que esteja saindo do meio, e Vartanov mira qualquer um que esteja cruzando para a esquerda ou direita em direção à minha zona. Eles vieram para a fila da comida sem as armas, estão aglomerados demais para correr, e eu não sinto nem um pingo de pena. Foram esses homens que assassinaram a família de Vartanov e, se meu pequeno grupo de sete baixar a guarda por um momento que seja, seremos atacados, dominados e superados em oito ou nove para um. Se isso acontecer, meus homens serão todos executados. Quanto a mim, sofrerei estupro coletivo e depois serei executada, se não conseguir atirar em mim mesma primeiro... Mas esse não é o nosso destino hoje, porque vamos ganhar esta, os números que se danem.

O major de artilharia sai correndo da casa, ainda em sua camiseta da calistenia diária, e uma bala o derruba entre os olhos. Acho que foi Vartanov. O velho guarda-florestal atira devagar, mas firme, ao meu lado, os dentes à mostra em seu velho rosto duro. Kostia do outro lado dispara tiros com fria precisão, como o bloco de gelo que ele é. Os aprendizes do meu pelotão e os soldados de reconhecimento emprestados miram e recarregam sem hesitação, e estou tão orgulhosa de todos. Nenhum deles hesita. Eles são meus homens, minha matilha de linces silenciosos, furtivos e mortíferos.

Observe agora, e não pisque — tudo acaba em momentos. Perto de cinquenta mortos no chão, outra dezena fugindo em alta velocidade no caminhão mais próximo. Fazemos uma incursão rápida no quartel-general, pegando o que conseguimos encontrar de documentos para nossos oficiais analisarem, suprimentos para complementar nossas rações escassas, uma submetralhadora MP 40 que podemos virar contra os próprios fabricantes. E então estamos fugindo pelo meio das árvores. Fyodor avança com passos pesados dando vivas discretos, como se tivesse acabado de ganhar um jogo de futebol, o nosso grandalhão, e Kostia desliza como uma sombra junto ao meu cotovelo de novo, e Vartanov está chorando enquanto corre, mas nunca para de sorrir.

Nem eu.

NÓS NÃO IRÍAMOS CONSEGUIR ATRAVESSAR a terra de ninguém e retornar ao nosso quartel antes do anoitecer, então montamos um acampamento no lugar que Vartanov me havia indicado em nossa saída de reconhecimento:

um barraco de tábuas semienterrado e protegido por um grupo de coníferas e zimbro espinhoso. Estávamos quase lá, resfolegando de um quilômetro e meio de corrida, quando um veado passou na nossa frente.

— Não há tempo de ir atrás dele — falei quando ele desapareceu, antes que um dos homens pudesse começar a sonhar com carne fresca.

— Nem ligo para a carne, eu o pegaria só para exibir na parede. — Fyodor ficou olhando a coroa de chifres desaparecer entre as árvores, um tom de lamento na voz.

— Um sniper não precisa matar tudo o que vê — revidei, enquanto tornávamos a correr.

— Caçar serve para encher seu caldeirão de sopa e colocar um cobertor de pele na cama, não para pôr um troféu na parede — grunhiu Vartanov, inesperadamente. — A floresta é como um templo: observe os velhos costumes, tenha respeito, não mate por diversão e os bosques o recompensarão por isso.

— Eu não acredito em espíritos da floresta, mas não gosto de caçar animais. Eles são indefesos contra isto. — Dou uma batidinha no fuzil enquanto me abaixo sob um galho de sicômoro. — Não é como nos dias em que os boiardos saíam com lanças. Pelo menos, nesse tipo de duelo, o animal tinha uma chance na luta.

— Nós acabamos de matar cinquenta homens — falou Kostia pela primeira vez naquela manhã. — Sem dúvida não lhes demos uma chance de luta.

— Mas estamos em guerra, e guerras são seres humanos contra seres humanos. Não animais inocentes.

Vartanov mostrou os dentes outra vez.

— Aqueles homens que matamos hoje eram bichos.

Para minha surpresa, alguém já tinha acendido uma fogueira do lado de fora do barraco de tábuas quando chegamos lá.

— Eu não estava de serviço, então me ofereci para vir encontrar seu grupo de snipers — explicou o tenente Kitsenko, batendo na calça para limpar as agulhas de pinheiro ao se levantar. — E ver se vocês obtiveram alguma informação crítica de inteligência.

— Você está evitando o posto de comando — adivinhou Kostia, batendo no braço do amigo quando nós entramos.

— Verdade, estou tentando ficar longe do Dromin antes que eu enfie aquele imbecil metido a ditadorzinho dentro de um canhão. — Kitsenko olhou para mim. — Boa caçada hoje?

— Nada mal. — Sorri, e ele sorriu de volta. Eu podia até ouvir o assobio de apreciação de Lena na minha cabeça: *Isso sim é um sorriso!* — Pode ficar de vigia, camarada tenente — sugeri, enquanto meus homens começavam a se acomodar pelo barraco. — Não podemos voltar até o cair da noite e meu pelotão precisa dormir.

Kitsenko vigiou e nós todos nos deitamos sobre as agulhas de pinheiros e nos espreguiçamos. Fyodor já bocejava enormemente e eu senti um bocejo de resposta subir por minha garganta, o fluxo rápido do sangue na longa noite e na tensa manhã dando lugar àquela súbita e conhecida exaustão que caiu sobre meu pelotão como uma cortina.

— Toda essa espera e observação que vocês fazem na tocaia para um tiro. — Kitsenko parecia pensativo. — Eu não tinha me dado conta de que podia ser tão cansativo.

— A coisa mais esgotante do mundo é ficar em estado de alerta total durante horas. — Ajeitei minha mochila e me deitei sobre ela como travesseiro. — Os olhos de um sniper se cansam de focalizar tanto.

— Um olho, ou os dois?

Eu ri.

— Bons snipers não fecham um olho. A gente só se concentra no olho dominante; isso evita fadiga ocular. Mas a fadiga acontece de um jeito ou de outro depois de um tempo e o olho começa a focar e desfocar. — Como estava acontecendo com os meus agora. Bocejei. — Se não se importa, camarada tenente, vou apagar por um tempo. — E foi o que eu fiz, até o fim da tarde, quando abri as pálpebras sonolentas e vi que uma névoa de outono espessa como leite tinha se espalhado entre as árvores.

Kitsenko cavava um buraco para uma fogueira seguindo as instruções de Vartanov, meus outros homens começavam a se levantar bocejando e eu não me lembrava da última vez que tinha me sentido tão satisfeita. Meu pelotão estava se firmando: tivemos uma incursão bem-sucedida; ninguém havia morrido nem se ferido. Dias como hoje eram para ser valorizados. Olhei para Kostia, ainda dormindo a um braço de distância de mim com a cabeça em cima de *Guerra e paz* — ele o levava para toda parte, até para as caçadas —, e lhe dei uma cutucada.

— Venha. Vamos dar uma olhada no que pegamos de bom dos alemães. A não ser que nosso amigo oficial já tenha vasculhado.

— Você acha que eu me arriscaria a irritar uma mulher que pode acertar um olho a trezentos metros de distância? — disse Kitsenko. — Deixo as honras para você, camarada primeiro-sargento.

Todos os homens se juntaram enquanto eu abria a mochila do major de artilharia, e exclamações de êxtase surgiram. Biscoitos, barras de chocolate, latas de sardinhas, um salame do tamanho do meu braço, um frasco de um litro e meio de conhaque... Levantei os olhos e vi meu pelotão me encarando com ar suplicante como cachorrinhos famintos e ergui as sobrancelhas para Kitsenko.

Ele coçou o queixo.

— Se você levar isso para a tenda do comandante, vai ser confiscado. Então nós claramente não temos escolha a não ser...

— Comer tudo? — Eu joguei uma lata de sardinhas para Fyodor. — Vocês ouviram o tenente, rapazes. Comam tudo.

Nada faz um grupo se alegrar mais como saber que, apesar de a morte o esperar amanhã, você se esquivou dela hoje. Em questão de segundos, Vartanov fervia água numa panela que apareceu misteriosamente e jogava cubos de purê de ervilha nela para fazer uma sopa; punhados de pão eram torrados presos em gravetos. Kostia montou uma mesa sobre uma grande pedra plana e fatiou o salame. Eu me encarreguei do conhaque, dividindo-o em nossas canecas de metal enquanto nos reuníamos em volta da pedra e os homens me olhavam na luz bruxuleante da fogueira.

— Bom trabalho, rapazes — brindei a eles, sentada entre Kostia e Vartanov. — Que sempre possamos ter essa sorte.

— À Dama da Morte e sua matilha infernal — respondeu Kitsenko, levantando sua caneca. — Eu nunca tinha visto nada na minha vida tão aterrorizante quanto vocês todos surgindo do meio das árvores hoje de manhã com seus fuzis. Bem, exceto a vez em que eu entrei no banheiro de campanha e vi a bunda pelada do Dromin reluzindo como uma lanterna; *isso* faz um homem sair gritando pela noite.

As risadas ecoaram ao redor da pedra e nós viramos o conhaque todos juntos de uma só vez. A bebida desceu queimando até meu estômago, e eu fechei os olhos numa paz sonhadora quando a primeira colherada de sopa escorreu pela minha garganta, e as piadas e os risos começaram a fluir soltos. *Eu poderia morrer aqui,* me peguei pensando. *Eu poderia morrer aqui e pelo menos estaria feliz.* E abri os olhos, tomando o restante da sopa e me perguntando quando foi que comecei a pensar na morte como algo não só possível, mas inevitável.

Os homens estavam à minha frente, com a sopa terminada e, agora, sugando as sardinhas, o queixo lambuzado de azeite. O conhaque tinha claramente subido à cabeça de Vartanov; ele estava declamando:

— É fácil achar o caminho no meio das árvores, mesmo para vocês, gente da cidade… as árvores são como *pessoas*, cada uma tem a própria alma…

Depois que a última migalha foi comida, Fyodor ficou só com a camiseta de baixo e se levantou para desafiar um dos soldados de reconhecimento para uma luta, sob uma chuva de assobios. Eu sorri e continuei mexendo na mochila do major alemão, mordendo uma barra de chocolate enquanto puxava para fora um punhado de papéis.

— O que você encontrou? — Kitsenko se inclinou para olhar sobre meu ombro.

A caligrafia alemã pontiaguda era difícil de ler, mas eu consegui decifrar o nome do homem.

— Klement Karl Ludwig von Steingel. — Suas condecorações falavam de uma carreira que o havia levado para Tchecoslováquia, França, Polônia.

— É muita guerra na bagagem de um homem só — falou Kitsenko. — Tudo isso, e aí ele veio para cá.

— Para cá ele veio, e aqui ele fica — disse Kostia, do meu lado.

— Kostia! — chamou alguém de perto da fogueira. — Vem aqui desafiar o Fyodor, seu lobo sarnento…

— Quem você está chamando de sarnento? — reagiu Kitsenko, enquanto meu parceiro se levantava e tirava a jaqueta. — Arranque os braços dele, Kostia! Espere só para ver — acrescentou o tenente, em voz baixa para mim. — Todos vão apostar no Fyodor, porque ele tem o dobro do tamanho.

Os dois começaram a circular um ao outro, meu parceiro com um leve sorriso.

— Eu aposto uma barra de chocolate que o jovem touro leva essa! — gritou Vartanov do outro lado do fogo.

— Eu cubro a aposta — gritou Kitsenko de volta, acrescentando só para mim: — Agora veja o nosso lobo comê-lo vivo.

— Estou vendo que vocês já jogaram esse jogo antes — falei, enquanto Kostia circulava Fyodor, as mãos posicionadas, os olhos alertas.

Fyodor era do tamanho de um rochedo, corpulento e impetuoso; meu parceiro de constituição delgada não era muito mais alto do que eu, mas era feito de tungstênio e paciência.

— Sabe de quantos colegas de turma nós ganhamos a mesada com esse jogo quando éramos estudantes? Todos os garotos populares de Moscou com um pai figurão no Partido achavam que poderiam varrer o chão com o menino magricela da Sibéria. — Kitsenko apoiou os cotovelos nos joelhos dobrados. — Quando eles acabavam cuspindo um ou dois dentes e aprendiam como estavam errados, nós já tínhamos embolsado apostas de cinco para um.

Eu vi Kostia desviar de uma investida de Fyodor e voltar em uma chave de braço que dobrou o punho de seu adversário atrás das costas.

— Quer dizer que você recolhia as apostas e ele levava os socos?

— Ah, nós dois levávamos os socos. Os garotos populares de Moscou com pais figurões no Partido não gostam de perder, então geralmente Kostia e eu acabávamos em outra briga depois que a oficial terminava. Mas ainda saíamos dela com mais rublos do que hematomas.

Eu sorri.

— Isso é amizade.

— A melhor.

Seu olhar encontrou o meu por um tempo um pouco longo demais. *Não flerte com oficiais,* lembrei a mim mesma, e fiquei feliz quando Kitsenko se levantou de repente para gritar incentivos ao meu parceiro.

— Vá nos joelhos dele, Kostia!

Kostia fez uma reverência para ele, e eu sorri. Não podia deixar de gostar de Kitsenko por ter estimulado esse lado leve do meu companheiro taciturno.

Mordendo outro pedaço de chocolate, voltei à mochila do oficial alemão e encontrei algo mais perturbador: uma fotografia. Uma mulher bonita de cabelos claros com os braços em volta de dois meninos magricelas, todos sorrindo para a câmera. Atrás da foto, estava escrito: *Mein Herz! Mit Liebe, Anna.* Havia um maço de cartas com a mesma letra feminina, e uma com letra masculina: o major tinha escrito de volta para a esposa, mas não teve tempo de postar a carta. Até mesmo demônios nazistas tinham famílias que os amavam. Eu me perguntei como Anna iria se sentir, se soubesse sobre a família assassinada de Vartanov e sabe-se lá quais outros crimes que seu marido havia cometido aqui.

Um vozerio surgiu em volta do fogo. Levantei os olhos a tempo de ver Kostia virar Fyodor de cara para o chão e prender aquele braço enorme nas costas. Fyodor bateu a mão no chão, desistindo da luta, e Kostia o ajudou a se levantar com um sorriso. Pegando a jaqueta do chão, ele recusou os pedidos de revanche e simulou uns rápidos golpes de boxe com Kitsenko, que em seguida foi arrastado para uma disputa de queda de braço com o velho Vartanov. Meu parceiro se sentou ao meu lado de novo e ficou imóvel quando viu a fotografia em minha mão.

— Fico pensando na hora em que ela receber a notícia da morte do marido. — Inclinei a foto. — Ou de como ele morreu.

Kostia jogou a jaqueta sobre os ombros que já haviam começado a se arrepiar na névoa fria.

— Família bonita.

— Não é culpa deles que o pai veio para cá e entrou na minha mira. — Faço uma careta, olhando para os jovens filhos do major: talvez com catorze e dezesseis anos, posando orgulhosos em uniformes da Juventude Hitlerista. — Será que nós vamos acabar lutando contra eles também, se a guerra demorar muito para acabar?

— Se chegar a isso. — Kostia fechou o último botão da jaqueta. — Eu não pedi que eles viessem aqui brigar comigo. Assim como não pedi ao pai deles.

A brincadeira de luta e os gritos pararam em volta do fogo agora que o sol baixou. Quando estivesse totalmente escuro, teríamos de apagar a fogueira e nos pôr a caminho, mas uma calmaria suave desceu enquanto o roxo do crepúsculo pairava.

— Quem aqui canta bem? — perguntou Kitsenko do outro lado do fogo, e Vartanov começou a cantar com voz grave oscilante, mas ainda forte, uma balada em tom menor em dialeto russo-armênio que eu mal conseguia entender. Um dos meus recrutas marinheiros respondeu com um melancólico canto do mar; e então, inesperadamente, o barítono grave de Kostia se ergueu.

— *The pale moon was rising above the green mountain...*

Espantada, percebi que ele estava cantando em inglês. Eu sabia um pouco de inglês, porque minha mãe lecionava idiomas na escola pública do meu bairro, mas não o suficiente para entender todos os versos. Alguma coisa sobre *Amid war's dreadful thunder, her voice was a solace and comfort to me...*

— Que música é essa? — perguntei ao meu parceiro quando ele terminou, e Kitsenko começou a cantar "As mulheres de Varsóvia" em um ressonante tenor.

— "The Rose of Tralee". — Kostia mexeu no fogo com um graveto. — Minha avó costumava cantar.

— Ela falava inglês?

Ele hesitou, depois baixou a voz mais ainda.

— Ela era americana.

— *Como assim?*

Kostia falou alguma coisa longa e fluente em inglês, sorrindo da minha surpresa.

— Uma jovem irlandesa de Nova York que veio com um grupo missionário nos tempos czaristas. Ela tinha lido muito Tolstói, tinha ideias românticas sobre a neve e as noites brancas russas… Claro que se apaixonou pelo primeiro revolucionário siberiano que apareceu na frente dela e se casou com ele. — Ele se recostou apoiado no cotovelo. — Ela viveu muito tempo, até depois da revolução. Eu aprendi inglês com ela.

— É dela esse *Guerra e paz* que você carrega por toda parte? — perguntei.

Kostia olhou para mim, seu rosto subitamente sério.

— Mila, eu não conto às pessoas sobre isso. Até minha avó o mantinha escondido. Ela e minha mãe deram um jeito para que toda a nossa documentação fosse perdida quando a família se mudou para Irkutsk, então não há registro disso em lugar nenhum.

Eu entendia o porquê. O contato com estrangeiros que tinham propósitos contrarrevolucionários era algo que as autoridades levavam a sério. Receber uma simples carta inofensiva do Ocidente decadente poderia ser o bastante para que uma pessoa fosse levada a uma sala de interrogatório, quanto mais ter vínculos de sangue com uma nação capitalista. Os Estados Unidos não eram exatamente um país amigo da mãe pátria, ainda mais agora quando relutavam tanto em oferecer um mínimo apoio que fosse contra os hitleristas.

— Alguém mais sabe?

Meu parceiro sinalizou com a cabeça Kitsenko do outro lado do fogo, ainda cantando enquanto os homens marcavam o ritmo.

— Só o Lyonya.

Isso me surpreendeu.

— Ele é um amigo tão de confiança assim?

— O melhor — respondeu Kostia, ecoando o que Kitsenko tinha me dito mais cedo.

— Bom, eu também não vou contar a ninguém. — Bati meu ombro no de Kostia, sem saber como responder a esse tremendo gesto de confiança a não ser mudando para um tom mais leve. — Só não cante "The Rose of Tralee" quando outros oficiais estiverem por perto, hein?

Ele sorriu.

— Então, onde exatamente é Nova York? — perguntei, vendo em minha mente um mapa da costa leste dos Estados Unidos. — Ao norte de Washington, mas onde?

— Eu não sei direito. Gostaria de ver um dia. Para onde você quer ir depois da guerra?

Não há depois *para mim,* pensei. *Eu não vou a lugar nenhum a não ser para um túmulo.*

Foi a primeira vez que me permiti admitir isso: que eu nunca ia voltar para casa. Que essa guerra, pelo menos para mim, era o fim da estrada.

Capítulo 13

A versão oficial da história: Snipers precisam ser calmos para ter sucesso. Minha versão não oficial: Snipers precisam se forçar a ficar calmos para ter sucesso, e é por isso que mulheres são boas em tiro de precisão. Porque não existe nenhuma mulher viva que não tenha aprendido a engolir a raiva para parecer calma.

— NÃO — ROSNOU O TENENTE DROMIN para mim. — Você não pode pôr aquele gagá do Vartanov no seu pelotão. A mãe pátria não está tão desesperada a ponto de enfiar velhos decrépitos em um uniforme e mandá-los cambaleando para cima do inimigo com suas bengalas.

Fiz passar pela garganta mais um calmo e longo gole de fúria, mantendo minha voz sensata.

— Ele solicitou permissão para ser admitido e seu conhecimento do terreno local o torna muito valioso. — Minha petição para incluir o velho guarda-florestal ao meu pelotão tinha sido negada e eu estava no posto de comando para defender a causa dele. — Foi com a assistência dele como batedor que meus homens eliminaram doze hitleristas na terra de ninguém nos últimos dois dias.

— Eu ouvi o ataque de morteiros resultante do outro lado — disse o tenente Kitsenko, encostado na mesa de Dromin. — Um concerto e tanto eles fizeram. Um pouco pesado nos metais; culpe Wagner por isso…

— Quem? — disse Dromin, irritado. — Não importa — acrescentou, quando Kitsenko abriu a boca para responder.

Kitsenko apenas riu, os braços cruzados sobre o peito, o quepe empurrado num ângulo jovial sobre o cabelo claro despenteado. Lembrei-me da Lena dizendo *Vou tirar uma casquinha disso aí!* quando viu os ombros dele no dia da *banya*, e eu estava tentando não notá-los agora. Quando se fica atraída pelos ombros de um homem, é melhor que ele não seja o novo comandante da sua companhia no meio de uma zona de guerra, e é melhor ainda se você estiver usando um vestido bonito para poder ser admirada de volta. Eu tinha acabado de voltar de uma caçada matinal e estava com minha jaqueta de camuflagem, que tinha sido costurada com pedaços de espinheiro-de-cristo, então eu parecia um arbusto ambulante.

— Minha opinião é que deveríamos admitir Vartanov, se ele está querendo servir — dizia Kitsenko. — Pode até ser que a última vez que ele serviu foi sob o comando de Catarina, a Grande, mas e daí? Se ainda tem seiva naquela árvore, melhor que ela esteja com nosso uniforme.

— Sua companhia, sua decisão — disse Dromin, com um ar de quem lavou as mãos sobre o assunto. — Que fique sob sua responsabilidade quando ele perder o equilíbrio no alto de um penhasco. Quanto a você, camarada sargento Pavlichenko... — Eu via seu olhar passeando com desgosto pela minha camuflagem e meu fuzil, que tinha sido embrulhado e enrolado em ramos de espinheiro até parecer um maço de gravetos. Ele claramente não achava minha alta-costura hortícola atraente e era óbvio que achava que eu deveria me importar com isso. — Você vai representar a 2ª Companhia amanhã à tarde no posto de comando do 54º Regimento na ravina de Kamyshly, quando o major-general Kolomiets apresentará as premiações do governo.

Dromin tinha um brilho maldoso nos olhos e eu engoli um palavrão. Uma cerimônia à tarde significava que eu não conseguiria dormir depois de passar a noite fazendo reconhecimento, cavando e camuflando uma posição na terra de ninguém e depois de uma manhã na espera tensa por um tiro. Em vez de me enfiar no saco de dormir, eu teria de pôr o uniforme de desfile e andar pela ravina só para ficar de pé e bocejar durante horas de discursos...

Mas eu teria Vartanov no meu pelotão e ele valia perder algumas horas de sono.

— Obrigada, camarada tenente — falei, saudando com elegância, e saí farfalhando em meu esplendor folhoso.

Kitsenko saiu atrás de mim e me alcançou.

— Vou conseguir uma carona para você no carro do estado-maior amanhã — falou ele. — Também fui designado para a cerimônia. Levar você comigo vai compensar todos os discursos chatos.

— Por que você quer me dar carona? — Afastei um talo de espinheiro-de-cristo do olho.

— Para poder roubar um beijo — respondeu ele. — Na última vez, foi você quem me beijou. Sinto que devo retribuir o favor.

— Eu sabia que aquele beijo ia voltar para me assombrar — repliquei.

— Espero que em seus devaneios, não em pesadelos. Você atiraria em mim se eu te desse um beijo, camarada primeiro-sargento Pavlichenko?

— Talvez. — Parei para arrancar alguns talos dos meus ombros, falando num tom educado, mas irredutível. Flertar era normal em um lugar mais civilizado, no intervalo de uma ópera, digamos, usando um vestido de cetim amarelo em vez de um arbusto. Por um momento, desejei que fosse exatamente lá que eu estivesse. Mas nós não estávamos na ópera, e eu não tinha a desculpa agora de não saber que ele era meu superior. — Obrigada, camarada tenente, mas posso ir sozinha para a cerimônia amanhã.

— Tem certeza? Eu sempre quis comparecer a uma cerimônia de premiação de braço dado com uma cerca viva. Nós faríamos um casal muito vistoso, eu me ajeito bem como pinheiro.

Meus lábios se moveram numa ameaça de sorriso mesmo contra a minha vontade, então me ocupei em arrancar mais pedaços de camuflagem.

— Obrigada por falar em favor do Vartanov lá dentro. Ele vai adorar saber que poderá ser oficialmente um soldado do Exército Vermelho. — Na verdade, ele não tinha amor pelo Exército Vermelho, ou pela mãe pátria, ou por tudo que considerasse opressivo ao povo ucraniano, mas odiava os hitleristas mais do que odiava o camarada Stalin. — Ele está ansioso para matar fascistas — acrescentei, com total sinceridade.

— Eu gosto daquele velho — disse Kitsenko com animação, as mãos nos bolsos do sobretudo. — Aposto que ele conseguiria se esgueirar por trás do Vovô Gelo e cortar a garganta dele. Ainda bem que ele está do nosso lado. O que é isso? — perguntou ele, quando puxei um frasco e um tubo de borracha da minha sacola de munição. — Uma bolsa de enema?

— Mais um instrumento da sacola de truques de uma sniper. O Vartanov me mostrou uma trilha até uma seção muito pequena da terra de ninguém, que dá para uma estrada de terra a cerca de meio quilômetro da linha de frente alemã. Quando eu encho isto com água — digo, levantando o frasco — e enterro perto de mim e passo um tubo pelo gargalo do frasco até meu ouvido, consigo ouvir o tremor no chão, o que significa que há motocicletas ou carros do estado-maior se aproximando pela estrada. — Eu tinha ficado a noite toda e metade da manhã deitada ao lado de Kostia numa trincheira rasa, nós dois cobertos por uma camada de ramos de roseiras silvestres e folhas de arbustos, passando o tubo de um para o outro até ouvirmos as vibrações de um comboio de bom tamanho. — Kostia e eu atiramos nos pneus do carro e eliminamos três oficiais e um artilheiro.

— Você é mesmo aterrorizante. Tem certeza de que não posso beijá-la?

Fiquei tentada a deixar, lembrando que ele cheirava a pinheiro, e me irritou o fato de eu me lembrar disso com tanta clareza.

— Certeza absoluta. — Continuei andando e arrastando ramos de plantas atrás de mim.

— Por que não? — Ele mantinha o passo com facilidade ao meu lado. — Você não gosta de subtenentes?

— Eu atiro em subtenentes. Atirei em um hoje de manhã. Cruz de Ferro, acne.

— O problema são subtenentes chamados Alexei, então?

— O homem com quem me casei aos quinze anos é um subtenente chamado Alexei, camarada tenente, e eu não gosto muito dele.

Eu não tinha visto nem sombra de Alexei Pavlichenko desde que chegamos a Sebastopol. O que não é surpresa, pois ele devia estar mergulhado até o pescoço em sangue e desinfetante no batalhão do hospital. Desde que eu não me ferisse, sem dúvida não *teria* de vê-lo outra vez. O que era mais um incentivo para escapar das balas dos alemães.

— Meu apelido é Lyonya — lembrou-me Kitsenko. — Porque minha mãe queria que eu me chamasse Leonid e não Alexei, e *Lyonya* foi o jeito que ela deu de contornar meu pai. Se você usar o apelido, não deve haver nenhuma associação negativa com o meu nome.

— Apelidos são para…

— Companheiros de armas, eu sei. Será que vou precisar arrumar uma batalha para entrarmos juntos antes do meio-dia de amanhã? — O comandante da minha companhia apertou os olhos para o céu, como se estivesse conferindo a hora. — O tempo está curto, mas…

— Camarada tenente, eu prefiro não me relacionar com oficiais — respondi com firmeza. — Eu o confundi com um civil quando nos encontramos pela primeira vez, mas isso não muda o fato de que as regras…

— Eu prefiro não me relacionar com sargentos. Apenas com cercas vivas excepcionalmente bonitas. Saí com uma roseira silvestre por um tempo e, ui, ela me dava umas espetadas. Tive melhor sorte com uma viburno, mas o afeto dela secou. Agora, uma espinheiro-de-cristo…

— Boa tarde, camarada tenente…

E marchei até o banheiro de campanha, para onde ele não poderia me seguir, antes que ele visse que, mesmo contra a minha vontade, eu estava sorrindo.

“Morte por tédio.” Tanto faz assistir a uma discussão do Komsomol sobre “A juventude comunista de amanhã” ou a uma cerimônia da Ordem do Estandarte Vermelho em honra da galante defesa de Odessa: qualquer reunião de autoridades realizada em qualquer lugar na mãe pátria sempre incluía discursos. Eu costumava pensar que ninguém conseguia superar os homens soviéticos em termos de discursos intermináveis, mas, quando fui aos Estados Unidos, percebi que homens de *todas* as nacionalidades gostam do som da própria voz, principalmente o tipo de homem que passa longas horas atrás de um pódio. Seja num parque em Washington ou numa zona de combate em Sebastopol, é sempre a mesma coisa: depois do primeiro discurso, você tem medo de morrer de tédio; depois do quinto, você reza para que isso aconteça.

Para me manter acordada na cerimônia de condecoração do dia seguinte, percorri mentalmente as páginas da minha dissertação e me perguntei se haveria alguma maneira, aqui na linha de frente, de conseguir que ela fosse datilografada de novo. O excesso de trincheiras e ninhos de snipers tinha deixado as páginas moles e amassadas, e minha seção que apresentava o Conselho de Pereslávia tinha sido manchada de sangue quando um estilhaço feriu a nuca de Kostia. Não foi grave, ele tirou a jaqueta e eu mesma dei pontos no corte, desinfetando a agulha com vodca, para que ele não tivesse de ir parar no batalhão médico, mas minha pobre dissertação, como Bogdan Khmelnitsky, havia passado pelas guerras... Fui despertada de meus devaneios quando chegou a hora de fazer o meu (breve!) discurso de congratulação em nome da 2ª Companhia.

O tenente Kitsenko fez um discurso mais longo, a combinação certa de linguagem oficial e ironia que trouxe sorrisos aos rostos. Ele era bom nisso, como eu já havia observado a essa altura. Era raro um oficial que soubesse ser amistoso sem perder a autoridade, e eu tinha de admitir que Kitsenko possuía o dom. Eu o vira acabar com uma briga entre um grupo de soldados com eficácia e, em vez de colocá-los em punição disciplinar, ele fez uma palestra com um misto de repreensão e brincadeira que os fez rir, se envergonhar e prometer como crianças malcomportadas que não, camarada tenente, eles nunca mais fariam aquilo, camarada tenente.

Os discursos finalmente terminaram, e restava apenas observar fitas e estrelas serem prendidas em túnicas. Um dos soldados condecorados era mulher, uma bela operadora de metralhadora que tinha ajudado a mandar quinhentos fascistas para o túmulo. *Parabéns,* pensei, com aprovação, vendo-a sorrir largamente quando a Ordem do Estandarte Vermelho foi fixada em seu peito. Então a fila se moveu e eu vi Alexei Pavlichenko esperando para ser condecorado. Não tinha certeza de qual fita ou estrela estavam prendendo em sua túnica, mas foi algo sobre *excepcional eficiência na restauração dos feridos para as linhas de frente*, e eu vi a curva de prazer em seus lábios. Claro que ele foi condecorado. Homens como Alexei sempre conseguiam o tipo certo de prêmios. Ele havia subido depressa no hospital como civil; ele subiria depressa no batalhão do hospital como tenente.

Escapei logo que a cerimônia terminou. Por algum motivo eu sabia que Alexei ia me procurar — ele devia ter me posto na mira quando me viu avançar para fazer meu discurso —, então corri em direção a uns arbustos emaranhados na lateral da área de desfile improvisada.

— Mila?

A voz dele flutuou pelo ar, a voz que ainda tinha o poder de me fazer ranger os dentes, e me abaixei em silêncio e me encostei numa árvore caída. Ia ficar aqui sentada e esperar pacientemente até ele se cansar do jogo e voltar para seu batalhão. Depois de tantas tocaias, eu conseguiria esperar mais que o Senhor do Tempo, sobretudo por causa de um marido irritante.

Não ousei fumar até ver a cabeça loira de Alexei sumir. Acendi e traguei com gratidão, e me lembrei de como eu era pedante quando cheguei ao front, empinando o nariz com um desdenhoso *eu não fumo*. Olhei para aquela mulher — a bibliotecária, a estudante universitária, a aspirante a historiadora — e mal a reconheci. Havia quase seis meses que eu estava na escola da guerra.

— É a primeira vez que vejo uma mulher fumando cachimbo — disse Kitsenko atrás de mim.

Eu poderia ter dito a ele que preferia ficar sozinha, mas, se eu estivesse com o comandante da minha companhia, meu marido não viria se acocorar aqui caso me encontrasse, então não fiz objeção quando o amigo de Kostia se encostou na árvore ao meu lado. Não tinha nada, absolutamente nada, a ver com seus ombros.

— Onde você arrumou isso? — perguntou ele, indicando o cachimbo na minha mão, enquanto pegava um maço de cigarros.

— Vartanov. Ele me deu depois da nossa primeira investida. — Era um velho cachimbo turco, esculpido de uma raiz de pereira, com um bocal de âmbar; uma coisa linda e, claramente, o último objeto de valor que ele possuía. Eu preferia cigarros, mas ele o havia oferecido com um orgulho trêmulo tão determinado que não tive coragem de recusar. Era uma condecoração merecida e conquistada; eu a preferia à Ordem do Estandarte Vermelho da operadora de metralhadora Onilova. — Estou tentando aprender como pôr o tabaco, para pelo menos poder usar na frente dele.

— Esse tabaco solto não é um pouco forte demais? — Kitsenko acendeu um cigarro Kazbek.

— Já me acostumei.

— É engraçado — disse Kitsenko, exalando a fumaça no ar frio. — Não é comum mulheres bonitas fumarem cachimbos.

— Em outras palavras, eu devo ser feia e incomum.

Falei isso com um sorriso, porque estava me sentindo qualquer coisa menos feia naquele momento. Na verdade, eu me sentia deliciosamente feminina pela primeira vez em meses. Talvez desde que pusemos os olhos um no outro, flertando na porta da *banya*.

— O fato de que você é *incomum* é bem conhecido por todo o 54º a esta altura. — Kitsenko soprou um anel de fumaça. — A questão da aparência, bem, isso é complexo. Ideais são ditados pela época, moda, costume. Para mim… — Ele me olhou com muita seriedade. — … eu nunca vi uma cerca viva mais linda.

Não consegui evitar; caí na risada. Ele deu um soco no ar como se tivesse conseguido uma vitória.

— Por que você está insistindo tanto comigo? — perguntei, ainda rindo e deixando de lado o cachimbo. — Não há muitas mulheres no regimento, mas há suficientes. E elas são todas alvos mais fáceis do que eu.

— Alvos menos interessantes.

— Por quê? — Peguei o cigarro que ele me ofereceu. — Você tem alguma idealização romântica sobre snipers? Abater a mulher que abateu mais de duzentos homens?

Eu estava começando a perceber essa ideia em alguns dos jovens oficiais mais bobinhos. A idealização vagamente articulada de que uma mulher que matou tantos a sangue frio tinha de ser, sei lá, quente dentro do saco de dormir.

— Aí é que está. — Kitsenko me examinou, pensativo. — Uma mulher sniper com duzentas marcas em sua contagem… isso conjura uma imagem muito específica. E você…

— Eu correspondo a essa sua imagem?

— Nem de longe. Eu imaginaria alguém um pouco como a meia-irmã do Kostia. Eu a conheci no ano passado quando o visitei em Irkutsk; não tenho ideia de como sobrevivi à experiência. Você vai ter de pedir ao Kostia que lhe conte a história complicada da família, mas o pai dele não se casou exatamente com a mãe dele. O velho mora no Lago Baikal com um punhado de meios-irmãos e meias-irmãs do Kostia, uma das quais foi a Irkutsk para cursar a escola de voo…

— Isso vai chegar em algum lugar, camarada tenente? — perguntei, confusa.

— Continue ouvindo. Então o Kostia e eu nos deparamos com essa meia-irmã, Nina; ele mal a conhecia, mas me apresentou. Essa garota me dava pesadelos. Uma coisinha feroz com olhos como navalhas, quase palitando os dentes com um osso humano, absolutamente capaz de rasgar sua garganta com as mãos nuas. Essa — concluiu Kitsenko — é a imagem que se tem quando se ouvem as palavras *mulher sniper com duzentos abates*. Uma pessoa selvagem das imensidões da Sibéria, com olhos gelados e a consciência de um lobo.

— O que o leva a essa conclusão? — Inclinei a cabeça. — Por que imaginar que *isso* é como uma mulher sniper deveria ser, fria, sem emoção, selvagem? Você não me conhece nem conhece outra mulher sniper, então o que o leva a crer que temos de ser de determinada maneira? Ter uma determinada aparência?

— Porque é surpreendente conhecer uma mulher com duzentas vidas no currículo e descobrir que ela é uma estudante de história com a dissertação mais entediante do mundo... E com os olhos castanhos mais doces que já pintaram um alvo no coração de um homem.

Eu não sabia como responder àquilo, mas meu coração batia de um jeito que não costumava fazer, exceto quando eu voltava de uma caçada.

— Como você sabe sobre a minha dissertação? — consegui, enfim, dizer. — E, para sua informação, ela não é nem um pouco entediante.

— Sua dissertação é famosa na *companhia* inteira, sargento. Homens corajosos correm para zonas de fogo cruzado quando veem que você está tirando ela da mochila. Soldados com a Ordem de Lênin gaguejam e empalidecem…

— Insultando a minha dissertação! Esse é mesmo um caminho garantido para o saco de dormir de uma mulher.

Os lábios dele se curvaram em um meio sorriso.

— Você não ouviu a parte sobre os seus olhos?

— Mesmo você tendo elogios muito bonitos sobre os meus olhos, não estou interessada em ser o casinho no front de ninguém. Até onde eu sei, você pode ter uma esposa em casa, ou uma noiva, ou toda uma fila de possíveis candidatas.

— Não estou saindo com nenhuma outra cerca viva no momento, palavra de honra. Sou o tipo de arbusto muito monógamo.

— Todos dizem isso.

— É, imagino que sim — admitiu ele.

— E aí, às vezes, se você disser não, eles ameaçam rebaixar você.

— Eu não farei isso, Lyudmila. Se você disser não de agora até o fim da guerra, eu não farei isso. — Ele inclinou a cabeça. — Você realmente foi ameaçada de *rebaixamento* se não…

— Claro que fui.

Duas vezes, na verdade. Eu tinha ficado menos preocupada com ser rebaixada e mais preocupada em ser estuprada por meus oficiais se continuasse a dizer não. Essas coisas aconteciam. Lena costurava essas mulheres depois no batalhão do hospital, mas claro que nenhum relatório jamais era feito.

— Com sua ficha, você devia ter estado hoje com aquela operadora de metralhadora recebendo a Ordem do Estandarte Vermelho, não se defendendo de oficiais para não ser rebaixada. — Pela primeira vez desde que o conheci, esse tenente bem-humorado parecia bravo. Era como se uma nuvem tivesse se formado em cima dele, como se rajadas de chuva tivessem desabado atrás daqueles olhos azuis e faces largas e se cristalizado em uma frente de tempestade. — Vou apresentar o seu nome. Com uma contagem como a sua...

Dei de ombros, tragando profundamente meu cigarro.

— Vou aceitar qualquer condecoração que tiver merecido, mas não é por essa razão que faço isso.

— Por que você faz, então?

— Seja sincero. Você perguntaria isso para um homem?

— Sim, e eu pergunto — disse ele, me surpreendendo. — Pergunto a todos os novos recrutas por que eles se alistaram, se for esse o caso. Quero saber quem são os patriotas, os fanáticos, os desesperados...

— Mas todos vão dizer a mesma coisa. *Faço isto pelo camarada Stalin e pela mãe pátria.*

— Sim, mas tem o jeito que eles falam. Isso ainda me diz algo — insistiu ele. — E então, por que você se alistou?

— Pelo camarada Stalin e pela mãe pátria — entonei.

Ele me olhou com uma expressão séria, esperando. Eu hesitei.

— Pelo meu filho. — Admitir isso me surpreendeu. Praticamente ninguém fora do meu pelotão sabia que eu tinha um filho. Eu não falava sobre Slavka; eu *não podia* falar sobre ele. Era como se eu o estivesse conspurcando, trazendo seu nome para este mundo fedido de morte, lama e fumaça de pólvora. — Se eu não lutar, ele não terá um mundo onde crescer.

Kitsenko bateu as cinzas do cigarro.

— Você tem uma foto dele?

Eu a peguei, surpreendendo a mim mesma outra vez.

— O meu Slavka. — Uma foto formal tirada quando ele tinha sete anos, sentado ereto com seu barco de madeira favorito nas mãos, o cabelo escuro penteado para trás. — Ele está bem diferente agora — falei, com afeto. — Muito mais alto, ficando desajeitado... pelo menos estava quando eu o vi pela última vez. Quem sabe o quanto ele já mudou? — Se eu fosse morta aqui, e hoje em dia eu pensava com mais frequência em *quando* fosse morta aqui, nunca saberia a resposta para esta pergunta.

Se o tenente Kitsenko tivesse tentado pôr o braço em volta dos meus ombros nesse momento, eu teria me eriçado e rosnado como um texugo. Ele só olhou a fotografia, fingindo não notar que eu lutava para recuperar o autocontrole.

— Um menino bonito — disse ele, me devolvendo a foto quando eu me recompus. — Ele se parece com você.

— Eu… — Mais uma luta para refrear as lágrimas enquanto eu guardava o retrato do meu filho no bolso de dentro da túnica. — Prometi que pensaria nele todos os dias. Mas dias se passam em que eu não penso nenhuma vez nele. Isso faz de mim uma péssima mãe? Mesmo… — Tive de parar, com a respiração instável. — Mesmo quando estou coletando folhas e flores para mandar para ele nas minhas cartas, eu não penso nele. Eu *não posso* pensar nele, não aqui. Este *não é* o lugar dele. Então eu o fecho numa sala trancada na minha mente e a isolo.

— Você faz o que tem de fazer. Todos nós fazemos. — Kitsenko inclinou a cabeça para mim. — Quantos anos ele tem?

— Nove. — Percebi Kitsenko fazendo as contas. — Eu era muito jovem quando ele nasceu. — Ouvi minha voz oscilar enquanto eu esfregava depressa a mão nos olhos. — Jovem demais.

— Não pude deixar de notar um tenente Pavlichenko na fila para receber uma condecoração. — O comandante da minha companhia soltou a fumaça do cigarro. — Seu ex-marido?

Não respondi, por não querer entrar na complicada história do divórcio que nunca aconteceu de fato. Só puxei uma tragada longa e violenta de fumaça para meus pulmões. Ficamos encostados na lateral da árvore lado a lado até as últimas vozes sumirem a distância, o último dos carros ir embora, e, então, Kitsenko jogou a ponta do cigarro no chão e pisou nela.

— Vou lhe dar uma carona de volta.

— Eu vou sozinha.

Se Kostia voltasse com o comandante de sua companhia, todos saberiam que eles eram amigos quando patentes militares não estavam em questão. Se eu voltasse com o comandante da minha companhia, todos dariam como certo que eu estava dormindo com ele.

— Deixo você a duzentos metros do acampamento, assim você pode chegar lá sozinha — ofereceu ele, lendo minha mente com perfeição.

Hesitei.

— Obrigada.

Ele sorriu.

— Sobre aquele beijo…

— Não vai ter beijo nenhum!

— Isso é uma aposta? Lembre-se de que eu já fui corretor de apostas.

— Você vai ter de me pegar desatenta, e eu nunca estou desatenta.

— Eu sou paciente. Você não pode estar sempre com aquele tubo de borracha no ouvido.

— Se esgueirar até uma sniper treinada para roubar *qualquer coisa* que ela não queira dar me parece uma ideia bem idiota. — Eu o saudei. — Boa sorte com isso, camarada tenente.

— Ah, mas você está sorrindo…

Capítulo 14

A versão oficial da história: Às seis e dez da manhã de 17 de dezembro de 1941, dez dias depois que os americanos se juntaram à guerra, os hitleristas despejaram uma fúria de artilharia e bombardeios contra as posições de defesa de Sebastopol. A intenção era dividir nosso front defensivo e atacar Sebastopol em exatamente quatro dias — em 21 de dezembro, o marco de seis meses da guerra entre Alemanha e União Soviética.

Minha versão não oficial: Minha sorte mudou.

Faíscas, luz e trevas. Dor, vermelho-escuro e preto meia-noite. Confusão, uma manta abafando tudo.

Eu não conseguia me mexer.

Transporte blindado se aproximando, seguido por dois batalhões de fuzis e submetralhadoras... Os estalidos do informe chegam dos postos avançados militares. Os homens da minha companhia correm para suas posições. Ordens... de Dromin? De Kitsenko? *Soldados do pelotão de snipers devem mirar nas metralhadoras. Pavlichenko* — este é Kitsenko falando, sua mão em meu ombro, os olhos centelhas azuis no rosto sujo de fumaça de pólvora —, *vá para a trincheira escondida que dá cobertura ao flanco, mire os ninhos de metralhadoras e os operadores de morteiros...*

Pisquei sangue dos meus cílios. Eu ainda não conseguia ver, não conseguia me mexer. Estava deitada de bruços, presa no chão.

... *O ninho de metralhadoras, acabe com ele!* A ordem, gritada por uma voz que estala histericamente sobre o barulho. Mais gritos quando o veículo de transporte blindado desliza furtivo sobre sua esteira, a metralhadora zumbindo como um inseto malévolo atrás do escudo blindado no teto da cabine, se arrastando em direção ao tronco quebrado de um jovem olmo e varrendo de balas as trincheiras do 1º Batalhão. Ouço o rugido de madeira se espatifando numa trincheira que desmorona, um homem grita de dor...

Pisquei sangue outra vez. Algo escorreu pela minha lateral, algo pesou sobre minhas costas. Kostia. Onde estava Kostia? Meu pelotão? *Kostia.*

... *me deixe ir com você*, Kostia gritando diretamente no meu ouvido para ser escutado sobre o barulho, segurando meu braço enquanto eu me dirijo para a trincheira escondida, mas aponto na direção do pelotão. *O pelotão é seu, fique com eles* — Vartanov de boca aberta, tentando não tremer no barulho e na fumaça da sua primeira batalha campal; alguns dos outros parecendo prestes a fugir correndo se não tivessem uma mão que os estabilizasse. *Kostia, FIQUE COM ELES* — e mergulho na trincheira rasa semicoberta pelas folhas caídas da árvore de acácia. O transporte blindado zumbindo para a frente, cuspindo morte; armo o fuzil e alinho o tiro, e tenho menos de sessenta segundos...

Piscar, piscar. Eu estava presa, deitada no escuro como uma borboleta num painel de madeira, sentido o gosto de sangue e ferro nos lábios, mas minha cabeça felizmente produziu os cálculos que eu tinha feito em questão de segundos apenas alguns minutos — horas? dias? — antes. *Cabeças dos operadores das metralhadoras mais de dois metros acima do solo; fuzil apoiado em um parapeito de vinte centímetros; entre a linha de mira e o horizonte da arma, um ângulo de 35 graus... distância de duzentos metros até o alvo em movimento; bala viajando duzentos metros em 0,25 segundo; nesse tempo, o alvo terá se deslocado quatro metros... ajustar a resistência do vento nas miras...* Os cálculos tinham se enovelado e entrecruzado enquanto meu relógio interno fazia a contagem de tiro até a meia-noite.

Atirar. Minhas balas entrando precisamente pelas aberturas de olhos do escudo blindado; um corpo caindo — dois. Um tenente alemão chegando a sair da cabine para ver o que havia atingido seus artilheiros. O que ele tem a temer, afinal, quando está coberto pelo escudo e todo o fogo soviético está vindo das trincheiras na frente? Minha bala vem do lado, acertando-o na têmpora...

Piscar. Eu ainda não conseguia ver, mas tentei firmar as mãos sob meu corpo, me empurrar para cima. Uma onda de dor rugiu pela minha coluna, me obrigando a continuar deitada. Terra, eu ainda estava no chão, em minha trincheira, ou...?

Scharfschütze, Scharfschütze — é essa a palavra alemã para sniper; é esse o grito que está subindo do posto de comando do batalhão de reconhecimento alemão? Tiros de repente açoitando as árvores sobre a minha cabeça, balas alemãs arrancando a terra, tentando encontrar meu esconderijo. Agarro meu fuzil e rolo à esquerda para fora da minha trincheira, uma vez, duas — há outro ninho de sniper mais fundo a apenas alguns passos; mais uma rolada e vou cair dentro dele...

Mas o mundo cai sobre mim primeiro, uma granada que rasga o ar e me arremessa de lado como a patada de uma enorme fera. Tenho tempo de pensar, ao me sentir lançada para cima entre os torrões de terra e galhos de árvore, *Não, não, ferida de novo não...*

Mas estou. O que percebo quando o frio envolvente me traz de volta à plena consciência, quando pisco o sangue dos olhos e, enfim, volto ao meu corpo quebrado nas garras da noite que caía.

A PRIMEIRA COISA QUE REALMENTE entrou em foco foi o meu fuzil. Meu Mosin-Nagant com suas linhas brilhantes enrolado em camadas de camuflagem de espinheiro-de-cristo... A coronha de madeira estava rachada ao meio, o cano curvado, a mira telescópica em estilhaços de metal e vidro. Ele nunca dispararia outro tiro, meu querido fuzil que tinha cantado para mim com tanta doçura; puxei seu corpo destroçado para junto do meu e comecei a chorar, entorpecida. Eu conseguia mexer os braços, nada mais. A copa de uma acácia tinha sido decepada pelo fogo de artilharia e despencou em cima de mim, me prendendo contra o chão. A dor me apunhalava entre a coluna e a escápula direita; eu não sabia dizer se vinha dos galhos me perfurando ou dos ferimentos da granada, mas não conseguia me levantar nem me torcer nem virar para estancar o sangramento. Eu só podia ficar ali deitada na lama, segurando meu fuzil quebrado, o crepúsculo gelado caindo suavemente à minha volta como névoa impiedosa, e sentir o sangue se empoçando embaixo de mim enquanto a luz do dia ia embora. Minha camiseta e túnica estavam encharcadas.

Tão silencioso. As árvores farfalhavam quase sem ruído; a maré da batalha havia claramente avançado para o setor seguinte; eu ouvia tiros ecoando de algum lugar distante. *Meu pelotão,* pensei, meus colegas de regimento. Quantos foram mortos dessa vez? Até onde os Fritzes tinham conseguido nos empurrar? Se os alemães me encontrassem aqui, eu jamais conseguiria enfiar uma bala na cabeça antes que eles me levassem. Não conseguia alcançar abaixo de meu ombro; a pistola TT no meu cinto poderia estar em Moscou que daria na mesma.

Aqui é onde eu morro, pensei, ainda segurando meu fuzil inutilizado. Árvores balançando no alto contra o céu de inverno, pretas e desfolhadas pelo fogo dos morteiros, lançando sombras estranhas no chão em frente aos meus olhos desfocados... Eu vi minha mãe se inclinando para tirar o cabelo do meu rosto; depois o movimento de sombra se transformou em meu pai, dizendo, severo: *Os Belov não recuam!* Eu queria dizer a ele que tentei, que eu ainda era uma Belov mesmo tendo de arrastar o *Pavlichenko* de Alexei atrás de mim como uma âncora envenenada, mas meu pai se foi antes que eu pudesse lhe dizer, e era Slavka de pé agora à minha frente. Minha pequena morsa com seu lenço vermelho dos Jovens Pioneiros, virando-se para mim com as mãos cheias de todas as folhas e flores secas que eu lhe mandei. *Mamãe?* Não mais as bochechas gordinhas de morsa; os ossos do seu rosto estavam protuberantes para mostrar o adolescente que ele logo se tornaria, mas que eu nunca veria. Eu nunca *o* veria, não nesta vida. Eu estava perdendo todo o sangue.

— Slavka… — consegui dizer, entre os dentes cheios de sangue, mas, quando pisquei, ele se foi. Ele se foi e eu vi a sombra escura de um homem, a última lasca de sol do dia refletindo um brilho em seu capacete. Tenente Kitsenko, um sobretudo por cima do uniforme e uma submetralhadora pendurada no ombro.

— Mila — dizia ele. — *Mila,* me diga onde dói…

Tudo. Soldados atrás dele, mas eram apenas sombras ajudando a remover a acácia derrubada. *Não precisam ter esse trabalho,* eu queria lhes dizer, *eu já fui.* Talvez eu finalmente ganhasse uma medalha, algo póstumo para meu filho se lembrar de mim.

— Não fale besteira, você não tem permissão para morrer ainda. — Kitsenko de novo, me virando e deslizando os braços sob meus joelhos e ombros. — Você ainda não entregou a papelada necessária para o comandante da sua companhia, que sou eu, portanto morrer vai ter que ficar para outra hora. Aguente firme… — E ele estava me levantando, carregando-me de volta para as trincheiras.

— *Caralho!* — A exclamação exausta de Lena Paliy chegou até mim logo que senti tesouras cortando o tecido nas minhas costas, minha túnica e camiseta saindo como uma carapaça ensanguentada. — Está enterrado nas costas dela…

— Consigo deixá-la no batalhão médico em vinte minutos. O combate no meu setor deu uma parada. — Kitsenko de novo. — Estou com o carro do Dromin.

— Aquele calhorda emprestou o carro para você?

— Digamos assim: se você fizer uma atadura depressa e eu dirigir mais depressa ainda, trago o carro de volta antes que ele sequer perceba que chegou a sair.

Sacudindo pelas estradas esburacadas de granadas, o meu torso enfaixado é uma chama de agonia. A mão de Kitsenko está sobre minha cabeça pendida quando ele consegue tirá-la do volante.

— Vamos lá, Mila, não vai deixar que alguns estilhaços derrubem você… Fale comigo, me conte sobre Bogdan Khmelnitsky. Se você morrer, quem vai me fazer bocejar ouvindo sobre o Conselho de Pereslávia?

Uma deslizada rápida para a inconsciência e, então, o inferno escurecido do Batalhão Médico 47, um labirinto complexo de salas de curativos, alas de isolamento e quartos de doentes enfiado em túneis subterrâneos como um reino de toupeiras.

— Ela precisa de sangue... — alertou a voz cansada de um médico. — Merda, quantos mais nós temos chegando? As reservas de sangue estão...

Eu não preciso de sangue, tentei dizer, *estou morrendo.*

Kitsenko estava arregaçando a manga.

— Eu vi a ficha dela; temos o mesmo tipo sanguíneo. Pegue uma veia.

— Vai ser melhor ela ser estabilizada e enviada para um território não ocupado. O próximo navio de transporte...

— Se minha companhia perder Lyudmila Pavlichenko, eles vão se rebelar. Arrume uma mesa de cirurgia para ela, e uma cama aqui.

— Mas...

— Você precisa de sangue? Vai ter todo o batalhão dela aqui arregaçando as mangas, mas *mantenha-a aqui.*

Uma sala de cirurgia: luzes cegantes no alto, quatro cirurgiões trabalhando em quatro mesas separadas. A última coisa que vi enquanto era trazida sobre uma maca, antes de deslizar por um túnel de escuridão, foi um homem gritando enquanto um auxiliar corpulento o segurava e uma artéria jorrava; um cirurgião curvado de exaustão se virando com sangue por toda a frente do avental. Mesmo com minha audição sumindo no escuro depois da visão, reconheci a voz:

— *Kroshka*, o que você está fazendo aqui?

Ah, pelo amor de...

E eu apaguei.

O PRIMEIRO ROSTO QUE VI quando acordei foi o de Alexei Pavlichenko, e tive uma reação tão forte de me afastar que ele quase precisou me segurar para eu não cair da cama.

— Não muito lisonjeiro, *kroshka*. — Ele pôs a mão na base do meu pescoço e me forçou a deitar de novo na cama de hospital, sentado mais perto de mim do que eu gostaria. Claro que, se ele estivesse sentado junto a uma cama em Vladivostok, ainda estaria mais perto de mim do que eu gostaria. — Considerando que eu salvei sua vida três noites atrás.

Comecei a dizer que foram Kitsenko e Lena que salvaram minha vida, ele me carregando da linha de frente, ela me enfaixando de um modo que eu não sangrasse demais no caminho até aqui, mas tive um acesso de tosse, cada tosse uma pontada de agonia. Alexei mediu minha pulsação enquanto eu tossia, contando os batimentos, observando-me com uma expressão neutra.

— É grave? — consegui ofegar, por fim. — Meu ferimento?

Eu tinha mais ou menos a força de um gatinho; meus braços estavam cheios de marcas de agulhas por causa das transfusões de sangue; e minhas costas e o ombro pareciam ter sido mergulhados em ácido, mas, se já fazia três dias, eu aparentemente não estava morrendo tão rápido. Puxei os cobertores, percebendo que tremia de frio.

— Um estilhaço do tamanho do seu pé atingiu da sua escápula direita até a coluna — respondeu Alexei, profissional. — Alguns centímetros mais fundo e você estaria morta ou paralisada. Eu o removi, suturei você e transfundi sangue.

— Obrigada — falei, em parte porque ele fez uma pausa significativa, em parte porque, sem dúvida, ele havia feito um bom trabalho. Alexei Pavlichenko podia ser um canalha, mas também era um grande cirurgião.

— Foi a perda de sangue que quase acabou com você — continuou ele, anotando meus vários sinais vitais. — Aquele tenente que te trouxe, ele deixou cerca de um litro direto nas suas veias… quem é ele?

Eu ignorei a pergunta, tentando me sentar.

— O ataque alemão, ele…

— Continua, mas nós estamos segurando. Von Manstein não vai brindar o ano novo em Sebastopol como planejava.

— Quando posso voltar para a minha companhia?

Alexei fez eu me deitar de novo.

— Vai levar umas duas semanas só para poder tirar os pontos.

— Dez dias — declarei. — No décimo-primeiro eu mesma vou começar a arrancá-los com a garrafa quebrada mais próxima.

— Você faria isso, não é? — Meu marido me observou, pensativo. — No barco, achei que você estava zombando de mim, toda aquela conversa sobre cento e oitenta e sete abates. Eu ouvi coisas desde então... Você não estava brincando, afinal, estava?

Apertei os lábios, olhando para o teto.

— Quantos são agora, *kroshka*? Mais de duzentos? Considerando a migalhinha com quem eu me casei, mal posso...

— Por favor, dirija-se a mim pela minha patente, camarada tenente Pavlichenko.

— Só estou provocando, você nunca conseguiu aceitar uma piada...

— Nossa paciente problema está dando trabalho? — Lena, para meu enorme alívio, se aproximou com uma bacia de água. — Vou conferir os pontos dela. Camarada tenente, estão precisando do senhor de volta na sala de cirurgia.

Mais um longo olhar pensativo e Alexei foi embora, com um andar de desfile. Sua ausência pareceu ampliar e clarear todo o quarto; de repente, tomei consciência das outras camas na minha fileira, os pacientes imóveis ou se debatendo sob seus cobertores, o cheiro de antisséptico e cobre. De repente, consegui respirar fundo, mesmo isso fazendo meus pontos parecerem ter sido encharcados em combustível e incendiados.

— De todos os cirurgiões no batalhão, por que foi ele que acabou me operando? — perguntei, tossindo de novo.

— Porque ele pediu para ser avisado se você fosse trazida para cá. Todos os médicos fazem isso com os soldados que eles conhecem. O mesmo com os auxiliares... Por que você acha que sou sempre eu conferindo os seus pontos? Por falar nisso, vire-se. — Lena me ajudou a ficar de lado, fingindo não notar o chiado de dor que não consegui controlar. — Então esse é o marido, hein? Ele é bonitão. Metade das mulheres do batalhão médico está tentando se enfiar na cama dele.

— Elas podem ficar à vontade. — Eu me segurei, sentindo o ar frio nas costas nuas, as bandagens se desenrolando. — Ele já te causou algum problema?

— Tenho a sensação de que sou velha demais para ele — disse Lena, muito seca. — Ele está sempre atrás das novinhas, frescas, de olhos arregalados. Mas ele fez um bom trabalho com estes pontos, isso eu tenho de dizer. Os outros cirurgiões, se são novos, são inexperientes, e se são velhos, são bêbados. O seu Alexei fez plantões de vinte e quatro horas na semana passada e não errou uma única incisão.

Canalhas frios e presunçosos dão bons cirurgiões, pensei.

— O ataque... você sabe alguma coisa sobre a 2ª Companhia? Meu pelotão?

— Seu parceiro veio aqui para doar sangue, ficou andando de um lado para outro como um lobo até dizerem que você estava fora de perigo. Ele foi embora para assumir o comando do pelotão, mas me deu isto para quando você acordasse. — Lena me passou um quadrado de papel dobrado. — As baixas.

Abençoado Kostia. Examinei os nomes escritos com sua letra, que era pequena e quadrada. Eu nunca a tinha visto antes. Estranho como se podia lutar ao lado de alguém durante meses, conhecer cada íntimo detalhe sobre ele, o jeito como bocejava, como soltava o ar ou como tamborilava na coxa para afastar o medo, e, no entanto, não saber como era a sua letra... Inspirei com um alívio trêmulo. Só uma morte, meu recruta mais jovem, e o restante ileso a não ser por ferimentos menores. O velho Vartanov tinha sobrevivido, e o cabeça-dura Fyodor, e Kostia... e eu.

Eu ainda não acreditava inteiramente que havia sobrevivido. Estava tão certa de que meu tempo tinha acabado.

— Você vai ficar boa mais rápido do que deveria — dizia Lena, animadamente, enquanto refazia minhas ataduras. — Você tem uma vida abençoada, sua safada de sorte.

— Abençoada. — Recostei de novo no travesseiro duro e fechei os olhos. Eu amava a Lena, mas, naquele momento, não queria conversar com ninguém, nem mesmo com ela.

Sorte. Foi algo que as pessoas continuaram dizendo na semana seguinte. Vartanov disse, coçando a barba grisalha: *Os pés de um lince e a sorte do diabo!* Fyodor disse, apertando minhas mãos entre as suas palmas enormes. O restante do meu pelotão disse, quando conseguiram vir em suas horas de folga, trazendo notícias do front.

— Não fale você também — alertei Kostia, quando ele apareceu. — Não me diga como eu tenho *sorte*.

O canto de sua boca se levantou e ele tirou do ombro um Mosin-Nagant reluzente.

— Seu novo fuzil. Insisti em um Três Linhas. Eles tentaram empurrar um Sveta para você.

— Quem em sã consciência acha que um fuzil com uma chama do cano que brilha como uma lanterna pode ser uma boa arma para uma sniper?

— Foi o que eu disse.

Ele se sentou ao pé da minha cama sem dizer mais nada e pegou sua faca de combate finlandesa e a lima de agulha. Percebi que ele dedicou um tempo considerável em deixar a arma pronta para o combate. Ele já tinha me visto desmontar e lubrificar meu velho fuzil centenas de vezes; sabia que eu ia remover a madeira de todo o comprimento do trilho do guarda-mão para que não tocasse mais no cano; sabia que eu preferia inserir bucha entre a armação e o carregador; sabia que eu mantinha a ponta da coronha sempre limada. Quase chorei, observando suas mãos trabalharem, e senti as palavras pairando na ponta da língua: *Quando eu sair desta cama e empunhar esse fuzil, vou morrer.*

Mas eu não podia dizer isso para Kostia; ele era meu parceiro, minha sombra, a pessoa que deveria impedir que eu morresse. Quando meu destino viesse, ele iria se culpar. Então deixei as palavras murcharem e me permiti afundar no silêncio macio como neve de Kostia sempre que ele visitava meu leito de hospital, cochilando e acordando, sentindo o peso reconfortante do cano do novo Três Linhas junto à minha perna enquanto ele trabalhava na arma em cada uma de suas visitas, pacientemente tornando-a minha. Quando uma líder tem dúvidas sobre si mesma em tempos de guerra, mesmo que ela seja apenas um sargento, não pode revelá-las aos seus homens. Eu tinha aprendido isso, conduzindo meu pelotão.

Eu também não deveria revelar essas dúvidas aos meus oficiais, mas Kitsenko tinha um jeito de tirar as coisas de surpresa de mim.

— Você não vai morrer — falou ele da porta no meu sexto dia no hospital, me dando um susto quando eu torcia o nariz para uma tigela de sopa. — Coma um chocolate — acrescentou ele, pegando uma barra enrolada em papel enquanto vinha se sentar num banquinho baixo demais ao lado da minha cama. — Um belga legítimo. Um dos meus sargentos pegou da mochila de um tenente alemão morto ontem à tarde. Eu dei uma carteirada despudoradamente e roubei para você.

Eu pisquei, surpresa por vê-lo aqui.

— O ataque alemão, você não...

— O ataque ao 54º amenizou ontem. Estou livre até que eles voltem para cima de nós como os vermes que são. — Seu rosto estava manchado e o uniforme amarrotado e respingado como se ele tivesse vindo direto da linha de frente, mas seu sorriso ainda era alegre quando ele olhou para mim. — Você não vai morrer — repetiu ele, desembrulhando o chocolate para mim.

— Por que você fica dizendo isso?

— Porque, quando eu estava te carregando da linha de frente, você não acreditava em mim. Só ficava murmurando: *Estou morta, estou morrendo.* Achei que devia tentar enfiar a verdade em você agora que está um pouco mais consciente. Você não vai morrer — concluiu ele, e partiu um quadradinho da barra de chocolate.

Eu o coloquei na boca. Chocolate belga, o verdadeiro, não os blocos com gosto de cera do chocolate do exército com que eu estava acostumada. A doçura em minha boca me trouxe lágrimas aos olhos.

— Talvez esta vez não tenha me matado — me vi dizendo, quase inaudivelmente. — Mas a próxima vai.

Esperei que ele fosse replicar com alguma coisa entusiástica: *Você ainda vai despachar muitos para a mãe pátria, não se preocupe!* Ou talvez me desse uma reprimenda séria sobre derrotismo. Em vez disso, ele partiu mais um pedaço de chocolate e o passou para mim, perguntando:

— Por que você acha isso?

Eu mastiguei, engoli. Pus meu cabelo desgrenhado atrás da orelha.

— Dizem que o terceiro ferimento nos mata.

— *Quem* diz? E quem falou que *eles* sabem tudo?

— Você sabe o que eu quero dizer.

— Bom, a sua conta está errada. Esta já é a quarta vez que você se machuca.

— As duas primeiras não contam. — Uma sacudida impaciente da cabeça. — Uma concussão, depois uma torção de quadril... isso nem vale como ferimento. A anterior foi a primeira, na verdade. E agora essa. A próxima...

— Mas na semana passada você estava convencida de que ia morrer nesta — lembrou Kitsenko. — Então me parece que você está mudando a sua história. Está tão determinada a ser uma mártir que esqueceu como se faz contas?

Tentei fazer uma expressão azeda para ele, mas era difícil com a boca cheia de chocolate.

— Você não vai morrer — repetiu ele. — O que posso dizer para fazer você acreditar nisso?

— Eu não consigo... tirar da cabeça. — Minha voz saiu fraca, instável. — Talvez não seja o número de ferimentos. Terceiro, quarto... em algum ponto, vai ser o fim para mim. Minha sorte está quase no fim.

— Eu não acho que é assim que a sorte funciona, Pavlichenko. — Ele empurrou o quepe para trás sobre seu cabelo loiro despenteado. — Você não tem uma cota, como pão na fila da comida.

— Faça os cálculos — falei, brutalmente. — Eu sei calcular as mudanças dos ventos na casa dos milirradianos; acha que não sei calcular a probabilidade de um dia voltar a ver meu filho?

— Acho que você ainda tem um bom número de nazistas mortos para pôr na sua lista antes que isso tenha alguma chance de acontecer. — Kitsenko colocou mais um quadradinho de chocolate na minha mão. — Tome. Minha mãe sempre disse que, quando uma mulher estiver nervosa, dê chocolate a ela e diga que ela é bonita. No seu caso, acho que posso lhe dar chocolate e dizer que você é perigosa. Você é bonita — acrescentou ele —, mas algo me diz que vai se sentir mais confortada com a ideia de que ainda é perigosa. E que os hitleristas sabem disso.

Talvez o elogio não devesse ter importado em um momento como este, mas importou. E dei uma risada.

— Todos nós temos essa sensação de tempos em tempos — continuou ele. — A sensação de que estamos condenados. Ela vai e vem, como febre. Eu tive isso logo que vim para o front. Achei que o primeiro combate ia me matar, e ainda estou aqui. O Kostia teve um momento complicado em Odessa no fim, ele me contou, estava convencido de que ia ser o fim da linha para ele antes da evacuação.

— Ele não me contou isso.

— Ele precisa ser invencível para você, assim como você é para ele. E agora você está tendo um caso sério de premonições e isso é perfeitamente natural. Conviveu tanto com a morte que a sente respirando no seu pescoço.

— E você vai me dizer que ela *não* está respirando no meu pescoço?

— Ela está respirando no pescoço de todos nós. Todos podemos morrer amanhã. Portanto, coma seu chocolate, Pavlichenko.

Ele me deu o último quadradinho. Eu o rolei na boca, saboreando a última gota de doçura, sem saber o que sentir. Exceto... mais leve, um pouquinho. Para todos os outros, minha família, em minhas cartas; meus homens, em meu pelotão; até Kostia, em nossa parceria, eu precisava ser invencível. Mas, na frente de Kitsenko, eu podia ter medo. Estar cansada. Ser *humana*.

O alívio disso foi tão doce que doeu.

— Mila — falei, por fim.

— O quê? — Ele entrelaçou as mãos entre os joelhos.

— Já lutamos juntos agora. — Deitei-me de novo na minha cama dura. — Pode me chamar de Mila.

Ele sorriu.

— Só se me chamar de Lyonya.

A DELEGAÇÃO SOVIÉTICA: DIA 1

27 de agosto de 1942

WASHINGTON, D.C.

Capítulo 15

— Sra. Pavlichenko, podemos chamá-la de Lyudmila? *Pavlichenko*, essa palavra é difícil!

O atirador observou a ondulação faminta de curiosidade que se elevou quando a sniper entrou no salão do primeiro andar da Casa Branca. Mais um bombardeio de flashes de câmeras; ele escondeu o rosto atrás da própria câmera emprestada e, através da lente, a viu estremecer. Lyudmila Pavlichenko não era uma mulher alta e parecia menor agora que havia trocado o uniforme verde-oliva por um vestido estampado com raminhos azuis que provavelmente passava por fino em Moscou. O atirador viu o olhar dela percorrer os vestidos elegantes das mulheres refinadas de Washington na sala, seus colares de pérolas, seus cachos e ondas cuidadosamente penteados; por um instante, a mão da moça russa se deslocou até o próprio cabelo cortado curto.

Tímida, registrou o atirador, ainda disfarçando atrás da câmera para esconder o rosto. *Eles vão comê-la viva.*

— Espero que todos tenham descansado.

A primeira-dama avançou com um gesto de boas-vindas para toda a delegação soviética enquanto os homens de ternos escuros entravam em fila atrás da sua sniper, tentando não parecer muito boquiabertos com o local. O salão era grande, apesar de ser chamado de a sala de jantar *pequena*, com um candelabro cintilante, teto com entalhes graciosos e janelas altas revestidas de cortinas requintadamente amarradas nas laterais. Intérpretes de ambos os lados murmuravam apresentações, e o atirador prestou atenção aos murmúrios em russo. Ele não falava bem a língua, mas conseguia entendê-la. Útil para quando precisava participar de reuniões do Partido Comunista dos Estados Unidos, à espera de uma chance de pegar o agitador vermelho mais recente que tivesse alarmado suficientemente alguém em Washington ou Nova York. Arranjar acidentes fatais para marxistas americanos pagou muitas contas naqueles tempos. Não tanto agora que os soviéticos eram aliados...

Apesar de as pessoas para quem ele trabalhava não estarem de forma alguma convencidas de que eles deveriam *permanecer* aliados, uma perspectiva que o atirador achava que poderia significar muitos trabalhos futuros.

A primeira-dama prosseguiu, chamando todos para a longa mesa repleta de porcelanas, cristais e pratas.

— Achei que poderiam começar seu contato com o modo de vida norte-americano experimentando um tradicional café da manhã do nosso país.

— Tem sempre tanta comida assim num café da manhã americano? — O atirador ouviu o chefe da delegação soviética murmurar em russo enquanto todos ocupavam seus lugares. Os pratos já haviam sido postos na mesa: ovos fritos, bacon e salsichas grelhadas, cogumelos marinados, jarras de suco de laranja gelado e térmicas de café quente. — O que é isto? Oladi?

— Panquecas — murmurou Mila Pavlichenko de volta, também em russo. O atirador havia se posicionado em um assento a dois lugares do dela, de onde poderia ouvi-la claramente, mas ela não teria nenhuma visão do rosto *dele*. — Os americanos chamam oladi de *panquecas*. Não fique olhando tanto, ou eles vão achar que somos caipiras.

— É para você que eles estão olhando. Talvez achem que a caipira é você.

O chefe da delegação soviética parecia irritado e o atirador escondeu um sorriso enquanto a conversa se desenrolava pela mesa. Os soviéticos tinham enviado dois outros estudantes russos convertidos em soldados para comparecer à assembleia internacional, e os dois estavam sentados à mesa, junto a uma falange de guarda-costas e funcionários da embaixada, mas eram todos homens atarracados sem graça em ternos escuros e ninguém estava interessado neles. Todos os olhares se voltavam para a garota sniper, que tinha começado a esvaziar o pote de geleia em sua xícara de chá e parou com um pequeno dar de ombros acanhado quando percebeu que seus vizinhos a estavam encarando.

— Eu queria que parassem de me chamar de *garota sniper* — o atirador a ouviu murmurar em russo antes de ela dar um grande gole no chá cheio de geleia. — Só nos Estados Unidos alguém pode ser um soldado, ter vinte e seis anos e ainda ser uma *garota*.

Sensível, registrou o atirador, mastigando bacon, cada vez mais contente por estar ali avaliando Lyudmila Pavlichenko. Geralmente, ele teria obtido as informações de que precisava de algum terceiro bem subornado; mantido uma cuidadosa camada de distância entre ele e um otário marcado para servir de bode expiatório. Mas, com uma identidade falsa de alto nível graças a patrocinadores poderosos, sem falar na multidão de jornalistas ávidos e assessores governamentais entusiasmados que impediriam a garota de registrar um rosto inofensivo qualquer numa mesa de estrangeiros barulhentos… bem, ele achava que valia esse risco mínimo. Já sentia o esboço interno dessa peça de propaganda soviética bonitinha se formando: quem ela era, o que a afetava, como manipulá-la. Achava que não teria muita dificuldade.

— Uma mulher nas linhas de frente, servindo como soldado! — Uma loira esguia se inclinou sobre a mesa em direção ao lado russo, os olhos ávidos. — Vocês não conseguem nem imaginar como isso é estranho para as mulheres americanas. Suponho que a permissão só foi dada para derrotar Hitler, medidas desesperadas para tempos desesperados, verdade?

— Pelo contrário — respondeu a sniper em russo, depois que a pergunta foi traduzida. — Nossas mulheres já estavam em base de igualdade com os homens muito antes de Hitler aparecer. Nossos plenos direitos foram garantidos desde o primeiro dia da revolução. Isso é o que nos faz tão independentes quanto nossos homens, não a guerra.

Treinada, pensou o atirador, quando as palavras dela foram traduzidas para o inglês. Era natural que fosse. Os representantes soviéticos eram sempre abastecidos com respostas prontas e slogans memorizados.

— Sente falta de borscht, Lyudmila? — perguntou uma das assistentes da primeira-dama, por cima do suco de laranja e bacon.

— Ninguém em sã consciência sente falta de beterraba — respondeu Lyudmila Pavlichenko por intermédio do intérprete, arrancando risadas.

Engraçada, pensou o atirador, com alguma surpresa. Não havia previsto senso de humor.

Mais perguntas começaram a vir.

— Vocês vieram pelo trem Miami-Washington hoje de manhã, correto, Lyudmila? Foi sua primeira vez em um trem expresso? Ficou chocada com a velocidade?

— A única coisa que me deixou chocada foi o cartaz no vagão dizendo que era apenas para brancos. — A sniper espetou um cogumelo em seu prato. — É estranho ver isso em um país que nasceu com "Todos os homens são criados iguais".

Arisca, pensou o atirador. Tinha quase certeza de que o chefe da delegação deu um pontapé nela embaixo da mesa, mas ela apenas mastigou o cogumelo, impassível. O intérprete pareceu aliviado quando a loira se inclinou para a frente com outra pergunta.

— Mulheres solteiras são permitidas no Exército Vermelho? Notei que você é *Sra.* Pavlichenko.

Casada, anotou o atirador. Ele se perguntou onde estaria o marido.

— Não imagino que os maridos soviéticos sejam mais simpáticos que os americanos à ideia de suas esposas irem para a guerra — continuou a loira, rindo. — Homens! Meu marido cria tanto problema quando eu saio para presidir uma reunião do comitê que quem visse imaginaria que eu o estava *abandonando* para me juntar ao front soviético!

— Alguns maridos não gostam de praticamente nada que uma esposa faz — disse a sniper. Mais risadas pela mesa.

— Deixe-me discordar — falou a primeira-dama inesperadamente. — Se eu decidisse ir para o front soviético, imagino que meu marido diria apenas "Cuidado para não morrer, Eleanor, e traga alguns escalpos nazistas para decorar o escritório".

A sniper riu... antes que o intérprete traduzisse. *Entende inglês*, pensou o atirador com mais uma surpresa. E era inteligente o bastante para não anunciar o fato.

— Sra. Pavlichenko, está se saindo muito bem para sua primeira visita aos EUA — trovejou um homem de aparência jovial do outro lado da mesa do café da manhã. — Olhe só, está manejando esses talheres como uma profissional!

A voz de Lyudmila Pavlichenko ficou mais afiada.

— Obrigada — disse ela, vivamente. — Acabamos de receber talheres na União Soviética na semana passada. Até então, nós espetávamos a comida com gravetos!

Brava, pensou o atirador, certo de que ela havia recebido mais um pontapé embaixo da mesa. Ele a observou voltar a atenção ao prato, enfiando o garfo na salsicha com mais força do que o necessário. *Comporte-se e sorria*, murmurou o chefe da delegação em russo, e ela respondeu apenas com um olhar semicerrado. *Muito brava, na verdade*, corrigiu o atirador. Não tão doce e controlada quanto ele pressupôs que uma garota-propaganda seria. Lyudmila Pavlichenko não queria estar ali, não gostava de sorrir por obrigação e detestava perguntas idiotas.

O atirador sorriu, tomando nota disso. *Fique brava, garotinha*, pensou ele, bebendo um gole de café. *Perca a calma, perca a compostura, saia do roteiro. Quanto mais brava parecer ao longo da próxima semana, mais essas pessoas estarão dispostas a acreditar que você apertou o gatilho contra o presidente.*

Notas da primeira-dama

Franklin vai achar interessante saber que nossos convidados soviéticos sabem mais inglês do que deixam transparecer — ou pelo menos a jovem sabe. "Esses malandros", ele vai dizer, rindo com a piteira na boca. Vou gostar de pintar a cena para ele mais tarde — não é por nada que me chamam de olhos e ouvidos do presidente. Ele vai fingir que sua queda esta manhã não aconteceu, vai descartar qualquer sugestão minha de que a animosidade de seus inimigos talvez o esteja preocupando e vai me pedir para falar. "Descreva, Eleanor!"

Quantas vezes ele já me disse isso, tamborilando com os dedos finos no braço da poltrona, os olhos brilhantes e ávidos para entender, para absorver, para aprender? Com frequência eu lhe conto muito mais do que ele quer ouvir, e ele se incomoda com minha persistência no assunto das minhas causas mais queridas, mas isso nunca o impediu de pedir minhas descrições, ou me impediu de dá-las.

Então, observo os soviéticos à mesa do café da manhã, compilando impressões para meu marido, mesmo enquanto penso em mil outras coisas que exigirão minha atenção quando eu for liberada deste salão (a coluna que preciso terminar de escrever, a carta para Hick, o banquete planejado para a Liga Nacional das Mulheres Eleitoras, acompanhar o fundo de auxílio à Polônia...). Nossos amigos soviéticos são respeitáveis, sérios, determinados a causar boa impressão — no entanto, sob essa dignidade, sinto fragilidade. Os soviéticos não mandaram apenas estudantes para minha assembleia internacional, e também não mandaram super-homens soviéticos duros como granito. Eles mandaram veteranos cansados de guerra que sofreram. Olhem para nós, *eles estão dizendo a cada movimento, a cada gesto.* Nós comemos bacon e panquecas com o mesmo prazer que vocês; nós rimos das mesmas piadas que vocês; nós fazemos planos, temos esperanças e sonhos como vocês... e estamos sendo sangrados pelos tanques, bombas e aviões de Hitler. Vejam-nos como os aliados que nos chamam. Nos ajudem.

Esse é o verdadeiro propósito da visita deles, claro. Fazer-nos compreender o quanto precisam de ajuda, o quanto precisam de um segundo front...

E há aqueles aqui em Washington que farão de tudo — absolutamente tudo — para impedir Franklin de lhes dar isso.

[illegible] para [illegible] também, mas [illegible] que [illegible] Eles mandaram [illegible] quando [illegible] que sofreram [illegible] para nós. Eles estão [illegible] cada [illegible] e cada gesto. Nós comemos bacon e panquecas com o mesmo prazer que vocês [illegible] temos esperanças e sonhos como vocês [illegible] estamos sendo [illegible] de Hitler. [illegible] que vos chamam. Nos ajudem.

Este é o [illegible]

[illegible]

E há [illegible] aqui em [illegible] tudo — [illegible]

NOVE MESES ATRÁS

Dezembro de 1941

O FRONT DE SEBASTOPOL, URSS

Mila

Capítulo 16

A versão oficial da história: Ser uma mulher no Exército tem suas dificuldades. Na companhia dos homens, devemos ser rígidas: não flertar, não brincar, não provocar, nunca.

Minha versão não oficial: Bem... Quanto a isso...

— PAREM — OFEGUEI, ENXUGANDO OS OLHOS. — Meus pontos estão me matando.

Kostia e Lyonya não prestaram a menor atenção. Eles estavam lutando um duelo simulado pela enfermaria, usando rolos de bandagem como sabres e urinóis como escudos.

— Renda-se, seu cachorro! — gritou Lyonya, com alguns golpes à la Errol Flynn de seu rolo de bandagem; algo me dizia que ele havia conseguido dar uma espiada em um ou dois rolos de filmes ocidentais proibidos. A enfermaria inteira estava torcendo: pacientes gritando incentivos de suas camas, Lena e os outros auxiliares gargalhando na porta. Tentei recuperar o fôlego e caí em outro ataque de riso. Eu não me lembrava de quando tinha rido tanto.

Kostia e Lyonya não conseguiam me visitar todo dia, mas, quando vinham, altas diversões elaboradas pareciam ser garantidas. Na última vez,

Kostia nos ensinou um jogo de dados complicado com um conjunto de dados de ossos de rena que ele tinha feito de um animal que caçou aos nove anos, e Lyonya ganhou todos os rublos que nós dois tínhamos antes de notarmos que ele estava roubando. Na vez anterior a essa, eu estava precisando de uma transfusão de sangue e Lena fez um acesso direto do braço de Kostia para o meu, enquanto Lyonya contava histórias de terror sobre um *upyr* que andava pela noite sugando sangue para sobreviver.

— Mila, preste atenção se seus dentes começarem a crescer. Claro que o Kostia não vai ter como saber, com esses incisivos de lobo que ele já tem...

E hoje...

— Desarmado, vilão!

Um dos golpes malucos de Lyonya tinha mandado pelos ares o escudo de urinol de Kostia e meu parceiro deu um grito horrível quando a espada de rolo de bandagem mergulhou dramaticamente em sua barriga. Ele se dobrou ao meio e desabou no chão aos pés de minha cama, e se contorceu ali por um tempo nos devidos estertores da morte enquanto Lyonya fazia uma reverência e a enfermaria irrompia em aplausos. Um mês atrás, eu teria jurado que meu parceiro taciturno não tinha talento para brincadeiras; agora, aplaudi sua morte dramática mais alto do que todos os outros.

— É bom que você não esteja morto demais — falei para ele. — Ainda preciso de um parceiro quando sair daqui.

— E eu preciso garantir que você tenha um pelotão para comandar na sua volta. — Kostia olhou o relógio, se levantou e pegou seu quepe. — Tenho de ir. Seu fuzil está quase pronto para o campo de combate — acrescentou ele.

— Mal posso esperar. — Fiquei deitada, batendo os calcanhares no colchão sob o lençol, pensando em meus homens indo caçar sem ter a mim para cuidar deles. — Diga aos rapazes para ficarem atentos. — Observei melancólica enquanto Kostia dava um soquinho no ombro de Lyonya e ia embora em silêncio. — Você não vai também? — perguntei a Lyonya quando ele se sentou na cadeira ao lado da minha cama.

— Não estou nessa escala noturna como os seus *upyrs*, felizmente. Como alguém consegue fazer qualquer coisa às três da manhã além de remoer velhos erros?

Comecei a girar o braço e o ombro para ir recuperando parte do movimento, algo que Lena tinha me incentivado a fazer mesmo que repuxasse dolorosamente os pontos.

— Que velhos erros você tem para remoer?

— Eu já fui casado — disse ele, inesperadamente. — Me divorciei em menos de um ano. Isso me faz cair no seu conceito?

— Depende do motivo de ter se divorciado.

— Ah, eu era jovem e besta. — Ele sacudiu a cabeça, pesaroso. — Dezoito anos, deixando minha mãe me convencer a me casar com a menina que morava na casa vizinha. Eu não sabia nada sobre mulheres, nem mesmo que devia dizer a Olga que ela era bonita e lhe dar um chocolate quando ela estivesse chorando e, depois de uns meses, chorar era o que ela mais fazia o tempo todo. Nós dois percebemos que tinha sido um erro, então nos separamos antes que viessem filhos. Olga é engenheira agora, com outro marido e dois bebês. Nós nos tratamos como amigos quando nos encontramos.

— Que civilizado — digo, pensando em Alexei me zombando: *Pule!* Meus pontos repuxam de novo e faço uma careta.

— Eu sei que você também se casou nova. — Lyonya recostou em sua cadeira pequena demais, um braço dobrado atrás do encosto. — O que deu errado?

— Ele decidiu que ser marido e pai não era para ele. — Hesitei. — Se ele não tivesse... bom, eu o teria deixado de qualquer maneira, em algum momento. Ele era ruim para o meu filho, e fazia eu me sentir pequena.

— Você é pequena. Uma minisniper. — Vendo que eu me esforçava para fazer um alongamento maior do ombro, Lyonya segurou meu punho, que seus dedos envolviam de um lado a outro com facilidade, e deu um puxão firme e lento. — Mas observei você quando o seu tenente Pavlichenko vem para as rondas. Você encolhe perto dele; eu não gosto de ver isso. Pronto, me diga quando doer...

Eu arfei, sentindo os músculos lesionados se alongarem.

— Não gosto de sentir isso, acredite.

Lyonya soltou meu punho quando fiz sinal e eu recostei no travesseiro, sem querer continuar falando de Alexei. Lyonya mudou a conversa para terrenos mais alegres por mais uma meia hora, depois olhou o relógio.

— Preciso ir. Supõe-se que eu seja um tenente com grandes responsabilidades; preciso fugir delas de vez em quando, assim o Dromin tem uma desculpa para reclamar.

Eu ri. Lyonya se inclinou para falar no meu ouvido.

— Seu ex-marido está ali, rondando a porta. Posso roubar aquele beijo agora para ele ficar com ciúme?

Engoli outra risada, contendo a tentação.

— Não.

— Valeu a tentativa.

Lyonya saiu assobiando, o cabelo claro brilhante sob as luzes fortes do hospital, e eu me virei depressa para o lado e fingi dormir antes que Alexei viesse e iniciasse uma conversa. Mas eu o ouvi parado ao lado da minha cama por um longo tempo. Só respirando.

O que você quer?, pensei, até ele finalmente ir embora.

Lena, quando veio se sentar junto à minha cama em seu intervalo, foi direta.

— Ele quer saber se você está dividindo o saco de dormir com o Lyonya ou com o Kostia, ou com os dois. Interrogou todas as enfermeiras e auxiliares sobre vocês três.

— Isso não é da conta dele — protestei. — E por que ninguém acredita que eu posso simplesmente estar fazendo o meu *trabalho*, e não pulando de um saco de dormir para outro?

— Porque homens são mais fofoqueiros que vovozinhas. E a fofoca é que você está fodendo com os dois. — Lena me lançou um olhar malicioso. — E aí, quem é o felizardo?

— Nenhum deles, e você sabe disso. Pelo amor de Lênin, eu acabei de ter um estilhaço do tamanho de um pé removido das minhas costas.

— Você poderia ter qualquer um dos dois, e sabe muito bem disso. É incrível que eles ainda não tenham saído no soco.

— Eles não fariam isso. São amigos. — Lyonya era a única pessoa que eu conhecia que podia romper o silêncio de Kostia, fazer seu sutil sorriso aparecer. — E eles são *meus* amigos. Nada além disso.

— Kitsenko tem coisas de sobra para fazer na tenda de comando sem correr para cá dia sim dia não trazendo presentes. — Lena fez um gesto com a cabeça para o pequeno frasco de perfume que ele tinha trazido em sua última visita, embrulhado num lenço com bordas rendadas. — Red Moscow, não é barato. Primeiro um litro do próprio sangue, depois perfume... Estaria trazendo diamantes se tivesse. Ele está cortejando você, Dama da Meia-Noite.

— Você é uma defensora de romances no front agora? — Eu me curvei para ela examinar meus pontos. — Depois de todas as suas conversas sobre se defender dos oficiais?

— Se defender dos imbecis e dos violentos, sim. — Os dedos dela estavam gelados; era véspera de Ano-Novo e o clima tinha ficado cruel. O único conforto nesse frio cortante era que os alemães com suas infâncias amenas na Bavária estariam sentindo-o muito mais intensamente do que nós. — Os oficiais que acham que têm o direito de nos fazer deitar com um único movimento do dedo, desses a gente tem de correr. Mas se um homem gentil e decente pede com jeito, eu nem sempre corro. — Ela mexeu as sobrancelhas. — Ou pelo menos corro bem devagar para ele poder me alcançar.

— Espero que você esteja tendo cuidado.

— A primeira coisa que eu digo a eles é para encapar o treco ou então podem guardar de volta. — Ela ajeitou meu avental de hospital sobre os pontos. — É bom ter um corpo quente em que se enrolar agora que as noites estão frias, Mila. Dê uma chance. Tanto o seu tenente quanto o seu siberiano iam ficar na maior felicidade se você entrasse debaixo dos cobertores deles.

— O Kostia não...

— Nem *finja* ser uma dessas mulheres tontas que não percebem quando um homem está apaixonado!

— Mas ele é meu parceiro — falei, baixinho.

Era difícil explicar a ligação entre parceiros snipers para alguém de fora. Quando estávamos um ao lado do outro durante uma caçada na madrugada, nós não só nos movíamos em uníssono: também respirávamos, pensávamos e sentíamos nosso sangue pulsar em uníssono como um par de linces de passos macios se deslocando pela neve. Nós vivíamos pelo sussurro vital do *Não erre*. Se qualquer coisa fosse introduzida para perturbar essa parceria de trabalho perfeita, um de nós, ou os dois, poderia cometer algum erro infinitesimal e letal; poderia acabar jogado às pressas numa cova rasa com o nome escrito errado numa estrela vermelha de madeira compensada. *Não*.

— Seu tenente, então. Ele é bonitão, não tem como negar. — Lena se borrifou com Red Moscow. — Bom, você vai estar fora daqui em dois dias. Me promete que vai tentar passar pelo menos uma semana sem ser explodida outra vez?

— Eu não fico passando na frente de estilhaços de granadas só para você ficar treinando suturas, Lena Paliy. — Não contei a Lena minha superstição de que o próximo ferimento ia me matar. Ela ia bater em mim com um urinol.

Mas isso não significava que eu ainda não estivesse sentindo aquilo: o medo pairando, a certeza cinzenta de que minha sorte havia mudado. *Não seja covarde*, eu me repreendi, mas não achava que fosse exatamente covardia. Se um hitlerista estivesse na frente da minha mira, eu sei que não hesitaria na hora de apertar o gatilho. Não, aquilo era uma voz pragmática no fundo da minha cabeça, dizendo: *Pegue tantos quanto puder agora; faça o máximo que puder agora, porque a areia na sua ampulheta está quase no fim.*

Bem. Seria assim tão terrível se Mila Pavlichenko não sobrevivesse a este novo ano de 1942, não vivesse para ver a idade de vinte e seis anos? Eu teria feito a minha parte pela pátria, lutado por tanto tempo e com tanto empenho quanto pude. Meu filho poderia se orgulhar de mim, e ele cresceria com meus pais, cercado de todo o amor que eu não conseguiria lhe dar.

E, se os alemães tomassem a mãe pátria e sujeitassem todas as pessoas que conheço a viver sob uma suástica, eu não estaria aqui para ver.

Recebi alta no crepúsculo cor de aço dos primeiros dias do novo ano. Ao abotoar meu uniforme, percebi como ele estava frouxo e, no fragmento de espelho, vi como minha pele tinha ficado sem viço e pálida.

— Você está bonita — disse Alexei, logo atrás de mim. — Ficou com muitas cicatrizes?

— Você está perdendo o jeito, Alexei. — Ajeitei o quepe sobre o cabelo, sentindo a saliência enrugada no couro cabeludo da minha estada anterior no batalhão do hospital. — Dizer a uma mulher que ela está bonita e mencionar suas cicatrizes ao mesmo tempo.

— Pelo menos essa não aparece, embaixo do uniforme. — Ele chegou mais perto. — Mas você poderia mostrar para mim. Mais tarde, talvez. Depois do jantar.

— As cicatrizes embaixo do meu uniforme não são da sua conta. Você nunca, nunca vai vê-las. — Fiz questão de não me afastar dele. Alexei tinha feito isso com tanta frequência quando estávamos casados, chegar um pouquinho perto demais para me fazer sentir a necessidade de recuar. Eu não ia mais recuar. — Se me dá licença, camarada tenente. — Eu me virei do espelho.

— Estou tentando elogiar você, *kroshka*. — A mão dele baixou para o meu braço; sua voz soou irritada. Quando Alexei Pavlichenko dedicava algum empenho a uma mulher, ele esperava que seus esforços fossem recebidos com sorrisos. — Você não pode apreciar isso?

— E eu tenho invasores para eliminar — falei, saindo da frente dele. — Você não pode apreciar isso?

Ele riu, o som indulgente raspando meus ouvidos.

— Mila, realmente. Você deveria…

— Ir embora. Sim. — Arrumei minha gola, levantei o queixo. — Eu não quero seus elogios. Eu não quero seus convites para jantar. Eu não quero nada de você.

— Mas aquele tenente loiro você quer? — perguntou Alexei, em tom de conversa. — Talvez eu deva dar algumas dicas para ele. Como lidar com a sniper… Já faz algum tempo, mas eu ainda me lembro do que faz você se contorcer e gemer.

A raiva me deixou tonta enquanto eu saía pelo corredor com suas luzes fortes oscilantes. Ao fazer uma curva, tive de parar e me apoiar na parede para me estabilizar, o ombro latejando. Subjugar a raiva à força não ajudou; o ferimento continuava pulsando em uma dor que eu sentia até os pés. Ainda não estava curado. Se estivéssemos em tempos de paz, eu teria sido mantida mais uma semana na cama, mas, se estivéssemos em tempos de paz, eu nem teria precisado disso. O segundo ataque alemão havia sido rechaçado, ao custo de 23 mil mortos, feridos ou desaparecidos... mas logo haveria outro. Fiquei ali focando mentalmente o rosto do meu marido com seu sorriso sarcástico em miras imaginárias enquanto ele ria e dizia: *Só estou provocando você, Mila!* Esse seria um tiro que eu não ia errar. Puxei mentalmente aquele gatilho até a tontura da raiva passar. Depois subi do centro médico subterrâneo para a superfície.

Protegi os olhos com as mãos na luz do fim de um dia de inverno. Vi um carro oficial sujo de barro parado na entrada. Lyonya estava encostado nele, lendo um muito manuseado romance de Gorki.

— Vim levar você de volta para a linha de frente do 1º Batalhão — disse ele, quando me viu. — Janta comigo quando chegarmos lá?

E eu arranquei a voz zombeteira de Alexei da minha cabeça quando respondi simplesmente:

— Eu gostaria muito.

Mesmo um comandante de companhia não recebe muito em termos de um lugar para viver no front. Lyonya tinha um abrigo subterrâneo privado que era como uma pequenina adega, paredes de terra e chão de terra batida e três camadas de traves de madeira como um teto sob o qual ele precisava se abaixar... e quando eu vi como ele arrumou o local, tudo que saiu de mim foi um suspiro de surpresa.

— Não é grande coisa — disse ele, ansioso, parado na entrada. Ele tinha montado uma mesa com tábuas ásperas e a coberto com uma lona como toalha; a lâmpada a bateria mostrava o jantar servido em pratos de metal:

o tipo de banquete do front que significava que tinha havido uma semana de permutas e trocas de favores. Pão preto e salame duro, uma lata de carne ensopada, batatas cozidas em uma panela de campanha, vodca… No meio, havia um estojo de munição 45mm que ele tinha transformado num vaso, cheio de folhas verdes de zimbro e ramos de bordo reluzindo com folhas vermelho-douradas. — Achei que você pudesse mandar estas para o seu filho depois. Sei que você coleta folhas e flores para ele.

Aproximei o rosto dos ramos, inspirando o inverno, sentindo-me subitamente com falta de ar outra vez. *Ele está cortejando você,* Lena tinha dito. Sim, parecia que ele estava mesmo.

— O que você teria feito se eu não tivesse concordado em vir jantar? — perguntei, olhando para ele.

— Convidaria o Kostia — disse Lyonya. — Ouvi dizer que ele é *ótimo* na cama.

Uma risada escapou de mim, quebrando a tensão, e deixei que ele puxasse um banquinho junto à mesa improvisada.

— Estou morrendo de fome.

— Perfeito, porque você está oficialmente de folga hoje à noite.

— Mas… — Eu ainda não tinha visto minha companhia, meu pelotão, ou voltado à minha trincheira habitual.

— Você pode esperar até amanhã à noite para sair de novo se esgueirando pela terra de ninguém, camarada primeiro-sargento. — Lyonya preveniu minhas objeções colocando uma colherada de carne ensopada no meu prato. — Hoje à noite, você vai comer bem e ter uma boa noite de sono, ordens do comandante da sua companhia. E esta é a última coisa que estou dizendo como comandante da sua companhia hoje.

— Por quê? — Avancei no meu banquete.

— Quando eu pedir você em casamento depois do jantar — explicou Lyonya —, prefiro que o pedido não venha carregado de nenhum senso de obrigação, partindo de um tenente para um sargento. Vodca, minha querida? — ofereceu, enquanto eu me engasgava com uma colherada.

— Você não pode estar falando sério. — Consegui engolir o que estava na minha boca, que era mais cartilagem do que carne ensopada. Um convite para jantar e flores era uma coisa; eu sabia que ele estava com a esperança de me convencer a entrar em seu saco de dormir, mas… — Você está me pedindo em *casamento*?

— Não — disse ele, servindo vodca para nós dois. — Vou fazer isso mais tarde, de estômago cheio.

— Você está brincando — decidi.

Ele me olhou sobre a mesa, à luz da lamparina.

— Você me fascina — disse ele.

Levei a mão ao meu cabelo curto e seco como palha.

— Você me conhece há seis semanas.

— Você me fascinou em seis segundos, Mila.

Virei minha vodca, seguindo-a com uma mordida de pão preto e salame.

— É cedo demais. Eu só conheço você…

— Então diga não. Vou pedir assim mesmo. Mais tarde — acrescentou ele, engolindo a própria porção de ensopado. — Agora, estou nervoso. Quase todos os homens ficam nervosos neste ponto, mas eu tenho quase certeza de que sou o único na história que está pedindo em casamento uma mulher que despachou pessoalmente mais de duzentos homens.

Eu ri de novo, mesmo sem querer.

— Como você sempre faz isso?

— Pedir em casamento mulheres com talento homicida?

— Me fazer rir.

— Eu tenho uma tendência preocupante à frivolidade e ao sentimentalismo burguês, ou pelo menos foi o que o meu líder do Komsomol me disse quando eu era garoto. Nunca vou subir alto no Partido a menos que me esforce para ter objetividade em minhas relações pessoais, em vez de humor.

— Claramente um caso perdido.

— Aos trinta e seis anos? Totalmente.

Eu sorri, relaxando mesmo sem querer, a vodca se expandindo no meu estômago. Não me lembrava da última vez que tinha jantado por prazer, com a intenção de conversar tranquilamente, em vez de um simples exercício de reabastecer o corpo entre períodos lidando com a morte.

— Me diz uma coisa, Lyonya. — Decidi mudar de assunto, para algo um pouco menos pesado do que pedidos de casamento e contagens de abates. — Como oficial, você teria alguma ideia de onde posso ter acesso a uma máquina de escrever aqui no front?

— Uma máquina de escrever? — Ele se virou para o buquê de inverno no centro da mesa. — A gente dá um jantar romântico para uma mulher e ela quer uma máquina de escrever...

— Preciso datilografar de novo minha dissertação. Ela está toda suja de sangue...

O estrondo na superfície quase me ensurdeceu. O guincho de morteiros... normalmente, eu era insensível ao som da artilharia alemã, mas duas semanas no hospital longe do clangor da linha de frente tinham amolecido meus ouvidos. Talvez amolecido minha coluna também, porque, ao grito das granadas lá em cima, pulei da cadeira como se tivesse sido eletrificada, procurando desesperadamente por meu fuzil, que não estava lá.

— Mila...

A mesa balançou quando eu me enfiei embaixo dela, tampando os ouvidos com as mãos, o coração martelando dentro do peito.

— Mila...

Eu não saberia dizer se havia mais granadas vindo; meus ouvidos danificados estavam zumbindo e rugindo. Estremeci, fechando os olhos. Os malditos alemães já estavam começando de novo? Será que nada poderia *pará-los*?

— *Mila.* — Calor em volta de mim, uma voz vibrando baixa e suave junto ao meu ouvido. Ele falava com calma, mas seus músculos estavam tensos. — Isso não é um ataque, são só os hitleristas nos dando um pouco de música noturna. Tentando nos manter com medo.

Eu não estou com medo, tentei falar, mas as palavras entalaram na minha garganta. Que coisa idiota para se dizer, de qualquer modo. Eu claramente estava com medo; estava embaixo de uma mesa com os braços em volta dos ouvidos. O comandante da minha companhia precisou *se enfiar embaixo da mesa atrás de mim.* Senti seus braços apertados sobre os meus ombros, segurando-me contra o peito. Eu tinha sentido tanto alívio no hospital quando percebi que não precisava esconder meus medos dele... mas eu estava fora agora, deveria estar recuperada, não mais me encolhendo e petrificada. Uma onda de vergonha tão grande me percorreu que quase afundei pelo chão como um *domovoi*, um desses velhos espíritos domésticos para os quais as pessoas faziam oferendas nos dias antes da revolução, antes que a educação e a racionalidade conquistassem o medo e a superstição. Exceto, claro, que essas coisas jamais são conquistadas, não importa o que o Partido diga.

— Desculpe — murmurei, tentando me afastar, tentando me encolher dentro de minha gola, mas Lyonya só me apertou mais firmemente junto ao seu ombro.

— Acredite, eu sou o assustado aqui. Eu estava logo atrás de você vindo para debaixo da mesa.

Estávamos abraçados no chão agora, a lona improvisada como toalha escondendo o restante do mundo. Meu coração ainda batia acelerado, apesar do susto já passado; tirei as mãos dos ouvidos e vi meus dedos se apertarem na frente do casaco de Lyonya.

— Eles... eles não estão atacando.

— Parece que não estão.

Fiquei ouvindo, atenta. Botas passando do lado de fora, uma risada baixa ocasional, o retinir de copos de metal. Uma companhia seguindo sua rotina da noite, sem gritos, ou ordens, ou rajadas de fogo de metralhadora.

— Não conte a eles — sussurrei no casaco dele. — Para a companhia, os homens, e os oficiais, não...

— Não conte a eles o quê?

— Eu... isto. — Lyudmila Pavlichenko se enrolou numa bola trêmula. A sniper, choramingando sob uma mesa.

— Você matou mais de duzentos homens, olhando-os direto no rosto enquanto apertava o gatilho. — A mão de Lyonya moveu-se pelo meu cabelo. — Ninguém acha que você é covarde.

Eu acho.

— Eu ainda fascino você? — consegui perguntar, rouca.

Eu o senti sorrir de encontro à minha têmpora, pressionando os lábios sobre minha orelha.

— Completamente.

Nós nos soltamos e saímos de baixo da mesa de tábuas. Os pratos de metal estavam seguros, mas o vaso de estojo de munição tinha tombado, o buquê de inverno espalhado pelo chão de terra.

— Não tem problema — disse Lyonya, mas eu me abaixei para recuperar as folhas de zimbro, os ramos de bordo.

Essas folhas brilhantes como fogo recolhidas por minhas mãos ainda trêmulas, enfiadas num estojo de munição de 45mm. Se isso não era o resumo da vida em tempos de guerra, não sei o que seria. Uma folha de beleza extraviada aqui e ali, enfiada em algo violento produzido em massa, geralmente derrubada e pisoteada sem muita demora. Morta e seca amanhã, mas ainda reluzente de vida hoje.

Como nós.

Eu ainda tremia quando levantei as mãos e puxei o rosto de Lyonya para o meu.

— Você tem alguma coisa aí? — perguntei, e o beijei. Seu gosto era de vodca e pinheiro.

— Alguma coisa? — Ele já estava me beijando de volta, as mãos no meu cabelo, nós dois indo de encontro à parede do abrigo.

— Você sabe. — Puxei o colarinho dele; ele puxou o meu enquanto sua boca descia pelo meu queixo. Um botão pulou para cima da mesa. — Você tem…

— Eu não tenho um anel — confessou ele. — Já foi suficientemente difícil conseguir um pão decente e a droga de uma lata de carne.

— Pelo amor de… — Eu o empurrei para a cadeira, subi em seu colo, pus a testa de encontro à dele para ficarmos olho a olho, olhos escuros se afogando em azul, e fechei minha outra mão em volta da fivela do seu cinto. — Eu não quero ficar *grávida* na linha de frente, Lyonya. Você *tem alguma coisa*?

— Ah — disse ele. — Tenho. — Ele tirou uma pequena embalagem de algum lugar.

— Ótimo — falei, e nossas bocas se uniram de novo enquanto minha jaqueta, depois a dele, caíam no chão. Talvez essa não fosse uma boa ideia, não com meu comandante, não depois de conhecê-lo há menos de dois meses, mas eu não tinha a menor certeza se estaríamos vivos na próxima semana. *Isto,* pensei, tirando as botas, *me dê isto enquanto ainda estou viva para aproveitar.*

— Nunca tive de desarmar uma mulher antes de ir para a cama — murmurou Lyonya no meu pescoço, jogando de lado minha faca de combate, minha pistola, meu cinto com as bolsas de munição, puxando-me de volta para o seu colo na cadeira enquanto calças eram empurradas para fora do caminho.

Estava frio demais para ficarmos nus assim, nós dois tremíamos apesar do pequeno fogareiro do abrigo, a respiração formando uma névoa no ar entre nós e se derretendo outra vez a cada beijo. Ele tinha um peito largo e longo, o cabelo era macio sob meus dedos, suas mãos grandes seguraram meus quadris enquanto eu abria a pequena embalagem.

— Faz um tempo — murmurei ao nos encaixarmos, pensando sem querer no garoto no ano passado com quem tive um sexo rápido com muitas risadas numa visita à Academia Lênin de Ciências Agrárias da União Soviética.

Tinha sido uma diversão boa e breve, um pouco mecânica, nada sério de nenhum dos lados. Não havia nada de rápido ou mecânico aqui. Lyonya sorriu para os meus olhos o tempo todo, as palmas das mãos deslizando pela extensão das minhas costas, pescoço, nuca, nossos corpos balançando peito com peito em silêncio, o prosaico mundo lamacento do regimento seguindo o movimento habitual do lado de fora em seus coturnos.

Eu te amo, os lábios dele murmuraram sem som junto aos meus, e sua mão em minha garganta deve ter sentido o gaguejar da minha pulsação em resposta a essas palavras simples e aterrorizantes, porque ele sorriu e disse de novo em voz alta, para que eu não tivesse dúvidas:

— Eu te amo.

Simples e claro enquanto ele se movia dentro de mim, enquanto meus olhos umedeciam. O elo assustador entre nossos olhos não se desfez até o fim, quando ele me viu morder os lábios com força, a maré crescendo dentro de nós dois. Ele pôs a mão larga sobre minha boca e me deixou gritar nela, abafando o próprio grito no meu ombro.

Nós ficamos abraçados em silêncio, enrolados um no outro na cadeira.

— Case comigo — sussurrou ele junto ao meu pescoço. — Case comigo, Mila.

— Eu não posso — murmurei, ainda tremendo em seus braços.

Ele afastou meu cabelo.

— Você não confia em mim?

— Confio, mas... — Havia uma conversa que precisaríamos ter, mas precisava ser agora? — Nós temos de falar sobre o futuro, Lyonya? Não podemos só...

Podemos ter isto? Apenas isto, por enquanto? Porque fazia muitos meses que eu não me sentia tão viva.

— Vamos trabalhar aos poucos nessa parte do casamento. — Ele beijou minha testa quando começamos a nos soltar um do outro. — Vou pedir de novo amanhã. Enquanto isso, você quer dormir aqui?

— Dormir aqui, como se estivéssemos de férias? Nós estamos numa trincheira. Granadas podem fazer o teto desabar a qualquer momento.

— Bem, não dá para dizer que isso não torna tudo mais emocionante...

Capítulo 17

A versão oficial da história: o tenente Kitsenko enviou um requerimento a nossos superiores para formalizar nossa nova relação. O documento teria de ser selado e assinado pelo tenente Dromin e pelo comandante do regimento, depois receber o selo regimental de aprovação e ser submetido para efetivação à sede do estado-maior da 25ª Divisão Chapayev.

Minha versão não oficial: "Lyonya, nós precisamos conversar..."

— Você ainda é casada? — repetiu meu novo amante pela terceira vez.

— Só oficialmente. — Respirei fundo, tentando acalmar a tensão no estômago. Estávamos sentados à pequena mesa oscilante no abrigo subterrâneo dele, dois dias depois da nossa primeira noite juntos, e o assunto que eu vinha temendo estava se esparramando sobre ela como uma mancha de óleo invisível e gordurosa. — O divórcio nunca foi finalizado.

Lyonya coçou o queixo.

— Mas divórcios são tão fáceis de obter.

— Meu pai complicou as coisas. — Suspirei. — Ele é conservador... Não aprovou inteiramente eu ter deixado o Alexei. Papai me recebeu de volta em casa, mas pediu que eu esperasse e refletisse sobre o divórcio, tivesse certeza de que era a coisa certa. Eu deixei passar, porque achei que o Alexei ia querer se divorciar de *mim*, uma daquelas separações consensuais breves e sem dificuldades. O que eu devia ter imaginado era que ter uma esposa ausente que ele não precisava sustentar era vantajoso para ele. — Toda a liberdade do mundo para fazer o que quisesse com as meninas mais jovens e depois dizer, em tom de lamento, *não posso me casar com você*, kroshka, *eu já tenho um nó matrimonial em volta do meu pescoço*. — E aí, antes de eu me dar conta, Slavka estava com quatro anos e vieram as novas leis. — As leis que exigiam o pagamento de uma multa de cinquenta rublos e a presença de ambas as partes diante da autoridade competente para dissolver o casamento. Expliquei como Alexei havia faltado a todas as audiências que eu agendei.

— Então você acabou deixando para mais tarde? — deduziu Lyonya. — Quando as coisas estivessem mais tranquilas?

— Só que quando se está equilibrando um filho, o trabalho na fábrica e a escola noturna, depois as aulas na universidade, depois um emprego na biblioteca, bom, as coisas *nunca* ficam mais tranquilas.

Não houve um dia em que eu não tenha pensado: *Agora é o momento certo de pagar um dinheiro que eu não tenho, para brigar com um marido que eu não suporto, para convencê-lo a comparecer a uma audiência que ele vai fingir que não consegue ir, para assinar papéis que ele não tem nenhuma intenção de assinar*. E não havia feito nenhuma diferença na minha vida cotidiana ou na do Slavka se Alexei estava divorciado de mim ou apenas separado.

Só que, agora, eu estava sentada diante de um homem que queria se casar comigo... e eu sentia que queria dizer sim. Examinei o rosto de Lyonya, procurando sinais de raiva, mas ele se inclinou sobre a mesa e me beijou, sorrindo.

— Isso cria um problema para os meus planos de casamento, admito.

— Você não está bravo?

— Bravo? Estou aliviado. Pensei que talvez você não *quisesse* se casar comigo. Se é só uma questão de marido ainda vivo, posso dar um jeito.

Ergui uma sobrancelha.

— Como assim, você pretende matá-lo?

— Não estou descartando a possibilidade — respondeu Lyonya, bem-humorado, indo até o fogareiro para esquentar o chá. — Isso custaria ao Exército Vermelho um bom cirurgião, mas facilitaria a questão burocrática. E, se ele é esse safado que anda atrás de menininhas, estaríamos fazendo um favor ao mundo.

— Não é engraçado — protestei, mas ri mesmo assim. Era o talento de Lyonya, eu já tinha constatado. Ele conseguia provocar risadas como um raio inesperado de sol que ilumina a sala mais sombria. Ele sorriu para mim e eu sorri de volta, apoiando o queixo na mão. — O que realmente não é engraçado é que você começou toda essa burocracia de casamento no front para nada — falei, desfrutando a visão de suas costas largas sob a túnica do uniforme. — Foram o que, dezesseis páginas em triplicata?

— Tenho certeza de que há mais outras dezesseis páginas que eu posso preencher em triplicata formalizando uma união não legal na linha de frente para você poder se alojar aqui comigo. Vou descobrir.

Torci o nariz.

— Não é possível que haja burocracia para documentar quem está vivendo como sua namorada na trincheira.

— *Milaya,* esta é a União Soviética. — Lyonya me passou uma caneca de metal; chá, quente e açucarado do jeito que eu gostava. — Há burocracia para tudo.

— Pelo amor de…

— Não se preocupe, nós vamos lidar com o Alexei de uma maneira ou de outra… depois. No momento, preciso voltar ao posto de comando. — Lyonya se curvou e beijou o canto da minha boca. — Vejo você de manhã. Mate muitos nazistas. Não morra.

Ele me beijou outra vez, com tanta intensidade que o chá quase derramou, depois saiu assobiando.

— Dezesseis páginas em triplicata — murmurei, mas não pude deixar de sorrir.

Com as brincadeiras de Lyonya, Alexei e nosso estado civil complicado não pareciam uma montanha tão difícil de transpor. E, mesmo que levasse mais alguns meses para conseguir o divórcio, eu tinha Lyonya aqui e agora. Fazia poucos dias, mas eu já tinha ficado viciada em dormir ao lado da quentura sólida do corpo dele, os braços que me envolviam quando eu chegava com frio e coberta de neve de uma noite encolhida numa trincheira de sniper, a panela de água que ele sempre tinha pronta no fogareiro para eu lavar meu rosto gelado e as mãos doloridas.

— Posso matar esses infelizes, camarada primeiro-sargento? — resmungou o velho Vartanov quando eu vim me juntar ao meu pelotão. Ele indicou o punhado de recrutas a quem estava ensinando como desmontar seus fuzis SVT-40. — Inúteis, cada um deles. Mais jovens que manteiga fresca.

Examinei os recrutas, à procura do brilho ressentido no olhar que significava problemas, mas todos eles pareciam intimidados ou admirados ao me ver.

— Você também já foi mais jovem do que manteiga fresca, lembre-se disso.

— Quando eu era jovem e bobo assim, a Rússia ainda tinha um czar.

— Bem, as coisas melhoraram desde então.

— Será? — questionou Vartanov.

— Claro que sim!

Ele coçou a barba desgrenhada.

— Eu não sei, camarada primeiro-sargento. Os pequenos ainda estão aí em campo levando balas enquanto os grandes ficam sentados seguros e secos. Isso não muda, não importa quem esteja no comando.

— *Quieto,* Vartanov. — Eu o interrompi antes que ele pudesse resvalar para um de seus humores ucranianos patrióticos e começar a fazer ataques antissoviéticos não muito velados. — Outra vez — ordenei aos novos recrutas, e fiz o velho guarda-florestal desmontar a Sveta enquanto eu descrevia os estágios. — Soltem o carregador de dez cartuchos… Removam a cobertura da culatra… Estão observando como ele libera o retém e apoia a arma com as miras para cima? Em seguida empurrem a cobertura para frente, mão esquerda, assim... — Pacientemente, fui acompanhando-os pelo processo. — De novo, sozinhos. Vocês logo vão conseguir fazer isso no escuro.

— Não *tão* logo — murmurou Vartanov enquanto eles recomeçavam o exercício. — Você diga àquele seu comandante para nos conseguir recrutas melhores.

Esperei para ver se a menção a Lyonya viria com um sorriso malicioso ou uma piscadela, mas não veio. Eu tinha me preparado para gozações ou piadas obscenas, temendo o momento em que ouviria gracejos do meu pelotão. Havia protegido minha reputação por tanto tempo, tido tanto cuidado para não cruzar essa linha. Mas, até agora, os homens pareciam aceitar minha nova relação sem problemas.

Como se estivesse lendo minha mente, Vartanov disse:

— Os rapazes acham que podem ficar tranquilos agora que você tem um oficial no seu saco de dormir, Lyudmila Mikhailovna.

— Isso não é da conta deles, camarada cabo — respondi, com frieza.

Mas não podia negar que estava aliviada. Talvez fosse possível administrar tudo isso sem muito rebuliço, afinal. Na verdade, agora eu parecia receber *menos* olhares impertinentes ou flertes do que de costume.

— Ter uma jovem andando pela zona de guerra sem saber a quem ela pertence, isso perturba os rapazes. — Vartanov com certeza era o único homem do meu pelotão que ousava ser tão direto comigo, mas a idade tinha seus privilégios, mesmo nas linhas de frente. — Você resolveu isso, agora eles podem se acalmar.

Pelo amor de Lênin, pensei. *Homens.*

— De novo — ordenei aos novos recrutas com seus Svetas. E lá seguiram eles, mexe aqui, mexe ali.

— A propósito, o Kostia voltou — acrescentou Vartanov, fazendo uma careta quando viu uma cobertura de culatra escorregar de uma Sveta e cair na grama.

— Kostia? — Eu não via meu parceiro desde sua última visita ao hospital. Na manhã depois de voltar do alojamento de Lyonya pela primeira vez, sorrindo e pisando em nuvens e inegavelmente com a boca marcada de beijos, encontrei meu novo fuzil apoiado na parede do abrigo subterrâneo onde eu costumava dormir, polido até um brilho de diamante, com um bilhete na pequena letra quadrada de Kostia. *Seu,* dizia apenas. E, então, Fyodor me contou que meu parceiro tinha solicitado parte de sua licença há muito devida agora que o ataque alemão havia finalmente desacelerado, e tinha partido para Sebastopol como se tivesse toda uma divisão Panzer no seu encalço.

— Ele voltou — repetiu Vartanov, coçando a barba branca áspera. — Eu não diria que está no melhor dos humores. Nunca vi um rapaz tão de ressaca, e olha que já vi muitos nos meus dias.

— Diga-lhe para vir falar comigo quando o encontrar. — Eu sabia por que meu parceiro tinha fugido, mas não tinha nada a dizer sobre isso, então só me dirigi aos novos recrutas. — De novo... — E comecei a pensar numa incursão à terra de ninguém hoje à noite, talvez levando Vartanov para um reconhecimento, quando um ordenança apareceu com uma mensagem: eu deveria comparecer ao posto de comando regimental imediatamente.

Eu meio que esperava ver Lyonya lá, mas era o major Matusyevich e um coronel robusto de rosto vermelho apresentado como o comandante da 79ª Brigada de Fuzileiros Navais. Eles receberam minha saudação, o coronel me examinando com curiosidade.

— Dizem que você é a melhor atiradora na divisão, camarada primeiro-sargento Pavlichenko. Sua fotografia está no quadro de honra.

Isso era novidade para mim. Ele prosseguiu.

— Um fuzileiro alemão de alto nível foi captado por nosso setor de defesa. Nos últimos dois dias, cinco de nossos homens foram mortos, três soldados e dois oficiais, um deles o comandante do nosso 2º Batalhão. Todos tiros únicos na cabeça.

Eu senti os nervos no meu corpo se aguçarem.

— Qual a localização dele?

Um dar de ombros.

— Nossa melhor conjectura é que ele se escondeu em algum lugar nas ruínas da ponte sobre a ravina de Kamyshly.

Eu sorri, o tipo de sorriso que Lyonya nunca tinha visto. O tipo de sorriso que ninguém viu, exceto, talvez, Kostia, porque era o sorriso que eu dava quando contava até meia-noite e era hora de atirar.

— Eu conheço essa ponte.

Eu a conhecia porque a havia marcado como um paraíso para um sniper. A ravina no meio da terra de ninguém era coberta de juncos e mato crescido, pomares de macieiras destroçadas, duas encostas que subiam do riacho que serpenteava pelo centro. A encosta sul, íngreme e cheia de pinheiros, abrigava a nossa divisão; a encosta norte, mais suave, estava dominada pelas unidades da 50ª Divisão de Infantaria Brandenburg dos alemães… e os dois lados elevados da ravina eram ligados por uma ponte ferroviária bombardeada. Um vão ou dois sobreviveram de cada lado, dando lugar a nada além de ar na seção central, pilares de concreto encimados por uma teia de metal retorcido e emaranhado no alto da ravina.

— Ele deve ter encontrado um lugar em um dos vãos que restaram e se escondido entre os escombros de metal. — Havia um mapa sobre a mesa; eu bati o dedo no local. — Seiscentos, oitocentos metros… perfeitamente possível para um bom tiro. Ele pode atirar à vontade se estiver lá.

— Você consegue pôr um fim nisso?

Levantei a cabeça, ainda sorrindo.

— Consigo.

— Atiradores de precisão alemães. — Lyonya não parecia impressionado. — Não estou surpreso por eles começarem a aparecer.

— Por quê?

O meu combate era uma atividade tão estreitamente focada que eu via pouco além daquilo que estava na minha mira; ou, no máximo, que envolvesse diretamente minha companhia, meu regimento, minha divisão.

A guerra de Lyonya, vista do posto de comando da companhia, tinha um ângulo mais amplo.

— No primeiro ataque a Sebastopol, os hitleristas esperavam passar como um trator por cima das nossas defesas. — Lyonya empurrou para o lado os restos do nosso jantar, que o ordenança tinha trazido das cozinhas de campanha, e desenrolou um mapa. — No segundo ataque, eles perceberam como nós nos entrincheiramos. Eles tiveram de reexaminar a situação. Nós somos uma fortaleza de primeira classe aqui, então eles vão trazer especialistas para corroer nosso moral. No posto de comando, estamos ouvindo conversas de snipers alemães sendo trazidos da Polônia, até mesmo da França.

— Quem você acha que ele é? — A voz de Kostia soou atrás de mim. Eu me virei e vi meu parceiro apoiado no batente da porta como uma sombra. Seus olhos pretos estavam um pouco fundos, mas firmes. — Esse sniper alemão.

— Eu não ligo para quem ele é. — Dei de ombros. Algum alsaciano com olhos de gelo que cresceu caçando javalis na propriedade da família; algum soldado loiro fanático do Reich que passou por um treinamento rápido especial para poder ocupar seu lugar naquela ponte bombardeada e nos pegar. O que importa? — Ele é meu.

— Você não vai sozinha — protestou Lyonya.

— Não. — Olhei para meu parceiro. — Kostia, você prefere que eu chame o Fyodor ou o Vartanov?

Era uma pergunta cuidadosa, e eu precisava de uma resposta direta. Se ele se sentisse pouco à vontade comigo agora, se não pudesse ser minha outra metade assim que saíssemos para a caçada, isso não seria nada bom lá fora. Se esse fosse o caso, eu precisava ouvir um não, e precisava ouvir agora, antes que um de nós acabasse morto.

Kostia ocupou o terceiro lugar à mesa junto com Lyonya e eu, olhando para o mapa.

— Vamos atrás dele amanhã. Pegá-lo do velho modo russo…

— Astúcia, persistência, paciência — concluí em uníssono com meu parceiro.

Não consegui conter o sorriso que se abriu no meu rosto. Lyonya empurrou um copo de vodca pela mesa com um sorriso de lado. Kostia bebeu em um só gole e se inclinou de novo sobre o mapa, chamando minha atenção para um local na extremidade norte da ponte. Nós dois pusemos os cotovelos na mesa e as cabeças juntas e fizemos nosso plano, enquanto Lyonya se recostava e nos observava trabalhar, contribuindo com um comentário ocasional. E, quando a hora antes do amanhecer chegou e o carro que ia nos levar ao posto de comando da 79ª Brigada de Fuzileiros Navais apareceu, Lyonya o carregou com nossas mochilas e fuzis, abotoou meu casaco, repreendeu Kostia por não baixar os protetores de orelhas até que Kostia deu um tapa nele e os dois começaram a encenar uma luta de boxe na trincheira.

— Parem com isso — repreendi, batendo nos dois, e Lyonya parou, a alegria desaparecendo quando ele segurou o ombro de Kostia.

— Cuide dela lá fora — disse meu namorado. — Cuide dela por mim.

— Sempre — respondeu meu parceiro, e houve um momento de silêncio que eu interrompi com uma tosse.

— Sem longas despedidas — falei, rispidamente. — Isso entristece o coração em tempos de guerra.

E nós saímos. Mas, quando o carro se afastou, tive a sensação mais estranha da minha vida, a sensação, nova para mim, de deixar alguém para trás que ia se preocupar comigo. Partir para o combate enquanto um homem que me amava permanecia com as mãos enfiadas nos bolsos e o medo pela minha vida brilhando nos olhos enquanto via eu me afastar.

E, em seguida, eu me esqueci de tudo sobre Lyonya, porque era isso o que eu tinha de fazer.

Kostia e eu examinamos a ponte por três horas seguidas antes que algum de nós dissesse uma palavra.

— Complicado — falou ele, por fim.

— Justo quando eu me acostumei a atirar do meio das árvores — respondi, pensando nas trilhas na floresta da Crimeia que Vartanov havia me ensinado a seguir como uma sombra, mas isto era algo novo: arcos desmoronados de ponte tendo no alto madeiras chamuscadas, dormentes partidos, trilhos ferroviários retorcidos erguendo-se para espetar o céu embranquecido. Meu parceiro e eu ficamos deitados de bruços na terra nevada do outro lado da ravina, capa de camuflagem puxada sobre a cabeça, olhos apertados como os de um falcão em nossos binóculos.

— Ele está lá — disse Kostia.

— Não agora.

— Não, ele fez seu tiro e saiu até o cair da noite. Mas esteve atirando de um ninho ali em cima.

— Preguiçoso. — Fiz meu binóculo percorrer um emaranhado de vigas metálicas retorcidas. — Ele atirou dessa posição dois dias seguidos. Eu teria encontrado um novo ninho no dia dois. — Um bom sniper não formava hábitos. Hábitos eram a morte.

— Os alemães gostam de padrões. — O binóculo de Kostia percorreu a ponte. — Funcionou para ele duas vezes. Ele vai achar que consegue mais uma.

— Eu estou achando que o ninho dele é ali... — Apontei.

— ... ou ali. — Kostia apontou para outro local.

— Concordo. Um desses dois.

Nós rastejamos para trás sobre os cotovelos, com cuidado, até estarmos de novo atrás das nossas linhas. Eu me sentei, movimentei o pescoço, arqueei as costas para alongá-las e aliviar as dores da longa tocaia. Kostia pegou nossas rações da noite: um pedaço de pão de centeio para cada um, com duas tiras de toucinho rosado temperado com sal e pimenta-do-reino moída. Nós mastigamos, os dois ainda olhando na direção da ponte.

— Trincheira? — disse ele por fim, engolindo o resto do pão.

— Trincheira — concordei. — E você sabe de quem mais nós precisamos.

Kostia olhou para mim e sorriu, seus dentes um súbito brilho branco sob a lua minguante.

— Ivan?

— Ivan.

O coronel da 79ª hesitou, mas concordou em nos emprestar uma equipe de sapadores. Escondidos nos arbustos gelados de zimbro e moitas de avelãs, os homens cavaram uma trincheira depois do cair da noite, nas primeiras horas da escuridão, quando a artilharia do dia havia parado, mas antes que o sniper alemão voltasse para seu ninho depois da meia-noite.

— Já está bem fundo — reclamou um deles, esfregando as bolhas na mão por cavar a terra congelada.

— Oitenta centímetros de profundidade, dez metros de extensão. — Agitei meus papéis. — Eu fiz os cálculos.

— Vou mostrar o que você pode fazer com seus cálculos — resmungou o homem.

— Acabei de chegar em 226 na minha contagem de sniper — comentei. — Continue falando se quiser ser o 227.

Trincheira cavada, Kostia e eu abrimos uma estrutura de metal e uma lona sobre ela e passamos oito horas inteiras camuflando-a com gravetos, mato e punhados de neve. E trabalhamos em outro pequeno truque de sniper que tínhamos apelidado de Ivan muito tempo atrás.

— Ele não precisa ter muita personalidade — falei, recuando para examinar nosso trabalho.

— Não critique o Ivan — rebateu Kostia. — Ele é meu irmão em armas.

— Falando nisso… — Levantei meu fuzil, o que meu parceiro tinha personalizado para as minhas mãos, meus olhos, meus hábitos enquanto eu estava de cama. — Ainda não tive a chance de agradecer por isto. É perfeito, Kostia.

— Vamos chegar no 227 com ele — respondeu Kostia, o sorriso de volta aos cantos de seus olhos ao rastejarmos para nosso ninho.

O melhor momento para um sniper começa uma hora e meia depois da meia-noite. É quando um atirador geralmente se move para sua posição, e meu parceiro e eu estávamos totalmente escondidos na nossa trincheira, à espera de que o sniper alemão viesse até a ponte e subisse para o seu ninho. Mas a noite passou e a aurora veio nas lentes de nossos binóculos e, por fim, olhamos um para o outro.

— Quer voltar? — perguntou Kostia, porque o alemão não ia para o ninho agora, à luz do dia. Imaginei o alojamento de Lyonya, o fogareiro, as latas de comida com batatas quentes e ensopado de carne que ele havia guardado para mim, eu tirando meu uniforme. A compressa que ele ia preparar para a cicatriz ainda não completamente curada em minhas costas.

Sacudi a cabeça, olhando para a ponte do outro lado da ravina.

— Vou ficar até nós o pegarmos.

— Fico de vigia até o meio da manhã. Você dorme.

Hesitei em me aconchegar em Kostia do jeito que eu costumava fazer, mas meu uniforme de inverno — roupa de baixo grossa, túnica, colete e calça revestidos, sobretudo, capa de camuflagem branca — não fazia muito em termos de aquecimento a não ser evitar que congelássemos até a morte. Eu me recostei nas costas de Kostia e dormi até ele me acordar e trocarmos de lugar, alternando ao longo do dia até o sol cair outra vez, a lua cada vez menor subir no céu, e então estávamos os dois de volta aos nossos binóculos. *Vamos lá, seu Fritz maldito.*

Mais uma noite longa e vazia. Mais uma manhã alternando sono e vigília, aliviando nossas necessidades em uma lata vazia enquanto o outro, educadamente, olhava para o outro lado. Lyonya devia estar furando o chão do abrigo, andando de um lado para outro, pensei, mas eu não podia abandonar a tocaia. Ainda não.

— E se ele estiver morto? — perguntei, quando outra meia-noite se estendeu pela ravina. — E se o nosso lado tiver pegado o sniper na floresta depois que ele se retirou do último ataque aqui?

Kostia me passou um punhado de chá seco e uma pedra de açúcar embrulhados em papel-alumínio. Mastigar o açúcar e o chá juntos ajudava a nos manter acordados em uma longa tocaia, sem despejar chá em nosso estômago e nos obrigar a fazer xixi dentro de uma lata depois.

— Você quer mesmo pegar este — comentou meu parceiro. — Mais do que os alvos habituais.

— Quero. — Pensei em qual seria a razão disso por uma meia hora. Kostia e eu podíamos ter conversas de quatro frases que se estendiam por horas; não havia necessidade de pressa em um ninho de sniper. — Eu não tenho a menor ilusão de que o que os snipers fazem seja injusto — falei, por fim. — Os hitleristas invadiram e começaram a nos exterminar. Nós estamos tentando pará-los do jeito que podemos. Eles já têm a vantagem em tantos aspectos. Então eu não tenho paciência para quem diz que atirar neles das sombras talvez não seja justo.

— Ninguém diz isso — respondeu Kostia, e ele estava certo.

Algumas semanas no caos e na crueldade do front eram suficientes para transformar até o mais ardoroso defensor de fair play em um soldado que faria *qualquer coisa* para expulsar a suástica. Toda a ideia do que constituía um combate justo não era uma questão a ser considerada durante uma invasão brutal; era um debate acadêmico para tempos de paz. Mas eu era uma acadêmica no coração e, em longas noites vazias como esta, questões teóricas ainda flutuavam pela minha mente.

— Um sniper contra um sniper… — Fiz uma pausa, pensando por mais meia hora de silêncio. Kostia esperou, mascando chá. — É o mais próximo de uma luta verdadeiramente justa, o que quer que isso seja, que vamos ver nesta guerra horrível — concluí, por fim.

— São dois contra um — lembrou-me Kostia.

— Ótimo, destrua minha teoria. Não era muito válida mesmo. — E era o suficiente para mim. Eu só queria, olhando para a ponte onde esperava emboscar meu inimigo, vencer esse duelo.

A lua subiu. O chá acabou; o pão acabou. A fome arranhava meu estômago com garras de aço, mas cochilei mesmo assim, o queixo caindo, eu agachada com o ombro apoiado na parede dura da trincheira. E foi quando Kostia tocou meu ombro. Acordei de imediato quando ele apontou para a ponte.

Observe agora. O duelo tem início.

A primeira luz gelada de um amanhecer de janeiro se aproximando começa a se insinuar sobre a ponte, apenas o suficiente para deixar ver a silhueta obscura de um homem se esgueirando pelo emaranhado de vigas de ferro. Ele está atrasado, apressando-se, mas ainda assim se mantendo abaixado; desaparece quase tão rápido quanto apareceu, rápido demais para eu atirar.

Kostia e eu nos entreolhamos. Ele faz um gesto com o polegar; eu concordo com a cabeça. Meu parceiro começa a rastejar de barriga pela trincheira de volta à linha de frente enquanto eu observo a ponte através das minhas miras. Do outro lado da ravina, o sniper alemão está se acomodando em seu ninho, fora de vista, aprontando o próprio fuzil, encontrando marcadores familiares para calcular os tiros de hoje. Só que não haverá nenhum. O meu vai pegá-lo por baixo.

Meia hora se passa enquanto o dia clareia em profundo silêncio. Nenhum falatório de artilharia de morteiros esta manhã, em que as armas de ambos os lados limpam a garganta; nenhum caça ou bombardeiro decolando. A guerra sumiu de vista, como um cisne dobrando as asas. Existe apenas um barranco, e um sniper de cada lado. Levo dois dedos aos lábios e emito um som baixo, um chamado de ave que Vartanov me ensinou. Um instante depois, ouço Kostia responder com o próprio assobio.

Não tiro jamais os olhos da ponte, mas minha mente vê cada movimento do meu parceiro, claro como o dia. Ele está colocando Ivan em posição: um boneco que fabricamos com um torso recheado de enchimento enfiado em uma vara, vestido com um casaco de inverno e capacete de capitão. Do outro lado da ponte, deve parecer que um oficial soviético abandonou seu posto por um momento e foi até a beira da ravina para um alongamento matinal.

Velho truque, Kostia disse quando enfiamos um uniforme de reserva em Ivan.

Bom truque, respondi.

O tiro do outro lado da ponte soa abafado, um repique de um sino rachado. Vejo um brilho breve no emaranhado de vigas de ferro retorcidas e minhas miras focalizam. *Aí está você,* penso, enquanto Kostia deixa o corpo empalhado de Ivan cair. *Aí está você, seu nazista maldito.* O sniper alemão sentado sobre o calcanhar da perna direita, o fuzil apoiado na forquilha de um galho curvo, quase completamente escondido por uma viga de metal. Pelas minhas miras, eu o vejo puxar o ferrolho do fuzil, soltar o cartucho usado… e levantar a cabeça para olhar do seu ninho.

Meia-noite, penso.

E atiro.

— ENTÃO, ELE ERA IMPORTANTE?

— Muito. Helmut Bommel, Cruz de Ferro, 121º Regimento de Infantaria, 50ª Divisão de Infantaria de Brandenburg, Oberfeldwebel…

Solto um gemido quando as mãos de Lyonya massageiam meus pés doloridos. Depois de me puxar de dentro do carro do estado-maior e quase me sufocar com um abraço, ele me trouxe para seu abrigo, me fez tirar o uniforme, me enrolou em um cobertor e me colocou ao lado do fogareiro aceso, sentando-se num banquinho e pondo meus pés em seu colo.

— Pare de se mexer, *milaya,* seus pés parecem blocos de gelo. Como você conseguiu descobrir o nome e a patente dele? — perguntou, apertando meus dedos entorpecidos.

— Seu diário de soldado. — O corpo do sniper tinha despencado da ponte e caído ravina abaixo como uma estrela cadente; Kostia me deu cobertura com seu fuzil enquanto eu deslizava e escorregava para o fundo do barranco sufocada de vegetação para ver se havia alguma informação de inteligência utilizável no corpo. — Dizia que ele lutou na Polônia, na Bélgica e na França, e que atuou como instrutor de snipers em Berlim. Tinha 215 abates — falei, pensando naquele rosto de faces rosadas, marcado de frio, do homem morto caído entre os juncos brancos de geada.

— Por que essa cara? — As mãos de Lyonya estavam agora nas minhas panturrilhas, tensas e doloridas.

— Eu não gosto de olhar para o rosto deles depois — admiti.

— A Dama da Morte é humana, afinal. — Lyonya sorriu. — Não se preocupe, não vou contar isso para o chefão.

Bufei.

— O coronel da 79ª? Ele pressupôs que foi o Kostia quem deu o tiro. Me ignorou e perguntou como ele tinha feito.

— Vire, deixe eu massagear seus ombros...

Eu virei, gemendo outra vez quando os polegares fortes de Lyonya começaram a cavar círculos ao lado do meu pescoço, evitando cuidadosamente o ferimento que ainda estava em cicatrização.

— Você nunca viu um homem fazer uma cara mais constrangida do que aquele coronel quando o Kostia apontou para mim. Ficou todo sem jeito, perguntou: *Como é que esse hitlerista tem duas condecorações e você não tem nenhuma, camarada primeiro-sargento Pavlichenko*? Aí foi a vez do Dromin ficar constrangido. Ai!

— Dois dias num ninho de snipers mastigando chá seco a trinta graus abaixo de zero e você geme com uma massagem no ombro? — Lyonya beijou minhas costas, deixando a boca permanecer ali por um longo tempo. — Fiquei apavorado por você, *milaya* — disse ele baixinho. — Prefiro lutar com cem hitleristas com baionetas a andar de um lado para outro neste abrigo imaginando se algum maldito instrutor de snipers com um *Mein Kampf* sobre o coração vai fazer de você o duzentos e dezesseis dele.

Senti os ombros tensos.

— Lyonya... eu não vou parar, se é isso que...

— Não. Não estou pedindo isso. — Ele me virou de modo a ficarmos sentados um de frente para o outro. Eu já conhecia seu rosto tão bem: as faces altas e largas; os olhos azuis transparentes; a boca que se arqueava de um lado. Ela não estava arqueada agora. — Só... seja cautelosa.

— Eu não posso ser cautelosa — respondi, com sinceridade. — Ser cauteloso faz a gente errar. Ou se é cauteloso ou se é bom, e eu sou muito boa.

— Você é boa, minha pequena matadora. — Ele me puxou para o seu peito, massageando meus braços, que ainda estavam entorpecidos pelo frio penetrante de dois dias naquela trincheira. — O mundo está prestes a saber disso.

— Como assim?

— Acho que os dias do Dromin escondendo os seus feitos terminaram. Você… — Lyonya beijou a ponta do meu nariz. — … está prestes a ficar famosa.

Capítulo 18

A versão oficial da história: Fui parabenizada pelo general Petrov pelo duelo de snipers, e ele me disse que esperava que eu não me acomodasse com minhas vitórias e continuasse a esmagar os inimigos da nossa pátria natal socialista. Ele também me informou que um relato do duelo de snipers seria transmitido por todo o distrito de defesa de Sebastopol e que iam tirar minha fotografia para pôr em alguns panfletos de combate. Aceitei com satisfação, desejosa de inspirar nossos bravos soldados da União Soviética.

Minha versão não oficial: Panfletos de combate? Pelo amor de Lênin.

Eu não sei por que as pessoas querem se tornar famosas. É enlouquecedor. Primeiro a visita de uma autoridade política, depois hordas de jornalistas, cada visita mais irritante que a outra.

Do entusiasmado fotógrafo do jornal do exército costeiro *Pela Mãe Pátria*: "Você é muito fotogênica, camarada primeiro-sargento. Vamos fazer uma sorrindo..."

Do correspondente do *Farol da Comuna*: "Detalhes sobre o duelo seriam muito úteis... Tem certeza de que foi assim que aconteceu? Não foi um pouco mais dramático? Tente parecer mais simpática para a câmera..."

Do redator enviado pelo *Crimeia Vermelha*: "Que tal um sorriso para o seu parceiro? Com certeza ele ajudou você a dar aquele tiro fatídico!"

Do cinegrafista de guerra camarada Vladislav Mikosha: "Estou procurando o *ângulo* certo para esta filmagem; só não estou conseguindo *encontrar.* Você pode subir naquela macieira ali e fazer uma pose com sua arma? Um grande sorriso...

— Não — disparei, a paciência se esgotando. — Não vou subir numa *macieira* e isto é um *fuzil,* não uma arma qualquer.

Meu namorado e meu parceiro não ajudavam. Lyonya ria tanto que mal conseguia parar em pé; Kostia teve de segurá-lo, a diversão nítida nos rostos. Lancei um olhar fulminante para eles enquanto o cinegrafista mexia com a câmera.

— Olha só — falei, tentando explicar para um civil. — Eu não atiro de árvores em Sebastopol, então qualquer foto minha desse tipo seria enganosa. E eu não posso responder perguntas sobre tiro de precisão, técnicas de camuflagem ou meus métodos de caça. Qualquer coisa impressa no jornal pode acabar nas mãos do inimigo.

Ele fez um gesto de indiferença.

— Nós não precisamos de detalhes técnicos, camarada primeiro-sargento, precisamos de emoção! Conte-nos sobre o olhar frio do opressor nazista quando vocês se encararam pela mira...

— Nós não nos encaramos pela mira. Não é assim que funciona.

— ... conte como você tremeu de ódio pelo invasor Helmut Bommel antes de conseguir dominar a raiva para apertar o gatilho...

— Eu não sinto raiva quando aperto o gatilho. Isso tiraria a concentração. Eu vou para a posição de tiro com o coração tranquilo, sabendo que estou fazendo o que é certo, e garanto a você que Helmut Bommel sentia exatamente a mesma coisa. — Lancei um olhar de *Socorro* para Lyonya, mas ele só ficou ali parado, os ombros largos sacudindo de rir.

— Olha, Lyudmila Mikhailovna — disse o cinegrafista por fim, achando graça —, eu não ligo para o que você sentiu quando apertou o gatilho. As pessoas precisam de heróis neste momento e você foi escolhida para o papel, então só diga algumas coisas simpáticas sobre como você é inspirada pela coragem de seus camaradas em armas e a liderança do Partido e suba naquela maldita macieira com seu fuzil. E *sorria.*

Mordi a língua. Aquele circo todo era absurdo, mas ele não estava errado sobre a necessidade de heróis. Eu não achava que fosse uma, mas talvez Slavka lesse os relatos e ficasse orgulhoso de sua mãe, que ele não via fazia mais de um ano agora. Então subi na maldita árvore, posei com meu fuzil e mostrei os dentes no que se poderia, com algum espírito caridoso, chamar de sorriso.

Pelo menos, depois disso, acabou, pensei, ignorando os risinhos abafados de Kostia e Lyonya enquanto eu tentava adivinhar o que significava "Ponha um brilho heroico nos olhos!". *Eles vão todos embora e me deixarão em paz.*

— Errado, *milaya* — disse Lyonya, quando as matérias foram publicadas. — Acho que isso vai ser apenas o começo.

— Eles escreveram tudo errado — eu quase choraminguei, andando de um lado para outro no abrigo subterrâneo enquanto lia um dos jornais. — Escute isso: *Na luz pálida do amanhecer, Lyudmila viu seu inimigo atrás da raiz de uma árvore...* Eles mudaram todo o cenário para uma floresta. Pelo visto a ponte não era suficientemente dramática? ... *De repente, ela avistou na linha de sua mira os olhos mortiços, o cabelo loiro, o queixo tenso do sniper hitlerista...* Ele não era assim, e eu nem cheguei a tentar descrevê-lo! *A vida foi decidida em um instante. Por uma fração de segundo, ela foi mais rápida que ele no gatilho. Ao pegar o caderno de anotações do sniper nazista, ela leu que mais de 400 franceses e ingleses haviam perecido em suas mãos fascistas.* Eram 215, não...

— O *Farol da Comuna* pôs a contagem dele em 600 vidas só de soviéticos — disse Lyonya, lendo.

— Quem vai acreditar nisso? — Enfiei o artigo dentro do fogareiro. — Nenhum sniper alemão teve chance de fazer tantos abates no Exército Vermelho a esta altura da guerra. Luta de trincheiras e longos cercos, é aí que os atiradores de precisão entram em cena. Os hitleristas estão aqui há apenas meio ano, e estão avançando com tanques e aeronaves, não abrindo caminho por meio de miras telescópicas. A guerra de defesa de posições...

— Eu adoro quando você começa a fazer anotações para si mesma sobre guerra de posições. — Lyonya jogou os jornais de lado e me puxou para seu colo. — Pode-se tirar a sniper da estudante, mas não se pode tirar a estudante da sniper.

— Isso é lixo total — resmunguei, batendo a cabeça no ombro dele.

— Eles fazem propaganda, *milaya*. Eles trabalham com lixo. Estão determinados a fazer de você uma heroína…

Eu fiz barulho de vômito.

— … e, pessoalmente, eu bem que gosto da ideia de me casar com uma heroína. Você conquista a glória, eu aproveito. Já me perguntaram como é viver com a famosa sniper…

Eu gemi, mas senti que um sorriso começava a se formar em meu rosto.

— E o que você disse?

— Eu fui bem amável. Disse a eles que você era mortífera no campo de combate, mas um desastre completo na cozinha, e que homem desejaria mais do que isso numa esposa?

— Você nem sabe se eu sei cozinhar…

— Tenho certeza de que você tem uma caixa com receitas em algum lugar e que elas foram todas belissimamente escritas à mão. Com respingos de sangue — acrescentou Lyonya e, quando dei uma gargalhada, ele me levantou e me apoiou sobre o ombro. — Quando podemos nos casar? — perguntou ele, me jogando na cama.

— Mais tarde. — Eu o puxei sobre mim, segurando seu rosto entre as mãos para dar um longo beijo. — Venha aqui…

— Por que mais tarde? — perguntou ele depois, quando ambos estávamos ainda ofegantes, molhados de suor, nossas pernas enlaçadas. — Por que não finalizar as coisas com o Alexei e se casar comigo, Mila?

Minha mão ainda estava no cabelo dele, movendo-se lentamente para cima e para baixo, dos fios macios no alto até a penugem no pescoço.

— Eu te amo, Lyonya. Mas você tem certeza de que sou o que você quer? É tão pouco tempo…

— Faz um mês que você começou aqui comigo. Um mês no front? Isso é como um ano em tempos de paz. — Ele me lançou um olhar sagaz. — Acho que você está enrolando por causa da ideia de confrontar o Alexei sobre o divórcio.

Eu estava enrolando, e odiava isso. Eu sabia, eu tinha *certeza*, de que o Alexei ia criar problemas quando eu lhe dissesse que queria o divórcio para poder me casar com outra pessoa, e parecia dar sorte para o azar procurar um problema quando Lyonya e eu já estávamos vivendo numa zona de guerra.

— Por que a pressa? — perguntei, fugindo do assunto. — O que nós ganhamos nos casando que não temos agora? — Indiquei o pequeno mundo do abrigo subterrâneo: o fogareiro que aquecia nossas noites; a mesa onde jantávamos; esta cama onde nos entocávamos contra o frio.

— Se nós fôssemos casados, você receberia minha pensão se eu morrer — respondeu Lyonya. — Vamos lá, Dama da Morte, case-se comigo pelo dinheiro.

— Talvez seja você que esteja querendo se casar comigo pelo meu dinheiro — brinquei. — Minha riquíssima pensão de primeiro-sargento se eu bater as botas aqui na linha de frente.

— Eu gostaria de ter certeza de que você está amparada, depois de tudo isto. — Aquele trejeito na boca de Lyonya. — A situação costuma ficar difícil depois de guerras. Eu sou onze anos mais velho que você; com certeza me lembro com mais clareza dos tempos de fome depois da última guerra.

— Não se preocupe quanto a isso. — Tracei com o dedo o contorno da sua sobrancelha. — Eu não vou passar fome. Meu pai conhece pessoas. O tipo de pessoa que nunca morre de fome, mas garante que seus inimigos morram.

— Então se case comigo para que seu pai não me acuse de tirar proveito da filha dele e decida tomar providências. — Lyonya rolou para se deitar de costas, sorrindo, o braço ainda em volta da minha cintura. — Faça de mim um homem decente antes que eu seja encontrado flutuando no rio.

— Se um homem um dia acabar flutuando no rio por minha causa, serei *eu* que o terei posto lá, não meu pai! — Apoiei o rosto no ombro de Lyonya. — Mas papai provavelmente gostaria que você pedisse a aprovação dele.

— Vou fazer um trato com você. Eu escrevo para o seu pai se você enfrentar o Alexei.

Respirei fundo. Sim, eu poderia fazer isso. Tinha enfrentado coisas bem piores nesta guerra, então essa enrolação era indesculpável.

— Eu queria escrever para o Slavka primeiro, para ele se acostumar com a ideia. Você ainda nem o conhece, e ele faz parte de qualquer decisão que eu tomar.

— Posso não o conhecer ainda, mas ele é seu, então vou amá-lo também. — Lyonya franziu as sobrancelhas. — Você não acha que eu iria me recusar a criar um menino que não é meu filho, acha?

Eu havia encontrado homens que sentiam isso. E Alexei não quis criar nem o menino que era filho *dele*. Mas não, eu não pensava que Lyonya fosse assim.

— O Alexei nos abandonou — falei, devagar — e foi muito ruim para o Slavka crescer sabendo que o pai não o queria. Se eu trouxer outra pessoa para a vida dele e der tudo errado, ele vai se machucar de novo. Então você precisa ter certeza, Lyonya. Você tem?

Ele enlaçou os dedos lentamente nos meus, um dedo por vez.

— Eu tenho certeza desde o momento em que conheci você, Mila. Por quê?

— Porque é tempo de guerra. Isto não é normal, esta vida que estamos levando. — Nós só nos víamos por algumas horas no começo da noite: Lyonya tinha passado a dormir à meia-noite, depois que eu calçava as botas e saía para a terra de ninguém; quando eu voltava com meu fuzil por volta do meio-dia e caía bocejando na cama, ele já estava há muito cumprindo suas funções de tenente. A única hora em que realmente nos víamos era depois do anoitecer, quando ele voltava do posto de comando e me acordava com "O jantar chegou, *milaya*". Podíamos passar algumas horas na cama depois de comer, mas, quando ele fosse dormir hoje à noite, eu teria vestido meu uniforme e saído para caçar com Kostia. — Isto não é a vida real. Mesmo assim, estamos falando em construir uma vida real juntos. — Eu me forcei a dizer aquilo que temia. — E se descobrirmos que não encaixamos um no outro em tempos comuns? Eu nem sei mais o que são tempos comuns!

— Bom, eu vou lhe dizer. — Ainda com os dedos entrelaçados nos meus. — Eu conseguiria um emprego em Moscou. Tenho meu certificado de técnico em eletricidade, e sempre há trabalho. Você terminaria sua dissertação, obteria seu diploma, seria historiadora ou bibliotecária. Nós viveríamos com horários compatíveis, sairíamos para o trabalho na mesma hora todos os dias. Eu colocaria geleia no seu chá todas as manhãs enquanto você arrumava o almoço para levarmos e, se trabalhássemos perto um do outro, nós nos encontraríamos na hora do almoço. E, quando Slavka chegasse da escola, ele e eu iríamos brincar com tacos de hóquei no Parque Gorky. — Lyonya sorriu. — A única diferença real em nossa vida, Lyudmila Mikhailovna, é que, em vez de perguntar "Quantos nazistas você matou hoje?", eu perguntaria "Quantas notas de rodapé você escreveu hoje?".

Eu me sentei, puxando o cobertor sobre os ombros para esconder meu arrepio. Não um arrepio de frio, um arrepio de *anseio*. Eu conseguia ver, sentir, quase tocar: o nosso apartamento, o chá com geleia, os almoços e jogos no parque. Um *depois* dourado e glorioso do outro lado do nosso *agora* sombrio e sangrento.

Se houver um depois, sussurraram meus pensamentos. Porque ele não tinha ido embora, aquele medo que às vezes apertava minha garganta. A certeza de que a próxima bala me mataria... de que toda a conversa de Lyonya sobre o futuro era inútil, porque o único futuro para mim era um caixão.

— A propósito... — Lyonya beijou a lateral do meu pescoço. — Eu falei com o sargento-major para arrumar um uniforme de desfile para você nos depósitos do regimento.

— Eu passo a maior parte do tempo vestida de arbusto — falei. — Para que eu preciso de um uniforme de desfile?

— PRIMEIRA VEZ? — A CAMARADA PRIMEIRO-SARGENTO Onilova teve a condescendência de perguntar. — Acho que eu estava nervosa na primeira vez em que fiz um discurso público. Mas já fiz tantos agora que nem me lembro.

Ela ajeitou sua Ordem do Estandarte Vermelho na lapela; eu tive vontade de dizer que vi quando a espetaram em seu uniforme pelos feitos heroicos com a metralhadora, mas estava tensa demais. Nervosa ou não, minhas ordens eram claras: *Em 2 de fevereiro de 1942, a comandante de pelotão primeiro--sargento Pavlichenko, L. M., deve deixar a linha de frente e participar de uma conferência de mulheres ativistas na defesa de Sebastopol, onde fará um discurso de até quinze minutos sobre as operações e atividades dos snipers.*

— Um discurso público formal? — eu tinha dito, bastante apreensiva. — Eu atiro em pessoas muito de longe, fazendo todo o possível para nunca ser vista, e eles querem que eu fique de pé, na frente de um auditório lotado, sob luzes ofuscantes, e faça um discurso? Bom, vou tentar, mas...

— Pare com isso, Mila, você vai ser brilhante — disse Lyonya.

— O chefão não refletiu direito sobre essa ideia. E se eu cair de cara no chão? O que *isso* vai fazer para o moral das mulheres ativistas em defesa de Sebastopol?

— O chefão nunca reflete direito sobre *nada*, e você não vai cair de cara no chão. Você acerta no olho de atiradores de precisão com a Cruz de Ferro no seu dia a dia; não me diga que está com medo de um pequeno discurso público.

— Nem um pouco — menti. E aqui estava eu no carro do comandante do regimento, com um uniforme de saia e meias pela primeira vez em oito meses, revisando nervosamente os tópicos da minha fala, que pareciam mais idiotas a cada minuto.

— Você é a sniper, não é? — continuou Onilova, parecendo levemente interessada. — Não me diga que trouxe *anotações*? Nossa, eu não preciso de anotações há séculos. Não leia do papel, isso é fatal. E não se debruce sobre o pódio...

Ela continuou numa falação contínua como sua metralhadora, durante todo o caminho desde as linhas de frente até Sebastopol, ao mesmo tempo que eu mordia o lábio e puxava a meia, que estava larga e coçava. Eu devia ter aproveitado para ver a cidade enquanto o carro avançava para o centro, pois fazia tanto tempo que eu não via casas, pináculos, qualquer coisa que não fosse verde-oliva e feito de metal ou lona, mas estava nervosa demais. Um trajeto rápido pela Casa dos Professores, onde a conferência estava sendo realizada, e, de repente, eu me vi numa sala cheia de mulheres. A operadora de metralhadora Onilova foi levada de imediato por uma multidão de fãs ávidas, mas eu fiquei ali parada, os olhos arregalados. Não via tantas mulheres juntas havia meses: vestidos azuis e blusas rosadas, longas tranças balançando de encontro a quadris estreitos... e, como manchas monótonas entre as roupas bonitas, as severas túnicas de uniforme das militares como eu. Linces de olhos apertados numa multidão de doces gatos domésticos.

Ou talvez não *tão doces,* pensei, vendo a determinação no rosto das mulheres civis quando elas se reuniram para se sentar. Elas continuavam a vida no meio de um cerco, afinal. Sabiam qual seria o custo se a cidade caísse. Depois de alguns discursos maçantes dos altos oficiais, foram mulheres se levantando para falar, uma após a outra, e, de repente, eu estava fascinada. Algumas tinham anotações como eu; outras improvisavam ao contar suas histórias. Uma mulher de lenço amarelo dava aulas todos os dias para uma turma cheia de crianças em um abrigo antibombas; uma matriarca corpulenta de rosto avermelhado fazia turnos de doze horas desarmando granadas de mão. Outra mulher, que havia perdido o braço esquerdo em um bombardeio, continuou na cidade para trabalhar e cumprir sua obrigação todos os dias, disse ela, com firmeza, porque estava fazendo a sua parte na luta contra o inimigo. Sua manga esquerda vazia estava presa no vestido como uma decoração, usada com tanto orgulho quanto a Ordem do Estandarte Vermelho de Onilova. E eu teria de vir depois dela com um relato desinteressante sobre nazistas eliminados em florestas da Crimeia?

Quando chegou a hora de me levantar e me dirigir a elas, eu tinha lágrimas nos olhos. Amassei as anotações na mão e me ouvi dizendo:

— O que vocês precisam saber no fundo é que nunca podem errar. Nunca, nem na guerra, nem na vida civil, ou esse erro pode acabar com vocês.

E eu falei com o coração.

— Como foi? — perguntou Lyonya quando eu voltei.

— Horrível — admiti. — Eu me atrapalhei. Eu me repeti. Gaguejei e hesitei muito. Mas elas me aplaudiram mesmo assim e me disseram para matar um hitlerista para cada uma delas, e eu prometi que o faria. Então devo ter feito alguma coisa certa. — Comecei a tirar com alívio o uniforme de desfile, ansiosa pela calça acolchoada e a capa de camuflagem.

— Você tem as melhores pernas do front — disse Lyonya com admiração, me vendo enrolar as meias para baixo com cuidado.

— Essa é uma afirmação sem respaldo. Como você pode saber que eu tenho as melhores pernas do front sem uma extensa coleta de dados?

— Eu não tenho a menor intenção de coletar mais dados. Interesse absolutamente nenhum em ver Kostia ou o velho Vartanov de saia. Você vai mesmo matar mais um para cada uma dessas mulheres?

— Elas vão vir atrás de mim se eu não fizer isso. — Vesti a calça e prendi o cinto em torno dos quadris. — Quase me pediram para levar orelhas como prova.

— Mulheres são criaturas sanguinárias. Os ingleses e os americanos são uns imbecis se acham que mulheres são delicadas demais para serem enviadas ao front. — Lyonya me passou as botas. — Então, seu primeiro discurso público. Este é um marco.

— Primeiro? — zombei, puxando as meias grossas. — Depois do meu desempenho de hoje, ninguém nunca mais vai me pôr para falar na frente dc um público outra vez.

O destino deve ter dado uma boa risada.

Capítulo 19

A versão oficial da história: 4 de março de 1942. O dia em que...
Minha versão não oficial: ...

Primavera! Não me lembro de algum dia ter recebido uma mudança de estação com tamanha alegria. A semana passada nos trouxe tempestades de nuvens baixas, neve torrencial, passos rangendo no gelo. Hoje, a neve tinha derretido, o sol brilhava, e a temperatura tinha subido bem acima de zero. Nas alturas da Crimeia, podia-se vislumbrar a grama amarelada, novos brotos de zimbro, ciprestes e cedros com rebentos muito verdes. Eu poderia voltar a coletar amostras de folhas e flores para Slavka. Examinei o vale com o binóculo, quase sorrindo.

— A primavera significa outro ataque em breve — resmungou Vartanov ao meu lado. — Eles estão quietos há muito tempo.

— Então vamos dar uma sacudida neles.

Eu tinha sete do meu pelotão comigo hoje, porque um grupo inteiro de snipers nazistas havia se alojado no topo de colina que nossos mapas chamavam simplesmente de Monte Sem-Nome. Eles tinham mirado o tráfego na estrada de terra que passava abaixo; metade da equipe de um canhão antitanque de 45mm tinha sido abatida ontem, e responder com fogo de artilharia só fez os atiradores alemães mudarem de posição e retomarem a caçada.

"Leve seus homens, Lyudmila Mikhailovna", foi a ordem que recebi. Então, aqui estávamos nós, com o pelotão quase inteiro.

— De olho em nossos arbustos — ordenei.

Na noite anterior, no abrigo de Lyonya, Vartanov, Kostia e eu tínhamos nos espremido para confeccionar seis arbustos de chamariz, prendendo longos ramos de zimbro em feixes. *Nós parecemos noivas fazendo guirlandas*, comentou Lyonya, entrando para ajudar. Kostia revidou com *Você é a noiva mais feia que eu já vi, Kitsenko*, e eu me enfiei entre os dois antes que eles tivessem a ideia de fazer uma disputa de queda de braço no meio dos arbustos, repreendendo-os com *Parem, vocês dois!*, enquanto Lyonya beijava meu pescoço e Kostia jogava um ramo de zimbro em mim. Lyonya me deu um abraço de despedida nos degraus do abrigo subterrâneo às três da manhã, depois respondeu mais formalmente à minha saudação quando saímos ao ar livre. Era sempre assim: no minuto em que púnhamos o dedo fora do abrigo, não éramos mais namorados. Éramos colegas de regimento que se saudavam do jeito formal e desejavam "Boa caçada".

E agora, a longa noite montando a armadilha estava encerrada e eu fiquei atenta ao binóculo para ver os snipers alemães morderem a isca: nossos arbustos, que se destacariam obviamente como falsos para os inimigos que conheciam cada centímetro daquela colina e que com certeza notariam que seis arbustos novos tinham aparecido na encosta de um dia para o outro. Não pude deixar de sorrir quando o dia nasceu, os hitleristas viram os indisfarçados novos arbustos que havíamos colocado durante a noite e começaram a atirar sobre nossos ramos de zimbro trançados, que eles presumiram que tinham sido trazidos para que nos escondêssemos atrás.

— Ali... — Kostia apontou para um dos ninhos de snipers alemães, seguindo a linha de fogo descendente. — E ali... e ali... — E, quando o fogo alemão parou e os atiradores nazistas levantaram a cabeça para examinar os danos, foram recebidos por uma chuva de balas russas.

— *De pé* — gritei, quando tudo ficou imóvel. — *Em frente!* — E subimos os últimos cem metros do Monte Sem-Nome até o topo e para dentro das trincheiras do inimigo. Não era só um complexo de parapeitos para snipers lá em cima, mas uma rede entrincheirada de passagens de comunicação e ninhos de metralhadoras, três MG 34 com cintos de munição carregados apontadas para a estrada abaixo... Vartanov disparou um sinal luminoso vermelho, que significava *Nós os capturamos*; um sinal verde surgiu em resposta no lado soviético da terra de ninguém, significando *Bom trabalho!* A estrada abaixo logo estaria movimentada com nossas tropas, mas meu pelotão olhava para mim, a postos e faminto.

— Esperar aqui — perguntou Kostia — ou limpar a área? — Sem dúvida havia mais hitleristas ali, que nos emboscariam se tivessem chance.

Sorri para meu parceiro.

— Limpar a área.

Avançamos como lobos metódicos, de um abrigo a outro. Arremessando granadas de mão pelas portas, nos protegendo da explosão, depois varrendo o local com descargas de tiros e olhos atentos nas costas uns dos outros. Um cabo com uma pistola Walther veio para cima de mim com um grito estridente; puxei minha pistola, mas Kostia derrubou o homem com um golpe de sua faca de combate finlandesa. Um capitão alemão foi abatido depois de rasgar o lóbulo da orelha de Fyodor com um tiro dado a esmo. Quando finalmente limpamos a base subterrânea, demos vivas de triunfo ao ver um rádio portátil com transmissor e baterias, uma antena de haste perfurando o teto do abrigo.

— O oficial de reconhecimento vai dançar uma jiga — disse Vartanov, rindo, ao desconectar o rádio para transportá-lo. Um rádio inimigo operacional era uma captura valiosa, e aqui tínhamos fones de ouvido, livros de códigos e livros de registros. Comecei a dividi-los para que meus homens carregassem, o sangue pulsando em mim: *Em frente, em frente.*

— Mila!

O grito de Kostia veio do lado leste da base subterrânea e, correndo para o seu lado, vi a equipe de operadores de metralhadora alemães, pelo menos vinte, subindo por uma trilha estreita em meio às aveleiras. Meu pelotão se concentrou à minha volta, oito coronhas de fuzil subindo aos ombros, oito canos sobre os parapeitos. Transmiti os cálculos que haviam passado pela minha cabeça em meio segundo, terminando com: *Ajustem a mira para baixo, rapazes, não errem.* E disparei o primeiro tiro, dando início a uma tempestade de balas.

— Quantos vocês pegaram? — perguntou o jovem capitão que veio render nossa posição algumas horas depois.

— Trinta e cinco — respondi, e meu pelotão se reuniu à minha volta com vivas animados. Eu beijei cada um de meus homens em ambas as bochechas como um irmão, emocionada demais para falar. O pesadão Fyodor e meu silencioso Kostia, que eram ambos segundos-sargentos agora, o velho Vartanov e os outros homens que eu havia treinado de recrutas inexperientes e atrapalhados a atiradores calmos e capazes... não havia nenhum que não pudesse se mover como uma sombra pelo mato baixo ou pelos bosques agora; nenhum que não conseguisse ficar imóvel no escuro e no frio por seis horas direto se fosse isso que o tiro exigisse. — Que os alemães tragam aquele terceiro ataque — gritei acima do barulho deles que, triunfantes, me carregaram sobre os ombros de volta à nossa divisão. — Dê um terreno alto e munição suficiente para o meu pelotão e nós deteremos todo o avanço oriental!

— Você vai ser condecorada por essa — disse-me Lyonya à noite. — Você e o Kostia. O Dromin está esperneando como um gato dentro de um barril cheio de água, mas não pode impedir que as premiações venham do Petrov. Você logo vai ter metal suficiente nessa túnica para completar um serviço de jantar, *milaya*. Em quanto ficou a sua contagem agora?

— Duzentos e quarenta e dois. — Subi na ponta dos pés em minhas botas de combate para beijá-lo. — Estar apaixonada faz bem para a minha pontaria. Eu juro que cada bala sai zunindo pela trajetória certa quando eu sei que vou voltar para casa e você vai estar aqui...

— Pelo amor de Lênin, mulher, você acabou de dizer que me amava enquanto *contava os seus mortos*? Um clássico de Mila Pavlichenko. — Ele me beijou de volta e eu quase derreti dentro das botas. — Você ganhou uma licença para ir a Sebastopol. Eu posso tirar uma licença também. O que acha de passar uma tarde na cidade?

— Um dia de folga? Juntos?

Eu tinha passado meu último meio dia de folga tentando encontrar Alexei no batalhão do hospital e, por fim, deixando um bilhete para ele dizendo que queria conversar sobre o nosso divórcio o mais rápido possível. Ainda não tivera nenhuma resposta e sabia que teria de ir atrás dele, mas não ia desperdiçar uma licença com Alexei quando podia passá-la em Sebastopol com Lyonya.

Parecia a coisa mais estranha do mundo passear com ele ao longo do caminho sinuoso à beira-mar naquele fim de semana, uma velha saia de estampa floral ondulando sobre meus joelhos em vez do meu sobretudo, Lyonya num suéter de lã surrado em lugar de suas dragonas. De braços dados como qualquer casal comum desfrutando uma tarde de domingo, olhando para a vasta extensão do mar, parando de vez em quando para beijar o sal dos lábios um do outro. Ele me comprou um buquê de jacintos de floração precoce, depois o tirou das minhas mãos quando comecei a gesticular um pouco vigorosamente demais diante do Monumento aos Navios Afundados:

— Erigido para honrar o afundamento da Frota do Mar Negro durante a guerra da Crimeia! Eu escrevi um trabalho sobre isso uma vez. Um dos poucos monumentos dos tempos czaristas que deixou de lado a ostentação e optou pela simplicidade. Apenas essa coluna de granito sobre uma estrutura de pedra e as ondas batendo ao redor. Você sabia que ele foi projetado por…

— Eu não sei por quem ele foi projetado, mas tenho a sensação de que não há nada no mundo que vá impedir você de me contar — disse Lyonya, me abraçando por trás e apoiando o queixo no topo da minha cabeça enquanto eu tagarelava, gesticulando para o monumento.

— A história vive por toda parte — concluí alegre, depois que Mila, a estudante, saiu da hibernação com uma palestra bastante resumida sobre as obras de Amandus Adamson e sua influência no estilo art nouveau russo. — Pode-se respirá-la em cada esquina. Podemos ir ao museu na rua

Frunze? Uma das mulheres na conferência me contou que tem uma exposição histórica especial. O primeiro cerco de 1854 até a revolução...

— A vida com você vai significar visitar muitos museus, não vai? — reclamou Lyonya.

— ... as exposições da fábrica! Você sabia que a associação dos operadores de tornos tem uma exposição especial...

— Tá bom, eu te levo no maldito museu...

Eu continuei pensando no museu na manhã seguinte, depois que voltamos ao front. Naquela noite, eu voltaria aos meus hábitos noturnos habituais, mas, hoje, pude acordar com o sol, andar ao ar livre sob a luz da primavera e desfrutar meu café da manhã como qualquer soldado. Bocejando, refletindo sobre a exposição do papel de Sebastopol na revolução e imaginando se haveria paralelos que eu pudesse traçar com o tema da minha dissertação, peguei o copo de café morno e me juntei a Lyonya, que já estava sentado sobre um tronco caído com sua marmita de metal, provocando Kostia.

— Meu pai não se transforma em lobo com a luz da lua — dizia Kostia, costurando um pedaço de rede em sua capa de camuflagem. — Você o conheceu, e mesmo assim está convencido de que ele é um *bodark*?

— Eu juro que ele tinha incisivos que aumentavam sempre que ele sorria, e os daquela sua irmã também.

— *Meia*-irmã...

— A metade lobo. Sua família é toda selvagem, seu delinquente siberiano...

Eles continuaram se provocando mutuamente quando me sentei no tronco. Lyonya pôs o braço, distraído, sobre meus ombros. "*Vocês, garotos sulistas molengas, não durariam um dia na taiga siberiana, Lyonya.*" "*Eu devia mandar você tirar as botas, Kostia, aposto que tem garras de lobo em vez de dedos*", e eu roubei um pedaço de pão preto da marmita de Lyonya e espalhei migalhas para os pardais. Eles saltitavam em volta das minhas botas, pipilando e bicando a comida, totalmente sem medo. Como podiam coisinhas tão pequenas e frágeis não ter medo algum?

— Ah, a música de câmara matinal — comentou Lyonya, quando o som habitual de fogo de artilharia de longo alcance alemão começou. — Será Brahms ou Wagner hoje? — Ouvimos as primeiras granadas explodirem, bem distante na retaguarda. — Wagner — decidiu Lyonya, quando a segunda salva pareceu não alcançar o alvo. — Estou definitivamente ouvindo a entrada dos tímpanos.

Eu ria, Kostia ria, Lyonya ria enquanto apertava meus ombros e dizia:

— Como foi seu sono, *milaya*? Você não está cansada, está?

E então uma granada da terceira salva alemã explodiu exatamente atrás de nós.

Nós três fomos para o chão de imediato, os braços em volta da cabeça. Lyonya me puxou para baixo dele quando estilhaços e fragmentos rasgaram o ar. Meus ouvidos zumbiam e eu tossi, esmagada entre a terra dura e o corpo pesado de Lyonya. Soltei os dedos atrás da cabeça e levantei os olhos quando o barulho parou.

— Mila?

Kostia estava fazendo o mesmo, olhando ao redor. Ele tinha um corte na testa que escorria sangue, mas já estava se levantando. Lyonya saiu de cima de mim com um gemido, arrastando-se para se sentar contra o tronco, e eu ergui o corpo, com os ouvidos ainda zumbindo.

— Você quase me esmagou — comecei a dizer, sorrindo, e então vi a palidez no rosto largo e bonito de Lyonya.

Vi a mancha vermelha encharcando seu ombro direito, vi que algo estava errado, terrivelmente, horrendamente errado, com seu braço direito que pendia inerte dentro da manga. E, de repente, toda a minha caixa torácica pareceu colapsar em si mesma quando me levantei e vi a ruína vermelha que eram as costas do meu amor.

Ferimentos de estilhaços, que penetraram fundo através da túnica e da camiseta até a carne, enquanto ele envolvia o meu corpo com o dele, para me proteger.

— Ouçam essa seção dos metais — disse ele, tentando sorrir, e então tombou de lado, lentamente, na terra.

O BATALHÃO MÉDICO OUTRA VEZ. Eu o conhecia tão bem agora, era como um lar. Só que, dessa vez, não era eu quem estava sendo levada para a sala de cirurgia numa maca.

— Lyonya, respire, só respire. Você está em boas mãos agora.

Mantive minha mão em sua testa pálida e suada durante todo o trajeto sacolejante e barulhento até este inferno subterrâneo de desinfetante e luzes cegantes; agora ele estava sendo levado de mim e eu senti seu cabelo macio deslizar de baixo dos meus dedos como um fantasma.

Estupidamente, comecei a segui-lo, e Kostia me puxou de volta.

— Deixe o cirurgião trabalhar. — Ele tinha me ajudado a carregar Lyonya para a estação de primeiros socorros em um cobertor e, agora, estava me afastando dele.

— Sangue — balbuciei, lembrando quando tinha sido eu que estava ferida. — Vão precisar de sangue para ele, nós temos o mesmo tipo...

Rasguei minha manga e ofereci o braço à enfermeira. Eu teria aberto minhas veias com os dentes e transferido sangue direto para o corpo de Lyonya se tivessem deixado. Não era para ele estar ferido, não um tenente que passava seus dias no posto de comando, e esse nem tinha sido um ataque propriamente dito, era a *música de câmara* matinal. Por que, então, ele estava *ferido*?

— Mila. — Kostia me segurou pelos ombros, seu rosto fora de foco, manchado dc sangue seco de um lado como uma máscara de arlequim. Ele também estava com uma das mangas levantadas; a enfermeira levava um pouco do meu sangue e um pouco do sangue do meu parceiro para a sala de cirurgia. — Agora nós temos de esperar.

E nós esperamos. Fiquei andando de um lado para outro no corredor subterrâneo; Kostia se sentou encostado na parede com os cotovelos sobre os joelhos dobrados, imóvel como se estivéssemos de tocaia. Talvez houvesse outros esperando conosco; não sei. Só continuei andando, contando os minutos que passavam como contas de âmbar num colar.

E, então, dois cirurgiões saíram, com luvas cobertas de sangue até os cotovelos.

— Seja forte, Lyudmila Mikhailovna. — O homem mais velho apertou minhas mãos, o rosto cansado. — O braço direito dele teve de ser amputado. Estava pendurado por um único tendão.

Minha respiração entrava e saía, mas eu não conseguia respirar. Vagamente, ouvi Kostia dizendo:

— Ele pode viver sem um braço.

O outro cirurgião falou então e, com um choque surdo, percebi que era Alexei.

— O pior são os sete estilhaços em suas costas. Eu removi três, mas o resto…

Eu não me lembro do que aconteceu depois. Não me lembro mesmo. Voltei a mim em um quarto em algum lugar, sentada numa cama estreita. Minha mão foi para o coldre automaticamente e o encontrou vazio.

— Onde está minha pistola? — perguntei à enfermeira.

— Sua arma será devolvida mais tarde, quando você não estiver tão…

— Não. — Com um impulso, consegui me levantar. — Me devolva. Me devolva agora.

— Mila, pare. — A voz de Kostia, os braços de Kostia me impedindo de investir contra a enfermeira.

— Você acha que vou me matar? — gritei. — Não. Não, isso não vai acontecer. — Parei de resistir, agarrei meu parceiro pelo colarinho e o puxei na minha direção até nossos narizes se tocarem. — Me dê… a minha… *pistola.*

Kostia a pegou e me deu. Eu podia ver a terrível dúvida em seus olhos, a tensão que o atravessava, mas eu só a coloquei de volta no coldre com dedos entorpecidos. Eu não sabia mais como ficar calma sem uma arma à mão. Eu o fitei de novo, com os olhos marejados.

— Agora me leve até ele.

O meu amor estava coberto de bandagens brancas, deitado imóvel na cama protegida por cortinas. Tão imóvel. Eu me ajoelhei ao seu lado e segurei a mão que lhe restava.

— Lyonya.

Tentei falar de forma clara e calma, mas nenhum som saiu, apenas meus lábios se movendo em silêncio. Todo o torso dele envolto em bandagens, o braço direito terminando no toco fechado com gaze logo abaixo do ombro. Seu rosto estava seco, vazio, nenhum sinal das linhas de riso que enrugavam seus olhos ou da vitalidade bem-humorada que entortava seu sorriso.

Tirei a pistola do coldre, sentindo Kostia tenso outra vez, mas apenas curvei a mão flácida de Lyonya sobre ela, depois envolvi ambos entre as minhas mãos. Não era meu Três Linhas, mas sabia a mesma música.

— Você vai conseguir — sussurrei, meus olhos embaçados. — E então vou matar mais cem nazistas só por esse que disparou aquele morteiro em você.

Apertei a mão dele, mas não houve nenhum aperto em resposta. Nenhum movimento no rosto sem expressão. Com a garganta apertada, pus a pistola na mesinha de cabeceira e me deitei na cama ao lado dele, a cabeça em seu ombro. Eu havia me deitado assim tantas noites… não. Não tantas. Só ficamos juntos por três meses. Não foi tempo suficiente. Com certeza ainda teríamos mais tempo. Ele ia conseguir.

— Ele talvez acorde — disse a enfermeira, em um tom indiferente. — Você podia tentar ler para ele, falar com ele.

Eu tentei. Eu tentei tanto, mas o único som que conseguia fazer era um soluço estrangulado. Só fiquei ali deitada, trêmula, no ombro de Lyonya. Kostia se sentou do outro lado da cama, seus olhos como buracos pretos queimados na neve, e eu vi a mesma sensação de impotência em seu rosto de traços fortes. Nós éramos snipers; o mundo do silêncio e do escuro era onde vivíamos. Este lugar terrível de luzes brilhantes e vozes altas nos deixava perdidos.

Vendo que eu ainda não conseguia falar, Kostia pegou sua mochila e tirou de dentro o exemplar gasto e manchado de sangue de *Guerra e paz*. Sua voz estava rouca quando ele começou a ler, traduzindo a edição em inglês para o russo.

— *"Vera", disse ela para sua filha mais velha, que claramente não era favorita, "como você pode ter tão pouco tato? Não percebe que não é desejada aqui?"*

Kostia continuou lendo depois que a enfermeira foi embora, e minhas lágrimas começaram a escorrer. *Você não é desejada aqui,* falei para a morte, com sua respiração leve e constante no meu ombro. *Era eu quem você deveria levar. Não ele.*

A morte não se importou. Continuou junto ao meu ombro, implacável, inabalável, enquanto as horas do dia deslizavam para a noite, enquanto Kostia lia e lia e lia, enquanto Lyonya às vezes se mexia em delírio e abria olhos cegos e vazios, e às vezes ficava imóvel como uma lápide. Uma vez, ele virou a cabeça na minha direção; eu achei que talvez tivesse sorrido para mim. Kostia parou, tão rouco que sua voz estava quase sumida.

Peguei a mão de Lyonya entre as minhas, beijei seu rosto murcho.

— Nós vamos nos casar — sussurrei. — Lembra? — Ele não se moveu, não sorriu, não falou. A morte continuava respirando sobre meu ombro. — Eu consegui o divórcio. Posso me casar com você agora. — Qualquer coisa que eu pudesse dizer para mantê-lo aqui, para mantê-lo comigo. — Podemos nos casar agora. Eu vou me casar com você amanhã.

Continuei repetindo isso até muito depois de ele já ter partido.

A DELEGAÇÃO SOVIÉTICA: DIA 1

27 de agosto de 1942

WASHINGTON, D.C.

Capítulo 20

O café da manhã de boas-vindas da Casa Branca estava quase acabando. Xícaras de chá eram esvaziadas, manchas de xarope de bordo eram limpas, o burburinho de conversas na sala de jantar pequena se dissolvendo. O atirador girava as borras de café na sua xícara e fazia planos silenciosos quando alguém finalmente teve a coragem de perguntar à sniper o que todos vinham pensando desde quando ela chegou.

— Sra. Pavlichenko, não consigo mais me conter de curiosidade… É verdade que você é uma… uma *atiradora de precisão*? Que você, hum, bem — ninguém queria dizer a palavra *matou* —, *eliminou* 309 inimigos?

A mesa inteira ficou em silêncio. Então, cada olho americano se voltou para Lyudmila Pavlichenko. Alguns eram desaprovadores, outros incrédulos, todos curiosos. O atirador recostou na cadeira, tão curioso quanto os demais para ver como ela responderia.

O rosto bonito e impecável da russa não mostrou nenhum sinal de incômodo. Ela sorriu educadamente e disse, por meio do intérprete:

— Sim, é verdade.

Conversa fiada, pensou o atirador. Ele conhecia mulheres que sabiam atirar: esposas nas áreas rurais americanas que enchiam as panelas de sopa da família com qualquer coisa que conseguissem caçar; moças da sociedade que gostavam de fofocar um pouco nas práticas de tiro antes de um longo e relaxado almoço regado a martinis; esportistas que enfeitavam seus quartos com troféus ganhos em competições de tiro de precisão. Mas não acreditava que uma mulher pudesse matar 309 homens; e, se ela o fizesse, estaria algemada ou em uma camisa de força. Nenhuma mulher podia atirar em 309 homens e ser capaz de tomar chá com a primeira-dama, com toda aquela tranquilidade.

Os murmúrios que agitaram a mesa soaram céticos; evidentemente, o atirador não era o único a ter dúvidas. Eleanor Roosevelt, no entanto, parecia pensativa, sentada com o queixo apoiado na mão.

— Você vê o rosto deles? — perguntou ela.

O intérprete, um jovem oficial com dragonas de tenente, murmurou a tradução enquanto a sniper respondia.

— O rosto deles, Sra. Roosevelt?

— Dos homens em que você atirou. Se você tinha uma boa visão dos rostos de seus inimigos pela mira e, ainda assim, atirou para matar... bem, será difícil para as mulheres americanas aprovarem você, minha cara Lyudmila.

Por um longo momento, a sniper ficou olhando para a primeira-dama. Tempo suficiente para as pessoas começarem a se mexer em seus assentos, tempo suficiente para fazer o sangue do atirador formigar em suas veias. Ele sentiu o impulso de enfiar a mão no bolso do paletó em busca de uma arma, mas, é claro, não havia levado nem um canivete para a Casa Branca. No entanto, de repente, ali e agora, ele desejou ter uma arma.

— Sra. Roosevelt — começou Mila Pavlichenko e, com um sobressalto, o atirador percebeu que ela estava falando em inglês. Seu sotaque era forte, e ela estava claramente fazendo esforço para se expressar corretamente, mas cada palavra saía lenta, clara... e furiosa. — Nós estamos felizes por visitar o seu belo país. Ele é próspero. Vocês todos vivem longe da luta. Ninguém destrói as *suas* cidades, aldeias, campos. Ninguém mata os *seus* cidadãos, suas irmãs e mães, seus pais e irmãos. Eu venho de um lugar onde bombas transformam cidades em cinzas, onde sangue russo lubrifica as esteiras dos tanques alemães, onde civis inocentes morrem todos os dias.

Ela se deteve, expirou lentamente, enquanto buscava suas próximas palavras. Ninguém se moveu, muito menos o atirador.

— Uma bala certeira disparada por uma sniper como eu, Sra. Roosevelt, não é mais do que a resposta a um inimigo. Meu marido perdeu a vida em Sebastopol diante dos meus olhos. Ele morreu nos meus braços. Para mim, qualquer hitlerista que eu vejo por minhas miras telescópicas é aquele que o matou.

Um silêncio de pedra caiu sobre a sala. Apenas os olhos do atirador se moviam pela mesa, catalogando reações. O líder da delegação soviética estava segurando sua faca de manteiga, parecendo querer cortar a cabeça dela e jogá-la pela janela nos jardins da Casa Branca. As elegantes mulheres de Washington em seus babados e pérolas tinham expressões estarrecidas. A primeira-dama parecia…

Constrangida?, perguntou-se o atirador. A cachorra presidencial com dentes de cavalo parecia *constrangida*?

— Desculpe, querida Lyudmila — disse ela, séria, baixando o guardanapo. — Eu não tive a intenção de ofendê-la. Esta conversa é importante e vamos continuá-la em um ambiente mais adequado. Agora, infelizmente, é hora de encerrarmos. Meus deveres estão me chamando e acredito que haja um fotógrafo à sua espera na embaixada.

Ela se levantou da mesa do café da manhã, fez algumas despedidas e saiu antes que a sniper pudesse responder.

— O que você falou? — sibilou o chefe da delegação. — Nós temos ordens de não ofendê-los!

— Eles *me* ofenderam — sussurrou Lyudmila Pavlichenko de volta em um russo furioso e quase inaudível. O atirador, olhando a primeira-dama sair como se estivesse desligado do resto, se esforçava para entender cada palavra vinda de dois assentos depois do seu. — Eu vim aqui para ajudar a conseguir apoio para meus camaradas em armas, meus amigos no front, homens e mulheres morrendo todos os dias em suas trincheiras, e a esposa do presidente fica ali sentada preocupada se os eleitores do marido vão me achar *simpática*?

— Lyudmila Mikhailovna, você vai obedecer às ordens…

A discussão sussurrada em russo ficou rápida demais para o atirador acompanhar e, de qualquer forma, a delegação soviética estava se levantando para sair. Cadeiras eram empurradas para trás, cumprimentos gentis eram trocados em ambos os idiomas, um assistente apareceu:

— A Sra. Roosevelt me instruiu a lhes oferecer uma rápida visita pela Casa Branca antes de partirem para a embaixada…

O atirador se misturou ao aglomerado de convidados que se retiravam, virando-se para dar uma última olhada pensativa na sniper. O rosto dela estava corado de raiva quando ela se virou a fim de seguir o assistente, seus olhos faiscavam.

Apenas por um instante, o atirador ponderou: *E se ela for de fato tudo o que dizem que é?*

Notas da primeira-dama

"Ela me pôs no meu lugar", conto a Franklin mais tarde, aborrecida. "Não há outra palavra para isso."

"Eu queria ver a russa que conseguiu essa façanha." Ele sorri.

"Eu não tive a intenção de desmerecê-la... na verdade, era nas mulheres americanas que eu estava pensando menos favoravelmente. Quero que a visita da delegação soviética aqui seja um sucesso, mas a dona de casa da Virgínia ou a anfitriã média de Washington não facilitarão a vida de uma mulher como a Sra. Pavlichenko." Franzo a testa para mim mesma enquanto entrego uma caneta nova para meu marido. Não é habitual eu errar tanto com um convidado, mas minha preocupação persistente com Franklin me distraiu esta manhã.

"Não se preocupe com as donas de casa americanas. Ela já vai ter trabalho suficiente com a imprensa do nosso país." Ele tira a tampa da caneta, parecendo cheio de entusiasmo e vigor, o que me alivia. "Vamos ver se ela põe os jornalistas em seu lugar na entrevista coletiva desta noite."

Ele bate a caneta no aparelho ortopédico em sua perna, parecendo pensativo mesmo enquanto faz anotações para sua próxima visita às instalações de defesa ocidentais. Está imaginando se a sniper pode ser útil em sua cruzada para mudar a opinião pública quanto à questão da ajuda à União Soviética. Ele espera que sim, não só porque quer seu segundo front na Europa — e vem enfrentando oposição a isso por conta dos nossos reveses no Pacífico —, mas porque tem uma apreciação fora do comum por mulheres úteis. Ele nos coleciona, e que constelação variada de mulheres nós somos. A esposa tímida e desajeitada que ele transformou tão eficientemente em seus olhos e ouvidos... sua inabalável secretária Missy LeHand, que poderia organizar aquele segundo front com tanta eficiência quanto tudo o mais na Casa Branca... sua secretária do Trabalho, Frances Perkins, a mão de ferro por trás do seu New Deal, que faz homens fortes saírem atordoados de reuniões de gabinete...

As mulheres de Franklin. Ele nos coleciona, nos admira, nos aperfeiçoa, e depois não hesita em nos consumir, queimando nosso corpo e alma até nos carbonizarmos. Se alguma parte de nós se levanta em um protesto silencioso contra esse tratamento — como às vezes acontece comigo, porque as coisas entre nós nem sempre são fáceis —, esse protesto morre sem ser revelado quando vemos que ele consome a si mesmo não menos impiedosamente. Nós todas morreríamos por ele, porque ele está se matando por todos nós.

Será que eles percebem isso, os homens que são seus inimigos, que o chamam de traidor da classe, amante dos comunistas e tirano? Os homens com quem ele está preocupado agora, quer admita isso ou não? Será que eles percebem que este homem de aparelho ortopédico nas pernas é o baluarte contra a queda do Ocidente?

Ou eles querem derrubá-lo mesmo assim, para poderem ver o colapso?

CINCO MESES ATRÁS

Março de 1942

O FRONT DE SEBASTOPOL, URSS

Mila

Capítulo 21

A versão oficial da história: O funeral do meu marido, Tenente A. A. Kitsenko, foi assistido por todo o meu pelotão e todos os oficiais do 54º Regimento que não estavam de serviço; os discursos foram eloquentes e as saudações sinceras.

Minha versão não oficial: Ele não era meu marido legalmente. Eu perdi a minha chance disso, eu errei, *e a ironia dessa perda me destroçava. Mas Lyonya era meu marido em todos os outros sentidos que não a lei, e eu sabia que o chamaria assim até o dia da minha morte.*

— NEUROSE PÓS-TRAUMÁTICA — DISSE ALEXEI Pavlichenko sem nem se dar o trabalho de me examinar. — Estou lhe dando duas semanas no hospital.

— Isso é um absurdo. — Tentei me levantar da cadeira.

Ele me empurrou de volta.

— Você quase estrangulou o instrutor político no funeral do Kitsenko.

Fiquei olhando para ele friamente, sem falar. O instrutor veio na minha cara depois dos tiros de saudação sobre o caixão de Lyonya, exigindo saber por que eu não tinha disparado a minha pistola com os outros. Eu o peguei pelo colarinho e grunhi, *Minha saudação será dirigida aos nazistas.* Era a única coisa de que eu me lembrava.

— Foi preciso metade do seu pelotão para tirar você de cima dele — continuou Alexei. — Ele quer um pedido de desculpas. Seu parceiro o convenceu de que você estava sofrendo pelo choque.

— Então por que um cirurgião como você está me examinando e não um neuropatologista?

— Não é preciso um especialista para identificar neurose pós-traumática. Além disso, contei ao homem que eu era seu marido, para que ele a deixasse por minha conta. — Alexei deu um sorriso tranquilo, parecendo tão luminoso e saudável como o sol. — Eu sei que você queria finalizar aquele nosso divórcio, mas nós não chegamos a fazer isso, não é verdade? E talvez não seja tão ruim. Eu estou em posição de ajudar você aqui. Posso fazer aquele oficial político esquecer o pedido de desculpas. Se você pedir com educação.

— Eu prefiro ir andando descalça até Vladivostok a pedir qualquer coisa para você. — Minha vontade era pular daquela cadeira e enfiar as mãos na garganta dele, mas elas estavam tremendo demais. Eu as mantive unidas no colo para que ele não pedisse para vê-las e eu não precisasse admitir que não tinham parado de tremer nos últimos três dias.

— Duas semanas de descanso — prosseguiu Alexei, ignorando meu rancor. — Infusão de raiz de valeriana e uma solução de brometo para acalmar os nervos...

— Você matou ele? — perguntei.

Pela primeira vez desde que o conheço, Alexei pareceu verdadeiramente chocado.

— O quê?

— Você... matou... o Lyonya? — As palavras saíram quase em soluços. — Você estava com ele na mesa de cirurgia. Sabia que nós queríamos nos casar. Ele chega com sete estilhaços e você só consegue tirar três... — Eu parei, a fúria fervendo na minha garganta. A suspeita tinha me assombrado desde que vi Alexei sair com os braços cheios de sangue da sala de cirurgia. — Seu filho da puta, você matou ele?

O rosto de Alexei se fechou. Eu vi raiva ali, mas também uma tristeza profunda e exausta.

— Você acha que eu faria isso? Assassinar um homem na minha mesa de cirurgia?

Eu me recusei a desviar os olhos.

— Você fez?

— Olha, talvez você ache que fui um marido de merda, e talvez ache que sou um pai de merda...

— Você é um pai de merda — sibilei.

— ... mas você *nunca* pode dizer que sou um cirurgião de merda. Eu passo quinze horas naquela sala de cirurgia todos os dias; você acha que fico prestando atenção em rostos e nomes? Não percebi que era o seu precioso tenente até terminar a cirurgia. Eu mesmo fui dar a notícia a você como uma *cortesia*...

— Você nunca vai receber um agradecimento meu. Não por fazer a sua obrigação por juramento com um homem ferido. *Se* você tiver feito...

— Eu não conseguiria salvá-lo nem se ele tivesse sido atingido por aqueles estilhaços na própria mesa de cirurgia, bem na minha frente. São Nicolau, o fazedor de milagres, não conseguiria fazer uma mágica para tirá-los dos pulmões dele. — Alexei se afastou da minha cadeira. — Acredite em mim ou não, Mila.

Ele foi embora, parecendo o homem mais cansado do mundo. Eu apenas continuei ali sentada. Minha cabeça doía sem parar. Eu não sabia se acreditava nele ou não. Mal sabia o que estava dizendo, ou vendo, ou pensando; não dormia havia três dias e noites. Quando tentava, só ficava deitada, dolorida e exausta, na cama no abrigo de Lyonya, que eu provavelmente teria de desocupar logo para o novo comandante da minha companhia.

— Temos uma cama para você, camarada primeiro-sargento. — Um auxiliar me ajudou a me levantar quando ficou claro que eu não conseguiria sozinha. — Duas semanas de descanso no hospital, começando agora.

Não, pensei. *Quero estar lá fora caçando. Matando os homens que mataram Lyonya.* Mas eu não estava em condições e essa era a terrível verdade. No dia do funeral, voltei para o abrigo, arranquei meu uniforme de desfile e vesti a capa de camuflagem, peguei meu Três Linhas... e percebi que minhas mãos tremiam tanto que eu não conseguia colocar uma única bala na câmara. Elas ficavam escapando dos meus dedos quando eu tentava. Era o mesmo que eu tivesse um porrete na mão e não meu fuzil, meu parceiro mortífero das meias-noites com seu canto inaudível. Se eu saísse, erraria todos os tiros que tentasse. Mataria a mim mesma e ao meu pelotão.

Supere, Pavlichenko, tentei dizer às minhas mãos trêmulas, enquanto o auxiliar me levava até a minha cama. Mas tudo o que eu conseguia pensar era que, se eu não tivesse enrolado por tanto tempo com o meu divórcio, estaria sendo chamada de *Kitsenko.*

— Eu devia ter me casado com você — sussurrei, me deitando na cama.

Tarde demais. Tarde demais para me casar com ele, tarde demais para vingá-lo.

Tarde demais para tudo.

EM ALGUM MOMENTO NAS DUAS semanas seguintes, percebi que a mão que segurava minha dose diária de valeriana não era a de Lena ou de uma das enfermeiras. Era de um homem, áspera e escura, com calos de sniper.

— Oi, Kostia — falei, a rouquidão da minha voz não usada me surpreendendo. Ele parecia mais magro, de olhos fundos, terrível. Baixei os olhos para o meu copo.

— Eu queria que fosse vodca.

— Eu tenho vodca — disse ele, indicando sua mochila.

Assenti, lentamente.

— Nós podemos… ficar bêbados?

Ele olhou em volta.

— Não aqui.

Era meio da tarde, os auxiliares e enfermeiras estavam quase todos ajudando os cirurgiões, os feridos em volta deitados, quietos.

— Há quanto tempo estou aqui?

— Nove dias.

— O pelotão?

— Eles precisam de você de volta.

Levantei a mão. Ainda trêmula. Todos os dias eu me esforçava, tentava, mas isso não parava.

— Eu quero estar lá — murmurei. — Mas não posso. Não deste jeito. Vou acabar matando você.

Kostia se levantou.

— Vamos sair daqui. Eu peguei um carro emprestado.

— Eu não sei dirigir. — Alexei dirigia, e se orgulhava muito disso. Mas eu nunca vi razão para aprender.

— Eu dirijo.

Kostia dirigiu rápido e despreocupado, sacolejando na direção do quarto setor de defesa. Eu sabia para onde estávamos indo antes de chegarmos à metade do caminho, e mordi com força a parte interna da bochecha quando o muro de calcário da Crimeia, com seus imponentes portões de ferro, apareceu diante de nós: o Cemitério Fraterno.

Entramos pelo lado sul, estacionamos e começamos a subir a pé em direção à antiga igreja bombardeada no topo da colina. A igreja tinha sido consagrada nos tempos czaristas a São Nicolau, o fazedor de milagres, o que me fez pensar nas palavras furiosas de Alexei. Agora não era uma igreja, era uma ruína. Eu poderia ter usado a cúpula escurecida e desintegrada como um ninho de sniper.

No funeral, mais de uma semana atrás, eu não tinha tido olhos para os túmulos antigos com suas pedras de mármore preto e branco, muito menos para os novos túmulos marcados por nada mais do que estrelas de madeira. Respirei fundo para me estabilizar quando vi o de Lyonya. Tinha sido pintado com mais cuidado do que os outros, e a inscrição era mais longa, com suas datas de nascimento e morte e o nome completo inscritos em letras quadradas e bem desenhadas que eu reconheci.

— Você fez isso? — perguntei a Kostia, mesmo com o nó na garganta. Ele confirmou e eu passei a ponta de um dedo sobre a inscrição. — Eu gostaria de poder dizer alguma coisa sobre como ele conseguia fazer todos rirem. Até mesmo eu.

— Ele era o meu melhor amigo no mundo — disse Kostia.

— Me conte. — Havia um toco de árvore ao lado do túmulo, largo o suficiente para dois. Eu me sentei e puxei Kostia para se sentar ao meu lado. — Eu… eu quero ouvir mais sobre ele.

Por um longo tempo, pensei que Kostia não fosse falar.

— Meninos podem ser cruéis — começou ele, por fim. — *Konstantin Andreyvich Shevelyov.* Todo mundo sabia que meu pai não era Andrei Shevelyov. Minha mãe se casou com ele porque meu pai era um caçador no Lago Baikal e, quando ela estava grávida de mim, descobriu que ele tinha esposa e uma família lá e nunca contou para ela quando vinha a Irkutsk vender peles. Mas os meninos todos sabiam que meu pai era o velho louco Markov do lago, e, mesmo quando fui para uma escola longe, em Donetsk, alguém descobriu e todos eles chamavam minha mãe de puta e eu de bastardo. — Um suspiro. — Menos Lyonya…

Meu parceiro e eu ficamos ali sentados, braço com braço sobre aquele toco de árvore, e, nas palavras parcimoniosas e escolhidas de Kostia, eu vi Lyonya como o meu parceiro o havia conhecido, um jovem e promissor atleta de ombros largos e pernas longas, que fazia sucesso no hóquei e ia mal nas provas, com um traço de bondade que faltava à maioria dos jovens atletas promissores.

— Ele era bom em fazer amigos — concluiu Kostia, baixinho. — Eu nunca fui. Mas isso não importava, porque eu tinha ele.

Estávamos passando o frasco de vodca de Kostia de um para o outro enquanto ele falava. Tomei mais um gole, olhando para a fila de túmulos. O de Lyonya ainda estava mais elevado, a terra preta e revolvida, mas logo seria apenas mais um pedaço de terra ressecada com uma melancólica estrela descorada em cima. Eu não tinha flores, então peguei um pedaço de pão na minha bolsa de lona da máscara de gás e o esmigalhei sobre a terra, para que os pardais viessem voar e cantar aqui. Para meu precioso marido do front.

Kostia despejou um pouco de vodca sobre o túmulo.

— Descanse em paz, meu irmão.

Tentei responder, mas minha garganta se fechou. Ficamos em silêncio, então, sentados por mais de uma hora na tarde que esfriava, passando a vodca de um para o outro. Os pardais vieram, desceram, voaram de novo. Um dia tão lindo.

— Soube que você é primeiro-sargento agora — falei, por fim. Kostia confirmou. — O pelotão é seu.

Ele sacudiu a cabeça.

— Nós precisamos de você, Mila.

Levantei a mão. Ainda tremendo. Ele pôs o frasco nela e eu bebi, sentindo o líquido queimar em minha garganta e estômago. — Vocês não precisam de mim. Precisam de alguém que possa atirar.

— Nós precisamos de *você*. Mila…

— Pare. — Eu lhe dei um súbito empurrão furioso; ele caiu do tronco, mas se ergueu na mesma hora e se pôs de pé na minha frente com as mãos abertas e os olhos pretos e firmes.

— Você é a melhor. — Sua voz era sólida como granito. — Os hitleristas têm medo de você. O pelotão acredita em você. Nós precisamos de você de volta.

— Eu não consigo *atirar* — gritei, levantando-me e empurrando-o de novo. Ele firmou o corpo. Bati nele desta vez, um punho fechado contra seu esterno, e ele continuou imóvel. — Tudo que eu quero é matá-los, e não consigo *atirar*…

— Você precisa — disse ele. — Nós precisamos de você.

Bebi outro longo gole do frasco e o joguei aos pés dele.

— Não é que eu esteja com medo. — Minha língua se enrolou nas palavras e eu percebi como a vodca tinha batido forte no meu estômago vazio e ardente.

— Eu não disse isso. — Kostia deu um passo na minha direção. Eu bati os punhos no peito dele outra vez; ele era praticamente da minha altura; eu não precisava erguer os braços para alcançar. — Mila…

Meus olhos estavam cheios de lágrimas. Cambaleei quando levantei as mãos de novo, olhando para o túmulo.

— Eu é que tinha o trabalho perigoso. Devia ter sido *eu*.

— Não foi — disse meu parceiro apenas.

— Eu vou acabar matando todos vocês — murmurei.

— Então nós morreremos como o Lyonya. — Eu vi as lágrimas nos olhos escuros de Kostia. — Morreremos como soldados.

— Em agonia, com estilhaços de ferro nos pulmões? — Minha voz se arrastou. Eu estava tão bêbada. Por que a vodca não aliviava a dor?

— Morreremos com coragem. Como ele. — Kostia segurou meus ombros, para estabilizar tanto a si mesmo quanto a mim. Ele podia ter o estômago forte de um siberiano, mas também estava bêbado. — E você e eu, Mila? Nós morreremos atirando.

Ele me puxou para o seu peito e os soluços explodiram de nós dois. Ele chorou no meu pescoço e eu chorei no dele, os dois agarrados um no outro, balançando sobre o túmulo de Lyonya. Não sei quanto tempo demorou para essa erupção de dor se desafogar, só que acabamos sentados no toco da árvore outra vez, encostados um no outro, o rosto marcado de lágrimas e o peito ainda subindo e descendo, bebendo o que restava da vodca e vendo o crepúsculo cair. No escuro, continuamos sentados em um silêncio de snipers, imóveis como a morte. Que ainda pairava junto ao meu ombro, respirando, sombria e silenciosa.

Kostia olhou para mim.

— Camarada primeiro-sargento? — perguntou ele, formalmente.

Respirei fundo e ergui a mão. Eu não dormia havia uma semana; meus olhos estavam tão inchados que mal se abriam; eu tinha a barriga cheia de vodca, o coração cheio de ódio e a alma cheia de dor. Mas minha mão estava firme como uma rocha.

— Amanhã à noite — falei para meu parceiro. E eu estava de volta.

Capítulo 22

A versão oficial da história: Graças ao valoroso espírito do Exército Vermelho e à liderança de nossos bravos oficiais, nenhum de nós acreditava que Sebastopol fosse cair.

Minha versão não oficial: Eu me lembro do momento exato em que soube que Sebastopol estava condenada.

Um março, abril, maio quietos, quando eu caçava todas as noites na terra de ninguém e dormia como os mortos durante o dia… e então o súbito e selvagem ataque nazista que tomou a Península de Kerch em meados de maio; depois os ataques aéreos maciços sobre a principal base aérca da Frota do Mar Negro, transformando a cidade em um mar de fogo e fumaça, e então o ataque principal, há muito esperado e temido, na primeira semana de junho.

— Ataque psicológico — disse Kostia, enquanto assistíamos à onda cerrada de infantaria alemã que avançava sobre a linha de frente dos nossos defensores. Ele estava pensando, eu sabia, nos romenos avançando em uma coluna napoleônica sob o comando de seu padre aos gritos, tentando nos vencer pelo medo e pelo número.

Olhei pelo binóculo sobre o parapeito da trincheira de snipers em que nós dois estávamos deitados de bruços, vendo os tanques deslizarem para a frente como centopeias, fuzileiros alemães com Mausers, operadores de submetralhadoras com MP 40s, todos semiescondidos por rolos de fumaça preta do bombardeio da artilharia ao amanhecer.

— Recém-chegados — falei, notando os corpos bem alimentados naqueles uniformes nazistas, ainda não mirrados pelo frio e pela resistência russa. — Alemães imperiais. Provavelmente transferidos de Donetsk, o 17º Exército. — Larguei o binóculo, posicionei meu fuzil no ombro e vi um oficial marchando ao lado de suas tropas, entrando direto na minha mira. Disparei, o fuzil coiceou e ele caiu. — Essa leva não vai ter mais sorte do que os dois primeiros ataques do ano passado.

Eu acreditava nisso. Ainda estava dominada pela fúria agonizante que tinha me tomado em suas garras depois de Lyonya; eu tinha passado três meses matando hitleristas seis noites por semana e, na sétima, escrevendo cartas para Slavka, embrulhando flores secas em páginas em branco arrancadas do fim da minha dissertação. O terceiro ataque começou e eu entrei na batalha com meu pelotão, e não me ocorreu que perderíamos.

Mas, a cada dia, a marreta descia sobre nós: ataques de morteiros de cinco horas, tanques e colunas de infantaria avançando pela estrada que levava à estação ferroviária das Colinas de Mekenzi. A cada dia os nazistas roíam nossas defesas como os ratos que eram, empurrando-nos centímetro a centímetro na direção do lado norte da baía principal. Dez dias, talvez onze, de luta contínua, e eu estava cambaleando por uma trilha na ravina de Martynov, me perguntando onde poderia conseguir uma refeição fria e uma hora de sono, quando quase colidi com uma fila de garotos que caminhavam com esforço sob as exortações do organizador regimental da Liga dos Jovens Comunistas.

— Camarada primeiro-sargento Pavlichenko. — Ele me saudou. — Mostrem-se animados, meninos! A nossa sniper em pessoa, uma verdadeira heroína da mãe pátria. Quantos são agora, Lyudmila Mikhailovna?

— Não sei — respondi, cansada. Trezentos? Que diferença fazia?

— Os hitleristas tremem de medo até da sombra do fuzil dela — disse o organizador aos seus meninos, que apenas olharam para mim exaustos, os olhos arregalados e os rostos pálidos. Eles pareciam tão novos, alguns com certeza não tinham mais que catorze anos. Fiz uma saudação, tentei sorrir e a animação do organizador de repente se desfez. Ele levou a mão à boca para disfarçar seu tremor e eu o puxei de lado.

— Como está no seu setor? — perguntei, em voz baixa.

— Os Fritzes tomaram toda a ravina de Kamyshly — murmurou ele. — A estação ferroviária, Verkhny Chorgun, Nizhny Chorgun, Kamary... As batalhas estão acontecendo perto do Cemitério Fraterno.

Meu estômago se apertou. O túmulo de Lyonya. Ele poderia ser vandalizado pelos alemães agora, sua estrela vermelha despedaçada.

O organizador da Liga dos Jovens Comunistas continuou, em um tom de voz monotônico.

— Isso é tudo que resta dos meus garotos... — Indicando a fila de meninos oscilantes de rostos pálidos. — Perdi dois terços de toda a minha liga em nove dias. Não temos mais munição chegando. A comida e a água, bem...

Nós vamos perder, percebi então, olhando para aqueles meninos condenados em sua exaustão mortal, indefesos sob o sol abrasador. Eles não pareciam muito mais velhos do que o meu Slavka, que, em sua carta mais recente, me contou que tinha tirado um "Excelente" em ditado russo e um "Bom" em cálculo mental; que estava com saudade de mim e que estava fazendo um caderno com todas as minhas amostras de plantas; que ele era o melhor de sua tropa dos Jovens Pioneiros em biologia, Mamochka...

Se o meu Slavka estivesse aqui em Sebastopol, talvez ele estivesse carregando um fuzil, porque a cidade ia cair.

— Você teria uma palavra de estímulo para os meus meninos? — pediu o organizador. — Só uma palavra?

Eu não tinha nenhum estímulo, nenhuma esperança. Mas olhei para aqueles meninos, me forcei a me lembrar dos rostos deles, e falei:

— Eu juro que vou lutar por vocês todos até a última gota de sangue.

— Nós juramos... nós também juramos... nós juramos.

As promessas subiram deles como uma rajada de vento quente e moribundo por um campo de trigo. Nós nos saudamos e prosseguimos, em nosso caminho para defender a cidade enquanto ela entrava em seus estertores. Quando voltei para o meu pelotão, e nós nos defrontamos com a onda seguinte de soldados nazistas avançando em suas fileiras orgulhosas e bem alimentadas, o ódio que me invadiu quase me cegou.

— Não mirem a primeira fileira — ordenei aos meus homens. — Mirem a segunda, mirem a barriga. E não errem. — Os fuzis começaram a cuspir balas, e hitleristas nas segundas fileiras começaram a gritar e se dobrar; a terceira fileira tropeçou neles e a primeira fileira se virou para trás quando ouviu os gritos; a coluna perdeu sua unidade. — Continuem — gritei, despejando aço em uma barriga alemã bem nutrida atrás de outra, eu, a mulher que se orgulhava de mortes limpas, rápidas, misericordiosas, atirando agora para mutilar. — Rompam a concentração deles. Façam eles sentirem dor. Façam eles *se atrasarem.*

Eles iam tomar Sebastopol, mas Mila Pavlichenko os faria pagar por isso.

Levou quase um mês para a cidade cair, e precisou de 300 mil soldados alemães, mais de quatrocentos tanques e mais de novecentas aeronaves. Mas eu não estava lá para ver isso.

No que acabou sendo meu último dia de combate no front do mar Negro, eu desci, cansada, do alto de uma igreja em ruínas que estivera usando para acertar observadores alemães. Eles eram como corvos, se aninhando em árvores, em topos de colinas, em pisos superiores de prédios. Eu deveria ter Kostia ao meu lado, me dando cobertura, mas éramos poucos para uma área grande demais agora e ficava difícil trabalhar em duplas, e eu o vi descer do prédio do outro lado da rua, o rosto riscado de fuligem.

— Peguei nove — disse ele.

— Peguei doze. — Não que isso fizesse alguma diferença. Nós matávamos doze observadores e outros doze ocupavam seu lugar, direcionando ataques sobre a cidade em muralhas de fogo; aviões da Luftwaffe estavam agora mirando carros e pedestres nas ruas arruinadas de Sebastopol. A cidade onde eu havia passeado de braços dados com Lyonya, admirando o Monumento aos Navios Afundados e planejando nosso futuro, tinha se tornado um abatedouro. — Fyodor?

— Um quarteirão mais adiante, no telhado da padaria.

Caminhamos juntos, fuzis presos no braço. Nenhum de nós nem piscava para os estouros e explosões de artilharia que trovejavam acima, para os gritos dos moribundos e o estrondo de prédios desabando que vinha em seguida. Esta não era mais apenas a música de câmara matinal; era uma sinfonia da morte. Uma sinfonia que jamais terminava.

Escalamos até o telhado da padaria onde Fyodor Sedykh tinha se enfiado atrás de uma chaminé para pegar mais observadores, Kostia me puxando através do buraco do telhado bombardeado enquanto eu chamava: "Fyodor?" Mas meu segundo-sargento grandalhão não conseguia responder; um ataque aéreo tinha atingido o telhado, derrubado a chaminé e o prendido numa confusão de vigas retorcidas e tijolos partidos. Ele havia perdido toda a metade inferior do rosto, mas seus olhos imploravam. Kostia e eu fomos até ele, de ambos os lados daquele corpo grande e irremediavelmente quebrado, e Kostia segurou as mãos de Fyodor e murmurou a pergunta que nós todos sabíamos que deveríamos fazer se um dia como aquele chegasse. Fyodor fez que sim com a cabeça, se contorcendo, os olhos firmes nos meus, e eu assenti de volta.

— Herói da União Soviética Fyodor Sedykh — falei —, a honra foi minha...

E disparei um único tiro de misericórdia.

Kostia e eu estávamos arrasados demais para chorar quando descemos do telhado destruído. Só nos abraçamos por alguns segundos entorpecidos, depois nos soltamos e seguimos para o quartel-general do estado-maior do regimento. Restavam apenas quatro em meu pelotão além de nós.

— Dê uma olhada no Vartanov e nos outros — pedi para Kostia enquanto esperávamos novas ordens do oficial de reconhecimento, e foi então que uma granada atingiu o abrigo subterrâneo.

Não tive tempo de gritar um alerta para meu parceiro.

Não tive tempo de me proteger.

Não tive tempo.

Suor. Óleo. Ar sufocante e corpos sujos em toda a minha volta. Mesmo com os olhos ainda fechados, eu sabia que estava espremida em um espaço claustrofobicamente pequeno, um espaço que vibrava em meus ossos com o zumbido pulsante de motores diesel ligados. Eu estava entrando em pânico antes de recuperar por inteiro a consciência.

— Achei que você tivesse morrido — disse uma voz, inexpressiva, em algum lugar ao meu lado.

Fiz força para abrir as pálpebras. Um teto baixo não muito acima de mim; um piso repleto de colchões de cortiça e divisórias de metal, soldados amontoados onde quer que pudessem se sentar, deitar ou se enrolar em posição fetal. A maioria estava com bandagens, todos pareciam fitar com olhos vazios alguma distância desconhecida. Só que não havia distância; a sala era tão sem janelas e apertada quanto o interior do cano de um fuzil.

— Onde estamos? — perguntei, a voz rouca, olhando em volta e vendo um cabo muito magro do 54º Regimento com quem eu conversava na fila da comida de tempos em tempos. — Você é o Misha... Camarada cabo Sternov, certo? Terceira companhia? Onde...

— Atravessando por baixo d'água em direção à baía de Tsemes em Novorossiysk — respondeu ele. — L-4. Era um lança-minas, agora é um submarino de transporte. O capitão Polyakov submergiu com ele ao amanhecer. Você esteve apagada desde que chegou aqui em uma maca.

Eu não conseguia entender o que ele dizia. Submarino? Vagamente, lembrei-me de ter ouvido um rumor de que alguns submarinos estavam vindo para a baía de Sebastopol com munição, combustível e provisões, mas ninguém sabia nada além disso. Se eles haviam chegado e descarregado, claro que iam partir levando tantos feridos quanto pudessem...

Kostia. Vartanov. Meu pelotão. Tentei me sentar, e uma onda de dor lancinante explodiu na minha cabeça. Eu sabia o que era isso: concussão, lesões nos tímpanos, trauma pós-explosão. Ouvi um gemido que parecia vir de mim e, levantando a mão, encontrei uma fileira de pontos bem-feitos ao longo do lóbulo da minha orelha.

— Parece que uma explosão nocauteou você e um estilhaço quase arrancou sua orelha. — O cabo Sternov olhou para mim com um pouco de rancor. — Eu só queria saber quem você tem no seu bolso no batalhão médico para conseguir uma evacuação por causa de um ferimento de estilhaço.

Lena. Ela estava aqui?

— Você conhece Lena Paliy? A melhor auxiliar médica no…

— Morta, pelo que ouvi dizer. Fogo de morteiro numa estação de primeiros socorros.

Não, não Lena, *não Lena.*

— Meu pelotão. — Umedeci os lábios rachados, tentando me sentar apesar do crânio latejante. — Sargento Shevelyov, cabo Vartanov…

Um dar de ombros.

— Segunda companhia? — Nomes de amigos e camaradas em armas esvoaçaram de mim como morcegos aprisionados.

— Provavelmente todos mortos. — Com chocante rapidez, o rosto de Sternov se contorceu em um soluço. — A minha companhia foi massacrada também. Eu não sei se sou o único que…

Estendi o braço e segurei sua mão, sem nem pensar no que estava fazendo.

— Eu não posso estar aqui — murmurei. O que eu fazia aqui quando meu parceiro ainda estava lá, meus homens estavam lá, o túmulo de Lyonya estava lá? Como eu podia ter aparecido como por magia em um submarino, fugindo da minha cidade condenada como um rato por baixo da água? Se eu estivesse consciente quando a ordem de evacuação veio, teria resistido com todos os ossos do meu corpo. Teria me arrancado da maca e me arrastado de volta para Sebastopol sobre mãos e joelhos ensanguentados. — Eu tenho de voltar.

— Acha que eles dariam meia-volta no submarino só por sua causa? — rosnou Sternov, entre lágrimas. — Nem a Dama da Morte tem esse privilégio.

— Não me chame assim!

Ele se afastou, taciturno, as lágrimas ainda descendo. Eu me virei, de frente para a parede de metal vibrando, e senti algo duro embaixo de mim.

Eu estava deitada sobre a minha mochila; provavelmente essa foi a única razão de ela não ter sido roubada. Meu fuzil se foi. Deve ter sido jogado para alguém ainda em condições de defender Sebastopol. O belo Três Linhas Mosin-Nagant que Kostia havia transformado de um fuzil padrão em uma arma de sniper especial para as minhas mãos... mas meus dedos trêmulos encontraram o restante das minhas coisas. O maço de cartas da minha família; a foto de Slavka; minha dissertação amassada; o cachimbo de pereira que Vartanov tinha me dado. E algo mais.

Eu o puxei da mochila: um exemplar em inglês, manchado de sangue e de óleo, de *Guerra e paz.* De Kostia. Eu o tinha visto apoiar seu fuzil nele quando não havia tempo para construir um parapeito; ele o pegava para ler nas longas tocaias; rasgava com cuidado uma tira de suas páginas em branco no fim para acender nossos cigarros quando estávamos sem fósforos. Nós o provocávamos dizendo que ele amava mais o livro do que sua babushka. "Era da minha babushka", respondia ele.

Não sabia se ele o tinha deixado comigo como despedida quando fui levada do campo de batalha pela última vez, ou se ele tinha morrido ali e algum auxiliar de enfermagem bem-intencionado o colocou entre as minhas coisas como uma lembrança. Eu não sabia e, talvez, nunca saberia. Meu *parceiro.*

Eu me dobrei, chorando, segurando o livro, enquanto o submarino deslizava por águas estranhas em direção a uma segurança que eu não queria, para longe de uma morte pela qual eu teria agradecido, abandonando todos que eu amava.

— Lyudmila Mikhailovna, é você?

Virei-me ao me aproximar do escritório do comandante de Novorossiysk. A princípio, não reconheci o homem de rosto sombrio e aparência cansada, com seu sobretudo elegante e um grupo de assessores. Então vi sua patente e fiz mais que depressa uma saudação.

— Camarada major general Petrov.

Doze dias desde que o submarino entrou em Novorossiysk e descarregou seus feridos nas enfermarias do hospital, eu entre eles. Apenas um dia desde que fui liberada da minha cama e instruída a ir ao escritório do comandante para comunicar minha recuperação — ou pelo menos comunicar que eu havia me recuperado o suficiente para empunhar um fuzil de novo. E aqui estava o próprio Petrov, afastando-se de seu carro oficial que o esperava em ponto morto e vindo na minha direção com um sorriso. Lembrava-me de tê-lo encontrado antes da evacuação de Odessa, e sabia que tinha sido ele quem apresentou meu nome para minha primeira medalha de combate depois do duelo na ponte, mas não havíamos trocado mais nenhuma palavra. Se ele reconheceu meu rosto magro e sério, com a centopeia de pontos ainda subindo pelo meu pescoço e orelha, tinha boa memória.

Ele falou abertamente, sem sutilezas.

— Você soube?

— Sim, camarada major general. — O *Pravda* havia impresso a notícia ontem: *Por ordem do comando supremo do Exército Vermelho datada de 3 de julho, as forças soviéticas abandonaram a cidade...* Eu vinha batendo em todas as portas que encontrava nas últimas vinte e quatro horas, implorando informações de sobreviventes de Sebastopol. Tinha de ter havido sobreviventes. O resto do meu pelotão...

— Quem mais da divisão Chapayev conseguiu escapar com você, Lyudmila Mikhailovna? — O general Petrov estivera lá até o fim, pelo que me haviam dito. Saiu com os outros altos oficiais logo antes de a cidade cair. Eu lhe dei todos os nomes que podia, os soldados que encontrei no submarino, os que vi nas enfermarias do hospital depois. Observei-o registrando cada um deles. — Tenho um nome para você, camarada primeiro-sargento. Seu marido médico, Alexei Pavlichenko, estava no último transporte que saiu de lá. Em direção a Krasnodar, eu acho. — Um sorriso. — Ele foi condecorado por seu serviço pelos feridos. Um valoroso servidor do Exército Vermelho.

— Valoroso — ecoei. O estoicismo calado de Kostia, a resistência amarga de Vartanov, o bom-humor mesmo sob fogo de Lena. *Eles* eram os valorosos. Mas eu não podia negar que as mãos de cirurgião de Alexei provavelmente tinham salvado centenas, se não milhares, de vidas, e o general claramente achava que tinha me dado uma boa notícia. Então agradeci e fiz a pergunta que tinha medo de fazer. — E o restante da minha divisão, os que estavam em Sebastopol quando fui removida no fim de junho?

— Não há mais divisão Chapayev — disse Petrov, com gentileza. — Eles lutaram até o fim. Queimaram seus documentos oficiais, enterraram suas insígnias, jogaram seus estandartes no mar. Os hitleristas não vão exibir as cores da sua divisão em Berlim como troféus.

Meus olhos se encheram de lágrimas outra vez; consegui impedir que elas escorressem enquanto fazia um aceno firme com a cabeça. O general forçou um sorriso, que pareceu mais uma contração pós-morte. Eu me lembrei de ter ouvido um boato de que ele tinha tentado se matar em vez de fugir de Sebastopol, e que alguém de seu conselho militar o impediu. Só um daqueles rumores inconsequentes do Exército que voam para toda parte como palha, mas, de repente, eu acreditei nesse. O general Petrov parecia atormentado, um morto-vivo.

— Diga-me, camarada primeiro-sargento, você recebeu novas ordens?

— Ainda não. — Precisei enxugar os olhos, para minha vergonha. — Eu espero ser enviada de volta para o front como oficial.

O assessor de Petrov deu uma olhada significativa para o carro que os aguardava, mas o general voltou-se para mim.

— Oficial?

— Sim, acho que, a esta altura, já fiz por merecer. — Eu não deveria ter sido tão direta, mas estava abatida demais para ser qualquer coisa que não honesta. — Eu aprendi ao longo desse último ano como comandar tropas, camarada major general. Pensar neles em combate, ser responsável por eles. E ainda não me vinguei dos nazistas pelas mortes dos meus amigos. — Lena, Fyodor, Lyonya. Ah, Lyonya. Se eu fosse uma oficial em minha próxima missão, se tivesse mais ordens sob minha responsabilidade, talvez pudesse salvar mais dos meus homens na próxima vez. — Os hitleristas ainda estão avançando. As coisas que eu vi feitas com civis em Odessa e Sebastopol... A terra deveria queimar sob os pés deles.

O general me examinou por um momento.

— Daqui a três dias, vou partir de Novorossiysk para Moscou. Você vai me acompanhar, para receber sua nova atribuição.

Capítulo 23

A versão oficial da história: Moscou era a encarnação perfeita da imaginação soviética encapsulada em pedra e aço.

Minha versão não oficial: Moscou era enorme, austera e infernal. Mas os olhos da minha mãe ficaram do tamanho de pires quando se viu diante dela. E de mim.

— Olhe só para você: heroína de guerra, tenente *e* uma moça de Moscou! — Minha mãe estava mais magra do que nunca com as rações dos tempos de guerra, mas sua longa trança e os olhos brilhantes eram os mesmos quando eu a conduzi para meu quarto no hostel da rua Stromyn. Eu estava morando lá desde que cheguei em Moscou, fazia mais de um mês agora. — Você devia ter visto o seu pai quando soube da sua Ordem de Lênin. Ele foi para o trabalho andando empertigado como um galo.

Meus olhos arderam. Eu queria que meu pai pudesse ter vindo para Moscou também, mas havia um passe para apenas uma pessoa, e ele não poderia se afastar por tanto tempo do trabalho, viajar mais de mil quilômetros apenas para uma visita. Uma criança também não poderia fazer essa viagem, e eu puxei o ar numa respiração profunda e dolorosa antes de perguntar:

— O que o Slavka disse?

— Cheio de orgulho. — Minha mãe enfiou sua mala de viagem de vime embaixo da mesa. — E, antes que você pergunte, ele acha que estou visitando uma prima.

— Ótimo — falei secamente.

Se ele soubesse que eu estava de volta do front, ia implorar para me visitar e eu não podia fazer isso com ele. Tinha ouvido de outros soldados que era torturante visitar os filhos quando se podia ficar só um curto tempo. Eles ficavam totalmente arrasados quando era hora de ir embora outra vez.

— Ah, *malyshka,* não chore. É a coisa certa a fazer.

Minha mãe me deu o abraço de que eu estava precisando, me envolvendo como uma criança. Eu me entreguei àquele abraço e percebi o momento em que ela deu uma inspirada rápida, sentindo o cheiro de vodca que eu não tinha conseguido lavar da noite passada.

Essa foi outra razão para eu ter pedido que ela deixasse Slavka em casa: eu não queria que ele visse que sua mamochka risonha, a mulher que conferia seu dever de casa e lhe contava histórias da Dama da Meia-Noite cumprindo tarefas para Baba Yaga, havia se tornado uma mulher de botas duras reluzentes e estrelas de metal impiedosas, uma mulher sem sorrisos. Uma mulher que só conseguia dormir à noite por causa da vodca.

Mas minha mãe não disse nada sobre a vodca.

— Quanto luxo — foi o que ela disse, admirando meu quarto. — Dezesseis metros quadrados só para você! Quanto tempo vai ficar aqui?

— Não sei. Eles vão me dar um pelotão de snipers na 32ª Divisão de Paraquedistas, mas ainda não tenho ordens do front. — Tive de conter minha frustração desde que cheguei a Moscou; agora, ela transbordava enquanto eu pegava pão preto fatiado e pickles. — Mamãe, estou empacada dando instrução no centro de treinamento local. Quando não estou escrevendo numa lousa, o secretário da Liga dos Jovens Comunistas Soviéticos quer que eu faça *discursos.*

— E por que não iriam querer? — Minha mãe sorriu. — Você é uma heroína, não é?

— Eu não sou boa oradora. — Foi o que eu disse ao secretário, mas ele desconsiderou minhas objeções. *É preciso falar às pessoas sobre essa guerra. Mas faça isso com um tom otimista!*

Otimista. Como se houvesse alguma maneira *otimista* de contar a história de como perdi meu pelotão inteiro... do qual eu ainda não tinha tido notícias de ninguém, por mais que batesse em portas em busca de informações: *Konstantin Shevelyov fala inglês muito bem, talvez ele tenha saído de Sebastopol e sido encaminhado para trabalhar como intérprete em uma das embaixadas? Anastas Vartanov, há alguma notícia de um velho guarda-florestal da Crimeia?*

Nada.

— Acho que você anda fazendo mais do que só discursos e aulas de balística! — Minha mãe abriu um largo sorriso e, por um momento terrível, achei que ela fosse perguntar se havia um homem na minha vida. *Não*, quase gritei, *eu não tenho um homem. Vou dormir todas as noites querendo Lyonya, e acho que será assim para sempre.* Mas contive minhas palavras irritadas antes que elas pudessem sair. Minha mãe não sabia de Lyonya; ele tinha morrido antes de eu escrever à minha família a seu respeito. Eu queria esperar até sair o meu divórcio para então contar aos meus pais sobre seu novo genro, mas, depois que Lyonya morreu, eu não suportava pôr seu nome no papel. Minha mãe não sabia que eu estava sofrendo um luto e, de qualquer modo, não parecia perguntar sobre romance, porque logo continuou: — O panfleto de Lavrenyov?

— Ah — falei. — Isso.

O maldito panfleto, encomendado pelo diretório central de propaganda política do Exército Vermelho, parte da série Biblioteca da Linha de Frente: os atos heroicos da atiradora de precisão Lyudmila Pavlichenko, a serem escritos por ninguém menos do que o famoso romancista Boris Lavrenyov.

— Como ele é? — quis saber minha mãe. Eu estava tentando arrumar um lanche, mas ela fez eu me sentar numa cadeira e insistiu em fatiar o salame ela mesma. — Eu sempre amei *O quarenta e um*. Tão romântico! Foi ele mesmo que entrevistou você?

Rá. O grande homem me olhou de cima a baixo com seus óculos de armação de ferro, me interrompeu na primeira frase e me explicou sua *Visão* de como apresentar a minha vida para as massas. (Ele tinha uma *Visão*. Eu senti a inicial maiúscula.)

— Você é como a minha Maryutka — disse ele, com doçura. — Minha heroína de *O quarenta e um*, claro que você a conhece. Só me dê alguns detalhes sobre você e eu terminarei o panfleto em uma semana.

Admito que não reagi bem. Eu estava de ressaca, cansada e o reflexo presunçoso dos óculos do homem fazia minha cabeça doer.

— Eu não sou nem um pouco como a sua garota de fábrica fictícia idiota — falei, sem meias palavras. — Toda a premissa do seu romance é inventada e, se acha que eu quero um mercenário como você escrevendo sobre mim…

As coisas foram ladeira abaixo a partir daí, ainda que não tão ladeira abaixo a ponto de cancelar o panfleto. Ia ser lançado no fim do ano e eu já tinha tido acesso a ele. *A sniper e eu caminhamos pelo boulevard na Praça da Comuna em uma bela manhã, o vento agitando seu sedoso cabelo curto sobre a testa de menina quando nos sentamos em um banco. Seu rosto delicado e sensível pulsava com uma profunda paixão de caráter. Os olhos pareciam tristes, mas cintilaram sob minhas perguntas habilidosas com um entusiasmo quase infantil.*

Eu me perguntei se essa parte supostamente teria acontecido antes ou depois que eu o chamei de mercenário medíocre e que ele disse que eu era uma cachorra ucraniana raivosa.

— Antes que eu me esqueça, Lyuda… Chegou uma carta na semana passada para você. — Minha mãe vasculhou sua bolsa. — Eu teria encaminhado para você, mas quando soube que nós logo íamos nos ver…

Abri o envelope e desdobrei o papel manchado com o coração aos pulos. Eu tinha trocado endereços com todos do meu pelotão; juramos escrever para as famílias uns dos outros se um de nós morresse ou fosse separado da companhia. Enviei cartas para as famílias de todos os meus homens. Quem escrevia para mim agora?

Pequenas letras quadradas, tão familiares quanto a minha pulsação.

Mila,

Eu estou vivo. Última evacuação de Sebastopol, joelho quebrado. Recuperado em enfermaria do hospital em Krasnodar; prestes a ser enviado para o distrito militar de Moscou para redesignação. Onde você está?

— Kostia

— Você está bem? — A mão da minha mãe voou até minha testa. — Está tão estranha…

— Estou bem, mamãe. — Levantei os olhos da carta com um sorriso que parecia se estender até meus dedos dos pés. — Você acabou de me trazer a primeira boa notícia em meses.

Kostia estava vivo. Meu parceiro, minha sombra, minha outra metade. Alguma dor sombria e profunda em mim se aliviou, como se uma de minhas pernas estivesse entorpecida e agora o sangue começasse a fluir de novo por ela, ardendo com a sensação dolorosa, mas bem-vinda, de que ainda estava presente e íntegra.

Kostia, vivo.

Abracei minha mãe com tanta força que suspendi seus pés do chão.

— Ponha o melhor vestido que você tiver nessa mala, Mamochka. Você vai ver tudo em Moscou nesta semana, começando pelo balé.

— Balé! — Mamãe riu. — Lembra da sua amiga bailarina Vika? Eu fiquei sabendo que ela desistiu do papel principal em um balé em Odessa para dirigir um T-34 em um corpo de tanques! Uma bailarina virando motorista de tanques, as coisas que essa guerra faz com a gente. Ainda bem que você voltou do front…

Eu não contei a ela que tudo o que eu queria era voltar para lá. Pegar meu parceiro, conseguir que ele fosse designado para meu novo pelotão e voltar à guerra. Porque o trabalho ainda não estava feito e, neste momento, eu não servia para mais nada além disso.

— BOAS NOVAS, LYUDMILA MIKHAILOVNA! Você vai voltar para a guerra.

Pisquei meus olhos arenosos de exaustão, surpresa. Eu tinha servido em um turno de vinte e quatro horas de instrução no centro de treinamento, feito minhas rondas pelos vários escritórios de pessoal para perguntar se Kostia já havia chegado ao distrito militar de Moscou, depois ajudado a organizar quatro caminhões de armamento recém-desembarcado. E agora aqui estava eu, convocada para o escritório do primeiro-secretário, olhando para um aglomerado de homens, alguns de uniforme, outros de terno.

— Minhas ordens chegaram? Ordens para voltar ao front?

— Não essa guerra. — O secretário riu. — A guerra mais importante de todas. A guerra da propaganda.

Fiquei olhando para ele sem entender nada.

— Você está indo rápido demais — disse uma voz conhecida atrás de mim, e eu me virei para o rosto sorridente de Alexei.

Eu não o tinha visto desde Sebastopol, nem tinha pensado nele desde que Petrov me contou que ele havia saído na evacuação. Imaginei que estivesse por aí polindo sua nova condecoração e fazendo manobras para conseguir uma posição melhor. Agora ele estava *aqui*?

— Oi, *kroshka*. — Ele me beijou nas bochechas em um cumprimento descontraído. — Nós vamos para os Estados Unidos.

A DELEGAÇÃO SOVIÉTICA: DIA 1

27 de agosto de 1942

WASHINGTON, D.C.

Capítulo 24

Se havia algo que desagradava ao atirador era ter de tranquilizar clientes nervosos. *Se você quer ser tranquilizado, vá procurar um psicólogo.* Ele não deixou sua impaciência transparecer ao caminhar por uma calçada quente de Washington com Lenço de Bolso, mas estava irritado. Já tinha feito uma atualização mais cedo para o homem, antes do café da manhã na Casa Branca; uma segunda reunião era demais. Preferia manter o mínimo de contato com seus empregadores, pelo amor de Deus. Quanto menos pontos de conexão, mais seguros todos estariam. No entanto, ali estava ele, tendo de tranquilizá-los.

— Nós precisamos *saber.* — Lenço de Bolso olhou para trás, suando mais do que nunca. Já estava em agonia porque o atirador tinha se recusado a se encontrar em algum bar escuro com cheiro de uísque para discutir a questão, pois bares tinham ouvidos em volta, e era por isso que o atirador mantinha suas reuniões de trabalho ao ar livre. — Você disse que saberia mais depois do café da manhã de boas-vindas. E então?

— As coisas estão sob controle.

O atirador acelerou o passo quando viraram a última esquina em direção à embaixada soviética. Em uma hora, a delegação soviética ia falar à nação ao vivo pelo rádio.

— Mas nós queremos *detalhes* — insistiu Lenço de Bolso.

— Vocês estão me pagando por resultados, não por detalhes. — O atirador já havia esquematizado seu plano para 5 de setembro, o último dia da assembleia. Aquela vadia da primeira-dama com dentes de cavalo pretendia convidar todos os estudantes internacionais para uma recepção de despedida no gramado da Casa Branca. O presidente estaria presente, assim como a imprensa… incluindo o atirador, graças aos pauzinhos que os empregadores de Lenço de Bolso já haviam mexido nos bastidores. — Está tudo certo do meu lado. — Quase, pelo menos.

— O que você descobriu sobre a vermelha? — Lenço de Bolso não parava de olhar em volta, atraindo olhares de uma dupla de mulheres de meia-idade que passaram apressadas com suas compras. — Você pode garantir que ela vai levar a culpa?

— Não há garantias neste negócio. — O atirador pôs um pouco mais do sotaque tranquilizador da Virgínia em sua voz. — Mas seu pessoal estava certo ao me dizer para ficar de olho nela. Não poderíamos pedir um bode expiatório melhor.

Lenço de Bolso olhou para o grande prédio de pedra da embaixada que agora surgia à frente. Jornalistas e fotógrafos já estavam entrando, mostrando suas credenciais para a segurança.

— Ela é mesmo uma sniper?

— Não. — O atirador teve um momento de dúvida no fim do café da manhã, olhando para a expressão furiosa de Lyudmila Pavlichenko quando ela disse *Uma bala certeira disparada por uma sniper como eu, Sra. Roosevelt, não é mais do que a resposta a um inimigo…*, mas, refletindo melhor, ele descartou a ideia. Uma mulher brava não podia ser sniper. — Ela é uma garota-propaganda que se irrita facilmente e perde a paciência com perguntas bobas, e não tenha dúvidas de que podemos contar com a imprensa para fazer muitas delas. Os russos cometeram um erro ao inventar essa história de sniper para as manchetes dos jornais. Eles acham que isso a tornará admirada, uma heroína de guerra. — Na União Soviética pode ser, mas não nos Estados Unidos, onde se espera que morenas bonitas assem biscoitos, em vez de matarem fascistas. — A Sra. Pavlichenko não será a sensação aqui que eles estão esperando. Aonde quer que ela vá, será vista como uma aberração e um monstro.

De fato, ele estava contando com isso.

— Sra. Pavlichenko…

— Sra. Pavlichenko…

— Sra. Pavlichenko…

Eu tentava não contrair o rosto. Os flashes explodiam na minha cara como granadas. Será que nenhum desses jornalistas jamais havia entrevistado soldados antes? Pôr algo para explodir com um flash de luz na frente de um veterano de combate era *pedir* para levar uma facada.

— Sorria — murmurou o chefe da delegação.

Três de nós tínhamos sido escolhidos para esta delegação, todos estudantes, todos soldados, mas ele estava no comando: Nikolai Krasavchenko, vinte e seis anos, conservador e sério. Ele havia lutado bem em Smolensk, mas não foi por isso que foi escolhido para liderar a delegação. Ele foi escolhido porque era um jovem tedioso e pedante, em quem se podia confiar que não teria nem um único pensamento original durante toda a viagem. *Não teremos nenhuma surpresa aqui*, eu os imaginava dizendo ao carimbar a aprovação na pasta dele. *Um pilar do Partido!*

Talvez Krasavchenko tenha considerado uma honra ser escolhido para a delegação, mas eu não. Aturei (perplexa, incrédula e cada vez mais furiosa) toda a conversação interminável sobre a assembleia internacional de estudantes de Eleanor Roosevelt na primeira noite em que ouvi sobre isso em Moscou. Como aquilo dava ao camarada Stalin a oportunidade de enviar estudantes como o elemento mais progressista da população para falar contra o fascismo diante dos americanos… Como tínhamos sido escolhidos entre centenas de candidatos no distrito militar de Moscou, não só como ex-estudantes e atuais soldados, mas como integrantes da Liga de Jovens Comunistas… Como deveríamos defender nosso país, nosso partido e a extrema necessidade de ajuda dos Estados Unidos.

— Sorria — repetiu Krasavchenko agora, com um olhar autoritário para mim.

Ele não estava feliz com minha explosão de raiva no café da manhã na Casa Branca, e eram as ordens dele que eu deveria seguir, então encarei as câmeras e me forcei a sorrir, obedientemente. A assembleia começaria em alguns dias; o pronunciamento desta noite para a imprensa americana seria transmitido ao vivo pelo rádio, da embaixada para todo o país. Engoli meu nervosismo, olhando para um mar de câmeras e conversas. Toda essa cena parecia tão estranha para mim quanto a lua. Tudo o que eu queria era encontrar Kostia e voltar para o combate mas, em vez disso, tinha sido enviada para um continente cheio de capitalistas indiferentes em uma *missão de propaganda*? Americanos não gostavam de soviéticos. Eles se diziam nossos aliados, mas, até agora, estavam nos deixando morrer às centenas de milhares. Como qualquer coisa que eu dissesse nesta entrevista coletiva poderia mudar isso?

— Um copo de água, *kroshka*? — murmurou Alexei, chegando perto de mim.

— Posso pegar minha água. Não preciso do médico da delegação para isso.

Esse tinha sido o posto que ele conseguiu: médico oficial da delegação soviética em Washington.

— Como você se enfiou nesta missão? — perguntei, irritada, em Moscou, ainda atordoada pela surpresa de vê-lo outra vez. — Para que uma delegação de estudantes precisa de um cirurgião de combate?

— Eles querem um médico soviético para atender a qualquer necessidade de saúde que surja na delegação, mais um soldado com um histórico notável, e eu já fiz minha cota de clínica geral. — Alexei estava imponente e confiante em seu uniforme imaculado, sem nem uma mancha dos horrores de Sebastopol. — Quanto a como eu consegui esta posição... Bem, naturalmente fiquei de ouvidos atentos para qualquer notícia sobre minha esposa. — Ajeitando a Ordem de Lênin em meu peito, os dedos se demorando sobre a honrosa fita vermelha. — E, naturalmente, um marido gostaria de acompanhar a esposa ao exterior se ela fosse enviada em uma longa viagem…

— Você está *jogando com o meu nome* para sair do serviço na linha de frente e arrumar uma posição confortável — sibilei, mas não havia como mudar a situação. Mesmo do outro lado do mundo, eu não ia conseguir escapar do meu marido.

E ele tinha sido solícito desde então: primeiro em Moscou, naqueles poucos dias frenéticos em que estávamos todos sendo instruídos e preparados para a viagem; depois no longo voo de Moscou para Teerã e em seguida para o Cairo, conseguindo o assento ao meu lado enquanto eu me agarrava ao apoio de braço durante a decolagem, oferecendo-se para segurar minha mão se eu ficasse com medo.

— O que você quer? — perguntei, sem rodeios.

Ele apenas sorriu.

— Eu não posso dizer à minha esposa como ela é corajosa? Seu primeiro voo; você está indo muito bem, *kroshka*.

— Ah, e você já voou de avião *tantas* vezes — debochei.

Mas o sorriso dele não se alterou e, depois que voamos do Cairo para Miami, ele bateu na porta do meu quarto no hotel e perguntou se eu queria caminhar na *praia*.

— Vamos pegar um pouco de sol nesse rosto bonito. — Toda essa solicitude estava me deixando mais nervosa do que uma tocaia de dois dias.

Eu o afastei de mim agora, voltando meu olhar para a infinidade de microfones e câmeras enquanto éramos conduzidos para nossa posição.

— Se vocês três puderem ocupar seus lugares, a Sra. Pavlichenko no centro…

Fiz como me mandaram, banindo Alexei dos meus pensamentos. Krasavchenko folheava as páginas de seu pronunciamento à minha direita e, à minha esquerda, se acomodou o tenente Pchelintsev, nosso terceiro delegado estudantil, com uma postura arrogante.

— Tem café na sua túnica — falei, e ele quase derrubou a xícara na pressa de se limpar.

Eu não conseguia desgostar totalmente de Pchelintsev; em alguns aspectos, ele não era tão diferente de mim, apenas um estudante universitário dedicado antes que a guerra o jogasse numa estrada diferente e fizesse dele um sniper. Mas era difícil não o olhar com algum ressentimento, porque ele era três anos mais novo do que eu e sua contagem oficial era metade da minha, e, ainda assim, ele era primeiro-tenente, enquanto eu era segundo-tenente, e ele tinha sido condecorado Herói da União Soviética e não apenas Cavaleiro da Ordem de Lênin. Eu não ficava me mordendo de inveja de sua estrela dourada, mas era difícil não olhar para o jovem e brilhante tenente Pchelintsev e me perguntar se eu estaria no mesmo lugar que ele se tivesse nascido homem.

Chegue em quatrocentos na sua contagem, garotinho, pensei na primeira vez em que me deparei com o olhar de superioridade de Pchelintsev em Moscou. *Aí você pode empinar o seu nariz para mim.*

Mas não foi minha contagem impressionante que garantiu este meu lugar aqui com Pchelintsev e Krasavchenko, e eu sabia disso. Tinha ouvido dois dos chefões em Moscou discutindo sobre a minha indicação enquanto eu experimentava a saia de uniforme que vestia agora: "Deviam ter escolhido aquele motorista de tanques do programa de literatura de Leningrado, Vassily Qualquercoisa. Quem quer uma mulher em uma delegação? Emocional demais, muito difícil de controlar."

"Mas esta é bonita, e vai apresentar a URSS sob uma perspectiva mais favorável..."

— Vamos começar. — O sussurro de Krasavchenko sobre a mesa me traz de volta ao presente. — Lembrem-se, escutem o nosso intérprete, não o deles.

Um nó subiu na minha garganta quando vi Kostia assumir seu lugar discretamente diante da mesa.

Se Alexei pôde mexer seus pauzinhos para conseguir uma posição na delegação, eu também pude. E havia manobrado para ter meu parceiro de volta ao meu lado assim que ouvi a conversa de Krasavchenko sobre trazer nossos próprios intérpretes. Eu não tinha formulado nenhum tipo de plano, só abri a boca: "Posso recomendar um intérprete excelente, recém-transferido para o distrito militar de Moscou. Soldado condecorado e fluente em inglês e russo." Porque, se eu estava indo para o outro lado do mundo com a possibilidade de novos inimigos à frente e a certeza de pelo menos um antigo inimigo atrás de mim, queria meu parceiro me dando cobertura.

E aqui estava ele, meu parceiro, quase irreconhecível em um uniforme bem passado, o rosto barbeado, de pé ao lado da mesa da delegação, apoiado na bengala ainda necessária depois que um estilhaço quase explodiu seu joelho na invasão de Sebastopol. Queria que ele olhasse para mim e sorrisse, mas ele estava organizando papéis, ajustando o microfone. *Depois da coletiva de imprensa,* pensei. *Vamos enfim poder conversar.* Mas os flashes pipocavam por toda a sala outra vez e a transmissão começou.

Eu me remexi no assento, incomodada, enquanto as apresentações eram feitas, tentando me livrar daquela sensação de estar exposta, desarmada, no foco de alguma mira hostil. Krasavchenko parecia elegante e à vontade nesse tipo de ambiente; eu preferia estar vestida de arbusto com meu Três Linhas na mão. Mas meu caminho de volta para o front passava por esta viagem. *Os americanos precisam que nós lhes mostremos a verdade da nossa luta contra o nazismo,* tínhamos sido instruídos em Moscou. *Nossa necessidade de reforços... esse é o verdadeiro propósito da delegação, não apenas comparecer a sessões com estudantes internacionais. Esta ordem vem diretamente do camarada Stalin.* Um olhar sério para todo o grupo. *Não podemos perder esta oportunidade.*

Aprumei minha coluna ao ouvir isso. Talvez eu não tivesse um fuzil na mão, mas, aparentemente, essa missão ainda se resumia à mesma diretiva: *Não ousem errar.*

— Bonecos de propaganda — ouvi um jornalista zombar na fila da frente ao longo da transmissão, sem se preocupar em falar baixo, pois pressupunha que nenhum de nós entenderia. — Vamos ver eles seguirem o roteiro.

Levantei o queixo. *Sim, vamos ver.*

A princípio, não foi tão ruim. Krasavchenko leu um pronunciamento: a terrível situação de nosso país, a união dos civis. Pchelintsev leu um pronunciamento: a prontidão do Exército Vermelho para contra-atacar os alemães. Eu li um pronunciamento: primeiro algumas bobagens aprovadas pelo Partido sobre saudações das mulheres soviéticas, depois tive a satisfação de entrar na parte principal.

— O povo soviético agradece o seu auxílio, mas a luta que nossa nação está conduzindo exige cada vez mais de nós. Esperamos uma assistência ativa e a abertura de um segundo front. — Ouvi a voz de Kostia traduzindo em um murmúrio; vi os lápis rabiscando enquanto os jornalistas faziam anotações. Eu me endireitei na cadeira. — Como soldado soviética, estendo minha mão a vocês. Juntos, podemos derrotar os monstros nazistas. — Esse foi o final do meu pronunciamento escrito, mas acrescentei em inglês, com um sorriso: — Avante para a vitória! — Um bom pequeno slogan que poderia encerrar praticamente qualquer discurso. As pessoas precisavam de um sinal de que havia terminado e elas podiam aplaudir agora.

O embaixador abriu a sessão para perguntas e eu comecei a reunir fatos e números, embora a maioria das perguntas provavelmente fosse ser endereçada a Krasavchenko.

Mas as perguntas foram quase todas para mim, e não foram sobre a guerra.

— É verdade que seu apelido é Dama da Morte?

Comecei a dizer que outra interpretação poderia ser Dama da Meia-Noite, mas já estava percebendo que ninguém ali queria respostas complicadas; eles queriam comentários simples que coubessem facilmente como manchetes no jornal.

— Sim — falei, por intermédio de Kostia. Eu tinha sido instruída a usar o intérprete para todas as perguntas, mesmo que meu inglês fosse adequado para responder. (Porque sabe-se lá o que uma mulher impulsiva poderia dizer sem um homem para peneirar suas palavras se ela sair do controle. Eu tinha revirado os olhos para isso, mas, de modo geral, preferia ser subestimada pela imprensa, então era até melhor se eles achassem que eu falava pouco inglês.) — Eu às vezes sou chamada de Dama da Morte. Também de lince, pelo modo como me movo entre as árvores.

— Lyudmila, dá para tomar banho quente no front?

Eu pisquei, surpresa em parte pela pergunta e em parte pelo fato de que ele nem se importou em usar minha patente.

— O quê?

— Banho — repetiu o homem, um sujeito magricela do *Washington Post*. — Quente. — Ele fez uma mímica de estar suando.

Eu o encarei.

— Sim, eu tomo banho quente duas ou três vezes ao dia, sempre que estou sentada numa trincheira e começa um ataque de artilharia. É um verdadeiro banho, se quer saber, só que é um banho de poeira.

Risadas surpresas se seguiram à minha resposta. Então um homem de gravata xadrez se levantou.

— Vocês, mulheres soldados, podem usar batom?

Olhei para Krasavchenko. Ele gesticulou de leve para que eu prosseguisse.

— Com as balas vindo em nossa direção, é mais provável pegarmos um fuzil do que um batom. — Kostia me traduziu com o rosto impassível, mas eu conseguia ouvir o seu riso escondido.

Uma jornalista veio em seguida, apertando os lábios para mim.

— Esse é o seu uniforme de desfile ou o uniforme do dia a dia?

— Não temos tempo para desfiles no...

— O corte não é muito favorável. O comprimento da saia a faz parecer gorda! Você não se incomoda?

Soltei o ar devagar enquanto a irritação subia por mim e drenava as cores da sala. Meus instrutores em Moscou tinham me alertado: *Alguns americanos estarão convencidos de que uma mulher não pode fazer o que você fez, Lyudmila Mikhailovna. Vão achar que você é uma atriz preparada por propagandistas. Esclareça-os, mas com gentileza.*

Eu tinha decidido hoje cedo no café da manhã da Casa Branca que, se as perguntas fossem insultantes demais, eu não ia me preocupar com *gentileza.*

— Tenho orgulho de usar o uniforme do meu exército — respondi à jornalista. — Ele foi encharcado pelo sangue dos meus camaradas que caíram em combate. — Um flash súbito e horrendo do sangue de Lyonya molhando minha túnica enquanto estilhaços se enfiavam como espinhos de gelo em seus pulmões; de ser respingada com a massa cinza dos miolos de Fyodor Sedykh quando o aliviei de sua agonia no telhado em Sebastopol. *Respire. Respire.* — Eu gostaria que você pudesse experimentar um bombardeio, senhora. Acredite em mim, você se esqueceria completamente do corte da sua roupa.

Eu não consegui sequer enxergar o jornalista seguinte através da névoa de fúria que nublava meus olhos, só ouvi a leve malícia em sua voz.

— Lyudmila, que cor de roupa íntima você prefere?

Kostia não traduziu isso. O intérprete da embaixada traduziu, enquanto meu parceiro permanecia em silêncio irradiando uma raiva fria, assim como Krasavchenko e Pchelintsev ao meu lado. Estranhamente, isso conteve o ritmo furioso da minha pulsação. Talvez eu tivesse um pelotão à minha volta, afinal.

Olhei para o jornalista e sorri. Era o sorriso que fazia novos recrutas recuarem alguns passos, se tivessem um mínimo de bom senso.

— Na União Soviética — comecei, fazendo um sinal para Kostia traduzir —, você levaria um tapa no rosto por fazer uma pergunta dessas. Essa é uma pergunta para sua esposa ou amante. Eu não sou nada disso para você, jornalista, então, se quiser se aproximar, eu terei muito prazer em lhe dar um tapa.

Para minha surpresa, a sala explodiu em gargalhadas. Até o homem que fez a pergunta balançou a cabeça com ar pesaroso, como se soubesse que mereceu minha mordacidade. Eu não confiava em mim mesma para dizer mais nada, então me levantei antes que os aplausos terminassem.

— Está encerrado.

Eu me preparei para levar uma bronca do embaixador soviético quando nos retiramos pelo corredor, mas ele só me deu um olhar de ácida aprovação.

— Muito bem, Lyudmila Mikhailovna. Essas baratas de Washington…

— Sinto que preciso pedir desculpas pela nossa imprensa. — O tom sério da primeira-dama fez com que todos nós endireitássemos a postura. — Eles sabem ser um tormento.

Ela era seguida por um rastro de secretários e assistentes da Casa Branca e estava usando um vestido azul-marinho de corte prático. *Eu sou uma mulher trabalhadora*, dizia aquele vestido, *não um cabideiro*. O que estava em nítido contraste com o resumo que eu tinha ouvido em minha instrução em Moscou: *uma aristocrata, uma milionária, uma integrante da classe exploradora.*

Será que era mesmo? Este era nosso segundo encontro e o primeiro não havia terminado muito bem... mas seu sorriso era tão receptivo quanto havia sido em nossa apresentação pela manhã. Se ela estava chateada comigo, não demonstrava.

— Estão todos convidados para o jantar na casa da Sra. Haabe, filha do ex-embaixador dos Estados Unidos na URSS — prosseguiu a primeira-dama, incluindo nós todos em seu sorriso. — Achei que talvez quisessem ir daqui direto para lá.

Uma agitação de conversa bilíngue se iniciou para discutir os detalhes e eu acabei fugindo até a varanda mais próxima para fumar um cigarro, louca por um momento sozinha tanto quanto pela nicotina. Mais um evento cheio de estranhos curiosos, quando o dia havia começado com aquele café da manhã incômodo e avançado por uma tarde confusa de reuniões, fotografias, discursos... Procurei fósforos e vi a silhueta de mais alguém na varanda, já fumando, sem segurar o cigarro frouxamente entre as pontas dos dedos, mas fechado na mão invertida do jeito que os snipers fumavam para evitar que a fagulha revelasse sua posição. Acendi meu cigarro, dei a primeira tragada e fui para o lado do meu parceiro. Kostia estava imóvel como um pilar, os olhos percorrendo a cidade. Tantas luzes elétricas! Washington parecia um punhado de joias espalhadas no escuro. Deveria ser bonito, mas tudo o que consegui pensar foi que isso arruinava minha visão noturna.

— Três — disse Kostia por fim.

— Eu vejo quatro — respondi. — Onde estão os seus?

Ele apontou para um telhado do outro lado; para uma janela superior em uma diagonal; para uma cabine telefônica em uma esquina, todos os melhores pontos de mira com linha de tiro direta para onde nos encontrávamos.

— O seu quarto?

Apontei quase diretamente para cima, uma janela no sexto andar acima de nós.

— Um bom tiro conseguiria, direto para baixo entre as saliências da janela.

— Ventos cruzados criariam alguma dificuldade.

— Eu daria esse tiro. Você também.

Eu tinha tanta coisa para dizer. Deveríamos ter tido tantas oportunidades para conversar: as horas de preparação em Moscou, os intermináveis voos de avião, aqueles poucos dias no Cairo em que fomos todos exibidos para os embaixadores do Reino Unido e dos Estados Unidos e tivemos nossa primeira introdução relâmpago a coquetéis e câmeras fotográficas. Mas não houve qualquer chance de Kostia e eu trocarmos mais do que algumas palavras apressadas. Na primeira vez que o vi, apenas dois dias depois de ter proposto seu nome como intérprete da delegação, o momento me pegara completamente de surpresa: ele havia aparecido no escritório do secretário, bronzeado e magro, uma Ordem do Estandarte Vermelho reluzindo no peito. Se tivéssemos tido a chance de nos apertar em um abraço afetuoso e de alguns momentos de privacidade para refletir sobre aquele último dia em Sebastopol, tudo estaria bem.

Mas nós ficamos olhando um para o outro, desajeitados. Ele mal pareceu me reconhecer com minhas novas medalhas e o uniforme de saia; meu olhar foi atraído para a bengala em sua mão, as linhas de dor mais claras em volta da sua boca. E o momento passou. E, desde então, sempre parecia haver alguém por perto, nos impedindo de conversar: Krasavchenko tagarelando sobre um memorando do Partido, o embaixador britânico no Cairo especulando se Pchelintsev e eu éramos *de fato* soldados, Alexei grudado em mim…

Mas agora enfim tínhamos um momento sozinhos e estávamos apontando linhas de tiro um para o outro para duelos imaginários. *Snipers*, imaginei Lyonya rindo, *vocês são muito engraçados!* Uma pontada de saudade torturante me trespassou como bala. Sem Lyonya, como eu ia me lembrar de sorrir?

— Você ainda tem o cachimbo do Vartanov? — perguntou Kostia inesperadamente, olhando o cigarro em minha mão.

Tirei o cachimbo do bolso; um talismã da sorte que eu ainda levava para toda parte.

— Eu nunca aprendi a fumar isto direito, por mais que ele tenha tentado me ensinar. — Afago o bocal de âmbar, sentindo o peito apertado. — Você não me contou o que aconteceu com ele.

— Um tiro na coxa, um dia antes de eu ser atingido e removido na evacuação. Artéria femoral. Ele sangrou até a morte antes de conseguirmos socorro.

Curvei a cabeça para o velho guarda-florestal, para como ele sabia se mover entre as árvores como um fantasma.

— Os outros? Burov, Volkonsky... — Fiquei escutando enquanto Kostia percorria a lista. Tinha esperança de que talvez alguns tivessem vindo na evacuação com ele, mas meu coração foi afundando conforme Kostia citava nome após nome. — De todo o pelotão, você está dizendo que os únicos que sobreviveram...

— Nós. — A mesma coisa que ele havia dito quando o reencontrei em Sebastopol depois da evacuação de Odessa. — Só nós.

Como eu queria uma garrafa de vodca e um pouco de privacidade. Poderíamos ter ficado totalmente bêbados como fizemos quando Lyonya morreu, chorado no ombro um do outro, vivido o luto e a raiva e seguido em frente. Era isso que se fazia quando se perdia amigos na guerra. Mas, aqui, estávamos numa varanda em Washington, prestes a ser chamados a qualquer minuto para algum maldito compromisso oficial, e eu não sabia como atravessar o luto que espessava o ar entre nós dois.

— Kostia — comecei, sem nem saber direito o que ia perguntar a ele. *Eu ainda estou com seu* Guerra e paz, *você o quer de volta? Você me perdoa por tê-lo arrastado para esta viagem, quando provavelmente preferia estar no front vingando nossos amigos? Você acha que eu também quero estar aqui, com todas essas luzes e as perguntas idiotas?*

— Ah, aí estão vocês. — A voz alta de Krasavchenko nos assustou. — Estamos saindo para a casa da Sra. Haabe, só que o Cadillac não comporta os três delegados mais os intérpretes.

— Achei que talvez a Sra. Pavlichenko pudesse ir comigo — sugeriu a primeira-dama quando apaguei o cigarro e voltei para dentro, a frustração apressadamente apagada do meu rosto. — Eu vim sozinha e meu carro tem espaço para um passageiro.

— Eu? — Eu não tinha me esquecido das palavras dela esta manhã: *será difícil para as mulheres americanas aprovarem você.* Entendi que *ela* não me aprovava. Então por que estava me convidando para ir em seu carro particular?

Olhei para ela agora, olhei de verdade: uma mulher alta, elegante mas não estilosa, uma energia à sua volta como o estalar de uma tempestade que se aproximava. Os dentes proeminentes, os olhos gentis, o sorriso quando ela olhou para mim inconfundivelmente amistoso.

— Eu gostaria de ter a oportunidade de conhecê-la melhor, minha cara Lyudmila.

Seria justo dizer que eu não me assusto com facilidade. Tinha vivido o cerco de Odessa, sobrevivido à queda de Sebastopol. Tinha ganhado o apelido de Dama da Morte.

Bem, a Dama da Morte nunca esteve tão certa de que ia morrer.

— Harry Hopkins estará presente ao jantar; ele tem sido um grande defensor da aproximação entre nossos países. — A primeira-dama voava com seu pequeno carro conversível para dois passageiros pelas largas avenidas de Washington como se estivesse pilotando um tornado. Tínhamos deixado o Cadillac da embaixada e as patrulhas de segurança soviética e americana para trás no primeiro semáforo; tudo o que eu podia fazer era me segurar e tentar acompanhar o inglês dela. As esposas dos presidentes tinham autorização para fazer isso? Tentei imaginar a esposa do camarada Stalin (se ele tivesse uma) dirigindo em alta velocidade por Moscou como um míssil sem escolta e minha imaginação falhou terrivelmente. — Harry está ansioso para conversar com você sobre os combates em Leningrado, Odessa e Sebastopol.

— Eu não lutei em Leningrado, Sra. Roosevelt. — Eu me espremi no banco quando nos aproximamos de uma curva. Pelo amor de Lênin, ela tinha de reduzir a velocidade para fazer a curva, não tinha?

— Onde quer que você tenha lutado, ele vai gostar de ouvir os detalhes. — Ela lançou o conversível na curva quase sobre duas rodas. Eu me agarrei à maçaneta da porta. — Há muito tempo ele vem aconselhando o presidente que, embora vocês, russos, possam ter resistido ao golpe de uma força alemã sem precedentes, chegou a hora de oferecer ajuda.

— Já passou da hora — não pude deixar de dizer, tentando não franzir a testa.

— Nós compreendemos a extrema necessidade de um segundo front, minha cara Lyudmila. — A voz da Sra. Roosevelt era gentil, mas firme, mesmo enquanto ela disparava com o carro por outra longa avenida. — Talvez você não esteja ciente das dificuldades que enfrentamos para aprovar essa medida. Já estamos sobrecarregados no Pacífico, com a queda de Cingapura, a retirada das Filipinas. Há aqueles que afirmam que devemos nos concentrar no Japão, e não nos dividir entre o Pacífico e a Europa, e essas preocupações precisam ser abordadas.

Eu pisquei. Isso realmente era algo que eu não tinha considerado: que os americanos também poderiam estar com problemas para alocar seus recursos nessa guerra. Eles possuíam *tantos* recursos que nos enviar ajuda parecia uma questão simples para mim, algo a ser decidido com um aceno da mão presidencial. Claro que não era assim. No escuro, eu me senti enrubescer. Talvez eu tivesse tirado a primeira-dama do prumo no café da manhã, mas ela havia feito isso comigo agora com algumas palavras hábeis.

— Um segundo front... isso é uma obsessão para os soldados do Exército Vermelho — comentei, tentando encontrar as palavras certas em inglês.

As palavras que ofereceriam paz para a estreiteza do meu foco, sem me desculpar por pedir o que nós *de fato* precisávamos tão desesperadamente. — Estamos perto demais da violência da guerra para conseguirmos ter objetividade. E, claro, eu penso como uma sniper, focando apenas no que é certo na minha mira… — Eu me interrompi de novo, quando um sinal ficou vermelho de repente e eu me segurei antes que a pisada dela no freio me jogasse através do para-brisa.

— Naturalmente, sua principal preocupação é com os homens e as mulheres nas trincheiras ao seu lado. E garanto a você que não nos esquecemos deles. No jantar de hoje, você encontrará apoiadores da sua causa, mas também encontrará detratores…

A primeira-dama tirava as mãos do volante enquanto falava, os dentes proeminentes faiscando, a imagem de uma mulher fofoqueira de cinquenta e oito anos tagarelando sobre seus netos. Só que ela estava descrevendo facções antissoviéticas e quais membros eu poderia esperar ver no jantar, sem parar nem para respirar quando o sinal abriu e saímos de novo como uma bala pela noite, numa velocidade que eu não sabia se trens tinham permissão para atingir, quanto menos automóveis. *A esposa do presidente é doida,* pensei, me agarrando à porta com toda a força. Ela me deu uma olhadinha com ar divertido, como se soubesse o que eu estava pensando, mas de jeito nenhum eu ia lhe pedir para ir mais devagar. E ela não se ofereceu para fazer isso.

— Sua contagem de sniper está mesmo em 309?

Sim. Não. Talvez? Eu sabia que minha contagem oficial estava acima de trezentos, mas, nos últimos dias caóticos da queda de Sebastopol, eu tinha parado de tomar nota dos abates oficiais. Quem tinha tempo para isso com o avanço alemão passando por cima de tudo? "Mas os americanos vão querer um número específico", o secretário insistiu em Moscou, então o número 309 foi decidido. Eu não me importei em discutir. Minha contagem real devia ultrapassar quatrocentos, mas ninguém parecia interessado na resposta complexa em lugar da simples.

— Trezentos e nove, *da* — respondi para a primeira-dama.

— Você deve saber que seu inglês a colocará em vantagem nos eventos como o desta noite — disse ela, cruzando um sinal amarelo sem reduzir a velocidade. — Você fala muito bem. Onde aprendeu?

— Minhas primeiras aulas foram com minha mãe, quando eu era criança.

— Ela é professora?

— *Da.* — Mordi o lábio quando quase raspamos em um Packard verde escuro. — Isso lhe interessa, Sra. Roosevelt?

— Americanos querem gostar das pessoas — disse ela, inesperadamente. — Nós queremos gostar de todo mundo. Esse é um dos nossos melhores traços. Mas precisamos de um motivo, Lyudmila. Vocês, russos, com seus pronunciamentos e pontos para discussão... isso funciona muito bem nas reuniões políticas, mas as pessoas daqui querem conhecer *você.* A jovem por trás dos pronunciamentos oficiais. Quem é a sua família, de que comidas você gosta...

— Que roupas íntimas eu uso? — não pude deixar de dizer, e imaginei Lena rindo: *Ela pode ser a primeira-dama, mas ainda é uma ianque atrevida! E você não pode deixar ianques atrevidos terem tudo do jeito deles.* — Esse é o tipo de coisa que as pessoas querem saber sobre mim? Minhas roupas íntimas?

— Eles gostariam de ter um vislumbre do que constitui o seu caráter — respondeu a Sra. Roosevelt, com tato. — Perguntas sobre o que constitui suas roupas podem, é claro, ser ignoradas.

— Mas coisas sobre meu caráter, minha família... essas coisas não são relevantes. Não para o público. — Tentei encontrar as palavras enquanto o conversível parava com um rangido de pneus diante de uma majestosa casa de tijolos vermelhos e com um vasto gramado. As janelas refulgiam de luz; eu via mulheres em vestidos de cetim se movendo do outro lado do vidro; garçons com bandejas de canapés. — O que é importante é a razão de eu estar aqui. A senhora disse que seu assessor presidencial, o Sr. Hopkins, quer os detalhes da nossa luta. Por que ninguém mais quer? — Minha voz se elevou, mesmo contra a minha vontade. — Por que sua imprensa não se importa? Por que os leitores não se importam?

— Deixe-os conhecer você — respondeu Eleanor. — Faça-os se importarem.

— E não falhe?

— Eu detesto pôr nesses termos, minha cara Lyudmila, mas você não vai ficar aqui por muito tempo. É uma janela de oportunidade curta que você tem para ganhar o apoio do povo americano.

— Não se preocupe, Sra. Roosevelt. — Eu olhei para as pessoas reunidas lá dentro, respirando fundo para me estabilizar. — Quando miro em alguma coisa, eu não erro.

Notas da primeira-dama

Ela se saiu bem. Não é nada fácil comparecer a um jantar em Washington (ah, como aquelas matronas elegantes bebericando seus drinques faziam meus joelhos tremerem quando eu era a jovem Sra. Roosevelt!) e manter a autoconfiança sob os olhares indolentes e curiosos. E ainda numa língua estrangeira; o inglês dela é meticulosamente correto, mesmo com sotaque.

É quase meia-noite quando trago nossos convidados soviéticos de volta para a Casa Branca. Eles vão para seus quartos parecendo exaustos, mas eu ainda tenho horas de trabalho pela frente esta noite — um rascunho do discurso que farei no Estaleiro do Brooklyn, o texto para a coluna "Meu Dia" ainda por ser terminado. Franklin já estará dormindo, ou pelo menos espero que sim, porque não ajudará em nada tê-lo ruminando sobre conspirações de inimigos nas sombras e o que eles podem ou não estar planejando. A melhor maneira de desviar seu pensamento é intrigá-lo, e eu sei exatamente como fazer isso. Paro no corredor escuro do lado de fora do quarto dele, cumprimento o policial do Serviço Secreto que está patrulhando o corredor e escrevo um bilhete para a cestinha de Eleanor, que empurro por baixo da porta a fim de ser examinado na manhã seguinte. Meus pés doem quando ando até meu escritório, já virando as páginas do meu discurso no Estaleiro, e mal posso esperar para tirar os sapatos.

Você vai gostar de Lyudmila Pavlichenko, *diz meu bilhete para Franklin.* E ela me deu uma daquelas ideias.

Capítulo 25

A manchete: "A sniper Lyudmila Pavlichenko desfrutou sua primeira noite em Washington sob o teto presidencial".

A verdade: A sniper Lyudmila Pavlichenko aprendeu que, mesmo sob o teto presidencial, ela não estava a salvo de pessoas que a queriam morta.

Por um momento, eu só fiquei olhando para ela: a folha de papel comum dobrada que havia sido colocada num envelope em branco e deslizada sob a porta do meu quarto enquanto eu dormia. Nenhuma saudação, nenhuma assinatura, só letras de forma em cirílico gritando para meus olhos sonolentos.

VOLTE PARA CASA SUA VAGABUNDA COMUNISTA OU VAI MORRER AQUI

Percebi, remotamente, que minha mão que segurava o papel estava tremendo. Não pelas palavras; eu já tinha sido chamada de vagabunda antes, e já tinha sido ameaçada de morte antes. Era o fato de alguém ter chegado até mim *aqui*, na Casa Branca. Ter se aproximado do meu quarto em algum momento depois que eu saí da coletiva de imprensa ontem à noite, e enfiado seu ódio por baixo da minha porta para que eu o encontrasse ao acordar.

Quem quer que fosse, queria que eu soubesse que podia chegar até mim. Mesmo aqui.

Olhei ao redor do quarto palaciano para onde a Sra. Roosevelt tinha me trazido na manhã de ontem. "O Sr. Churchill fica aqui quando nos visita, e a princesa Märtha da Noruega também." Eu não me impressionava com a realeza, mas certamente ficara impressionada por descansar minha cabeça onde o primeiro-ministro britânico tinha descansado a dele. Uma cama grande com dossel rosado; sofás listrados e algumas mesas com toalhas de renda; uma penteadeira e um quarto de vestir. Um banheiro privativo só para mim, que não precisava ser compartilhado com oito vizinhos moscovitas do outro lado do corredor… Na noite passada, eu tinha me deleitado descaradamente na grande banheira, depois nos travesseiros incrivelmente macios da cama, refletindo sobre como tudo era tão diferente dos abrigos enlameados do front. Em uma cama como esta, até mesmo alguém como eu poderia adormecer se sentindo segura.

Olho de novo para a ameaça rabiscada no papel em minha mão. *Não mais.*

— Você parece um pouco abatida — cumprimentou-me a primeira-dama quando cheguei para o café da manhã. Krasavchenko e Pchelintsev já estavam se regalando de ovos e bacon. — Não dormiu bem, minha querida?

— Seu amigo, o Sr. Hopkins, me serviu muitos uísques ontem à noite enquanto me perguntava sobre o front de Sebastopol. — Pus um largo sorriso no rosto, abrindo o jornal.

— As matérias sobre a coletiva de imprensa de ontem são bastante favoráveis — disse a primeira-dama, despejando chá quente em uma delicada xícara de porcelana. — Elsa Maxwell fez uma bela reportagem sobre você no *New York Post*. Ouça: "O que a tenente Pavlichenko tem é algo mais do que apenas beleza. Sua calma e confiança imperturbáveis vêm do que ela teve de enfrentar e vivenciar. Ela tem o rosto da Madonna de uma pintura de Correggio e as mãos de uma criança, e sua túnica verde-oliva com as marcas vermelhas foi castigada pelo fogo do combate violento…"

As palavras exageradas me fizeram corar, e o artigo seguinte, o que me descrevia com *os olhos gelados de uma assassina a sangue frio,* fez meu sangue ferver. Um dia em Washington e eu já tinha pessoas que não gostavam de mim. Não, pior que isso. Deixei o jornal de lado, sentindo o estalar do papel no meu bolso: *Volte para casa sua vagabunda comunista ou vai morrer aqui.*

Um dia em Washington e eu já estava temendo pela minha vida.

— VOCÊS VÃO VOLTAR À CASA BRANCA para a assembleia de estudantes daqui a alguns dias — disse o embaixador soviético para todos nós quando nos reunimos em seu escritório depois de mais uma entrevista coletiva ao meio-dia. — Mas, desta noite em diante, estarão hospedados perto da embaixada, em um hotel a poucos quarteirões daqui. Podem tirar a tarde de hoje para fazer turismo por conta própria, mas, à noite, há uma apresentação no teatro nacional a que toda a delegação deve comparecer. — Conferindo anotações. — A ópera é *Madame Butterfly.*

Eu não ia à ópera desde *La Traviata* em Odessa no dia em que a guerra começou. Eu tinha saído no intervalo naquela ocasião, não ficando nem para ver Vika dançar. Imaginei se ela ainda estaria dirigindo tanques ou se havia voltado para as sapatilhas e os palcos.

Ou se tinha morrido. Tantas pessoas que eu conhecia estavam mortas agora. E, aqui estava eu, indo à ópera…

Senti uma necessidade súbita e violenta de ar fresco e decidi (assim que fomos dispensados) caminhar pela cidade. Já estava mais que na hora de eu ver alguma parte dos Estados Unidos que não fosse pela janela de um trem ou sobre um aglomerado de microfones. Eu não conseguia superar o fato de como esta cidade era reluzente e próspera. Nunca se saberia que havia uma guerra em andamento, olhando para os homens de sapatos lustrosos que jamais foram remendados, as mulheres de chapéus elegantes e vestidos de lojas, as crianças com suas faces rechonchudas e bem alimentadas. Os automóveis brilhantes, os prédios sem marcas de crateras de bombas, as lojas sem filas se estendendo para fora das portas… E eu misturada com eles, transeuntes movendo-se à minha volta sem um olhar sequer para meus sapatos de lona e vestido de gola de renda. Eu era só mais uma pessoa olhando vitrines, não a assassina de olhos e sangue frios sobre a qual essas pessoas leram em seu café matinal. Não uma *vagabunda comunista.*

Afastei esse pensamento antes que ele pudesse escurecer meu dia.

— Está ansioso pela ópera hoje à noite? — perguntei bravamente ao meu guarda-costas, que caminhava ao meu lado. — Você gosta de Puccini?

— Não, camarada Pavlichenko. É ocidental e, portanto, decadente.

Eu suspirei. Todos os membros da delegação haviam recebido guarda-costas, discretos homens do Partido em ternos pesados cujo trabalho era nos seguir como uma sombra sempre que saíssemos da embaixada. Eu havia feito um protesto simbólico ontem. O que eles achavam que eu ia fazer? Desertar? Com meu filho ainda lá em casa? Mas o guarda-costas era obrigatório, e o meu se chamava Yuri Yuripov, parecia um bloco de cimento em seu paletó de lã cinza, e tinha toda a personalidade de um bloco de cimento também. Tê-lo andando atrás de mim enquanto eu caminhava diante das lojas era como usar uma tornozeleira de concreto numa piscina.

— Que tal fazer algumas compras, camarada Yuripov? Alguns pequenos luxos para sua esposa em Moscou?

Ele só olhou para mim, impassível. Não se esperaria de fato um senso de humor exuberante de alguém que fez carreira no NKVD, mas um sorriso ocasional seria simpático. *Aposto que ele é o maior piadista em festas,* imaginei Lena dizendo com uma risada. Desejei desesperadamente que fosse ela que estivesse aqui. Se fosse ela, teria pressionado o nariz na vitrine da butique mais próxima, cobiçando os vestidos nos manequins. *Olha só essa beleza,* exclamaria. *Eu ia ficar parecendo a Hedy Lamarr nisso!*

— Sim, você ia — falei em voz alta, parando para olhar o vestido na vitrine: um traje de noite amarelo, cetim pesado da cor de um sol amanteigado, um decote profundo na frente, a saia ondulando de uma cintura justa para o chão. Eu não conseguia tirar os olhos daquela cor, algo que uma sniper jamais usaria; uma cor que a pintava como um alvo. Eu tinha passado um ano inteiro tentando me camuflar, me misturar com a paisagem e, agora, de repente, estava desejando uma cor.

E por que não? Eu tinha dinheiro no bolso, todo o meu pagamento do exército que nunca tive oportunidade de gastar, e a Dama da Morte queria alguma vida, para variar. A Dama da Meia-Noite queria vestir um pouco de sol.

— Você se importaria de esperar aqui fora? — perguntei a Yuri. — Ou vai me seguir até dentro do provador?

— Não, camarada Pavlichenko. Isso não faz parte das minhas instruções.

— Graças a Lênin! — resmunguei, e entrei. Quando saí meia hora depois com uma sacola de compras na mão, tive uma visão desagradável: Alexei encostado no poste em frente, fumando um cigarro com Yuri.

— A moça bonita está comprando coisas bonitas? — perguntou ele.

— Qual é o problema? Você vai me denunciar por sucumbir à decadência ocidental? — revidei. — Quando metade dos homens nesta delegação correu para comprar batons e meias-calças aos montes para suas esposas em Moscou *e* suas amantes no Balé Bolshoi?

— Todo mundo sabe dos benefícios de viagens como estas. Nylons e batons são só o começo. — Alexei se pôs a andar ao meu lado. Ele já tinha se equipado com um terno em estilo ocidental, um tweed bonito e macio que vestia seu corpo longo e esguio com uma elegância informal. — Tem um daqueles Hot Shoppes logo adiante. Um grande avanço em relação às lanchonetes de cheburek de Odessa. Vou comprar um refrigerante para você. — Ele deu uma olhada no meu guarda-costas, que vinha uns doze passos atrás de nós. — Para o Yuri também.

— Refrigerante não faz parte das minhas instruções — disse Yuri, impassível.

— Nem das minhas.

Tinham me falado que havia um parque nas proximidades, então virei na rua Decatur. Havia um limite de vitrines para as quais uma sniper conseguia olhar antes de querer voltar à companhia de árvores e arbustos.

Ou talvez fosse cobertura o que eu estava procurando. O ponto entre minhas escápulas andava coçando desde que li a ameaça esta manhã, e agora ali estava Alexei me pressionando também.

— Espere, *kroshka*. — Meu marido veio atrás de mim, Yuri atrás dele. Felizmente Alexei não tinha sido considerado importante o suficiente para ter um guarda-costas (e ah, como isso o devia estar incomodando) ou então pareceria que eu estava liderando um desfile. — Tome o refrigerante comigo. Você vai gostar.

— O que eu *não* gosto é de aceitar qualquer coisa de você, Alexei.

— Você costumava me chamar de Alyosha. Não em público, mas quando estávamos só nós dois, e você mais gemia do que falava.

Eu parei na esquina da Decatur com a Blagden, quase colidindo com uma mulher e sua bolsa de couro envernizado.

— Alexei, o que você *quer*? Por que está fazendo isso?

Seus olhos dançaram.

— Isso o quê?

Eu quase gritei. Não era justo que ele ainda conseguisse me irritar desse jeito. Não era *justo*.

— Esquece. Vou caminhar no parque.

— Então vou caminhar com você. Poderia ficar mais para trás para não nos escutar, camarada Yuripov? — pediu Alexei. — Preciso ter uma conversa particular com minha esposa, certo?

Yuri se afastou mais vinte passos para trás sem me consultar. Não era de conhecimento geral na delegação que Alexei era meu marido, mas, claramente, isso não era surpresa para o NKVD. Suspirei, tentada a dizer a Alexei que eu preferia andar pelo meio de uma zona de guerra a caminhar com ele, mas, se Alexei e eu íamos brigar, era melhor fazer isso fora da embaixada. Então dei de ombros e acelerei o passo na direção em que o funcionário do hotel me disse que ficava o Rock Creek Park. Estava esperando encontrar um trecho de gramado bem cuidado com a cidade em volta, mas acabou sendo de fato uma grande área de bosque no centro da capital. O que pareciam quilômetros de arbustos e pedras e árvores, algumas se agarrando a suas agulhas verdes, outras ressecando na glória vermelha e dourada do outono. Mesmo tendo que arrastar minha comitiva irritante atrás, eu fiquei encantada.

— Tem certeza de que não quer um hambúrguer em vez disto? — insistiu Alexei, ainda andando ao meu lado enquanto eu caminhava entre faias e carvalhos. — Eu experimentei uma coisa chamada Mighty Mo, carne grelhada e pão branco sem gosto, estranhamente viciante. Queria provar mais comidas americanas. Ver mais deste país...

Eu me abaixei para passar sob um galho que mergulhava sobre a trilha que mal merecia esse nome.

— Só vamos ficar aqui mais uma semana.

— Mas é só o começo para você, sem dúvida. Você foi aprovada pelo próprio Chefe. Isso significa que pode haver mais viagens ao exterior, mais visitas, mais privilégios... As recompensas da fama chovendo sobre nossa família.

— A fama é passageira. — Ignorei o *nossa*, ainda balançando minha sacola de compras ao meu lado. — Pretendo voltar para o front. Quais são as chances de que eu sobreviva mais um ano? Só minha família vai se lembrar do meu nome depois que eu me for, e isso é suficiente para mim.

— O Partido talvez tenha planos maiores para você. — Os galhos pendentes não pareciam empecilhos para Alexei; ele subiu com passos firmes como uma cabra-montês por uma encosta em direção a uma pedra saliente. — Que bela vista!

Subi também, ignorando a mão estendida dele, e parei por um momento admirando uma crista mais íngreme abaixo, os emaranhados de louros-da-montanha e o bater de asas dos tordos. *Que lugar perfeito para uma tocaia,* não pude deixar de pensar. Daria para deitar de barriga aqui com um fuzil e pegar todo mundo que aparecesse na encosta abaixo.

— Como está o Slavka? — perguntou Alexei, arregaçando os punhos imaculados da camisa.

— Você nunca me perguntou do seu filho. — Eu me virei para descer da pedra, todos os meus sentidos tensos ao ouvir o nome Slavka.

— Eu ainda tenho o direito de saber.

— Discutível. — Retomei meus passos rápidos ao longo do caminho sinuoso. — Ele é saudável, se quer saber. Vai muito bem nos estudos.

— Faz muito tempo que não o vejo, mas tenho certeza de que ele está crescendo bonito. Sempre achei que ele tinha os meus olhos.

— Eu me lembro de uma época em que você dizia que ele não se parecia em nada com você, e me perguntou se ele era mesmo seu filho.

— Eu era um imbecil naquela época. — Alexei deu um sorriso triste, mas eu ouvia a acidez se insinuando em sua voz. — Será que você pode mesmo pôr toda a culpa em mim? Seu pai me obrigou a um casamento para o qual eu não estava preparado; foi uma escolha entre me casar com você ou temer que ele mandasse alguém para decepar meus dedos. É surpresa eu ter ficado um pouquinho ressentido com isso? Por ter sido forçado?

— Ninguém *forçou* você a seduzir uma menina que tinha acabado de fazer quinze anos. — Ouvi minha própria voz se elevando.

— Eu estou pedindo desculpas, Mila. — Ele fez um daqueles seus gestos de *calma* com as mãos que me dava vontade de acertá-lo com o objeto de cimento contundente mais próximo. Neste momento, seria o camarada Yuri Yuripov, caminhando atrás de nós, fazendo seu melhor trabalho de funcionário do NKVD para garantir que nós não começássemos a divulgar segredos de Estado para um olmo. — Não estou aqui para brigar com você — continuou Alexei. — Estou aqui para fazer as pazes. Quero ver nosso filho quando voltarmos para casa.

Retomei o passo rápido.

— Não.

— Mila, um homem pode admitir que cometeu erros. Eu não fui um bom marido e pai; deixe-me compensar isso agora. No fim das contas, o Slavka ainda é meu filho.

De repente, eu estava me arrependendo dessa caminhada entre as árvores. Não havia o movimento de gente que eu tinha previsto, crianças brincando, mulheres com carrinhos de bebê, estudantes fazendo piqueniques. Apenas algumas pessoas andando a distância, manchas de cor em casacos vistosos, e um observador de pássaros desengonçado com um binóculo... mas, fora isso, nem uma alma entre aqueles bosques que engoliam os sons, exceto Yuri. E eu não acho que ele ia interferir se Alexei tentasse pôr as mãos em mim. Suas instruções eram impedir que eu me comportasse mal, não se intrometer numa briga de casal. Escutei o gorgolejar de um riacho em algum lugar nas proximidades e fui nessa direção. Água corrente significava margens abertas e, de repente, eu queria espaço de manobra.

— Até você tem de admitir que todo menino precisa de um pai. — Alexei tentou me convencer, aparentemente sem perceber meu desconforto. — Alguém para ensiná-lo como jogar hóquei, ajudá-lo com as lições…

Lyonya teria mostrado a Slavka como fazer tudo isso. Era tão fácil ver o futuro que nunca teríamos, nós três patinando no gelo no Parque Gorky no inverno… Pisquei com força para evitar as lágrimas quando cheguei ao riacho. Não era uma corrente profunda, mais um córrego sinuoso cheio de pedras, mas havia uma ponte à minha esquerda, um arco de aparência antiga construído com enormes blocos de pedra, e eu fui até lá.

— Você sabe que o Slavka precisa de um pai. Por que outro motivo ia se juntar com aquele tenente? — perguntou Alexei, lendo minha mente mesmo sem poder ver o meu rosto. — Mas ele não está mais aqui, e isso me fez perceber que eu deixei uma coisa boa escapar.

Cheguei ao meio da ponte e parei para olhar. Um lugar bonito: árvores enormes espalhando-se em cada margem, o riacho com seu gorgolejar feliz e as pedras dispersas, arcos vermelho-dourados de folhas de outono balançando acima de nós. Parte de mim ficou maravilhada ao ver algo tão belo no meio de uma cidade, natureza intocada e perfeita para restaurar uma alma cansada de edifícios de concreto e calçadas. E parte de mim estava mais cautelosa do que nunca, consciente do meu marido ao meu lado, de cada movimento e olhar dele.

— O que você quer? — perguntei por fim, com sobriedade. Eu sabia perfeitamente bem o que ele queria, mas me recusava a facilitar para ele.

— Quero você de volta, Mila. — Alexei pousou a mão no parapeito da ponte, a palma para cima em um convite. — Você, eu, Slavka. Uma família de verdade outra vez. E que momento melhor para nós dois recomeçarmos do que nesta viagem?

— Não — declarei. — Mil vezes não. Não.

Seu sorriso não se alterou.

— Eu sei que preciso conquistar você de novo, *kroshka*. Cortejá-la como deveria ter feito da primeira vez.

— Eu já não estou um pouco velha para você? — Eu tinha visto o jeito como seu olhar acompanhava os quadris estreitos das meninas adolescentes por que passamos na rua Decatur.

— Você era uma menina naquela época. Agora você é uma mulher. Um homem chega a um estágio na vida em que aprecia uma mulher…

— Em que ele aprecia uma heroína de guerra, você quer dizer. Uma mulher elegível para receber privilégios do Partido.

Se Alexei já estava pensando nas viagens ao exterior que eu ganharia se sobrevivesse à guerra, eu tinha certeza de que estava pensando também em um apartamento grande em Moscou; reuniões do Partido com caviar e champanhe à vontade; presentes e subornos e assentos na mesa principal com autoridades vistosas. Fama, conforto, riqueza. Talvez ele preferisse ter ganhado essas coisas por si mesmo, mas, se fosse necessário atrelar sua troika atrás de uma estrela em vez de ele próprio se tornar uma, ele pegaria os arreios e começaria a afivelar as correias.

Ele só precisava que a égua entrasse na canga que ele estava segurando.

— Imagine a vida que nós teríamos — dizia ele, persuasivamente. — Os vestidos e joias que eu lhe daria, os privilégios para Slavka…

— Eu não sou tão famosa quanto você pensa. Essa vida de luxo que você acha que está à minha disposição…

— À nossa disposição.

— Mesmo que ela fosse possível… — Eu não acreditava que minha notoriedade tivesse algum poder mais duradouro do que o riscar de um fósforo — … por que eu precisaria de você? Tudo que você promete para o nosso filho eu mesma posso dar a ele. — Ignorei a mão estendida de Alexei. — Esses privilégios de que você está falando vêm todos de *mim*.

— Exceto o nome. — Algo em meu sorriso vacilou. — O nome com o qual você ficou famosa, Mila. Ele ainda é meu.

— O mundo me conhece como Dama da Morte, e esse nome eu mesma ganhei. Eu não devo nada a você pelo seu nome.

— Você me deve alguma coisa. Eu não deixei você ter o seu tenente em Sebastopol?

A raiva me deixou sem voz por um momento.

— Me *deixou*...

— Qualquer um podia ver que não ia durar, então deixei você aproveitar. Ele ia acabar levando um golpe, ou você, mais cedo ou mais tarde, então não falei nada... e é sério, a maioria dos maridos não teria sido tão compreensiva. Mas as coisas são diferentes agora...

Um tordo saiu de repente dos arbustos próximos quando o observador de pássaros com o binóculo veio trombando pela margem, máquina fotográfica em ação. Eu quase dei um pulo de susto com o barulho, e o sorriso de Alexei se alargou um pouquinho.

— Eu vou me divorciar de você assim que chegar a Moscou — falei para ele, aborrecida por ter demonstrado uma fraqueza, e voltei os passos na direção do impassível Yuri na margem.

Eu queria sair desse bosque. Queria meu quarto privativo no hotel de Washington. Algum lugar em que tanto Alexei como inimigos anônimos que rabiscavam seu ódio pudessem estar seguramente trancados do lado de fora de uma porta sólida.

— Você não quer isso, Mila. — Eu não me virei, mas dava para ouvir o sorriso na voz de Alexei. Era impossível deixá-lo irritado, porque ele sempre sabia mais sobre tudo e estava sempre no controle. Sempre. — Você não sabe o que quer.

Isso fez eu me virar, embora eu soubesse que não deveria. Os olhos dele cintilavam. *Está gostando do seu ataquezinho de raiva?*, perguntavam eles.

— Eu quero que você me deixe em paz — rosnei. — Porque eu nunca, nunca, *nunca* vou querer você de volta.

— Eu vou fazer você mudar de ideia — disse ele, baixinho. — E, *kroshka*, você vai gostar.

— Estou solicitando que o Dr. Pavlichenko seja removido da lista dos que irão à ópera hoje à noite — comuniquei Krasavchenko na sala da embaixada que ele estava usando para si. — Fui instruída a não mencioná-lo publicamente nesta viagem porque a imprensa americana desaprovaria uma mulher que está separada do marido. Pois bem, eu quero mais distância entre ele e eu em *todos* os próximos eventos.

Krasavchenko pareceu confuso.

— Ele deixou claro para mim que vocês dois estavam considerando uma reconciliação.

— *Eu* não estou considerando nada. *Ele* está me pressionando quando tento me concentrar nas minhas obrigações, e *você* precisa fazer isso parar.

Eu via a expressão no olhar de Krasavchenko: *Olha só para ela, toda exaltada, como seria de esperar de uma mulher.*

— Talvez se você se acalmasse em relação a isso…

— Estou muito calma, eu garanto a você. A menos que me provoquem, sou uma pessoa excepcionalmente calma, racional e quieta. O Dr. Pavlichenko, no entanto, está começando a me provocar. Eu posso lhe garantir que, se ele e eu estivermos no mesmo local, haverá uma cena.

Um suspiro.

— Ele não estará na ópera hoje à noite.

— Obrigada.

Aguente apenas essa assembleia, falei comigo mesma quando voltei ao meu quarto no hotel. Assim que eu voltasse para casa, e depois para o front, Alexei veria que minhas chances de sobreviver eram mínimas demais para que ele aproveitasse minha fama antes de eu ser morta…

Eu fiz uma pausa, passando um pente pelo cabelo curto, percebendo que fazia um tempo que não sentia a sombra quieta da morte junto ao meu ombro me lembrando de como me restava pouco tempo. Eu tinha este breve espaço antes que a batalha consumisse minha vida outra vez; talvez valesse a pena aproveitá-lo pelo que ele era: uma longa inspiração antes do mergulho final.

Então, aproveite a ópera, pensei, com um impulso de prazer hesitante, e desembrulhei o vestido de cetim amarelo que tinha comprado na butique. A primeira coisa bonita que eu comprava para mim em tanto tempo. Eu o pendurei para desamassá-lo, depois vesti a combinação e gastei algum tempo passando pó de arroz no rosto, aplicando batom. Meu cabelo ainda estava bem curto na nuca, mas tinha ondulações e brilho outra vez, e mal se podia ver onde ele havia sido raspado por causa do ferimento com o estilhaço. Eu o prendi de um lado e deixei solto do outro, sobre a orelha que quase fora arrancada por uma granada e ainda mostrava as cicatrizes dos pontos. Cicatrizes devidamente escondidas, enfiei o vestido pela cabeça e levei as mãos às costas para fechar os doze pequenos botões revestidos de cetim.

Uma batida soou. Estranho como se pode conhecer um homem pelo jeito como ele bate à porta: a batida de Krasavchenko era tão cheia de importância quanto ele; a batida de Alexei se insinuava, praticamente se enfiando por baixo da porta. A de Kostia era quase inaudível, pouco mais que um roçar dos nós dos dedos. Ele não precisou dizer nada para eu saber que era meu parceiro.

— Já vou descer. — O quarto tinha apenas um espelho pequeno; torci o corpo diante dele, tentando ver minhas costas. — Diga ao Krasavchenko que eu preciso me trocar.

A voz de Kostia soou.

— Por quê?

Eu não conseguia ver minhas costas. Soltei o ar com força, frustrada.

— Você se importa de entrar?

Kostia entrou no quarto e minhas sobrancelhas subiram ao vê-lo: o traje de noite formal preto e branco realçava seu rosto moreno de sol, a bengala escura mais como a espada de um cavaleiro do que uma ajuda para se apoiar.

— Nunca vi um lobo de black tie antes — brinquei.

Ele não disse nada, só ficou olhando para mim. Cruzei os braços sobre o corpete de cetim amarelo, de repente constrangida. Era estranho sentir toda essa pele nua: braços nus; o cabelo se enrolando junto ao pescoço nu; cetim justo sobre pernas envoltas em meias finas. Meu parceiro praticamente só tinha me visto em uniformes. Eu usei um vestido de noite nos eventos formais no Cairo, mas a ideia de um vestido de noite em Moscou e nos Estados Unidos era muito diferente. A expressão de Kostia era cuidadosamente neutra.

— Eu comprei sem experimentar — expliquei, preenchendo o silêncio. — A vendedora garantiu que ia servir... não pensei nas costas.

Eu me virei. O decote do vestido de cetim amarelo mergulhava em um profundo V e, por mais que eu me torcesse, não conseguia enxergar o quanto de minhas costas ele revelava.

— Aparece?

O ferimento de estilhaço que me mandara para uma cama de hospital em Sebastopol havia cicatrizado em uma longa linha irregular e avermelhada que serpenteava da escápula direita até a coluna. Lena tinha ajeitado um par de espelhos em um ângulo que me permitisse ver. "Parece que um pássaro de fogo passou as garras em você", disse ela, com bom humor. Nunca tive motivo para me sentir constrangida com a cicatriz antes. Por que eu deveria? A única pessoa a vê-la além de Lena tinha sido Lyonya; ele costumava traçá-la com o dedo quando eu adormecia à noite, com minhas costas nuas aconchegadas em seu peito. Fora isso, meu uniforme cobria a cicatriz. Todas as minhas roupas a cobriam. Exceto este vestido bobo que eu tinha comprado por impulso, porque a Dama da Morte queria ficar *bonita*.

Ninguém pensaria em *bonita* olhando minhas cicatrizes emolduradas pelo cetim amarelo. Eu podia cobrir as marcas que tinha sob meu cabelo, as cicatrizes na orelha, mas não essa. "Deixe que eles a conheçam", a primeira-dama tinha me aconselhado sobre como lidar com os americanos. Mas eles não iam querer me conhecer se meus ferimentos de guerra os repelissem.

— Aparece, não é? — perguntei, enquanto o silêncio se estendia.

A voz de meu parceiro veio baixa, diretamente atrás de mim, perto o bastante para arrepiar minha pele.

— Sim.

— Eu vou me trocar. Diga a Krasavchenko…

As mãos de Kostia desceram para os dois lados da minha cintura. Ele inclinou a cabeça, pousou a boca na pele enrugada da cicatriz e a deixou ali por um momento que pareceu um ano.

— Mostre-a — murmurou ele na minha pele. O beijo começou no meu ombro e terminou na minha coluna, no fim da cicatriz. — Mostre-a com orgulho.

Eu fiquei completamente imóvel, presa no chão, até ouvir o clique discreto da porta sinalizando que ele havia saído.

O ATIRADOR DESLIZOU PARA O banco ao lado do russo alto e loiro que bebia vodca em silêncio no bar do hotel.

— Incomoda-se se eu me sentar aqui? — perguntou ele em seu russo ruim, mostrando a identidade falsificada da imprensa. — Você é o Dr. Pavlichenko, certo? O médico da delegação? — Ele havia pegado o nome na lista que Lenço de Bolso tinha lhe fornecido das pessoas menos importantes da delegação.

— O próprio — disse Alexei Pavlichenko, claramente satisfeito por ser reconhecido. — Sente-se, sente-se. É sempre um prazer conversar na minha língua.

— Mesmo eu falando mal assim? Peguei o jeito quando cobri o Partido Comunista americano uns anos atrás…

O atirador soltou algumas gentilezas, deixando a conversa girar em torno das bebidas. Ele geralmente não fazia contato com pessoas tão próximas ao alvo; costumava operar de acordo com a regra de que quanto menos pontos de contato houvesse, melhor. Mas tinha estudado o suficiente para poder falar como jornalista a noite toda se necessário. E algumas mudanças cuidadosas na sua aparência (peruca, saltos no sapato, voz) tornariam muito improvável que Alexei Pavlichenko o reconhecesse quando o atirador retornasse ao seu sotaque e cor de cabelo.

— E então, doutor — disse ele, depois de pedir mais uma rodada de bebidas. — Fiquei sabendo que você também é um herói de guerra. Por que então não está no Teatro Nacional com os outros?

O sorriso do médico oscilou.

— A gente acaba se cansando desses eventos públicos. Toda a imprensa, a atenção…

Você não foi convidado. O atirador tinha estado no primeiro ato de *Madame Butterfly* esta noite, de olho na delegação soviética, que atraiu mais atenção do que os cantores. No intervalo, eles foram chamados ao palco pelo público para receberem aplausos. Lyudmila Pavlichenko, parecendo visivelmente nervosa em um vestido de cetim amarelo, tinha feito um discurso simpático, por meio dos intérpretes, sobre como eles todos estavam satisfeitos por estar em Washington, como era urgente a necessidade do auxílio dos Estados Unidos na guerra… e, quando o público no teatro começou a passar o chapéu pedindo doações para o Exército Vermelho, o atirador tinha se levantado de seu assento e voltado ao hotel onde a delegação fora alojada. Não só a delegação, mas seus subalternos e guarda-costas.

— O seu sobrenome — exclamou o atirador, como se só então tivesse reparado. — É o mesmo que o da mulher sniper. Qual é a sua relação com ela? Irmão, primo…

— Marido. — O médico virou sua vodca de um gole só.

— Eu achei que ela era viúva. — Fingindo surpresa.

— É complicado. — Um sorriso de cumplicidade. — E não é sempre, com as mulheres?

O atirador disfarçou o próprio sorriso no copo. Ouviu ciúme na voz do outro homem, inveja, rancor, desejo… Aquela discussão na Ponte Boulder no parque *tinha* sido uma briga conjugal, então. Ele não teve certeza na hora; perambular pelas margens do Rock Creek fingindo ser um observador de pássaros não deixou que ele chegasse suficientemente perto para ouvir, e ele não quis chegar tão perto que lhes desse a chance de ver seu rosto sob a aba do boné de beisebol, mas a linguagem corporal entre a mulher e o médico lhe contara uma história interessante. O encontro deles o havia surpreendido. O atirador estava seguindo o médico naquela tarde, não a moça, para estudar suas opções e selecionar quem abordar na delegação, qual pessoa poderia ser usada para armar a cilada em torno de Lyudmila Pavlichenko. E descobrir de repente que a melhor escolha era seu descontente e desprezado marido?

Às vezes o destino larga um presente no nosso colo.

Mais uma rodada de bebidas, e o atirador esperou que elas fizessem efeito antes de se inclinar para mais perto do balcão.

— Então, essa assembleia de estudantes…

Capítulo 26

A manchete: "A Assembleia Internacional de Estudantes teve início hoje com quase 400 estudantes de 53 países. Latino-americanos, africanos, asiáticos e europeus reunidos com harmonia e entusiasmo".

A verdade: Os estudantes da Universidade de Mumbai quase saíram no soco com os representantes britânicos de Oxford por causa da chamada Questão Indiana, e a única razão de eu não ter começado a marchar ao lado do rapaz de turbante gritando "Nós ainda vamos conquistar a independência, seus vermes colonialistas!" foi que Krasavchenko ameaçou me expatriar para o Círculo Ártico.

— Posso roubá-los por um momento, meus caros?

Pisquei para a primeira-dama, trocando olhares com Krasavchenko e Pchelintsev. A recepção inaugural ainda estava longe de terminar; nós três segurávamos pratos intocados de canapés e taças de um onipresente vinho branco quente como xixi de cabra perfumado, assediados por perguntas de jornalistas, convidados honorários de organizações cívicas dos Estados Unidos e colegas estudantes. Krasavchenko estava enfadando os ouvidos de um assessor da Casa Branca; Pchelintsev revivia todos os seus duelos em Leningrado para um general americano carregado de medalhas; e eu estava tentando me desvencilhar de uma colunista social ávida que queria saber que tipo de rotina de maquiagem eu seguia no front. "Eu me banho no sangue dos meus inimigos", tive vontade de dizer. "É *maravilhoso* para a pele!" Mas ela provavelmente ia achar que eu estava falando sério, porque os americanos pareciam pressupor que todos os soviéticos eram tão desprovidos de senso de humor quanto meu guarda-costas Yuri.

Em outras palavras, tudo ia de acordo com o esperado para o primeiro dia da assembleia. Mas, agora, a primeira-dama estava nos chamando de lado.

— Jantar na Casa Branca — foi a desculpa que ela deu por nós, coletando Kostia no caminho.

Eu esperava ser conduzida para a sala de jantar já conhecida na Casa Branca e prometi a mim mesma que, dessa vez, não olharia boquiaberta para os candelabros e quadros e porcelanas. Mas nós fomos levados para um escritório oval privativo, e meus olhos se arregalaram por um motivo inteiramente diferente.

No centro da sala, havia um homem sentado sozinho numa poltrona de madeira com encosto alto, as mãos de dedos longos apoiadas nos braços largos da cadeira, um cobertor xadrez sobre as pernas.

— Quero lhes apresentar o presidente — disse a primeira-dama.

Eu já estava em posição de sentido, pronta sem nem ter tomado a decisão de fazer isso. Os outros também, todos nós respondendo à autoridade que emanava daquela cadeira. O olhar atento do presidente passou por nós enquanto Kostia fazia as apresentações e eu tinha certeza de que ele seria capaz de repetir nossos nomes e detalhes daqui a uma década se lhe perguntassem.

— Krasavchenko, Pchelintsev, Pavlichenko. Que maravilha. — Ele sorriu e não pude deixar de sorrir de volta quando foi minha vez de avançar para apertar aquela mão longa e vigorosa. — Gostaria de ouvir as experiências da jovem primeiro.

Uma meia reverência cortês da cadeira. *Você é uma sniper com 309 abates*, eu me repreendi. *Não vá ficar vermelha só porque o presidente americano é um sedutor!* Mas, pelo amor de Lênin, foi por pouco: me instruíram a esperar uma mente perspicaz e uma vontade forte em Franklin Delano Roosevelt, mas eu não esperava a receptividade, a energia, a atenção compenetrada enquanto ele me dirigia perguntas por intermédio de Kostia. De que combates eu tinha participado; quais ações estavam por trás das minhas condecorações militares; como meu regimento havia lutado? A imprensa daqui achava difícil acreditar que eu fizesse alguma coisa no front além de ondular o cabelo para as fotos de propaganda; o presidente deles nem piscou quando descrevi como cavar uma trincheira e esperar seis, sete, oito horas pelo tiro perfeito. Como a nossa escassez de armas de fogo era tão dramática que meu primeiro fuzil chegou a mim com o sangue do dono anterior ainda úmido no cano.

— Anos de guerra — disse o presidente Roosevelt por fim, depois de questionar meus colegas delegados, um por vez — e o nosso lado ainda não conseguiu resistir aos inimigos por tanto tempo em lugar nenhum quanto vocês russos conseguiram. É seu espírito militar, seu treinamento? A habilidade de seus oficiais e generais? A unidade entre exército e população? — Ele inclinou a cabeça, olhando para cada um de nós. — O que vocês diriam?

— É a *vontade* — respondi, quando vi Krasavchenko hesitar. — Porque nós mantemos a posição e lutamos ou morremos. Só que nenhuma força de vontade no mundo faz diferença se não tivermos balas ou fuzis.

— Contem-me mais — pediu o presidente, com a voz calma.

Ele nos ganhou em questão de segundos. A voz autoritária da primeira-dama soava ao fundo, e cadeiras eram puxadas; drinques servidos; mapas improvisados esboçados com guardanapos e misturadores de coquetel enquanto falávamos e o presidente ouvia.

— E como vocês se sentem em nosso país? — concluiu ele, olhando de um rosto para outro. — Os americanos são cordiais com vocês?

Por um instante, pensei na segunda ameaça escrita à mão que eu tinha recebido ontem de manhã: *Você vai morrer gritando sua cachorra vermelha.* O mesmo cirílico rabiscado, a mesma letra até onde eu podia ver, e eles, aparentemente, conseguiam chegar até mim com tanta facilidade no hotel em Washington quanto na Casa Branca. Agora, eu não conseguia deixar de olhar para trás sempre que me aventurava para fora dos prédios, mesmo com o embaixador soviético dando de ombros e dizendo que não era nada…

— Somos recebidos em todos os lugares como hóspedes bem-vindos – Krasavchenko estava assegurando ao presidente por intermédio de Kostia. — Os americanos são um povo muito hospitaleiro!

Eu não ia mencionar minhas ameaças de morte, mas não pude resistir a dizer em inglês:

— Às vezes somos submetidos a ataques súbitos.

O presidente franziu a testa.

— Ataques?

— De seus repórteres. — Mantive o rosto sério, mas deixei os olhos serem expressivos. — Eles são muito persistentes. Querem que a gente revele tudo.

O presidente Roosevelt sorriu. Que sorriso aquele homem tinha. Ele gostava de mulheres, nos havia sido dito em nossos relatórios em Moscou, e eu podia sentir que ele gostava de mim. Ele não achava que o corte do meu uniforme não era favorável. Então respirei fundo e disse:

— Eu poderia lhe pedir…

— Assistência mais ativa à União Soviética? — completou ele, me lendo sem esforço. — A abertura de um segundo front na Europa Ocidental para obrigar as divisões alemãs a se afastarem das margens do Volga?

Eu assenti. Sabia que esse segundo front não era algo que ele pudesse mobilizar com tanta facilidade quanto imaginava quando cheguei a este país, mas também não ia fingir que a nossa necessidade não era urgente.

Ele ficou pensativo.

— O Sr. Stalin já está ciente de que é difícil para nós, neste momento, prestar uma assistência mais ativa ao seu país. Nós americanos ainda não estamos prontos para uma ação decisiva…

— Vocês agiram de forma decisiva depois de Pearl Harbor — não pude deixar de dizer.

Outro daqueles sorrisos tristes.

— No entanto, quando se trata de expandir para uma frente europeia, somos impedidos pela necessidade de ajudar nossos aliados britânicos. Mas de coração e alma — outra daquelas reverências corteses na cadeira — estamos junto com nossos amigos russos.

— Bom — murmurou Krasavchenko mais tarde, quando descíamos para o nosso jantar de fato depois que o presidente pediu licença para se dedicar a outro dever —, isso foi inútil.

— Você achou que ele poria a mão no coração e prometeria um exército assim de cara? Se ele tivesse feito isso, eu não teria acreditado em nenhuma palavra. — Eu sorri. — Nós somos só estudantes, não negociadores. Tudo que podemos fazer é defender nossa posição. Pelo menos ele ouviu, ao contrário dos jornalistas dele.

Inesperadamente, Kostia falou, sua voz quieta acima do som abafado de nossos sapatos no tapete caro.

— Esse é um homem a seguir em um bombardeio.

— Ele me faz pensar... Fiz uma pausa, tentando encontrar as palavras. — Posso ser apenas uma estudante aqui, mas não preciso ser inútil. Se um homem como ele consegue conduzir sozinho sua nação durante uma depressão econômica mundial e, depois, por uma guerra mundial, posso muito bem aprender a fazer discursos sem me sentir como um veado pego na luz de um holofote, não posso?

Kostia não respondeu, mas seus olhos encontraram os meus pela primeira vez desde a ópera. Havia algo em seu olhar agora que queimava, e não consegui evitar que meu estômago se contraísse em uma resposta confusa e caótica, mesmo ao sermos conduzidos para outra longa mesa de sala de jantar com autoridades e convidados da Casa Branca. O último dia dessa assembleia aqui também marcaria seis meses desde o dia em que Lyonya morreu...

Fiquei aliviada ao me afastar do meu parceiro e sentar-me ao lado do assessor presidencial Harry Hopkins, que puxou a cadeira para mim com algo como um brilho nos olhos. Desde o nosso primeiro encontro, ele gostou de mim e, apesar do meu instinto de permanecer reticente com os americanos, eu gostei dele. Como seu chefe, ele fazia perguntas e de fato ouvia as respostas. Eu vinha despejando tantos fatos quanto podia naqueles ouvidos receptivos.

— O que achou do presidente?

— Eu me sinto honrada de chamá-lo de aliado — consegui dizer em meu tom diplomático mais amável, murmurando um *spasibo* para o garçom que encheu meu copo.

— Sra. Pavlichenko, fiquei sabendo que a empresa de tabaco Philip Morris vai lhe oferecer um contrato — disse uma mulher do outro lado da mesa. — Eles querem colocar seu retrato em maços de cigarro! O que tem a dizer sobre isso?

— Eles podem ir para o inferno — respondi em inglês, abandonando o tom diplomático amável, e a mesa caiu na risada.

— Maços de cigarro podem ser apenas o começo — murmurou a primeira-dama, e eu virei a cabeça.

— O que quer dizer, Sra. Roosevelt?

— Ah, nada. — Seus olhos definitivamente brilharam. — Eu só tive uma ideia... E acredito que o presidente, tendo conhecido vocês, está pronto para concordar com ela.

O SEGUNDO E O TERCEIRO dias da assembleia. Longos discursos monótonos, geralmente seguidos de debates acalorados. Responder perguntas sobre meu uniforme; trocar histórias universitárias com uma jovem dentuça de York e um garoto de rosto liso de Beijing que mal parecia ter idade para fazer a barba. Aplaudir quando os delegados aprovaram um Memorando Eslavo condenando o fascismo alemão.

— Tão gentil da parte deles concluir que o fascismo é ruim — sussurrei para Yuri. — Mal posso esperar para informar o camarada Stalin dessa decisão. Ele vai ficar tão aliviado! — Nem isso conseguiu provocar uma expressão facial no meu guarda-costas, que continuou a observar com seus pequenos olhos atentos do fundo da sala enquanto as lâmpadas de flash disparavam.

A primeira-dama insistiu em posar para fotografias entre Pchelintsev e eu, segurando nossas mãos com muita firmeza nas suas mãos grandes e capazes. Talvez seu marido não pudesse prometer ajuda tão rapidamente quanto queríamos, mas ela garantiu que nenhum fotógrafo saísse sem aquele retrato de todos nós de mãos dadas, um símbolo visível da aliança militar soviético-americana.

— Você está começando a ficar à vontade sob os holofotes, finalmente — murmurou Alexei no último dia da assembleia. A recepção de encerramento estava sendo realizada no gramado ao lado da Casa Branca; o fim de tarde quente e ensolarado projetava minha sombra longa e oblíqua à frente. — Parabéns, *kroshka*.

— *Ta mère elle suce des ours* — falei para ele.

Uma frase que uma estudante franco-canadense me ensinou durante o intervalo para fumar, quando conversávamos sobre como nos livrar do assédio de professores: um tema que estudantes universitárias mulheres do mundo todo compartilhavam independentemente de qualquer barreira linguística. Eu a ensinei a dizer *Guarde essas patas de porco de volta no bolso* em russo; ela me ensinou *Ta mère elle suce des ours*, que entendi que significava *Sua mãe chupa ursos*. "É ainda mais ofensivo do que parece pela tradução", avisou ela, e eu sorri do rosto confuso do Alexei enquanto saía para me juntar ao grupo de estudantes de Montreal. Estava determinada a aproveitar essa última recepção. Em Moscou, teria sido um evento elaborado, com mesas de toalhas brancas, ternos escuros e longos discursos, mas a primeira-dama fizera tudo como uma festa ao ar livre: estudantes caminhando pelos jardins com pratos de papel cheios de sanduíches e garrafas de vidro de Coca-Cola, o som de um decadente e delicioso ragtime vindo de um rádio em algum lugar. O presidente Roosevelt ainda não tinha se juntado a nós, e eu sentia um suspense na multidão com os convidados à espera dele, mas, até ele chegar, tudo podia se manter decididamente informal. Acabei contando a um assessor da Casa Branca sobre minha caminhada até a Ponte Boulder no Rock Creek Park, me surpreendendo quando o assessor me disse que o presidente Roosevelt certa vez havia perdido um anel de sinete lá numa caminhada.

— O presidente Roosevelt estava fazendo uma caminhada?

— Foi o primo dele, o presidente Teddy Roosevelt, quarenta anos atrás — explicou o assessor. — Ele perdeu um anel favorito lá, então pôs um anúncio no jornal: *Anel de ouro perdido perto da Ponte Boulder no Rock Creek. Se encontrado, devolver em 1600 Pennsylvania Avenue. Pedir para falar com Teddy.* — Ele deu uma gargalhada, assim como os estudantes de Montreal. — O anel nunca apareceu...

Eu sorri, respirando fundo o perfume da grama recém-cortada, deixando o assessor pôr um sanduíche nas minhas mãos: um pão com salsicha que os americanos chamavam de *cachorro-quente*. A comida americana me parecia de um brilho tecnicolor, como se tivesse sido moldada em plástico em vez de cozida.

— Até que não é ruim — falei, engolindo a primeira mordida. — É cachorro mesmo?

— Sra. Pavlichenko, a senhora é muito divertida!

— Por quê? A esta altura, estão comendo coisa pior do que cachorro em Leningrado.

Em termos de bate-papo de festa, esse meu comentário caiu como um balão de chumbo, como os americanos gostavam de dizer, mas a Sra. Roosevelt me resgatou, salvando o momento.

— Sabe — disse ela, me puxando para o lado —, eu planejei essa assembleia por muito tempo. A ideia era promover os valores americanos no contexto da juventude internacional... mas vocês, russos, mudaram esses planos.

Tomei um gole de Coca-Cola por um canudinho. Doce demais e gelada demais, como sugar lâminas de barbear açucaradas.

— Como, senhora?

— Todos vocês delegados são eloquentes. — Ah, essa era uma mentira; ela se entediava com os discursos chatos de Krasavchenko tanto quanto eu. — Mas vocês, russos, têm uma paixão particular quando falam da guerra, minha cara Lyudmila. Quase dói ouvir vocês.

— Eu sinto muito se *dói* ouvir a verdade — comecei, rígida, mas ela pôs a mão pacificadora em meu braço.

— Não, é bom que doa em nós. Estamos acostumados a ver a guerra a distância. O privilégio de viver, como disse uma vez o chanceler Otto von Bismarck, com vizinhos menos poderosos ao norte e ao sul, e nada a leste e a oeste a não ser peixes. Até mesmo o terrível ataque a Pearl Harbor ocorreu a milhares de quilômetros de distância. Vocês ajudaram a dar uma face visível ao preço da guerra vista dentro da terra natal. O sangramento e o sofrimento de vizinhos e entes queridos em suas próprias cidades... Vocês tornam isso real e impossível de ignorar. Obrigada por isso.

Ela fez uma pausa, mas eu não disse nada. Ainda não tinha muita certeza de como tratá-la, essa mulher observadora que estava tão evidentemente empenhada em nos agradar. O presidente Roosevelt pode ter sido um homem privilegiado, mas suas pernas paralíticas o haviam claramente deixado com uma compreensão aguçada do sofrimento. Eu não tinha tanta certeza quanto à primeira-dama. Ela era muito amistosa, muito inteligente, muito elogiosa quando falava em *dar uma face visível* à guerra, mas o que ela realmente sabia a esse respeito?

E eu ainda não tinha esquecido a afirmação que ela me fez naquele primeiro dia, à mesa do café da manhã. Se eu podia ver o rosto dos meus inimigos pela mira e se isso tornaria difícil para os americanos gostarem de mim.

Ela sorriu, não ofendida pelo meu silêncio.

— É minha esperança que todo o nosso país ouça o que você tem a dizer.

— Mas vamos voltar para Moscou em poucos dias.

Eu mal podia esperar. Essa comemoração no gramado da Casa Branca seria o fim e eu estava feliz. A viagem a Washington pode ter tido momentos agradáveis, mas eu queria ter o solo natal de novo sob meus pés. Queria saber que estava pelo menos no mesmo continente que meu Slavka.

— Seu embaixador ainda não a informou oficialmente, mas outros planos foram... — A primeira-dama se interrompeu quando Alexei fez uma reverência e se meteu em nossa conversa.

— Peça perdão por mim à primeira-dama — sussurrou ele em russo, com uma reverência sobre a mão dela. — Eu preciso levar você daqui por um momento, *kroshka*. Pediram que eu lhe mostrasse o Roseiral antes que o presidente Roosevelt chegue e a noite vire um caos.

Eu estava prestes a lhe dizer que não tinha intenção de passear por Roseiral nenhum com ele, mas a primeira-dama falou primeiro. Ela não entendia nada de russo além de *da*, *nyet* e *spasibo*, mas tinha ouvido o nome do marido.

— Ele está perguntando quando o presidente vai descer? — indagou ela, olhando para mim. — Ele não poderá comparecer esta noite como planejou, infelizmente. Alguns outros assuntos surgiram… mas não se preocupe, todos vocês terão outras chances de se encontrar com ele. — Ela abriu um largo sorriso. — A meu pedido, o presidente convidou toda a delegação soviética a estender sua estada. Vocês visitarão mais de nossas cidades para dar maior publicidade à sua luta contra Hitler. Seu embaixador me avisou que a aprovação acabou de ser concedida por Moscou!

Diante de sua alegria, eu me esforcei para não demonstrar a decepção no meu rosto.

— Quanto tempo essa visita vai ser estendida, senhora?

— Isso será decidido mais tarde. O plano imediato é enviar todos vocês para Nova York amanhã de manhã, no expresso Washington–Nova York. — Ela baixou a voz. — Solicitei que especialmente você, Lyudmila, tivesse a oportunidade de falar mais. Acho que o povo americano reagirá bem a uma mulher. E não a qualquer mulher, a *você*.

— Pensei que a senhora estivesse preocupada que não me aprovassem — não pude deixar de dizer.

Ela sorriu.

— Acho que você tem o poder de mudar a opinião deles.

— O que ela está dizendo? — perguntou Alexei em russo.

Eu o ignorei, tentando corresponder ao evidente prazer da Sra. Roosevelt, enquanto meu coração desabava. Eu ainda não estava indo para casa, afinal.

O LENÇO DE BOLSO DO Lenço de Bolso era vermelho hoje, não azul, e seu rosto estava mais vermelho ainda.

— Explique-se — sibilou ele para o atirador sem nem cumprimentá-lo. Eles tinham se encontrado na frente do Monumento a Washington hoje, as nuvens passando rápido sobre o grande obelisco de pedra, bem fora do alcance do ouvido dos muitos turistas. — A assembleia terminou e nem um tiro disparado! Você perdeu a coragem ou…

— O presidente não apareceu — disse o atirador com calma, tocando o chapéu em um cumprimento a uma jovem mãe bonita que empurrava seu carrinho de bebê em direção ao monumento. — Uma mudança na programação de última hora.

Uma pena, porque tudo estava se encaixando com perfeição: o atirador pronto para se afastar do grupo de fotógrafos, desaparecer nos jardins e começar a preparar seu tiro de longa distância que atingiria Roosevelt entre os olhos assim que o homem aparecesse no pórtico. Aquele trouxa do médico russo tinha sido instruído a levar sua esposa ao Roseiral, para que ela estivesse ausente das festividades, de maneira suspeita, quando o tiro fosse disparado. "Eu irei atrás sem ela perceber e farei umas fotos muito boas de vocês dois para o artigo de amanhã", o atirador tinha prometido a ele no bar do hotel; o médico, cheio de vodca àquela altura, estava tão ansioso para ver o próprio rosto no jornal ao lado da esposa que nem precisou do incentivo de uma ou duas notas dobradas. Não fazia a menor ideia de que estava entrando numa armação: o marido cúmplice ajudando a esposa assassina a matar o presidente. Eles teriam dado um belo par de fotos de ficha criminal nos jornais, pensou o atirador, com um lamento.

Enfim.

— Eu avisei a você que os melhores planos podiam dar errado — disse ele a Lenço de Bolso, que ainda estava apoplético. — Felizmente, a visita soviética aos Estados Unidos foi estendida, então teremos ainda muitas oportunidades enquanto Pavlichenko estiver aqui para levar a culpa. Ela foi para Nova York; preciso de uma cópia do novo itinerário.

O atirador fez uma pausa, franzindo a testa. A identidade falsa de jornalista tinha sido boa até agora, mas a primeira-dama parecia ter se afeiçoado a Lyudmila Pavlichenko e, se elas aparecessem juntas em eventos pelo caminho, Eleanor Roosevelt insistiria em *mulheres* jornalistas. Outro dos pecadilhos da cachorra de dentes de cavalo, essa ideia de pôr mais mulheres nas equipes dos jornais. Como se o mundo precisasse de mais vacas tagarelas.

— Talvez eu precise de um novo disfarce — disse o atirador, mais para si mesmo do que para Lenço de Bolso, e afastou-se da agulha de pedra do Monumento a Washington sem se despedir. A Dama da Morte estava na cidade de Nova York; havia tempo de sobra para planejar.

— Eu queria que nós estivéssemos em Stalingrado.

Falei no silêncio do carro, mas, mesmo assim, não tinha certeza se Kostia me ouvia sobre o gemido das sirenes e o ronco dos motores de motocicleta dos batedores que cercavam o Cadillac. Dois veículos tinham recebido nossa delegação na estação ferroviária de Nova York; Krasavchenko, Pchelintsev e seus guarda-costas foram conduzidos para o primeiro carro pelo meio de um túnel de câmeras com flashes pipocando e jornalistas gritando, e eu tinha entrado no segundo carro com meu parceiro enquanto Yuri ia na frente, com o motorista, do outro lado da divisória.

— Ouvi dizer que os alemães estão avançando para o Volga — prossegui. — Chegando na periferia de Stalingrado.

Os soldados do Exército Vermelho iam recuar de rua em rua, combatendo de telhados e edifícios bombardeados, condições perfeitas para snipers. Eu podia imaginar Kostia e eu ali com clareza, camuflados junto aos escombros de canos quebrados e paredes demolidas, mastigando chá seco e açúcar, os canos de nossos fuzis como olhos gêmeos focalizados no inimigo.

No entanto, aqui estava eu num Cadillac, movendo-me lentamente pela cidade mais iluminada e movimentada que já vi. Quanto mais nos aproximávamos do Central Park, mais forte se tornava o alarido da multidão à nossa volta. Meu coração tentava subir pela garganta. Achei que Washington era excessiva, mas o barulho na cidade de Nova York me fez ter vontade de mergulhar numa trincheira.

E talvez meu nervosismo crescente tivesse algo a ver com o terceiro bilhete ameaçador que encontrei... Este esperando no bolso do meu casaco quando embarquei no trem para Nova York. Quem quer que fosse que tinha me seguido de Washington, esteve perto o suficiente para me tocar, poderia ter enfiado uma faca entre minhas costelas em vez de deslizar um bilhete para meu bolso... *Vou estourar seu crânio com o cano do seu próprio fuzil sua puta vermelha assassina.*

Não importava que a embaixada não estivesse preocupada; que eles tivessem descartado o caso como *mais um desses malucos americanos*. Eu estava sendo caçada e estava desarmada em território desconhecido e, para uma sniper, isso era aterrorizante.

E, para completar, tinha de fazer um discurso nesse parque enorme e barulhento, abarrotado de pessoas que provavelmente concordariam que eu *era* uma puta vermelha assassina.

— Lyonya me contou que você fez seu primeiro discurso em Sebastopol. — Kostia olhava direto para a frente, sua voz baixa e calma, mas seu ombro estava pressionado no meu como se estivéssemos deitados sobre os cotovelos numa trincheira, esperando por nosso tiro. Ele sabia das ameaças, mas eu tinha fingido que não as levava a sério. Não queria que ele percebesse que eu estava com medo. — Como você se preparou daquela vez?

— Eu perguntei para o Lyonya... — Minha voz falhou em seu nome; engoli em seco. — Perguntei como alguém como eu, que atira em pessoas a distância, tentando nunca ser vista, pode se ver de repente presa sob luzes fortes na frente de um auditório lotado, fazendo um discurso.

— E o que ele disse?

— "Pare com isso, Mila, você vai ser brilhante."

— Ele estava certo. — Kostia olhou diretamente para mim. — Você vai ser sempre brilhante.

— Mas...

Meu parceiro ergueu a mão e a segurou plana na altura dos olhos. Parei de falar e levantei a minha também. Minha pulsação podia estar acelerada, mas minha mão estava firme como granito. Com ameaças ou sem elas, com ou sem multidão. Kostia sorriu. Não com a boca, mas com os cantos dos olhos, onde só eu podia ver.

Não pude resistir a sorrir de volta, o estranho caos de emoções conflitantes guerreando no meu estômago outra vez. Familiaridade e constrangimento, ternura e confusão, cautela e...

O Cadillac cruzou a entrada principal do Central Park e o barulho redobrou. Uma aglomeração de pessoas se espremia por toda a volta, mal contidas pelos batedores. Dei uma olhada nelas, depois de volta para Kostia. Inspirar, expirar.

— Você vai me dar cobertura?

— Daqui até Stalingrado.

O carro parou.

— Eu queria estar armada — resmunguei quando as portas se abriram, e saí, exibindo um sorriso no rosto.

Meus ouvidos zumbiram com o barulho; mãos me puxaram para a frente e homens com jaquetas grossas ergueram Kostia e a mim sobre os ombros. Eles nos levaram pelo meio da multidão até o palco, onde o prefeito de Nova York falava alguma coisa no microfone sobre a gigantesca luta do povo russo contra os fascistas alemães.

E, então, chegou minha hora de falar.

Olhei para um mar de rostos, um oceano de câmeras. *Não falhe*, pensei. *Não erre.*

— Caros amigos. — Ouvi minha voz se erguendo, como se pudesse chegar até o alto desses enormes arranha-céus. Kostia repetiu minhas palavras em seu microfone, firmes e claras. — Hitler está fazendo uma tentativa desesperada de paralisar as nossas nações antes que nós, os Aliados, façamos isso com ele. É questão de vida ou morte para que os povos, amantes da liberdade, unam forças e prestem assistência ao front. Mais tanques, mais aviões, mais munição.

Afastei meus pés calçados com botas e cruzei as mãos nas costas. Encontrei dentro de mim a raiva que um ano no front não havia amenizado e deixei-a rugir, inflamada, em minha voz. Falei em russo, mas, mesmo que esses nova-iorquinos não pudessem compreender minhas palavras, eles compreendiam meu fogo. Minha raiva. Minha *vontade.*

Vocês vão nos ajudar, pensei. *Vão nos ajudar nessa luta, ou eu morrerei tentando.*

Ainda tropecei aqui e ali. Ainda vacilei. Mas foi melhor que o discurso que fiz em Sebastopol, melhor do que as declarações que dei nas coletivas de imprensa em Washington, e o grito da multidão quando terminei quase explodiu meus ouvidos danificados pelas granadas.

Talvez eles não achassem que eu era uma puta vermelha assassina, afinal...

Fiquei parada no palco com aplausos chovendo sobre mim como fogo de morteiros, ouvindo milhares de americanos gritarem meu nome, e me perguntei pela primeira vez se Alexei estava certo. Se essa centelha de fama que eu, de alguma forma, tinha ganhado seria algo mais do que o breve clarão transitório de um fósforo.

Capítulo 27

A manchete: "O prefeito Fiorello La Guardia da cidade de Nova York presenteou a delegação soviética com uma medalha cunhada em homenagem a todos os que lutam contra o fascismo, e "Grande é a minha pátria" foi cantada por Paul Robeson, com uma voz de barítono tão intensa e expressiva quanto a sua presença. Ambas as homenagens foram aceitas pela encantadora sniper Lyudmila Pavlichenko, que teve seu discurso recebido com entusiasmo pelo povo de Nova York. A Sra. Pavlichenko segue agora para Baltimore..."

A verdade: Quando mulheres ficam famosas, homens estranhos aparecem do nada.

— Seu discurso foi brilhante, Sra. Pavlichenko, brilhante!

— Obrigada, Sr. Jonson.

Tentei soltar meus dedos do homem à minha frente, mas ele parecia determinado a arrancá-los da minha mão, os olhos faiscando com fervor sobre o colarinho engomado e o terno risca de giz.

— Tão brilhante quanto o discurso que fez em Nova York.

— Sr. Jonson, foi o mesmo discurso…

— Eu a ouvi primeiro em Nova York e a segui até Baltimore só para ouvi-la falar outra vez!

— Que... dedicado! — Meu sorriso simpático estava se desfazendo; forcei-o de volta ao rosto enquanto Kostia traduzia. Geralmente, eu tentava falar em inglês ao conversar nessas recepções e festas, porque não gostava das instruções da embaixada de usar o intérprete para todas as perguntas, mas o Sr. William Patrick Jonson, um milionário americano excêntrico, dono de uma empresa metalúrgica e, aparentemente, encantado pela sniper, me fez correr para buscar refúgio atrás dos escudos duplos da minha língua nativa e de Kostia. Não que Kostia fosse de muita ajuda; ele se divertia tanto com meu novo pretendente que na verdade estava quase sorrindo. — Vou arrancar seus molares e enfeitar uma guirlanda com eles se você continuar com essa cara sorridente — eu o alertei em russo, ainda sorrindo para o Sr. Jonson.

— O Sr. Jonson deseja saber se você aceita visitar a casa dele nos arredores de Nova York — disse Kostia, sério. — Ele tem uma bela coleção de obras de arte de artistas de vanguarda russos do início do século XX.

— Diga a ele para pular no porto de Baltimore.

— A Sra. Pavlichenko prefere a obra dos artistas Peredvizhniki — traduziu Kostia —, particularmente Vasily Vereshchagin.

— Vou *adquirir* algo de Vereshchagin, Sra. Pavlichenko, se concordar com a visita. — O milionário ainda estava esfregando minha mão, como se tentasse aquecê-la de volta à vida depois de um congelamento. — E então você poderá conhecer minha mãe...

Pelo amor de Lênin.

— Sr. Jonson, receio que não terei muito mais tempo aqui. A delegação soviética foi convidada a passar uma semana na propriedade da família do presidente.

— Ela adoraria conhecer sua mãe quando voltar — traduziu Kostia. Ele estava com tanta vontade de rir que até tremia quando eu finalmente consegui me libertar.

— O número 310 na minha contagem vai ser você — prometi a Kostia em um sussurro ao andarmos pela sala de recepção lotada em Baltimore.

— Porque vou *atirar em você pelas costas* assim que formos enviados para Stalingrado depois de voltar deste circo.

— Dama da Meia-Noite, sou eu que sempre estou às suas costas.

Trocamos sorrisos rápidos. Não estávamos desconfortáveis um com o outro, mas estávamos *conscientes*, mantendo conversas em vez de entrar e sair de silêncios confortáveis, e me ouvi dizendo com animação:

— Você vai para Hyde Park? Se o Alexei conseguiu se enfiar, certamente você também pode.

— O Alexei vai? — Hyde Park era onde ficava a propriedade de campo de Roosevelt junto ao rio Hudson; a primeira-dama tinha convidado a delegação soviética, os estudantes britânicos, vários da Holanda e da China... — Achei que o Krasavchenko tinha concordado de ele não ir.

— Ele afirma que precisa tratar da doença recente do Pchelintsev.

— O Pchelintsev está com rinite alérgica.

— Foi o que eu disse, mas acha que alguém me ouviu?

Alexei estava bem ali com o restante da delegação, se espremendo entre Kostia e eu quando chegamos todos a Hyde Park. Vi seus olhos se apertarem cobiçosos ao ver a graciosa casa colonial com seus pilares e pórticos, seus hectares circundantes de gramados verdes e árvores ondulando ao vento.

— Eu não ia achar nada mal ter uma datcha um dia — suspirou ele, pondo uma mão carinhosa na base das minhas costas enquanto o grupo se aglomerava em direção ao saguão de entrada. — Nós teremos algo como *isto*. Espaçoso, bem equipado, perto do bosque para caçar de vez em quando... o que você acha, *kroshka*?

Afastei-me de sua mão sem dizer nada, porque palavras não adiantavam. Claramente o plano dele era me desgastar com pura persistência até eu ficar tão cansada de recusar que acabasse cedendo. Insultos não o desanimavam; silêncio não o desanimava, e talvez ele tenha recebido uma advertência da delegação para não fazer nenhuma demonstração pública constrangedora comigo, mas ainda sobrava bastante tempo longe das câmeras e dos olhos americanos para ele continuar sua campanha. *Esta é a minha esposa*, ele sempre dizia casualmente para os outros membros da delegação. *Estivemos separados, mas ela era muito jovem... Você sabe como meninas podem ser volúveis, não é mesmo? Nós nos damos tão bem agora...*

Evite-o, pensei, olhando para a vasta área verde da propriedade dos Roosevelt, para os alojamentos dos hóspedes onde Yuri e os outros guarda-costas já estavam entrando com a bagagem. *Pelo menos há muito espaço aqui para isso.*

O ar fresco do campo deveria ter sido restaurador depois do barulho e da fumaça sufocantes de Nova York e Baltimore, mas, por algum motivo, meus sonhos naquela primeira noite foram cheios de teias de aranha e pesadelos. Lyonya morreu em meus braços, repetidamente, e, quando saí desse sonho, caí em outro em que uma figura sombria me perseguia pelas ruas vazias de Washington, rosnando, *vagabunda comunista... puta vermelha...* Acordei ofegante, com o sussurro de *Você vai morrer aqui.*

— Eu não vou morrer aqui — disse em voz alta no meu quarto escuro.

Nenhum maluco poderia trazer seus bilhetes rabiscados ou suas intenções assassinas sequer para perto deste refúgio presidencial remoto cercado pelo Serviço Secreto e pela floresta. Mas eu sabia que não ia mais conseguir dormir, então, assim que amanheceu, enfiei um vestido florido pela cabeça e saí da casa para caminhar... Dei de cara com o pilar de cimento do Yuri.

— Sério? — explodi. — Estamos num refúgio presidencial. Tudo está completamente bloqueado. Não há como eu encontrar nenhuma pessoa indesejável por aqui, mesmo que eu quisesse, *e eu não quero*. Você não pode apenas continuar dormindo só desta vez e me deixar dar uma caminhada sozinha?

— Isso contrariaria minhas instruções, camarada Pavlichenko.

Bom, tentei...

— Você se importaria de ficar um pouco atrás, então?

Suspirei e segui para os jardins, afastando-me da agitação do preparo do café da manhã que eu já via na casa principal, com empregados entrando e saindo.

O parque circundante era repleto de trilhas, canteiros de flores de outono, gazebos para relaxar, todos iluminados pelo sol e pacíficos na luz da manhã, contrastando com o escuro da floresta em volta. Inspirei fundo, sem ter me dado conta até agora de quanto sentia falta de quietude, do silêncio, de espaço para respirar. Snipers são solitários, afinal, e com Yuri, os jornalistas onipresentes e minha agenda de discursos, não tive muito tempo para mim mesma. Meus terrores noturnos se desfaziam rapidamente enquanto eu vagueava em direção à água; uma margem era coberta de juncos, enquanto a outra ostentava um galpão de banho, uma fileira de pequenos barcos, um pequeno cais. Na ponta do cais, olhando para a água...

— Eu devia saber que encontraria você aqui longe de todo mundo — falei atrás de Kostia, indo me juntar a ele depois de fazer sinal para Yuri ficar na margem.

Meu parceiro fumava um Lucky Strike; nós dois tínhamos gostado dos cigarros americanos, então ele acendeu outro com o seu e o passou para mim. Ficamos olhando para a água por uns quinze minutos de silêncio amistoso, a fumaça subindo de nossas mãos em concha.

— Três — disse ele por fim.

— Três — concordei. — Galpão de banho...

— Atrás da linha das árvores...

— E entre os juncos na outra margem. — Estreitei os olhos para o local, planejando mentalmente um poço de sniper. — É difícil manter a arma seca ali.

— Ainda bem que não precisamos atirar em ninguém esta manhã.

Terminei o cigarro e o apaguei no chão com o calcanhar, olhando para a fileira de pequenos barcos.

— Quando eu era criança em Belaya Tserkov, minha irmã e eu às vezes íamos remar no rio num barco de fundo chato. A gente o chamava de *Carvalho Cossaco* e fingia que estávamos remando para o polo Norte para encontrar Morozko. — Recordei de ter dito a Kostia em Odessa que ele me lembrava o deus do inverno dos velhos tempos, perigoso e silencioso como a neve. Pigarreei e cutuquei com o pé a embarcação mais próxima, um barco estreito revestido de couro com dois remos curtos que eu tinha quase certeza que os americanos chamavam de canoa. — Vamos experimentar? A primeira-dama disse que podíamos ficar à vontade.

Kostia pulou para a canoa antes que eu terminasse de falar.

Sentei-me atrás enquanto ele nos impulsionava para fora do cais.

— Só cabem dois! — gritei para Yuri, para o caso de ele ter a ideia de se juntar a nós, e nos pusemos a remar ritmados, em direção a águas mais profundas. Eu gostava da queimação nos músculos dos meus ombros, ainda que eu pusesse a carga maior no lado sem cicatrizes, saboreando a extensão vítrea da água e o farfalhar dos juncos. — O Lyonya teria gostado disso — falei sem pensar. Quase podia vê-lo aqui na canoa conosco, os cabelos loiros esvoaçando ao vento.

— Ele não gostava de água — disse Kostia. — Eu zombava dele por isso.

— Ah.

Algo que eu não sabia sobre o homem que considerava meu segundo marido. Na minha mente, ele estendia a mão e ajeitava uma mecha de cabelo atrás da minha orelha. *Há muitas coisas que você não teve chance de saber sobre mim*, milaya.

E, agora, nunca mais teria. Eu tinha perdido minha chance, minha segunda chance no amor, o mundo me dando Lyonya depois de eu ter cometido um erro tão monumental na minha primeira tentativa de casamento. Dificilmente se consegue uma segunda chance depois de errar a primeira; a vida como sniper tinha me ensinado isso, mas o mundo tinha sido gentil o bastante comigo para me dar uma, e eu a perdi também…

— A Sra. Roosevelt disse que há uma biblioteca muito boa na casa — falei, só para dizer alguma coisa. — Eu gostaria de alguns livros novos para ler e praticar meu inglês. Talvez possamos encontrar alguma outra coisa além de *Guerra e paz* para você.

Os ombros de Kostia continuavam a flexionar e relaxar, flexionar e relaxar, trabalhando com o remo na água.

— Eu vou voltar para Washington amanhã.

Pisquei, surpresa.

— Você vai deixar a delegação?

— Só por alguns dias. Vou fazer um discursinho particular para Krasavchenko, dizendo que não me agrada ficar em um palácio presidencial construído com o suor dos trabalhadores, e pedir para ficar na embaixada pelo resto da semana. — Um breve traço de riso passou por sua voz. — O verdadeiro motivo... Pretendo passar um dia em Nova York antes de pegar o expresso Nova York–Washington.

— Em Nova York?

Ele parou de remar e a canoa flutuou no meio do espelho de água vítreo.

— Minha avó. Lembra que eu lhe contei?

A jovem americana que foi para a Rússia antes da revolução com um grupo missionário, cheia de ideias românticas sobre neves siberianas e noites brancas, casou-se com um revolucionário e ficou. Fiz que sim com a cabeça, lembrando-me da noite em que ele me confidenciou essa história: um acampamento na floresta nos arredores de Sebastopol, comemorando com Vartanov e o restante do nosso pelotão quando todos ainda estavam vivos e rindo. É estranho pensar que eu quase esqueci que Kostia era parte americano, embora ele tivesse passado as últimas semanas usando seu inglês fluente em vez do fuzil.

— Eu tenho família em Nova York — continuou Kostia, ainda sentado de costas para mim. — Primos que nunca conheci. Eles provavelmente nem sabem que eu existo. Andei investigando, muito discretamente. Sei pelo menos onde mora a irmã da minha avó. Ela ainda está viva, em Ridgewood.

— Kostia, o risco...

Ele tinha conseguido esconder seus laços americanos por tanto tempo, perdido ou destruído toda a documentação relevante, pois claramente havia passado por todas as checagens de antecedentes a fim de obter permissão para estar nesta delegação. Se, depois de tudo isso, fosse descoberto que tinha relações não reveladas... Eu nem queria imaginar as consequências. Elas certamente seriam terríveis.

— Eu não vou ter problemas para conseguir permissão para voltar sozinho a Washington. Eles não designam guarda-costas para peixes pequenos como eu. Vou inventar uma história sobre ter perdido o último trem e precisado passar a noite em Nova York. Eles não vão desconfiar.

— E... aí? Você vai simplesmente chegar à casa da sua tia-avó e bater na porta?

— Talvez eu bata. Ou talvez só ande pelas ruas onde minha avó cresceu. — Ele hesitou. — Não sei.

Tentei imaginar uma família irlandesa em Nova York encontrando esse lobo siberiano musculoso à sua porta, um primo do outro lado do mundo. *É bom que eles não batam a porta na sua cara*, pensei.

— Se você precisar de uma história, eu acoberto você — falei, enfiando meu remo na água novamente para nos levar de volta à margem.

— Cuidado — alertou Kostia —, o barco é muito raso...

Tarde demais. A canoa inclinou de lado com o movimento do meu remo e, antes que eu pudesse fazer qualquer coisa, já estava na água.

A famosa Dama da Morte e seu parceiro sniper, zombou Lyonya, afetuoso, enquanto Kostia e eu nos debatíamos e chapinhávamos. *Gostaria de lhes apresentar os atiradores mais mortíferos de Sebastopol!*

A água mal chegava à altura do peito, então nada foi ferido além do meu orgulho quando emergi cuspindo água. Yuri, na margem, não se mexeu; suas ordens eram para me impedir de desertar, não de me afogar. Kostia endireitou a canoa, arregaçou as mangas encharcadas e jogou os remos para dentro antes que pudessem se afastar flutuando.

— Nós vamos fazer ela virar de novo se tentarmos entrar — falei, pegando minha boina de feltro antes que ela afundasse. — Ainda bem que os hitleristas não estão nos vendo agora. Eles morreriam é de rir.

Kostia jogou minha boina encharcada dentro da canoa também e posicionou o barco num ângulo que bloqueava a visão de Yuri na margem. Meu parceiro pegou minha mão embaixo d'água e a puxou para o seu peito, depois inclinou a cabeça e me beijou. Ele tinha gosto de ferro e chuva, sua outra mão se enfiando brevemente em meu cabelo, e eu senti os calos de sniper da mão do gatilho contra meu pescoço marcado de cicatrizes antes que ele se afastasse.

— Você já sabe — disse ele. — O que eu sinto por você.

Eu sabia. Eu já sabia fazia muito tempo.

— Não havia razão para dizer isso em Sebastopol. — Ele tirou a mão do meu cabelo e segurou a canoa antes que ela fosse levada embora. — Você era minha sargento. Você era minha parceira. E você amava o meu amigo. — Uma pausa. — Parece cedo demais para dizer isso a você agora. Lyonya morreu só tem seis meses.

Lyonya. Percebi que minha mão estava segurando a camisa molhada de Kostia e larguei.

— Eu gostaria de poder esperar um ano, esperar até que a dor diminuísse. Mas nós não temos um ano. Mal temos amanhã. — Kostia hesitou. O fogo nele sempre tinha sido controlado, contido; agora estava flamejando alto em seus olhos, quase brilhante demais para ser encarado. — Não tenho mais tempo, Mila. Quando nós voltarmos para Moscou, daqui a uma semana, duas semanas, quando for, você vai voltar para o front, e eu não. Vamos seguir caminhos diferentes. Então preciso dizer isso agora.

— Mas você também vai voltar para o front. — Não sei como me agarrei primeiro a isso, quando tudo o que ele disse me rachou e derrubou como um terremoto, mas a ideia de voltar à luta sem ele produziu em mim uma pontada de terror absoluto, que superou todo o resto. — Você é o meu *parceiro.* Vou pedir para ter você no meu pelotão, eles vão transferi-lo...

— Não com esse joelho. Não consigo fazer uma marcha de dois quilômetros, muito menos o avanço de um dia inteiro. A minha vida de soldado acabou. Agora vai ser trabalho de instrutor de snipers para mim, e você voltará ao combate. — Ele afastou uma mecha de cabelo molhado da minha testa. — É cedo demais. Eu sei disso. Mas é o que temos. Antes que haja perigo e balas voando outra vez e nós não tenhamos mais vida.

Lyonya, pensei. Kostia estava pensando a mesma coisa.

— Você ainda o ama. Você ainda sente falta dele. Eu também. Seis meses ou seis anos ou seis décadas, ainda sentiremos falta dele. — Os olhos de Kostia pretos, imóveis. — Eu nem senti ciúme, por ele ter conquistado você. Você escolheu o melhor homem que eu conheci. Eu não ia romper com meu amigo por causa disso, ou com a minha parceira.

Havia dor ali na sua voz, mas bem enterrada. Ele a havia cimentado na ocasião, pragmaticamente, porque, aos seus olhos, não importava que ele tivesse perdido. Eu me lembrei do olhar de Alexei avaliando cada homem que me visitava no batalhão do hospital: um cachorro de olho no osso descartado, porque não queria que mais ninguém o tivesse… enquanto Kostia apenas continuou silenciosamente a ser minha outra metade, a ser amigo de Lyonya, mantendo tudo completo: nós três.

E agora éramos só nós dois, os que mais haviam amado Lyonya.

— É só isso. — Kostia soltou um longo suspiro. — Eu só… não queria mandar você de volta para a guerra sem dizer que eu te amo.

Eu estava tremendo de frio, e de algo mais. Minha boca queimava. Estendi a mão, enroscando-a na camisa dele de novo, mas incapaz, pela primeira vez em nossa parceria, de olhar minha sombra nos olhos.

— Eu sinto o mesmo — eu me ouvi dizer, tão baixinho. — Talvez já sinta há muito tempo. Mas ainda estou… de luto.

Por todos os meus mortos, não apenas Lyonya. Ainda lutando para me libertar.

Os dedos de Kostia fecharam-se sobre os meus.

— Eu também.

Ele soltou minha mão, pegou a canoa pela proa e começou a rebocá-la de volta à margem.

— LYUDMILA! — A VOZ DA SRA. ROOSEVELT soou de repente. Levantei os olhos ao atravessar o gramado em direção à grande casa e vi que ela estava debruçada em uma janela do primeiro andar. — O que aconteceu?

— Nadando — falei, batendo os dentes, os braços cruzados sobre o vestido encharcado. — Sem traje de banho. — Yuri, que vinha atrás, não me ofereceu seu casaco. Não fazia parte de suas instruções.

— Está frio demais para nadar — repreendeu a primeira-dama, falando como minha mãe. — Venha aqui agora mesmo.

Eu estava entorpecida demais para resistir. Segui o aceno da mão da Sra. Roosevelt em direção ao vestíbulo lateral, onde ela me encontrou e fez um som de desaprovação.

— Você pode ficar aí fora — disse ela a Yuri com educação, mas firme, e ele não disse uma palavra sobre suas instruções enquanto a primeira-dama me levava até seus aposentos particulares. Dei uma explicação desconexa sobre a canoa, hesitando em andar sobre seus tapetes elegantes com meus sapatos encharcados, mas ela me mandou para o banheiro anexo e pôs uma toalha grande e macia nos meus braços. (As toalhas americanas! Eu nunca deixava de me maravilhar com sua maciez. Ainda estava indecisa quanto aos cachorros-quentes, mas as toalhas...) — Tire a roupa aqui, eu já volto.

— *Izvinite*, posso ir para o meu quarto — comecei, mas não houve como detê-la.

Quando saí do banheiro, enrolada em toalhas, deixando uma pilha de roupas molhadas na borda da banheira da primeira-dama, ela estava de volta com um pijama e uma caixa de costura. Ela sorriu do meu rosto enrubescido, chamou uma empregada para pegar minhas roupas molhadas, depois se virou com a expressão natural de quem estivesse acostumada a ter snipers soviéticas seminuas pingando em seus tapetes persas.

— Vista meu pijama, querida.

— N-nós não temos a mesma altura — falei, os dentes ainda batendo.

— Não importa, vou fazer uma bainha nas mangas e nas pernas.

— A-a s-senhora mesma?

— *Da*, minha amiga soviética. Ou você imagina que as mulheres Roosevelt são senhoras ociosas que nunca movem um dedo? — Isso foi exatamente o que eu pensei, e ela sorriu de novo da minha expressão. — Garanto a você que as mulheres americanas sabem trabalhar! Agora, primeiro a parte de baixo…

Eu ainda estava confusa demais para discutir enquanto ela, discretamente, virou de costas para mexer em sua caixa de costura, e eu enfiei a calça do pijama. Cetim pesado cor de rosa, nitidamente nunca usado, com violetas bordadas nas costuras. Eu nunca tinha visto nada tão bonito na minha vida só para *dormir.* Eu geralmente dormia com uma das camisas velhas do Lyonya ou, se estivesse frio, com as roupas térmicas de lã do meu uniforme de inverno. Deixei a toalha enrolada em volta do corpo enquanto a primeira-dama pegava uma fita métrica e media o comprimento dos meus braços.

— Não precisa fazer isso, senhora — falei, sem forças, mas ela não me deu a menor atenção, então eu me submeti à medição.

— Meu Deus — disse ela atrás de mim, e eu sabia que ela estava olhando para a cicatriz nas minhas costas. — O que é isso, Lyudmila?

Eu senti Kostia murmurando junto à minha coluna: *Mostre-a com orgulho.* Senti com tanta intensidade que um arrepio percorreu a superfície da minha pele.

— O resultado de um pedaço de metal — respondi, por fim, incapaz de encontrar as palavras em inglês para *cicatriz* ou *estilhaço.* — Em dezembro passado, Sebastopol.

— Um acidente mecânico? — A Sra. Roosevelt voltou para a minha frente, dobrando a fita métrica. — Ou da luta contra os alemães?

— Do combate.

— Minha pobre menina — disse ela simplesmente. — Que coisas terríveis você teve de enfrentar.

Ela me abraçou. Me *abraçou.* Eu não era abraçada desde que minha mãe se despediu de mim na plataforma do trem em Moscou. E isso me desmontou. Senti meus ombros tremerem, senti os braços da primeira-dama se apertarem em minhas costas enquanto eu escondia o rosto em seu ombro ossudo. Eu tinha tantos pedaços quebrados me furando por dentro que não sabia o que fazer a não ser me dissolver naquele abraço e tentar não chorar.

— Eu perdi… tantos — consegui dizer, entre respirações entrecortadas. Lyonya, Vartanov, Lena, meu pelotão… E agora, quando eu voltasse para o front, perderia Kostia. Não amanhã, não depois de amanhã, mas logo. Nós nunca mais lutaríamos juntos.

A primeira-dama não disse nada. Ela apenas me segurou até eu parar de tremer e, então, me entregou um lenço, como minha mãe teria feito. Eu ri, trêmula.

— A senhora e a minha mãe… iam gostar uma da outra.

— Tenho certeza que sim. Ela criou uma ótima filha, afinal. — A Sra. Roosevelt recuou e foi até sua caixa de costura para me dar tempo de enxugar os olhos. — Sua mãe está feliz com seu histórico de guerra, Lyudmila?

— Ela está orgulhosa — respondi, sentando-me na beira da cama enquanto a primeira-dama se sentava do outro lado e enfiava a linha na agulha. — Mas ela lamenta pela estudante de História de que se despediu quando eu fui para a universidade. — Hesitei, perguntando-me se seria contrapropaganda derrotista dizer o que eu queria dizer. — Eu também lamento — admiti, por fim.

— É mesmo? — A Sra. Roosevelt pegou a tesoura, medindo onde cortar as mangas muito longas.

— As pessoas acham que odeio os hitleristas — falei, cansada. — E eu odeio mesmo. Preciso odiar. Mas eu não pedi para odiá-los. Cresci sonhando ser historiadora, não matar 309 fascistas.

— Eu sei que dói quando você lê artigos que a chamam de assassina. Não faça essa cara de surpresa; eu vi seu rosto quando você leu as matérias sobre sua primeira coletiva de imprensa. — *Zip* foi a tesoura; as pontas dos punhos caíram. — Eu a aconselho a não entrar para a política, onde é preciso se acostumar a ler essas coisas sobre si.

— A senhora está acostumada com isso? — não pude deixar de perguntar.

— Se eu me preocupasse com difamação, já estaria morta há muito tempo. — A primeira-dama dobrou as pontas cortadas do cetim para fazer uma nova bainha. — Mas eu era uma moça tímida, Lyudmila, e ver meu nome nos jornais no começo foi terrível. Eu acabei me adaptando ao meu papel, mas, naqueles primeiros tempos como esposa de um político… a crítica pública sempre machucava. Leva tempo para engrossar a pele contra os insultos.

— Mas os seus índices de aprovação nas pesquisas são mais altos que os do presidente. — Lembrei-me de ter ouvido isso numa das sessões de instrução em Moscou. Ela foi considerada "boa" por 67% dos americanos entrevistados, em comparação com 58% de seu marido.

— E ainda assim fui chamada de impertinente, presunçosa, intrometida. Uma traidora da minha classe, uma dentuça horrorosa, uma amante de negros, uma amante de judeus. — Ela deu de ombros. — Eu ouvi de tudo.

— Chamaram a senhora de *assassina a sangue frio*? — Eu não poderia repetir as coisas piores para ela: *puta vermelha, vagabunda comunista…*

— "Uma assassina a sangue frio sem piedade com os pobres soldados inimigos que estão apenas cumprindo ordens do seu comando superior"? — citou Eleanor. — Achei mesmo que era esse o que mais incomodava você.

— O que esses jornalistas acham que eu deveria fazer, pedir gentilmente a todos aqueles soldados inimigos para irem embora? Eles acham que isso *funcionaria*?

— Acredito que eles não sabiam o que pensar ao conhecer você. Mas estão começando a mudar de tom, graças a todas as suas recentes aparições públicas.

— Por quê? Porque eles estão começando a me conhecer? A gostar de mim? — Minhas palavras saíram irônicas, mas ela confirmou com a cabeça.

— Isso é tão impossível? Eu não tinha certeza se gostaria de você quando a vi, mas comecei a conhecê-la… e agora gosto de você. O povo americano está começando a fazer o mesmo. É por isso que, se você quer ajudar a influenciar a opinião pública para que apoiem o envio de soldados americanos à Europa a fim de ajudar a URSS, deveria considerar estender sua turnê de discursos ainda mais.

— Eu faço o que a minha delegação e o Partido determinarem — respondi, com o coração apertado. Yuri não era o único que tinha de seguir instruções.

— Eu sei que você não quer. Sei que não gosta dos holofotes. — A primeira-dama cortou a linha com os dentes. — Eu também não gostava. Lembro dos meus joelhos tremendo na primeira vez que fiz um discurso.

Eu não conseguia imaginar isso, de jeito nenhum.

— E como a senhora fez? Para ficar boa nisso?

— Lembrei a mim mesma que precisamos fazer aquilo que achamos que não conseguimos fazer — disse ela simplesmente. — Sempre. E, em geral, a gente acaba descobrindo que consegue fazer, afinal.

— Mas, e se não conseguir?! — exclamei. — E se falhar?

— Você tenta de novo…

— Não. — Balancei a cabeça, reflexiva. — Não funciona assim. Não se pode contar que o mundo lhe dará uma segunda chance se você falhar.

Ela pareceu pensativa.

— Essa é uma regra que você criou para si mesma?

— É a regra mais importante que existe. — Repeti as palavras que respiravam em meus ossos. — *Não erre.*

— Ah, minha querida. Essa não é uma regra para se seguir na vida.

— É para uma sniper!

— Você acha que essa regra é exclusiva de snipers? A *maioria* das mulheres é assombrada pelo medo de errar. De falhar.

Pisquei, surpresa.

— Isso me manteve viva.

— E claramente fez de você uma combatente corajosa, mas uma mulher assustada. — A primeira-dama largou a agulha e olhou para mim com aqueles olhos penetrantes. — Todo mundo falha, Lyudmila. Eu falhei. Meu marido falhou. Você acha que todas as propostas dele para o New Deal foram um retumbante sucesso? Ele propôs iniciativas que não deram em nada; defendeu posições pelas quais foi justamente condenado; ele tem hordas de inimigos que adorariam vê-lo morto. — Uma sombra cruzou seu rosto ao dizer isso. — Ele falhou em mais coisas do que a maioria dos homens sequer tenta... mas é melhor isso do que nem tentar.

— Ele é homem — falei, asperamente — e americano. Ele comete erros e o mundo faz dele o único presidente com três mandatos na história do seu país. O mundo não é tão bondoso com os erros de uma mulher.

— Concordo — disse ela, me surpreendendo de novo. — É por isso que nós, mulheres, somos especialmente propensas a acreditar que nunca podemos tropeçar. Mas tentar a perfeição constante é algo em que *sempre* falharemos, todos nós. E, apesar do que você possa pensar, o mundo não vai puni-la por um tiro falho ocasional. Ouso dizer que você não abateu todos os inimigos que já teve na mira no front, mas ainda está aqui, viva, vestindo meu pijama. Você perdeu o homem que amava, mas ouso dizer que não se arrepende de tê-lo amado, e pode muito bem ter outra chance de amar algum dia, porque você é muito adorável. — Ela pegou a agulha e voltou a costurar. — Se não se consegue a princípio... bem, vou poupá-la da rima horrorosa que aprendi na infância, mas *tentar outra vez* é algo em que nós, ianques, acreditamos com fervor.

— Na União Soviética nós acreditamos que, se falharmos, morreremos — afirmei. — E eu não vi nada nessa guerra que me fizesse deixar de acreditar nisso.

— Mas a vida nem sempre será uma guerra, Lyudmila — disse ela com gentileza. — E você fará um grande desserviço a si mesma se viver cada momento, não só os momentos de guerra, mas também seus momentos mais tranquilos, de acordo com um padrão tão duro quanto *nunca errar.*

Olhei para ela, segurando a toalha ao meu redor, impactada até os ossos.

— Agora vamos fazer esses punhos. — Vendo claramente meu mal-estar, a primeira-dama adotou um tom mais alegre, levantando a blusa do pijama perto do meu rosto. — Esse rosa cai lindamente em você...

Uma hora, um bule de chá e um prato de biscoitos depois, alguém bateu na porta. Mas não ouvimos, porque estávamos conversando animadamente.

— Mas, até onde eu sei, mulheres não servem regularmente nas forças armadas soviéticas — dizia Eleanor. — Mesmo em seu próprio país, isso não é totalmente comum. Então como você pôde tomar a decisão de se alistar com tanta facilidade?

— Porque na minha pátria as mulheres são respeitadas não só como mulheres, mas como indivíduos. — Para meu alívio, a primeira-dama e eu havíamos passado para tópicos de discussão menos sensíveis: primeiro paletas de cores e disparidades de moda, depois, as diferenças entre o cinema americano e o soviético e, agora, as complexidades de servir nas forças armadas como mulher. — Não sentimos limitações por causa do nosso sexo. É por isso que mulheres como eu ocuparam seus lugares ao lado dos homens tão naturalmente no exército.

— Você precisa incluir isso em seu próximo discurso. Eu enfatizaria a palavra *indivíduos*. Nós, americanos, somos apaixonados pela ideia do indivíduo e temos a noção de que para vocês, soviéticos, só vale o coletivo...

A porta se abriu e eu levantei a cabeça ao ouvir o ranger das dobradiças.

— O que é isso? — perguntou o presidente Roosevelt, com um jeito bem-humorado.

Eu me levantei de um pulo, derrubando migalhas de biscoito. Agora eu estava usando a toalha em volta da metade inferior do corpo, a parte superior envolta na frívola blusa cor de rosa bordada de flores, enquanto Eleanor dava os últimos pontos na calça. Vi o presidente passar os olhos pelo quarto da esposa: retalhos de cetim rosa espalhados pela cama, carretéis de linha por toda parte, xícaras de chá vazias, uma sniper soviética seminua.

— Olá, querido — disse Eleanor, tranquilamente, como se ela fizesse bainhas de pijamas para snipers estrangeiras todos os dias antes do jantar.

— Esta é uma daquelas cenas — refletiu o presidente, esfregando o queixo com a mão vigorosa — que desafia qualquer descrição.

Comecei a me desculpar, deslizando sem querer para o russo, mas ele deu risada. Eleanor também. E, então, eu também.

Quando voltei para meu quarto em meu esplendor de cetim rosa, encontrei a boina de feltro, que Kostia havia tirado da água e posto na canoa, agora cuidadosamente seca e colocada sobre uma cadeira ao lado da porta. Eu a apertei nas mãos, o coração batendo apressado, mas ainda sentia os braços da primeira-dama em volta de mim em um abraço surpreendentemente forte, e meu coração machucado estava explorando cautelosamente as palavras que ainda ecoavam em meus ossos com uma voz franca: *o mundo não vai puni-la por um tiro falho ocasional.*

Notas da primeira-dama

Algo que a querida Lyudmila disse hoje me perturbou profundamente. Foi quando ela estava saindo para o seu quarto, parecendo não ter mais que dezesseis anos naquele pijama rosa, o cabelo molhado, e Franklin perguntou se ela estava gostando de Hyde Park. "Eu durmo bem", respondeu ela, direta como uma de suas balas. "Ninguém pode me fazer mal aqui."

Ela não conhece Franklin, então não viu a sombra em seu rosto quando ele disse jovialmente: "Nem a mim."

Depois que ela se vai, olho para meu marido e questiono: "Quem você acha que tentaria fazer mal a você?"

Ele ignora com um sorriso de lado. "Vamos nos atrasar para o almoço."

"Outro Zangara?", eu insisto. "Outro MacGuire?"

Zangara foi o assassino que disparou cinco tiros contra Franklin em Miami em 1933, dezessete dias antes de sua posse. MacGuire era o oficial da Legião Americana que liderou uma conspiração para depor meu marido em 1934 e instalar um ditador militar. Zangara matou o prefeito de Chicago em vez do meu marido; o golpe de MacGuire fracassou e desapareceu numa enxurrada de audiências do comitê da Câmara. Esses homens falharam.

Mas sempre houve rumores de que nomes maiores — nomes da indústria, de Wall Street, nomes que qualquer americano conheceria — estavam por trás de ambos os casos.

"Franklin...", eu começo, o coração batendo mais forte, mas ele já está indo embora em silêncio.

Capítulo 28

A manchete: "A delegação soviética retoma sua viagem diplomática pelas cidades dos Estados Unidos. O Sr. Krasavchenko e o tenente Pchelintsev concentrarão suas viagens à costa leste, mas a famosa sniper Lyudmila Pavlichenko segue para Detroit, Chicago, Minneapolis, São Francisco, Fresno e Los Angeles. Ela será acompanhada na primeira etapa da viagem por ninguém menos que a primeira-dama..."

A verdade: Graças aos céus a limusine presidencial tinha um motorista, porque, se Eleanor Roosevelt se oferecesse para pegar o volante, eu iria a pé até o Meio-Oeste.

— Eu não entendo — reclamei, enquanto a limusine deslizava pela estrada. — Por que visitar a sede da Ford Motor Company se os trabalhadores nem quiseram falar comigo?

— É claro que eles não falariam com você. — A primeira-dama riu. — A Ford paga bem e eles têm muito a perder. Eles temem que possa parecer suspeito demonstrar interesse demais por uma visitante da Rússia comunista, sem falar nas suas ideias sobre direitos dos trabalhadores! — A Sra. Roosevelt já estava fazendo anotações rápidas sobre nossa visita às fábricas de aeronaves e nosso encontro com o Sr. Ford. Vim para os Estados Unidos pressupondo que a esposa do presidente seria uma milionária ociosa da alta sociedade, mas, pelo que pude ver, a mulher nunca parava de trabalhar. — Mas achei que o seu discurso foi bom.

Eu não tinha tanta certeza, e já estava começando esse tour com uma nota amarga: outra daquelas ameaças sinistras tinha passado por baixo da porta do meu quarto de hotel esta manhã. *Não é só sair de Washington, sua cachorra assassina. Vá embora agora ou vai voltar dentro de um caixão.*

Meu inimigo estava me perseguindo por todo o país? Ou teria sido alguém de dentro da delegação? Pensei, macabramente, em Alexei. Eu não acharia impossível que ele tentasse aterrorizar a própria esposa, só para que ela tivesse vontade de se refugiar em braços protetores. Se ele achava que *isso* ia funcionar...!

— Cinco horas até Chicago — disse Eleanor, interrompendo meus pensamentos, e olhei pelo vidro à prova de balas para as árvores flamejantes de outono à beira da estrada. Cinco horas... Desejei ter trazido um livro, como Kostia. Ele estava com um exemplar de poemas encadernado em couro de um tal Sr. Walt Whitman, emprestado da biblioteca da primeira-dama.

— Como é? — perguntei a ele, voltando ao russo.

— Complicado. — Ele estava com meu dicionário de inglês no outro joelho e ficava alternando entre os dois. O sol aquoso de outono incidia oblíquo pela janela sobre seu cabelo preto. — O que é *fitolaca*?

— Não sei. Talvez eu devesse levar uma amostra para Slavka. — Respirei fundo. Ninguém no carro ia nos entender; nem a primeira-dama nem sua secretária falavam russo suficiente; o motorista e o segurança estavam separados por uma divisória; o onipresente Yuri estava no carro atrás de nós com Alexei (que, de alguma forma, havia conseguido se enfiar na minha parte da viagem). Ainda assim, hesitei em fazer a pergunta. — Como foi sua visita a Nova York? — Meu parceiro estava na embaixada soviética em Washington quando voltamos da propriedade dos Roosevelt, mas eu não tinha ousado perguntar nada sobre sua família dentro dos muros da embaixada. — Você...

Seu sorriso permaneceu invisível quando ele virou uma página.

— Sim.

— Lyudmila, olhe pela janela — chamou a primeira-dama. — Essas terras planas de Michigan, elas não fazem você se lembrar das suas estepes nativas?

Quilômetro após quilômetro, a limusine avançava enquanto Eleanor apontava as cidades que conhecia de suas viagens de costa a costa. Ela se orgulhava de seu país, eu percebia isso na voz dela. Certamente ela o achava superior a qualquer coisa existente na União Soviética, o que me fez sorrir por dentro. As cidades grandes e pequenas que passavam, *Ann Arbor, Albion, Kalamazoo*... depois as vastas margens do Lago Michigan, como um mar, e meus olhos se umedeceram ao lembrar o mar Negro ao redor de Odessa.

— Você está com saudades de casa — disse a Sra. Roosevelt, lendo meu rosto com um olhar. — Logo estará de volta, minha querida. E, se tivermos sorte o bastante para ver esta guerra terminar em breve, você poderá retornar aos seus estudos e não ao seu pelotão.

— Eu poderia terminar minha dissertação. — Suspirei. — Gostaria de ver? Um estudo sobre Bogdan Khmelnitsky, a incorporação da Ucrânia à Rússia em 1654...

Eu poderia jurar que Kostia deu uma tossidinha do meu outro lado, mas a primeira-dama ouviu meu relato parecendo completamente fascinada, só me interrompendo para apontar as altas dunas de areia que começaram a aparecer na paisagem quanto mais avançávamos para o sul.

— É um país bonito — admiti, inclinando-me por trás dela para olhar para fora. — Vocês aqui vivem em condições tão pacíficas. Eu fico olhando em volta e estranhando não ver os danos das bombas... uma terra de luxos.

— Mas? — disse ela, percebendo a reticência em minha voz.

— Uma terra de miséria também. — Olhei nos olhos dela. — Vi o suficiente das partes mais pobres das cidades para saber que os negros americanos vivem muito mal.

— É verdade que ainda temos um longo caminho pela frente — reconheceu ela, calma. — Os Estados Unidos lutam contra o preconceito no exterior, mas o toleram em casa. A segregação deforma e distorce a vida da nossa população negra; isso está fora de questão. As coisas precisam mudar.

— Como?

— Trabalho — disse ela, balançando a caneta. — Não basta acreditar na igualdade, na paz e nos direitos humanos. É preciso trabalhar para isso.

Eu sorri.

— Para uma milionária americana, a senhora tem uma ética de trabalho que um soviético aprovaria.

— E você tem uma capacidade de rir que qualquer americano aprovaria — respondeu a primeira-dama. — Charges políticas e Hollywood querem que acreditemos que os soviéticos não têm senso de humor.

— A vida pode ser difícil para nós. Temos de rir dela. — Lembrei-me de uma piada que minha querida Lena me contou. — O que um soldado alemão disse para o outro quando chegaram à frente soviética?

— O quê?

— "Olha só aquela soviética bonita olhando para mim ali." Seu amigo diz: "Por que não vai dizer oi?" O amigo responde: "Porque ela está me olhando pela mira telescópica de um rifle."

Eleanor riu. Mais quilômetros se passaram; conversa dando lugar a silêncio e, depois, a sonolência. Em algum momento eu cochilei, despertando com um grande sobressalto quando a limusine parou. Minhas pálpebras estavam grudentas e senti um peso sobre o ombro: a cabeça morena de Kostia.

— Vocês desabaram ao mesmo tempo — disse a Sra. Roosevelt, com pregas de riso em volta dos olhos, e me dei conta de que havia adormecido com a cabeça no ombro *dela*. — Acorde agora, minha querida — continuou ela, enquanto eu me sentava ereta, rosada de vergonha, pensando *Por favor, que eu não tenha babado na primeira-dama!* — Estamos em Chicago. Um famoso poeta americano certa vez a chamou de "a cidade dos ombros largos".

— Também temos poesia ruim na União Soviética — consolei-a, e ela caiu na gargalhada.

MAS COMO ELAS PARECEM REVIGORADAS e descansadas, não?, pensou o atirador com acidez, observando Lyudmila Pavlichenko e a primeira-dama subirem ao palco enfeitado de bandeirolas, acenando para a multidão entusiasmada. Ele havia passado cinco horas acompanhando a comitiva presidencial em um Packard do tamanho de uma caixa de sapatos, apertado e irritado. *Ele* não chegou a Chicago descansado e com os olhos brilhantes como a sniper.

Clarões de flashes dispararam e o atirador percebeu que ela não se encolhia mais como se granadas estivessem explodindo em sua cara. Ele achou que ela estaria mais nervosa, ainda mais depois de ter subornado uma empregada do hotel para enfiar outra de suas ameaças anônimas embaixo da porta dela. Em Washington, isso parecia estar funcionando. Ela estava visivelmente tensa na ópera e, na recepção da assembleia, olhava toda hora por cima do ombro como se estivesse procurando seu perseguidor. Ela pareceu desequilibrada, o que era precisamente o meu objetivo. Mas, agora, seu jeito era sereno e profissional enquanto fazia um breve discurso por intermédio do intérprete. E as pessoas estavam reagindo bem, droga. O atirador estivera convencido de que ela nunca teria o sucesso que os soviéticos esperavam nessa viagem diplomática: pedir que um público americano fosse acolhedor com uma mulher que supostamente matou 309 homens era absurdo. Mas o público aqui de Chicago ficou em êxtase.

— Pois bem — refletiu ele em voz alta no meio do alvoroço da multidão, tilintando as pedrinhas de diamantes brutos em seu bolso. — Então ela é um sucesso. — Isso só provava que ela era uma propagandista bem treinada, não uma sniper. Apenas uma profissional poderia ter conseguido isso... e ela havia encantado a primeira-dama, para completar. Sentadas juntas no palco, as duas aproximavam as cabeças de tempos em tempos para uma conversa, contando alguma piadinha particular. *Vamos ver se você vai sorrir quando chegarmos a Los Angeles*, pensou o atirador. Era o novo plano: entrar no cortejo de parasitas que acompanhavam a comitiva presidencial em sua rota para o oeste e se inserir de modo a se tornar parte do cenário, alguém comum e sem importância. Já havia entrado em contato com Lenço de Bolso para garantir que seu nome passasse pela segurança da primeira-dama sem problemas. Ninguém olharia duas vezes para ele, e teria todo o tempo do mundo para ficar nos bastidores até chegarem à Cidade dos Anjos... onde estava programado que o presidente Roosevelt, que no momento fazia um tour privado pelas instalações de defesa do país, viesse para uma aparição conjunta com sua esposa e Lyudmila Pavlichenko.

Era *então* que o tiro seria disparado.

E que surpresa seria para a primeira-dama ver sua nova amiguinha desabar das alturas, não mais uma heroína nacional, mas uma John Wilkes Booth soviética. "A Sra. Roosevelt é amiga da assassina de seu marido" — essa seria uma manchete que valeria a pena ler.

O atirador percebeu, ao observar as duas mulheres saindo do palco, que esperava por isso com uma satisfação visceral e rancorosa. Ele não havia sentido grande coisa em relação a Lyudmila Pavlichenko quando a viu desembarcar às portas da Casa Branca pela primeira vez, algumas semanas atrás, a não ser uma leve curiosidade enquanto começava a montar o cenário para incriminá-la pelo assassinato do século.

Agora, tendo sido arrastado por todo o país seguindo a cachorra vermelha e já planejando sua próxima ameaça rabiscada anonimamente em cirílico, ele queria vê-la sucumbir.

— Sra. Pavlichenko, que enorme prazer ver seu rosto outra vez!

A princípio, eu não reconheci o homem, de terno de linho, olhos ligeiramente arregalados, mas então senti os dedos úmidos e fervorosos apertando os meus e me lembrei do milionário que conheci em Baltimore.

— Sr. Jonson, aqui está o senhor... tão longe de Maryland.

— Eu a teria cumprimentado em Detroit — disse ele, com os olhos brilhantes. — Mas o quartel-general do Sr. Ford tem uma segurança muito rigorosa.

— E aqui não? — não pude deixar de perguntar. A primeira-dama e eu tínhamos sido convidadas a visitar a Associação de Atiradores de Elite de Chicago; seria de imaginar que clubes de tiro teriam mais guardas armados na porta. — Como o senhor...

— Ah, eu comprei um ingresso. E compraria uma dúzia pela chance de encontrá-la novamente. Gostaria de um lenço, está muito quente...

— *Nyet*. Sr. Jonson...

— William!

— William, eu fui convidada para fazer a visita com o presidente da associação. — Soltei minhas mãos das mãos úmidas dele e caminhei na direção dos estandes de armas, me esquivando dos jornalistas que pipilavam *Sra. Pavlichenko... Sra. Pavlichenko...* como um coro de passarinhos. Havia tantos deles! Eu continuava tentando combinar os rostos com os nomes, mas eles eram numerosos demais para manter o controle.

— Sorria para a câmera, *kroshka* — murmurou Alexei, conseguindo pôr o braço sobre meus ombros e me virar na direção do flash mais próximo, o polegar acariciando minha nuca. Eu o afastei de mim com um olhar de advertência e por fim encontrei o líder da Associação de Atiradores de Elite, esperando não muito paciente para tirar uma foto comigo.

— O que acha das nossas armas americanas, Sra. Pavlichenko? — indagou ele com ar de superioridade, e não fiquei surpresa ao ver olhares céticos entre os homens do clube. Eles achavam que eu não ouvia os murmúrios? *Essa mulher que chamam de sniper não entende nada de fuzis...*

— Este é um M1 Garand? — perguntei ao presidente por intermédio de Kostia, percorrendo os suportes de armas do clube. — Muito semelhante ao Sveta que usamos na frente oriental. Gás propulsor desvia pelo orifício no cano para destravar a culatra. — Tirei o fuzil automático do suporte, fiz uma rápida inspeção e levei-o ao ombro para olhar pelas miras. — Miras Weaver, muito boas.

Olhares surpresos, que eu fingi não ver.

— O que acha deste, Sra. Pavlichenko? Nosso M1903 Springfield.

— Sim, muito mais parecido com o Três Linhas que eu usei. Eu prefiro um ferrolho deslizante em condições de campo. O retém de segurança não automático aqui é muito semelhante ao do Mauser Zf. Kar. 98k do exército alemão também...

Falei sobre os fuzis soviéticos e como eles se comparavam com vários modelos aliados, pedindo ao presidente que desmontasse o 1903 comigo para que eu tivesse a chance de examinar os mecanismos de gatilho e elogiar seu peso, firmeza e sensação da queda do martelo. Os homens mais velhos estavam sorrindo no final. Até os jornalistas que assistiam pareciam relutantemente impressionados, e os olhos de William Jonson brilhavam.

— Ah, Sra. Pavlichenko, como eu gostaria que nos concedesse uma demonstração.

Eu hesitei. Sempre tinha recusado esses convites. Eu não era um instrumento de exibição; era um soldado. Um jornalista em Detroit tinha me comparado com uma atiradora de circo americana chamada Annie Oakley e me perguntou se eu conseguia atirar por cima do ombro enquanto olhava para um espelho, e eu disse a ele que habilidades como as minhas não eram feitas para grandes tendas de circo ou festas. Mas esses homens do clube de tiro pareciam tão ansiosos; os mais velhos tinham a aparência de veteranos, homens que lembravam como era o cheiro de sangue misturado à lama, e os mais jovens eram tão inocentes e de bochechas rosadas... No entanto, seriam eles que partiriam para o combate, se o plano da primeira-dama de vender a ideia de uma segunda frente por meu intermédio fosse bem-sucedido. A Sra. Roosevelt estava conversando com um coronel do Exército do outro lado da sala, mas eu poderia jurar que ela fez um pequeno gesto de aprovação para mim com o canto do olho.

— *Nu ladno* — falei com um sorriso, e os homens aplaudiram.

Minhas mãos tremiam só um pouco quando terminamos de acertar os detalhes da demonstração: cem metros de distância, deitada sem apoio, dez tiros, dez minutos para atirar, miras de ferro. *Você não dispara um fuzil há um mês e meio*, repreendeu a voz dentro da minha cabeça. *Uma profissional precisa atirar pelo menos duas vezes por semana para manter a prática!* Será que eu deveria mesmo defender minha reputação e a honra do Exército Vermelho com habilidades enferrujadas e uma arma desconhecida?

— Ela vai precisar de alguém com quem competir — falou Kostia em inglês, inesperadamente, quando entramos no estande de tiro. Eu me surpreendi quando vários americanos se apresentaram. — Não, alguém que possa dificultar as coisas para ela. Outro soviético. — Ele sorriu, produzindo o coro precisamente certo de risadas e vaias. — Se me emprestarem um 1903, eu me juntarei à tenente Pavlichenko. Camarada Yuripov, gostaria de se juntar a nós?

— Isso não faz parte das minhas instruções — disse Yuri, encostado na parede.

— Nosso médico de delegação, então. — Kostia abriu um sorriso manso. — Ele se considera um ótimo atirador.

Levantei a cabeça quando Alexei avançou do grupo de acompanhantes da delegação em seu terno risca de giz ocidental e pegou um fuzil oferecido pela mão mais próxima.

— Com prazer — disse ele, em um inglês que claramente estava fazendo esforço para aprender na viagem.

— E eu vou com vocês — disse William Jonson, avidamente, aproximando-se tão rápido que quase tropeçou nos cadarços dos próprios sapatos. — Acho que sou páreo para qualquer médico de embaixada, ha-ha! Pratiquei um pouco de tiro ao pombo na minha infância, ah, isso eu fiz…

— O que você está fazendo? — sibilei para Kostia em russo, mas ele simplesmente continuou carregando seu fuzil com um movimento rápido das mãos.

Todos nos posicionamos, nos acomodando no chão de barriga para baixo, e demos cinco ou seis tiros de calibração para nos familiarizarmos com as armas, depois esperamos por alvos de papel novos: eu deitada entre Alexei e Kostia; o Sr. Jonson, que ficava virando o cano do fuzil com um descuido que me fazia estremecer; e um punhado de americanos mais velhos que proclamavam ter lutado na Grande Guerra. O sinal para começar foi dado, a Dama da Meia-Noite começou a contagem regressiva e o mundo sumiu ao meu redor.

Dez tiros. O meu primeiro ficou a alguns centímetros do centro do alvo; pelo modo como a bala entrou, percebi que tinha dado uma pancada no gatilho em vez de pressioná-lo controladamente. Eu me estabilizei, não deixando o erro me perturbar. Este não era o campo de batalha; a morte não me levaria por eu estar alguns centímetros aquém da perfeição. No segundo tiro, o fuzil desconhecido sussurrou: *Pronto*. Quando vi a bala atingir o centro do alvo dessa vez, sorri. Kostia já mirava seu terceiro tiro ao meu lado; um americano de cabelo grisalho com corte escovinha estava logo atrás de nós. O 1903 de Kostia e o meu trovejaram em uníssono e eu soube que era um par de tiros no centro do alvo. Nossas mãos voavam em conjunto, nossos fuzis cantavam em conjunto e era como nos velhos tempos. Não, melhor: mais limpo, o cheiro de pólvora não marcado pelo cheiro de sangue.

Não precisei de dez minutos para fazer meus dez tiros. Não precisei nem de cinco.

Todos se levantaram quando os tiros dos retardatários terminaram e se aglomeraram em torno dos alvos de papel. Os gritos aumentavam à medida que os acertos eram contabilizados.

— A Dama da Morte leva!

Eu sorri, batendo o pó da frente do meu vestido e me perguntando o que meu instrutor de tiro com a cicatriz diria se pudesse ver sua aluna agora. Me perguntando se ele ainda treinava snipers em Kiev, se ele ainda estava vivo...

— Caramba, eu não perco uma competição tão mal assim desde o começo do século. — O americano de cabelo grisalho cortado à escovinha me ofereceu uma mão forte como carvalho. Ele ficou em terceiro lugar, logo atrás de Kostia, e eu mal conseguia entender seu estranho sotaque. — Acho que o seu garoto siberiano aqui poderia atirar no olho de um rato-almiscarado a cinco quilômetros de distância se o vento estivesse bom, Sra. Pavlichenko, e a senhora provavelmente conseguiria a oito. Eu a pediria em casamento, se já não tivesse uma patroa em casa que não ia querer uma sniper russa se aboletando no quarto de hóspedes. Então toma um copo comigo em vez disso?

— E comigo — interveio William Jonson, que não conseguiu nem acertar o alvo na maior parte dos tiros. Ele acendeu um Lucky Strike, agitando-o com entusiasmo. — Uma demonstração maravilhosa, Sra. Pavlichenko!

Começaram a aparecer garrafas de conhaque e uísque; na galeria com o coronel Douglas, a primeira-dama parecia ligeiramente desaprovadora. Acenei para ela, sem remorsos. Esta era uma reunião de soldados, uma reunião de atiradores e, pela primeira vez desde que cheguei aos Estados Unidos, eu me sentia realmente em casa. Um dos acompanhantes da delegação me lembrou que eu devia deixar Kostia interpretar em vez de usar meu inglês, mas o ignorei. Não queria um filtro entre mim e esses homens; já estava enjoada de filtros. Pelo canto do olho, vi Alexei jogar seu 1903 de lado com um gesto abrupto e sorri. Ele ficou em quinto lugar entre dez.

— Boa tentativa — gritei para ele em russo. Ele me olhou feio e eu acenei balançando os dedos, enquanto murmurava para Kostia: — Por que você convidou ele para participar?

— Porque você estava nervosa — respondeu meu parceiro. — Mas, assim que ele entrou na linha, não havia jeito de você deixar ele vencer.

Eu ri, bebendo uma dose de uísque que tinha gosto de fogo a lenha.

— Ele morreu na praia, não foi?

— Como um peixe.

— Você vai conseguir fazer seu discurso hoje à noite? — perguntou a primeira-dama quando voltamos para a limusine, balançando a cabeça em desaprovação.

— Não foi muito uísque. Vocês aqui não sabem beber. Quarenta mililitros não são suficientes para um brinde decente. — Apenas o suficiente para esquentar minhas bochechas, que ainda estavam sorrindo pela meia hora que passei com os atiradores americanos. A conversa enquanto bebíamos tinha sido toda de histórias de guerra: eles perguntaram as minhas deste ano; eu perguntei as deles da Grande Guerra. E, depois, eles me presentearam com a caixa de mogno que estava agora no meu colo. — Já viu coisa mais linda? — exclamei, levantando a tampa do meu presente mais uma vez: um par de pistolas Colt M1911A1, novinhas e reluzentes, e dois carregadores com cartuchos.

— Em Nova York você ganhou um casaco longo de lince. — A primeira-dama parecia admirada enquanto eu pegava uma das Colts e começava a examiná-la alegremente ali mesmo no banco de passageiro. — Em Detroit, deram-lhe seis dúzias de rosas. E você fica com os olhos brilhando por um par de pistolas?

— Isto é muito melhor do que a última vez que eu ganhei uma pistola. — Tinha sido em Sebastopol, quando o general Petrov me instruiu a guardar a última bala para mim mesma para não ser capturada viva e sofrer o que os alemães faziam com mulheres snipers. Afastei a lembrança, examinando as várias partes do mecanismo da minha nova Colt. — Ah, calibre .45! Feita por Browning, sabia? Adotada pelo seu exército em 1911, depois pelo nosso na última guerra...

A Sra. Roosevelt riu.

— Brinque com seu brinquedinho novo mais tarde, querida. Estamos quase no Grant Park.

Talvez fosse o uísque, talvez fosse ter a canção reconfortante de um fuzil de volta aos meus ouvidos, ou talvez fosse o fato de eu finalmente, *finalmente,* ter conseguido tirar aquela expressão serena do rosto de Alexei... mas algo aconteceu dentro de mim quando me vi no parque em mais um palco decorado com bandeiras, olhando para mais uma multidão de homens de meia-idade.

— O palco é seu, Sra. Pavlichenko...

— Tenente Pavlichenko, *spasibo.*

Eu avancei e comecei meu discurso, descrevendo a guerra que assolava meu lar distante enquanto Kostia traduzia. Um dos homens na primeira fila não parava de revirar alguma coisa nos bolsos, observando-me com um olhar frio; um jornalista mexia em sua câmera e parecia entediado; um grupo de autoridades municipais encarava meu uniforme como se fosse uma fantasia. *Nenhum de vocês acredita que eu realmente lutei numa guerra*, pensei. Os homens que eu tinha conhecido hoje no estande de tiro acreditaram em mim. Muitos deles eram veteranos; eles reconheciam um soldado de verdade quando viam um apertar o gatilho. Mas esses públicos a quem eu falava cidade após cidade, essas pessoas que eu encarava armada apenas com minha voz, o que elas sabiam?

Faça-as saber agora, pensei, e, pela primeira vez, o pensamento não foi amargo ou raivoso. Ele me encheu de um orgulho intenso.

— Senhores — falei com a voz alta e clara, abandonando meu discurso planejado. Esperei até que todos os olhos que talvez estivessem vagando se voltassem para mim, então firmei as botas na plataforma com um som como o de um caixão se fechando e cruzei as mãos atrás em posição militar de descanso. — Senhores, eu tenho vinte e seis anos. No front, já eliminei 309 soldados e oficiais fascistas. Não acham, senhores, que estão escondidos atrás de mim há tempo demais?

Deixei o desafio pairar no ar.

Por um instante, a multidão ficou em silêncio. De repente, um estrondo de aplausos ecoou pelo Grant Park, homens se levantando, mulheres agitando seus chapéus, jornalistas erguendo as câmeras. Olhei para Kostia e, encontrando seus olhos em meio aos flashes, poderia jurar que vi Lyonya junto ao seu ombro.

Ele estava sorrindo.

A CACHORRA SABE ATIRAR.

O atirador não conseguia pensar em mais nada desde que vira Lyudmila Pavlichenko acertar dez tiros soberbos a cem metros de distância, com uma arma desconhecida, em três minutos. Ele fez todos os gestos de admiração junto com o restante das pessoas no estande, mas as palavras ressoavam por dentro sem parar: *A cachorra sabe atirar.*

Ele não podia nem tranquilizar a si mesmo dizendo que ela era uma atiradora de tiro ao alvo, uma competidora de clube de tiro. Existia a experiência de estande de tiro, e existia a experiência *real*, aquele tipo frio que era praticado até virar parte do seu sangue. Ele percebeu um lampejo disso assim que ela empunhou o fuzil. E, então, ela assumiu a posição na linha de tiro e ele viu a Dama da Morte revelar seu rosto. A morena sorridente de olhar amistoso desapareceu; a sniper com 309 inimigos em sua contagem ganhou vida. Quando ela acertou o último centro de alvo, ele já acreditava que ela realmente tinha abatido cada um daqueles alvos na frente oriental.

Droga, pensou o atirador, atordoado, observando-a no palco do Grant Park enquanto metade de Chicago gritava seu nome, *ela é real*. Uma centena de pequenas impressões se encaixavam agora: o modo como ela segurava os cigarros com a mão invertida e em concha, para que a brasa não aparecesse; o jeito como seus olhos se moviam rápidos quando ela entrava em salas novas, identificando saídas e linhas de movimento. Por que ele não percebeu antes?

Você não queria, a resposta veio. *Você não achou que fosse possível.*

Bem, mas era. A Dama da Morte, aqui em carne e osso. Uma mulher russa tamanho miniatura que tinha acabado de erguer a cabeça em um palco americano e dizer para todos os homens viris daquela audiência pararem de se esconder atrás dela.

Eu atiraria feliz em você cara a cara, pensou o atirador, observando os olhos ferozes dela rondando a multidão que a aplaudia loucamente, como os de um lince predador. *Mas amanhã eu tenho um presidente para matar em Los Angeles, e uma mulherzinha soviética para levar a culpa.*

Capítulo 29

A manchete: "Na sequência de seu agora famoso desafio aos cidadãos dos Estados Unidos, Lyudmila Pavlichenko viaja para a Cidade dos Anjos. A realeza de Hollywood, do naipe de Douglas Fairbanks Jr., Mary Pickford e Charlie Chaplin, faz fila para recepcionar a sniper..."

A verdade: "O senhor esteve maravilhoso em A marca do Zorro, Sr. Fairbanks" não foi a melhor maneira de começar uma conversa, considerando que a resposta embriagada e arrastada do ator foi: "Aquele era meu pai, Douglasss Fairbankshii Sêniorrrr."

— Brilhante como sempre, Sra. Pavlichenko! Champanhe?

— *Nu ladno*, Sr. Jonson — suspirei. Apesar de estar de smoking, ele parecia ainda mais esbugalhado e irritante. Peguei depressa a taça de champanhe antes que ele pudesse agarrar minha mão. — Não achei que o senhor viria para Los Angeles.

— Fiz uma solicitação à primeira-dama! Eu tinha algo muito especial para perguntar a você e o pessoal dela me incluiu na lista de hoje...

Pisquei, voltando da sensação agora familiar de ter apertado duzentas mãos, posado para duzentas fotos e respondido a duzentas perguntas idiotas.

— Perguntar-me o quê, Sr. Jonson?

— Lyudmila, eu já lhe disse que pode me chamar de William — repreendeu-me ele.

— William, pretende ouvir todos os discursos que eu fizer de Washington a Fresno? Quanto tempo livre o senhor tem?

Tempo demais, claramente. Bebi metade do champanhe de uma vez, esperando que isso matasse a dor de cabeça que eu vinha sentindo desde Chicago. Eu não tinha dormido bem depois do evento no Grant Park. A primeira-dama me garantiu que foi um sucesso retumbante ("Eu não ficaria surpresa se a Reuters divulgasse esse discurso no mundo todo, minha querida"), mas, desde então, eu me sentia como se houvesse aranhas descendo pela minha espinha. Não era nem por causa de mais um bilhete mórbido no meu quarto de hotel (*Vou arrancar sua coluna e sufocar você com ela, sua cachorra amante de Stalin*). Percebi que estava quase me acostumando com essas coisas odiosas. Parecia bastante óbvio que era alguém na delegação, e ainda mais óbvio que essa pessoa era Alexei, e, embora eu tivesse comunicado essa suspeita à segurança da delegação, recusava-me a continuar me assustando com os bilhetes *ou* a dar ao meu marido a satisfação de confrontá-lo. Não, não eram os bilhetes anônimos. Outra coisa me incomodava, em um nível tão sutil que eu mal conseguia registrar.

Algo que eu vi, algo que ouvi? Na linha de frente, eu vigiava tão atentamente que nem uma única folha caindo na paisagem noturna diante de mim passaria despercebida, mas esta viagem tinha sido tamanha avalanche de imagens e sons que algo poderia ter se perdido na confusão. E eu sentia que isso havia acontecido, mas não conseguia identificar o que era.

— Você sabe que sou viúvo, é claro. — O Sr. Jonson ainda tagarelava.

— Eu sei? Ah, sim, *da*...

— E eu li no jornal que você também era casada. Perdeu seu marido em Sebastopol...

Meu segundo marido, infelizmente. Não o primeiro.

— Sim — respondi, pensando em como Lyonya teria caído na gargalhada com toda essa conversa.

— Então, minha querida Lyudmila, por que não aliviar nossa solidão mútua? Se você aceitasse fazer de mim o mais feliz dos…

— *Chto*? — Minha atenção se voltou com um sobressalto para o homem que agora agarrava a minha mão, mesmo com a taça de champanhe vazia nela. — Sr. Jonson…

— William!

— Sr. Jonson, o senhor está fora de si.

— Desde o momento em que a vi falando em Nova York, meu coração me disse que você era a única esposa possível para mim. Quer se casar comigo?

— Você poderia aceitar a proposta dele se quisesse.

Fiz uma pausa, o pãozinho com manteiga a meio caminho da boca.

— Está falando sério, Eleanor? — A primeira-dama havia me pedido para usar seu primeiro nome, mas era a primeira vez que eu o fazia.

— Por que não? — Do outro lado da pequena mesa, Eleanor desdobrou o guardanapo. A delegação tinha passado a fazer as refeições em privado depois dessas recepções, porque sempre que a primeira-dama e eu aparecíamos para jantar num restaurante, toda a refeição se transformava em horas de pedidos de autógrafos. Kostia, Yuri e o restante já estavam sentados à mesa do outro lado da sala de jantar privativa. — O Sr. Jonson talvez seja um pouco excêntrico, mas é agradável e educado — continuou Eleanor. — Ele não a enganou quanto à sua situação e perspectivas: ele é viúvo, é de fato dono de uma companhia metalúrgica, suas finanças e reputação são excelentes. Homens como ele são investigados — disse ela, em resposta ao meu olhar surpreso — quando começam a seguir minha comitiva de estado em estado. A proposta de casamento do Sr. Jonson pode ser repentina, mas parece sincera.

Eu bufei.

— Eu só o vi umas poucas vezes!

— Mas se casar com um cavalheiro de posses que está loucamente apaixonado por você é o máximo de garantia de segurança e conforto que os caprichos do destino dão a uma mulher. — Ela sorriu, pegando o garfo de salada. — Você permaneceria aqui em nosso país, e eu apreciaria a oportunidade de continuar nossa amizade.

— Eu também, mas… — Larguei meu pãozinho e me levantei para pegar o *Chicago Tribune* que havia trazido do avião. — Veja isto: *a Sra. Pavlichenko está extasiada com a comida americana e come cinco porções no desjejum todas as manhãs.* Mentiras descaradas. De onde eles tiram essas coisas e por que estão obcecados por essas bobagens? — Baixei o jornal outra vez, com o rosto esquentando, procurando as palavras certas em inglês. — No seu país, sou objeto de uma curiosidade fútil. Uma atração de circo. No meu país, sou oficial do Exército Vermelho. Eu *lutei*, e não sou uma aberração porque lutei. Há outras mulheres como eu. — Pensei no que eu havia contado a ela sobre as mulheres soviéticas terem plena independência como seres humanos, não só como mulheres. — Esta viagem… este é meu combate agora. Mas logo irei para casa e continuarei a lutar pela liberdade e independência do *meu* país. Não irei me juntar ao seu, por mais que eu tenha aprendido a apreciá-lo.

Percebi que a outra mesa tinha ouvido meu desabafo. O rosto de Kostia estava imóvel, me observando. Corei e voltei a me sentar, esmigalhando meu pãozinho abandonado. Quando olhei para a Sra. Roosevelt, vi um estranho sorriso melancólico em seu rosto. Eu tinha dito que não havia mulheres como eu nos Estados Unidos. Bem, também não havia mulheres como ela aqui. Teria sido por isso que ela fez amizade comigo, que gostou tanto da ideia de que eu pudesse ficar aqui? Porque ela também se sentia como uma atração de circo às vezes?

— Vamos esquecer o Sr. Jonson — disse ela apenas, empurrando o cestinho de pão para o meu lado. — Farei com que o nome dele seja riscado da lista de todos os eventos futuros, antes de eu voltar para a Washington.

— Obrigada — falei, me sentindo um pouco envergonhada agora por minhas palavras exaltadas. — Não vai ficar para a visita do presidente?

— Bem, em relação a isso…

QUE ÓDIO, QUE ESSA VADIA *soviética vá para o inferno*, pensou o atirador. Ele tinha acabado de receber a notícia: o presidente Roosevelt cancelou discretamente sua presença no Sul da Califórnia. A visita às instalações de defesa do país tinha sido proibida para a imprensa, mas os operadores alertas de Washington já sabiam que o trem especial do presidente tinha voltado para a capital, e Lenço de Bolso havia devidamente telefonado com a atualização. Podia não ser culpa de Lyudmila Pavlichenko que o aleijado presidencial não tivesse se sentido em condições de enfrentar um trecho da viagem com a presença da imprensa, mas o atirador decidiu que a culparia de qualquer maneira. A Dama da Morte estava acabando com sua costumeira excelente sorte no trabalho.

Perambulando pelo saguão do hotel, evitando os guarda-costas do NKVD e seus olhares de pedra, ele folheou o restante do itinerário. Uma festa em Hollywood; mais discursos; depois a viagem para Fresno... *Fresno*, pelo amor de Deus. O atirador se lembrou de um serviço duplo uns anos atrás em que eliminou dois executivos que vinham desviando recursos da empresa. Uma cidade horrível, cheia de caipiras horríveis e, agora, ele tinha de *voltar* lá depois de já ter seguido aquela mulher de Detroit para Chicago até Los Angeles? Foi uma droga de viagem que não acabava mais, considerando o pouco que tinha lhe rendido: muitas noites em hotéis anônimos, uma dor nas costas por tantas horas ao volante daquele Packard apertado e nenhum maldito tiro em Roosevelt. Ele poderia muito bem ter ficado sossegado em Washington esperando que ela voltasse, em vez de percorrer o país tentando fabricar uma oportunidade contra um alvo que nunca apareceu. E agora essa porra de *Fresno*.

É culpa sua, disse consigo mesmo, ainda furioso. Normalmente, ele *teria* ficado em Washington em vez de acompanhar a viagem, mantendo-se bem afastado, obtendo todas as informações de que precisava com terceiros. Menos contato, menos problemas, menos perigo. Mas não, ele optou por uma abordagem mais pessoal nesse serviço. Seria possível que ele de fato tivesse se deixado dominar pela *curiosidade*, depois de tantos anos de profissionalismo discreto?

A delegação soviética entrou no saguão, voltando do evento daquela noite. O atirador olhou para Lyudmila Pavlichenko por cima do jornal quando ela parou na recepção. O recepcionista lhe entregou um envelope lacrado; a sniper ergueu as sobrancelhas ao pegar um estilete. O atirador inclinou-se um pouco para frente, sabendo exatamente as palavras que a receberiam: *Estou na sua cola, prostituta soviética.* Ele nunca a tinha visto abrir um de seus bilhetes antes. Esperava que ela empalidecesse, tremesse, olhasse para trás...

Ela revirou os olhos. Não havia como confundir: ela *revirou os olhos.* "Mais um", disse ela em russo para o guarda-costas grandalhão que estava ao seu lado, fazendo uma bola com o papel e jogando-o para ele, e então seguiu muito à vontade até o elevador do hotel. Subindo para sua cama luxuosa de prostituta e uma boa noite de sono, sem dúvida. E dando uma bela *risada.*

O atirador tomou uma súbita decisão quando ela desapareceu de vista. Largou o jornal e se dirigiu para a porta do hotel e a noite quente lá fora.

— Táxi — disse secamente ao mensageiro.

Chega de laranjais, chega de conversas de Beverly Hills e vai à merda, Fresno: ele abandonaria o Packard e sua atual identidade falsa e pegaria um voo de volta para Washington. A Dama da Morte voltaria para a capital em algum momento. Ele a pegaria (e ao presidente) lá.

Ocorreu-lhe, ao entrar no táxi, que pegar Lyudmila Pavlichenko agora lhe parecia tão importante quanto pegar o presidente. Antes, ele tinha deixado seus planos em aberto: incriminá-la ou matá-la, o que se mostrasse mais simples.

Agora achava que tinha acabado de decidir.

— Você ainda não cansou de dar autógrafos? — Laurence Olivier me lançou seu característico olhar ardente: tão bonito pessoalmente quanto na tela. Lena já o teria encostado na parede com as calças abaixadas àquela altura. A mão dele deslizou para baixo pelas minhas costas enquanto ele comentava: — Sempre achei que a caça a autógrafos era a manifestação menos atraente de uma curiosidade sedenta de sexo.

Deslize essa mão um pouco mais para baixo e vai ficar sem ela, pensei. Um estalo me deu um susto, mas era só uma rolha de champanhe. Ao lado das grandes portas de vidro abertas para a noite amena da Califórnia, vi a atriz Mary Pickford inclinar a cabeça para trás rindo de algo que Myrna Loy, vestida em lantejoulas prateadas, sussurrava em seu ouvido: esta graciosa casa em estilo italiano estava lotada até as vigas com estrelas de cinema. Não que eu soubesse quem era metade deles; eu não tinha visto muitos filmes ocidentais. Minha pobre amiga Sofya, de Odessa, teria conhecido todos os rostos depois de tanto ler secretamente revistas sobre o cinema ocidental. Ela teria ficado emocionada com a chance de conhecer Mary Pickford numa festa em Hollywood. Eu só estava um pouco atordoada. E com saudades de Sofya...

— Charlie Chaplin vai dar uma festa para a delegação na Breakaway House, a casa dele em Beverly Hills — dissera-me o funcionário do consulado soviético todo entusiasmado naquela tarde depois de um evento de almoço, uma reunião na embaixada e um discurso no hotel com vista para as longas ondas azuis do Pacífico. — Agora que a primeira-dama foi embora — Eleanor precisou voltar para Washington naquela manhã, despedindo-se de mim com um abraço afetuoso —, vamos ter a chance de nos divertir um pouco!

Até agora, eu tivera minha mão beijada por Charlie Chaplin, meu champanhe servido por Tyrone Power e meu traseiro apreciado por Laurence Olivier.

Eu bati na mão dele quando ele a desceu mais um pouco, mas o inglês não pareceu ofendido. Ele só riu, arrumando uma mecha do meu cabelo atrás da orelha.

— Não precisa ficar tão tensa, minha querida. Você pode ser esfaqueada pelas costas numa festa em Hollywood, mas ninguém vai atirar em você.

— Muito espirituoso, Sr. Olivier.

— Me chame de Larry.

— *Nyet* — declarei. O astro de cinema me lembrava muito Alexei: o mesmo brilho nos olhos, o mesmo charme, a mesma incapacidade total de ouvir a palavra *não*.

— O Charlie tem uma piscina descendo o gramado — Me Chame de Larry estava ronronando, sem ligar a mínima para a minha resposta. — Que tal darmos uma escapada para uma festinha particular enquanto seus amigos se divertem?

O pessoal do consulado soviético com certeza *estava* se divertindo, ocupando esse espaço suntuoso com suas grandes portas de vidro, seu piano de cauda preto, as travessas de prata carregadas de canapés e baldes de gelo com champanhe em cada superfície. Até Yuri definitivamente ria ao ver Charlie Chaplin segurar uma garrafa de champanhe entre os dentes e andar sobre as mãos pelo chão de mármore.

Essa gente de Hollywood, pensei. Se os americanos às vezes me pareciam estranhos, essas estrelas de cinema eram mais estranhas ainda. Despreocupadas, informais, nem um pouco inclinadas a se arrepiar com ideias socialistas como os convidados de uma festa em Washington... mas pareciam mais atuar do que existir, e eu não tinha certeza se viam meu uniforme como algo mais do que um dos trajes extravagantes que todos eles usavam.

De repente, eu quis ar fresco.

— Com licença, Sr. Olivier — tirando a mão dele do meu quadril mais uma vez —, preciso de mais champanhe.

— Pode *me* beber, minha bela assassinazinha. Sou como um vinho vintage: tem que me apreciar antes que eu fique azedo!

Consegui me libertar dele, atravessar a multidão no terraço do lado de fora e seguir em direção ao gramado longo e inclinado que se afastava da Breakaway House.

— Vejo que nós dois estamos procurando um pouco de quietude — disse Kostia, surgindo das sombras com seu jeito silencioso.

— Pelo menos desta vez o Yuri não está respirando no meu pescoço. — Meu parceiro e eu caminhamos pela longa extensão de grama, que de fato levava a uma piscina bem abaixo. — Quem poderia imaginar que ele ficaria tão deslumbrado com os famosos?

— Parece que ele já foi guarda-costas de um figurão de Moscou que gostava de exibições privadas de filmes ocidentais proibidos — explicou Kostia.

Tínhamos tido uma sessão de cinema privada naquela noite: *O grande ditador*, o filme mais famoso de Charlie Chaplin, exibido em sua pequena sala de projeção pessoal. Eu já tinha visto coisas estranhas na minha vida, mas poucas eram tão estranhas como observar um homem se pavoneando e fazendo poses numa tela tremeluzente e então me virar e ver o mesmo homem sentado à minha direita, todo cheio de sorrisos amigáveis, observando minha reação. Eu nunca tinha visto um filme de Chaplin antes; em cena, ele parecia um homenzinho esquisito de olhos arregalados, não como eu imaginava um astro do cinema.

— O que você achou de *O grande ditador*? — perguntou Kostia, lendo meus pensamentos.

— Não sei se consigo rir de Hitler. — Encurtei meus passos para acompanhar o leve coxear de Kostia, pois ele tinha saído sem a bengala. — Talvez nós devêssemos. Rir torna os homens pequenos. Mas já vi hitleristas demais vindo para cima de mim com fuzis e tanques para achá-los engraçados.

— Você está filosófica — observou meu parceiro.

— Só em festas barulhentas.

Eu não me sentia sozinha em um ninho de sniper à meia-noite, mas muitas vezes me sentia sozinha em multidões. E era por isso que estava aqui fora, e Kostia também. É onde se pode encontrar dois snipers numa festa: longe da multidão, no escuro, sozinhos. E felizes por estar ali.

— Eu odeio quase todas as festas — confessou Kostia. Eu ainda estava de uniforme, mas ele vestia black tie outra vez. Tinha deixado o paletó em algum lugar lá dentro e tinha as mangas da camisa arregaçadas, as mãos enfiadas nos bolsos.

— Você não pareceu odiar esta tanto assim quando duas estrelas de cinema estavam assediando você mais cedo — não resisti a comentar. Myrna Loy e Mary Pickford, ao saberem que meu intérprete também era sniper, disseram que queriam ver as mãos de um atirador experiente, soltaram exclamações sobre seus calos e arrulharam como pombas quando ele quebrou nozes sem esforço entre seus dedos de ferro. — Myrna Loy estava quase sentada no seu colo.

— Charlie Chaplin beijou sua mão — lembrou Kostia. — E ficou de joelhos.

— Aquilo foi constrangedor.

O ator proclamou que estava pronto para beijar todos os dedos da minha mão por aqueles 309 Fritzes que eu mandei para baixo da terra. E, em seguida, fez isso, demoradamente, umidamente, enquanto as câmeras pipocavam e eu controlava a vontade urgente de limpar os dedos no uniforme.

Outra rolha de champanhe estourou ao longe. Eu e meu parceiro nos retesamos por um breve instante; então trocamos sorrisos e Kostia me deu a mão para descer a meia parede acima da piscina, na base do longo gramado. A casa no topo da encosta mal era visível daqui; percebi sombras saltitantes de atores meio bêbados — poderia jurar que vi a silhueta quadrada de Yuri dançando em cima do piano — e ouvi os acordes distantes de "A canção do barqueiro do Volga", sem dúvida tocada em homenagem aos soviéticos. A noite estava quente; o outono já havia chegado ao Meio-Oeste, mas ainda não tinha pousado na Cidade dos Anjos. A piscina cintilava levemente no escuro; era lua nova, não havia quase luz. Isso não importava. Kostia e eu podíamos ver no escuro como se fosse meio-dia.

Nós nos sentamos na beirada da piscina. Tirei os sapatos para pôr os pés na água fria, e Kostia enrolou a calça para fazer o mesmo.

— Sua visita a Nova York — comecei, pensando que talvez ele pudesse me contar sobre sua família agora, pois não havia ninguém por perto aqui, muito menos alguém que falasse russo, mas ele balançou a cabeça.

— Mais tarde.

Assenti, olhando para a água, azul-escura e reluzente. Eu nunca tinha visto uma piscina particular antes, revestida de mármore e suntuosa, para uma pessoa desfrutar sozinha... ou *não* sozinha. Meu coração veio até a garganta e engoli.

— Vamos nadar.

Tirei o uniforme, ficando só com minhas novas roupas de baixo de seda, e entrei na água com um mergulho preciso. Kostia tirou seus trajes de noite como um peixe descamando e deslizou para a água, parecendo nem perturbar a superfície. Um segundo depois, senti mãos fortes como aço envolverem meu punho e me puxarem para a parte funda; girei debaixo d'água e acertei os calcanhares nas costelas dele, me libertando enquanto uma risada subaquática me surpreendia numa torrente de bolhas. Nós nos debatemos e brigamos e finalmente subimos, ofegantes, na margem mais distante da parte funda, os braços dobrados lado a lado sobre a borda da piscina, os corpos pendurados, leves, na água. Meu coração ainda batia forte.

— Sua perna — consegui dizer, indicando através das ondulações a cicatriz lívida que vi quando ele mergulhou. O ferimento rasgou do joelho quase até o tornozelo. — Desde Sebastopol... eu conheço todas as suas outras cicatrizes, menos essa.

Uma gota de água deslizou por seu queixo bem definido. Resisti ao impulso de secá-la.

— Conhece?

— Claro que sim. Eu nunca estive a mais de alguns metros de você sempre que fomos feridos. — Não tinha certeza do que estava dizendo, só que precisava continuar colocando palavras nesse silêncio sem fim. — Você geralmente não era ferido com gravidade suficiente para acabar no batalhão do hospital; sempre teve mais sorte do que eu. Mas teve um corte feio na mão do gatilho no começo do cerco a Sebastopol... — Eu estava falando rápido demais. Forçando-me a desacelerar, apontei com a cabeça o cordão elevado que corria pelo polegar dele, pousado na borda de azulejos da piscina. — O golpe de uma faca de combate alemã, quando a gente estava eliminando aquele ninho de snipers no Monte Sem-Nome. — Estendi a mão para tocar a cicatriz enrugada no alto da cabeça dele, sob o cabelo muito curto. — E o ferimento do estilhaço na sua nuca, aquele em que eu dei os pontos para você em Sebastopol. — Deslizando os dedos pela marca irregular no pescoço dele. Deixei a mão ficar ali, sentindo sua pulsação. — Quatro que foram por pouco — falei, baixinho.

Ele não falou das minhas cicatrizes, mas sua mão as encontrou debaixo d'água, deslizando sobre o quadril que eu torci perto de Gildendorf; subindo pela coluna, pela cicatriz bifurcada do estilhaço, pelos cabelos molhados até encontrar a do fragmento em Odessa, pousando na lateral do meu rosto, os dedos roçando a orelha que teve de ser costurada de volta.

— Essas são só as cicatrizes que dá para ver.

Lyonya, eu sabia que nós dois estávamos pensando.

E então Kostia olhava para mim no escuro, pensando *eu te amo.* Ele não precisava dizer para eu ouvir. Puxei o ar numa respiração funda e trêmula, fitando a borda de azulejos onde a minha mão tinha encontrado a dele e entrelaçado os dedos.

— Você é o meu parceiro — falei, vacilante. — Você é minha sombra. Minha outra metade. Confio em você como em ninguém mais neste mundo. Ninguém pode fazer o que fizemos e não ser o mais próximo que dois seres humanos podem ser, neste mundo ou no próximo.

Meus pais, meu filho, meus amigos, os dois homens que eu havia chamado de marido, nenhum deles me conhecia como Kostia. Ninguém jamais conheceria Kostia como eu.

Seu indicador calejado do gatilho acariciou meus dedos.

— Você podia simplesmente ter dito *eu te amo*, Lyudmila Mikhailovna.

— Eu amo — sussurrei.

Eu amava Lyonya também. Talvez eu tenha amado os dois o tempo todo, meu marido e meu parceiro. Talvez não estivesse sendo rápido demais; talvez fosse *o que sempre foi.*

O segundo beijo, mais lento e intenso que o da canoa.

— Por que estamos sempre na água quando fazemos isso? — murmurei, enquanto ele me puxava para junto do seu corpo nas ondulações acetinadas da piscina.

Ele ainda tinha gosto de ferro e chuva. Nós nos agarramos, enlaçados, bocas coladas, silenciosos como uma contagem regressiva. Com Lyonya, tudo eram piadas e risos, mesmo abraçados na cama; cair no abraço de Kostia era como cair em um poço até o centro do mundo. Meus dedos deslizaram sobre sua pele, cetim sobre granito. Ele parecia enganosamente franzino ao lado da altura e largura vistosas de Lyonya, mas, nu em meus braços, era como se Kostia tivesse sido forjado em vez de nascido, aparafusado com corda de piano e rebites de ferro em vez de tendões e músculos. Minha cabeça caiu para trás na borda da piscina quando sua boca encontrou meu seio, e foi então que ouvimos gritos embriagados vindos da casa lá no alto. A voz de Yuri, chamando meu nome. A delegação, bêbada e feliz, ia voltar para o hotel.

Kostia deu um rosnado de lobo silencioso junto à minha garganta e nós nos separamos, saindo da piscina o mais silenciosamente possível, colocando de novo nossas roupas secas. Dei-lhe um último beijo, intenso e profundo, murmurando "Quarto 114" em sua boca enquanto me esforçava para enfiar os braços molhados no uniforme; bendita gabardine resistente que podia suportar um inverno russo, o que diria um pouco de cloro de Beverly Hills. Kostia recolheu depressa suas roupas e saiu mancando de volta para a casa pelo caminho mais longo, enquanto eu tirava o cabelo molhado do rosto e gritava para um Yuri de cara zangada quando ele apareceu nas sombras:

— Fiquei com vontade de nadar!

— Nadar não faz parte das suas instruções — disse ele.

Uma viagem embriagada e ziguezagueante partindo de Beverly Hills, cada centímetro da minha pele cantando como se eu estivesse rastejando sobre os cotovelos pela terra de ninguém novamente, sentindo meu parceiro no banco à minha frente como se ele fosse um membro que faltava em mim, todos ao redor de nós bêbados e alheios no carro lotado... e então eu estava no meu quarto de hotel, no escuro, esperando, *viva*. Soube quando ele chegou; ele não precisou bater. Ele entrou no quarto como uma flecha antes de eu sequer ter aberto a porta direito e me levou ao chão num escuro de meia-noite que parecia brilhante como o dia. Agarrando-nos e puxando um ao outro, olhos de snipers flamejando, dedos ásperos de fuzis produzindo gritos de resposta da mesma forma que produzíamos arcos balísticos no vento gelado. Curvamos nossos corpos em um ninho, um buraco de camuflagem, como havíamos feito tantas vezes, só que este era um buraco de lençóis engomados e braços ávidos e quentes e um silêncio tão complexo que varreu o mundo.

Nenhum de nós falou até quase o amanhecer, e então fui eu, o braço em volta da cintura de Kostia, seus lábios no meu cabelo.

— Quando eu disse que ainda estava de luto, o que pensei na verdade era: *O que o Lyonya diria se nos visse?*

A voz do meu parceiro soou baixa no escuro.

— Eu também estive pensando nisso.

Eu sabia que sim. Nossos pensamentos, nos poucos momentos privados que conseguíamos encontrar nessa turnê diplomática barulhenta, exaustiva e extremamente pública, provavelmente tinham sido mais ou menos os mesmos. Pensamentos em reflexões sombrias, em tristeza amarga, em silêncio tenso, imaginando o rosto sorridente de Lyonya, mantendo conversas caladas com o homem que nós dois amamos.

— Eu acho — disse Kostia, devagar — que ele ficaria feliz por nós. Ele diria que ninguém deve desperdiçar tempo se houver uma chance de ser feliz.

— Eu estava pensando a mesma coisa — sussurrei, e os lábios de Kostia tocaram minha têmpora, a cicatriz na minha orelha. — Eu consigo ouvi-lo dizendo isso.

Capítulo 30

A manchete: "Quem teria imaginado que a próxima namoradinha dos Estados Unidos seria uma sniper soviética cuja mão (agora beijada por metade do país!) acabou com a vida de 309 nazistas? Lyudmila Pavlichenko retorna a Washington após concluir sua viagem pelo oeste com paradas corridas em São Francisco e Fresno..."

A verdade: eu acho que São Francisco tinha uma ponte. De Fresno, não me lembro de nada, mas mesmo as pessoas que moram *em Fresno provavelmente não se importam de se lembrar. A única coisa que se destacou acima do meu atordoamento de felicidade tranquila por estar com Kostia foi a pergunta que toda a delegação fez assim que chegamos a Washington: quando vamos voltar para casa?*

— A viagem foi estendida. — O embaixador soviético sorriu, radiante, olhando para os três delegados estudantes que haviam sido chamados. Tínhamos trocado histórias sobre nossas respectivas viagens, e as histórias eram, de modo geral, as mesmas… exceto que o meu trecho tinha recebido consideravelmente mais cobertura dos jornais. Krasavchenko foi o único que pareceu satisfeito por continuar aos olhos do público; Pchelintsev franziu a testa sem procurar disfarçar e eu não consegui evitar a expressão decepcionada. — Meus amigos, esta é uma boa notícia — protestou o embaixador. — Vocês conseguiram praticamente o impossível: fizeram a opinião pública dos EUA virar a favor da URSS. A oposição a um segundo front está diminuindo. Seríamos tolos se não aproveitássemos…

— Mande a Lyudmila na turnê — interrompeu Pchelintsev. — É ela que eles querem ver. Faça-a ficar sob os holofotes e me mande de volta para Stalingrado.

Eu olhei para ele.

— Se alguém vai para Stalingrado, deve ser a melhor sniper, e essa sou eu.

O embaixador ignorou nossas objeções.

— Ninguém vai para Stalingrado ainda. Nossas instruções vêm do Kremlin; vamos prosseguir para o Canadá, depois para a Grã-Bretanha…

Eu murchei ao ouvir os detalhes: íamos voar para Montreal, depois Halifax, depois Glasgow, depois Londres… Vi uma longa fila de recepções, jantares e discursos se estendendo à minha frente. Será que Slavka ia pensar que eu não queria voltar para casa para estar com ele? Nesse ritmo, ele seria um homem adulto quando eu retornasse.

— Eu sirvo a União Soviética — respondi, suspirando, quando o embaixador fez uma pausa à espera de uma resposta.

— Você conseguiu dizer isso sem xingar? — perguntou Kostia mais tarde.

Ele tinha vindo para o meu quarto, discretamente como sempre, batendo na porta só depois de Yuri ter concluído seu turno de serviço. (O que os blocos de concreto soviéticos faziam fora do turno? Talvez alguma leitura leve: *Vencendo a guerra contra o capitalismo*, I. K. Volkov, 9ª edição.)

— Foi por pouco. — Eu me aconcheguei no ombro de Kostia. Estávamos deitados em uma bagunça de lençóis, a luz fria do sol de Washington atravessando as cortinas, ainda úmidos de suor da atividade recente. — Então levei uma bronca porque o embaixador de alguma forma ficou sabendo da proposta de casamento que recebi daquele idiota do Jonson e ficou com medo que eu pretendesse aceitar e desertar! — Apertei o lençol entre os dedos, balançando a cabeça. — Imagine só pensar que eu agarraria essa oportunidade para ficar nos Estados Unidos.

— Não é tão ruim aqui.

Eu sorri.

— Se eu tiver de comer outro cachorro-quente vou sair correndo e gritando em volta do Monumento a Washington. Eu quero noites brancas, Kostia. Quero ponchiki em um cone de papel, todo polvilhado com açúcar. Quero pessoas que saibam quem foi Bogdan Khmelnitsky e o Conselho de Pereslávia…

— Mila, mesmo na União Soviética ninguém sabe sobre o Conselho de Pereslávia.

— Vão saber depois que eu terminar minha dissertação. Se ainda der para ler minha dissertação no meio das manchas de sangue e queimaduras de pólvora. — Balancei a cabeça. — Todo o meu estudo não significaria nada se eu ficasse aqui. Eu nunca conseguiria ser uma historiadora, e isso é tudo o que eu sempre quis ser. Mas até pessoas como a Sra. Roosevelt pareceram pensar que eu ficaria agradecida se ficasse aqui.

— Algumas pessoas ficariam. — A voz de Kostia soou estranha.

— Não pessoas como nós. — Puxei a cabeça do meu parceiro para um beijo, mas ele tinha ficado completamente imóvel. — Kostia…

Ele estendeu a mão de repente e ligou o rádio. O som de Kay Kyser cantando "Jingle, Jangle, Jingle" encheu o quarto do hotel quando Kostia aumentou o volume, depois rolou na cama e me puxou para baixo dele. Com seu rosto junto ao meu e os lábios no meu ouvido, ele falou em uma voz que era pouco mais que um sussurro.

— Quero contar para você sobre Nova York.

Eu não sabia se meu quarto tinha alguma escuta, mas Kostia não queria correr riscos. Ele me contou nos termos mais vagos possíveis, em um murmúrio quase sem som, direto no meu tímpano, para que nem o microfone mais sensível pudesse captar suas palavras… mas o quadro era bastante claro.

Ele tinha juntado coragem para bater na porta da irmã de sua avó em Ridgewood. Mostrou fotografias para ela: de sua avó, de sua mãe. Ele foi bem recebido, abraçado e apresentado a outros.

Não foi dito explicitamente... mas o receberiam bem se ele ficasse.

Ele ficou em silêncio, então, com o rosto tenso e imóvel, e eu não tinha ideia do que poderia dizer. Havia coisas demais para falar, todas elas impossíveis. *Como você pode pensar em abandonar seu país?*, mas eu conseguia entender por que ele ficou tentado. A mãe pátria podia ser fantástica, eu acreditava nisso com toda a minha alma, mas não ia fingir que, num momento como este, não fosse um lugar difícil e impiedoso para construir uma vida. *Você está em perigo*, mas Kostia sabia disso; ele sabia que se arriscava a levar uma bala até por revelar que tinha família aqui, quanto mais por visitá-la. E minha última pergunta desesperada: *Como você pode ficar comigo e depois ameaçar me deixar?*, mas isso não era importante. Era uma vida a considerar, a vida dele. Eu tinha minha carne e meu sangue na União Soviética me puxando de volta por um fio de aço invisível, mas ele não. Sua única família de sangue estava aqui. Seu vínculo com a União Soviética era... eu.

Ele deve ter lido o choque no meu rosto. Eu não podia falar nada, não aqui nesse quarto onde talvez houvesse fios e ouvidos atentos, então apenas balancei a cabeça em silêncio. Ele desligou o rádio e segurou meu rosto entre as mãos. Não sei o que poderíamos ter dito, mas uma chave fez ruído na fechadura e, de repente, a porta se abriu.

Alexei Pavlichenko estava ali com um enorme buquê de rosas cor-de-rosa.

Ele poderia ser a ilustração de um livro romântico. O pretendente em um terno elegante, flores nos braços, um meio sorriso encantador em suas feições bonitas. Mas o sorriso desapareceu como uma luz que se apagava e uma onda de ódio mortal tomou conta de seu rosto.

Eu já estava à beira das lágrimas, transbordando com várias emoções turbulentas. Realmente *não* precisava que Alexei fosse adicionado à mistura.

— Não — rosnei, antes que ele pudesse dizer qualquer palavra. — Agora não. Hoje não. *Nunca*. Eu não me importo com o que você quer, só saia daqui.

Alexei ficou olhando para Kostia como se ele fosse um verme.

— Há quanto tempo você está fodendo com seu lobo de estimação pelas minhas costas, Mila?

Kostia se sentou lentamente, o lençol deslizando até a cintura quando ele apoiou os cotovelos nos joelhos levantados, e talvez tenha passado despercebido ao meu marido como esse movimento pôs meu parceiro mais perto de sua faca de combate finlandesa que estava na mesa de cabeceira, mas não a mim.

Afastei o lençol e saí da cama. Minha pele nua estava arrepiada, mas eu me recusava a ficar encolhida na cama como uma esposa culpada pega em uma brincadeira ilícita.

— Como você entrou aqui? — Eu sabia que tinha trancado a porta.

— Eu convenci a camareira a me dar uma chave mestra. Para poder deixar isto como uma surpresa. — Ele jogou a braçada de rosas no chão, um espalhamento a esmo de espinhos e pétalas sobre o tapete. — Fico imaginando para quantos outros homens você desfilou nua neste quarto.

Kostia se enrijeceu atrás de mim, perguntando sem palavras o que eu queria. Bati os dedos na perna duas vezes, como se estivéssemos de volta a uma trincheira de snipers, nos comunicando em silêncio: *espere*. Atravessei o quarto nua, de cabeça erguida, e peguei meu roupão no gancho da parede.

— Não finja que está com ciúmes, Alexei. Este meu corpo de mulher adulta é dez ou doze anos velho demais para excitar você. — Amarrei a faixa na cintura com um puxão. — Agora saia.

— Não. — Ele se aproximou mais um passo, dando as costas para Kostia. Kostia não havia se movido da cama, quieto como pedra e observando tudo... mas sua faca de combate tinha desaparecido da mesinha de cabeceira.

— Sou eu que estou dizendo não, Alexei.

A tempestade de emoções intensas em mim estava se inclinando depressa em direção à raiva. Da insistência cega do Sr. Jonson com suas mãos úmidas à persistência presunçosa de Alexei, além da mão de Laurence Olivier voltando repetidamente para o meu quadril. Por que eu não conseguia fazer ninguém ouvir a palavra *não*?

— Você ainda é minha esposa.

Eu ri de propósito na cara dele.

— Quem você pensa que é? Eu sou a famosa sniper; a heroína de guerra; *a namoradinha dos Estados Unidos*. Sou eu que estou sendo festejada no *mundo* todo, ajudando o camarada Stalin a obter seu segundo front. Você é o que prescreve comprimidos para a delegação. Um cachorro sendo puxado pela coleira.

— Cala essa boca. Você parece uma garotinha mimada tendo um ataque de raiva.

— Garotinha mimada, é só disso que você pode me chamar? E todas aquelas coisas adoráveis que você escreveu em seus bilhetinhos anônimos? *Cachorra vermelha, vagabunda assassina*...

— Se você age como uma vagabunda, não pode ficar chocada quando a chamam assim. — Seus olhos se apertaram. — Mas eu não escrevi bilhete nenhum. Já respondi perguntas suficientes sobre eles para a segurança da delegação; não vou ficar aqui ouvindo você...

— É melhor você me ouvir, Alexei. — Agora era eu que estava por cima. Antes ele parecia como uma montanha diante de mim, o maior obstáculo que eu enfrentava para construir uma nova vida. Agora, depois de tudo o mais que eu tinha enfrentado no último ano e meio, ele era uma pedrinha. No entanto, essa pedrinha ainda estava alojada no meu sapato, fazendo o possível para me impedir de andar. Eu já estava farta disso. — Você não é mais meu marido, e assim que voltarmos a Moscou, nós *vamos* tornar isso oficial. Porque sou eu que tenho amigos em posições importantes agora e vou obrigar você a parar de enrolar.

Ele deu um único passo longo na minha direção. E parou, porque Kostia estava atrás dele. Meu parceiro, que havia deslizado silenciosamente para fora da cama enquanto eu falava, deslocou-se para um lado e se moveu assim que Alexei veio para cima de mim. Meu marido ficou imóvel. Kostia nunca se pareceu tanto com o velho mito de Morozko, o inverno silencioso como a neve, parado, frio e nu, a faca aparecendo de seu punho como um pingente de gelo, a ponta da lâmina pousada de leve sobre a jugular de Alexei.

Meu marido avançou. Kostia pressionou a faca um milímetro mais fundo e um fio de sangue escorreu pela garganta de Alexei para o colarinho branco imaculado da camisa. Alexei parou, os olhos se movendo de mim para Kostia.

— Quer saber? — disse ele. — Fique com ela. Fique com ela e se sufoque com ela.

Talvez agora ele finalmente fosse me deixar em paz. Agora que *ele* tinha decidido que não me queria mais. O que eu mesma tinha decidido até esse momento não contava, claro. Em meio ao zumbido em meus ouvidos, estendi um pé para a flor descartada mais próxima no tapete e a chutei na direção dele.

— Saia e leve junto a sua droga de suborno barato.

Mas a porta bateu atrás dele e deixou Kostia e eu olhando um para o outro, e a raiva se esvaiu e me deixou com frio e tremendo. Eu queria que Alexei fosse embora, e ele finalmente tinha ido. Eu queria que Kostia ficasse... e não tinha ideia, olhando para seu rosto fechado, se ele faria isso ou não.

O ATIRADOR SENTIU QUE SUA sorte estava voltando quando viu Alexei Pavlichenko surgir no bar do hotel e pedir uma vodca dupla em um tom pouco acima de um rosnado antes mesmo de se sentar no banco. O atirador se aproximou, mexendo com os dedos nos diamantes brutos que chocalhavam em seus bolsos.

— Dia ruim? — perguntou ele em seu russo execrável.

Alexei levantou os olhos.

— O jornalista — disse ele, visivelmente se lembrando da última conversa dos dois aqui. Quase dois meses atrás, antes da assembleia internacional de estudantes que tinha dado início a tudo isso. — Como é o seu nome?

O atirador mostrou as credenciais de imprensa falsas. Ele estava de volta à identidade de jornalista, aquela que ele havia recheado com pesquisa intensa e cobertura vinda dos altos escalões.

— Acabei não conseguindo aquelas fotos de você e da sua esposa no Roseiral da Casa Branca — disse ele, só para falar alguma coisa. — Quer tentar de novo? A delegação vai ter um último jantar na Casa Branca antes de partir, certo? Uma bela fotografia de você e sua esposa para a edição de domingo...

— Se você acha que aquela cachorra precisa de mais publicidade na imprensa... — O médico fez uma pausa, apertando subitamente os olhos. — Eu já vi você antes.

— Claro — disse o atirador, amistoso. — Aqui mesmo, dois meses atrás.

— Não. Depois disso. Em Chicago, no clube de tiro. Você é aquele cara que estava seguindo a Mila como um idiota. — Um longo momento. — Você é *Jonson*. — Alexei Pavlichenko se espantou.

— Não, não sou — disse o atirador, genuinamente surpreso. As mudanças em suas roupas, postura, cabelo, voz... ele foi tão cuidadoso. Era bom em disfarces, cacete. Entrava em cada nova personalidade como se fosse um terno feito sob medida. — Quem é Jonson? — perguntou ele, girando o gelo em seu copo baixo.

— É você. — Os olhos do médico russo percorriam rapidamente o rosto do atirador. — Cirurgiões veem ossos e músculos, não cor de cabelo e postura. Você é ele.

E você é bom, pensou o atirador, um tanto consternado. A Dama da Morte com certeza não tinha visto através da peruca escura com a linha do cabelo ligeiramente recuada de William Jonson, a voz grasnada da classe alta, a postura obsequiosa e ansiosa para agradar que deixava seu pretenso pretendente uns cinco centímetros mais baixo que o alto e ruivo jornalista bigodudo que a havia seguido a tantos eventos públicos. Mas era verdade que ele tinha tomado cuidado para que Lyudmila Pavlichenko nunca visse o jornalista exceto como apenas mais um dos homens curvados atrás de uma câmera do outro lado da sala.

Mas o médico somou dois mais dois. O atirador girou novamente o gelo no copo. Matá-lo, suborná-lo ou encontrar uma maneira de usá-lo?

— E então, quem é você? — insistiu Alexei Pavlichenko. — William Jonson ou…

— Existe um William Jonson.

O atirador decidiu reconhecer. Um empresário da área de metalurgia que vivia quase totalmente recluso no estado de Nova York. O homem nunca ia a lugar algum, nunca se encontrava com ninguém, por isso sua identidade era útil sempre que o atirador precisava de uma que parecesse ao mesmo tempo genuína e limpa quando investigada. Uma peruca, um rosto barbeado e alguns ternos caros bastavam para deixá-lo semelhante à fotografia desatualizada.

— Há um boato por aqui de que você a pediu em casamento. A minha *esposa*. — Alexei ainda estava olhando para ele como se esperasse o remate de uma pegadinha. — Isso foi uma piada ou…

— Eu precisava de uma desculpa para acompanhar a viagem. Jornalistas não costumam acompanhar nem mesmo uma comitiva presidencial pelo país, e cidadãos comuns correm o risco de ter de responder a algumas perguntas difíceis se ficarem aparecendo em todo canto. — Mesmo com todas as ações nos bastidores dos empregadores de Lenço de Bolso para garantir que a segurança da primeira-dama aprovasse o atirador sem questionamentos em todas as listas necessárias, ele queria cobertura adicional… e ninguém parecia tão inofensivo quanto um idiota apaixonado generoso com suas gentilezas. Em especial um idiota apaixonado que fazia um pedido de casamento. — Além disso — continuou o atirador, com total honestidade —, eu queria dar uma olhada mais de perto na Dama da Morte.

Apertar aquela mão pequena com seus calos de gatilho, ver a irritação disfarçada naqueles grandes olhos castanhos. Pensar em como aqueles olhos brilhariam de medo se soubessem o que estava acontecendo por trás do olhar arregalado e sincero de William Jonson. Pensar: *Você nem faz ideia, sua vadia vermelha.*

Sim, refletiu o atirador, ele definitivamente havia deixado a curiosidade levar a melhor sobre o profissionalismo estrito nesse serviço. Algo ruim, considerando que era o maior alvo de sua carreira… No entanto, de alguma forma, ele não estava preocupado. Essa reviravolta estava se encaminhando para algum lugar, ele sentia isso. Semanas de becos sem saída e planos fracassados confluíam todos neste ponto.

Alexei Pavlichenko recostou-se no banco agora, inclinando a vodca em seu copo. Cálculos repentinos passando por aquele rosto bonito, sem dúvida.

— E por que você tinha de seguir a vadia da minha esposa?

— Só para criar algum problema para a namoradinha soviética dos Estados Unidos. — O atirador se inclinou para a frente, ainda falando em seu russo ruim, sentindo a pulsação acelerar. — Nem todo mundo aqui quer que ela volte para casa como uma heroína, sabia?

O olhar do médico se aguçou.

— Não diga.

Pronto, pensou o atirador. E se inclinou mais para a frente.

Capítulo 31

A manchete: "A sniper e seus compatriotas retornam à Casa Branca para um jantar de despedida e um encontro com a imprensa ao lado do presidente Roosevelt antes de partir de nosso belo país amanhã de manhã..."

A verdade: Minha última viagem à Casa Branca não foi assim tão sem incidentes.

O VENTO SOPRAVA FORTE DO lado de fora enquanto a delegação se reunia na recepção do hotel, vestida a rigor: nossa última noite nos Estados Unidos.

— Tempo bem apropriado para o Halloween, hein? — comentou o porteiro.

— O que é Halloween? — perguntei, distraída pela bagagem da delegação que se empilhava atrás do balcão da recepção.

A maioria das nossas coisas já estava pronta para o voo para Halifax amanhã de manhã. Não havia mais nada a fazer neste país além de nos despedirmos do presidente e da primeira-dama no jantar desta noite na Casa Branca. Krasavchenko e os outros homens já estavam falando em beber uma ou duas garrafas de vodca aqui no hotel depois, pois teríamos um longo voo até o Canadá para dormir e rebater a ressaca. Procurei entre eles: Yuri, Pchelintsev, um carrancudo Alexei, mas não vi Kostia.

— Mila.

Eu me virei. Meu parceiro estava desarrumado, as mangas arregaçadas até os cotovelos, uma sombra escura de barba por fazer no queixo.

— Você não está vestido para o jantar — falei, inadequadamente.

— Eu pedi para não ir — disse ele. — Tem intérpretes de sobra... Vou sair para caminhar.

Você vai voltar?, pensei, chegando mais perto. Não conseguia ler seu rosto. Eu o conhecia tão bem e não conseguia ler seu rosto.

— Pegue um casaco — falei, apenas. — Está frio.

— Não para um siberiano.

Seus olhos passaram por mim como um beijo. Eu estava de novo com o vestido de cetim amarelo e nem pisquei quando o ascensorista arregalou os olhos para as minhas cicatrizes.

— Vejo você mais tarde?

Eu me referia ao meu quarto. Imaginei se ele viria me procurar depois que eu voltasse do jantar na Casa Branca. Talvez se estivéssemos abraçados, pele com pele, eu pudesse dizer todas as coisas no vínculo de sangue de nosso silêncio que não podia expressar em voz alta... Mas, assim que as palavras saíram, percebi que elas soavam como: *Vejo você amanhã de manhã?* Ele estaria aqui, esperando o carro da embaixada para nos levar ao aeroporto, ou estaria... longe? Aqui estávamos nós, na noite logo antes de nossa partida, e eu ainda não sabia. Eu sabia que ele estava me evitando. Sabia que eu não podia implorar. Fora isso...

— Não sei — respondeu ele.

Dei um passo à frente e o beijei no meio do saguão lotado do hotel, longa e desesperadamente, e sua mão envolveu minha cintura e tocou a cicatriz na minha coluna.

Então me afastei, ignorando os olhares à nossa volta, e juntei-me à delegação para minha última visita à Casa Branca.

O PRESIDENTE ROOSEVELT LEVANTOU SUA taça.

— Aos novos amigos!

A delegação murmurou em resposta, brindando. Estávamos sentados na mesma sala de jantar pequena onde fomos recebidos para o nosso primeiro café da manhã. Isso realmente tinha acontecido apenas dois meses atrás? Quando me sentei a esta mesa pela primeira vez, estava triste, zangada, ressentida, convencida de que odiaria os Estados Unidos e todos os americanos. Bem, eu fiz discursos em mais cidades do que poderia contar, diante de mais jornalistas do que havia estrelas no céu, e vi a beleza nas suaves colinas, nos imponentes arranha-céus e nos rostos amistosos deste país. Não me contraía mais ao ver meu nome impresso, ou um microfone no círculo de um holofote aguardando minha voz, ou uma multidão de rostos ansiosos voltados para me ouvir. Como Mila Pavlichenko chegou longe.

Embora eu ainda estivesse triste e zangada, mesmo que por motivos diferentes.

— Você está bem, Lyudmila? — perguntou a primeira-dama, baixinho. Ela me colocou à sua direita, a posição de honra. — Parece tensa.

— Estou bem, Eleanor.

Vi Alexei olhando para mim de seu lugar na extremidade da mesa, sua expressão especulativa em vez de emburrada. Não tínhamos nos falado mais desde que ele recolheu suas rosas rejeitadas do meu tapete e foi embora furioso do meu quarto. Ele provavelmente havia decidido que ia sair por cima daquilo tudo... ninguém podia vencer Alexei quando se tratava de distorcer uma discussão de forma a que *ele* tivesse ganhado.

Três pratos, mais brindes e, então, o presidente pediu licença e se dirigiu à sala de recepção oval, onde a imprensa tiraria mais algumas últimas fotografias. Eu já sabia, a esta altura, embora Eleanor certamente nunca tenha dito, que seu marido se posicionaria numa poltrona antes da entrada dos fotógrafos, para que eles o encontrassem tranquilo com sua piteira característica presa entre os dentes, e não lutando com órteses e a bengala. Após uma espera respeitosa, a delegação soviética seguiu para o grande salão oval com seus tetos abobadados e a lareira graciosa, junto à qual o presidente tinha suas famosas conversas ao pé do fogo. Um último grupo de fotógrafos e jornalistas entrou, tirando fotos não só de nós, mas dos presentes que havíamos acumulado durante a viagem diplomática. Uma longa mesa foi posta com uma infinidade de placas, selos e chaves de cidades, álbuns comemorativos de todos os lugares que visitamos. Sorri ao ver a caixa de mogno com as duas pistolas Colt M1911A1 que me tinham sido dadas pela Associação de Atiradores de Elite de Chicago, e o volume prateado macio do casaco de lince que ganhei em Nova York.

— Mais dois presentes para você, Lyudmila. — A primeira-dama me chamou de lado, baixando a voz quando Krasavchenko se aproximou do presidente Roosevelt para seu aperto de mão de despedida. — Já tenho muitas fotos suas agora, mas achei que você talvez gostasse de ter uma minha, para lembrar nossa amizade.

Baixei os olhos para a foto emoldurada que ela colocou na minha mão: uma imagem de Eleanor no vestido preto que usava esta noite, sentada à sua mesa como a mulher trabalhadora que era, com uma inscrição de próprio punho. *À primeiro-tenente Lyudmila Pavlichenko, com os melhores e afetuosos votos de Eleanor Roosevelt.*

Meus olhos arderam quando os levantei da fotografia para a pessoa sorridente que era retratada nela e, por um momento, minhas preocupações ficaram de lado.

— Vou sentir saudades suas. Não dos cachorros-quentes ou da imprensa... — falei, com um olhar para a confusão de jornalistas e flashes por toda volta. — Mas sentirei sua falta, Eleanor. Você me ensinou muito.

— E você a mim — disse ela com um sorriso. — Sentirei saudades de todos vocês, até mesmo do Sr. Krasavchenko e das histórias intermináveis sobre seus dias no Komsomol... mas de todos, querida Lyudmila, você é quem eu gostaria que pudesse ficar.

Talvez você fique com meu parceiro, queria ter dito. *Se ele ficar, cuide dele*. Mas eu não podia dizer isso. Se Kostia pedisse asilo, a nossa delegação ficaria em completo alvoroço; teria de parecer que ele não contou a ninguém sobre seus planos. Além disso, eu sabia que não precisava pedir que a primeira-dama lhe estendesse a mão se ele precisasse. Se havia uma coisa que Eleanor Roosevelt sabia fazer, com graça, tato e solidariedade infinitos, era *ajudar*.

— Chegou mais um presente para você — disse ela, com um sorriso travesso, tornando o momento da despedida mais leve e me passando uma caixa achatada revestida de seda. Pchelintsev estava agora tirando uma fotografia com Roosevelt; eu seria a próxima. — De um pretendente americano de coração partido depois que ficou claro para ele que você nunca aceitaria sua proposta!

Olhei para a caixa como se fosse uma cobra. Que surpresas o Sr. Jonson de mãos suadas tinha deixado para mim agora? Quando levantei a tampa, minha exclamação de espanto fez o embaixador soviético se aproximar.

Uma gargantilha de pequenos diamantes. Duas pulseiras como faixas de renda de diamantes. Um broche com diamantes suspensos para captar a luz. Um anel de diamante como uma gota de fogo frio.

Para Lyudmila, com grande amor, de W. P. Jonson, meu pretendente empresário havia escrito no cartão que acompanhava a caixa. *Nós nos encontraremos de novo.*

— Eu não posso aceitar isso — comecei a dizer, mas Eleanor balançou a cabeça.

— A nota que veio junto deixou expresso que ele se recusava a aceitar qualquer devolução.

— Uma homenagem adequada para uma heroína da URSS — disse o embaixador soviético, com ar de inveja.

Fiz uma anotação mental de oferecer-lhe o broche para ele dar à esposa ou à amante. Era assim que as coisas funcionavam na União Soviética, e eu tinha quase certeza de que também era assim que as coisas funcionavam em Washington.

A voz de Alexei soou, ácida e zombeteira, do outro lado do embaixador.

— Experimente, Mila.

— Sim, faça isso — incentivou Eleanor. — Para sua fotografia final.

Ela parecia inocentemente satisfeita e, por ela, prendi a gargantilha em volta do pescoço, uma pulseira em cada punho, o broche no corpete de cetim amarelo e experimentei o anel. Ele serviu com perfeição no meu dedo do gatilho.

Olhei para o cartão manuscrito. *Nós nos encontraremos de novo...*

— Seu pretendente americano escolheu bem, Mila — disse Alexei, ainda zombeteiro. — Diamantes para uma mulher com um coração de pedra.

— Eu discordaria — disse Eleanor quando traduzi para ela. — Acho que aprendi algo sobre snipers a esta altura. Um olho de diamante, de pedra preciosa, sim. Mas um coração... — ela me conduziu até o marido para minha última fotografia... — de amiga.

— Concordo — disse com entusiasmo o presidente Roosevelt, sorrindo em volta da piteira, e, pela última vez, senti o aperto daquela mão forte e musculosa. Nós nos viramos para o grupo de jornalistas, sorrindo enquanto os flashes disparavam, e, antes de soltar minha mão, ele a apertou mais uma vez, com uma promessa em voz baixa. — Vá para casa, continue lutando, e diga a seus amigos que os Estados Unidos estão a caminho.

O ATIRADOR, METODICAMENTE INSTALADO ATRÁS dos arbustos na margem do Gramado Sul, ainda se perguntava por que tinha dado os diamantes para ela.

Ele os recuperaria, claro, mas por que fazer isso? Não ia mais usar a *persona* de William Jonson, pelo menos neste trabalho; não havia nenhuma necessidade de estender o disfarce do pretendente excêntrico. No entanto, quando fez os preparativos para essa noite, guardando o fuzil desmontado na caixa especialmente modificada para dar a impressão de que levava equipamento fotográfico, ele tinha ido, por impulso, até seu cofre particular, posto de lado as pedras brutas em que rotineiramente convertia a maior parte de seus pagamentos e pegado uma caixa de joias bem no fundo. Pagamento por um serviço de 1927; a esposa inconveniente de um corretor da bolsa. O atirador tinha feito parecer um assalto; o marido agradecido lhe pagou com os diamantes da esposa agora morta e foi recolher o seguro e uma noiva fresca como orvalho; todos foram para casa felizes. Bem, exceto a esposa. O atirador se lembrava de como os olhos dela haviam se arregalado no momento em que percebeu que ele ia matá-la... Será que os olhos da Dama da Morte se arregalariam da mesma forma quando ela se visse diante do cano da sua arma? Em um impulso, ele pegou a caixa de joias, rabiscou um cartão e enviou tudo em nome daquele idiota William Jonson. Um capricho.

Talvez ele não tivesse resistido a dizer a ela *Nós nos encontraremos de novo*.

Ou talvez ele fosse antiquado. Afinal, costumava-se presentear uma mulher ao levá-la para um encontro. E isso não era um encontro, de certa forma?

Suas mãos não pararam de se mexer, montando as peças do fuzil. Ele se afastara dos outros jornalistas assim que foram admitidos na Casa Branca; não deveria ter sido tão fácil, mas foi. O Serviço Secreto não estava em alerta máximo para eventos pequenos como esse, e seu caminho tinha sido facilitado por seus empregadores do alto escalão, que garantiram que seu nome estivesse na lista para a noite e lhe deram antecipadamente as rotas para que ele evitasse os pontos de segurança ao se esconder nos jardins.

Ele consultou o relógio, cronometrado com a precisão de segundos. A delegação soviética devia estar terminando as últimas fotografias na sala de recepção oval, logo ali dentro do Pórtico Sul. Depois disso, eles sairiam para o gramado, uma última confraternização informal com ponche de Halloween antes de todos irem embora… e o presidente e sua esposa acenariam em despedida no alto da escada do pórtico.

O tiro através do Gramado Sul seria longo, mas ele já havia acertado em distâncias maiores do que esta. Só precisava de Mila Pavlichenko fora do caminho primeiro… e, se o marido dela fizesse a sua parte, isso aconteceria em cerca de dez minutos.

TIVE, MAIS UMA VEZ, A sensação de aranhas descendo pela minha espinha. Estávamos todos confraternizando no Gramado Sul agora, bebendo taças de ponche de Halloween condimentado como um último aperitivo informal enquanto a montanha de presentes da delegação era acondicionada nos carros da embaixada estacionados na frente do prédio. Eleanor estava contando uma de suas histórias divertidas e informativas sobre a celebração do 31 de outubro nos Estados Unidos: fantasias, festa da colheita, velas colocadas em abóboras ocas... mas eu não conseguia me concentrar. Aquela sensação inquietante estava de volta, mais forte do que nunca, e eu não conseguia me livrar dela. Acendi um cigarro e olhei para a lua nascendo sobre a multidão embriagada e triunfante de soviéticos festivos e jornalistas ansiosos. A lua era minguante gibosa; já fazia meses que a fase da lua não era uma questão de sobrevivência noturna para mim, mas eu ainda não conseguia parar de acompanhar seu ciclo de crescer e minguar. O vento tinha diminuído; não estava frio para os padrões russos, mas o vestido de cetim amarelo era tão fino que coloquei meu casaco de lince antes de descer para o gramado da Casa Branca. Dei outra tragada profunda em um Lucky Strike, observando o brilho dos diamantes do Sr. Jonson no meu punho sob o luar.

Nós nos encontraremos de novo...

Onde exatamente ele achava que nos encontraríamos de novo, se esta noite era a minha última aqui? Neguei com a cabeça para meu pretendente de olhos arregalados, que talvez tenha achado que estava sendo muito romântico. Qualquer um poderia lhe dizer que a linha entre *muito romântico* e *vagamente sinistro* não é uma que se queira cruzar quando se está cortejando uma sniper. Kostia ia morrer de rir.

Kostia. Com certeza ele era o motivo de eu me sentir tão inquieta. Escapei de um jornalista insistindo *Mais um sorriso para a câmera, Dama da Morte?* e me voltei para o pórtico de colunas no lado sul da Casa Branca. É claro que o presidente Roosevelt não havia descido a escada conosco até o gramado; ele estava sentado sob o toldo entre as colunas do pórtico, conversando com uma ou outra pessoa. Eu podia ver a linha autoconfiante de seu perfil daqui. Se Kostia estivesse comigo, estaríamos automaticamente avaliando possíveis ângulos de tiro.

— Ali — falei em voz alta, indicando com a cabeça uma série de sebes a leste do gramado. — Melhor ainda, ali. — Um pequeno bosque de árvores e arbustos do outro lado, perto da Ala Oeste. Levantei o cigarro para outra tragada e parei. Mesmo aqui, mesmo agora, virei o cigarro aceso para dentro da palma da mão, escondendo a brasa…

E isso deslizou para a minha memória com um clique: William Jonson no clube de tiro em Chicago, rindo de si mesmo por ter atirado tão mal durante a demonstração, acendendo um Lucky Strike… que ele segurou com a mão invertida em concha, como um sniper.

Não são só snipers que fumam assim, pensei. Qualquer veterano de batalha que tivesse estado numa vigília noturna fazia isso. O Sr. Jonson tinha sido soldado? Ele era jovem demais para ter lutado na Grande Guerra. E atirou tão mal na demonstração que metade de seus tiros nem acertou o alvo de papel…

O que é exatamente o que um atirador treinado faria se quisesse dar a impressão de ser outra coisa.

Nós nos encontraremos de novo.

— Mila! — Alexei estava tentando chamar minha atenção do meio da multidão, mas Krasavchenko o havia interrompido para falar de alguma coisa. Meu marido me fez um sinal, mas eu virei para o outro lado, apagando o cigarro na grama com o sapato e olhando para o presidente Roosevelt no pórtico. Eu não sabia o que estava fazendo, só que a sensação de que algo estava errado era mais forte do que nunca e meus olhos alternavam entre as linhas de tiro potenciais tão automaticamente identificadas por meu olho de sniper (*um olho de diamante*, sussurrou a voz de Eleanor).

As sebes a leste; as árvores e os arbustos a oeste. Eu hesitei.

— Lyudmila! — Eleanor veio até mim, as bochechas coradas pelo frio da noite. — Você gostaria de mais ponche ou…

Eu a interrompi, algo que nunca tinha feito antes.

— Leve-o para dentro — falei, apontando para a silhueta de seu marido sentado no pórtico. — Para dentro, *agora*… — E, sem esperar resposta, eu me dirigi para o lado oeste do gramado da Casa Branca. Um garçom de avental branco estava parado junto à grama com uma bandeja e, entre os copos, vi uma pequena faca para descascar rodelas de limão ou cortar o papel-alumínio de garrafas de vinho. Peguei a pequena lâmina da bandeja e continuei, passando pelo garçom espantado e seguindo na direção das árvores. Eu não estava pensando, não em palavras. Estava seguindo algo tão profundo que não saberia descrever, ou talvez soubesse. Talvez eu já tivesse feito isso, para o capitão Sergienko quando ele perguntou se habilidades como as minhas eram instintivas e eu desdenhei dizendo que era apenas treinamento.

Bem. Dezenas de meses de prática, centenas de horas de treinamento, milhares de tiros disparados sob uma lua de sangue do outro lado do mundo juntaram vozes, cantando uma música no fundo das minhas veias.

E meus pés a seguiram.

Notas da primeira-dama

Ela deu uma ordem. E eu obedeci. Seria porque o tom de autoridade absoluta emitindo comandos põe os pés em movimento, quer eles tenham essa intenção ou não?

Talvez seja apenas porque, quando uma mulher chamada de Dama da Morte de repente parece estar assustadoramente alerta, mortais feitos de mera carne e ossos sabem que é hora de correr.

Subo depressa a escada em direção ao Pórtico Sul, o coração batendo forte, e não consigo deixar de pensar naquela noite fria em Miami, em que um tiro foi disparado contra o coração do meu marido quando ele estava de pé fazendo um discurso em seu carro aberto. Aquela noite. Esta noite. Os medos não expressos de Franklin nos últimos meses — sim, ele tem estado com medo. Do quê? Disto?

Chego ao topo dos degraus e meu marido olha para mim. Seu rosto preocupado, marcado pela dor e pelo humor, tão vivo. Eu me dirijo a ele com uma voz calma, mas urgente: "Meu querido, precisam de você lá dentro..." e me volto para o policial do Serviço Secreto mais próximo.

Não sei o que seu olho de diamante viu, Lyudmila, mas não erre.

Capítulo 32

Sua sorte estava de volta; o atirador podia sentir. Seu Packard o esperava para uma fuga rápida e discreta; já havia sido liberado na entrada e ele achava que conseguiria sair no caos após o tiro. Caso contrário, as pessoas lá de dentro já estavam preparadas com histórias arquitetadas para lhe dar cobertura. Ouvia o tique-taque do relógio dentro de si, na contagem regressiva para apertar o gatilho.

Talvez mais dez minutos. A sniper chegaria, intrigada, direcionada para lá pelo marido: *Vou dizer que seu precioso parceiro está aqui para falar com ela; ela corre como uma cadela no cio quando ele chama.* Uma chave de braço rápida e silenciosa por trás para sufocá-la sem ferimentos visíveis, depois o tiro de longa distância para o Pórtico Sul, onde estavam o presidente e a primeira-dama, as cabeças próximas um do outro em alguma conversa. O atirador tinha preparado sua arma: um Mosin-Nagant com miras PE, o mesmo tipo que a Dama da Morte usou no front. Ele praticou milhares de tiros com ela; uma boa arma, prática e simples. No instante em que o presidente caísse, o atirador dispararia outro tiro, este na boca inconsciente de Lyudmila Pavlichenko, e deixaria o fuzil em sua mão: um assassinato-suicídio. Os jornais iam engolir. Ele pegou o fuzil com as mãos enluvadas e sorriu ao carregá-lo com cinco balas. Precisaria de apenas duas.

Levantou os olhos sem saber o porquê. Ainda era cedo demais para ela estar aqui, e nem um farfalhar de folhas ou um sussurro de galhos soara em seus ouvidos. Mas algum alarme desconhecido tinha vibrado em suas profundezas silenciosas, muito abaixo do nível de relógios ou planos ou mesmo do pensamento, e sua cabeça virou de um lado para o outro.

Lá estava ela: a Dama da Morte movendo-se silenciosa pela grama sombreada em um casaco de lince ondulante, o brilho dos diamantes dele na garganta dela como pó de estrelas. Tingida de prata sob o tênue luar, mas seus olhos pretos como breu. Eles não se arregalaram em choque nem fitaram seu rosto com uma incredulidade atordoada. Ela sabia. Ela já sabia.

Mas como ela...

Sua mão no fuzil se contraiu. Ele não podia atirar nela; o barulho arruinaria tudo. E, naquele instante de hesitação, ela se moveu rápida como uma sombra. Não fugindo, correndo para se proteger. Em direção a ele. Ele se lançou ao encontro dela e os dois atiradores colidiram sob a lua minguante.

NAQUELA FRAÇÃO DE SEGUNDO, VI o formato dos ossos sob o rosto: William Jonson sem o cabelo escuro, o olhar ansioso, os ombros curvados suplicantes. Um homem largo e consideravelmente mais alto do que Jonson, ombros ossudos, rosto redondo e olhos como âmbar. E, ao seu lado, a forma longa, brilhante e inconfundível do cano e das miras telescópicas de um fuzil, apontado pelo meio dos arbustos em direção à Casa Branca como uma cobra semiescondida pronta para atacar. Um Mosin-Nagant.

Um único olhar e, então, estávamos nos atracando.

Soltei um grito agudo e sem palavras e seus dedos cobriram minha boca. Mordi o mais forte que pude e ouvi seu palavrão abafado. Quase deixei escapar a faca em minha mão; antes que eu pudesse levantá-la em um golpe rápido entre suas costelas ou em sua garganta, ele se jogou de lado para me desestabilizar. Ele não se soltou, mas eu perdi o equilíbrio e caí de joelhos na grama. Ele chutou uma, duas vezes, e senti algo arder intensamente na lateral do corpo. Respirei ofegante, e então a minha cabeça se encheu de faíscas quando ele me deu um soco no ouvido ruim.

Vagamente, senti que ele me levantava por um braço. Mexi dentro do casaco, tateando instintivamente em busca da Tula-Tokarev de oito tiros que ficava no meu cinto para o caso de eu cair em mãos inimigas, a arma que eu encostaria em minha própria cabeça antes de permitir que me capturassem viva. Mas eu não estava com a TT; eu vestia cetim e diamantes em um coquetel do outro lado do mundo e não no campo de combate, e não deveria estar entre inimigos… mas estava. Aqui, no coração aveludado da capital dos Estados Unidos, a Dama da Morte finalmente caiu nas mãos do inimigo.

E o presidente Roosevelt estava sentado a apenas um tiro de distância. O marido de Eleanor, que segurou minha mão e disse: *continue lutando, e diga a seus amigos que os Estados Unidos estão a caminho.*

Tire-o da varanda, Eleanor. Tire-o da varanda…

Senti o homem passar o braço em volta da minha garganta por trás, apertando mais forte que uma correia de aço. Minha visão escureceu. Meus lábios se separaram, mas eu não tinha ar suficiente para gritar.

Levantei do jeito que podia a faca em minha mão entorpecida e a enfiei direto e com força na carne da panturrilha dele.

Ele gritou, o braço afrouxando em volta do meu pescoço, e seu grito desapareceu em um coro de vivas: Krasavchenko e Pchelintsev e o restante da delegação, dando início à rodada de canções patrióticas berradas com entusiasmo sem as quais nenhuma noite com russos presentes poderia terminar. Consegui me soltar do braço que me estrangulava, tentando recuperar o fôlego, arrancando a faca de sua perna com mais um giro selvagem. Meu inimigo cambaleou para trás com um silvo de agonia, a cabeça virando em direção ao som das vozes russas, altas, próximas, chegando mais perto, e então ele vacilou por mais uma fração de segundo e seus olhos se voltaram para mim, que lutava para ficar de joelhos, com a pequena faca de cozinha ensanguentada ainda na mão.

Meu olhar se dirigiu para o pórtico da Casa Branca. O do atirador também. Vimos no mesmo instante que estava vazio. Ou melhor, havia uma movimentação de ternos escuros apressados, mas nenhuma figura sentada com uma piteira. *Obrigada, Eleanor*, pensei, desarticuladamente, segurando a faca com força enquanto outro verso da delegação semibêbada se elevava em altos brados ao céu.

— Mila?

Ainda mais perto do que Krasavchenko e os outros, ouvi a voz irritada de Alexei. Os arbustos farfalharam e vi a decisão passar pelos olhos cor de âmbar do meu inimigo. Ele pegou o fuzil e o estojo num movimento rápido e, no instante seguinte, estava correndo, mancando e tropeçando, na direção oposta.

Tentei me levantar e quase desabei. A lateral do meu corpo estava em brasas no local em que ele me chutou — *costela quebrada*, eu podia ouvir Lena diagnosticando, *talvez duas* — e a garganta ardia com a dor do semiestrangulamento. Pior era a tontura pelo soco na cabeça; o mundo não parava de girar. Mas eu me levantei mesmo assim e cambaleei atrás do homem que me atacou: meu pretendente William Jonson, que me deu diamantes; o homem que apontou um fuzil exatamente igual ao meu para o presidente americano no jardim da Casa Branca. Nada fazia sentido.

Exceto o bilhete desta noite, escrito, percebi atordoada, na mesma caligrafia que havia rabiscado tantos epítetos em cirílico. Seu último bilhete, dizendo: *Nós nos encontraremos de novo.*

— Mila, eu estava procurando você… — Alexei me segurou pelo braço quando eu saí oscilante dos arbustos em direção a um dos caminhos de cascalho. — Eu ia dizer para você, o Kostia está… — Mas meu marido parou, olhando espantado para as marcas na minha garganta, a faca na minha mão.

— O homem que chamamos de William Jonson tentou matar o presidente Roosevelt — consegui dizer, e vi a expressão de puro horror no rosto de Alexei quando parti, meio correndo e meio tropeçando, atrás do homem de olhos cor de âmbar.

Eu não deveria ter feito assim. Era para eu ter parado e começado a gritar até que a segurança da Casa Branca viesse correndo. Mas eu já tinha avisado Eleanor; cabia a ela e ao Serviço Secreto proteger o presidente agora. O homem que tinha tentado matá-lo estava fugindo, rápido, e eu não queria desperdiçar nem mesmo os preciosos momentos que levaria para explicar o que havia acontecido para a segurança da Casa Branca. E não era meu costume *parar e gritar* quando a morte erguia sua cabeça ao meu lado e as balas ameaçavam cantar. Tudo o que aprendi em um ano no front me dizia para não parar e gritar, mas correr em silêncio.

Então fui atrás dele.

Alexei corria ao meu lado enquanto eu disparava pelos jardins escuros em direção à frente da Casa Branca. Meu marido estava despejando palavras em uma torrente desconexa: "Ele disse que ia nocautear você, tirar umas fotos constrangedoras suas como se você estivesse bêbada. Eu só queria ver você baixando a crista um pouco. Eu não sabia, Mila, eu não sabia que ele era..." e, mesmo com minha atenção fragmentada, entendi o que tinha acontecido. Se um atirador estivesse procurando alguém para levar a culpa pelo assassinato do presidente, uma sniper da União Soviética se encaixaria no perfil. E, se precisasse de um jeito de chegar à sniper, seu marido despeitado se encaixaria também.

— Mila, você precisa acreditar em mim, eu nunca faria parte de algo do tipo, eu não tenho nenhum *desejo de morte*, eu não iria me meter num complô de assassinato nos Estados Unidos...

Eu achava que encontraríamos guarda-costas presidenciais, funcionários da Casa Branca, quem quer que fosse responsável pela proteção desses terrenos. O NKVD já teria qualquer assassino encostado na parede e com metade das unhas arrancadas a esta altura. Mas não havia nenhum grupo de guardas com uma pessoa algemada, por mais que meus olhos procurassem, e me perguntei se alguém teria arranjado isso. Uma mudança na escala de trabalho para limpar o caminho dele...

Mesmo assim, ele não iria longe. A área é cercada.

Então vi que alguém cuidou disso para ele também, quando saí dos jardins escuros na frente da Casa Branca, onde os carros da embaixada soviética estavam estacionados para nossa partida… e vi, atrás deles, um Packard azul seguindo rápido, mas não tão rápido a ponto de despertar suspeita, em direção aos portões de entrada.

Pare e grite; isso é o que eu poderia ter feito, mesmo naquela altura. Mas o carro teria passado pelos portões e desaparecido antes que alguém pudesse me ouvir, e eu ainda estava tomada por aquele imperativo furioso de *lutar*, não parar. Esse homem tinha estado debaixo do meu nariz há semanas, e eu não percebi. Não percebi uma ameaça ao marido de Eleanor, à frágil aliança que era a única coisa que salvaria minha terra natal, e agora ele estava fugindo. Eu não conseguiria me impedir de ir atrás dele nem que ele tivesse se inclinado para fora da janela do carro e atirado na minha cabeça; eu ainda teria rastejado, cega pelo sangue e morrendo, atrás daquele Packard.

Eu me virei e agarrei Alexei pelo colarinho, sentindo uma súbita e intensa frustração por Kostia não estar aqui ao meu lado nesta noite, entre todas as noites.

— Alexei — ofeguei, arrastando-o para o carro da embaixada mais próximo, onde funcionários da Casa Branca carregavam os últimos presentes da delegação. — Aquele homem quase fez de você cúmplice de um assassinato. Se me ajudar agora, em vez disso você vai se tornar o herói.

Juro que vi cálculos passarem pelos olhos dele. Mesmo agora, ele procurava o ângulo que mais o beneficiasse.

— O que…

No porta-malas aberto do carro da embaixada, vi uma caixa de mogno conhecida: as duas pistolas de Chicago, com os dois carregadores de munição calibre .45. Puxei a caixa, segurei-a embaixo do braço, fechei o porta-malas e cambaleei para o lado do passageiro. Nunca na minha vida tive motivos para me arrepender de não ter aprendido a dirigir, mas me arrependia agora. Tarde demais.

— Leve o presidente para um bunker, se ele ainda não tiver ido, e diga ao seu pessoal para investigar quem entrou aqui dirigindo um Packard azul — falei para o atônito funcionário da Casa Branca mais próximo, e então desabei sobre o assento. — Alexei — gritei, batendo a porta —, *dirija!*

Capítulo 33

O atirador xingou ao perceber que o carro da embaixada o tinha alcançado quando ele virou na 16th Street.

— Que diabos você acha que está fazendo? — perguntou a ela.

Ela devia ter ficado nas dependências da Casa Branca; dado o alarme. Ela não tinha arma além de uma *faca de cozinha*, mas tinha vindo atrás dele mesmo assim?

Bem, ele a havia estudado nos últimos meses. Naquela primeira manhã, viu como ela perdia a calma e saía do roteiro quando era surpreendida.

Os dedos da mão do gatilho sangravam nas marcas dos dentes dela, e sua perna provocava uma dor que o fazia rugir. Ele tinha feito um torniquete com a gravata ao redor da facada, estancando o sangue por enquanto, mas o ferimento era profundo: se ele não estivesse mancando demais para correr, teria facilmente chegado ao Packard antes dela e sumido na noite antes que ela conseguisse segui-lo. A raiva latejava dentro dele em pulsações instáveis quando ele furou um sinal vermelho em Dupont Circle e viu o carro da embaixada passar pelo sinal também.

Você estragou tudo, disse ele consigo mesmo, brutalmente. O atirador ignorou as próprias regras sobre manter distância; ele a subestimou desde o início e deixou que isso o tornasse descuidado. E, agora, a chance de pegar Roosevelt se fora e ele *odiava* errar um alvo. Surpreendeu-se imaginando se ela também seria assim. Não achava que tivessem muito mais em comum;

ele atirava em pessoas por dinheiro; ela atirava em pessoas porque elas invadiram seu lar, e ele percebia bem a diferença. Mas apostaria cada diamante em seu bolso e em volta do pescoço dela que a sniper odiava falhar tanto quanto ele.

Foi ele quem falhou esta noite. Ele nunca seria o homem que matou um presidente. Em vez disso, era o homem que fugia de uma mulher armada com uma faca de cozinha.

Quase desejou que ela tivesse uma arma. Nunca tinha enfrentado alguém com habilidades semelhantes às suas antes.

— Você não está revirando os olhos para mim agora, está? — disse ele em voz alta.

O carro atrás seguia em silêncio. Sem buzinas, sem tentar forçá-lo a sair da estrada. Apenas seguindo enquanto o atirador descia em alta velocidade pela 16th Street. A essa hora da noite, as ruas de Washington eram vazias o suficiente para dirigir com rapidez e sem obstáculos. O atirador olhou para o medidor de combustível. Um tanque cheio; podia ir até os limites da cidade e desvencilhar-se dela na autoestrada.

Mas qual era a graça disso?

Ele fez uma curva repentina e rancorosa na rua Decatur, sabendo exatamente para onde ia.

— Pare aqui — falei para Alexei, segurando uma das pistolas Colt agora carregada no meu colo. Eu ainda estava carregando a outra, mas ela escorregou e caiu sob o assento numa cascata de balas soltas quando Alexei pisou com força demais no freio. Ele tinha visto o que eu tinha visto: o Packard à frente, abandonado na beira da avenida Colorado, a porta do motorista aberta.

— Para onde ele foi? — Alexei agarrou o volante, com o rosto pálido. Ele ainda estava pensando no seu futuro se a notícia se espalhasse, a de que ele tinha ajudado um potencial assassino do presidente, ainda que involuntariamente. Eu não sabia se ele visualizava uma cadeira elétrica americana ou uma bala soviética, mas duvidava de que gostasse de qualquer uma das opções. — Por que ele…

— Ele quer me despistar no bosque.

O Rock Creek Park ficava do outro lado da rua, uma muralha escura de árvores. Eu tinha caminhado ali antes com Alexei, no dia em que comprei o vestido de cetim amarelo que usava agora. Imaginei se o homem que estávamos seguindo tinha *nos* seguido naquela ocasião. Se ele tinha escolhido este lugar por um motivo: porque ele e eu o conhecíamos. Soltei um palavrão, procurando a pistola caída embaixo do banco.

— Talvez ele só tenha abandonado o carro e voltado para a cidade pelos prédios — murmurou Alexei, olhando para o Packard.

— Ele está no bosque.

Porque era o que eu teria feito. E ele esperava que eu o seguisse. *Nós nos encontraremos de novo.*

Abandonei a busca pela segunda pistola, peguei o máximo de balas soltas que consegui e saí do carro.

— Mila… — começou Alexei.

— Volte para a Casa Branca e conte tudo ao embaixador — falei. — Soe o alarme. Se eu sair dessas árvores, esse homem estará morto. Se eu não sair, *eu* estarei morta e eles podem seguir o rastro dele a partir do meu corpo. De um jeito ou de outro, o presidente está seguro e você será o herói que deu o aviso.

Bati a porta do carro e comecei a andar em direção às árvores.

Pelo amor de Lênin, eu me perguntei, *o que você está fazendo?* Eu já conseguia focar os olhos outra vez, mas a cabeça ainda pulsava. Minhas costelas latejavam a cada passo. Eu andava descalça, apenas de meia-calça, desde que tirei os frágeis sapatos de salto; estava vestida num amarelo brilhante como um sinal de trânsito em vez da camuflagem de sniper, e tinha uma arma que nunca havia usado antes… mas não parei de andar em direção às árvores, sem pressa, observando cada sombra, porque, se esse homem fosse esperto, ele ia me esperar logo no início da linha das árvores, para o caso de eu vir correndo pela rua e para dentro do bosque sem olhar em volta. Mas eu não ia fazer isso. Mesmo pega em desvantagem, eu ainda conhecia meu ofício e agora sabia algo sobre meu inimigo. Ele estava me caçando desde que vim para esta cidade, e estava caçando Franklin Roosevelt, que não era meu presidente, mas, ainda assim, uma vez que eu declarei amizade à sua esposa e ele declarou amizade ao meu país, estava sob minha proteção. E esse homem que me desafiou com seus diamantes e seus bilhetes cheios de ódio não era um sniper como eu. Nem um assassino ele era, porque não tinha matado ninguém, pelo menos não hoje à noite. Ele era só mais um atirador, e eu era Lyudmila Pavlichenko.

E, a cada passo na direção às árvores, eu sentia meu eu de sniper me preenchendo outra vez. Talvez eu não estivesse no meu melhor por causa das costelas machucadas e a cabeça zumbindo, e talvez parecesse só mais uma mulher da elite de Washington voltando para casa depois de um jantar, a esposa mimada de algum político envolta em peles malhadas, com diamantes brilhando no pescoço sob as luzes da rua. Mas era Halloween, véspera do Dia de Todos os Santos, quando coisas perigosas supostamente andavam pela noite... e a mais perigosa delas aqui era eu. Uma mulher que usava pele de lince como a predadora que era, que caminhava sob a lua minguante não com a agitação de uma socialite ou a correria de uma dona de casa, mas com o passo leve de uma pistoleira, ombros se movendo calmamente, quadris soltos e cadenciados, pistola balançando ao meu lado, pronta. Tirei os diamantes do pescoço e dos punhos e os enfiei no bolso do casaco para que o brilho não me denunciasse e, enquanto deslizava da superfície pavimentada da avenida Colorado para o coro escuro das árvores, a vistosa garota-propaganda tão à vontade sob os holofotes nacionais desapareceu. Respirando através de sua pele estava a Dama da Meia-Noite, a Dama da Morte, a mulher que havia aterrorizado os invasores nazistas de Odessa a Sebastopol.

Embora eu estivesse levando uma vida mansa em viagem há dois meses, os músculos das minhas pernas lembravam o que era escalar a ravina de Kamyshly e o Monte Sem-Nome sob quinze quilos de equipamento de sniper. Sentia os pés cortados e machucados, mas pus a dor de lado junto com a dor das costelas quebradas, encontrando a trilha quase invisível e seguindo silenciosamente a sua curva. Avancei devagar, mantendo-me perto do chão e buscando cobertura atrás de cada tronco de árvore e pedra, atenta ao mais leve farfalhar ou estalo fora do lugar.

Onde está você?

Eu me lembrava perfeitamente do caminho para a Ponte Boulder, mesmo na escuridão da noite. Estava passando pela pedra saliente onde havia parado da última vez para olhar a vista do alto, avançando pelo emaranhado de louros-da-montanha em direção à curva que levaria ao riacho e à ponte de pedra, quando o instinto arranhou minha nuca com garras sombrias. O mais tênue farfalhar de folhas, um ligeiro deslizamento de pedrinhas, o mais ínfimo clique de metal onde metal não fazia parte da tapeçaria de ruídos noturnos. Eu me joguei no chão sem hesitar um segundo. No instante seguinte, o estalo de um tiro ecoou no escuro e ouvi uma bala se enterrar no tronco de uma árvore logo à minha frente.

Rolei para a esquerda e não parei. Outro tiro zumbiu quando entrei num emaranhado de louros-da-montanha, atravessei-o com os galhos arranhando meu rosto e, por fim, me enfiei encolhida atrás de uma rocha de granito áspero.

Ele está naquele afloramento rochoso, pensei, traçando mentalmente o ângulo do tiro. *Aquele onde parei para apreciar a vista. Aquele que me fez pensar:* "Que lugar perfeito para uma tocaia."

Era um lugar perfeito para uma tocaia. O atirador estava deitado de bruços, o cano do Mosin-Nagant apoiado, o chão aberto lá embaixo em um arco perfeito. Se ela saísse de trás daquela pedra em qualquer direção, ele a pegaria no meio dos olhos. Dessa distância, ele não erraria, mesmo no escuro.

Agora era um jogo de espera. Quase a chamou, por pura curiosidade. Mas o que havia para dizer? A pergunta já tinha sido feita silenciosamente: *Qual de nós é o melhor?* A resposta viria na ponta de uma bala.

Uma vez mais, ele desejou que ela tivesse uma arma. Teria tornado as coisas mais interessantes.

Ele tinha um fuzil russo; eu tinha uma pistola americana. A ironia não me passou despercebida. Minha Colt não seria eficaz além de cinquenta metros, mas era melhor do que não ter arma de fogo nenhuma. Deitei-me atrás da pedra, examinando os bolsos do meu casaco de lince para conferir o que mais eu tinha: a faca de cozinha, um punhado de balas soltas, as joias que eu havia tirado antes de entrar no bosque… e, em meio ao chocalhar dos diamantes, uma caixa de fósforos.

Ouvi um farfalhar de folhas quando ele se moveu em seu ninho e pensei em tentar atirar. Mas, no escuro, mirando para cima com uma arma desconhecida, eu teria de me expor para conseguir uma boa mira, e isso significava que o tiro dele tinha muito mais chance de acertar do que o meu. Ele havia escolhido esse terreno, não eu; ele o favorecia, não a mim, e eu não queria revelar as minhas cartas até que o terreno fosse meu. Neste momento, ele achava que eu estava encolhida aqui, desarmada, a idiota que correu cegamente, precipitadamente, noite adentro atrás de seu inimigo e agora tremia atrás da pedra.

O ar entre nós trepidava com palavras não ditas. Quase gritei para ele, *Quem é você? Por que fez isso? É algum fanático ou só um pistoleiro contratado?*, mas não fazia diferença. Não importava quem ele era ou por que fez esse trabalho sujo. Eu tinha sido obrigada pela guerra a encontrar o meu lado sombrio; ele seguiu o dele por livre e espontânea vontade. Isso era tudo que eu precisava saber.

Mas ainda podia sentir a pulsação de sua curiosidade quase me tocando na escuridão. Ele observava, estava ávido… e a hora era agora.

Fechei os olhos com força e acendi todos os fósforos de uma vez usando o tato. Ao sentir o calor em meu punho, estendi a mão para cima da rocha e lancei o punhado de fósforos em chamas como uma multidão de vaga-lumes. No minuto em que a visão noturna do atirador ficou prejudicada pelos flashes de luz eu me pus em movimento, com os olhos ainda fechados, saindo de trás da rocha e me jogando encosta abaixo em direção ao riacho, no caminho que eu tinha mapeado para meus pés. O tiro dele explodiu em algum lugar atrás, longe de mim; eu o ouvi grunhir, ouvi as passadas irregulares de suas botas rangendo entre as árvores no ângulo errado. Ouvi o que achei ser um arfar de dor e sorri pensando na facada em sua panturrilha. Abri então os olhos e fiquei imóvel contra a árvore mais próxima, escutando a escuridão viva com todos os meus sentidos. Rangidos distantes de folhas; o atirador ainda estava indo para o lado errado, mas logo se orientaria.

A floresta é como um templo, lembrei-me de Vartanov dizendo. *Seja respeitosa e os bosques a recompensarão.* Usei todos os truques que o velho guarda-florestal tinha me ensinado sobre como me mover entre as árvores, descendo em silêncio até o riacho e depois me esgueirando ao longo da margem pedregosa. Eu sabia exatamente onde precisava estar.

A lua congelada saiu de trás de uma nuvem e vi o arco escuro da ponte. Eu me arrastei pelos pedregulhos e pedras da margem, a água gélida entorpecendo meus pés machucados nas meias rasgadas, folhas mortas se agarrando à bainha encharcada do meu casaco de pele, e então eu estava na ponte e atravessando-a em uma corrida veloz. Se o atirador já estivesse atrás de mim, aquela seria sua chance de me furar entre as omoplatas. Mas só havia o som borbulhante do riacho embaixo enquanto eu saía da ponte e descia para a margem oposta ao lado do arco de pedra.

Era quase meia-noite e fazia muito frio, o solo junto à água congelado e brilhante de geada, mas eu tirei a pele de lince e guardei as balas soltas no corpete do vestido. Juntei uma braçada de folhas molhadas e madeira flutuante e joguei tudo em cima de uma pedra ao lado da ponte, logo acima da água. Trabalhei freneticamente rápido, ficando imóvel cada vez que ouvia um novo som. Uma ou duas vezes, um grito bêbado distante chegou aos meus ouvidos; uma vez achei ter visto o contorno de alguém passando entre as árvores distantes. Este parque não ficava completamente deserto mesmo tarde da noite, mas estava escuro e frio demais para qualquer pessoa além de algum andarilho ou arruaceiro ocasional. Como quer que esse duelo terminasse entre o atirador e eu, não havia inocentes aqui para ficar no nosso caminho. Fiquei quase grata a ele por mover o jogo para uma arena em que poderíamos resolver isso sozinhos.

Terminei minha pilha de folhas e madeira flutuante debaixo da ponte e arrumei meu casaco em cima dela para que parecesse uma mulher encolhida sob o arco de pedra. Peguei o broche de diamantes com seus pingentes cintilantes (eu realmente o coloquei apenas algumas horas atrás na Casa Branca, enquanto Eleanor sorria sobre a mesa de presentes?) e o prendi na gola do casaco de pele, onde ele refletiria o luar. Acrescentei a gargantilha e as pulseiras, enfiando-as nas mangas do casaco, e recuei para examinar o efeito. *Você não é nenhum Ivan*, pensei, lembrando-me do soldado falso que Kostia e eu havíamos construído juntos para o duelo com o sniper alemão numa ponte muito diferente nos arredores de Sebastopol. *Mas é o que temos.* De longe, aos olhos do meu inimigo, com sorte pareceria que eu tinha atravessado a ponte, escorregado exausta para me esconder embaixo do outro lado e estava esperando ali, tremendo e rezando para que ele passasse... sem me dar conta, claro, de que meus diamantes refletiam a luz da lua e entregavam a minha posição, vagabunda comunista burra que eu era.

Ele era o vagabundo idiota que veio atrás de mim. Imbecil por pressupor que uma sniper de verdade entraria num duelo desarmada.

Encontrei na margem uma grande faia bifurcada por um raio. Muita folhagem, um ponto de observação perfeito. Eu nunca tinha montado uma tocaia usando um vestido de cetim, mas pelo menos o amarelo vistoso se transformava em cinza naquele escuro. Subi na árvore, apoiando os pés dolorosamente na casca, e me aninhei numa forquilha nos galhos, transformando-me em pedra.

Xingando, mancando e cada vez com mais frio, o atirador lembrou a si mesmo de que tudo o que ela podia fazer era se esconder. Foi um truque inteligente aquele com os fósforos. Ele tinha se desnorteado no escuro, perdido a visão noturna e seguido uns bons quatrocentos metros na direção errada antes de se reorientar. Mas estava de novo no rastro dela agora, indo em direção à Ponte Boulder. Dois meses atrás, ele tinha estado na margem do Rock Creek observando secretamente a mulher russa discutir com o marido naquela ponte... Ao segui-la naquela ocasião, notou como ela não usava nenhum perfume que ficasse no ar e tornasse seu rastro mais fácil de seguir. Ela também não estava usando perfume hoje e ele soltou uns bons palavrões, desejando que estivesse.

Não era mais divertido. Ele queria uma cerveja e um analgésico para aquela perna; queria telefonar para Lenço de Bolso e dizer que o serviço não tinha dado certo. Só queria que esse duelo terminasse.

Vi a lua deslizar para trás de uma nuvem, mergulhando o mundo em meia-noite. A ponte era um arco escuro contra a seda preta da água, e o frio cantava uma nota congelante aguda, penetrando meu corpo como folhas de gelo que se arrastam pela superfície de um lago. Uma noite de outubro em Washington não era fria como um janeiro na Crimeia, mas, sem o casaco de lince, minha pele nua estava marmorizada. Eu tinha de ficar balançando as mãos, esfregando-as para que não tremessem. A lateral do meu corpo ardia. Minha garganta doía. Minhas pernas tinham cãibras. A pele congelava. Eu queria ter meu fuzil Três Linhas, não essa pistola desconhecida apoiada firme na forquilha de um galho de árvore. Na última vez em que lutei num duelo, estava coberta de camuflagem e lã, com Kostia me dando cobertura, refletindo ociosamente nas horas de espera se um confronto entre dois snipers constituía uma luta justa. Eu queria uma pitada de chá seco e um torrão de açúcar para mastigar; um pedaço de pão preto com tiras de toucinho e sal. Eu queria Kostia.

Mantive minha posição. Eu a manteria a noite toda se precisasse.

Um estrondo de trovão soou acima nas nuvens que passavam pelo céu. Enquanto rezava para que não chovesse, ajustei minha Colt no galho e mirei na pedra central da ponte. Dei três tiros sob a cobertura do ribombar do trovão seguinte. Três tiros não me ensinariam o suficiente sobre essa arma, suas variações específicas da música que todas cantavam nas minhas mãos, mas teria de ser suficiente. Meus tiros foram altos; eu estava levantando muito o punho. Podia compensar isso, mas quanto? Uma pistola era tão implacável comparada com um fuzil; o mínimo movimento desviaria meu tiro. Para um tiro certeiro, ele teria de chegar perto. Muito perto. Os cálculos giraram pela minha mente enquanto eu tremia sob a força crescente do vento e os trovões que continuavam a ressoar.

Então vi uma sombra claudicante se mover do outro lado da margem e fiquei imóvel quando a contagem regressiva começou. A contagem da Dama da Meia-Noite, aquela que eu cantava baixinho para mim mesma desde os dias em que atirava em alvos de madeira até o dia em que matei meus primeiros inimigos nos arredores de Odessa, e em todos os 309 abates registrados oficialmente e sabe-se lá quantos não oficiais, até *aqui*, até *agora*, até esta noite escura cheia de fantasmas.

Um... olhar de maneira fria e calculada para o alvo, o momento em que a alma se cala e o olho assume o controle.

Dois... medir a linha de visada horizontal; eu não tinha mira telescópica hoje à noite, mas podia imaginar as linhas sobre os ombros do atirador quando ele saiu do meio das árvores.

Três... usar essa referência para calcular a distância. Quase nenhuma distância aqui, mas ainda não perto o suficiente. Minha bala calibre .45 perderia altura rapidamente assim que saísse do cano, mas eu não tinha praticado milhares de tiros com esta arma para aprender como a bala se comportaria.

Quatro... conferir a bala na câmara.

Cinco... aninhar o cano um fio de cabelo para a frente na folhagem quando ele pisou na ponte com o fuzil levantado.

Seis... observá-lo parar, observá-lo avistar o reflexo quase imperceptível dos diamantes sob a extremidade do arco da ponte.

Sete... tornar-se pedra, tornar-se gelo, tornar-se tão imóvel que a geada poderia se acumular sobre mim. Tudo isso enquanto eu observava o pretenso assassino do presidente erguer sua arma, a satisfação em cada linha do seu corpo porque ele achava que me tinha diretamente na mira.

Oito… ajuste final para o vento, normalmente. Não há necessidade aqui.

Nove… mirar.

Dez… inspirar.

Onze… expirar.

O ATIRADOR ESTAVA SORRINDO QUANDO atirou, bem no centro encolhido da massa de pele de lince. A sniper caiu de lado no riacho que corria lentamente e ele sentiu a batida lenta e extasiada de seu coração quando o braço dela pendeu frouxo. *Peguei você, sua puta vermelha.*

Então ele viu a pulseira de diamantes deslizar da manga do casaco sem se prender na mão inerte. Viu a gola de pele aberta em torno de um aglomerado de agulhas de pinheiro. Viu a gargantilha que ele lhe dera, enrolada no feixe encharcado de ramos de pinheiro e cintilando com uma luz fria e alegre.

Ele ergueu os olhos do manequim, freneticamente, e viu o brilho. Não de diamantes, mas do luar na boca de uma arma. *Ah, mer…*

Doze.

Meu tiro o atravessou precisamente no olho direito.

Capítulo 34

Eu quero ir para casa.

Toda a leveza dos meus passos desapareceu quando me pus a caminho da saída do Rock Creek Park. Todas as dores voltaram assim que deslizei, meio congelada e trêmula pela tensão contida, daquela faia bifurcada por um raio. Ainda tive forças para entrar no riacho onde o homem morto caiu, colocá-lo de costas e vasculhar todos os seus bolsos. Nenhuma identificação, nenhuma chave, nem mesmo um lenço ou uma caixa de fósforos para me dizer quem ele era ou de onde tinha vindo. Apenas o fuzil e um punhado de balas e de pedrinhas ásperas no bolso, que transferi para o meu para ter algo a mostrar ao embaixador soviético. Enfiei com gratidão meus braços frios como mármore de volta nas mangas encharcadas do casaco de lince e fiquei por um momento olhando o homem que eu havia matado. Número 310, olhando para o céu com seu rosto sem expressão e comum, a lua refletindo brilhante e vazia no olho aberto. Ele parecia surpreso. Com muita frequência era assim. Mesmo quando se estava acostumado a lidar com a morte, ainda se era pego de surpresa quando ela vinha buscar você.

Qual é o nome dele?, eu me perguntei, olhando-o. E então, numa súbita onda de exaustão e desgosto, eu não me importava mais. Não me importava quem ele era ou para quem estava trabalhando. Não me importava com nada a não ser ir para casa e segurar meu filho nos braços, aconchegar sua linda cabeça nas mãos enquanto lhe prometia, pela minha vida, que não o deixaria nunca mais.

Então abandonei o atirador, enfiando a pistola que o matou no bolso do casaco e mancando com as solas dos pés machucadas até a rua da cidade e o Packard abandonado. Quando chegasse lá, seriam uns seis ou sete quilômetros a pé de volta ao hotel… Eu já havia caminhado por ali antes, balançando meu vestido de cetim amarelo na sacola da loja, mas isso tinha sido num dia quente, com sapatos de lona confortáveis, e não com meias-calças americanas totalmente rasgadas numa meia-noite tempestuosa. Mas eu teria de caminhar agora; não sabia dirigir e não tinha uma única moeda para pegar um táxi. Será que a delegação já teria voltado ao hotel a esta altura ou teria ficado envolvida no alvoroço da Casa Branca? A Casa Branca teria sequer se dado conta de que existia um assassino lá, ou…

— Mila! — A voz de Alexei, aguda e alarmada entre as árvores. — É você?

— Alexei? — Parei, oscilando de exaustão. Ele estava na linha das árvores na borda do parque, uma silhueta contra as plantas jovens no escuro, as luzes da rua não muito atrás. — Por que você não foi dar o alarme?

Ao mesmo tempo que a raiva me invadia num espasmo, veio o alívio também. Agora eu poderia desabar no carro da embaixada e ele podia nos levar para onde precisássemos ir para fazer nosso relatório. Eu faria dele um herói no meu relato, só por isso. Daria a ele todo o crédito que quisesse, desde que eu pudesse me sentar.

— Ele está morto? — perguntou Alexei, chegando um passo mais perto.

— Morto embaixo da Ponte Boulder — respondi, cansada, e foi então que meu marido atirou em mim.

A bala passou pelo meu cabelo. Teria se afundado na órbita do meu olho esquerdo se eu não tivesse visto seu braço se erguer, percebido o brilho do metal onde não deveria haver metal, e aquela garra escura do instinto fez com que eu me jogasse para o lado antes de registrar o que estava acontecendo, então a bala raspou a ponta da minha orelha em vez de se enterrar no meu cérebro. Não houve nada controlado na minha fuga dessa vez; entrei no mato de quatro, meio derrapando, meio galopando, me enfiando entre as plantas como um veado em pânico.

— Você está se perguntando como eu consegui uma arma. — A voz de Alexei era chocantemente calma, como numa conversa. — A pistola Colt que caiu embaixo do banco... com um punhado de munição.

Cheguei até atrás de um grande toco de árvore meio apodrecido, as duas mãos tapando a boca para que meus arfados trêmulos não escapassem. Da ponta do lóbulo da minha orelha pingava sangue quente no meu ombro. Alexei tinha atirado em mim. Alexei tinha *atirado* em mim. E eu nem sequer fiquei surpresa. Ele sabia que nunca me ganharia de volta e, mesmo que tivesse conseguido, nunca teria ficado satisfeito em viver o resto do tempo que lhe sobrava pendurado no braço de uma esposa famosa. Talvez ele próprio não tivesse a ideia de me matar, mas o atirador lhe entregou a chance numa bandeja de prata: ou eu teria morrido no duelo com o pretenso assassino do presidente e Alexei daria o alarme sozinho, o viúvo enlutado e mensageiro heroico, ou eu mataria o atirador, Alexei me mataria quando eu estivesse exausta e desprevenida e o restante seguiria de acordo com o roteiro. De uma forma ou de outra, Alexei não precisaria compartilhar a glória comigo, e ele estaria livre de sua esposa importuna.

Ou talvez ele nem tenha refletido tanto assim. Talvez ele só me quisesse morta e achasse que poderia escapar impune.

— Não corra, Mila. — Ouvi Alexei recarregando sua Colt e procurei a minha no bolso encharcado. — Eu vi como esse casaco está molhado. Você vai morrer congelada aqui fora se correr, e isso não será nada bonito. Vou fazer um serviço rápido.

Peguei a pistola na mão entorpecida pelo frio, recarregando-a freneticamente, ainda lutando para respirar. Arrisquei uma olhada por cima do toco, mas ele não estava à vista. Ele não era idiota; não me daria uma silhueta. Eu seria tola de subestimá-lo só porque ele não era o atirador que eu tinha acabado de matar. Alexei não era nenhum atirador de precisão, mas já havia me acertado no escuro quase total, a trinta passos de distância, com uma arma que ele não conhecia. E estava aquecido, descansado, alerta, determinado; um homem com roupas secas, sapatos resistentes e o prêmio de uma vida — liberdade, fama — ao alcance da mão. Não era uma mulher exausta e semicongelada, com duas costelas quebradas e os pés destruídos, que deixou um rastro de sangue por Rock Creek enquanto se forçava até o limite para despachar *outro* homem decidido a matá-la nesta noite.

Por um instante, senti todo o meu corpo trêmulo se contrair e entendi por que animais às vezes ficavam paralisados na frente de um predador e esperavam com olhos embotados que a morte os levasse. Eu estava tão cansada. Atirei em tantos inimigos em Odessa, em Sebastopol. Agora eu havia atravessado metade do globo e continuava atirando em inimigos. Quando eles iam parar de vir? Quando eu olharia em volta e não veria ninguém avançando para me matar? Eu poderia simplesmente fechar os olhos e deixar tudo acabar?

Mas Alexei não era um inimigo qualquer; ele era o primeiro inimigo. Aquele que eu superei, aquele de quem parei de ter medo muito tempo atrás quando monstros maiores entraram na minha mira... mas ainda assim é o primeiro. Aquele cujo olhar me arrepiou quando tirei um Slavka de cinco anos de perto dele no estande de tiro, aquele que me fez pensar que talvez fosse melhor eu aprender a atirar. Não só para ter as habilidades de um pai e ensinar o filho algum dia, mas, se o momento viesse, para nos defender.

Pois bem. Aqui estava. Morra aqui, e Alexei ia fazer tudo o que pudesse para voltar para casa como herói e reivindicar a guarda do meu filho.

— Mila? — A voz dele soou outra vez, impaciente, tensa. — Não se finja de morta. Eu sei que não acertei você. Se eu tivesse acertado, você estaria gritando.

Respirei fundo e lentamente.

— Você não tem a menor ideia do que me faz gritar. Nem no campo de batalha nem na cama, seu arremedo de homem deplorável e patético.

Eu *senti* a surpresa dele através das sombras. Ele atrás de uma inclinação rochosa em algum lugar a sudoeste de mim; eu atrás do meu toco da árvore: este era mais um jogo de espera, como o que joguei nem uma hora atrás com o atirador em seu ninho e eu espremida atrás de uma rocha. Só que o atirador poderia ter esperado para sempre. Eu não soube o nome dele, mas soube que ele tinha a paciência de um sniper. Tive de usar meu truque com os fósforos para mudar o jogo, mudar o terreno, mudar o ritmo.

Eu não tinha mais nenhum truque na manga, apenas uma pistola e umas poucas balas restantes. Mas este era um inimigo que eu conhecia até os ossos.

— Você não vai conseguir me matar e escapar impune — gritei no escuro. — Todos na delegação sabem como eu desprezo você. Eles nunca vão acreditar que você não teve nada a ver com a minha morte.

— Eu vou ser o herói da noite — gritou ele de volta. — Quando disser a eles onde encontrar o homem que tentou matar o presidente...

— Você ainda é só o mensageiro. Todos vão saber que fui eu que o peguei. Vão me homenagear na Praça Vermelha com um desfile por toda a cidade e me darão o título póstumo de Heroína da União Soviética. Você continuará em segundo lugar até no meu funeral.

— Você é minha esposa. — A voz dele se elevou mesmo contra sua vontade. Eu o estava irritando. — Esse nome famoso que você está ostentando é *meu*.

— Não mais. — Flexionei a mão direita, para conter os tremores. — Você sonhava em tornar seu nome famoso, Alexei? Sonhava com ele sendo conhecido de Moscou a Vladivostok? Sonhava em ser o tenente Pavlichenko, Herói da União Soviética? Bom, tudo isso está se tornando realidade. Só que para mim, não para você. — Eu sibilei as palavras no escuro como uma víbora, cravando cada uma delas bem fundo. Ele nunca escutou quando eu dizia *não*, nunca ouviu quando eu implorava *por favor*, mas ele ouviria isso. Talvez fosse a única coisa que ele fosse capaz de escutar: que seus sonhos grandiosos tinham se tornado realidade para outra pessoa. — Eu nem queria fama. Tudo o que eu queria era defender o meu lar. Eu não queria fama, e mesmo assim ela veio para mim, não para você. Você ainda é apenas o que sempre foi: um cachorro comendo restos da mesa de outra pessoa. Você não tem uma gota de heroísmo real. Tudo o que você sempre foi não passa de uma coleção de peças reviradas de alguma outra pessoa, principalmente de mim.

Eu o ouvi respirar mais rápido, senti a pulsação da sua raiva aumentando. *Se você fosse esperto, Alexei, abandonaria essa loucura e voltaria para o hotel*, pensei. *Deixe-me aqui esperando; invente uma história para contar à delegação e se adiante a qualquer coisa que eu possa dizer.* Mas ele não ia fazer isso. O que quer que o tenha feito ultrapassar esse limite e me desejar morta, me ver nos braços de Kostia, talvez, ou ver meu nome em manchetes de jornal, ele não ia me deixar sair viva de Washington. Ele tinha feito sua escolha e ficaria com ela até o fim.

— Como é a sensação? — continuei a provocar, elevando a voz. — Saber que a Pavlichenko registrada nos livros de História não será você? Em vez disso, será sua noiva criança. Serei *eu*.

O atirador não teria se desestruturado com uma provocação de pátio de escola. Meu marido, sim. Ouvi Alexei sair de trás da formação rochosa para reduzir a distância, vi seu braço se erguer, seus dentes arreganhados em um rosnado de ódio absoluto. E eu me ergui de um salto, forçando cada músculo exausto do meu corpo por trás da pistola enquanto disparava uma, duas, três vezes.

Aconteceu no espaço de um batimento do coração, no piscar de olhos de um sniper, no reflexo de luz de um diamante. Ele oscilou — meu marido, meu primeiro medo, meu último estilhaço de uma vida superada — e caiu. Alexei estava morto.

INVOQUEI A RESISTÊNCIA INVISÍVEL, a força e o espírito de Eleanor Roosevelt ao entrar no saguão do hotel quase às duas horas da manhã: meus pés ensanguentados, o rosto machucado e sujo, a pele de lince encharcada sobre um vestido de cetim destruído. Quando meu guarda-costas furioso e metade do pessoal da delegação veio correndo até mim em uma turbulência de autoridades e perguntas de Moscou, eu me empertiguei como se tivesse um metro e oitenta de altura, puxei a gola do casaco em volta do pescoço como tinha visto Eleanor arrumar sua famosa estola de raposa e ergui a mão com toda a autoridade absoluta da primeira-dama dos Estados Unidos.

— Uma pequena confusão com meu marido — falei, descontraidamente, interrompendo o *Onde você estava?* de Yuri e o *Como você se atreve?* de Krasavchenko e o *A primeira-dama disse* de Pchelintsev. — Comecei a me sentir mal na Casa Branca, ele se ofereceu, como médico da delegação, para me trazer de volta mais cedo e acabou arrumando uma briga e me largando em algum lugar perto do Rock Creek Park. O carro ainda está lá entre a Colorado e a Blagden; está cheio de presentes da delegação, então sugiro que vocês mandem alguém pegá-lo. Vamos todos nos reunir no quarto do camarada Krasavchenko em quarenta e cinco minutos para um relatório mais completo, mas, neste momento, eu pretendo tomar um banho.

Os homens abriram passagem enquanto eu me dirigia ao elevador, ainda despejando perguntas que ignorei. Ninguém disse nada sobre o presidente Roosevelt ou sobre algum alvoroço na Casa Branca, e isso deixou claro para mim que ele estava seguro. O marido de Eleanor dormia entre lençóis limpos agora, são e salvo... ou talvez ele estivesse trabalhando junto à sua mesa apesar da hora e Eleanor estivesse ali ao lado dele. Fazendo planos, talvez, para quando poderiam abordar a questão de um segundo front para prestar ajuda aos meus compatriotas.

Meu guarda-costas carrancudo fez menção de entrar no elevador comigo e eu estendi a mão de novo.

— Yuri — falei com educação —, *não*. — E ele recuou e deixou as portas se fecharem entre nós.

Esta noite eu sobrevivi a dois duelos, incontáveis pequenos ferimentos e uma caminhada noturna de sete quilômetros com os pés destroçados. No entanto, o que quase me derrubou foi chegar ao meu quarto de hotel dois andares acima e perceber que eu não tinha ideia de onde estava a chave. Apoiei-me na porta, tremendo de exaustão, imaginando se conseguiria me encolher e dormir ali mesmo na soleira... e quase desabei quando a porta se abriu e caí direto nos braços de Kostia.

— Mila...

Ele me segurou, me puxou para dentro do quarto e para junto de seu peito. Meus dentes batiam demais para falar qualquer coisa, então apenas me agarrei a ele. Ele estava quente, sólido como granito e silencioso como a noite em sua camisa escura com as mangas arregaçadas. Claramente tinha entrado com a chave que eu lhe dei dias atrás e esperado por mim na cadeira ao lado da escrivaninha onde seu exemplar emprestado de Walt Whitman estava aberto, virado para baixo.

— Você está a-aqui — falei, ainda tremendo de frio, e o significado disso me atingiu como um golpe.

Ele estava *aqui*, não a caminho de Nova York ou de sua família. Ele estava aqui. Comigo, seu rosto voltado para o meu, e não voltado para encontrar um novo futuro longe de nossa terra natal.

— Eu estou aqui — disse ele apenas, e isso foi tudo.

Quando voltei do meu duelo com o sniper alemão em Sebastopol, tinha sido Lyonya quem tirou minhas roupas endurecidas pelo gelo, me envolveu num cobertor e começou a esfregar a vida de volta para os meus pés frios e ombros com cãibras. Agora, foi Kostia quem puxou a pele de lince encharcada do riacho das minhas costas, tirou o vestido amarelo destruído que estava embaixo e, sem comentários, pôs de lado minha pistola e a pequena pilha de diamantes misturados com balas calibre .45 soltas e a carteira e a identidade de Alexei. Ele não me encheu de perguntas como os homens lá embaixo; apenas me despiu e me pôs debaixo dos cobertores, depois se deitou também e me puxou para junto do seu corpo a fim de me aquecer.

— Disseram que você não tinha voltado da Casa Branca, Mila. A primeira-dama contou ao embaixador que você saiu correndo.

A voz dele era normal, calma, mas eu sentia a tensão vibrando através dele como cabos de aço. Porque, ao contrário dos homens lá embaixo, ele sabia reconhecer os efeitos de um duelo de snipers quando os via.

Contei a ele o que aconteceu. Repetiria tudo dali a meia hora para toda a delegação, mas esta era uma chance de organizar os fatos… decidir o que ia dizer e o que ia deixar de fora. Kostia recuou quando terminei e olhou para mim. Eu olhei de volta, meus dentes ainda batendo, as reações finalmente tomando forma agora que eu tinha parado por tempo suficiente para baixar a guarda.

— Eu matei o Alexei — repeti, de forma clara e direta, sem ter de me importar se havia escutas no quarto.

Eu não conseguia parar de tremer; não conseguia parar de ver o rosto dele. Mas não sentia nenhum pingo de culpa. *Ele se foi. Ele finalmente se foi.* Ele me queria e, se não pudesse me ter, me desejava morta, e agora era ele quem estava morto.

— Você os largou lá? — perguntou Kostia.

— No lugar em que caíram.

Eu informaria onde para Krasavchenko e o embaixador soviético e eles poderiam fazer o que quisessem, se recuperar os corpos ou deixá-los apodrecer sem identificação; envolver a Casa Branca ou não. Como quer que eles decidissem lidar com a situação, eu sabia que seria feito com a máxima discrição. Esta era uma escapada da sniper soviética que *não* apareceria em nenhum jornal americano.

A única coisa em que eu insistiria quando fizesse meu relato era que um alerta completo e grave fosse dado a Eleanor: *seu marido tem inimigos que o querem morto.* Eu cuidei de um, mas estava deixando seu país. Ela teria de assumir a vigilância.

Mas eu tinha certeza de que ela faria isso.

Ocorreu-me que, quando apertei o gatilho esta noite, primeiro contra o atirador, depois contra Alexei, eu não tinha entoado nem uma vez minha oração desesperada de *Não erre*. Talvez a lição de Eleanor tivesse enfim me alcançado: a consciência de que, mesmo que eu tivesse errado, teria me levantado, atirado de novo e continuado até conseguir. Até que salvasse o presidente americano; até que salvasse a mim mesma.

Kostia ainda me olhava, um olhar urgente o bastante para queimar. *Do que você precisa?*, ele estava me dizendo. *Como posso ajudar?* Eu apenas me aninhei em seu peito, flutuando em algum lugar entre o calor e o frio, entre os resíduos da antiga fúria e a agitação de uma caçada terminada, entocando-me nesse oásis de quentura e segurança antes de tomar banho e fazer meu relatório. Vi o atirador caído no riacho, um enigma até o fim. Vi os olhos de Alexei abertos para a lua minguante, vazios como vidro. Imaginei qual seria a desculpa oficial para ele não ter regressado à União Soviética. Diriam que ele desertou ou...

Meus olhos se arregalaram de repente com a palavra *desertou*, mesmo eu estando semientorpecida pelo calor que subia rastejando por meu corpo e a adrenalina que vazava dele.

— Kostia, onde *você* esteve hoje à noite?

Ele não compareceu ao jantar de despedida e era evidente que havia chegado a alguma decisão durante esse intervalo, mas como?

— Na embaixada soviética — disse ele, junto ao meu ombro. — Eu estava indo lá toda semana, sempre que tinha algumas horas livres. Precisava de uma máquina de escrever com alfabeto cirílico.

Eu pisquei.

— Uma máquina de escrever com alfabeto cirílico?

— Eu não posso lhe dar diamantes. — Kostia indicou com a cabeça o punhado de pedrinhas cintilantes sobre a mesa e se ergueu apoiado no cotovelo para alcançar uma pilha de papel na mesinha de cabeceira. — Só pude pensar nisto. Terminei esta noite.

Tirei um braço debaixo da colcha para pegar as páginas e li o título no alto em letras cirílicas cuidadosamente datilografadas.

— "Bogdan Khmelnitsky, a anexação da Ucrânia à Rússia em 1654 e as atividades do Conselho de Pereslávia: dissertação de Lyudmila Mikhailovna Pavlichenko" — li com espanto. — Você... datilografou de novo a minha dissertação?

— Catando milho com dois dedos. — Kostia beijou minha nuca. — A anterior estava toda manchada de sangue.

Eu me perguntei se a intenção disso teria sido que fosse um presente de despedida. Talvez, enquanto datilografava minhas últimas notas de rodapé esta noite, ele tivesse mudado de ideia quanto a ir embora. Ou talvez se dedicar a essa tarefa tenha sido uma forma de impedi-lo de ficar olhando para a vida que lhe acenava aqui.

Tempo suficiente para conversar sobre isso mais tarde, quando tivéssemos privacidade de fato.

— Obrigada — sussurrei, passando a mão pelas páginas.

O atirador tinha me dado diamantes. Alexei tinha ignorado completamente tudo o que eu dizia, porque ele sempre achava que sabia mais do que eu.

Meu parceiro sniper tinha redatilografado a minha dissertação com dois dedos em uma máquina emprestada.

Kostia estava deslizando para o sono da forma que snipers fazem, ainda cheio de perguntas, e cheio de tensão também, mas o corpo aproveitando qualquer oportunidade de descanso que encontrasse. Com cuidado para não o acordar, saí da cama e vesti roupas limpas, imaginando se ainda partiríamos para o Canadá amanhã ou não.

Enquanto eu separava as balas das joias e daquelas pedrinhas ásperas que eu havia pegado no bolso do atirador, encontrei um pequeno objeto inesperado. No Rock Creek Park, eu tinha recolhido automaticamente os projéteis deflagrados dos meus tiros que mataram Alexei e o atirador. Minha mão evidentemente trouxe junto um outro pedaço de metal do meio das folhas mortas. Pisquei, perplexa, diante do modesto anel de sinete de ouro com pequenas lascas sujas de diamante, da circunferência de um dedo de homem, o metal escurecido como se tivesse ficado protegido da luz do sol por décadas. Dentro do aro havia letras desgastadas inscritas. Não consegui distinguir a primeira, mas a segunda era definitivamente um R.

Segurei-o contra a luz, uma lembrança me incomodando por um momento antes de se encaixar: um assessor da Casa Branca, no gramado da mansão, me contando a história do presidente Teddy Roosevelt que, numa caminhada, perdeu um anel perto da Ponte Boulder quarenta anos atrás. Poderia ser este? Virei-o na mão. Era bonito ter este marcador do meu último campo de duelo. Um sinal, talvez. Eu tive dois maridos, um pela lei e outro em meu coração; um que tinha caído nos bosques de Washington onde eu nunca mais pisaria, outro que caiu em Sebastopol onde eu também talvez nunca viesse a pisar de novo, a menos que tivesse como resgatar a cidade das mãos dos nazistas. Nunca deveria ter me casado com o primeiro, e o tempo tinha me roubado a chance de me casar legalmente com o segundo.

Eu não cometeria de novo nenhum desses dois erros. Não perderia esta terceira e preciosa chance.

Inclinei-me sobre Kostia, cochilando tão levemente, e coloquei o anel de sinete dentro de sua mão amolecida.

— Quando voltarmos para Moscou — sussurrei, me preparando para encontrar o restante da delegação e fazer meu relatório completo —, case-se comigo.

Notas da primeira-dama

Observo o peito do meu marido subir e descer no sono. Ele vai ter muito menos descanso que o habitual esta noite — o alvoroço a portas fechadas depois da saída de Lyudmila foi considerável, e houve telefonemas confusos entre a embaixada soviética e a linha privada de Franklin. O quadro ainda está longe de completo, mas uma coisa é clara: o perigo imediato foi afastado, graças à jovem que amanhã deixa as nossas fronteiras.

Ao recebê-la em minha casa, eu não tinha ideia do serviço que ela prestaria a mim e a este país. Só achei que ela poderia ser de interesse, mais uma mulher útil do tipo que Franklin gosta de colecionar, lapidar e usar — consumir até — neste seu grande trabalho.

As mulheres de Franklin. Tenho certeza de que muitos livros serão escritos sobre ele um dia, mas espero que também haja livros sobre nós. A mulher que foi sua esposa, seus olhos e ouvidos... as mulheres que serviram em seu gabinete e ao seu lado na Casa Branca... e a mulher de uma nação do outro lado do mundo, uma nação inteiramente estranha para nós e, por vezes, assustadora, que não prestou nenhum juramento a ele, mas, mesmo assim, arriscou a vida em sua defesa.

Observo seu peito subir e descer no escuro por mais um longo momento, sorrindo. Então fecho a porta.

Ainda há muito trabalho a ser feito esta noite antes de eu me deitar... mas uma bala soviética me deu paz e segurança para fazê-lo.

Capítulo 35

Dois longos meses se passaram antes de eu me ver de volta em solo soviético, desembarcando de um bombardeiro B-24 Liberator quadrimotor depois de um interminável voo noturno de Glasgow até o campo de pouso de Vnukovo. Doze horas na barriga do bombardeiro, o interior cintilando de cristaizinhos de gelo como o quarto da Rainha da Neve, toda a delegação enrolada em peles até o branco dos olhos e falando sobre a viagem que finalmente, *finalmente,* havíamos concluído. Mas eu não estava pensando agora nos eventos glamourosos a que havíamos comparecido em Montreal e Londres, Cambridge e Birmingham, Newcastle e Liverpool. Não quando pousamos por fim em um enorme campo gelado cercado por um cinturão azul de bosques nevados. *Em casa,* pensei. Era para eu ter ficado fora apenas um mês; tinham se passado quatro.

Uma vida.

Ao desembarcar, minha mão enluvada unida à de Kostia, eu sentia o aro rígido do anel de sinete de ouro em seu dedo. Meu coração bateu forte quando vi figuras distantes saindo do meio da multidão que nos aguardava, correndo em nossa direção. Pchelintsev já estava abraçando a esposa, Krasavchenko beijando o pai nas bochechas, mas eu não pensava neles. Vi minha mãe com sua longa trança, encasacada como uma corujinha redonda... e, separando-se dela, correndo para mim, uma figura menor.

Minha mão soltou a de Kostia e eu comecei a correr. Deixei a Dama da Morte para trás, deixei a sniper famosa das mil fotografias, deixei minhas orgulhosas esperanças de em breve ver soldados Aliados na Europa para dar auxílio à nossa frente oriental, deixei tudo, menos a visão da criança que corria até mim, dez anos de idade, o corpo magro no processo de crescimento, o rosto iluminado. Joguei meus braços em volta dele e então minhas pernas cederam e caí de joelhos na neve, apertando meu filho em um abraço de aço, chorando despudoradamente em seu cabelo.

Mila Pavlichenko finalmente estava em casa.

Epílogo

Eleanor Roosevelt chega a Moscou

10 de outubro de 1957

— Sra. Roosevelt, gostaria de lhe apresentar Lyudmila Pavlichenko, Heroína da União Soviética.

Olhamos uma para a outra por um longo momento, tempo suficiente para que sussurros percorressem o Comitê de Mulheres Soviéticas reunido à nossa volta no auditório abafado. Quinze anos haviam se passado desde que a ex-primeira-dama e eu nos vimos pela última vez. Observei seu traje simples e o chapéu preto, as rugas de tristeza que a perda de seu extraordinário marido tinha cravado no seu rosto, e soube que ela também estava absorvendo as mudanças que o tempo produzira em mim. Eu tinha quarenta e um anos agora, não era mais a jovem tenente raivosa que a examinara com ar tão desconfiado no café da manhã de ovos e bacon na Casa Branca. Meu cabelo escuro tinha faixas grisalhas nas têmporas, e minhas medalhas estavam presas em um casaco formal, e não no uniforme verde-oliva.

Mas senti meu rosto se abrindo em um largo sorriso, um sorriso que se refletia no rosto dela sob os cabelos brancos.

— Querida Lyudmila — disse ela, aproximando-se.

— Eleanor — murmurei, recebendo seu abraço, e houve uma onda de aplausos quando nós duas sorrimos uma para a outra.

Talvez quinze anos não fosse tanto tempo assim, afinal. Havíamos nos encontrado uma vez mais durante minha viagem pela Inglaterra quando Eleanor foi visitar os Churchill, e nos correspondemos depois que retornei à União Soviética. Enviei uma carta de condolências por ocasião da morte do presidente Roosevelt ("Eleanor, eu me lembro do aperto de mão dele como se tivesse sido ontem"); ela me parabenizou depois da guerra pela notícia de que, como aluna do quinto ano da faculdade de História da Universidade Estadual de Kiev, eu tinha terminado minha dissertação com nota "Excelente" ("Lyudmila, confesso que não lembro quem é Bogdan Khmelnitsky e espero que você não me conte!").

E aqui estava ela, em Moscou, não mais primeira-dama, mas ainda uma força diplomática a ser respeitada, nossas posições invertidas: agora era ela quem estava em uma viagem de boas relações com meu país.

Houve discursos para ouvir (sempre há discursos); houve mãos para apertar (sempre há apertos de mão); houve placas comemorativas para serem presenteadas (pelo amor de Lênin, chega de placas; onde uma Heroína da União Soviética vai guardar todas elas?). Mas, por fim, a ex-primeira-dama e eu fomos autorizadas a nos retirar e ir até meu apartamento em Moscou; nós nos sentamos com os pés para cima, bebemos chá do samovar, com os seguranças e os guarda-costas do NKVD esperando do lado de fora.

— Você tem uma linda casa, Lyudmila. — Seus olhos examinaram o apartamento que me havia sido dado: quatro cômodos inteiros perto do centro de Moscou, não muito longe do departamento da Marinha Soviética onde eu tinha trabalhado, uma parede inteira preenchida apenas com meus livros. — Seu filho mora com você?

— Ele tem a própria casa. Graduado com distinção na faculdade de Direito da Universidade de Moscou.

Meu Slavka, um jovem adulto agora, tão estável e gentil, seu cabelo escuro e a constituição robusta marcando-o como uma versão mais jovem do meu pai. Nada, felizmente, como o pai dele.

— Ele deve deixar você orgulhosa. — Eleanor me examinou, mexendo o chá. — Você parece feliz, Lyudmila. Confesso que me preocupei com a possibilidade de você ter ficado amargurada... por nunca ter retornado ao front depois da sua viagem diplomática.

— Foi determinado que eu seria mais útil como instrutora de snipers. — Sim, fiquei amargamente decepcionada na época... mas, como Kostia ressaltou, se eu tivesse voltado a atirar, provavelmente teria morrido em Stalingrado como tantos outros atiradores, e isso teria sido uma grande vitória de propaganda para os alemães. Em vez disso, fui designada para treinar novos snipers, e não só rapazes. Moças passaram por minhas mãos, jovens de bochechas rosadas como eu tinha sido, tão resolutas e ávidas. Despejei minhas habilidades sobre elas, disse-lhes como lidar com os tremores nas mãos quando fizessem seus primeiros abates, e que mãos trêmulas não significavam que lhes faltava coragem. Ensinei-as a se camuflar e a cuidar de suas armas; a vasculhar os campos de batalha em busca de pedaços de pano, porque o Exército Vermelho nunca lhes daria o suficiente para seus períodos menstruais; a evitar as cantadas dos oficiais e a atravessar a terra de ninguém com pés de lince, tão silenciosas que Vartanov, falecido há tanto tempo, teria disfarçado lágrimas de orgulho.

Ensinei-as a tentar de novo sem se envergonhar quando errassem um tiro. Esse erro nem sempre era uma sentença de morte.

Ensinei-lhes tudo o que sabia e saudei-as quando me deixavam e chorei quando morriam... e, as que sobreviveram, eu recebi aqui em Moscou para beber vodca e contar histórias de velhos pesadelos e camaradas de armas há muito desaparecidos, e nós nos despedíamos com lágrimas no rosto e sorrisos nos lábios: as snipers sobreviventes.

Talvez eu pudesse ter acrescentado mais nazistas à minha contagem, porém mais de duas mil mulheres lutaram por sua terra natal como atiradoras de precisão até o fim da guerra, e boa parte delas foi treinada por mim. A contagem de todas as mulheres que treinei está ao lado da minha e, como uma mulher de quarenta e um anos, não posso olhar para trás e ver a mudança de sniper para instrutora de snipers como um desperdício.

— Além disso — falei para Eleanor, sorrindo —, eu queria ser historiadora, não sniper. E foi o que me tornei.

— Certamente… Lyudmila, você está pondo *geleia* no seu chá?

— É o jeito russo. — Adicionei uma colher cheia de geleia de cereja na xícara dela. — Você terá tempo em sua visita para se encontrar com o Comitê de Veteranos de Guerra?

— Claro. Você trabalha com eles agora que está aposentada de… qual era mesmo a sua posição?

— Assistente de pesquisa na seção de história da frota da Marinha Soviética. — Eu tinha me aposentado fazia alguns anos, por causa dos meus antigos ferimentos de guerra. Todas aquelas concussões, todos aqueles choques de granadas, todo aquele tecido cicatricial… foram ficando mais profundos com o passar dos anos, em vez de desaparecer. — Mas aposentadoria não é motivo para ficar sentada sem fazer nada.

— Concordo plenamente — disse a ex-primeira-dama.

Kostia entrou então, ainda esguio e flexível, o cabelo agora grisalho, nosso cachorro pulando à sua frente. Ele terminou a guerra ao meu lado, minha sombra até o fim, me ajudando a treinar jovens atiradores… e depois foi parar no Canil Estrela Vermelha treinando cães militares, que ele dizia serem muito mais espertos do que a maioria dos recrutas. Agora nós tínhamos uma grande filhote preta de terrier russo; Kostia corria com ela pelo Parque Gorky todos os dias, ignorando seu velho coxeio.

— Meu marido — apresentei-o quando ele se aproximou para dar um beijo em meu cabelo e apertar a mão de Eleanor, mas não mais do que isso. Por vários motivos, Kostia mantinha-se discreto.

— Ele me parece familiar — disse Eleanor, pensativa, quando Kostia se despediu e levou o cachorro à sala ao lado para escovar seu pelo. — Ele estava na delegação de Washington?

— Um-hum — murmurei.

— Talvez eu esteja pensando em seu primeiro marido… Só mais tarde eu soube que *ele* tinha acompanhado a viagem a Washington.

— Um-hum. — Sorri.

— Você não pintou um retrato muito lisonjeiro dele, por menos que tenha me falado a respeito. — Os olhos de Eleanor me observaram calmamente sobre a borda de sua xícara. — Talvez não seja uma grande tragédia que no fim ele acabou não indo embora com vocês.

— Um-hum.

Alexei Pavlichenko tinha oficialmente morrido durante a viagem por causa de um apêndice supurado. Tudo parte da corrida frenética nos bastidores a fim de garantir que nada do Rock Creek Park viesse à tona e que pudesse constranger a delegação soviética ou a Casa Branca. Nada, é claro, foi dito sobre o atirador.

Às vezes eu ainda acordava à noite pensando em seus olhos cor de âmbar, me perguntando qual teria sido o seu nome. Quem o havia contratado. Eleanor e eu nunca tivemos a oportunidade de conversar sobre essas coisas, mesmo quando nos encontramos depois na Inglaterra.

Agora…

— Lembra aquele empresário excêntrico que me propôs casamento? — falei casualmente, mexendo meu chá. — Eu sempre tive a curiosidade de saber o que aconteceu com ele. Quem eram os amigos dele, as pessoas com quem ele trabalhava.

(Seria tolice pressupor que não houvesse ouvidos atentos escutando esta conversa. Eleanor e eu podíamos ser amigas, mas nossas nações já não eram, por mais que isso me entristecesse.)

— Meu marido tinha uma boa ideia de quem eram os amigos do seu pretendente — disse Eleanor. — Ele falou com alguns deles, depois que você foi embora. Houve um ajuste de contas… Não acredito que nenhum deles tenha causado muito problema depois disso.

Claramente não. Se houve mais algum atentado contra a vida dele, era óbvio que havia falhado: afinal, ele navegou ileso para um quarto mandato.

— Queria que o presidente Roosevelt pudesse ter vivido para ver o fim da guerra.

Eu o salvei da morte na noite de Halloween de 1942 e ele viveu o suficiente para cumprir sua promessa de que soldados americanos viriam ajudar meus compatriotas… mas morreu antes da queda de Hitler.

— Ele pode não ter vivido para ver a vitória, mas viveu o suficiente para garanti-la.

Eleanor ergueu sua xícara para mim, em um agradecimento silencioso. Eu ergui a minha em resposta. Nós nos olhamos nos olhos por um longo momento e, então, ambas começamos a fazer os ruídos das xícaras nos pires como as senhoras que éramos.

— Está um tempo tão bom para a visita, Eleanor...

— Sim, e espero poder ver mais deste país em sua companhia enquanto estou aqui, Lyudmila!

— Desta vez, *eu* serei sua guia turística. Há tanta coisa que quero lhe mostrar. Leningrado, Tsarskoye Selo, o Hermitage e o Museu Russo... Mas, hoje à noite, a ópera. Tenho ingressos para *Eugene Onegin*, pois minha amiga Vika vai dançar uma variação da cena do salão de baile. Ela foi motorista de tanques na guerra, condecorada três vezes por bravura, e agora é bailarina do Bolshoi.

— Que mulheres extraordinárias o seu país produz — comentou Eleanor.

— Vou apresentá-la a mais delas.

Eu conhecia tantas agora por conta do meu trabalho com veteranas de guerra: Vika, irritadiça e incorrigivelmente elegante, apesar de ter perdido um olho durante a viagem final em direção a Berlim; uma Heroína da União Soviética de cabelos escuros chamada Yelena Vetsina, que tinha feito novecentos bombardeios voando com as Bruxas da Noite... e a melhor de todas, minha querida amiga Lena Paliy. Ela não morreu na queda de Sebastopol. Reapareceu muito magra, mas viva, depois da retirada para as colinas após a invasão alemã, e agora nós caminhávamos juntas todos os meses no Parque Gorky e conversávamos sobre os velhos tempos. Eu quase sempre estava atrasada e ela batia na porta do meu apartamento, gritando: *Acorda, dorminhoca!*

— Vodca durante o dia? — Eleanor sacudiu a cabeça em desaprovação quando propus um brinde antes de sairmos. — Um hábito muito ruim, minha querida Lyudmila.

— Não dá para se considerar uma veterana até ter pelo menos um mau hábito que não se consegue abandonar. — Eu sorri.

Na verdade, eu tenho mais de um. Eu bebo demais, disso eu sei. Acordo à noite ofegante com as velhas lembranças do combate, ou com sonhos em que estou congelando naquela faia partida por um raio ao lado do Rock Creek até o atirador vir e enfiar uma bala no *meu* olho, e não o contrário. Nessas noites, Kostia me abraça até os tremores diminuírem, e em outras noites eu faço o mesmo, quando os demônios de guerra dele vêm rosnando com suas garras pela terra do sono para caçá-lo. Ainda fico tensa toda vez que ouço algum som que pareça um tiro e não consigo entrar em uma sala, prédio ou espaço aberto sem analisar as linhas de movimento e as ameaças potenciais. Mas esse é o custo, tanto quanto as velhas feridas físicas que às vezes ainda me causam dor. As feridas invisíveis doem do mesmo jeito, se não mais.

O Partido está me incentivando a escrever minha biografia. *Um relato objetivo do seu heroísmo no front, camarada Pavlichenko, com reflexões adequadamente estoicas sobre coragem, dever e o futuro brilhante da nossa mãe pátria*. Mas, como refleti com frequência ao longo dos anos desde o fim da minha guerra, haverá uma grande diferença entre qualquer relato oficial do meu tempo no Exército Vermelho e a versão que vive na minha memória. Posso escrever honestamente sobre os amigos que perdi, sobre meu trabalho como sniper e as exigências que isso impõe à alma. Posso escrever sobre as pessoas extraordinárias que conheci durante a viagem diplomática aos Estados Unidos ao Canadá e à Grã-Bretanha, de Charlie Chaplin a Franklin Roosevelt, de Paul Robeson a Winston Churchill. Não vou mentir na autobiografia... mas há muita coisa que deixarei de fora.

Alexei Pavlichenko não aparecerá nessas páginas, exceto em uma ou duas linhas, como a paixão de uma menina tola mal saída da infância e o pai do meu filho. Que ele desapareça da memória, das páginas da história, nas folhas em decomposição de um parque em Washington.

Kostia também não aparecerá nessas páginas, por razões muito diferentes. Não muito depois de regressarmos da nossa viagem ao exterior, ele foi discretamente informado de que seu pai não oficial, aquele caçador do Baikal que havia transmitido seu olho de lince e sua habilidade feroz ao filho que gerara em Irkutsk, fora denunciado por falar contra o camarada Stalin. Foi preciso metade dos meus diamantes — os brutos que eu tinha tirado do bolso do atirador e as pulseiras do conjunto de joias que ele tinha me dado no desafio de duelista — para manter o nome de Kostia fora dos mandados de prisão que varreram o restante da família de seu pai, os filhos e filhas que tinham o nome *Markov* e não *Shevelyov*. Mantenho o que sobrou das minhas joias como reserva, e Kostia vive discretamente, sem aproveitar a fama que poderia ser sua como sniper condecorado e marido da Dama da Morte. Às vezes olho para ele e me pergunto se ele se arrepende de alguma coisa: pelos filhos que não pudemos ter, a família que ele deixou nos Estados Unidos... mas, se for este o caso, ele nunca os expressa. Espero ter sido suficiente para ele e, como Kostia fez a escolha de unir sua vida à minha, jurei mantê-lo seguro. Os registros do Exército Vermelho podem dizer que eu era íntima do meu parceiro sniper, mas o parceiro no meu livro não se chamará Konstantin Shevelyov. Darei esse nome a um dos outros membros do meu pelotão, um dos homens que morreu há tempo demais para contestar minha palavra, e manterei meu marido anônimo.

E, por fim, não haverá nenhuma palavra na minha biografia sobre o homem de olhos cor de âmbar que me cortejou, me perseguiu e lutou contra mim no Rock Creek Park.

Porque as pessoas adoram heróis de guerra... mas, mesmo na minha amada pátria, heróis de guerra devem ser exemplares e descomplicados. Aqueles que me incentivam a escrever minhas memórias vão querer uma jovem patriota que lutou para defender seu país, uma heroína pela qual torcer, com uma história clara e simples como uma lua cheia. E eu fui essa jovem, mas fui mais. Minha lua tinha um lado da meia-noite.

Para o mundo, a contagem de Lyudmila Pavlichenko é oficialmente 309, uma lista alcançada sem sede de sangue, com cada tiro disparado em simples defesa do lar e da pátria. Poucos sabem que houve outro duelo travado sob uma lua minguante do outro lado do mundo, um duelo lutado com raiva, desespero e autopreservação selvagem contra dois homens muito diferentes… e que minha contagem verdadeira é de 311.

Mas esse é o meu segredo, um segredo de sniper, e morre comigo. Eleanor sabe, mas eu salvei a vida do marido dela, e talvez as nossas nações ao mesmo tempo, portanto, ela levará meus segredos para o túmulo. Então largo meu chá e vou até meu guarda-roupa com um sorriso.

— Não tenho mais aquele velho vestido de cetim amarelo, mas vamos ver o que consigo arranjar para usar na ópera hoje à noite…

— Estou aqui para fazer uma bainha ou soltar uma manga, se você precisar — disse a primeira-dama.

Nota da autora

São grandes as chances de que você nunca tenha ouvido falar de Lyudmila Pavlichenko. Até alguns anos atrás, eu também não tinha. Foi só quando pesquisei sobre as mulheres pilotos das Bruxas da Noite para *A Caçadora* que a história surpreendente de outra heroína de guerra soviética chegou até mim: essa celebrada bibliotecária convertida em sniper que foi oficialmente responsável por 309 mortes durante a Segunda Guerra Mundial, conquistou os Estados Unidos durante uma viagem de propaganda em 1942, conviveu com estrelas de Hollywood e se tornou grande amiga de Eleanor Roosevelt na Casa Branca. Eu soube na mesma hora que precisava escrever sua incrível história.

O histórico da União Soviética antes, durante e depois da guerra não é muito bonito, por isso é fácil esquecer que, nos primeiros anos da Segunda Guerra Mundial, eles eram os oprimidos. O Terceiro Reich via os russos como uma raça indesejável, que merecia ser exterminada; soldados soviéticos costumavam ser massacrados ou abandonados para morrer de fome, ao contrário do tratamento mais formal dispensado aos prisioneiros de guerra franceses e ingleses. Os russos responderam com igual selvageria quando a maré virou a seu favor, mas, no início da aterrorizante e avassaladora invasão alemã, tudo que o mal equipado Exército Vermelho pôde fazer foi montar uma retirada tática, deixando que o terreno inclemente e o inverno russo fizessem com Hitler o que tinham feito com Napoleão. Essa estratégia teve um custo terrível: milhões de soviéticos morreram tentando retardar o avanço alemão.

E muitas dessas vidas na linha de frente eram de mulheres.

A URSS foi a única nação Aliada a empregar mulheres na linha da frente em seus ramos militares de luta ativa. Cerca de 800 mil mulheres serviram nas Forças Armadas soviéticas durante a guerra, 5% do total da força militar. Era mais provável que elas fossem designadas para as equipes médicas e de comunicações, mas muitas conseguiram desempenhar um papel mais ativo: pilotos de bombardeiros, como as Bruxas da Noite; motoristas de tanques, como Vika, a amiga de Mila; e snipers.

Hollywood fabricou a nossa visão dos snipers. Nós os imaginamos como *serial killers* militarizados; na melhor das hipóteses, eles são o homem esquisito num esquadrão de pessoas "normais", aquele descrito como tendo gelo nas veias. Veja-se, por exemplo, o sniper que cita as Escrituras interpretado por Barry Pepper em *O resgate do soldado Ryan*, de Steven Spielberg. E persiste a ideia de que matar a distância, de ninhos escondidos, é, de alguma forma, desonroso ou injusto… mas atiradores habilidosos foram usados por todos os exércitos desde a invenção das armas de fogo (e, antes disso, do arco e flecha: pense nos arqueiros ingleses abatendo cavaleiros franceses em Agincourt, ou nos homens do grupo de Robin Hood mirando em soldados da corte emboscados na floresta!). O emprego de atiradores não é uma violação da Convenção de Genebra, mas o estereótipo persiste: snipers são pessoas de sangue frio, insensíveis e impiedosas. Como disse Eleanor Roosevelt ao conhecer Lyudmila Pavlichenko: Se você tem uma boa visão do rosto dos seus inimigos pela mira da arma e, ainda assim, atira para matar, como as pessoas comuns podem aprová-la?

Mas a mulher conhecida como Dama da Morte desafia esses estereótipos. Ela aparece em suas biografias e nas histórias de seus colegas como afetuosa, engraçada, encantadora, leitora ávida, mãe amorosa, uma pessoa introvertida que saboreava seu tempo sozinha, mas que ainda podia ser a alma da festa. Ela nem sequer tinha os necessários olhos azul-gelo ou cinza-frio com que se descreve a maioria dos snipers!

Ela não era nenhuma novata que aprendeu a atirar no front; chegou ao uniforme já sendo uma atiradora talentosa. Também não vinha do tipo de família rural em que se poderia esperar que uma filha empunhasse uma espingarda desde o berço. Ela era ucraniana (embora se descrevesse firmemente como russa quando lhe era perguntado), uma jovem urbana e amante de livros cuja ambição era ser historiadora, mas que gostava de um passeio ocasional ao estande de tiro com os amigos — gostava tanto que decidiu se inscrever em um curso avançado de tiro de precisão. Embora tenha adquirido suas habilidades como hobby, ela não perdeu tempo para oferecê-las em defesa de seu país: uma jovem foi à praia com seus amigos de manhã, ouviu a declaração de guerra ao meio-dia durante o almoço na lanchonete próxima e, ao anoitecer, saiu mais cedo de *La Traviata* para se alistar. Não demorou para que a jovem de Odessa, a universitária que vinha trabalhando para terminar a dissertação mais nerd do mundo sobre Bogdan Khmelnitsky, a anexação da Ucrânia à Rússia em 1654 e as atividades do Conselho de Pereslávia, começasse a acumular uma contagem de peso.

Os números oficiais de um atirador de precisão consistia apenas nas mortes confirmadas, portanto a lista real de inimigos mortos por Lyudmila provavelmente não era de 309: lutando em dois cercos desesperados, ela não teria tido tempo ou oportunidade de conferir todas as suas mortes, e os inimigos que ela abateu combatendo como soldado e não como sniper nem sequer teriam sido contados. Sua verdadeira contagem pode ter sido inferior aos 309, que acabaram sendo registrados para fins oficiais; também pode facilmente ter sido muito maior. O que parece certo é que, em menos de dezoito meses de combate, Lyudmila Pavlichenko enterrou centenas de inimigos, foi ferida pelo menos quatro vezes e ganhou o apelido de Dama da Morte. Muitas das histórias descritas neste livro — o treinamento de um pelotão, os ataques em Gildendorf e no Monte Sem-Nome, o recrutamento do guarda-florestal Vartanov, cuja família havia sido assassinada, a propriedade de Kabachenko e o vínculo que ela formou com uma jovem que tinha sido estuprada por soldados alemães ("Mate todos") — foram extraídas diretamente do livro de memórias que Lyudmila escreveu mais tarde na vida.

As biografias soviéticas são ricas em fatos e carentes de emoção; não faz parte do jeito soviético falar efusivamente sobre sentimentos. No entanto, a reação de Lyudmila a se tornar uma ceifadora de vidas tão eficiente está longe de ser sádica. Ao fazer seus dois primeiros abates sob o olhar do capitão Sergienko, ela não hesitou em atirar nos dois oficiais, mas admitiu que atirar num alvo e atirar num ser humano eram coisas muito diferentes. Ela não gostava da fama, vendo-se apenas como soldado com um trabalho a fazer: os inimigos eram invasores que tinham recebido ordens de atacar; ela era uma defensora que tinha recebido ordens de barrá-los, e era isso. Sua raiva dos alemães transformou-se em ódio quando ela viu os danos que as forças de Hitler infligiram à sua pátria, mas Lyudmila ainda se orgulhava das mortes limpas e do profissionalismo absoluto. A única vez em que ela deu ordem de atirar para ferir em vez de matar foi na defesa final de Sebastopol, onde essa era a única maneira de frear o ritmo de um inimigo avassalador.

A frente russa era puro inferno: as taxas de baixas eram assustadoras, o clima brutal, os soldados mal treinados e mal equipados, com quase tantas chances de serem baleados pelos próprios oficiais (se mostrassem um único sinal de vacilação) quanto pelos alemães. Mulheres soldados passavam por momentos especialmente difíceis. Mulheres da Força Aérea Vermelha, como as Bruxas da Noite, serviam juntas em regimentos exclusivamente femininos, ou pelo menos eram agrupadas com suas colegas pilotos em regimentos mistos, mas as mulheres do Exército Vermelho eram em número imensamente menor que os soldados do sexo masculino e era comum serem vistas como uma mordomia sexual para os oficiais. Recusar os avanços de um superior poderia resultar em qualquer coisa desde agressão física até exclusão de indicação para comendas e promoções. Lyudmila era intensamente admirada pelos homens de sua companhia, que ela parecia tratar com uma autoridade amigável, mas firme, no entanto ao menos uma fonte afirma que ela despertou ressentimento por recusar homens de posição superior à sua. Isso talvez explique a falta de condecorações militares no início de sua luta... até que um duelo de três dias com um sniper alemão a catapultou para a fama.

Detratores contestaram tanto essa fama como as realizações dela. Mesmo hoje, alguns insistem que Lyudmila Pavlichenko era uma farsa, uma morena bonita do departamento de propaganda com uma história decorada destinada a inspirar as massas. Tais afirmações se apegam a pequenas imprecisões na linha do tempo de suas memórias, insistem que o tipo de pelotão que ela descreveu e afirmou liderar ainda não tinha sido formado e citam a recusa em demonstrar suas habilidades de tiro nos Estados Unidos como prova de que ela não as tinha de fato.

Para mim, Lyudmila Pavlichenko se apresenta como uma pessoa real. Sua biografia traz a marca da propaganda soviética, mas seu conhecimento técnico das habilidades, armas e rotina de um sniper é exatamente onde sua voz é mais precisa e expressivamente individual. Há imprecisões em sua linha do tempo, mas uma mulher buscando lembranças em meio à névoa da guerra e do Transtorno de Estresse Pós-traumático como consequência de múltiplas concussões no campo de batalha com certeza se equivocará sobre alguns detalhes. O tipo de pelotão de snipers que ela descreveu que liderava ainda não existia no Exército Vermelho, mas Lyudmila lutava nos primeiros tempos da guerra, quando tudo era improvisado, e ela provavelmente foi criando os procedimentos ao longo do caminho. Quanto ao seu *nyet* na viagem sempre que lhe pediam que demonstrasse a perícia no tiro (exceto pela única demonstração em um clube de tiro em Chicago), os motivos aparecem muito claramente em seu livro de memórias: a Dama da Morte detestava a ideia de se exibir como uma atiradora de circo, e se recusava terminantemente a reduzir suas habilidades mortíferas a um truque de salão.

Sua guerra não foi só barro, sangue e dor. Lyudmila tinha senso de humor, que transparece quando ela relata confrontos com oficiais superiores desprevenidos ou momentos de relaxamento com seu pelotão numa noite de música, vodca e guloseimas, obtidas em um ataque bem-sucedido. E, apesar de sua determinação de não confraternizar com colegas do sexo masculino, ela quebrou as próprias regras para viver um caso de amor espetacularmente romântico no front.

Aos vinte e quatro anos, Lyudmila já havia enfrentado um campo minado em sua vida amorosa. Ela fala extremamente pouco (e nada de bom) sobre seu primeiro marido, Alexei Pavlichenko, o homem mais velho que a seduziu e engravidou depois de um baile quando ela mal havia completado quinze anos. O único comentário de Lyudmila sobre Alexei, depois que ele abandonou a ela e a seu filho Rostislav, é: "Felizmente, meu filho não é nada como o pai." Como mãe solo, ela se manteve concentrada no trabalho, na educação e no filho — portanto a paixão a atingiu como um raio quando ela conheceu um tenente alto, divertido e bonito do Exército Vermelho, em Sebastopol. Entra Lyonya Kitsenko, o homem que cortejou e conquistou a mulher mais perigosa do front russo.

Kitsenko é com frequência descrito como seu segundo-sargento e colega sniper, o parceiro com quem ela caçava noite após noite como parte de uma equipe letal e inseparável. Mas Lyudmila o descreveu como o tenente que comandava sua companhia. Minha suposição é que dois homens podem ter sido misturados e que Lyudmila esteve romanticamente envolvida tanto com o comandante de sua companhia como com seu parceiro sniper em diferentes momentos. Assim, eu separei os dois e descrevi Kitsenko como Lyudmila fez: o tenente Alexei Arkadyevich Kitsenko, de apelido Lyonya, seu oficial superior e, depois, segundo marido. Quer eles tenham sido legalmente casados ou não (ele não está registrado no túmulo dela como seu cônjuge), Lyudmila considerava Lyonya seu marido em todos os sentidos que importavam: eles tiveram um flerte rápido que culminou no ataque em que Lyonya carregou Lyudmila ferida da linha de frente, doou sangue para sua cirurgia, visitou-a ao longo da recuperação e a convidou para jantar em seu abrigo (com flores em um vaso feito do estojo de munição!) no dia em que ela recebeu alta. Ele a pediu em casamento naquela noite; ele e a Dama da Morte se tornaram inseparáveis desde então.

Foi a melhor época da guerra de Lyudmila. Ela escreveu que o amor fazia bem para os seus tiros; enquanto voltava para o abrigo de Lyonya, ela parecia acertar todos os alvos em que mirava, o que incluiu o tenso duelo de três dias em que ela e o parceiro sniper (a quem dei o nome de Konstantin

Shevelyov, um nome crucial mais tarde na vida dela) venceram pela astúcia um atirador alemão. Mas, depois de não mais de três meses juntos, Lyonya foi atingido por um morteiro diante dos olhos de Lyudmila. Ele morreu em seus braços horas depois, e ela quase enlouqueceu de dor. Não conseguiu voltar a atirar até que ela e seu parceiro sniper tiveram um momento de luto, juntos, no túmulo de Lyonya. Então, ela voltou à linha de frente com nova fúria: como contou mais tarde a Eleanor Roosevelt, cada alemão em sua mira poderia ter sido o homem que matou Lyonya.

Sebastopol caiu meses depois, e Lyudmila provavelmente teria sido morta lá (as atiradoras do Exército Vermelho tinham uma probabilidade de cerca de 75% de morrer em combate) se não tivesse sido ferida e removida semanas antes. Apesar do seu desejo de voltar para o front, o departamento de propaganda tinha outras pretensões. Uma carta de Washington, D.C., chegou à mesa de Stalin, convidando uma delegação de estudantes soviéticos a participar da assembleia internacional de estudantes de Eleanor Roosevelt, e o Chefe viu uma oportunidade: a Dama da Morte foi então enviada aos Estados Unidos.

Ela se sentiu como um peixe fora d'água, e o café da manhã de boas-vindas na Casa Branca não correu muito bem: a resposta firme de Lyudmila ao comentário da primeira-dama sobre como uma mulher sniper poderia ser vista pelos americanos foi extraída diretamente de suas memórias, assim como suas respostas às perguntas incrivelmente idiotas que lhe foram feitas na primeira entrevista coletiva. Mas uma mulher mudou a situação de Lyudmila: a primeira-dama, que ofereceu à sua convidada soviética uma carona em seu carro conversível até o jantar daquela noite. Embora seu jeito de dirigir tenha aparentemente alarmado a Dama da Morte mais do que uma divisão Panzer inteira, esse foi o início de uma bela amizade.

Foi Eleanor quem apresentou Lyudmila e seus colegas delegados a Franklin Roosevelt numa reunião particular onde pudessem conversar sobre o esperado segundo front na Europa, e quem a acompanhou em parte da sua subsequente viagem diplomática pelo país. A ideia de uma primeira-dama e uma sniper russa se tornarem amigas pode parecer extremamente improvável, mas muitas das narrativas em *A Dama da Morte* foram tiradas da biografia de Lyudmila: as discussões sobre segregação nos Estados Unidos (que chocaram Lyudmila, assim como o colonialismo britânico na Índia); Lyudmila adormecendo na limusine presidencial com a cabeça apoiada no ombro de Eleanor; Lyudmila caindo de uma canoa na propriedade de Hudson e indo parar no quarto da primeira-dama, onde Eleanor fez bainha no pijama cor-de-rosa e as duas conversaram por tanto tempo que Franklin Roosevelt teve de ir buscar as duas "melhores amigas" para o jantar!

Sob o patrocínio de Eleanor, Lyudmila viu-se no centro das atenções. Ela conheceu todo mundo, de Charlie Chaplin a Woody Guthrie (que escreveu uma música para ela, "Miss Pavlichenko" — procure-a no YouTube!), e se tornou uma oradora potente, nunca se esquecendo de sua missão de pedir ajuda dos Estados Unidos para seus colegas soldados. Em Chicago, ela levantou o público com o discurso que cimentou sua fama: "Senhores, eu já eliminei 309 invasores fascistas. Os senhores não acham que estão escondidos atrás de mim há muito tempo?"

Eleanor e Lyudmila disseram adeus uma à outra durante um jantar de despedida na Casa Branca em outubro de 1942. Elas continuaram a se corresponder pelos quinze anos seguintes, enquanto Franklin Roosevelt cumpria a promessa de enviar soldados americanos para a Europa e Mila se transformava em instrutora de snipers. Em 1957, a viúva Eleanor foi à URSS numa viagem diplomática, e a ex-primeira-dama e a ex-sniper se abraçaram com saudações de boas-vindas.

Minhas notas de autora geralmente se alongam ao explicar onde meus personagens fictícios se entrelaçam com os históricos. *A Dama da Morte* é diferente, porque quase todas as pessoas mencionadas aqui vêm diretamente do registro histórico. Os colegas de Lyudmila na delegação, Pchelintsev e Krasavchenko; seus oficiais general Petrov, tenente Dromin e capitão Sergienko; seus companheiros de pelotão Fyodor Sedykh e o velho Vartanov; sua amiga de Odessa Sofya e a amiga auxiliar médica Lena Paliy... todos reais. Meus únicos acréscimos fictícios substanciais ao registro são Vika, a bailarina que virou motorista de tanque (uma heroína que tenho em mente para um futuro romance!), e Kostia Shevelyov, que é uma composição fictícia de dois homens reais.

Tomei algumas liberdades com o registro histórico para servir ao romance. Algumas das aventuras de Lyudmila no front foram condensadas e reordenadas: o ataque romeno com o padre foi ligeiramente antecipado no tempo e a recuperação subsequente dela foi transferida para o batalhão do hospital, e não em Odessa. A primeira investida que ela faz com Kostia foi lutada com outro recruta, e Lyonya é introduzido mais cedo neste livro do que apareceu na vida real — seu tempo com Lyudmila foi tão curto que não pude resistir a trazê-lo à vida antes! Alguns eventos da viagem diplomática também foram reordenados: o encontro de Lyudmila com Laurence Olivier provavelmente só aconteceu quando ela foi para a Inglaterra, e a visita privada de Franklin Roosevelt às fábricas de defesa dos EUA terminou um pouco mais cedo e não tinha a intenção de coincidir com nenhum dos compromissos de Lyudmila com a imprensa na Califórnia.

Sempre que as informações eram conflitantes, como o nome exato do regimento de Lyudmila ou a noite exata da despedida da delegação soviética na Casa Branca, usei a versão de Lyudmila — da mesma forma, geralmente uso a grafia dela para nomes de locais e nomes russos, que podem aparecer de forma diferente em mapas e transliterações modernas. Alguns dos fatos e números que ela cita podem não ser exatos, mas são os que ela devia acreditar que eram exatos na ocasião, por isso eu os usei. Há também incidentes nas memórias de Lyudmila que optei por deixar de fora, como um encontro com Stalin que provavelmente não aconteceu. Foi uma espécie de dança delicada tratar a biografia de Lyudmila Pavlichenko como a fonte original concreta de suas lembranças de heroína, mas também como um documento com que o gabinete de propaganda tomou algumas liberdades.

Seu livro de memórias contém lacunas e silêncios tentadores que preenchi com licença artística. Lyudmila afirma que viu seu marido Alexei Pavlichenko pela última vez três anos antes do início da guerra, e não faz mais nenhuma menção a ele. Provavelmente ele foi um dos milhões de homens russos que desapareceram no Exército Vermelho e morreram no front — há algumas evidências que sugerem que ele era médico, então eu o trouxe para o romance como um cirurgião de combate. O que aconteceu com ele é desconhecido, então criei o que considerei um final adequadamente satisfatório para o homem que seduziu uma garota de quinze anos e a abandonou com um filho.

O outro lugar em que preenchi uma lacuna histórica foi em relação ao parceiro sniper de Lyudmila e ao seu último marido, Kostia Shevelyov. O parceiro de Lyudmila é citado em seu livro como sendo Fyodor Sedykh: esse relacionamento deve ter sido tão íntimo quanto uma relação de trabalho, no entanto ela não faz mais menção a ele após Sebastopol. Da mesma forma, o homem que se tornou seu marido depois da guerra é uma completa lacuna: não sabemos nada sobre Kostantin Shevelyov, exceto as datas de seu nascimento e morte. Por que suas memórias contêm tão pouco sobre dois homens que teriam sido tão importantes para ela?

Eu lhe dei uma justificativa: Konstantin Shevelyov tinha bons motivos para querer passar despercebido, e sua famosa esposa estava fazendo o possível para mantê-lo fora dos holofotes. No carnívoro regime stalinista, poderia haver diversas razões para um homem querer permanecer discreto. Assim, transformei Kostia no parceiro sniper de Lyudmila para poder introduzir o último marido da Dama da Morte na história e fazer justiça aos registros que indicam uma ligação romântica entre ela e seu parceiro, mas também criei para ele um histórico que explica por que ela poderia querer usar um nome diferente para o parceiro.

Por fim, o atirador: não houve nenhuma conspiração conhecida contra o presidente Roosevelt em 1942, embora ele tenha escapado de um assassinato por pouco em 1933, quando Giuseppe Zangara disparou contra ele do meio de uma multidão em Miami, e também conseguiu escapar de ser deposto no ano seguinte por um complô obscuro (que supostamente incluía alguns dos mais proeminentes líderes da indústria nos Estados Unidos) que desejavam substituí-lo por um ditador militar. Em 1942, Roosevelt ainda tinha muitos inimigos que comemorariam sua morte: isolacionistas, fascistas americanos, rivais políticos que o consideravam um traidor da sua raça e classe e anticomunistas que viam até mesmo uma aliança em tempo de guerra com a URSS como traição. Criar o atirador também me permitiu dar sentido a um dos episódios mais bizarros da viagem diplomática de Lyudmila: o milionário William Jonson, que se apaixonou por ela, seguiu-a de cidade em cidade, propôs casamento e enviou-lhe um espetacular conjunto de joias com diamantes com um bilhete que dizia: "Nós nos encontraremos de novo." De acordo com as memórias de Lyudmila, eles não se reencontraram. Mas essa era uma história boa demais para ser ignorada, por isso, na minha versão, eles voltam a se encontrar: primeiro na Casa Branca (que tinha uma segurança *muito* menos rigorosa na década de 1940 do que tem hoje), depois no Rock Creek Park, um pedaço de natureza intacta no meio da capital do país com um histórico de assassinatos ao longo dos anos. A estagiária de Washington morta Chandra Levy ficou desaparecida no parque durante um ano, apesar dos modernos recursos de busca. Outro mistério é o anel perdido de Teddy Roosevelt, que caiu durante uma caminhada presidencial em 1902. Continua desaparecido até hoje, e eu gostei de imaginar um possível destino para ele também!

Devo sinceros agradecimentos a muitas pessoas que ajudaram na escrita, pesquisa e produção deste romance. Minha mãe e meu marido, os primeiros líderes de torcida deste livro. Minhas incríveis parceiras críticas, Stephanie Dray e Stephanie Thornton. Meus leitores beta e especialistas no tema com seu maravilhoso conhecimento: Erin Davies e Outlaw, Charles F. A. Dvorak, Annalori Ferrell, Elena Gorokhova e Shelby Miksch. Meu agente Kevan Lyon e a editora Tessa Woodward, e a maravilhosa equipe da William Morrow. Eu estaria perdida sem todos vocês!

Eu também estaria perdida sem a própria Lyudmila. Recomendo a sua apaixonante autobiografia *Lady Death: The Memoirs of Stalin's Sniper* para aqueles que desejarem saber mais sobre essa mulher fascinante. A tradução para o inglês de David Foreman (Greenhill Books) revelou-se inestimável na pesquisa e escrita deste romance. Lyudmila Pavlichenko foi muito mais do que uma assassina e pagou um preço pela sua imensa coragem. Embora tenha sobrevivido à guerra, terminado sua dissertação e realizado o sonho de se tornar historiadora, ela viu muitos de seus amigos morrerem, sofreu com o estresse pós-traumático e viveu além de Kostia... mas dedicou seus últimos anos aos veteranos de guerra, registrou sua história para a posteridade e morreu nos braços de seu filho amado, cercada pela família e amaldiçoando a morte até o fim.

Às vezes é dito que a Segunda Guerra Mundial foi vencida com a inteligência britânica, o aço americano e o sangue soviético. Essa generalização contém um fundo de verdade. Como a URSS se tornou inimiga dos Estados Unidos na Guerra Fria, logo após o fim da Segunda Guerra Mundial, é fácil esquecer que sem ela a guerra contra as potências do Eixo poderia ter sido perdida. De todos os erros de Hitler, o erro colossal de atacar a URSS foi talvez o mais crucial: sem a frente oriental absorvendo uma porção tão grande dos recursos humanos da Alemanha, os Aliados talvez nunca tivessem triunfado. O custo dessa vitória foi milhões de mortos no Exército Vermelho enquanto o sangue soviético dava ao aço americano e à inteligência britânica o tempo para virar o jogo. Em *O código da rosa,* escrevi sobre a guerra pela lente da inteligência britânica. *A Dama da Morte* é visto pela lente do sangue soviético — a luta de uma mulher para estancar esse fluxo, primeiro com seu fuzil, depois com a sua voz, quando atravessou o oceano para trazer o aço americano a fim de ajudar seus compatriotas.

Leituras adicionais e entretenimento

Não ficção

Alexeivich, Svetlana. *The Unwomanly Face of War,* trad. Richard Pevear e Larissa Volkhonsky. Random House, 2017. (Ed. bras.: *A guerra não tem rosto de mulher.* trad. Cecília Rosas, São Paulo, Companhia das Letras, 2016.)

Cook, Blanche Wiesen. *Eleanor Roosevelt, Volume 3: The War Years and After, 1939–1962.* Viking, 2016.

Fitzpatrick, Sheila. *Everyday Stalinism: Ordinary Life in Extraordinary Times: Soviet Russia in the 1930s.* Oxford University Press, 2000.

Fitzpatrick, Sheila e Slezkine, Yuri, orgs. *In the Shadow of Revolution: Life Stories of Russian Women from 1917 to the Second World War.* Princeton University Press, 2000.

Glantz, David e House, Jonathan M. *When Titans Clashed: How the Red Army Stopped Hitler,* ed. revisada e expandida. University Press of Kansas, 2015. (Ed. bras.: *Confronto de titãs: como o Exército Vermelho deteve Hitler.* trad. Liamara Soares da Silva, São Paulo, C&R Editorial, 2009.)

Goodwin, Doris Kearns. *No Ordinary Time: Franklin and Eleanor Roosevelt—The Home Front in World War II.* Simon & Schuster, 1995.

Markwick, Roger D. e Cardona, Euridice Charon. *Soviet Women on the Frontline in the Second World War.* Palgrave Macmillan, 2012.

Nikolaev, Yevgeni. *Red Army Sniper: A Memoir on the Eastern Front in World War II.* Greenhill Books, 2017.

Obratztsov, Youri e Anders, Maud. *Soviet Women Snipers of the Second World War.* Histoire and Collections, 2014.

Pavlichenko, Lyudmila. *Lady Death: The Memoirs of Stalin's Sniper,* trad. David Foreman. Greenhill Books, 2018.

Vinogradova, Lyuba. *Avenging Angels: Soviet Women Snipers on the Eastern Front (1941–45).* Quercus, 2017.

Wacker, Albrecht. *Sniper on the Eastern Front: The Memoirs of Sepp Allerberger, Knight's Cross,* ed. reimpressa. Pen and Sword Military, 2016.

YouTube

"Lyudmila Pavlichenko—The Extraordinary Sniper." Dubistic, 23 de setembro de 2016. https://www.youtube.com/watch?v=rYnnBpxsI7s&ab_channel=dubistic.

"Lyudmila Pavlichenko Speech in New York City." Pietrossino, 12 de fevereiro de 2010. https://www.youtube.com/watch?v=jDO6n7GuslA&ab_channel=pietrossino.

Filmes

A sniper russa, 2015, filme de guerra biográfico.

Círculo de fogo, 2001, filme de guerra.

Fotografias históricas

Lyudmila Pavlichenko, comandante do pelotão de snipers, com seus soldados (32ª Divisão de Paraquedistas), distrito militar de Moscou, agosto de 1942.

Lyonya Kitsenko e Lyudmila Pavlichenko, Sebastopol, janeiro de 1942.

Este livro foi composto na tipografia Minion Pro,
em corpo 11/16, e impresso em
papel off-white no Sistema Cameron da
Divisão Gráfica da Distribuidora Record.